国家社科基金项目结题“优秀”成果（10BZW083）

中国现当代杂文史通论

姜振昌◎著

中国社会科学出版社

图书在版编目（CIP）数据

中国现当代杂文史通论 / 姜振昌著 .—北京：中国社会科学出版社，2023. 3
ISBN 978-7-5227-1599-5

Ⅰ. ①中…　Ⅱ. ①姜…　Ⅲ. ①杂文—文学史—中国—现代　Ⅳ. ①I207. 6

中国国家版本馆 CIP 数据核字（2023）第 047987 号

出 版 人　赵剑英
责任编辑　宫京蕾
责任校对　周　昊
责任印制　郝美娜

出　　版　中国社会科学出版社
社　　址　北京鼓楼西大街甲 158 号
邮　　编　100720
网　　址　http：//www. csspw. cn
发 行 部　010-84083685
门 市 部　010-84029450
经　　销　新华书店及其他书店

印刷装订　北京君升印刷有限公司
版　　次　2023 年 3 月第 1 版
印　　次　2023 年 3 月第 1 次印刷

开　　本　710×1000　1/16
印　　张　22
插　　页　2
字　　数　370 千字
定　　价　138. 00 元

目　　录

绪论

一脉天风　百年承传

现当代杂文基本成就评估

发生在20世纪的中国现当代文学最初是以“形式大换班”拉开帷幕的，古典诗、词、曲一下子失去了其在文坛的正宗地位，文言小说也很快销声匿迹，而新诗、白话小说、话剧、杂文（杂感文体）、散文、散文诗等一些面目全新的文学体裁，则如雨后春笋般竞相出现。“五四”落潮之后，新文学尽管遇到了种种挑战，这些文体仍然都得到了健康的发展，为刚刚诞生的中国新文艺带来了勃勃生机。

但是，这些新的文体的发展并非可以等量齐观的。小说的成就是显著的，杂文也毫不逊色。新时期以来不断地有学者把杂文看作中国现当代文学的“代表性文体”。其实，鲁迅、胡适、林语堂等先驱者们早对这个问题作过结论[①]，茅盾甚至说：“中国的现代文学史有一个既不同于世界各国文学史、也不同于中国历代文学史的特点，这就是杂文的重大作用。”[②] 细细考察，杂文受此评价是当之无愧的。

“五四”前后，杂文的起步与其他新文体相比是较晚的，它没有像新诗那样有过理论的酝酿过程，也不像白话小说有一条自晚清以来的隐隐发展的链带，但也没有像它们那样步履艰难（新诗甚至直到今天还在探索应走的路）；当作家们选中这一文体对中国的社会现实有感而发的时候，已经很难获得充足的时间和条件作深入细致的考量准备，他们简化了繁杂

---

① 参见鲁迅《小品文的危机》（《鲁迅全集》第4卷，人民文学出版社1981年版，第576页）、林语堂《人间世·发刊词》（1934年4月《人间世》创刊号）。

② 茅盾：《多事而活跃的岁月》，《新文学史料》1982年第3期，第11页。

而必要的过程，迅捷地切入了创作的正题。显然，中国现代杂文的出现和成功几乎是突如其来的：自 1918 年 4 月《新青年》第 4 卷第 4 期开辟《随感录》栏以后，各种刊物竞相效仿，《每周评论》《新社会》《新生活》《民国日报 · 觉悟》《时事新报 · 学灯》《晨报副刊》等都以很大的篇幅设立了专栏。“五四”以后，杂文的发展更是深入扎实，不仅先后出现了诸如《语丝》《申报 · 自由谈》《太白》《野草》《鲁迅风》《杂文丛刊》等专门的杂文刊物，而且很快发展到几乎每家综合性文学刊物都设立杂文专栏。中国现代文学拥有一个浩如烟海般的杂文世界，想弄清其准确数量几乎是不可能的。据不完全统计，仅新中国成立前公开出版的杂文集就有 400 余种。这已经是一个十分可观的数字，然而与它在报刊上实际产生的数目相距仍然十分遥远。在整个中国现代文学时期，杂文集的出版是十分困难的。例如，自 1919 年至 1929 年 10 年间出版的杂文集总共不足 30 种，所收作品 1200 余篇，而仅《晨报副刊》一家在“五四”时期就刊出上千则。“五四”时期刊登杂文的报刊，少说也有上百家。到 30 年代，情形虽略有好转，但结集出版仍“不及诗歌，更赶不上小说”（鲁迅语）。许多作家一生为写杂文呕心沥血，却竟不能有一本杂文集问世。首先应提到的是徐诗荃，他以梵澄、冯珧、迹余、区区、闲斋、梵可等为笔名发表的杂文，总数不下三四百篇，从《语丝》《奔流》到《人间世》《新语林》《申报 · 自由谈》等都可时常见到他的名字。他构思敏捷，落笔又快，有一个时期，《自由谈》的“花边文学”几乎由他一人包办了。徐诗荃是中国现代杂文史上最多产的作家之一。邵力子、陈子展、钱玄同、张恨水、石灵、罗烽、萧军、草明等也都较为多产，却也从未有过杂文集出版①；王任叔虽然出版过《生活、思索与学习》《边风录》《窄门集》以及同别人合编的《边鼓集》《横眉集》等多部杂文集，但所收作品仅占全部创作的四分之一。据不完全统计，从 20 年代末到 40 年代，他发表的杂文约 600 余篇，总数同鲁迅的差不多。这类作家的名字，我们还可以列出夏衍（总数同王任叔差不多）、老舍、周而复、胡风、周木斋、梁实秋、何其芳、吴晗、瞿秋白等长长的一大串。许多作家并不顾及结集出版的难易，他们是抱定一种旋生旋灭的心态进入创作的，希望自己的作品能与被鞭挞的对象一同速朽，因而并不留神对它的“珍惜”收集，有的

① 丁玲、魏金枝、郑拾风、谢觉哉、廖沫沙、文思奇等虽有杂文集问世，但已是在新中国成立以后（所收作品系新中国成立前的），因而他们也应划归此类作家之列。

连自己究竟有多少作品也说不清，甚至“连集子的名字也记不起来了”[①]。这表明，中国现代杂文的数量之多确实是十分惊人的。新中国成立后，杂文创作尽管在“十七年”中几起几落，历经磨难，但在“双百”文艺方针的感召下也一度繁荣，出现过《三家村札记》（邓拓等）、《打杂新集》（徐懋庸）等近百部作品。进入新时期后，作家的创作激情又喷涌而出，其作品则如汗牛充栋，超越了“五四”以来的任何时期。例如，为了适应受众的需求，也为了检阅和总结包括新时期在内的当代杂文的创作成就，中国文联出版公司出版了《中国新文艺大系（1949—1966）·杂文集》和《中国新文艺大系（1976—1982）·杂文集》，湖南文艺出版社出版了4辑40本《当代杂文选粹》，百花文艺出版社出版了4卷本《中国杂文大观》。此外，从1980年开始陆续出版的还有三联书店的杂文丛书，广州出版社的“思想者丛书”，成都出版社的“当代名家杂文系列”，湖南文艺出版社的“中国当代著名杂文家漫画家幽默小品”丛书，四川人民出版社的“稻草人杂文随笔丛书”……作家个人出版的杂文集，已难计其数，仅有选择地收入笔者编《中国现当代杂文史事编年》的，已逾千种。诗歌、小说、戏曲、散文等根本无法与之相比。杂文是中国新时期文学中最丰实、最多产的部分。

当然，评判一种文体的成就与价值，最重要的依据还不在数量，而在它的质量，尤其是作品在社会、历史上所发生的作用。谈到中国现当代杂文时，人们往往爱用“一代史诗”加以概括，这大致是不错的。然而却绝不是“史”的意义和“诗”的魅力的简单叠加。所谓“一代史诗”应当主要包括两个层面的含义：

第一，按照鲁迅的说法，杂文是“文明批评”和“社会批评”的产物。这是在传统文化的纵坐标和现实生活的横坐标的交汇点上的战斗批评。因为中国现当代杂文作家从“五四”开始就面临着两个十分严峻的课题：一是要清理针砭中国几千年封建文化传统的糟粕和推翻现行的封建专制制度，因为它们都是压迫人民、束缚人民，使中国人无法获得真正解放、无法争到真正的“人”的价值的桎梏；二是改变人的精神，升华中国人的素质、性格，使人人自觉、自立，“致人性于全”，“恢复独立自主之人格”（陈独秀语）。显然，“文明批评”和“社会批评”是一种以

① 夏衍：《杂文与政论·后记》，北京出版社1959年版，第169页。

“人”为中心的批评，是从传统文化对现实的中国人的精神之养成的历史底蕴上来批评中国固有的文明，是从社会现象、社会问题中深深隐藏着的中国人的劣根性来揭示现实人生的病苦。这显然是一个必须世代相续的伟大工程，而中国现当代杂文作家作了良好的开端，树立了一种不朽的风范。他们以无与伦比的坚决性、广泛性、恒韧性，对斫伤人的种种价值观念、行为规范等作了猛烈的抨击、大胆的扬弃。

第二，他们在展开以“人”为中心的“文明批评”和“社会批评”时，绝不仅仅停留在它的表层上，就事论事，浅尝辄止，而是钻探到了种种痼疾的内层和核心中去。在这种深入的观察和剖析中，首先思考的是它得以产生的社会历史原因。从“五四”时期的李大钊、陈独秀、鲁迅、吴稚晖、周作人、刘半农到30年代的瞿秋白、邹韬奋、茅盾、唐弢、徐懋庸、阿英和40年代的王任叔、聂绀弩、夏衍、闻一多、胡风、宋云彬、郭沫若、冯雪峰再到新中国成立后的黄裳、秦似、曾彦修、邵燕祥、牧惠、邓拓、吴晗、林放、巴金、蒋子龙等，都曾对不合理的社会现实进行深入的揭示和针砭，认为中国首要的任务是要消除封建主义传统在政治和意识形态领域的种种表现，克服等级特权、专制作风、官僚主义等遗风陋习，建立真正平等的民主体制和法制；同时，作家们还紧紧抓住了与之相适应的思想意识原因、特别是民族心理中的种种封建主义意识积淀的沉重负荷展开针砭批判，用鲁迅的话说就是反映大众的“魂灵”，大大发展深化了中国近代启蒙思想史上对“国民性”问题的发掘改造工作。在这里，作家们并不追求抽象的思辨，也不追求建立庞大的哲学体系，而是从大量日常生活和日常观念入手，从生活之树上汲取养分，用哲学的烛光和生命的情感去对待那些本来处于沉睡状态的事象，化腐朽为神奇，使碎金细玉般的篇篇杂文，汇聚成为深入中国社会底蕴的巨幅画卷和具有“史诗”气魄的百科全书，以致郁达夫说，“要了解中国全面的民族精神，除了读《鲁迅全集》，别无捷径”（《鲁迅的伟大》）。郁达夫所说的是鲁迅杂文的价值，而一部中国现当代杂文史，无论如何要比鲁迅自己的更庞大、更丰富、更生动。这的确是中外文学史上的一个十分奇特的现象，其中的原因和奥秘，只能首先从文学与时代的关系中去找寻。

一 时代的杂文意识

“五四”开始的文学意识具有前所未有的求新性和现实精神，因为在新的历史条件下，整个民族的文化经历了半个多世纪的历史振荡之后，正力图以全新的面貌昭示于世。活跃而又深刻的文化革命，是在中国政治革命运动暂时处于低潮期和间歇期进行的，两者的交织必然推出一种崭新的文学意识。虽然我们很难用一句话或一个定义对这种文学意识作出一览无余的确切概括，但有一点是可以肯定的：相对于过去的文学意识，现代文学意识十分注重在现实支点上的审美的“理性”色彩。17 世纪法国资产阶级启蒙思想家笛卡儿，面对森严的经院哲学与神学思想，强调要把一切事物放在“理性”的审判台前来重新加以衡量。“五四”开始的新文化运动，最根本的任务就是要反对几千年来的封建传统，以人文精神和启蒙主义衡量社会生活的一切领域，为社会的发展寻找一种合理性的逻辑，这就必然要求更鲜明的“理性”思考和审判。反映在文学上，作品能否深入剖析传统和纷至沓来的社会现象、思想意识形态，并能否在情感观照中作出明晰的臧否、褒贬，成为成败的关键。对此，新文学运动的先驱者们是心领神会的，茅盾之所以要求新文学“要注重思想，不重格式”①，李大钊之所以强调新文学必须以“宏深的思想、学理、坚信的主义”和“优美的文艺，博爱的精神”为“土壤、根基”②，原因莫不出于此。这实际上就是要求作品像高尔基所说的那样，将“想象力和逻辑的力量，直觉因素和理性因素平衡起来”③。然而要在小说、戏剧等以客体对象为表现主体的叙事性作品中实现这种平衡是委婉抑或是艰难的，它们远不如可以直陈事理的观念文学更得心应手（巴尔扎克在《拜耳先生研究》中，曾把文学分为“形象文学”和“观念文学”两种）。于是，杂文便应运而生了。由于杂文的议论性特质，使它不仅能够赤裸裸地抒发作者的内心情感，以情感人，而且最易于陈述事理，在沟通作者与读者、生活与艺术的联系中，可以省却若干形象感知的中介环节，迅即对历史进程、社会现象作出反映，“使世界成为人可以用观念和思考来掌握的东西”④。这是个平衡“想象力和逻辑的力量”“直觉因素和理性因素”的十分理想的世界。杂文创作之所以能在“五四”时期一触即发迅速崛起、并且随着时间的推移步步深化延绵整个 20 世纪，正是它自身的特点从根本上适应了时代

① 茅盾：《新旧文学平议之评议》，《小说月报》1920 年第 11 卷第 1 号。
② 李大钊：《什么是新文学》，1919 年 12 月 8 日《星期日》社会问题号。
③ 《高尔基文学论文选》，人民文学出版社 1958 年版，第 293 页。
④ 黑格尔：《美学》第 1 卷，人民文学出版社 1959 年版，第 122 页。

要求的结果。

杂文无疑是从属于时代的，但时代的杂文意识绝不仅仅限于此，更重要的还在于时代本身能为杂文发展提供合理的条件。由于杂文创作是逻辑思维和形象思维同时并行的并充分彰显主体情志的复杂性的精神劳动，所以最需要宽容、民主、自由的社会氛围，以利于作家激情的喷涌，构思的驰骋，理性的感悟，进入“纵心所欲，无所顾忌”的艺术境界。“五四”时期，由于清王朝的解体，科学与民主的张扬，政治禁锢被冲破，一定程度上出现了这样的开明和宽容的社会氛围，这对于杂文的生长无疑具有直接的重要性。周作人强调其兴盛“必须在王纲解纽的时代”①，正是切中肯綮的识见。“五四”过后，尽管时代条件发生了很大变化，三四十年代还出现过种种明明暗暗扼杀杂文的文化势力、政治力量（其中国民党当局“文化围剿”中剿杀的首先是杂文），新中国成立后十七年杂文也在“整风反右”、“再批判”等风风雨雨中几起几落、命运多舛，然而却始终在时代的襁褓中生生不息，保持着顽强而又鲜活的艺术生命力。这是因为，“一种体裁或风格既已奠定，就成为一种风尚，一种传统，尽管时过境迁，还本着习惯势力，长久维持它的统治地位”②，有时还会因人为的阻滞而积蓄起更强大的力量，即所谓“不塞不流”。“五四”以后和30年代、特别是新中国成立后进入新时期，杂文的发展就正是遵循了这种轨迹。同时，“五四”开始的政治、文化生活的变化还带来了新闻、出版业的高度繁荣，各种媒体大量涌现，彻底结束了古人所谓“恨天下无书以广新闻”的历史，为杂文的发展提供了十分具体的条件：一方面，由于不少报刊的新闻一反过去以铺叙男女风流韵事和社会逸闻以取悦读者的倾向，自觉或不自觉地以反映各种生活的文化的信息、特别是各种社会问题为己任，这就使杂文作者能迅速地从中捕捉素材，触发灵感，完成作品的创造；同时，这些媒体也以显著的篇幅刊登杂文，影响较大的刊物如《语丝》《申报·自由谈》《人民日报·副刊》《新观察》等有上百种，甚至出现了几十种类似《野草》《鲁迅风》《杂文月刊》《杂文界》《杂文报》《杂文选刊》等专门的杂文刊物，这就反过来刺激着杂文的产生。自然，这里还潜在着一个广大群众的审美趣味的变化问题。由于“五四”时期及其后整个20世纪的历史嬗变中，社会改革的急剧和生活节奏的加

---

① 周作人：《冰雪小品·序》，原载1930年9月29日《骆驼草》第21期，署名岂明。

② 《朱光潜美学文集》第3卷，上海文艺出版社1983年版，第324页。

快，对物质文明的追求和生存竞争意识日益显现出来，读者已难有闲情逸致耽于艺术的“象牙之塔”中悠游，果戈理所说的“今天社会围绕着转动的那些问题”自然会成为被关注的热点。这样，在文学上必然出现对创作时空的“近距离”要求，必然要求展示那些正在展开的、旋转的、流动的、甚至是稍纵即逝的生活、观念、思想等等，这无疑使不少“形象文学”陷入在近距离赛跑中保持平衡的两难局面。杂文的短小精悍、随意而谈、纵横捭阖等特点，正有摆脱这种困境的得天独厚的条件，让受众心理得到直接的满足。鲁迅曾敏锐地发现这种审美的变化：“大约渐要有一种新的要求，是关于文艺或思想的 Essay，不过以看去不大费力者为限。[①]”正因为读者喜爱，《自由谈》曾把鲁迅杂文的稿酬推高到千字 30 块大洋，《作家》的则是 22 块。[②] 读者的因素又从另一方面影响和促进着杂文的生长。

“特殊的时代常常会产生特殊的文体”[③]，如果说，“荷马史诗”是古希腊英雄时代对文学的选择结果，但丁《神曲》是文艺复兴对文学的选择结果，唐诗是中国封建社会的盛世对文学的选择结果，那么，杂文则明显地属于新民主主义革命时代的现代中国对文学的选择结果了。并且，这种选择发生在文化更新、社会变迁和激荡不已的历史发展关口及其过程中，显得异常贴切、生动而又顺乎自然。

二　杂文的时代意识

当时代选择自己的杂文意识的时候，杂文也应该、且必须选择好自己的时代意识，这是同一个问题的两个层面：前者是形式的，后者是内容的；前者是时代对文体的审美需要，后者是文体对时代的历史职责。杂文选择时代意识的成败得失，不仅决定着自身价值的高低，而且也反过来影响着时代对杂文的选择。这种文体在中国文学史上虽早已有之，但却从未成为一种时代的文学意识，只有当它自觉地置身时代襁褓中充分地体现出思想文化批判的正能量时，一种真正的时代的文学意识才会产生。在这方面，中国现当代的杂文实现了自己的最佳选择。

---

① 鲁迅致江绍原信，编号 271120，《鲁迅全集》第 11 卷，人民文学出版社 1981 年版，第 597 页。Essay，即随笔，也译作杂文。

② 见《东方快报》1936 年 8 月 28 日。

③ 茅盾：《茅盾散文集 · 自序》，天马书店 1933 年版，第 2 页。

马克思在分析德国专制制度时说：封建专制制度的唯一原则就是轻视人类，“使人不成其为人”[①]。有着几千年封建专制传统的中国，对于人的价值的贬抑、个性的压制，在人类发展史上是无与伦比的，“中国人向来就没有争到过‘人’的价格”（鲁迅《坟·灯下漫笔》），以致使中国终于发展成为可以任人蹂躏的绵羊之国、沙聚之邦。因此，人的价值的发现与强调，个性的解放，思想的觉醒，不仅是使德国从中世纪得到解放的实际途径，而且也必然要成为五四新文化运动关注的焦点。当时的先驱者们几乎不约而同地接受和形成了这样一种共同的信念：中国社会的进步应当以人性的解放、个性发展为前提。这是他们对封建传统进行全面反思后作出的判断。陈独秀在发起“五四”启蒙主义运动时就大声疾呼：“解放云者，脱离夫奴隶之羁绊，以完其自主自由之人格之谓也”，“盖自认为独立自主之人格以上，一切操行，一切权力，一切信仰，唯有听命各自固有之智能，断无盲从隶属他人之理”。[②] 周作人则极力倡导一种以“个人主义的人间本位主义”为中心的人道主义理论（《人的文学》），在他看来，文学在经历了原始时期的“人类的文学”和阶级社会的“阶级的文学”之后，发展到现代社会就必然是“个人的文学”（《新文学的要求》），“现在讲文艺，第一重要的是‘个人的解放’，其余的主义可以随便”（《文艺的讨论》）。[③] 这些见解都表现出了对于人的价值、人的尊严的肯定和追求。这是一个具有十分深远意义的命题，作为全社会意识觉醒的一个重要标志，当时已为不少启蒙主义者所接受、确认，引起了一个时代思想观念和文学传统的重大变化。所以鲁迅后来总结说：“文学革命者的要求是人性的解放。”[④]

“五四”杂文的时代意识尽管有丰富的内涵和题旨的多向性，但却正是以此为根本出发点，喊出了自己的最强音。最引人注目的是鲁迅的《热风》和《坟》。它的广泛的取材，丰富的内容，都是以“人性”的解放（或曰“立人”）为轴心的。对于封建专制制度和旧礼教的暴露与批判，目的在于动摇封建宗法社会的基础，从根本上破除禁锢人的思想和束

---

① 马克思：《摘自〈德法年鉴〉的书信》，《马克思恩格斯全集》第1卷，人民出版社1960年版，第411页。

② 陈独秀：《警告青年》，《青年杂志》1915年9月15日，第1卷第1号。

③ 周作人的这几篇作品均见《艺术与生活》，群益书社1931年版。

④ 鲁迅：《草鞋脚·小引》，《鲁迅全集》第6卷，人民文学出版社1981年版，第20页。

缚人们手脚的桎梏，解放“人之子”（《灯下漫笔》《我之节烈观》）；对于“国粹”的取舍与评判，“只要问它有无保存我们的力量”，“保存我们，的确是第一义”（《随感录三十五》）。在鲁迅看来，所谓“国粹”，不过是一种陈腐野蛮的东西，一种与新事物抗衡的口实，是阻碍中国人走向觉醒与解放的精神绊脚石，实在没有保存的必要；对愚昧迷信的揭露和抨击，也与“人”的觉醒息息相关。《热风》《坟》几乎全力以赴地抨击阻碍民族觉醒的形形色色的封建樊篱。而贯穿其中的对“不觉悟的人民群众”的精神的剖示，以及由此表现出的“哀其不幸，怒其不争”的主体情绪，都鲜明地体现了“立人”的思想。可以说，鲁迅“五四”杂文所体现出的以“立人”为中心的人道主义、民主主义思想，是“五四”时期杂文创作的主旋律。正是为了参加这个旋律的合唱，周作人才大力鼓吹“祖先为子孙而生存”的“幼者本位观”（《谈虎集·祖先崇拜》），“利己而又利他，利他即是利己”的新道德观（《艺术与生活·人的文学》）和新的“两性观念”（《狗抓地毯》，《语丝》第3期）；钱玄同才极力反对空耗少年光阴的“读典”行径（《随感录四四》），反对“不拿人当人”的非人道主义观（《回语堂的信》，《语丝》第23期）；刘半农才不满时下流行的“实利主义和职业教育”（《半农杂文·实利主义和职业教育》）；章衣萍才极力反对对“青年个性”的压制（《古庙集·“不行”、天才的权威》）……至于他们对束缚人性走向解放的禁欲主义、贞操观、节烈观等封建伦理道德展开抨击的作品，更是比比皆是。当然，由于历史的原因和自身的局限，包括鲁迅在内的许多知识分子，常常有意无意地将人的主观精神力量作了过分的夸大，几乎夸大到列宁所说的“脱离了物质、脱离了自然的神化了的绝对”①。但平心而论，这种偏激是完全可以理解的，因为对严重禁锢人的主观精神的封建专制的“铁屋子”，非如此便不能撼动其一片瓦砾、一根毫毛的。鲁迅说这是“物反于极”，也可以说是一种“深刻的片面”，它发生在新文化运动的艰难起点和发轫期，其必然性、必要性和进步意义，都是显而易见的。可以说，没有这种执着以至偏激就难有当时的重大突破，就不可能克服传统的巨大惰性力而实现人的觉醒和社会改革。这些作品是以一种彻底的不妥协的精神对中国封建文化传统进行了一次真正意义上的反省和批判。与以上作家作品相

---

① 列宁：《谈谈辩证法问题》，《列宁选集》第55卷，人民文学出版社1990年版，第311页。

比，李大钊、陈独秀等关心得更多的是关于社会制度的改革、社会主义在中国的传播和帝国主义入侵等重大政治问题，这是以更直接地以拯救中华民族为出发点的，与“立人”的思想也息息相通。由于他们较早地接受了马克思主义，不仅一开始就能从许多复杂迷离的现象中看清使中华民族走向解放的道路：推翻旧的制度，从根本上砸碎枷锁（陈独秀《袁世凯称帝》和《除三害》、李大钊《乡愿与大盗》和《宰猪场式的政治》等）；而且不止一次地表露过这种思想：“真正的解放，不是央求人家‘网开三面’，把我们解放出来”，“不是仰赖那权威的恩典，给我们把头上的锁解开”，而必须“靠自己的力量抗拒冲决”（李大钊《真正的解放》），其“立人”的思想已与国际“共运”精神相契合。但是，处于麻木愚昧状态的孱弱国民又何以能发现并发挥自己的力量？何以能感奋起来？因此，不少作品又把“箴贬聩蒙、鼓舞群伦”作为一个十分重要的内容，其中国民性中的“奴性”意识和麻木愚昧被给予了最有力的针砭（陈独秀《偶像破坏论》、鲁迅《暴君的臣民》、陶孟和《随感录》（四）等）。

这可以说是中国文学史乃至文化史、思想史上相当值得称颂的建树。因为在贬抑个性的传统已经久远地主宰和制约着我们民族的文化心理的情况下，不真正高扬人的自主意识和独立精神、努力冲破专制主义思想文化禁锢所造成的精神麻木状态，新文化运动所确立的反帝反封建任务的完成，几乎是不可能的。中国现当代杂文是在一个辉煌的坐标上建立起了自己的起点，这无疑也是整个民族建设现代文化、现代文明的重要标志。

然而必须正视这样的事实：五四新文化运动是在较为有限的时间和空间内进行的，在它提出的目标远没有实现、各种新观念新思想远没有深入普及的情况下，历史就匆忙地进入了新的时期。由于阶级矛盾和民族矛盾的激化，广大民众越来越面临着生死存亡的严重威胁。这样，“救出你自己”的个体自由原则，就必然首先受到冲击。郭沫若就曾疾呼“我们对于个人主义和自由主义要根本铲除”①。蒋光慈也宣布：“革命文学应当是反个人主义的文学，它的主人翁应当是群众，而不是个人，它的倾向应当是集体主义而不是个人主义。”② 这无疑传递出了一种新的时代潮息：“五四”时期建立在个体自由原则之上的以“人性的解放”为核心的个性主

① 郭沫若：《革命与文学》，见《创造月刊》1926年第1卷第3期。
② 蒋光慈：《关于革命文学》，见《太阳月刊》1927年第2期。

义思想和与之相应的“人的文学”观念，从20年代中后期开始已逐渐式微，文学艺术的“社会功利”被提出了新的要求。这样，杂文的时代意识就面临着重新抉择。也有执拗地要坚持“五四”时期确立的“个性主义”传统者，周作人被残酷的阶级斗争吓破了胆，就曾不止一次地声称，自己的“去就”就是“依了自己的心的倾向”固守在“自己的园地”，坚决拒绝“牺牲了个性去侍奉白痴的社会”。[①] 周作人也确实在30年代同废名、俞平伯、徐祖正、林语堂、孙福熙等一道在这块“园地”里痴情耕耘过，以周作人的《苦茶随笔》《看云集》《风雨谈》等为代表，他们脱离时政风云和社会现实，在草木虫鱼、风花雪月或书斋一隅低诉微吟，孤芳自赏，其杂文艺术精神恒变为一沟没有出路的止水，甚至是脱了水的灰暗的干花，很快就被时代所淘汰。因为精神的“个体自由”必须以发达的商品经济和政治体制的民主为基础条件，当大多数人仍然在经济困顿和政治压迫的双重奴役下为求生存而苦苦挣扎的时候，思想文化上偏执的“个体自由”的追求，终不免是过于超前的梦。鲁迅却及早作出了新的选择。面对救亡图存的民族矛盾和残酷无情的阶级斗争、政治革命，鲁迅切实感受到了孤立的个性主义思想和“人的文学”的苍白无力，也不止一次地对其社会效果产生怀疑。在经历了沉痛的思索、特别是“五四”“启蒙至上”的理想遭受挫折之后，鲁迅把民族振兴的热望转向了以工农为主体的武装斗争，感叹“一首诗吓不走孙传芳，一炮就把孙传芳轰走了”[②]。在文艺观上，鲁迅虽然并不完全排斥“个性主义”思想，但却更加强调文艺的社会作用，强调文艺家应当跳出狭隘的个人圈子去说“社会的话”[③]。这样，“感应的神经”“攻守的手足”的杂文，服务于政治斗争，服务于新民主主义革命的总目标，去和读者“一同杀出一条生存的血路”（鲁迅语），就是顺理成章的了。时代的发展使杂文和推翻旧制度、推动革命的进程以及民族解放斗争结合了起来。

杂文时代意识的这种变化，从20年代中期“语丝派”的创作中就已见端倪，在“女师大风潮”中（鲁迅《可惨与可笑》、周作人《女师大

① 周作人：《自己的园地》，北新书局1923年版，第2页。

② 鲁迅：《而已集·革命时代的文学》，《鲁迅全集》第3卷，人民文学出版社1981年版，第423页。

③ 鲁迅：《集外集·文艺与政治的歧途》，《鲁迅全集》第7卷，人民文学出版社1981年版，第116页。

的运命》)，在围绕着驱逐溥仪出宫问题而跟遗老遗少的斗争中（周作人《清朝的玉玺》、钱玄同《三十年来我对于满清的态度的变迁》)，在“五卅”以后动员舆论反对日、英帝国主义侵略的斗争中（章衣萍《漫语》、钱玄同《关于反抗帝国主义》)，他们都以杂文为武器旗帜鲜明地参与过，甚至在1927年反对国民党的“清党”“讨赤”（鲁迅《铲共大观》、冯雪峰《现在的时代》)，“也很用了一点气力”（周作人语)。而到了30年代和40年代，这种意识已变为大多数作家的自觉行为。如果说，30年代和40年代的中国主流文学活动大都是围绕着政治冲突这个中心展开的，那么其中唱主角的无疑是杂文。鲁迅把30年代的杂文归纳为“对于时局的愤言”，即讽刺和抨击现实政治之作。仅从黎烈文编辑《自由谈》初期（1932年12月1日接编至1933年5月25日刊出多谈“风月”的启事）发表的鲁迅、茅盾、唐弢、徐诗荃、徐懋庸等的600余篇作品来看，这类作品就占了一半还多，它们针对形形色色的社会现实事实——古物搬迁、募捐飞机、“围剿”苏区、杀戮人民、“安内攘外”、有名无实的“救国”理论、刮民脂膏的“义捐”、视爱国学生如“乱民”，以及“贪赃枉法”“侵吞公款”“民不聊生”等等，尖锐抨击了国民党当局的腐朽没落和反动政治统治；再从30年代末到40年代以至于新中国成立后，国统区作家以其作品闻一多的《兽·人·鬼》、聂绀弩的《二鸦杂文》、秦似的《时恋集》、冯雪峰的《乡风与市风》为代表，在为争取民主和民族大义而同国民党反动派的斗争中，“孤岛”作家以其作品文载道、周木斋、王任叔、唐弢、柯灵等合著的《边鼓集》和《横眉集》为代表，在为争取民族解放而同日伪反动派的斗争中，解放区作家以其作品丁玲的《三八节有感》、艾青的《了解作家，尊重作家》、萧军的《论同志之“爱”与“耐”》、王实味的《政治家·艺术家》和《野百合花》为代表，对革命队伍内部行为失范和意识误区的谏诤警示，“十七年”作家以其作品徐懋庸的《打杂新集》、夏衍的《灯下闲话》、邓拓和吴晗等的《三家村札记》与《燕山夜话》为代表，在对新中国成立后仍然延存的封建思想的残余和社会阴暗面针砭批评中，新时期作家以其作品巴金的《随想录》、邵燕祥的《忧乐百篇》、林放的《未晚谈》、蒋子龙的《市场·情场·官场》为代表，在现代化建设中对与商品经济大潮同时俱来的庸俗时尚、惰性文化圈和腐败倾向的鞭挞中，更赋予杂文以浓郁的政治色彩。

当然不能简单地断定中国20世纪杂文已完全成为时代政治的“鼓动的工具”，它们仍然在相当程度上保持着广阔而深刻的文化独立批判功能，也包含心灵独语所生发出的悟道、移情的审美功能，其创作题旨是多向性的：且不说20年代中期一度兴起的以“现代评论”派为代表的充满幽默从容之趣味的“闲话”杂文，且不说新中国成立初期产生的专事思想意识循循诱导的《马铁丁杂文》，也不说30年代以周作人、林语堂为代表的“向内转”、玩“自我性灵”的“闲适派”杂文。单就张中行、金克木、季羡林、王元化、周汝昌等一代学人写出的大批“书斋杂文”说，也使现当代杂文显示出色彩斑斓的题旨风采，他们以书斋为城府，独善其身，随说漫说，说历史说文化，说交友说艺术，说天文说地理，多以一种潜移默化的力量维系着对世界的哲学渴望，其表面上的同社会政治问题疏离和超功利，却意味着在更深的层面上拓展着人的精神世界，高洁地导引着人的品格和情操（以张中行的《负暄琐话》为代表）。凡此等等，不一而足。然而从主导倾向上说，要求“立竿见影”、与社会政治活动保持同步，确已成为20世纪主流杂文创作的最钟情的家园，作家们以执着的面向现实的精神和强烈的自信，评说着人间的沧桑，不留情面地批判现实政治中不尽如人意的抑或丑陋、污浊的精神缺陷，构成了中国现当代杂文的最精彩、最有生气的部分。这是历史的选择，不管它遭到怎样的磨难，还是在中国的现实土壤中结出了丰硕的果实，成为中国20世纪非常独特的文学现象。“政治先行，文艺后变”①，这条规律，对于杂文创作来说尤其中肯。鲁迅说：“一讲无产阶级文学，便不免归结到革命文学，一讲斗争，便只能说是最高的政治斗争的一翼。”② 中国20世纪杂文就正是这样。

在中国现当代文学史上，杂文的时代意识是一条生生不息的长河，作家们紧随历史步伐拥抱现实，并从关键问题入手，在政治革命、民族解放的事业中，给自己找到了“被压迫人民的代言人”的位置，其鲜明生动的艺术倾向之中，仿佛反映着中华民族全部的忧虑、不安、理想、情感和智慧，这是经典意义上的文学，具有强烈的精英主义风格，获得的是文学

① 鲁迅：《三闲集·现今的新文学的概观》，《鲁迅全集》第4卷，人民文学出版社1981年版，第134页。

② 鲁迅：《三闲集·文坛的掌故》，《鲁迅全集》第4卷，人民文学出版社1981年版，第122页。

的至高无上的地位——“经国之大业，不朽之盛事”。当然，大凡文学，无论何种门类展示时代意识必须具有艺术的审美价值。同样是对时代精神的展示，人们在小说、戏剧、诗歌中所看到的，与杂文显然是有区别的：前者更含蓄，客观的表现色彩更浓；后者则较袒露，有更强的主观色彩和理念性。若用“纯”文学的标尺来衡量，后者难免被疑为“缺少价值”。这也许不无道理，然而也有偏颇。人们常常要求的“纯”艺术其实是从未有过的，所谓“纯”与“不纯”只是相对而言，在艺术的天平上不过有轻有重而已，或者说，它们之间存在着表现形式和审美感受的不同。现当代杂文的成功或许可以给我们这样的启示：形象观照、心领神会是一种审美享受，而在情感的濡染下给人以观念和理性的启示何尝不也是一种美学展示？黑格尔曾作过这样的论述：当整个时代处于偏重理智的“不利于艺术”的一般情况下，艺术家自然会受到思考风气的影响，会把更多的抽象思想放入作品中，由此，在审美的观念与现实的艺术中，“思考和反省已经比美的艺术飞得更高了”。①

三 忧愤、苦闷中的抉择

从时代与文学的关系上理解现当代杂文繁兴的原因和结果，无疑是重要的，但还只是问题的一个方面。任何一种文体的生长，又都离不开作者个人的主观能动性。对于广大作者所表现出的这股罕见的世纪杂文热，最常见、最省力的解释是，为了主动参加“急遽的剧烈的社会斗争”（瞿秋白语）。这说法当然有道理，但仅仅作如是解还是远远不够的。作者的主观因素，在与时代和历史的联系中，十分复杂而深刻。

20 世纪初的中国，危机四伏，动荡不安，其中对知识分子影响最大的莫过于两大事件：一是中日甲午战争失败后帝国主义掀起了侵略、瓜分中国的狂澜，不少敏感的知识分子率先从中感受到了民族的生死存亡问题；二是 1905 年科举制度的废除，使大批知识者一时“无所适从”。如果说，从前的知识者也怀有进身的目标无法实现的苦闷，但总是还有历史条件下所决定的目标，如今则处在风雨飘摇中，失去了旧的目标，新的目标又模糊不清，进和退都失了根基。这就使他们深深地陷入孤寂、忧虑、苦闷之中。但是，历史的发展毕竟透露出了新世纪的曙光，清王朝的覆

---

① 黑格尔：《美学》第 1 卷，商务印书馆 1979 年版，第 11 页。

灭，帝制的推翻，中华民国的成立，这无疑又给广大知识者以很大震动，加之欧美新思潮的冲击，使他们与传统的心怀忧患的乱世文人有了明显区别：他们不再只对个人的生活境遇作被动反应，更多的是比较主动地关注现实，并且开始将个人的命运与整个民族的命运联系起来，他们的眼界开阔得多了，心里产生了强烈的时代责任感和使命感。这在当时的历史条件下主要表现为“心事浩茫连广宇”的忧患意识，一种担心中华民族会被“从人的世界挤出”（鲁迅语）的焦灼和苦闷情绪。于是，觉醒了的“莘莘学子”开始寻找各种救国救民的武器：有人选择政治，有人选择军事，有人选择科学，而更多的人则最终选择了文艺。在他们看来，文艺可以割掉妨碍民族生机的精神毒瘤，是唤起民族觉醒、促进社会改革的利器。这是一种启蒙主义的文艺观，鲁迅、李大钊、周作人、茅盾、聂绀弩、徐懋庸等一大批作家几乎都是抱着这样的信念步入文坛的，他们主要“不是为了当时的文学之所谓艺术”①。即使是那些曾经提倡过“为艺术而艺术”的、如创造社的作家们，在实际创作中不是也同样自觉或不自觉地实践了上述信念吗？诚然，这种职责不一定非要由文学来承担，但在当时其他意识形态门类欠发达的中国，文学无疑是十分效的形式。因此，他们虽然也倡导那些同现实保持距离的雅美艺术或鸿篇巨制，但更热恋能直接参与变革现实的短兵利刃。正如鲁迅所说：“现在是多么迫切的时候，作者的任务，是在对于有害的事物，立即给予反响或抗争”，而“猛烈的攻击，只宜用散文，如‘杂感’之类”。② 不少作家最终选定了杂文，主观原因首先在于此。曾经是诗人兼杂文家的邵燕祥原以为全国解放后杂文的时代已经结束，于是就不写杂文专写诗了。但当发现以封建主义为代表的旧思想、旧文化的幽灵并没有随着新中国的建立而速朽，仍然演化成种种“时弊”侵蚀着社会肌体的时候，痛感“只想作诗人而不愿作清道夫是作家的失职”，就算把诗当杂文写“还是不痛快，索性发而为杂文”。③ 这在当代作家中也是共性的。

另外，杂文可以最大限度地适应作家“抒愤懑”的需求。基于知识

---

① 鲁迅：《集外集拾遗·英译本〈短篇小说选集〉自序》，《鲁迅全集》第7卷，人民文学出版社1981年版，第389页。

② 分别见《且介亭杂文·序言》；《两地书·三二》。均见《鲁迅全集》，人民文学出版社1981年版。

③ 邵燕祥：《沉船》，上海远东出版社1996年版，第85页。

分子自身的遭遇和内忧外患的现实刺激，中国现当代知识分子所产生的忧愤情怀，较之历史上任何时期都来得强烈。由于近代社会以来的民族积弱而形成的自卑感、压抑感，由于长期的社会动乱和残酷的政治斗争所造成的焦虑、愤懑，由于生活拮据、单调、乏味、人际关系紧张和个人的无出路而产生的受虐心态，融合着为国家为民族担忧的愁绪，使不少具有良知的知识者几乎陷入痛苦欲绝的境地。即使新中国成立后，依然残存的封建遗风和令人担忧的国运民瘼，仍然使作家生成满满的忧愤情绪。通过文艺作内心激愤的排解，便成了大批知识者的自觉或不自觉的精神选择，周作人形象地说这是"避难到艺术世界里去"。当他们还不能把忧愤的心绪从容含蓄地熔铸为雅美的作品、特别是不能融化到鸿篇巨制中去时，便很自然地采用杂文为得心应手的工具。日本学者厨川白村在谈到 Essay 时曾说过，它"是将作者的自我极端地夸大了夸张了而写出的东西"，是"自己告白的文学"；"为表现不伪不饰的真的自己"，"用这体裁最为顺手"。[①] 中国现当代的许多作家也正是利用杂文的这种特性来"抒愤懑"的，鲁迅曾说自己写杂文"就如悲喜时节的歌哭一般，那时无非借此来释愤抒情"[②]，曹聚仁也说杂文的写作是作者为自己"作脱离窘境的设计"[③]。这样，杂文创作实质上是作者主体情志对象化的结果，其作品是用感情的泪水催化和谱成的心灵之歌。如果说"愤怒出诗人"（马克思语）、"文艺是苦闷的象征"（厨川白村语）只具有相对的真理性而不能概括一切文艺创作（譬如歌颂性散文、诗歌）的话，那么对于杂文创作来说却是颠扑不破的真理了。

当然，"抒愤懑"与参与变革现实的斗争实际上是相辅相成、不可分割的，主观情感的浓度与流向能够直接影响或决定着作家对现实生活的关注，现实生活又促使作家内心情绪变化骚动，积累着情感与思想并要求得到抒发，创作冲动便由此不断产生和加强。这就是为什么中国现当代杂文一直多产的又一直接动因。当年的梁实秋在攻击杂文作者时曾说："有一种人，只是一味的'不满于现状'，今天说这里有毛病，明天说那里有毛

---

① 鲁迅：《出了象牙之塔》，见《鲁迅译文集》第 3 卷，人民文学出版社 1959 年版，第 114 页。

② 鲁迅：《华盖集续编 · 小引》，《鲁迅全集》第 3 卷，人民文学出版社 1981 年版，第 183 页。

③ 曹聚仁：《文思 · 杂文》，上海北新书局 1937 年版，第 131 页。

病，有数不尽的毛病，于是也有无穷尽的杂感。”[①] 梁实秋不满于杂文家的“不满于现状”，显然是一种偏见，但他却看到了作家在与现实的沟通与联系中所产生的“不满”情绪对杂文创作的动力作用，实在是歪打正着。更有意味的是，满怀敌意攻击杂文的梁实秋、陈西滢等，也在愤激中写出了《西滢闲话》（陈西滢）、《偏见集》（梁实秋）等杂文史上的名篇，为自己不满于鲁迅等杂文作家的“不满于现状”一吐为快。梁实秋们的矛盾和尴尬，恰恰也印证了杂文家因不满于现状才进入创作的无可奈何。鲁迅说：“不满是向上的车轮，能够载着不自满的人们，向人道前进。”[②] 杂文家就正是如此。

显然，中国现当代作家对杂文的选择是外力和内力相统一的结果。然而这里却遇到了文学的价值目标和社会的功利目标的相互冲突。鲁迅在谈到最初选择杂文的心境时曾说：“有人劝我不要做这样的短评。那好意，我是很感激的，而且也并非不知道创作之可贵。然而要做这样的东西的时候，恐怕也还要做这样的东西，我以为如果艺术之宫里有这么麻烦的禁令，倒不如不进去。”[③] 可见，鲁迅亦不乏对传统意义上的文艺价值的眷念，然而最终是在社会功利规约下决定了自己的抉择。这种情形不止鲁迅一人。徐懋庸一开始作杂文也是准备在文化界受人“轻蔑”，“我之所以不管人们轻蔑，自顾做我的‘杂文’，就是因为相信在现在这个时代中，‘杂文’对于社会实在很有点用处。”[④] 聂绀弩甚至钟情到把寓言、童话都当作杂文写（聂绀弩语）。这恰如韦伯在分析社会人的行为动力时所说：“为了纯粹达到能获利的目标，有时将不得不排斥价值合理的行为，因为在只考虑功利目的的情况下，人们是不能迷信价值的。”[⑤] 在陈独秀、李大钊这些政治家型的杂文家那里，也许压根儿就未曾想过杂文的艺术价值。由此可见，杂文的出现并不是期待要在文学之宫建立自己的庙堂，与处于正宗地位的文学种类一争高低，因为连作家自身还未将它作为一种真正文学意义上的创作来对待。鲁迅曾十分希望自己的杂文能同被鞭挞的黑暗现状一同速朽，在他们眼里，民族的觉醒、国家的命运高于一切。应当

① 梁实秋：《“不满于现状”，便怎样呢?》，《新月》第2卷第8期。

② 鲁迅：《鲁迅全集》第1卷，人民文学出版社1981年版，第359页。

③ 鲁迅：《华盖集·题记》，《鲁迅全集》第3卷，人民文学出版社1981年版，第4页。

④ 《徐懋庸杂文集》，三联书店1983年版，第128页。

⑤ 韦伯：《科学论文集》，英文版第558页。

说，这种选择是无私的，体现了作家的牺牲精神和把个人的爱推向整个人间的博大胸襟，体现了严肃的文学使命感和道德勇气，因而是颇为神圣和崇高的。因此，当有人奚落杂文只“有宣传作用”而缺少留传后世的“文艺价值”的时候，作者们常常是心底坦然的：“倘使杂文因充满时代气息而缺少文艺价值，那还是老老实实不要这样的文艺价值。”① 然而，事物的发展常常不是人们所能完全预料的，杂文终于因为鲁迅与一代作家的共同探索而别开艺术生面，特别是鲁迅杂文所创造的“砭痼弊常取类型”、赤诚开放的“自我”生命和精神展示、委婉曲折的议论方式，赋予了杂文可以显示艺术本质属性的“形象化”系统，使“功利”和“价值”这些一开始看来有些相抵相悖的概念逐渐获得了谐和统一，读者与作者都不得不修订对它的偏颇认识，反思原先对它界定的基本观念。30年代当创作鼎盛期徐懋庸的《打杂集》出版时，鲁迅在“序”言中就中肯地宣布：“杂文这东西，我却恐怕要侵入高尚的文学楼台去的。”②

四　深井出旺泉

从对仓促而至的文体所表现的应对裕如的表现力（作者）和一拍即合的欣赏水平（读者）看，中国现当代杂文是一股深井中喷发出的旺泉，其成功是有虽非自觉却是充分的准备的，带有艺术规律所决定的必然性。

中国现当代杂文作家特别是大批优秀的，差不多都具备非凡的学养和才力：作为现代杂文之父的鲁迅，也是中国现代思想、现代小说的奠基者和开拓者，他在二十多岁英年写下的《人之历史》《文化偏至论》《摩罗诗力说》等五篇论文，在中国思想界足有振聋发聩的作用，而他的白话小说《呐喊》《彷徨》则开了中国现代文学的先河；陈独秀在兼北大文科学长的同时，出色地创办和领导了《新青年》杂志，是新文化运动的弄潮儿；周作人、胡适、钱玄同、刘半农、陈望道、瞿秋白、茅盾、闻一多、林语堂、聂绀弩、唐弢、王任叔、巴金、邓拓、吴晗、徐懋庸、邵燕祥、林放、蒋子龙等在文学和社会科学方面的卓越建树也都有目共睹。可以说，这是一代身兼文学家、革命家、思想家和中西贯通的学者等多种品格的大家。这足以赋予杂文以思想的敏感性、丰赡性、深刻性和尖锐性，特别是他们从历史的社会文化心理发展进程中，抓住了至今仍延续着的国

① 周木斋：《杂文的文艺价值》，《太白》第2卷第4期。

② 鲁迅：《鲁迅全集》第6卷，人民文学出版社1981年版，第291页。

民的“劣根性”，使杂文在割除民族痼疾、唤起民族觉醒中有的放矢，蕴藏着深沉的历史感。同时，这种品格还使他们有意无意间打通了杂文与其他文学样式的艺术联系，使杂文成为具有知识性、趣味性、形象性、情感性等多种文学素质的独立文体。

现当代杂文作家还把根基深深地置于现实生活的土壤里。如果没有对中华民族的生活、命运、心理、情绪等的切身体验，没有对社会改革和文学革命所引起的种种矛盾的执着关注和苦苦思索，没有一种深切的社会忧患意识，很难想象这些作家的作品会有如此强烈的时代意识，能有这样的思想深度和魅力。

中国现当代杂文也明显地受到外国散文随笔和新思潮的影响。从1920年起，鲁迅就开始大量翻译日本、苏联、荷兰、德国等国作家的杂文作品，其中影响最大的是日本厨川白村《出了象牙之塔》中关于Essay的论述和鹤见祐辅杂文集《思想·山水·人物》，它们对鲁迅的影响自不待言，曹聚仁、徐懋庸等也都强调过这些外国作者对自己杂文创作的启发作用。[①] 周作人、林语堂、韦素园、胡梦华、章衣萍等也译介过国外的杂文理论和作品。章衣萍杂文集《随笔三种》中的作品，与他自己翻译的《契诃夫随笔》，有着明显的艺术联系。歌德、叔本华、尼采、蔼理斯等作家的“随想体”文章以及英国的随笔，也对不少作家产生过影响。还有一个不能忽视的问题是，当时西方流行的各种学说如马克思主义和进化论、人道主义以及科学、民主等新思潮，曾经像血液一样流动在中国现代杂文的字里行间，成为不少作品的思想支柱。

应当说，这些因素对中国现当代杂文的繁兴都起了重要作用。但从文体本身说，最值得注意和深究的，则是中国传统的议论散文对杂文所产生的影响，这是其他任何新文体都无法与之比拟的。

我国古代议论文体源远流长且名目繁多，如论、议、辩（辨）、说、解、驳、评、考、原等，在总的称谓上，《文心雕龙》立“论说”类概其全，姚鼐《古文辞类纂》则改称为“论辩”类。今天看来，这些繁多的名目大体可分为两类，一类是严格意义上的推理论文，即刘勰所说的“弥纶群言，而研精一理者也”。另一类是感悟式的，“它没有系统，没有

---

① 分别见曹聚仁《我与我的世界·再插一段话》（三联书店2011年版）和《新文学史料》1980年第4期刊登的徐懋庸《我和鲁迅的关系的始末》。

方法，没有拘束，偶有感触，随时记录，意到笔随，意完为止”[①]，大都是内心肆应外物有感而发，遂性率真。由于中国的文人长期以来大都养成了重感悟而轻推理，或者长于婉转启发而疏于逻辑分析的思维模式，使后一类作品所占的比重，远比前者为数多且影响深远。较早出现的先秦诸子的作品，如《论语》《孟子》《庄子》《荀子》《韩非子》等，都属后者。魏晋南北朝时期嵇康、孔融等的议论性作品，感性特色更鲜明，嵇康的“师心使气”“慷慨激昂”，孔融的“讥嘲笔调”，都曾得到鲁迅的赞许。到了唐朝，韩愈所倡导的古文运动，则把这种文体同哲学著作和历史著作明确区别开来，成为一个独立的门类——议论散文。韩愈、柳宗元以及宋朝的欧阳修、苏洵、苏轼、苏辙、王安石、曾巩等八大家的作品形成了议论散文发展史上的两个高峰。而两峰之间出现的皮日休、罗隐、陆龟蒙等人的小品，以嬉笑怒骂、婉而多讽见长，又形成了一个独特的流派。明清两代，文字狱迭起，尽管作家已难以抒发自己的真情实感，但许多作品在形式上还是继承和发展着长期以来形成的议论传统，特别是随着清末古文的报章化而出现的“新文体”。关于这些，现成的研究成果很多，此不细述。其中需要着重探讨的是，这种议论散文传统给了现当代杂文哪些有益的滋补与影响。

对于作者，艺术上带有普遍性的受益至少有两点：

一是形式上的“曲”。清人刘熙载在《艺概》里说：“文有本位，《孟子》于本位毅然不避，至昌黎（韩愈）则渐避本位矣。永叔（欧阳修）则避之更甚矣。凡避本位易窈眇，亦易选懦。至永叔以后，方以避本位为独得之传，盖亦如矣。”所谓避本位，就是对于自己的主张，不从正面直说清楚，而以旁敲侧击来生波澜，亦即今天所说的“曲笔”。刘熙载对此尽管态度暧昧不特别赞赏，但的确道出了古代议论散文在形式上带有规律性的特点。就是他所说的“不避”本位的《孟子》，有人也概括过有“直而不倨，曲而不屈”[②] 的特点。“理不可直指”（刘大櫆语），“文章要有曲折，不可作直头布袋”（元遗山语），这是古人所反复强调的。对此，现代杂文是从不自觉到自觉地接纳并发扬光大的。鲁迅早期杂文就呈现出了“明快而拙直”（巴人语）的特色。周作人的杂文则是平实中带

① 朱光潜：《艺文杂谈·随感录》，安徽人民出版社 1981 年版，第 147 页。
② 赵岐：《孟子题辞》。

浓浓的“涩味”，而涩味的获得，无疑与“曲笔”相关。随着时间的推移，“曲笔”的意义越来越为作家们所认识，到“杂文时代”的30年代，鲁迅就反复强调杂文造语“须曲折”[①]的道理了，他不仅身体力行，还常常以此作为评判杂文艺术价值的一条准则。“孤岛时期”周黎庵概括“鲁迅风”杂文的共同特色便是“迂回曲折”，并断言：“文艺性的杂感和报纸短评及墙头标语之不同，其分野虽不全在乎此而也是异点之一。所以虽有不能‘明白如话’之诟，也只得由他去了。”[②]正是这种义无反顾的追求，成就了杂文作为独立的文学形式的、与诗歌小说戏剧等并驾齐驱的艺术特质。然而提供经验的源头，却不能不是古人。

二是内容上的“情”。中国现当代杂文具有浓烈的感情色彩，这是众所公认的，鲁迅说无非是借杂文“释愤抒情”。在古人那里又何尝不是如此？沈德潜曾强调“议论必带情韵以行，勿近伧父面耳”。古典文论中所反复出现的“气焰”“风骨”“气势”“气”等，无一不是建立在情感的基础之上的。“根情苗言”（白居易语），“情者，文之经”（刘勰语），古人已将情感提到了文章基础和根本的程度。翻开古代议论散文、特别是其中优秀的如先秦诸子和唐宋八大家的，首先感受到的总是一股股感情的热流，所谈的道理在情感的激荡下显得风神摇曳，妙远不测。这正是歌德所强调的文学产生真正的诗、真正的哲学的“极境”。议论说理的内在诗意，正是在释愤抒情的烛照下才得以体现的。

古代议论散文对中国现当代杂文的影响是多方面的，而“曲”与“情”是首先的和主要的，这正是这种议论文体在形式和内容上同一般论文有质的区别、因而具有经久不衰的艺术魅力的根本所在。当然，现当代杂文的创造性也是显而易见，它具有的十分自觉的现实感和社会责任感、历史使命感，古人是远远不及的。透过《历史的奥秘》（聂绀弩）、《消长集》（周木斋）、《现代史》（鲁迅）、《谈虎集》（周作人）、《废弃“庸人政治”》（邓拓）、《切不可巴望好皇帝》（邵燕祥）、《中国狗热》（蒋子龙）等醒目的选题，正可以看到杂文作家们力图在十分广阔的时空和深刻的层面上把握、反映、解析现实的精神意向，他们是以一种深邃的富于历史使命感的目光去注视现实的经济、政治、社会生活以及整个文化环境中的林林总总的，“中国旧有的那种摇笔即来的怀才不遇，恃才傲物，才

① 鲁迅：《两地书·三二》，《鲁迅全集》第11卷，人民文学出版社1981年版，第97页。
② 孔另境、王任叔等：《横眉集·后记》，世界书局1939年版，第242页。

子佳人，寻仙觅道，阿谀权门，粉饰现实，人生飘忽，兴尽悲来之类的东西，一扫而空”①，它抒发的情感已跳出了个人主义的小天地，其喜怒哀乐，无不与人民大众息息相通；同时，现当代杂文在发挥自己的社会批判职能时，已深入到了人的灵魂与意识形态的深层。这与正力图摆脱旧传统的樊篱，艰难地向现代化迈进的中华民族的文化精神需求，达到了契合一致。由于历史的局限，这在古人那里是难以做到的。在形式上，杂文在现当代作家手中焠炼得更加短小、精悍，能够一针见血，以“寸铁杀人”(郁达夫语)。但这是一种在继承基础上的深化，是站在前人肩的超越，现当代杂文在文体本质上并不脱古代议论散文的窠臼，尽管这种相承关系主要表现为一种潜流态势，基至是在脱胎换骨的表象下悄悄产生的。恩格斯说：“每一个时代的哲学作为分工的一个特定的领域，都具有它的先驱者传给它而它便由以出发的特定的思想资料作为前提。”② 假若没有源远流长的议论散文传统作为前提，中国现当代杂文绝不可能成功得这样迅即，发展得这样广泛深入。如此说来，现当代杂文并非有论者说的那样完全是现当代作家的创造，而是古老的民族文学形式在现当代中国的创造性发展和再生。

在读者方面，这种古老的传统与他们构成一种彼此间的适应关系。中国现当代的读者群基本上是文化上的传统人，对本民族的文学遗产是谙熟的。他们尽管可以欣喜地接受各种外来的新思想，但对完全陌生的文学样式却一时难以适应。从文艺心理学的角度看，这也是正常的，人的审美经验结构中有一种惰性和审美感觉的钝性，一种文学规范一旦形成，其审美经验结构必然随着适应的过程而范式化。因此，人们在审美接受活动中，几乎自然而然地寻觅现成的艺术表现形式，对新的规范会产生有形无形的陌生感或抵触力，这样，恩格斯所说的“传统是一种巨大的阻力，是历史的惰性力”的情形便产生了。所以，大多数读者对“五四”时期出现的新诗、话剧等舶来品许久没表现出很大的热情。而杂文却从一开始就备受青睐（那些怀有某种政治目的或偏见而明明暗暗地反对杂文的行为，属于另一个性质的问题)，原因之一就是读者熟悉它，可以让审美经验结构得到一种适应性的满足。这种适应并非是很自觉的，也许是一种历史的

① 聂绀弩：《聂绀弩杂文集・序》，生活・读书・新知三联书店 1995 年版，第 2 页。

② 恩格斯：《恩格斯致康・施米特》，《马克思恩格斯选集》第 4 卷，人民出版社 1965 年版，第485 页。

巧合，然而杂文的成功却与此密切相关。马克思说：“人们自己创造自己的历史，但是他们并不是随心所欲地创造，并不是在他们自己选定的条件下创造，而是在直接碰到的、既定的、从过去继承下来的条件下创造。”[①] 我们也可以从现当代杂文的成功中获得这样的启示。

① 马克思：《路易·波拿巴的雪月十八日》，《马克思恩格斯全集》第8卷，人民出版社1995年版，第585页。

第一章

“城头变幻大王旗”

——“五四”杂文在默默耕耘中勃兴

第一节　辉煌的开端：先行者的足迹

“五四”初期，与文坛上出现的一些全新的体裁相比，杂文似乎是很不起眼的。小说在戊戌维新失败以后就出现了“经史不如八股盛，八股无如小说何”（康有为语）的局面，辛亥革命后到“五四”时期较为流行的小说期刊如《新小说》《小说林》《小说月报》等就有50种以上。小说已逐渐跃居文坛霸主的地位。因此，鲁迅的《狂人日记》《孔乙己》《药》等小说出现以后，人们才承认文学革命有了“实绩”。诗歌虽然不像小说那样普及，但却也一直是文坛关注的热点，从晚清黄遵宪、梁启超倡导的“诗界革命”到“五四”时期胡适等人掀起的白话诗运动，都把它视作文学的“正宗”而予以特别的重视。杂文却寂寞得多，它虽然是“古已有之”，但新文化运动的弄潮者开始对它缺少理论上的阐释，当时所有的报刊几乎没有一篇专门为杂文张目的文章（当然更谈不上研究和讨论），直到1921年6月8日，周作人才在《晨报副镌》发表了一篇内容涉及杂文的理论文章：《美文》。然而杂文却对一代“五四”作家几乎有着普遍的吸引力和亲和力。自从1918年4月《新青年》第4卷第4期开始设立“随感录”栏目后，他们便纷纷地来这块园地里耕耘。在“五四”时期上百种的文学刊物中，绝大多数都为杂文开设了栏目，有的还让它占据了十分显著的位置。几家主要刊物刊登的数目如下：

《新青年》130余则（1918年4月至1921年1月）

《每周评论》250余则（1918年12月至1919年8月，仅存8个月）

《晨报副刊》900余则（1918年至1924年）

《民国日报·觉悟》1500余则（1919年至1925年）

这些作品，大都是以“随感录”为总题刊出的，如果把各个刊物的“杂文”“杂谭”“杂感”“杂评”“乱谈”“浪漫谈”“随想”“小言”等栏目内刊发的作品统统加起来，其数目是相当惊人的。所以，鲁迅说：“到五四运动的时候，才又来了一个展开，散文小品的成功，几乎在小说戏曲和诗歌之上。”① 孙伏园也说：“副刊上的文字，就其入人最深一点而论，宜莫过于杂感了。即再推广些论，近几年中国青年思想界稍呈一点活力的现象，也无非是杂感一类文字的功劳。”② 这就彻底打破了晚清以来一直由小说和诗歌一统文坛的局面。

这是一个辉煌的起点，它有赖于一代先驱者们的共同努力。

陈独秀是“五四”杂文的最重要创始人。1918年4月他在自己主编的《新青年》上开设了“随感录”专栏，并发表了自己的3篇作品（同期发表的还有陶孟和的3篇，刘半农的1篇）。人们通常把这期《新青年》“随感录”的设立看作是中国现代杂文的发端，这大致是不错的，因为它的正式命名和勃兴都是从这时开始的。然而在这之前，陈独秀早已有了多年的创作尝试，他在《新青年》初创时期的“通信栏”和“读者论坛”发表的不少议论文字，虽然半文半白，但已与一般的评论、政论文章有了明显的区别，特别是《抵抗力》（第1卷第3号，1915年11月）、《时局杂感》（第3卷第4期，1917年6月），已经是较为典型的杂感文体。后来在《新青年》“随感录”这个栏目中，陈独秀也是发表作品最多的（凡58篇）。另外，当时的《每周评论》《学灯》《晨报》等也时常有他的作品刊出。这些作品后来大都收在1922年11月出版的《独秀文存》中。

陈独秀的杂文大都是针对现实生活、特别是政治生活中种种丑恶现象而发的。他视野开阔，感情炽热，文笔泼辣放恣，许多作品都是在极其有限的文字中，率真地表达着自己的真情实感，决不拖泥带水，但却鞭辟入里，透发着一种锐意进取的精神和博大的人格力量。例如《公仆变了家长》这样写道：“古时专制国，皇帝就是家长，百姓就是弟子。此时共和国，总统算是公仆，国民算是主人。家长式的皇帝下一道上谕，拿那道德

① 鲁迅：《南腔北调集·小品文的危机》，《鲁迅全集》第4卷，人民文学出版社1981年版，第576页。

② 孙伏园：《杂感第一集》，见《晨报副刊》1923年4月5日。

不道德的话来教训百姓，原不算稀奇。现在公仆式的总统也要下一道命令来教训国民，这是怎么一回事?”全文只用了百余字，就揭穿了“总统”借“公仆”之名行专制之实的本质。《偶像破坏论》在描写宗教、道德、政治上的种种偶像时，只用了几十个字：“一声不做，二目无光，三餐不吃，四肢无力，五官不全，六亲无靠，七窍不通，八面威风，九（音同久）坐不动，十（音同实）是无用”。寥寥数语，就对事象从本质上作出了形象化的概括。畅达、简洁、尖锐，是陈独秀杂文的显著特点。

李大钊的创作活动比陈独秀开始更早。1913 年，他在《言治》月刊连续发表的《大哀篇》(第 1 期)，《暗杀与群德》(第 2 期)，《隐忧篇》《裁都督横议》《论民权之落榜》(第 3 期)，《政客之趣味》《是非篇》(第 4 期）等，除了语言的半文半白外，形式上与现代杂文十分相近，曾被看作是“造意树义”、以民生为念的“感慨悲歌”。后来仍不断地有这类作品产生。1918 年，李大钊参加了《新青年》的编辑工作，同年年底和陈独秀一道创办了《每周评论》，从此，他的杂文创作便一发而不可收。他的作品多发表在《每周评论》《新生活》《新潮》《晨报副刊》和《国民》杂志上，累计约百余篇。1939 年 4 月上海北新书局曾以“社会科学研究社”的名义出版《守常全集》，收辑了这些作品，但随即被租界当局没收。从中可以看出，李大钊的作品是为反动统治者和帝国主义侵略者所不容的。他写下了很多抨击帝国主义和封建军阀的杂文，如《太上政府》《黑暗的东方》(均见《每周评论》第 23 号）等，篇篇义愤填膺，正气凛然。在这一点上，他与陈独秀颇为相似。然而二者又有诸多不同的地方：第一，李大钊的作品多不采用咄咄逼人的驳论形式，而擅长从容不迫，侃侃而谈，具有一种透彻人情物理的哲人风范；第二，李大钊的杂文在抨击现实生活中的种种丑恶现象、用深刻的思想去解除笼罩人们心头的愚妄和迷惑的同时也充满了对美好事物的赞美和对理想的追求，这类作品写得如诗如歌，如号角如战鼓，读后使人心潮激越，热血沸腾，像《美与高》(《言治季刊》第 1 期)、《今与古》(《晨报副刊》1922 年 1 月 8 日）以及《青春》等都是。另外，李大钊还写下了为数不多的揭示生活哲理的作品，写法上委婉细腻，语言机智警拔，是“五四”杂文中的珍品，如《今》(《晨报》五周年纪念增刊，1923 年 12 月 1 日)、《现在与将来》(《晨报》1919 年 3 月 28 日）等对时间概念的阐释，《牺牲》(《新生活》第 12 期）所阐发的“平凡的发展，有时不如壮烈的牺牲足以延长生命的音响和光华”的生命观，都微言如闪，含义深远。这些作品大都是在一些人们习以为常的生活现象中发掘和提炼哲理的，因而读来倍觉亲切、感人，启迪心智。

鲁迅是1918年9月在《新青年》（第5卷第3号）开始发表“随感录”的，标题是“二十五”，至1919年11月第6卷第6期共发表27篇。他还有另外不少作品发表在《每周评论》和《晨报副刊》上。鲁迅的这些作品主要收入《热风》《坟》和《集外集》《集外集拾遗》中，累计70余篇。

显而易见，鲁迅并不是“五四”杂文的开山作家，他本时期的杂文数量也不及陈独秀、李大钊多，但我们仍然常常把鲁迅看作是中国现代杂文之“父”。这不仅是因为他后来的创作有了长足的发展，把中国现代杂文推上了思想和艺术的峰巅，并哺育了整整一代作家；还在于“五四”时期他对杂文的钟情就已无可匹比：

第一，鲁迅从一开始就以一种战略的眼光和急迫的心情关注着杂文的生长和发展，为它做了许多清道夫的工作。1919年2月，北京大学陈大齐写了一篇《破坏与建设》的杂文，鲁迅专门为此致信钱玄同说：“悠悠我思有一篇短文，是回骂上海什么报的，大约想登在《每周评论》上……我想该文可以再抄一篇，也登入《新青年》六卷二号《随感录》，庶几出而又出，传播更广。”这篇杂文虽然最终并未在《新青年》刊出（署名世纪载《每周评论》第10号），然而鲁迅所表现出的这种使之“出而又出”的热望，却是十分感人的。稍后不久，陈独秀在《新青年》第9卷第2号上发表了《下品的无政府党》《青年的误会》《反抗舆论的勇气》3篇“随感录”，鲁迅立即将这一期杂志寄给周作人，并写信推荐《新青年》“已出，今附上，无怪可观，惟独秀随感究竟爽快耳”。查这一期《新青年》，还刊登了著名作家胡适的白话诗，沈雁冰、周佛海、高一涵等的长篇论文，但鲁迅都感到“无甚可观”，只有“随感”值得自己和同好关注。可见，鲁迅对杂文已独有偏爱。1919年5月他在《新潮》第1卷第5号发表的《对于〈新潮〉一部分的意见》，是一篇曾引起人们普遍关注的文章，鲁迅说：“《新潮》每本里面有一两篇纯粹科学文，也是好的。但我的意见，以为不要太多；而且最好是无论如何总要对于中国的老病刺他几针，譬如说天文忽然骂阴历，讲生理终于打医生之类”，“现在偏要发议论而且讲科学，讲科学而仍发议论，庶几乎他们依然不得安，我们也可告无罪于天下了。”在这里，鲁迅尽管还未使用“杂文”“杂感”等术语，但一再呼吁人们“要发议论”，正是对杂文创作的热切企盼。

第二，鲁迅的作品已经显示出他的作为杂文巨匠的无可匹敌的思想深度和艺术才能。他这一时期的作品，“有的是对于扶乩，静坐，打拳而发的；有的是对于所谓‘保存国粹’而发的；有的是对于那时旧官僚的以经验自豪而发的；有的是对于上海《时报》的讽刺画而发的”①，都属于广泛的“社会批评”和“文明批评”的范围，达到了广博的历史文化知识和生活知识、精到的社会分析和心理透视的完美结合，蕴含着对生活真理的揭示和发现。例如鲁迅所揭露的那些“明明是现代人，吸着现在的空气，却偏要勒派朽腐的名教，僵死的语言”的“现在的屠杀者”（《热风·现在的屠杀者》），所描述的那些比暴君的暴政更残忍的暴君治下的“臣民”（《热风·暴君的臣民》），都令人为之震动，直到今天仍能给我们以深刻的启示。在艺术上，鲁迅杂文也有十分鲜明的特点。鲁迅在《两地书·一二》中说：“文章的看法，也是因人不同的，我因为自己好作短文，好用反语，每遇辩论，辄不管三七二十一，就迎头一击”；又在《两地书·十》中说他不赞成“历举对手之语，从头至尾，逐一驳去”，而主张“正对‘论敌’之要害，仅一击给与致命的重伤”。这两段话正好道出了鲁迅“五四”杂文的艺术特点：鲁迅着眼于当时批判战斗的效应，为了对封建主义旧道德、旧文化施以猛烈的攻击，努力将杂文写的尖锐、泼辣、简练、犀利，能够一针见血，“寸铁杀人”。同他的后期作品相比，尽管显得有些质直平露，风格也缺少变化，但在同代人的作品中，确属上乘的艺术佳构了。

刘半农也是“五四”时期影响较大的杂文作家，他的作品多发表在《新青年》上，除了“随感录”外，还有不少是篇幅较长的杂感，1934年6月出版的《半农杂文第一册》，所收作品大部分是该时期的。

刘半农的作品涉及的面也很广泛，《辟〈灵学丛志〉》将扶乩巫卜之类斥为“奸民作伪，用以欺人自利”；《实利主义与职业教育》揭示了中国用人制度上“任人唯亲”的通病；《随感录七》则嘲讽那些“倡言保存国粹”论者的结果，只能是“文字必日趋于不通，知识必日趋于浮浅”……其广度几乎涉及旧文化旧思想传统的各个领域。他的抨击也是

① 鲁迅：《热风·题记》，《鲁迅全集》第1卷，人民文学出版社1981年版，第291页。

相当有力的，读他的作品，大都让人感受到一股锐不可当的凌厉之势，最突出的就是那篇《奉答王敬轩先生》，他以连珠炮式的快言快语，将种种封建旧势力的陈词滥调，逐一加以驳斥，简直有骂倒一切旧派的气概。鲁迅称赞他“活泼，勇敢，很打了几次大仗”①。然而，刘半农的杂文也并非不讲究节制和谋略，作于半年之后的《“作揖主义”》就是很好的例证。作品开头便说自己首肯沈二先生的关于“无论什么事情都听其自然”的红（《红楼梦》）老（《老子》）之学，也赞成托尔斯泰的不抵抗主义。乍一看，刘半农似乎已改变了初衷，与腐朽的“红老之学”和“托尔斯泰主义”同流合污了，然而仔细深入读下去，却又并非那么回事。作者说，他对于各种来客都“作揖”，对各种论调都说“很对”，然而“把这一班老伯，大叔，仁兄大人之类送完了，我仍旧做我的我，要办事，还是办我的事；要有主张，还仍旧是我的主张。这不过忙了两只手，比用尽了心思脑力唇焦舌敝的同他们辩驳，不省事得许多吗?”原来，作者压根儿不赞成一班遗老们的尊孔、复辟或讲鬼话之类的主张，只是不愿（也不值得）与他们作“缠夹二”式的无谓辩论。这种不屑一顾、我行我素的态度和欲擒故纵、虚虚实实的论战方式，把论敌推到了一种十分尴尬的境地，使之最终败露出窘相。可见，刘半农不仅具有老练圆熟的驾驭杂文艺术技巧的能力，而且庄谐杂出，风格多样。有人称他的作品清淡时有如微云淡月，浓重时有如狂风急雨。但刘半农的杂文数量不多。

胡适也是“五四”杂文的创始人之一。1918 年 10 月，他在《新青年》第 5 卷第 4 期发起开辟了“什么话”专栏，这是一种特殊形式的杂文。胡适在辟此专栏时说：“我们每天看报，觉得有许多材料或可使人肉麻，或可使人叹气，或可使人冷笑，或可使人大笑，此项材料很有转载的价值。”不过，这种转载并非纯客观的实录，而是经过巧妙的剪裁、组合，使材料传达出某种思想意图。有时候，作者还对材料作简短的评说，卒彰显其志。这种形式简便犀利，有利于迅速揭露悖论谬说，因而也产生了一定的影响，不仅逐渐为《国民日报·觉悟》《秦钟》《湘江评论》《中流》等许多刊物所效仿，而且影响了一些杂文大家的创作，如鲁迅后来写下的《立此存照》，采用的就是这种形式。

---

① 鲁迅：《且介亭杂文·忆刘半农君》，《鲁迅全集》第 6 卷，人民文学出版社 1981 年版，第 71 页。

胡适一方面积极从事《新青年》“什么话”栏[①]的编辑工作，同时还以“天风”“O. V”等为笔名不断地在《新青年》《每周评论》《努力周报》等发表杂文作品，总数不下三四十篇。[②] 这些作品也大都是为反对封建文化传统而写的，或者借“人力车夫”现象驳斥所谓东方“精神文明”的谬说（《漫游的感想》），或者抨击封建伦理道德观念（《贞操问题》）和国民中的种种生活陋习（《新生活》）[③] 等，与新文化运动的启蒙主潮相一致。不过，由于他笃信实用主义，反对暴力革命，因而他对旧文化的批判往往带有改良主义的特点。同时，他在批判传统文化的弊端时，过分肯定西方文化，甚至带有膜拜西方和民族虚无主义的倾向。然而，他的杂文在艺术表现上却很有自己的特点，他时而寸铁狙击，一针见血；时而广征博引，侃侃而谈，都是生动晓畅的议论文字。周作人评论说：“适之仲甫一派的文章清新明白，长于说理讲学，好像西瓜之有口皆甜。”[④] 其中《新生活》曾被选入多种小学国语教科书，可见影响之大。

此外，本时期有重要成就的杂文作家还应提到钱玄同和周作人。钱玄同的作品数量也不多，除了在《新青年》“随感录”栏发表过 15 篇外，另有一些散见于该刊的“通信”“按语”等栏，也属于杂文性质的作品(均未结集出版)。他的杂文观点明确，语言锐利畅达，汪洋恣肆，同陈独秀的风格十分相近。周作人在“五四”高潮中主要致力于《人的文学》《平民文学》等长篇议论文的撰写，“五四”热潮甫落、特别是 20 年代开始之后，他才陆续在《新青年》《晨报副刊》等报刊发表杂文，到 1924 年《语丝》创刊时约有 70 余篇，大都收入《谈虎集》(上)、《自己的园地》和《雨天的书》中。这些作品几乎都是为新文化运动奋力抗争的文字，其中多充溢着一股“浮躁凌厉”之气，但也不乏侃侃而谈、亦庄亦谐的趣味，颇有大家风度。

这就是中国现代杂文的一代重要拓荒者。在催发杂文诞生的过程中，他们都作出了不可磨灭的贡献。在这里，有一个现象十分令人注目：他们都是《新青年》的摇篮里开始起步的。《新青年》是现代杂文的发祥地，是她孕育催发了中国现代杂文的发生，这是毋庸置疑的。然而《新青年》

---

① 前后共出 11 期，鲁迅、钱玄同、刘半农也参与了编辑。

② 除一部分收入 1940 年出版的《胡适文存》外，大半未结集出版。

③ 以上作品均见《胡适文存》，上海亚东图书馆 1921 年版。

④ 周作人：《志摩纪念》，见 1932 年 3 月《新月》第 4 卷第 1 期。

的贡献还远不止于此。她所开创的这种“团队”创作的方式，为使杂文作家能在动荡的时代中经受住剧烈风浪的冲击与颠簸，提供了生动的范例。“五四”一代作家几乎都十分尊重作为精神的独立存在的个体，然而反帝反封建、救亡图存的政治目标和反对旧文学、建设新文学的任务，又不是一个或几个人所能独立完成的，要求作家必须携起手来，协同作战。因而，杂文作家在“五四”时期的出现和成长，几乎都是以“群体性”为其土壤的，每一个报刊，都像《新青年》一样簇拥着一批属于自己的杂文作家（也有个别交叉现象）。例如,《新青年》和《每周评论》上还有陶孟和、张崧年（张申府）、李汉俊、高一涵、周佛海、傅惜华（涵庐）；《晨报副刊》上有孙伏园、章衣萍、甘蛰仙、江绍原、张友鸾、陈大悲、张耀翔、吴稚晖、蒲伯英、章廷谦；《新社会》上有瞿秋白、郑振铎、瞿世英、张晋、耿济之；《民国日报・觉悟》上有邵力子、叶楚伧、刘大白、曹聚仁、陈望道、恽代英；《解放与改造》上有张东荪、蒋百里、吴品今、西豁；《曙光》上有宋介、王晴霓、郤光典、刘静君；《星期评论》上有戴季陶、沈玄庐等。他们尽管大都属于松散的团体，无所谓严格的组织、统一的战线，并且也不以专写杂文为己任，但已初步显示了群体的优势，使现代杂文运动从一开始就精彩纷呈，势如潮涌。

第二节 “人性的解放”与“五四”杂文的社会性批判

在我们对庞大的“五四”杂文所表现出的丰实的艺术内涵从总体上进行梳理时，的确面临着一个似乎不容易一言说清的难题。这是一个“王纲解纽”的时代，也是历史的转型期，价值观念在更新，思维空间在拓展，思想禁区被突破，文体获得大解放，一切都突如其来，纷纷攘攘，夹缠不清。在这种情况下，先驱者们一时还难以在杂文观念和思想观念上形成较明晰的理论，因而杂文的题材与主题在“新”与“多”中不仅呈庞杂繁芜的无序状态，而且还常常受时代文学观念的影响而出现矛盾对立的境况。例如，当时的文学观念有两种基本倾向：有人主张客观“再现”，文学“为人生”和文学是社会生活的反映成为他们的基本信念，并强调努力去发挥其改良社会和文化启蒙的职能；有人则偏重于主观表现，强调文学作品都是作家的“自叙传”。这两种倾向也表现在杂文创作中。

然而它们又并非绝对对立的两极，相互间有对峙，也有渗透和融合，这就使得本来庞杂繁芜的“五四”杂文，越发成为“嘈嘈切切错杂弹”的多元的景观。但是，从总体上说，“五四”杂文基本上正确处理了文学与时代、与社会的关系，特别是在突出“人”作为创作主体、表现主体的地位时，也时时与现实保持着紧密的联系。这种选择是受到了时代风尚的影响的。“五四”时代正是社会大变动时代，革新与守旧、开放与封闭、光明与黑暗、正义与邪恶等等空前激烈地争斗着，这就不能不促使最先觉醒的一代知识者把眼光投向广阔的社会，参加变革现实的斗争。这也转移了“五四”初期一部分过于拘泥于“自我”小天地为个人的身边琐事而烦恼的青年人的视野，使他们看到“自我”之外的更为严酷的社会现实、种种社会弊端，尤其是广大下层劳动者的物质、精神悲剧，进而冷静、客观地认识“自我”的价值，理解“自我”与社会，尤其是与社会的“人”的不可分割的联系。于是便产生了一种新意识：“自我”与人性解放、与社会改造紧密结合，或者说是把改造社会、建立人性的中国作为自己个性发展的前提条件。这是一种日趋觉醒的现代“个性”意识，对“五四”杂文的题材与主题产生了重大影响。这样，“五四”杂文的貌似复杂无序状态实质上又是有序可循的，即：既有“人性解放”（包括个性解放）的意识，又包含着社会改造的精神。二者是相辅相成、不可分割的：“人性解放”意识为社会改造精神确立了鲜明的主题，一切社会改造活动几乎都是围绕这个主题展开的，而社会改造精神又为“人性解放”主题的确立找到了依据，打下了坚实的基础。因此又可以说，“五四”杂文作家的全部努力，都是在探寻与“人性解放”密切相关的社会意识。

首先，暴露批判封建主义的宗法制度、伦理道德、礼教传统的弊害，是“五四”杂文的重要内容。这里涉及的问题是十分广泛的，例如，既有对“选学妖孽”“桐城谬种”和“纲常名教”的抨击，也有对“女子缠足”“买卖人口”“祖先崇拜”“尊王攘夷”“医卜星相”“吸鸦片”等所谓“国粹”的尖锐批判；既有对“家族制”罪恶的暴露，也有对贵族文学、非人的文学的猛烈扫荡；更不乏对以孔教为代表的传统文化中封建性“糟粕”的驳难。而其中最引人注目的是妇女问题的讨论和对旧式婚姻的抨击。妇女问题的提出可以追溯到1917年《新青年》第2卷第6号“女子问题”专栏的开辟，但当时的作品主要是长篇论文，杂文家的真正介入是从1918年开始的，除《新青年》仍然不断地开辟栏目外，《晨报副刊》《新潮》《民国日报》等也都大量刊登过这类作品。《晨报副刊》1923年因“女子参艺”问题引起的论争，陈望道于1920年至1923年专门创办并主编的《妇女评论》(《民国日报》副刊)，都曾产生过广泛的影响，《而少年中国》第1卷第4期（1920年4月15日）的“妇女号”，一次就发表作品18篇。当时对妇女地位问题、职业问题、教育问题、贞操节烈问题以及经济独立、性观念、社会活动等一系列问题，都展开了广泛而热烈的讨论。其中谈得较集中的问题是两个：一是为妇女的遭遇鸣不平。例如《新潮》发表的叶绍钧的《女子的人格问题》(第1卷第2号)、罗家伦的《妇女的解放》(第2卷第1号)、朱洪的《女权与法律》(第2卷第3号）等作品指出：在中国长期的封建社会里，女子的人格压根儿就未被人看在眼里过，她们常常被看作是家庭中的“下等的，低能的，多欲的，险狠的人类”，充其量不过是男人们的玩物。更可悲的是，她们不仅这样被剥夺了做人的权利，而且身受痛苦却没有争取摆脱痛苦的“欲望和努力”。二是探讨妇女解放的道路。其中周作人为此发表的作品最多，像《天足》《资本主义的禁娼》《先进国之妇女》《可怜悯者》《重来》和《随感录三十四》等都是。周作人不赞成女子参政运动，说在当时的中国这只能培养出一批“女政客女猪仔”。他坚持认为，妇女解放除了妇女自身应当接受新思想、实现自我觉悟外，主要的“只有两件事，即经济解放与性的解放”。因此，周作人的这些作品一方面反复强调妇女解放“必须以女子经济独立为基础”，同时也不遗余力地宣扬一种新的解放的“两性观念”，极力鞭笞旧道学先生们所推崇的“极端的禁欲主义”的非人道和虚伪性。在介绍日本谢野晶子的文集时，他还强调夫妻之爱要不断更新，“将新的生命吹进两人爱情里去……使他加深，使他醇化”(《谈虎集·“爱的创作”》)。这些观点不仅对于妇女解放有着切实的意义，而且对于冲破几千年封建礼教的传统对“人性”的精神束缚，也起了振聋发聩的作用。周作人的思想是建立在科学、民主和人道主义基础之上的，特别是西方资产阶级主张尊重人格、发展个性的“个性解放”思想给了他至关重要的影响，同时他也接受了唯物主义关于经济基础决定上层建筑的观点。“五四”以来中国妇女的解放实际上正是在这样两个起点上艰难前进的。鲁迅的《娜拉走后怎样》(《坟》)、刘大白的《基督教徒的自由恋爱观》(《觉悟》1921年5月25日)、陈独秀的《比较上更实际的效果》(《独秀文存》)、陈望道的《性美》(《新青年》第8卷第

6期）等也与周作人的观点大致相同。被恩格斯誉为“自古以来最伟大的讽刺家之一”的傅立叶，“第一个表明了这样的思想：在任何社会中，妇女解放的程度是衡量普遍解放的天然尺度”。[①] 因此，“五四”时期妇女问题的讨论实际上已超出了妇女问题本身的范围，而成为新文化运动反封建斗争的突破口和重要一翼。

揭示不合理的旧式婚姻制度对青年人造成的精神戕害，也是“五四”杂文的一个热门话题。由于一部分作家本身就是旧式婚姻的牺牲者，所以不少作品写得情文并茂，催人泪下，作者已经像戏剧、小说中的人物一样进入“角色”。鲁迅在《随感录四十》（《热风》）中，引用了一位少年写下的沉痛诗句，诉说中国的婚姻“是全凭别人主张，别人撮合：把他们一日戏言，当我们百年的盟约。仿佛两个牲口听着主人的命令：‘咄，你们好好的住在一块儿罢！’”鲁迅的个人遭遇又何尝不是如此！所以鲁迅说：“爱情是什么东西？我也不知道。中国的男女大抵一对一或一群——一男多女——的住着，不知道有谁知道。”不少作品就是这样申诉着青年人在包办婚姻压迫下无法自由获得爱情的痛苦，生动地体现了一代人对个性解放的执着追求。但是，由于经历不同，思想不同，“五四”杂文作家的婚姻观也不可能是完全一致的。首先是“五四”时期刚刚成长起来的年轻作家，由于深受易卜生个人主义人生观的影响，大都十分推崇娜拉式的反抗精神：不受旧传统和社会习惯势力的约束，我行我素，大胆追求，敢于“自己决断”自己的婚姻，如霜世英的《劝你们赶早离婚》（《新社会》第9号）；但更多的作家由于肩负着因袭的重担，因而其婚姻观和个人选择并不像年轻的一代那样简单和果敢，他们或为顾全家庭、良心和道德，只好强饮苦酒，作出牺牲；或把婚姻放在现实生活中周到考虑，努力寻求一种与社会发展相适应的健康的爱情方式。胡适、鲁迅等属于前一类，陈望道则属于后者。鲁迅说：“在女性一方面，本来也没有罪，现在是做了旧习惯的牺牲。我们既然自觉着人类的道德，良心上不肯犯他们少的老的的罪，又不能责备异性，也只好陪着做一世牺牲，完结了四千年的旧帐。”（《热风·随感录四十》）。如果说，鲁迅的作品主要是从受害者的角度，以悲愤之情控诉了没有爱情的旧式婚姻的罪恶，那么陈望道的《关于恋爱》《恋爱的新生》（均见《望道文辑》）等则以旁观者

---

① 恩格斯：《马克思恩格斯全集》第26卷，人民出版社2014年版，第276页。

的姿态，全面评判着时下流行的种种恋爱观和恋爱方式，表现了中年作家对这一问题的深沉的理性关切。爱情自然是至关重要的，没有爱情的旧式婚姻制度无疑应当坚决摒弃，但如果把它张扬到凌驾一切之上的程度，或者庸俗化，也是对爱情的亵渎。因而陈望道认为：第一，“恋爱只是生活的一环，不能把恋爱当作生活的全体”；第二，恋爱不是“游戏”，“也不只是性的关系”，而应当以“志同道合”为基础。这里的“志同道合”，既指日常生活、感情的相互协调、融洽，更指事业上的相互关心和支持，“无论苦乐，都分享一半。无论事业的成功或失败，也负了连带的责任”。这种认识产生于“五四”时期，是十分难能可贵的。

其次，以满腔的悲愤之情，揭示下层劳动人民的疾苦和命运，抨击反动统治者的凶残暴虐、穷兵黩武。李大钊和陈独秀写下的这类作品最多。李大钊在《黄昏时候的哭声》和《北京生活的一瞥》（均载《新生活》第 46 期）中，真实地诉说了普通人民群众生活的悲惨与艰难。而对工人阶级的生活与劳动，李大钊更为关注，在《工人不如骡马》中，他首次正面把中国工人的痛苦生活呈现给读者。文中叙说的唐山煤矿工人的那种像“饿鬼”一样终日在黑炭坑里劳作的“地狱”般的生活，实际上正是工人阶级生活的缩影。造成这种状况的根本原因，在于人压迫人的社会制度，在于反动统治者的凶残暴虐。对此，作家们始终保持着清醒的认识，因而他们的抨击也是十分准确有力的。陈望道在《陀思妥夫斯奇性格》（《觉悟》1921 年 6 月 28 日）中，揭示了中国巨大的官僚体制的两面性：“一面是天使，一面却是恶魔”，对上层统治者显示出“天使”的本性，对下层百姓却如“恶魔”一般残忍。李大钊的尖锐的笔锋特别指向了反动政客与封建军阀相互勾结的反动统治。这种统治与历代封建专制者是一脉相承、沆瀣一气的。他这样写道：“中国的一部历史，是乡愿与大盗结合的记录。大盗不结合乡愿，做不成皇帝，乡愿不结合大盗，做不成圣人。”“到了现在，那些皇帝与圣人的灵魂，捣复辟尊孔的鬼，自不用提，就是那些跋扈的武人，无聊的政客，哪个不是大盗与乡愿的化身呢!”（《乡愿与大盗》，《每周评论》第 6 号）他把这种政治统治比作是“宰猪场式的”（《宰猪场式的政治》，《每周评论》第 18 号）。更多的作家则把斗争矛头直接指向了当时的封建军阀。按照陈独秀的看法，“野蛮的军人，腐败的官僚，都是国民的仇敌。但是两样比较起来，军人更觉可怕，可厌”（《军人与官僚》），“军治”是“野蛮国”的象征（《军民分治》），因为军人的“武治主义”就是“利用不识字的丘八，来压迫政见不同的政党；或者是设一个军政执法处，来乱杀平民”（《武治与文治》）。[①] 收在《独秀文存乡》中的不少作品（如《不准百姓点灯》）以及周作人的《前门遇马队记》（《谈虎集》）、涵庐的《步军统领衙门》（《每周评论》第20号）等都是用铁一般的事实来揭露和抨击北洋军阀在实行“军治”中乱杀无辜、压制不同政见的“野蛮”行径的。这些作品与同时兴起的“兵灾”问题小说不尽相同，在小说中，“只有厌恶战争，只有婆婆妈妈的和平主义，只有些安居乐业的心理想……至多，只有‘为着不要打仗而反对军阀’的态度是反映出来的”[②]。而杂文却深刻得多，作家们比任何时候都清楚地意识到，长期的封建专制统治所形成的野蛮的“武治主义”作风无论对中国现实的政治改革还是“将来的国运”，都是十分严重的桎梏。因此，他们不仅从国家和民族的大计出发反对“武治主义”，揭示其深重罪恶，而且与“武治主义”表现出势不两立、毫不妥协的斗争精神。这不能不是“五四”杂文的又一独特贡献。

最后，致力于国民落后状态的剖析，“改革国民性”。“五四”杂文作家从一开始就十分痛心于长期的封建统治所形成的民族本身的麻木不觉悟的精神状态，警惕着这种状态的严重危害性，“中国之危……所以迫于独夫与强敌者，乃民族之公德私德之堕落有以召之耳”[③]。他们揭示了国民的一系列麻木落后状态：迷信（鲁迅《热风·随感录三十三》）、守旧（钱玄同《随感录二九》，《新青年》第5卷第3号）、惰性（陈独秀《随感录九一》，《新青年》第吕卷第2号）、滑头（陈望道《奴隶和滑头》，《民国日报·觉悟》1922年6月28日）、无同情心（菊农《同情，在哪里?》，《人道》第1号）……这类作品浩如烟海，不胜枚举。中国“欲图根本之救亡，所需于中国国民性质行为之改善”[④]，否则，中国人便有被“从‘世界人’中挤出”（鲁迅语）的危险。因之，他们又特别注意从世界开放性与相互联系这个基点出发，热切呼唤中国人、特别是青年一代必须从麻木落后的状态中猛醒过来，接受现代意识。

具有现代意识的新的中国国民，应具有什么样的素质呢？作家们主要

---

① 陈独秀的几篇作品均见《独秀文存》，上海亚东图书馆1922年版。

② 瞿秋白：《老虎皮》，见《乱弹及其他》，上海霞社1938年版，第52页。

③ 陈独秀：《我之爱国主义》，见《独秀文存》第1卷第85页。

④ 陈独秀：《我之爱国主义》，见《独秀文存》第1卷第85页。

强调了四点：

一是独立自主的意识和人格，甚至不排斥“个人的自大”。他们见识应该“高出庸众之上”，崇尚真理，“愤世嫉俗”，绝不随波逐流（鲁迅《热风·随感录三十八》）；在因循守旧的惰性势力面前不怕“过激”，敢作敢为（李大钊《过激乎？过惰乎？》，《每周评论》第6号）；“我们能够大叫，是黄莺便黄莺般叫，是鸱鸮便鸱鸮般叫”（鲁迅《热风·随感录四十》）。这种意识和人格与“宁蜷伏堕落而恶进取”的“庸众”迥然不同，也与“奴性”针锋相对，但决非唯我独尊、蔑视一切的“丑恶骄人”。鲁迅说：“一切新思想，多从他们出来，政治上宗教上道德上的改革，也从他们发端。”（鲁迅《热风·随感录三十八》）

二是责任感与牺牲精神，和“看客”、苟且偷生者针锋相对。郑振铎的《学生的根本上的运动》（《新社会》第12号）由衷地赞美了学生自觉“反抗强权”的精神，呼唤全社会不应“坐视”，要行动起来“继他们的后步”。李大钊的《牺牲》（《新生活》第12期）认为，“平凡的发展，有时不如壮烈的牺牲足以延长生命的音响和光华”，“名高尚的生活，常在壮烈的牺牲中”。鲁迅在《我们现在怎样做父亲》（《坟》）中指出，20世纪觉醒者的“个人主义”，绝不等同于损人利己的自私自利主义，为了幼者和未来，应当“自己背着因袭的重担，肩住黑暗的闸门”。为了抵御和战胜野蛮的暴力，鲁迅还主张有主义的人民要不惜“用骨肉碰钝了锋刃，血液浇灭了烟焰”（《热风·随感录五十九“圣武”》）。

三是民主与科学思想。这是两个既有联系、又不相同的概念。在1915年至1918年间，《新青年》月刊在批判中国专制主义传统的同时，最早对民主进行了广泛的宣传①，之后，杂文作家也常将民主作为议论的重点。民主的具体含义是：国民要“自进而建设政府，自立法度而自服从之，自定权力而自尊重之”（《独秀文存·吾人最后只觉醒》），要求树立普遍平等的民主意识，建立系统的民主政体。

如果说，民主的倡导有国民素质的因素，但更多地侧重于政治体制的范畴的话，那么，科学的启蒙则是以提高人们的知识和文化水准，建立“科学的人生观”为主要目标的，它是“人”走向觉醒与解放的思

---

① 这些作品大都属长篇论文，但也有不少（如陈独秀的）写法上很像杂文，故纳入本书论述之列。

想起点。陈独秀说：“举凡一事之兴，一物之细，罔不诉之科学法则，以定其得失从违；其效将使人间之思想行丸一遵理性，而迷信斩焉，而无知妄作之风息焉”，“凡此无常识之思维，无理由之信仰，欲根治之，厥维科学”（《独秀文存 · 敬告青年》）。在人人都追求科学真理而不愚昧、昏聩的情况下，则全民族的“大觉”就临近了。否则，如果缺乏必要的文化知识和科学头脑，人们生活在“奴隶之羁绊”中还会其乐融融、陶然自得，这就根本无法实现人的觉醒，民主也无从谈起。因此，作家们纷纷开列科学的药方“根治”国民的“无常识之思维，无理由之信仰”[①]。这与“儒道诸公”所极力宣扬的“惑乱”“妖气”形成了鲜明的对照。

四是顺应世界潮流的开放观念，和狭隘的地方观念、闭关自守、国粹主义针锋相对。对此阐发最详尽的是陈独秀的《敬告青年》一文，他指出，如果要立足于世界民族之林，避免亡国惨祸，就必须放眼世界，遵循世界发展的“共同原则之精神”，决不能借口“历史国情”特别“以冀抗此潮流”。国民只有牢固地树立这一观念，并且进而努力掌握“世界智识”，通晓国际变化，具备应变能力，才能把握各种机遇，将危机转化为民族进步的契机。否则，必将被世界所淘汰。“笃旧者固速其危亡，善变者反因以竞进”。

显然，“五四”杂文作家改革国民性的努力，是以对封建传统文化的批判为基点的，或者说，是在新文化运动对中国传统文化和现实政治的批判与否定中获得它的意义的。但是，由于封建传统文化的深广影响，中国大多数民众都在封闭的“铁屋子”里昏睡已久，因而作家们对这种具有现代意识的新国民的热切期待，尽管意义重大，却并未获得广泛的理解和接受，在当时的广大普通民众那里产生的效应是极其有限的。对此，作家们也保持着清醒的认识。因之，就这时杂文创作的主导倾向而言，作家们更多地还是以“哀其不幸”“怒其不争”的复杂情感写他们的尚不觉醒。从表面上看，作品的确过多地写出了中国人丑陋、落后的一面。然而，作品所揭示的都是在封建主义束缚下中国广大民众难以获得身心解放和个性发展的现实，这个事实本身就强烈地体现着作者要求人性解放的愿望和民族觉醒的理想。因此又可以说，“五四”杂文最早最明确地显示了中国人

---

① 这方面的作品很多，主要有鲁迅的《热风 · 随感录三十三》、刘半农的《随感录十五》（《新青年》第5卷第1期）、钱玄同的《随感录五十一》（《新青年》第6卷第2期）等。

现代意识的觉醒，是要求人性解放的强有力的呐喊。

第三节 文体意识：朦胧中的自觉与自觉中的朦胧

毋庸置疑，杂文是“五四”时期十分受推崇的文体。它何以能在没有酝酿过程、没有理论准备的情况下悄悄勃兴呢？或许有两方面的原因：一方面，是社会的客观需求催生的结果；另一方面，则主要得力于中国源远流长的议论散文传统的熏陶。鲁迅在《写在〈坟〉的后面》中说得很清楚；“别人我不论，若是自己，则曾经看过许多旧书，是的确的，为了教书，至今也还在看。因此耳濡目染，影响到所做的白话上，常不免流露出它的字句体格来。”我们要研讨“五四”杂文文体，不能不注意到这一事实。中国是“诗”“文”的大国，散文传统源远流长。一般说来，古代议论散文中凡称为“说”的文章，往往都带有杂文的性质，它们或记一时感触，或写一得之见，题目可大可小，行文也较自由、随便。“五四”一代作家差不多都有扎实的国文基础，都是文学上的传统人，因而都曾像鲁迅这样长时间地受到古文的“耳濡目染”。可以说，“五四”杂文的勃兴，在文体上是有着先天胚胎的基因的。

但严格说来，对于如何运用白话文的形式创造一种崭新的议论文体，它的体式究竟是怎样的，“五四”一代作家基本上是朦胧不清的，这从创作实践和其后出现的理论中都可体现出来。

周作人的《美文》一文可以视为中国现代杂文理论的开山之作。文中写道：

> 外国文学里有一种所谓论文，其中大约可以分作两类。一批评的，是学术性的。二记述的，是艺术性的，又称作美文，这里边又可以分出叙事与抒情，但也很多两者夹杂的……读好的论文，如读散文诗，因为它实在是诗与散文中间的桥。中国古文里的序、记与说等，也可以说是美文的一类……我以为文章的外形与内容，的确有点关系，有许多思想，既不能作为小说，又不适于作诗（此只就体裁上说，若论性质则美文也是小说，小说也就是诗，《新青年》上库普林作的晚间的来客，可为一例），便可以用论文式去表他。他的条件，

同一切文学作品一样，只是真实简明便好。①

周作人的可贵之处，在于他从一开始就看清了这种议论文体与一般学术论文的质的不同，并阐明了它的“诗”的特质；同时也看到了它在选材与体裁上与小说、诗歌的不同。但它形式上的独特之处究竟在哪里？它的“体式”究竟是什么样子？作者却不能给予明确的框定和界说。杂文比起其他文学样式来，固然有更多的自由度，似乎很难把它约制于僵死的框框中，但它也不应完全不守法度，它的自由度是应受到文体的制约的，否则就很难说它是文学家族中的独立的一员。我们当然没有理由要求在突如其来的创作面前，一篇文章就能把杂文的定义探讨个水落石出，但认识如此模糊，则不免令人遗憾。

孙伏园稍后发表的《杂感第一集》一文，也曾产生过一定影响。它说：“杂感优于论文，因为它比论文更简洁，更明了；杂感优于文艺作品，因为文艺作品尚描写不尚批评，贵有结构而不务直捷，每不为普通人所了解，杂感不必像论文的条畅，一千字以上的杂感就似乎不足贵了；杂感虽没有像文艺作品的细腻描写与精严结构，但自有他的简洁明了和真切等的文艺价值——杂感也是一种的文艺。”作者只从“简洁”“明了”“真切”等术语出发分析杂感文体，也颇有点不得要领；并且，他把“贵有结构而不务直捷”看作是其他文艺作品区别于杂文的一个要点，是不妥当的。事实上，通常真正称之为艺术品的杂文，是并不“直捷”地端出完整的结论的，只是提出可供思考的端倪，“添上去的口号和矫作的尾巴”，以及不用“曲笔”，是鲁迅后来经常告诫杂文创作应力避的毛病。

相比之下，杂文创作远不像杂文理论这样滞后，但就文体形式而言，它仍存在着诸多需要完善和提高的地方。杂文是一种理性色彩很浓的文体，有其较强的思辨功能和直接面向现实的战斗特质，这正是它有别于其他文体的独特地方。就“五四”杂文的情况看，并不在于这方面的文体价值发挥了没有，而是如何发挥的问题。“五四”杂文尽管也出现了像鲁迅、刘半农、李大钊等人的较好的作品，但从总体上说，它还存在着一种较普遍的缺欠，这就是：浅、露、直，缺少能给读者带来强烈、深刻的思想震撼和人生启迪的艺术美感。当然，现实斗争和社会对杂文需求的突然

① 周作人：《美文》原载 1921 年 6 月 8 日《晨报》。

膨胀有时给作者理念意图的艺术表达造成了心理上的巨大压力，作家们几乎都是在对现实生活作着“短平快”式的同步反映，那种浅露的、急功近利的浮躁情绪往往难以掩饰住，因而便缺少一种从容心态，缺少艺术创造所必需的对感受作冷却和沉淀的过程，缺少内在的蕴藉与深沉。但从问题的主要方面讲，则是太多的直白说教的成分所致。在不少作家的心目中，似乎只有理念对题材的容括和涵盖，而缺乏艺术对理念的超越，因而就导致了不少作品理念大于感性、结论多于启发这样一种文学表达上的尴尬。随便举一例，陈独秀的《社会裁制力》（《独秀文存》）全文不长，照录于兹：

> 世间事物，皆有善恶两面，社会裁制力亦然。易卜生所攻击者，乃社会裁制力之恶面；若彼贪鄙无耻辈，亦恒为社会所不容，此其害面也。吾中华之社会裁制力则只有恶面而无善面故特立独行之士罕若凤毛，卑鄙无耻之人盈天下也。中国社会之不及欧西也以此。

作品对中国社会缺乏向善的“裁制力”这一重大社会现象的认识与解释所得出的结论，是明白无误的，但问题也就出在这里。这种结论统帅全文的处理，把自己的基本观点毫无保留地直接裸露在作品的表层，几乎没有给读者留下可供思考和想象的空间，这就不能不影响作品的丰富性和感染力。从文艺信息学角度看，文学作品在语言传达中应包含审美信息量（有效信息量）和剩余信息量（多余信息量）两个部分，二者的关系实际上是信息的新颖度和已知度的关系。信息的新颖度是信息的尚未被作者直接说破的、富于新意和引发联想的部分，信息的已知度便是已被说破的、可以直接理解接受不引发联想的部分。一篇作品的语言，当然不能传达完全新颖的审美信息，那样将无法为读者理解与接受；但也不能完全传达剩余的信息，那将很容易成为与艺术无缘的东西。基于此，我们也就当然不能要求杂文中一切语言都能给人带来新鲜感，所谓“字字珠玑”是根本不可能的，相当一部分语言完全可以是解释性或辅助性的。然而文体的艺术要求毕竟与一定的审美信息量相关联，一篇作品中终归应该有一部分独创性的语言在其他语言的辅助下产生明显的美感效果，即在一般语义信息上叠加一层审美信息，这样才能纳入文学信息的范畴。照此看来，上引的一段过于浅露的议论文字较少包含真正能启迪、感染人们心灵的深邃的审美信息。这在“五四”杂文中是有一定的代表性的。

因此，就本时期的杂文来说，在文体上确实带着草创时期的粗疏和幼稚。“五四”杂文作家的贡献主要是在思想上，也在于以强大的创作潮流为新文学壮大了声威，并同时宣告了中国现代杂文的诞生，但却没有更切实更深入地把握杂文文体本身。真正使这一迅速崛起的文体发育得逐渐成熟和完善起来，是 20 年代语丝派组成以后、特别是 30 年代才得以实现的。

第二章

从珠联璧合到分道扬镳（上）
——语丝派的形成与杂文的深化

第一节　邂逅与志同道合

1924 年 11 月，北京出现了“五四”以来第一个以杂文写作为主的作家群体，这就是“语丝派”。

语丝派的组合并没有什么惊人之处。五四运动退潮后，《新青年》发生了分化。从继承“五四”传统来说，真正能够组成阵线的，当时只有“文学研究会”和重新组合在《新青年》周围的作家群体。但《新青年》于 1920 年 9 月迁至上海后便逐渐改弦易辙，特别是 1923 年 6 月改为季刊后，致力于用政论和其他形式宣传马克思主义，参与政治斗争，与文学已很少缘分；“文学研究会”则着重于“纯”文学的创作，与现实斗争相对地拉开了距离。此外，许多曾经参加过五四新文化运动的先驱者，不仅常常陷入苦闷彷徨的境地，而且多数处于散兵游勇状态，至于像鲁迅、周作人①、钱玄同、刘半农等曾风云一时的大家，也在四面游击，连一块真正属于自己发表作品的固定阵地也没有。自 1924 年年初起，《晨报副刊》就流露出排挤鲁迅、周作人（他们曾常在此发表作品）等人的倾向，至同年 10 月终于发生无理抽去鲁迅诗稿《我的失恋》之事。为此，孙伏园决然辞去该刊编辑职务。作家失掉了阵地，孙伏园丢了职业，大家都愤愤不平。这时，孙伏园提议自己办刊物，得到了鲁迅和周作人的支持。于是，孙伏园便出面邀集了 16 个人为长期撰稿者，决定出刊物《语丝》，

① 周作人虽列名“文学研究会”发起人之一，但并不倾心于该会，其创作也与该会注重小说的倾向相去甚远。

并在红字白纸的张贴广告中说明："本刊由周作人、钱玄同、江绍原、林语堂、鲁迅、川岛、斐君女士、王品青、衣萍、曙天女士、孙伏园、李小峰、淦女士、顾颉刚、春台、林兰女士等长期撰稿"。1924 年 11 月 17 日《语丝》出创刊号，语丝派即宣告诞生。

《语丝》虽然列出 16 个人为长期撰稿者，而真正撰稿者实际上是变化不定的。鲁迅回忆说："所谓社员，也并无明确的界限，最初的撰稿者，所余早已无多，中途出现的人，则在中途忽来忽去"。又说："前年的方法，是只要投稿几次，无不刊载，此后便放心发稿，和旧社员一律待遇了"。[①] 可以看出，语丝社并非一个具有严密组织原则的文学团体，成员之间虽以大体相同的志趣为基础，但终归是患难中的知识者邂逅的随意性结合，甚至连刊物的名称"语丝"二字，也是从一本杂志中随意拈来的。鲁迅称《语丝》为"同人杂志"，正好说明了它的这一特点。

但是，我们也不能因此就把曾在《语丝》上发表过作品的上百名作者统统当作语丝派来看待，正像不能因鲁迅、郁达夫等曾在《现代》杂志发表作品而将他们也视为"现代"派一样。长期以来，在围绕着判断究竟谁是语丝社成员的问题上，人们众说纷纭，莫衷一是，因为似乎很难找到一个能够决定取舍的依据。然而事实上，语丝社的"圈里"人和"圈外"人，还是有一定的界限（即鲁迅所说的"待遇"）的。据川岛回忆说，《语丝》上有一条"不成文的凡外来稿须署真实姓名的稿例，这也是为鲁迅先生所支持的"。也据川岛回忆，第 2 期上发表的胡适的《译诗一篇》，来稿时署名"藏晖"；第 33 期上发表的沈从文的《福生》，来稿时署名"休芸芸"，而发稿时都被改署作者真实姓名。[②] 循着这个线索去考察，的确可以发现一件有趣的事实，曾列名的 16 位撰稿者，凡经常发稿的，都曾变幻过种种笔名，而真实姓名反倒较少出现，其中周作人用的笔名最多，计有岂明、大闲、子荣、山叔、开明、右拉、不遐、陶然等十几个，而一些较有名气的作家如张崧年（号申府）、张友鸾、李金发、蔡元培、刘大白、姚蓬子、曹聚仁、冰心、刘大杰、胡适、沈从文等，尽

① 鲁迅：《三闲集·我和〈语丝〉的始终》，《鲁迅全集》第 4 卷，人民文学出版社 1981 年版，第 170 页。

② 川岛：《忆鲁迅先生和〈语丝〉》，见《和鲁迅相处的日子》，四川人民出版社 1979 年版，第 27 页。

管也在《语丝》上发表过一些作品，但均未用过一次笔名。[①] 据此，我们可以说语丝社主要活动时期的“圈内”人除了16个署名者外，能够明确断定的，至少还应包括冯文炳、徐炳昶、俞平伯、刘半农、张凤举。另外还有一位情况特殊的徐祖正[②]。

冯文炳是《语丝》上发表作品最多的作家之一，在署名“冯文炳”一年多后，自1926年7月26日第89期起便开始使用“废名”的笔名，以后又交替使用过“病火”。徐炳昶的作品虽没有冯文炳多，但他从第4期起就拥有用笔名（徐旭生）的权利，以后又多次使用过“虚生”。刘半农（笔名刘复、范奴冬、半农等）和俞平伯（笔名平伯、一公等）也时常变幻笔名在《语丝》发表作品，他们很快就属“圈内人”更是确凿无疑的。周作人在《〈语丝〉的回忆》[③] 中说：“同人中本来还有刘半农，林语堂，俞平伯，章衣萍，那一天（指语丝社最初的星期日茶会——引者注）不知何以不见。”张凤举是用“张定璜”的笔名在该刊发表作品的，也据周作人的这篇文章回忆，在“语丝派”与“现代评论派”对垒论战的时候，他就是“语丝社”聚会的出席者了，周作人并对他以“同事”相称。

早期“语丝社”的内外之别还不只这一点，查《语丝》的“闲话”栏，有“我们的”与“大家的”之分。第70期至第90期为“我们的闲话”，专收内稿，作者为周作人、川岛、效廉。第91期至第98期为“大家的闲话”，专收外稿。另外据林辰考证：“社员的稿件，来则即由李小峰发排，外面的投稿，则由李送给周作人去看，决定取舍。”[④] 这些情况虽然现在已难以具体考察，但足以说明，语丝派成员的混杂状态实际上是

① 一般说来，《语丝》前期（从创刊至1927年10月被北洋军阀查封，这是该社的主要活动时期，也是最有生气的时期）执行这一规矩还是比较严格的。当然也有个别例外，例如，1926年7月第91期增设了“大家的闲话”栏，开场“附白”说：“此栏专收外稿，可以用别号，但只限定于此栏内。”

② 徐祖正是从1925年9月7日第43期开始在《语丝》发表作品的，至1927年10月共有29篇，其中13篇居刊物头条位置，其重要性仅次于鲁迅和周作人。查鲁迅与周作人该时期的日记，可以看出徐祖正当时是作为像其他语丝社知己一样与周氏兄弟联系的，确系“圈内人”。但徐祖正的这些作品均署真名。这可能与作家的习惯有关，他一生与文字结缘，但在任何刊物上都从未用过笔名。

③ 见《鲁迅研究资料》第3辑，文物出版社1979年版。

④ 林振：《鲁迅事迹考·鲁迅与文艺会社》，见《鲁迅学术论著资料汇编》第4卷，中国文联出版公司1987年版，第712页。

有序可循的。

同成员情况一样，《语丝》的办刊倾向乍看也是混杂的。“这刊物本无所谓一定的目标，统一的战线，那十六个投稿者，意见态度也各不相同。”① 但有一点也是非常明确和统一的，这就是：侧重发议论，作家们都以大部分精力和心血潜心杂文创作。《语丝》虽然也兼采过散文、美术、论文等其他样式的作品，但杂文始终占据压倒一切的地位。在《语丝》先后刊出的260期中，累计发表杂文约800篇②，占全部作品的百分之六七十。这首先应归功于鲁迅和周作人的努力。“五四”时期在小说、散文、杂文、翻译等几个方面都曾取得了重大创作成就的鲁迅，这时已明显地将创作重心向杂文转移，1925年这一年所写的杂感，竟比收在《热风》里的整四年中还要多，他先后发表在《语丝》上的杂文约70余篇，这在鲁迅与之发生关系的刊物中，是最密切的了。鲁迅的这些作品主要收在《坟》《华盖集》《华盖集续编》《而已集》中。几乎与此同时，鲁迅在创办《莽原》时也一再声明：“中国现今文坛（？）的状况，实在不佳，但究竟做诗及小说者尚有人。最缺少的是‘文明批评’和‘社会批评’，我之以《莽原》起哄，大半也就为了想由此引些新的这一种批评者来”③，“我所要多登的是议论”④。可见，鲁迅是从抓紧现在和“望彼将来”的战略眼光出发，为杂文的发展做着许多扎扎实实的工作。周作人这时也宣布：“我以后只想作随笔了”⑤，他仅在《语丝》上发表的杂文就有120多篇，这时期他出版了《雨天的书》《泽泻集》《谈龙集》《谈虎集》《永日集》等多部杂文集。

鲁迅和周作人的这种变化，原因虽然不尽相同，但有两点却是基本一致的：第一，在清醒地认识了历史传统的重荷和现实的黑暗之后，都有一种“非扑灭它不可”（鲁迅语）的强烈义愤、批判与改造现实的紧迫感，执着地要为“现在”抗争，因而便不约而同地选定了杂文这种形式。第

① 鲁迅：《三闲集·我和〈语丝〉的始终》，《鲁迅全集》第4卷，人民文学出版社1981年版，第166页。

② 单从篇目数量看，这同“五四”时期的几家主要刊物差不多。然而“五四”时期的多系“随感录”式的短文，有的只有三言两语。而《语丝》的杂文已逐渐成熟起来，篇幅也长了许多。因之，就杂文数量而言，“五四”时期任何一家刊物都远不能与《语丝》相比。

③ 鲁迅：《两地书·一七》，《鲁迅全集》第11卷，人民文学出版社1981年版，第63页。

④ 鲁迅：《两地书·三四》，《鲁迅全集》第11卷，人民文学出版社1981年版，第100页。

⑤ 周作人：《艺术与生活·自序》，北京十月文艺出版社2011年版，第2页。

二，他们都具备成为优秀杂文家的个人素质。这不仅因为他们都是思想家、学问家，具有高瞻远瞩的历史的社会的批判眼光和超人的胆识，也不仅因为他们都是优秀文学家，具有驾驭杂文文体的能力；重要的在于，他们都有一种强烈地希望自由地“发议论”的内在要求。他们似乎先天地对虚构故事和天马行空般的抒情不怎么感兴趣，倒是特别擅长对自己对现实生活的体验、印象和感受作深入的剖析和探究。难怪周作人压根儿就不写小说，也基本不写新诗。鲁迅在这之前的短篇小说创作中，则有意无意地掺入了大量的对现实“直到明示”的杂文笔法，以至认为长篇小说创作也可以“带叙带议论，自由说话”，“变成为社会批评的直剖明示的尖锐武器”。[①] 从这个意义上讲，鲁迅和周作人恐怕都不十分适合写新诗、写小说，尤其不适合写长篇小说，尽管鲁迅的短篇小说成就也很高。艺术创造从来就是以作家主观愿望、个性的充分发挥为其前提条件的。对于鲁迅和周作人来说，创作重心的转移可能是一种明智的选择。

鲁迅与周作人不仅辛勤创作和倡导，而且还亲自为《语丝》组稿、选稿、编稿，坚定不移地把共同确定的“以简短的感想和批评为主”[②] 的办刊宗旨付诸实施。鲁迅和周作人为语丝派的首领是众望所归的。川岛回忆说：“就《语丝》创刊时的十六个长期撰稿者来说，当然由其中的鲁迅先生或周作人来主持最为适当。”[③] 正是在他们的带动影响、栽培扶植下，一大批优秀杂文作家才在《语丝》的摇篮里迅速成长，脱颖而出。

这绝非一般意义上的文学现象，它在中国现代杂文发展史上具有独立支撑、继往开来的意义。

五四以后，杂文创作同寂寞、荒凉的文化界一样，曾一度呈萧条状态。随着《新青年》团体的分化，《每周评论》《新潮》《少年中国》《国民》《新社会》《解放与改造》等杂文重镇相继被禁或停刊。《晨报副刊》在孙伏园辞职由徐志摩接编后，大量刊登的是政论或其他样式的文艺著述，杂文已属鲜见。《觉悟》从1924年2月改版后，论文比重显著增加，杂文已被放在无足轻重的位置上。早期的一批杂文名家如陈独秀、李大钊、刘大白、吴稚晖、沈玄庐等，也纷纷改弦易辙，已很少或不再从事杂

① 见《雪峰文集》第4卷，人民文学出版社1985年版，第19页。

② 《〈语丝〉发刊词》，见1924年11月《语丝》第1期。

③ 川岛：《忆鲁迅先生和〈语丝〉》，见《和鲁迅相处的日子》，四川人民出版社1979年版，第27页。

文写作。“五四”时期那种蔚为大观的杂文景象，已呈衰落之势。当然，其间也有一些作家和报刊继续为杂文的生存做出努力，值得提及的是上海的一批“左翼”作家和北京的“现代评论派”。前者指活跃在《中国青年》《热血日报》《响导》《觉悟》等报刊上的瞿秋白、沈雁冰、邵力子、陈望道、恽代英等。他们的作品，内容大都同迫切的政治斗争相联系，是“使文章和实生活发生联系”“力避清谈误国”（郁达夫语）的范例。但由于这些作者当时多系政治斗争的实际参加者，是在工作之余来写杂文的，他们对政治的关注远远超过了对文学自身的兴趣和把握，因而他们的作品大都缺乏文学性，不少作品几近于政论的缩写，或者可以称作“小评论”。以沈雁冰（他在这些作家中还算成就较高的）而论，他的“形象文学”作品大都典丽优雅、生动感人，而这时的杂文却大都质直平白、韵味寡淡。郁达夫曾概括说：“他的观察的周到，分析围清楚的是现代散文中最有实用的一种写法，然而抒情炼句，妙语谈玄，不是他的所长。”[①] 用茅盾自己的话说就是写得“太像硬邦邦的短评了”，“简直竟像评论”。[②] 这种倾向，在瞿秋白、邵力子、陈望道那里也很明显。其作品的政治性强则强矣，但缺乏耐人寻味的艺术魅力（尽管也有若干例外）。沈雁冰、瞿秋白等尽管后来成为文学大家，也成为30年代杂文创作的骨干，但这时的杂文在艺术上的确并不尽如人意。这或者可以说，他们还未摆脱草创时期“随感录”的影响，仍未走出“五四”杂文的形式格局。加上这些作家基本上是各自为战，因而影响不大。“现代评论派”以《现代评论》为阵地，自1925年起以“闲话”为题或辟专栏，发表了大量的短篇杂文（主要作者为陈西滢、高一涵、张奚若等），曾经引人瞩目，为不少刊物所效仿。这些“闲话”作品大都是关于社会生活的调侃式的闲言絮语，写法上轻松随便，幽默俏皮，可读性很强。尤其是主帅陈西滢的“闲话”，“文字晶滢透剔，清可鉴底，而笔下如行云流水，有意态从容之趣味”，且惜墨如金，不苟为文，是“这个刊物中最受人欢迎的一栏”。[③] 可以说，《现代评论》的“闲话”式杂文，丰富和拓展了杂文文体的艺术表现力，在现代杂文史上有抹不掉的价值。但其内容却泥沙俱

---

① 郁达夫：《中国新文学大系·散文二集·导言》，上海良友图书印刷公司1935年版，第18页。

② 茅盾：《速写与随笔·前记》，上海开明书店1935年版，第1页。

③ 梁实秋：《西滢闲话·梁序》，江苏文艺出版社2010年版，第1页。

下、鱼龙混杂。这些作家曾多次声明自己的“精神是独立的，不主附和”：既攻击仇敌，也批评朋友，不但反对强权，还要针砭民众。[①] 然而在革命与反动、进步与保守、光明与黑暗的大搏斗中，却往往表现出矛盾惶惑的心理状态。例如，他们一面痛斥军阀是“虫豸”，说他们的互斗不过是“鸡虫得失”，一面又称赞袁世凯有雄才大略，“是个了不得的人才”。对军人兼政客的冯玉祥、蒋介石等人，也是既赞颂又讥刺，并行不悖。甚至反对帝国主义侵略，又为侵略者的行径辩护。但是，在女师大学潮中，他们却完全倒向一方，公开袒护章士钊、杨荫榆所代表的封建专制势力，诬陷进步学生，攻讦、诽谤鲁迅，因而遭到了以鲁迅为代表的进步文化界的抨击和唾弃，“现代评论派”很快就声名狼藉，“闲话”只刊登了百余则便寿终正寝了。这一时期，真正促使杂文健康发展并打破了杂文创作的萧条局面的，主要是语丝派。如果说，《新青年》是中国现代杂文的发祥地，由它孕育引发了一场前无古人的杂文运动，那么《语丝》就是使之得以复兴并通向辉煌境界的桥梁，带来了 20 年代杂文发展的重大超越和突破。

第二节　社会性批评的深入和政治参与意识的强化

广泛的社会批评是“五四”杂文的最基本的特色。这一点，语丝派杂文也鲜明地体现出来。作家们虽然“本无所谓一定的目标”，但从一开始就共同确立了一种大体的志向：要“冲破一点中国的生活和思想界的昏浊停滞的空气”，反抗“一切专断与卑劣”[②]，“要催促新的产生，对于有害于新的旧物，则竭力加以排击”[③]，其主旨是反封建。鲁迅在创刊号上发表的第一篇作品就是著名的反封建名篇《论雷峰塔的倒掉》。这篇杂文借流传于民间的关于白蛇娘娘的爱情悲剧故事，辛辣地抨击了那些封建礼教的顽固维护者们摧残无辜的罪行，由衷地赞美了勇于反抗权势、争取自由的民主精神和个性意识，抒发了整整一代受压迫者、受摧残者和富于

---

① 主要参见 1924 年 12 月 13 日《现代评论》第 1 卷第 1 期刊登的《本刊启示》和《西滢闲话·表功》。

② 《〈语丝〉发刊词》，见 1924 年 11 月《语丝》第 1 期。

③ 鲁迅：《三闲集·我和〈语丝〉的始终》，《鲁迅全集》第 4 卷，人民文学出版社 1981 年版，第 167 页。

正义感的广大民众的共同心声。在短短不到一年时间里，《语丝》发表的这类作品，鲁迅有《说胡须》《论照相之类》《再论雷峰塔的倒掉》《看镜有感》《论“他妈的”》；周作人有《生活之艺术》《上下身》《净观》《道学艺术家们的两派》《萨满教的礼教思想》；钱玄同有《废话》；周作人、江绍原有《女裤心理之研究》……这些作品从不同的角度针砭了封建统治者和封建礼教的反动性、虚伪性，辛辣地嘲讽了封建卫道者们的那种“推拒，惶恐，逃避，抖成一团”（鲁迅《看镜有感》）的既顽固又虚弱的本质。江绍原还专门写了大量“小品”，以各种文献和从各地收集来的资料为依据，着重剖析了从古至今的各种“迷信”“礼俗”和“宗教”，主题是对封建传统文化的严正批判。这些小品虽然书卷气较浓，但却颇能吸引读者，因而在文化界有较广泛的流传，徐志摩曾谓之为“热天的冰淇淋”。五四杂文的反封建主题，在语丝派的杂文创作中是得到了自觉的承续的。

然而，对于在五四时期曾经战斗过的杂文作家来说，一般地批判封建意识、封建礼教、封建制度，也许并不困难，困难和重要的在于能够进入文化历史反思的深层，在于有新的发现。这是杂文的灵魂和生命。语丝派的杂文很多都达到了这种思想深度。例如，他们发现了封建统治者“在礼教的面具底下实行压迫与放恣”的真面目（周作人《生活之艺术》）；他们发现人们司空见惯、习以为常的“土味”，其实是十分可怕的封“旧势力”的衍化物，它有足以“软化”新思潮、同化一切宇宙间的不“和谐”的巨大能量，在中国思想界万万“不可轻忽”（林语堂《论土气与思想界之关系》）；鲁迅发现，传统文化中有浓重的“吃人”意识，而自己既是被吃者，又在无意中去吃别人的肉。他时常为自己思想中背了些摆脱不掉的“古老鬼魂”而感到一种“气闷的沉重”（《写在〈坟〉后面》），于是毫不留情地对自己举起了解剖刀。周作人还发现，封建传统文化中害人最深的不只是孔教，道教的“戕害人性”的一面同样不可轻视，它也是那些“以维持礼教为业的名流、军阀”用来毒害和欺骗人民的工具（《清浦子爵的特殊理解》）。鲁迅也对道教的危害有着深切的理解和高度的警惕，他在《小杂感》中写下了这样的名言：

> 人往往憎和尚，憎尼姑，憎回教徒，憎耶教徒，而不憎道士。懂得此理者，懂得中国大半。

为什么这样说？因为佛教、回教、耶稣教都有专一的信仰，教规中戒律多，信徒大都讲究操守。而道士的品格却是十分圆滑的，他们俨然仙风道骨，超凡脱俗，以出家自居；然而却又五方杂处，无可无不可，并且不讲坚韧的苦修苦行，照样可以娶妻育子，炼丹种蛊，纵欲贪求，实际上徒托空言，并无特操。这种骑墙态度，可以左右逢源，处处得利。这种品格不仅为统治者所欣赏，一些麻木、怠惰、刁滑的国民也乐于接受，道士不为人所憎恶也就是自然的了。鲁迅以精练的文字慧眼独具地揭示出国人的这种心理，确实是对中国历史文化的深刻发现。

这里，实际上已涉及了语丝派的社会性批评杂文中最具深义、最丰富的部分：对国民劣根性的剖析和批评。中国思想文化史上改造国民性的源头，可以追溯到20世纪初的梁启超、陈独秀那里。[①]“五四”时期对这一问题的探讨也颇为盛行。先驱者们是把“立人”作为改造国民性的出发点的。语丝派作家同样立足于这一点。他们认为，长期封建文化的压制和束缚使一代代国民的精神受到扭曲，在国民性中造成了不少“陋劣”（鲁迅语）的病态，如果不对此进行根本性的揭示、批判与改造，将无法实现人的觉醒与解放。因而他们对封建礼教、封建意识、封建制度等一系列封建文化传统的批判，无不首先与对“人”和“人性”的解放的追求相联结；同时，语丝派还将国民性的改造与整个社会改革的成败和民族兴衰联系起来。1925年，面对举国上下表面上鼓噪一时的政治改革活动，鲁迅说：“最要紧的是改革国民性，最初的革命是排满，容易做到的，其次的改革是要国民改革自己的坏根性，于是就不肯了。所以此后最要紧的是改革国民性，否则无论是专制，是共和，是什么什么，招牌虽换，货色照旧，全不行的。”[②] 鲁迅清醒地看到：要改革和完善国家政体，必须在改造了国民的“坏根性”，提高了全民族的思想文化素质的基础上才是可能的；否则，一切改革都等于“沙上建塔”。但是，语丝派作家对改造国民性的前景已不像“五四”作家那样乐观，他们同时也感受到了国民不肯改革自己的“坏根性”的巨大惰性，把它看得比推翻旧的政治体制、换

① 梁启超和陈独秀这方面的言论很多。例如，梁启超在《国民十大元气论》中说“不禁太息痛恨于我中国奴隶根性之人何其多也”，认为“此性不破，虽有国不得谓之有人”，显示出改革国民性的热切愿望。他的《中国积弱溯源者》《新民说》等，都是专为此而发。陈独秀也写过《安徽爱国会演说》《亡国篇》等，都呼吁通过启蒙而“改善”“国民性质”。

② 鲁迅：《两地书·八》，《鲁迅全集》第11卷，人民文学出版社1981年版，第31页。

一块“共和”的招牌艰难得多。周作人认为，汉人的“不长进不学好都是百口莫辩的”。[①] 这就使他们常常产生绝望感与悲凉情绪。鲁迅在《两地书·十》中说，这工作“即使有效，也恐很远，我自己看不见了”。这是对这一问题进行长期观察和发生深切感受之后的深刻见解。然而，他们仍然敢于直面现实，“知其不可为而为之”，坚定地将此列为“此后最要紧的”工作，表现出一种勇于进取、韧性战斗的悲壮精神。

语丝派杂文发现并批评了我们国民性中的一系列劣根性，如“十景病”（鲁迅《再论雷峰塔的倒掉》），“卑怯”“苟活”“凶残”“淫乱”“愚陋”“说谎”（周作人《支那民族性》、鲁迅《华盖集·北京通信》和《坟·杂忆》），“绑票式求婚”（周建人《论求婚》），与社会不开化程度成正比的“性崇拜心理”（周作人《萨满教的礼教思想》《净观》），不偏不倚恪守“中庸”的处世原则（梁遇春《一笑》），对新事物的“五分钟热度”（鲁迅《华盖集·补白》），强盗式与奴才式的“破坏”和在“瓦砾中修补老例”（鲁迅《再论雷峰塔的倒掉》），“专制的狂信”（周作人《济南道中之三》《托尔斯：暴的事情》），装模作样的“做戏气味”（鲁迅《华盖集续编·马上支日记》），懒惰与散漫（林语堂《翦拂集·论性急为中国人所恶》）……其中作家们议论最多的，也是他们常常以为国民性中最缺乏的，便是“诚”与“爱”。[②] 因为缺乏“诚”，便滋生了“瞒和骗”，“没有勇气去看自己的丑恶”（周作人语），借以自欺，而且欺人；因为缺乏“爱”，就无同情心，感受不到别人的痛苦，变得麻木不仁，甚至冷漠、残酷。关于前者，我们可以从章衣萍的《漫语》和鲁迅的《论睁了眼看》中看得十分清楚。明明像“将死的猪”一样任人宰割，至多不过在屠刀刺进脖子时发出几声可怜的呻唤，却以“睡狮”作比而沾沾自喜，谓中国在积弱沉寂中蕴蓄着待爆发的凶猛力量，这实则是一种自欺欺人的“集体错觉”（《漫语》）。《论睁了眼看》所剖析的那种明明“患着浮肿”却讳疾忌医，但愿别人糊涂，误以为他肥胖的浮肿病人，更是对这种自我欺骗心态的典型概括。这种人“不敢正视各方面，用瞒和骗造出奇妙的逃路来”，于是有了“瞒和骗”的文艺和人生。关于

① 周作人：《谈虎集·支那民族性》，写于 1926 年 7 月，上海北新书局 1936 年版，第 547 页。

② 据许寿裳《亡友鲁迅印象记》回忆，早在留学日本的时候，鲁迅就和同学提出讨论“中国国民性中最缺乏的是什么？”，“它的病根何在？”等问题，这里似乎在一一寻找答案。

后者，则可以从“五卅”以后“看客”们对学生“都于事后来嘲笑”（鲁迅《华盖集·补白》），大灾之年人饿死了不敢哭——“因为哭声出去之后就有人拿了明晃晃的刀和篮子来分割人肉”（《川岛选集·人的叫卖》）的大量事实中得到证实。刘半农在《语丝》《北洋画报》等杂志上连续发表的关于《茶花女》译本和演出的几篇作品，透过这个剧本在中国的命运，也着重剖析了中国人对别人的遭遇漠不关心，基至还从中取乐的心理。

需要指出的是，语丝派杂文对国民性的这些批判，没有孤立地陈列现象和简单地否定、针砭，从建设“理想的人性”的目的出发，他们还注意把国民性放在世界文化的背景上作出广泛的比较。例如，周作人的《新希腊与中国》（《谈虎集》）将希腊文化与中国文化进行了全面比较，列举了五点“很有点与中国相像”的希腊民族文化中的消极心理：第一是狭隘的乡土观念，第二是争权，第三是守旧，第四是欺诈，第五是多神的迷信。但是，希腊却“毕竟能摆脱土耳其的束缚，在现今成为一个像样的国度”。究其原因，就在于它有一种“热烈的求生的欲望”，这种欲望还“不是只求苟延残喘的活命，乃是希求美的健全的充实的生活”。而这正是中华民族所缺乏、所没有的：“中国人实在太缺少求生的意志，由缺少而几乎至于全无”。周作人以希腊文化为参照，指出了我们民族文化心理上长期存在的得过且过、苟且偷安、活得难受却不思进取的毛病，的确警音辽远。他们还通过别国的“活力”和“生气”，来揭示本国的“灰冷”和死气（鲁迅《华盖集·补白》）；通过世界进步文化兼收并蓄、“进步得快”的历史，来凸显汉文化“特有的好把戏”——守旧和复古（周作人《谈虎集·日本与中国》）。这就能帮助读者更充分地认识自己民族的弱点，在反差中进行反思，寻求改革。

另一方面，作家们还善于将国民性同封建社会、半封建半殖民地社会历史的发展联系起来，探究这些精神状态的历史和现实内容及其成因，以便更有效地“攻打这病根”（鲁迅语）。例如，《语丝》第 87 期至第 92 期连续发表鲁迅的《马上支日记》，揭示了我们国民性中的一系列弱点，并列出了许多“研究自己”的课题：道士思想（不是道教，是方士）与历史上大事件的关系，以及在现今社会上的势力；孔教徒怎样使“圣道”变得和自己的无所不为相宜；战国游士说动人主的所谓“利”“害”是怎样的，和现今的政客有无不同；中国从古到今有多少文字狱；历来“流言”的制造散布方法和效验，等等。这实际上都是在启发人们去寻找各种不同的国民性弱点所形成的历史渊源。语丝派作家的不少作品就启示人们：中国的封建文化——包括等级观念、伦理道德、风俗习惯等，和漫长的封建专制制度胶结在一起，给民族的心灵以重压，是形成种种劣根性的主要病源。例如，鲁迅在《坟·春末闲谈》中就形象地揭示了“圣君，圣臣，圣贤，圣贤之徒”等“上等人”对“下等人”实施的“麻痹术”，正是他们为维护自己的“上等人”地位而侵蚀了人们的思想，使大众呈现出“不死不活”相。川岛在《夜里的荒唐》所嘲讽的那个梦中大过“皇瘾”的寒儒，以及围绕他前后的不同地位变化而引出的趋炎附势和落井下石的两类世相，也都是封建等级观念的必然产物。外国的一些作家也曾批评过本国的国民性弱点，如狄更斯嘲笑过古老的英国传统，陀思妥耶夫斯基奋力抨击过俄罗斯人的“高略德金”精神和“卡拉马佐夫气质”，近来又陆续出现了威廉·赖德勒·尤金·柏迪克的《丑陋的美国人》，高桥敷的《丑陋的日本人》，以及阿兰·佩尔菲特的《丑陋的法国人》等著作。这些作品都不乏深刻之处，但在涉及病根时却时常流露出幼稚，如狄更斯把原因归咎于《教育》，陀氏则把“卡拉马佐夫气质”说成“人类的本质”。以鲁迅和周作人为代表的语丝派作家从历史文化的深层去寻找答案，显然要深邃得多。

诚然，语丝派也有局限。他们过多地侧重在文化思想和道德传统中寻找国民性的病根，却不大注意从经济基础、生产方式等方面进行探讨。中国长期延续下来的小农经济土壤，不仅产生了与之相适应的政治秩序，而且也直接束缚、压抑、扭曲了人性。例如，小农经济使人与人之间处于相互隔绝的状态，人们彼此漠不相关，而目光仅仅集中于自己一家一户的狭小的利益。语丝派杂文所揭示的那些狭隘、封闭、排他、无同情心等诸多国民性弱点，实际上也都是小农经济在观念、意识上的反映。马克思在描述资本主义社会的畸形状态时说：“我们的一切发明和进步，似乎结果是使物质力量具有理智生命，而人的生命则化为愚钝的物质力量。”[①] 中国半殖民地半封建的社会同资本主义社会之间虽然千差万别，但“人的生命”同样在很大程度上是受“物质力量”的重压而发生异化的。遗憾的是，语丝派作家大都到这里止步了。即使如此，其作品的价值仍然是有目

① 马克思：《在〈人民报〉创刊纪念会上的演说》，见《马克思恩格斯文集》第2卷，人民出版社2009年版，第579—580页。

共睹的，他们对国民劣根性种种表现的系统清理，对传统文化思想的负面影响的深刻揭示，无论在中国文化史、思想史，还是文学史上，都是极为光辉的一页，值得大书特书。前期语丝派正是从这里找到了观察分析社会现象的立足点。

但是，尽管如此，语丝派作家却又并不把自己仅仅局限于这个范围内（从根本上说这仍然是“五四”杂文“广泛的社会批评”的圈子），正像一切事物都是处于永恒的运动和变化状态一样，语丝派作家也始终在为适应时代的需求不断地进行着自我调整，并由此形成了中国现代杂文更迭和演进的最初历史。

语丝派作家面临着“五四”作家所未曾遇到过的严峻和复杂形势：1924年年底，段祺瑞窃踞了北洋军阀政府的执政要职，专制统治和政治压迫加强了，文化思想界也随即掀起了一股复古思潮。对此，鲁迅曾产生过“久没有所谓中华民国”“什么都要从新做”[①]的感受，这无疑十分真切地意识到了中华民族所面临的政治局面和文化形势的严峻。于是，他们不再只是热衷于泛泛的社会批评，而是以极大的热情直接地参与现实的政治斗争，在斗争中探索真理，明辨是非，鞭挞邪恶，使杂文在更加剧烈的政治大搏斗中发挥了“匕首”和“投枪”的作用。最能显示其创作成就的，是在1925年的“女师大风潮”到1926年的“三一八”惨案中，支持被压迫的学生，反对封建校长杨荫榆和她的支持者如教育总长章士钊、“现代评论”派陈西滢等人，抨击段祺瑞政府对爱国学生的血腥镇压。

鲁迅是这场斗争的主将，他发表的杂文最多。他揭露压迫者的阴险残忍，抨击杀人者“以杀人为唯一的要道，甚至当作快乐”的暴虐行为，并尖锐指出反动当局妄图以“死”来慑服人民，然而结果将与杀人者的愿望相反：“这不是一件事的结束，是一件事的开头”，“血债必须用同物偿还”（《无花的蔷薇之二》）。鲁迅还在一些作品中指出：死之恐怖，并不能“儆戒”后来者，“真的猛士，敢于直面惨淡的人生，敢于正视淋漓的鲜血”，“真的猛士，将更奋然而前行”（《记念刘和珍君》）。这些杂文写得尖锐、犀利而又深沉、悲愤、激越，是以往的作品所未曾见过的。

鲁迅更多的杂文，则是揭露帮闲文人的丑恶嘴脸的。在女师大事件中，陈西滢等伪装公允，公开斥责进步学生，为杨荫榆张目。“三一八”

① 鲁迅：《华盖集·忽然想到（一至四）》，《鲁迅全集》第3卷，人民文学出版社1981年版，第16页。

惨案后又散布流言，诬蔑被害学生是受人“怂恿”“自蹈死地”，并把责任推到“学生领袖”身上。① 鲁迅撰写了《忽然想到（七至九）》《碰壁之后》《有趣的消息》《我还不能带住》《“死地”》《记念刘和珍君》《可惨与可笑》和《空谈》（均收入《华盖集》和《华盖集续编》）等一系列杂文，揭露“流言家”的卑劣，愤慨地指出：“墨写的谎言，决掩不住血写的事实”。鲁迅认为，他们的言论实质上是教人“心悦诚服地充当奴才”，而且要“没齿而无怨言”。（《死地》）这就是说，他们是用“流言”的手段欺世惑众，为武力镇压助阵以制服反抗之心，达到维护反动统治的目的。

在斗争中，鲁迅不仅从政治的立场上剖析反动势力的本质，而且还从历史的、文化的角度，揭示半封建半殖民地条件下一部分人所具有的卑劣心态，把急切的政治斗争同广泛的社会批评联系起来，开拓了又一个为过去人们很少注意的文化思想斗争的思维空间。例如在《忽然想到（七）》中，鲁迅在剖析杨荫榆等人的表现时，从中国历史上统治与被统治之间“一级一级的制驭着”的等级制度和“主”“奴”之间地位变化的心理状态进行考察，揭示出这些人既有“主子”的凶狠，也有“奴才”的卑怯的双重性格：在“主子”或强者面前，是“媚态的猫”，驯服的“羊”；而在奴隶或弱者面前，则是暴君和凶兽。鲁迅说，这是“凶兽样的羊，羊样的凶兽”，他们可以随着地位的变化而不断地恶性循环，但却失去了人格，失却了独立的个性和灵魂。鲁迅所揭示的这类人的这种品性，不仅仅从杨荫榆身上可以看到，也是一部分愚弱的国民所共有的现象，是长期的封建统治和传统文化在社会心理中的历史积淀所造成的精神病灶。因而鲁迅没有只用贴阶级标签的方式作出简单的评判，他沉痛地写道：“在黄金时代还未到来之前，人们恐怕总不免同时含有这两种性质……即使显着凶兽相，也还是卑怯的国民。”这样，鲁迅剖析杨荫榆等人的杂文，就有了十分丰富的内涵：既指出了他们与“国民”之间既有在同一个文化体系内的阶级差别，也揭示了二者在文化心理上的内在的统一性，展示出这种民族特有的复杂的精神现象，进而上升到对整个民族精神状态的反省。

语丝派其他成员也与鲁迅密切配合，协同作战。在女师大事件和“三一八”惨案中，他们写下了大量杂文，有的正面揭露、抨击反动当局

① 参见陈西滢《闲话》（《现代评论》第3卷第68期）和林学衡《为青年流血问题敬告全国国民》（1926年3月20日《晨报》）。

的暴行，如周作人的《关于三月十八日的死者》、朱自清的《执政府大屠杀记》、效廉的《我们的闲话》；有的旁敲侧击，通过悼念死难者，曲折地表达对段祺瑞政府及其追随者的愤慨，如林语堂的《悼念刘和珍杨德群女士》、周作人的《死法》和《女师大的运命》、陆晶清的《从刘和珍说到女子学院》；有的抨击御用文人诬蔑学生运动和女学生品行的流言，揭露“现代评论派”经济上接受军阀政府津贴，政治上取媚封建势力和帝国主义势力的丑行，如川岛的《“西滢”的“嘴巴”》、周作人的《〈现代评论〉主角唐有壬〈致《晶报》书〉书后》，等等。这些作品，形式多样，角度各异，但却都集中在同一个事件上，因而影响巨大。这是现代思想史上的一场大仗，郑振铎评论说：“真实的冲突，却是语丝社和章士钊及现代评论社的争斗。那倒是货真价实的思想上的一种争斗。”[①] 可以说，女师大复校，章士钊下台，现代评论派公开赔礼道歉[②]，都与语丝派的斗争分不开。特别应该提到鲁迅：“如果不是鲁迅的这枝强有力的笔，实在也不容易打得他倒。”[③] 甚至连段祺瑞政府的声名狼藉，也与语丝派的揭露和斗争有很大关系。

语丝派作为一个以杂文为武器的战斗集体，在多次重大政治斗争中，都是这样默契配合、协同作战的。例如，在围绕着驱逐溥仪出宫问题跟“遗老遗少”的斗争中，周作人有《清朝的玉玺》《致溥仪君书》《元旦试笔》，钱玄同有《恭贺爱新觉罗·溥仪君迁升之喜并祝进步》《三十年来我对于满清的态度的变迁》《随感录》，刘半农有《巴黎通信》等。这些作品几乎不约而同地鞭挞了那些逆历史潮流而动、企图借尸还魂复辟帝室的内外反动势力和反动思潮。在“五卅”以后动员舆论反对日、英帝国主义侵略的斗争中，钱玄同有《关于反抗帝国主义》，周作人有《黑背心》，章衣萍有《漫语》，冰心有《赴敌》，俞平伯有《雪耻与御侮》，春台（孙福熙）有《上场与预备》，刘半农有《悼“快绝一世”の徐树铮将军》，罗汝兰有《读〈顺天时报〉》，周作人有《日本人的好意》等，这些作品不仅同仇敌忾地声讨帝国主义的侵华政策和罪行，而且严厉抨击那些与帝国主义沆瀣一气、狼狈为奸的国内反动势力，鼓励人们起来与之

① 郑振铎：《中国新文学大系导论集》，上海良友复兴图书公司1940年版，第73页。

② 见《现代评论》第3卷第70期。

③ 周作人：《〈语丝〉的回忆》，转引自《中国现代文学社团流派》上卷，江苏教育出版社1989年版，第375页。

进行坚决的斗争；甚至在1927年反对国民党的清党“讨赤”那样一场剧烈、险恶的斗争中，语丝派也联合起来“很用了一点气力”（周作人语），周作人有《可怕》《功臣》，冯雪峰有《打倒智识阶级与五民主义》，狷有《现在的时代》。鲁迅虽然遥居广州，也连续发表了《扣丝杂感》《可恶罪》《头》《铲共大观》等，他不只是声讨杀人者的罪行，而且透过现象看本质，对问题作深沉凝重的思索，他说：“革命被头挂退的事是很少有的，革命的完结，大概只由于投机者的潜入。”（《铲共大观》）不仅阐发了历史的规律，也同时揭露了蒋介石背叛人民、投机革命的真实面目。当然，语丝派作家并非一个“以政治为职业”的团体，他们对那些“黑狗咬黄狗的政治”，从来就“没有兴趣，所以不去谈他罢”①，但对于事关国家前途民族命运的“大是大非”问题，他们却是一直保持高度的关注。

语丝派在其主要活动期间，就是这样用自己的杂文，扎实地参与了当时的政治斗争和思想革命活动，充分地发挥了杂文的战斗性功能。鲁迅说他们所出的是“毁坏旧物和戳破新盒子而露出里面所藏的旧物来的一种突击之力”②。语丝派的创作，明显改变了“五四”杂文的单一的社会批评的格局，使杂文创作呈现出社会批评与政治斗争相互融合的新局面。

第三节 “语丝文体”：对艺术真谛的领悟

语丝派杂文不仅具有鲜明的战斗特色，而且有着很高的艺术价值。它的出现标志着“五四”以来杂文创作的艺术水平有了显著的变化：“语丝文体”阶段。

语丝派杂文是在“五四”退潮后较长一段时间才复兴的。也许正是在这种稍稍沉寂的情况下，作家们才有机会冷静地对“五四”杂文的创作实践进行认真的回顾与反思，鲁迅在《热风·题记》《华盖集·题记》和《写在〈坟〉后面》中，都留下不少这方面的文字。语丝派杂文从一开始就继承并深化着“五四”杂文的战斗传统、但却改变了“五四”杂文的思想较为直露和文体的粗疏状态，不能不是在反思的基础上取长避

① 周作人：《答伏园论“〈语丝〉的文体”》，见《语丝》第54期。

② 鲁迅：《三闲集·我和〈语丝〉的始终》，《鲁迅全集》第4卷，人民文学出版社1981年版，第172页。

短、努力探索的结果。

“语丝文体”是当时的语丝派作家自己提出来展开过热烈讨论的课题。孙伏园在《〈语丝〉的文体》中最早提出了这个概念，但他未能将它的内涵作出具体说明和科学界定。周作人稍后发表的《答伏园论〈语丝〉的文体》一文，把“语丝文体”的特点明确概括为：“不管三七二十一地乱说”，“唯一的条件是大胆与诚意”。林语堂的《插论〈语丝〉的文体——稳健，骂人，及费厄泼赖》一文在对周作人的结论作出一番解释阐发之后，又提出了“《语丝》文体之二大条件”：“我主张语丝绝对不要来做‘主持公论’这种无聊的事体，语丝的朋友只好用此做充分表示其‘私论’‘私见’的机关。这是第一点。第二，我们绝对要打破‘学者尊严’的脸孔，因为我们相信真理是第一，学者尊严不尊严是不相干的事。”后来，鲁迅将这些特色总括为“任意而谈，无所顾忌”[①]。的确，读语丝派杂文总会使人感受到一种不受别人命令、不顾个人利害而抒写衷肠的真诚和勇气，一种与敌对势力决不妥协、战斗到底的姿态。在这里，周作人、林语堂和鲁迅都是笼统地将风格作为文体的内涵来对待的，这大致是不错的。在我国古典文论和外国文论中，文体的概念同风格的概念常常联系在一起，密不可分。但文体还应当包括作品的体裁、体制或样式，或者说，是作家为表达既定的思想感情所采取的与之相适应的语言形式、组织结构等，《文心雕龙》的《风骨篇》《定势篇》《体性篇》在涉及这一问题时，都是兼赅两者的。以此为依据并遵循艺术的美学原则来考察，“任意而谈，无所顾忌”并不能算作对“语丝文体”的全面概括，除此之外它还应包括这样几个特点：

第一，“五四”时期的杂文多以思想感情的奔放热烈、议论风格的明白晓畅见长；语丝派杂文则是“热”与“冷”的统一，明朗与含蓄的结合，把不同的艺术情调融合起来，求得一种新的和谐。

语丝派杂文多系在激烈的斗争中产生的论辩性、攻讦性的文字，作家们的情感是十分浓烈的，常有如鲠在喉、不吐不快的冲动，甚至连周作人这种“极缺少狂热”的人，也显得那么“浮躁凌厉”。然而他们在写作时，大都注意节制，不让感情一味过“热”并作一览无余的倾泻，许多炽烈的情感已接受了理智的驾驭，被披上一层冷峭的外壳。我们常说的鲁

① 鲁迅：《三闲集·我和〈语丝〉的始终》，《鲁迅全集》第4卷，人民文学出版社1981年版，第167页。

迅杂文的那种冷峻而深沉的格调，就是这时形成的。其他作家的作品也大多这样。周作人看到在“三一八”惨案中死难者的遗体后，心情像亲属死亡那样沉重，竟至于几天内“什么事情都不能做”（周作人语），但他直到感情稍稍冷静平复后才写出了《关于三月十八日的死者》《死法》等与惨案直接相关的作品。在《死法》里，作者先比较各种死法，说都不很好，最后只有枪毙一法最文明：“在身体上钻一个窟窿，把里面的机关搅坏一点，流出些蒲公英的白汁似的红水，这件事就完了你看多么简单。简单就是安乐，这比什么病都好得多了。三月十八日中法大学生胡锡爵君在执政府被害，学校里开追悼会的时候，我送去一副对联，文曰：什么世界，还讲爱国？如此死法，抵得成仙！”乍一看，作品好像在“恭维”段祺瑞政府赠予了胡锡爵等烈士以“好死”似的，实则不然，通篇几乎全是反语，骨子里蕴含着对段政府杀人兽行的满腔愤懑之情。作者的过人之处，在于将喷之欲出的情感作了最大限度的压缩节制，冷言冷语不动声色。然而越压制越让人感到了感情的分量，越冷静越显示出内涵的悲愤的浓重。作品用如此笔法，并非有话不敢直说，他发表的《关于三月十八日的死者》，对杀人者的抨击和对死者的悼念，都是直接明了的，当时还没有像30年代那样谈政治一定得用“曲笔”。这完全是艺术表现方法问题。1925年6月，鲁迅曾批评过报刊上一度风行的“锋芒极肃杀”的诗，认为“感情正烈的时候，不宜作诗，否则锋芒太露，能将‘诗美’杀掉”①。19世纪崇尚东方艺术的美国著名画家詹姆斯·惠斯勒，曾以冷色与暖色糅合，描绘了一个忧伤而瑰丽的少妇形象，画名为《玫瑰色与灰色的和谐》，成为不朽名作。语丝派的不少作品在做这样的艺术追求，其中一些优秀之作已达到了这样的境界。

第二，“五四”杂文谴责、批判的色彩较浓，语丝派杂文则变谴责、批判为讽刺和幽默。

讽刺作为一种独特的艺术表现方式，几乎是与现代杂文同步产生的，但“五四”杂文的讽刺是不明显的，只是少数作品（如鲁迅、刘半农的个别篇章）含有这种因素。真正有意识地在理论和实践上对讽刺艺术进行探索，是从《语丝》的创办开始的。语丝派作家依据自己的创作实践和审美经验，已明确认识到讽刺的本质和价值：“喜剧将那无价值的撕破

① 鲁迅：《两地书·三二》，《鲁迅全集》第11卷，人民文学出版社1981年版，第97页。

给人看”，而讽刺正是“喜剧变简的一支流”[①]，它是在审美愉悦中完成对讽刺对象的批判职责的，是“笑中带刺”，因而比一般的谴责更富有感染力，更能使“教训文字也富于诗的分子”[②]。当时语丝派作家不仅开始了对讽刺理论的探索，而且做了大量译介外国讽刺作品和理论的工作。鲁迅翻译的厨川白村的《出了象牙之塔》和鹤见祐辅杂文集《思想·山水·人物》等，周作人评介的日本的讽刺诗、希腊洛斯留吉的讽刺诗、英国著名讽刺作家斯威夫德的散文《婢仆须知》、日本狂言喜剧《立春》等，都曾给当时的中国文坛、首先是语丝派杂文的讽刺艺术以有益的滋补与影响。从现代杂文发展的角度看，尽管语丝派对讽刺艺术仍在探索的阶段，但已颇得讽刺艺术的神髓：不靠“猎奇记怪”“揭发阴私”，不靠谩骂、俏皮、轻薄、鄙语和插科打诨引发无聊的、廉价的“笑”，而是着力剖析现实生活中那些公然的、常见的、平时谁都不以为奇的，但却是虚伪的、畸形的、矛盾的、荒谬的事物，从而达到讽刺的目的。他们运用的表现手法也是多种多样的。

有的通过“具象”式的描绘和漫画式的夸张，将被表现对象的某些能反映本质的特征、观念、意识等加以形象化的揭示，增强读者的直感印象，从而把生活表象撕破，使人感到荒谬、可笑。如鲁迅的《牺牲谟》对那个“道德家”的描述：他一次次地给别人以“美名”，一步步地引诱别人为他而“自动”作出牺牲，最后竟逼人爬着把自己的唯一剩下的裤子送到他家里去。这不是曾有的事实，但却是常有的实情，鲁迅对这类人用“夸张”的手法进行了“具象”描写，就造成了绝妙的讽刺，使人感到“道德家”其实是最虚伪、最不道德的。同样，把封建思想对人民的压制比作“雷峰塔”（鲁迅《论雷峰塔的倒掉》），把封建思想的弊端设置在雷峰塔倒掉的瓦砾场里（鲁迅《再论雷峰塔的倒掉》），将封建军阀政府钳制信仰自由形容为中世纪宗教裁判所里的刑具“黑背心”（周作人《黑背心》），以梦幻似的“夜里的荒唐”来表现封建王朝的复辟丑剧（川岛《夜里的荒唐》），都是十分生动形象而又能凸现其本质特征的。由于它们是作者极力调侃、嘲弄、揶揄的对象，因而昏昧的传统、腐朽的礼教、专制的政权等已变得十分滑稽可笑，原先给人们造成的巨大的心理

① 鲁迅：《再论雷峰塔的倒掉》，见《语丝》第 15 期。
② 周作人：《〈徒然草〉抄》，见《语丝》第 22 期。

压抑和恐惧感顿时化作乌有，剩下的便是“世相的神髓”被读者看清和否定了之后的审美愉悦感。

有的用写实的手法揭示矛盾，通过矛盾示其可笑与荒谬，造成讽刺。这种手法在对“现代评论派”的斗争中运用得最多。例如，陈西滢曾为《现代评论》接受北洋军阀津贴的事出来辩解，川岛的《“西滢”的“吃嘴巴”》写道：

> 西滢并没有说《现代评论》社没有领津贴，只是说有人要能够证明他个人“领过三百元，三十元，三元，三毛，甚而至于三个铜子”，还有“一个大”，他“就不再说话”。“要是毫无证据，说什么，‘概不确知’，是应当吃嘴巴的。”证明了呢，则他无非不再说话而已。这赏罚一看似乎有点不“公道”，颇不像“通品”。但要是“三百元，三十元，三元，三毛，甚而至于三个铜子”，还有“一个大”，即西滢所谓“封嘴的钱”，那末“就不再说话”是对的。惜乎“毫无证据”！这“证据”是不是平常所说的“收条”？

既然没有收过钱，而别人证实后就可以“不再说话”，这就显然是矛盾，把这种矛盾一揭示出来，讽刺就成功了。

还有不少作品是靠用语的巧妙、隽永，亦庄亦谐，造成浓郁的喜剧氛围，从而产生讽刺效果。如刘半农的《骂瞎了眼的文学史家》《徐志摩先生的耳朵》，鲁迅的《杂谈管闲事·做学问·灰色》等都是。特别是《骂瞎了眼的文学史家》，在反驳有人说陈西滢“先生的英文比狄更斯更好”的论调时，抓住那些“瞎了眼”的文学史家大做文章，指桑骂槐，搞迂回战，每一句话几乎都是板着面孔正正经经说出的，然而通篇又几乎都是谐语，都是反话，其造语之机智，讽刺之辛辣，实在妙不可言。他们还善于将“古语和今语，官话与土话，圣贤垂训跟泼妇骂街，典谟训诰银淫词艳典，中国字跟外国字，汉字跟注音字母（或罗马字母），袭旧的跟杜撰的，欧化的跟民众的……信手拈来，信笔写去”①，时而谈笑自如，时而厉色正言，都涉笔成趣，韵味十足。在这里，特别值得一提的是对古语

① 钱玄同：《废话》，见《语丝》第40期。

的运用。鲁迅说："没有相宜的白话，宁可引古语，希望总有人会懂。"①"五四"以来，作家们提倡白话文一贯不遗余力，为什么又突然喜欢起文言呢？这主要是由于文言文毕竟对于汉语书面文学独特的表现手段进行过上千年的探索，本身典雅有味，用于讽刺时，其简洁的词语结构与白话文结合，很容易造成一种尖锐、冷峭的讽刺格调，使杂文成为可称作"瘦金体"的讽刺文体。当然，这也是由于作家们具备驾驭文言、活用古语的非凡才能。周作人主要吸收六朝人小品的凝练风格，在白话中转移进少量文言句式和虚词，一唱三叹，摇曳生姿。鲁迅则喜欢在看似平常的议论和叙述里，出人意料地插入几句古文，或者夹杂些文白相间的句式，"你说他是取笑，他却极郑重其事的；你说他是古板，他却流露着一派的鄙夷神情"②，讽刺的效果也由此而得以增强。

语丝派杂文也同时给人一种幽默感。鲁迅说他的作品"往往夹杂些闲话或笑谈，使文章增添活气，读者感到格外的兴趣，不易于疲倦"③。周作人则是："用平淡的谈话，包藏着深刻的意味，有时很像笨拙，其实是很滑稽"④，而林语堂对幽默的倡导更是不遗余力，1924 年五六月间，他在《晨报副刊》连续发表了《征译散文并提倡幽默》《幽默杂语》两篇有影响的文章，主张对于社会"开点雅致的玩笑"，作家对于现实生活的感想、看法、态度等，不妨以幽默的态度出之，从而引起读者的"自鉴"，以有益于"世道人心"。这些主张，在语丝派的杂文中是得到了生动的体现的。鲁迅的《论"他妈的"！》，周作人的《我们的闲话》，刘半农和钱玄同的《疑古玄同与刘半农抬杠》，林语堂的《谬论之谬论》《论骂人之难》《随感录》以及《祝土匪》等，都堪称幽默杂文中的佳作。不过，语丝派的幽默常常是与讽刺结合在一起的。讽刺与幽默都属喜剧的范畴，都产生"笑"的艺术效果。但讽刺"是一种高尚的精神和道德的情操无法在一个罪恶和愚蠢的世界里实现它的自觉的理想，于是带着一腔火热的愤怒或者微妙的巧智和冷酷辛辣的语调去反对当前的事物，对和他的

---

① 鲁迅：《南腔北调集·我怎样做起小说来》，《鲁迅全集》第 4 卷，人民文学出版社 1981 年版，第 513 页。

② 见 1927 年 6 月 5 日上海《时事新报·书报春秋》发表的徐丹甫（梁实秋）的书评《华盖集续编》。

③ 鲁迅：《华盖集·忽然想到（二）》，《鲁迅全集》第 3 卷，人民文学出版社 1981 年版，第 15 页。

④ 胡适：《五十年来之中国文学》，原载 1922 年 3 月《〈申报〉五十周年纪念册》。

关于道德和真理的抽象概念起直接冲突的那个世界不是痛恨，就是鄙视”①，它所产生的笑，“明明白白地有根针戳到了对象身上”；而幽默则以坦然、温和的态度出之，它所产生的笑，是挂在嘴边的一缕微笑，那往往是一种会心的微笑，好比山重水复之处突然峰回路转，遂使人茅塞顿开，心旷神怡。语丝派杂文的幽默很少是这种单独存在的形式，由于它表达的是对丑恶事物的情感态度、美学评价，带有明显的“否定性”②，因而便不能不与讽刺相偎相依，难以分解。这有两种情况：

一种是幽默与轻微的讽刺相结合。例如鲁迅的《论“他妈的”!》在谈到“国骂”的情形时写道：“但偶尔也有例外的用法：或表惊异，或表感服。我曾在家乡看见乡农父子一同午饭，儿子指一碗菜向他父亲说：‘这不坏，妈的你尝尝看!’那父亲回答道：‘我不要吃。妈的你吃去罢!’则简直已经醇化为现在时行的‘我的亲爱的’的意思了。”“国骂”被乡农父子醇化为单纯的惊叹词，固然可以看作是为“反抗”而造“国骂”者的悲哀，也同样可以看作是一种愚昧、麻木的精神现象，但这毕竟是“不难克服”或“尚能容忍”的生活缺陷，因而通常的幽默中所固有的温和、宽容态度，在这类幽默与讽刺的结合中被大体上保持下来。然而它又不十分温和与宽容，在它引发的会心的微笑的背后，人们也分明地感到了那根不痛不痒、亦痛亦痒的讽刺的“针”。但这终归与鲁迅那些同样是以国民的缺点为批评对象的火辣辣的讽刺作品不同，它更多的是渗透着诗情和哲理的感染、策励，起着解惑解颐的作用。

另一种是幽默与强烈的、刻毒的讽刺相结合。这时，客体已远远不是“不难克服”或“尚能容忍”的生活缺陷，而是不下猛药便难以治愈的积习或足以产生严重恶果的社会弊端。例如林语堂的《祝土匪》对“女师大风潮”中的“现代评论派”的评述：

> 现在的学者最要紧的就是他们的脸孔，倘若是他们自三星楼滚到楼底下，翻起来时，头一样想到的是拿起手镜照一照看他们的假胡须

① 黑格尔：《美学》第2卷，商务印书馆1986年版，第108页。

② 陈孝英在《幽默的奥秘》（中国戏剧出版社1989年版）中把幽默分为“肯定性”和“否定性”两种：“肯定性幽默是通过对喜剧形象的肯定表达了艺术家对美的赞颂，是艺术家对美爱到极致时的一种逆向表现形式；而否定性幽默则是通过对喜剧形象的否定表达了艺术家对丑的蔑视，是艺术家对美的执着追求的一种逆向表现形式。”

还在乎？金牙齿没掉么？雪花膏未涂污乎？至于骨头折断与否，似在其次。

学者只知道“尊严”，因为要“尊严”，所以有时骨头不能不折断……因为真理有时要与学者的脸孔冲突，不敢为真理忘记其脸孔则必为脸孔而忘记真理，于是乎学者之骨头折断矣。

这显然是一种幽默与讽刺相结合的笔调，它既有对学者“面孔”直接嘲讽的一面，也诱导读者对笑的对象去进行深入的思考，当人们看清了这类学者在“尊严”的面孔底下像断了脊梁骨的癞皮狗一样的本质而从内心里发出厌弃、鄙视的微笑时，一股“美压倒丑的优势”[①] 便油然而生。这种既尖刻泼辣、又语多笑谑的作品，在语丝派杂文中出现得最多，也最有代表性。“严厉的斥责寓于辛辣的讽刺，对敌人无情揭露又频加讥弹。读起来觉得生气勃勃而又耐人寻味，表现了作家的丰富的幽默感。”[②]

显而易见，讽刺和幽默已成为语丝派杂文的普遍风尚，二者像孪生姐妹一样形影不离，往往都是这样以幽默的手段实现讽刺的效果，通过讽人达到讽世的目的。陈子展的《最近三十年的中国文学》在谈到“语丝文体”时，也着重指出了其“富于俏皮的言语和讽刺的意味”的特点。不过，由于作家们之间存在着思想、人格、审美趣味、艺术表现力等方面的不同，因而表现出了不同的个性特征。鲁迅思想深刻，责任感强烈，其讽刺和幽默是“从深深渗透着理想的心灵产生的”[③]，因而在嘲笑腐朽和黑暗时，充满了高亢、激越的格调，表现了作家必胜的信念和强烈的向善情怀，而这些又多被深刻、冷峻的睿智裹藏着。周作人、刘半农等多喜欢广征博引，在从容不迫中娓娓道来，使论敌落入窘境，遭到嘲弄，读者则由此受到感染和教育，引起共鸣。林语堂、川岛等的作品有尖锐泼辣、明白晓畅的特点。江绍原的不少小品则写得轻松而又俏皮，充满了机智的诙谐和奇妙的才思。唯其如此，才更充分地体现出语丝派杂文艺术的多彩多姿。

第三，“五四”杂文说教的色彩较浓，大部分作品未完全脱掉一般评

① 陈慧在《论幽默》（《河北师大学报》1981 年第 1 期）中说：“幽默是通过美丑对照而引起的轻松而有意味的笑来表现美压倒丑的优势的一种喜剧形式”。

② 张梁：《鲁迅评幽默文学》，《徐州师院学报》1981 年第 3 期。

③ 席勒：《论朴素的诗与感伤的诗》，见《古典文学理论译丛》第 2 辑。

论文章的影响，接近理论短评；而语丝派杂文在议论文体的艺术化上，向前迈出了实质性的一大步。

鲁迅曾以“五四”时期的作品为参照系分析自己这时期的作品：“意见大部分还是那样，而态度却没有那么质直了，措辞也时常弯弯曲曲。”① 这种“弯弯曲曲”（即他后来所说的“曲笔”）的追求，使杂文更趋于文学化，它不再是通过说理、论证、判断来表达观点，而是在“弯曲”中通过剖示物态、引发事理、启人心智、动人情感的方式来实现它的社会批判功能。可以说，这是杂文作为一种文体走向成熟的表现，也是界定杂文文体与其他评论文体之不同的主要标志。杂文“曲笔”的普及和成熟，固然是到30年代才真正实现的，但其发端不能不是《语丝》。这里的一些优秀之作，像周作人的《遵主圣范》《死法》，川岛的《“西滢”的“吃嘴巴”》，章衣萍的《丢了三个》，旭生（徐炳昶）的《胡说乱道》，钱玄同的《中山先生与“国民之敌”》以及鲁迅和刘半农的大量作品，其“曲”径通幽的特色已十分鲜明。

在这里，特别值得指出的是，鲁迅已开始探索着使用一种“隐喻模式”来曲折地表达抽象的思想，这就是：将某些具体的事物变成隐喻，从中透视、影射中国传统文化和现实生活的方方面面。例如，雷峰塔（《论雷峰塔的倒掉》）、细腰蜂（《春末闲谈》）、胡须和牙齿（《从胡须说到牙齿》）等等，在鲁迅笔下几乎都被生发开来具备了“暗示替代”的意义，成为某种思想意识或行为方式的象征。以雷峰塔为例：“用精神分析学的隐喻观点来解释，雷峰塔便几乎成了一个图腾的象征，通过它，文化的‘超我’力量在压迫着‘本我’或‘伊底’的潜能。”② 尤其是，鲁迅同时开始采用“取类型”③ 法描绘社会相，便越发使这种模式获得了艺术的触媒。这就为杂文的“形象化”议论提供了行之有效的思路。

---

① 鲁迅：《华盖集·题记》，《鲁迅全集》第3卷，人民文学出版社1981年版，第3页。

② 李欧梵：《生命与现实的全方位审视》，见《鲁迅研究动态》1989年第8期。

③ 鲁迅在“女师大风潮”和“三一八惨案”中，通过对流言家的各种言论、活动、手法的剖析，勾勒出这些“正人君子”的嘴脸，使“正人君子”成了某种阴险卑劣的一类人的共名。它们开创了鲁迅自己所说的杂文砭痼弊要“取类型”的创作手法。瞿秋白在《鲁迅杂感选集·序言》中曾指出，鲁迅杂文中的“正人君子”形象是社会上的某种典型，鲁迅表示认可。“类型相”与“隐喻模式”之间虽不能完全画等号，但二者间的内在联系是显而易见的，如叭儿狗（《坟·论“费厄泼赖”应该缓行》）、胡羊（《华盖集续编·一点比喻》）等同细腰蜂一样，都已不是自然界的动物现象，陈西滢也不仅是陈西滢，它们都有“相外之相”，都带着极大的象征性和寓意性，暗示着深广的生活内容和社会哲理。

与“曲笔”密切相连的是议论方式的多样化。语丝派杂文没有局限于“五四”时期较为单调的“随感录”形态，而是逐渐变成了一个与其他文学样式相互渗透、相互融合的开放型体系，使它在理念的表达上更加委婉曲折，富于感染力。《语丝》除了继续刊登一些“随感录”式的短文外，主要把篇幅略长（一般一二千字）一点的规范化的杂文作为自己的作品主体。所谓规范化，就是指那些有一定的格局、一定的创作规律（如“曲笔”）可循的文艺性的社会论文。在杂文体式走向规范化的过程中，虽然“五四”作家已经作出过努力，当时的《新青年》《晨报副刊》等都曾发表过一些这样的作品，但真正使它定型并臻于独立、完善的，却不能不是语丝派。此外还有书信式的，如《疑古玄同与刘半农抬杠》，刘半农的《巴黎通信》；戏剧对话式的，如张定璜的《答问》，许钦文的《昏夜里的独幕剧》，鲁迅的《评心雕龙》；尼采式语录体的，如鲁迅的《小杂感》，川岛的《小杂感补遗》；日记体的，如鲁迅的《马上支日记》，茨荪的《露茴日记抄》；诗与文和文与画杂糅式的，如林语堂的《咏名流》《鲁迅先生打叭儿狗图》。还有些作品大量融合了散文的叙述与描绘的手法，如鲁迅的《记念刘和珍君》，陆晶清的《从刘和珍说到女子学院》；而鲁迅的《牺牲谟》和江绍原的《后局大院江宅的家人叩禀》等则酷似西方现代派的“意识流”小说，直接展示人物思想意识的流程，赤裸裸地拉开人物心灵的帷幕。无论哪一种形式，作家们都十分重视文字的暗示性与思想内涵的丰富性，如《小杂感》和《小杂感补遗》所揭示的那些深邃的人生哲理，《牺牲谟》中那个贪财者在堂皇言辞背后的卑劣用心，都不是平平实实告诉读者的，而是深匿在字里行间，从而造成读者对作品底蕴的反复回味，引起对于社会人生的沉思。同时，这种探索也打破了文体间的樊篱，使杂文这块曾经是狭小的领地，终于发展成一个艺术的“万花筒”，显示出旺盛的艺术生命力。

综上所述，“语丝文体”是一个内涵十分丰富的概念，本书所涉及的方方面面，都是它的有机构成部分。但从问题的主要方面讲，则是以讽刺和幽默为基础所浑然形成的那种“嬉笑怒骂、冷嘲热讽”的格调和“委婉曲折”的议论形式，这在“五四”以后是别开生面并受到舆论的普遍赞赏的。“语丝文体”标志着中国现代杂文在艺术上已经发展到成熟的阶段，在文坛确立了自己的地位，对后来的杂文创作也产生了深远的影响。

第三章

从珠联璧合到分道扬镳（下）
——语丝派的分化与杂文流派的形成

第一节 雪崩何处？

语丝派对杂文的贡献是巨大的。但他们并没有能按照自己开辟的道路长足地发展下去。1927年大革命失败以后，《语丝》已逐渐失去了原有的风采，作家间出现了分化，分化导致了离心离德、分道扬镳。1930年《语丝》停刊，宣告了语丝派的终结。

这绝非偶然出现的现象，如同冰砾的滑坡滚动而引起的一场雪崩一样，语丝派的终结也有一个流变的过程。

语丝派内部的思想分歧从一开始就存在着。《语丝》创刊不久，周作人、孙伏园等就欢迎在当时被普遍认为是“资产阶级右翼作家”的徐志摩和胡适在此发表作品。鲁迅对此十分不悦，这不只是因为《晨报副刊》的教训（先插足进来，逐步蚕食，最后化为己有）记忆犹新，更主要的是由于“不喜欢徐志摩那样的诗”（鲁迅语）。所以鲁迅就以“玩笑”的方式对徐志摩进行嘲讽，把徐志摩比作是“唧唧啾啾地叫，轻飘飘地跳”“不管什么地方都飞到”的“麻雀儿”。① 川岛则在《“又上了胡适之的当”》中，对胡适的“考据癖”进行揶揄。这固然使得徐志摩、胡适等作家不敢再来插足，但也引得“语丝社同人中有几位也因此很不高兴”②。显然，鲁迅和川岛是从维护《语丝》的办刊宗旨、生存权以及健康的文艺方向出发，才反对徐、胡等作家的介入，但未能得到同人的真正理解。

---

① 鲁迅：《“音乐”》，原载1924年12月15日《语丝》第5期。

② 鲁迅：《集外集·序言》，《鲁迅全集》第7卷，人民文学出版社1981年版，第5页。

语丝社同人的更大的分歧，则表现在对待时事政治的态度和立场上。

语丝社从一开始就有一些压根儿不关涉时政的作家。江绍原、顾颉刚发表的大都是一些涉及民俗和古史方面的作品。淦女士和废名则主要是写小说，偶有杂文产生，也多系文艺漫谈一类。章衣萍虽然一直是多产的杂文作家，也有极少数作品涉及时事政治，但就大多数作品说，其注意力则集中在文化意识领域，特别是他连续发表的《枕上随笔》，多写身边琐屑和个人悲欢，与如火如荼、腥风血雨的大革命时代格格不入。不消说，这些作家作品与《语丝》的主导倾向都是不甚谐和甚至是相悖的。如果说，鲁迅对他们还能较宽容地采取迁就的态度的话，那么对周作人、林语堂这些属于《语丝》台柱的骨干作家的倾向，却始终保持着高度的警觉。例如，"五卅"惨案以后，周作人曾在一篇《黑背心》的杂文中，一面抗议帝国主义对中国人民的屠杀罪行，一面又主张对帝国主义的暴行采取"宽容"态度。他说："我觉得中国现在最切要的是宽容思想之养成……我相信西洋近代文明的精神只是宽容。"不久，在"女师大风潮""三一八惨案"后与《现代评论》派和北洋军阀政府的斗争中，这种思想也表现得相当明显。周作人在《失题》中，一方面以嘲笑的口吻鞭挞了段祺瑞、章士钊等人，一方面又不主张"打落水狗"，认为那是"无聊卑劣"的。林语堂也在《插论〈语丝〉的文体——稳健，骂人，及费厄泼赖》中，附和周作人的主张，倡导所谓"费厄泼赖"精神。这种中庸、妥协思想，在语丝社的一部分同人中是较有代表性的。对此，鲁迅毫不姑息，发表了著名的《论"费厄泼赖"应该缓行》，从历史和现实的广泛联系、理论和实践的紧密结合上，对以"中庸主义"为主要特质的"费厄泼赖"精神进行了深刻的削析和批判，指出其严重危害性，并提出了"痛打落水狗"的主张。鲁迅的文章是击中了周作人、林语堂的思想要害的。林语堂在《打狗释疑》中说："我益发信仰鲁迅先生'落凡是狗必先打落水里而又从而打之'之话"，并连续发表了《鲁迅先生打叭儿狗图》《讨狗檄文》《打狗释疑》《"发微"与"告密"》等文章，其倾向显然是赞同鲁迅的主张的。周作人虽没有公开表示首肯，但也连续发表了《论并非睚眦之仇》《我们的闲话·二七》等作品，对叭儿狗进行讨伐，其中充溢着毫不妥协的精神。这说明周作人在思想上也是接受鲁迅的批评的。正是由于鲁迅的明察秋毫并及时作出正确引导，前期语丝派才在复杂、险恶的政治环境中立场坚定，旗帜鲜明，发挥了一个文化团体的战斗职能。

但是，语丝社主要成员之间的这些重大思想分歧并没有因此而解决。1927年大革命失败后，举国上下一片白色恐怖。《语丝》先是于1927年10月遭北洋军阀查封，后移上海出版，处境仍很艰难。在这种情况下，周作人、林语堂等潜在的思想危机一下子就显露出来。在血的事实面前，他们幻想逃避斗争、远离政治。《语丝》在上海复刊不久，就变得“对于社会现象的批评几乎绝无”（鲁迅语）。周作人断定，这是一个“多磕头少说话”的时代。他虽然仍然钦佩李贽的殉道精神，但又自叹“此种境地吾辈凡夫何能企及”，决意要“苟全性命于乱世”。[①] 于是，他命令自己“学个乖，真的像瓶子那样闭起嘴来罢！”至于时事，“到现在决不谈了”。[②] 林语堂说得更直接，“有人以为这种沉寂的态度是青年的拓落，这话我不承认。我以为这只是青年人增进一点自卫的聪明。头颅一人只有一个，犯上作乱心志薄弱目无法纪等等罪名虽然无大关系，死无葬身之地的祸是大可以不必招的。”[③] 特别是30年代初他的侄儿林惠元被调至福建“剿匪”的十九路军特务团长李金波枪杀之后，林语堂对于政事，更是畏若寒蝉，闭口不谈了。显然，他们内心并没有泯灭对反动统治和封建专制主义的愤懑，但却有意回避，强装糊涂。中国传统文化中的儒、道、玄、释，均以肯定现实生命的存在为前提的，庄子貌似无情，任何功利似乎都超脱了，唯独在“生”这个最功利的东西面前不能免俗。周作人、林语堂也正是这样，生的魅力与死的恐惧，像魔法一样驱使他们发生了巨大的变化。当然，超越生死毕竟是罕见的品格，对大多数人说可谓要求太高。但是，对于曾经与鲁迅一道长期并肩作战的周作人和林语堂来说，由此而变得苟且偷生，过分珍惜自己的“羽毛”，却不能不是一种令人可悲的变化。

对于周作人和林语堂的变化，鲁迅的反应是十分强烈的。他不能容忍曾是自己的战友的这种消极和倒退行为，理所当然地要进行斗争。他对《语丝》的“不提时事”曾公开表示不满，认为这是在“消沉下去”[④]；在私人间的通信中，他也不止一次地发出感叹：“语丝派的人，先前确曾

---

① 周作人：《永日集·闭户读书论》，写于1928年11月，北新书局1929年版，第258页。

② 周作人：《永日集·序》，北新书局1929年版，第3页。

③ 林语堂：《剪拂集·序》，写于1928年9月，上海北新书局1928年版，第2页。

④ 鲁迅：《三闲集·我和〈语丝〉的始终》，《鲁迅全集》第4卷，人民文学出版社1981年版，第170页。

和黑暗战斗，但他们自己一有地位，本身又变成黑暗了。”① 他还揭露批评周作人、林语堂们“在风沙扑面，虎狼成群的时候”，提倡闲适小品，其实就是要“靠着低诉或微吟，将粗犷的心磨得渐渐的平滑”，这无异于充当统治者的“帮闲”或“帮凶”。② 尽管鲁迅的批评击中了周作人和林语堂们的要害，但他们已不再迷途知返，而是决心“据牛角尖负隅以终身”（林语堂语）。鲁迅对此似乎早就意识到了，因此，《语丝》1927 年年底复刊不久，鲁迅就向北新书局提议停刊，在没有得到赞成的情况下，他不仅辞去编辑职务，而且很少再给《语丝》写稿，并于 1929 年 12 月写下了《我和〈语丝〉的始终》，这意味着鲁迅与语丝派在思想上的最后诀别。这绝非一般人所想象的那样容易。鲁迅在悼念刘半农的文章中说：“我爱十年前的半农，而憎恶他的近几年。这憎恶是朋友的憎恶，因为我希望他常是十年前的半农。他的为战士，即使‘浅’罢，却于中国更为有益。我愿以愤火照出他的战绩，免使一群陷沙鬼将他先前的光荣和死尸一同拖入烂泥的深渊。”③ 这同样可以视为鲁迅对语丝派同人的感情。鲁迅与语丝派的决裂实在是不得已而为之。

鲁迅是孤独的。语丝派分化以后，原语丝派的骨干作家除江绍原仍然与鲁迅保持着个人间的友好关系外，其他大都纷纷远离鲁迅而去。鲁迅在逐渐将重心放在多登“议论”的《莽原》的同时，于 1930 年年初创办了《萌芽》《巴尔底山》等，稍后同《申报·自由谈》《大白》等报刊发生了联系，团结在鲁迅周围的杂文作家多系新结识的青年人，如徐诗荃、李霁野、徐懋庸、章廷谦、唐弢等。

周作人于 1930 年 5 月创办了《骆驼草》，与之联系密切的作家有徐祖正、废名、刘半农、俞平伯、孙福熙、梁遇春、徐玉诺等，多系原语丝社的骨干。

林语堂先是介于鲁迅与周作人之间，1932 年以后便独立创办了《论语》《人间世》等，团结在他周围的是姚颖、大华烈士、老舍、老向、邵洵美、章衣萍等。

---

① 鲁迅致章廷谦信，编号 300222，《鲁迅全集》第 12 卷，人民文学出版社 1981 年版，第 5 页。

② 鲁迅：《南腔北调集·小品文的危机》，《鲁迅全集》第 4 卷，人民文学出版社 1981 年版，第 575 页。

③ 鲁迅：《且介亭杂文·忆刘半农君》，《鲁迅全集》第 6 卷，人民文学出版社 1981 年版，第 73 页。

三派之间起初还有些丝丝缕缕的联系（尤其是周作人派与林语堂派），但到后来就壁垒分明了。长期以来，人们对语丝派的分化都深表惋惜。的确，这样一批学贯中西的文学大家，这样一个拥有鲁迅、周作人、林语堂等现代文学史上最杰出的杂文作家①的虎虎有生气的团队，如果能继续存在并发展下去，其成就肯定会更大，这是不言而喻的。但是，从“史”的角度看，语丝派的分化又从另一个意义上给杂文带来了新的生机：以鲁迅、周作人、林语堂为代表的三大流派的异歧走向，形成了中国现代杂文史上第一次真正的争鸣和竞争。他们“各还命脉各精神”，给杂文界带来了生动丰富的变化、差异和多样性。有变化、差异和多样性才有比较、竞争和选择，才有择优淘劣和新陈代谢。语丝派分化以后的杂文创作正是在这样的环境氛围中，更加明确和坚定了自己的路向，进而挺进到辉煌灿烂的30年代。

第二节　鲁迅（派）：独立不倚，奋然前行

作为杂文家的鲁迅，“五四”以后曾经历了一次次历史上一些先觉者所常经受的孤独的悲凉。同是五四新文化阵营中的陈独秀、李大钊、胡适等，在以文艺为武器进行热烈的“启蒙”活动之后，早已各自另寻新路。语丝派分化之后，甚至有人还卑劣地从背后给鲁迅以“枪击”②。几乎与此同时，鲁迅“十年以来，帮未名社，帮狂飚社，帮朝花社，而无不或失败，或受欺”。他曾不无感慨地这样描述当时的情形和自己的心境：“昔之称为战士者，今已蓄意险仄，或则气息奄奄，甚至举止言语，皆非常庸鄙可笑，专为伍则难堪，与战斗则不得，归根结蒂，令人如陷泥坑中。”③ 因此，他不免常有“独战”与悲凉的双重苦痛心境。但是，鲁迅决不退缩，他采取的有效对付办法是“专与苦痛捣乱”（鲁迅语）。他把“五四”退潮以后的杂文集取名为《华盖集》及《华盖集续编》，就生动地体现出了他在不断“碰壁”的情况下的顽强战斗精神。语丝社逐渐破

---

① 20世纪50年代鲁迅同斯诺谈话时，指出现代“最优秀”的杂文作家是“周作人、林语堂、周树人（鲁迅）、陈独秀、梁启超”（见《新文学史料》1987年第3期第7页）。

② 30年代章农萍参加微风社后曾公开举行社务会声讨鲁迅，并呈请党政机关对鲁迅“严厉制裁”（参见1934年4月《人言》第1卷第25期）。

③ 鲁迅致章廷谦信，编号300327，《鲁迅全集》第12卷，人民文学出版社1981年版，第9页。

裂和分化以后，他更怀着知其不可为而为之的悲壮精神，对世界和命运作着“绝望的抗战”。早在 1926 年他就似有预感地郑重宣布过，如果自己最后一个朋友也没有，“则就是我一个人也行”①。显然，处在独战、苦闷中的鲁迅，很清楚地知道自己的历史责任和命运——一个执着地手操利剑（杂文）为了中国人民的觉醒和解放事业专“与黑暗捣乱”（鲁迅语）的战士，却不被人理解和支持的悲剧角色。历史选择了他作为这个时代新旧交替的“中介”，用鲁迅自己的话说就是“梯子之论，是极确的，对于此一节，我也曾熟虑，倘使后起诸公，真能由此爬得较高，则我之被踏，又何足惜。中国之可以作梯子者，其实除我之外，也无几了”②。正是靠着这种无私无畏的献身精神，鲁迅才能在逆境中顽强地孤军奋战，一刻也没有放弃战斗的杂文的笔。

更能体现鲁迅的特立独行品格的，是洋溢在作品字里行间的那种独立的思考精神、深刻的历史批判意识和巨大的人格力量。他以理性的目光和无畏的勇气审视着、剖析着一切现存的政治意识、社会现象、理论学说。用鲁迅自己的话说就是：“大胆地说话，勇敢地进行，忘掉了一切利害，推开了古人，将自己的真心的话发表出来。”③ 使一个“无声的中国”变为“有声的中国”。这从此时的作品集《而已集》和《三闲集》中可以看得很清楚。

这两个集子中的作品产生于 1927 年至 1929 年，都是鲁迅在带血腥味的恐怖气氛中孤独地“四面作战”的产物。一方面，鲁迅仍然执着地贴近政治“旋涡”，并“愈卷愈紧，或者且能卷入中心”④，同封建军阀、背叛革命的国民党展开了针锋相对的斗争；另一方面，鲁迅也同他们的帮闲、帮凶及革命文学阵营内部的不良倾向展开激战，为新文学张目，为革命助阵呐喊。由于对象不同、环境不同，这两部作品不仅内容各有侧重，艺术格调也不尽相同。

① 鲁迅：《写在〈坟〉后面》，《鲁迅全集》第 1 卷，人民文学出版社 1981 年版，第 285 页。

② 鲁迅致章廷谦信，编号 300327，《鲁迅全集》第 12 卷，人民文学出版社 1981 年版，第 8 页。

③ 鲁迅：《三闲集 · 无声的中国》，《鲁迅全集》第 4 卷，人民文学出版社 1981 年版，第 15 页。

④ 鲁迅致章廷谦信，编号 300327，《鲁迅全集》第 12 卷，人民文学出版社 1981 年版，第 9 页。

《而已集》中的作品大都是鲁迅在 1927 年“四一二”反革命政变前后写成的。鲁迅当时尽管处境险恶，“几条杂感，就可以送命的”（《答有恒先生》），但他仍然写下了许多闪烁着战斗锋芒的篇章。在《谈激烈》《可恶罪》《小杂感》中，鲁迅怀着满腔的义愤揭露了这是个“青年人特别容易死掉的年头”。他说：“我先前总以为人是有罪，所以枪毙或坐监的。现在才知道其中的许多，是先因为被人认为‘可恶’，这才终于犯了罪。”（《可恶罪》）从而无情地抨击了国民党反动派以莫须有的罪名乱杀无辜的罪行。《魏晋风度及文章与药及酒之关系》乍看很像一篇严肃的学术论文，然而透过表象，却不难体味其中的微言大义：魏晋时代是一个极为专制、恐怖的时代，大批正直的文人横遭杀戮，幸免者或沉湎于酒，或放浪山水。鲁迅用这样一个充满肃杀气氛的社会环境和在这个环境中形成的文人风习来影射抨击的，正是国民党反革命政权的法西斯专制和残暴。不少作品还浮雕、漫画式地勾勒和讽刺了政治流氓蒋介石的丑恶嘴脸：“又是演讲录，又是演讲录。但可惜都没有讲明他何以和先前大两样了；也没有讲明他演讲时，自己是否真相信自己的话。”（《小杂感》）像这类矛头直指国民党最高统治者的作品，在《而已集》中占了不少篇幅。

《而已集》的笔触还伸展到了更广泛的政治领域。《略谈香港》《再谈香港》等第一次接触到了香港这个畸形的殖民地社会，以调侃和谐谑的笔调，直接揭示出帝国主义统治下的畸形文化特质。《拟豫言》则将当时国民党治下的政治、思想、文化方面所出现的诸多怪事，以“存照”的形式作了实录。《扣丝杂感》和写于同期的《庆祝沪宁克服的那一边》是对革命失败经验的总结，前者启示人们，中国“永远走老路”的症结之一就在于“猛人”常常要陷入“被包围”的大泽中，“猛人虽有起仆兴亡，而包围者永是这一伙”，它们有巨大的历史同化力和惰力作用；后者告诫人们，“不要小有胜利，便陶醉在凯歌声中，肌肉松懈，忘却进击”，“中国革命者的屡屡挫折，我认为就因为忽略了这一点”。这些，都表现了鲁迅的远见卓识。从讲演《革命时代的文学》到短文《革命文学》《文学和出汗》，鲁迅已经开始用马克思主义的观点来思考文艺问题，在文艺与时代、文艺与革命、文艺的阶级性以及如何保持文艺的独立性等一系列重大问题上，鲁迅都阐发了自己的真知灼见。就主导倾向而言，《而已集》中的大部分作品写得委婉曲折、冷峻深沉，诚如鲁迅所说：“我是在二七年被吓得目瞪口呆，离开广东的，那些吞吞吐吐，没有胆子直说的话，都载在《而已集》里。”①

《三闲集》除了保持《而已集》的批判内容和斗争特色外，大量增加了文艺战线上的批评和论争的文字。众所周知，1928 年创造社和太阳社在倡导“革命文学”的同时，错误地把鲁迅当作“封建余孽”和“有闲文学”的代表进行批判。对于创造社和太阳社的这种“背后的枪击”，鲁迅的反应十分强烈。一方面，他常有受到“同道”误解的伤感，陷入比先前更为悲凉的孤独；另一方面，他也因此受到了激励，更加努力地从马克思主义理论宝库中汲取营养，使自己的思想产生了新的飞跃和升华。鲁迅同创造杜、太阳社论争的文字，如《“醉眼”中的朦胧》《我的态度气量和年纪》《文艺与革命》《文坛的掌故》《路》等，都是有意识地运用马克思主义的观点观察和剖析文艺现象和社会现象的积极成果。鲁迅对创造社和太阳社普遍暴露出的“超越时代”的文艺观、过分夸大文艺的政治功利作用、忽视思想改造的长期性和艰巨性等偏颇认识，都曾予以深刻的批评。这些既是公开论战的文字，又是阐述马克思主义文艺思想的文献。而在写法上既有深刻、泼辣、尖锐的一面，又能留有情面，把握分寸，令对手能心悦诚服地认识错误和接受真理。

《三闲集》中还有不少杂文是关于作品的序跋，如《〈近代世界短篇小说集〉小引》《叶永蓁作〈小小十年〉小引》《柔石作〈二月〉小引》《〈小彼得〉译本序》等。这些作品与一般的“学院式”的文艺批评论文不同，评论者并没有常见的那种引导读者的姿态，也不去精心安排严谨、缜密的文章结构，而是自然地述说自己阅读作品的感受，老老实实地“直说自己所愿意说的话”（《叶永蓁作〈小小十年〉小引》），让人读后感到真切，有一种投入感，和批评者一道进入作品，投入人生。例如关于《小小十年》的“小引”，如果不顾鲁迅的评论，先来读原作，也许觉得作品写得平实，手法也很一般。但鲁迅却从这平实中读出了一种可贵的价值，这就是真诚。鲁迅紧紧抓住这一点，细细地体味，并将它推广开来，作用于整个文艺界，整个人生，使它更显示出可贵。鲁迅特别借此鞭挞了“瞒和骗”的文艺，指出“中国如果还会有文艺，当然先要以这样直说自己所本有的内容的著作，来打退骗局以后的空虚”。鲁迅的序跋总是融合着对作品的主观感受和生活现象的哲学沉思。作家已不满足于只是一般地

① 鲁迅：《三闲集·序言》，《鲁迅全集》第 4 卷，人民文学出版社 1981 年版，第 4 页。

帮助读者理解作品的意蕴，还让读者与他一起去体察往往被忽略的部分，引导读者“进入角色”，更深切地体味作品及其中含蕴的人情事理，从而唤起彼此间的理解和沟通。从这个意义上说，鲁迅的文艺序跋是一种重感受重审美再创造的批评，也是批评家与作家和读者之间的“心灵的对话”。

在《而已集》和《三闲集》以及同期创作的杂文中，鲁迅还有力地揭露执权者尊孔复古的阴谋。国民党反动政府在南京建立不久，蒋介石便急匆匆地跑到山东曲阜“祭孔朝圣”，并在《国民军总司令布告》中称孔子是“千秋仁义之师”“万世人伦之表”，掀起了一股“尊孔复古”的浪潮。鲁迅深有感触地指出：“世界现在常为受机关枪拥护的仁义所治理”（《而已集·〈尘影〉题辞》），“现在中国顽固派的复古，把孔子孔教都拉出来了，但是他们拉出来的是好的么？如果是不好，就是反动，倒退，以后恐怕是倒退的时代了。”（《集外集拾遗补编·关于知识阶级》）鲁迅还密切注视着各地有关尊孔活动的情况，在《述香港恭祝圣诞》《补救世道文件四种》和《关于〈子见南子〉》三篇作品中，他大量引用了自己收集到的这类资料，并加以评议，辛辣地嘲讽了香港、上海、曲阜的一批封建余孽。香港是英帝国主义的殖民地，上海是蒋介石发动反革命政变的策源地，曲阜是“圣裔”的老窝，窥一斑而知全豹，鲁迅有意识地对这些地方的孔孟之徒和“尊孔”行为进行鞭挞，有助于人们认清帝国主义、封建势力和反动当局沆瀣一气的实质。①

非常明显，鲁迅即使在最困难的时期，也不随波逐流，而是以独立不倚的精神和强烈的责任感创作不止，奋然前行。杂文的责任感与独立性的关系问题，在杂文发展史上属于最容易产生误解、引起冲突并发生困扰的难题之一。“五四”以来，在现实需要这个天平上，杂文的责任感和独立性，已经被不少作家视为各置一端的两个砝码。例如，周作人早在20年代中期就宣称过，他反对作家牺牲了“独立”性、“个性”去“侍奉”社会，“倘若用了什么名义，强迫人牺牲了个性去侍奉白痴的社会——美

① 在《三闲集》以后的各部杂文集创作中，由于“中国自由运动大同盟”和“左联”的成立，鲁迅的思想和情感发生了明显的变化，其作品的质与量均有了显著提高。30年代的杂文能出现辉煌灿烂的局面，正是首先由于鲁迅的努力和引导才赢得的。而周作人、林语堂等由于落伍，与30年代以及以后的杂文主流已无缘，后面各章均不再涉及，因而本章中对周、林的论述，时间将向后延续，以求保留一个较完整的轮廓。——作者注

其名曰迎合社会心理，——那简直与借了伦常之名强人忠君，借了国家之名强人战争一样不合理”。[①] 胡梦华也强调说，杂文的特质“只是个人的”，一切都应“从个人的主观出发”。[②]“五四”以来确实有一些作家作品是缺乏独立性的，责任感被狭隘地理解为仅仅是迎合社会心理、政治需要等。周作人等人以排斥社会责任感来强调独立性，也是不足取的。他们把责任感的强化看作是削弱了独立性的一种必然后果，因而便不遗余力地为独立性广造舆论。要求独立性并不错，错处在于他们把独立性与杂文的“无目的论”、与“纯”形式的标新立异、与逃避人生等等联系起来了。离开了杂文活动的一个最基本的前提——杂文与人生的价值关系去谈独立性，或者把杂文某些方面的特殊性作为终极“本质”去追求，这就必然导致杂文使命的丧失，使独立性变为空谈。这或许正是周作人等人追求独立性的误区所在。鲁迅的独立不倚在相当程度上是以对人生、对国家民族的强烈的历史责任感为其特点和内在动力的，是建立在对文学与人生关系的正确认识之上的。他说过，“文艺家的话其实还是社会的话”[③]，否则，其作品决不会有如此强烈的忧患意识和战斗精神。他捍卫独立意志也就是捍卫社会责任；反过来，深沉的责任感又不允许他把杂文狭隘地变成某种政治意志、权势抑或政策的附庸和工具，不允许他被动地迎合一般社会时尚而使杂文失却独立特性。1927 年在《革命时代的文学》一文中他精辟地指出：“在这革命地方的文学家，恐怕总喜欢说文学和革命是大有关系的，例如可以用这来宣传，鼓动，促进革命和完成革命。不过我想，这样的文章是无力的，因为好的文艺作品，向来多是不受别人命令，不顾利害，自然而然地从心中流露的东西；如果先挂起一个题目，做起文章来，那又何异于八股，在文学中并无价值，更说不到能否感动人了。”在同年写下的《文艺与政治的歧途》中，他又强调指出：文艺与革命在“不安于现状”上有“同一”性，但文艺与“要维持现状”的政治之间却有不可调和的对立性，“政治要维持现状使它统一，文艺催促社会进化使它渐渐分离，文艺虽使社会分离，但是社会这样才进步起来。”在这里，鲁迅反复强调了一个十分重大的原则问题，虽然不排除政治与艺术之间的某些

---

① 周作人：《自己的园地·自己的园地》，上海北新书局 1923 年版，第 5 页。

② 胡梦华：《絮语散文》，见 1926 年 3 月《小说月报》第 17 卷第 3 期。

③ 鲁迅：《集外集·文艺与政治的歧途》，《鲁迅全集》第 7 卷，人民文学出版社 1981 年版，第 116 页。

统一性，但更多的情况下存在着鲁迅所说的“维持现状”和“不安于现状”之间的矛盾差异，这在反动政治势力当权的时代，尤为明显。因而从本质上说，政治与文艺是互相补充、互相制约的两种社会因素，有价值的文艺家（杂文家）往往都首先从这个意义上给自己提出严格的要求。鲁迅就说他自己“有自志取舍，和牛羊不同”①；他更反对别人“专指我为某家的牛，将我关在他的牛牢内”②。即是“遵命”，也是以“我自己所愿意”（鲁迅语）为限。因之，他独立不倚地批判国民党反动派的倒行逆施，甚至直指法西斯式的最高统治，也对北伐革命、“革命文学”运动等清醒地保持着批判意识。显然，鲁迅既反对周作人等人失却责任感的所谓“独立”意志，也反对自觉或非自觉地听命于他人、盲从于政治、让外在的原则规范来消融内在的精神自主性，以应景的创作代替自发的创作。因为与社会责任感割裂的独立性往往会导致纯粹的文字游戏，而与独立性分离的所谓社会责任不仅平庸，而且实质上正是对作家应负的社会责任的逃避。毫无疑义，鲁迅既保持了独立性，也坚持了崇高严肃的社会责任，为杂文的发展引导了正确的方向。如果说杂文创作中有高层次的、超时代的、永久性的东西的话，二者的这种结合便是其中之一。凡在后来的杂文创作中坚持这个方向的（例如30年代所形成的强大的“鲁迅风”杂文创作大潮中的作者），事实上都可列入鲁迅派的行列。因而鲁迅在语丝派分化时和分化后的相对“独战”状态，只是暂时的。

第三节 周作人派：“言志”意识的强化与迷误

厨川白村在《出了象牙之塔》中，把“自我”的表现，强调成杂文创作中比“什么都要紧的要紧的要件”，这曾对不少作家产生过影响。然而最能在这里找到知音、引起共鸣的，莫过于周作人了。周作人文艺理论的核心，就是“自我”的意识、“言志”的意识。他认为，“文艺的内容，就是要真实地强烈地表现出自己的个性”（《谈龙集·文艺的统一》）；文艺批评，应该“很诚实地表示自己的思想感情”（《谈龙集·文艺批评杂话》）；文艺鉴赏，应该“求诸一己的心”，去理解感受别人的心灵生命

① 鲁迅：《两地书·九五》，《鲁迅全集》第11卷，人民文学出版社1981年版，第249页。

② 鲁迅：《华盖集续编·〈阿Q正传〉的成因》，《鲁迅全集》第3卷，人民文学出版社1981年版，第377页。

苦痛习惯意向愿望（《文艺的异物》《神话与传说》）。由此出发，周作人最担心和反对的就是对个人思想自由的压迫，他认为这不仅会窒息了人性，也会窒息了文艺。因之，他越来越坚信“自我”、扩张“自我”。周作人的做法，对反抗封建专制势力对个性的压制和戕害，是有进步意义的。但是，在1927年大革命失败以后，周作人却逐渐偏滞和走上极端。他坚持认为，只有纯然表现自我的“言志”文字，才是“近代文学的一个潮头”；“小品文则是在个人的文学之尖端，是言志的散文，它集合叙事说理抒情的分子，都浸在自己的性情里”（《看云集·〈冰雪小品选〉序》）。随之出现了两种偏颇：一是反对一切具有社会“功利”性质的“载道”文学。1928年9月他在《〈婴儿杀害〉引言》中，明确指出：“文学却也并非是宣传——他不是别种东西的手段，他自己就是目的。”后来大骂“载道”文学“差不多总是一堆垃圾，读之昏昏欲睡”（《冰雪小品选·序》）。周作人在这里的反“载道”，与“五四”时期反对“文以载道”的含义已明显不同，他主要是反对在杂文中表现明显的政治倾向和革命思想，把“左翼文学”同封建的旧派文学等量齐观。他还多次讥刺鲁迅的杂文为“载道”文学。二是把个人与社会割裂开来，幻想建造一座“自我”的象牙之塔。1928年11月他在一篇《闭户读书论》（《永日集》）中便这样宣布：自己“宜趁现在不甚适于说话做事的时候，关起门来努力读书，翻开故纸，与活人对照，死书就变成活书，可以得道，可以养生，岂不懿欤？”

周作人上述思想的形成尽管有一个发展过程，但《闭户读书论》大体可以作为明显的界标。此后，他连续出版了《永日集》《看云集》《夜读抄》《苦茶随笔》《苦竹杂记》《风雨谈》《瓜豆集》等十几部杂文集。这些作品内容虽然驳杂，但大都是关于草木虫鱼、苦茶古玩、衣食住行、市井琐闻的杂谈。在收入《看云集》中的《金鱼》一文中，周作人说他是“很不喜欢金鱼的”，接着，他按不喜欢的程度依次列出了豢养的小动物的名字：叭儿狗，金鱼，鹦鹉。他写道：

> 鹦鹉身上穿着大红大绿，满口怪声，很有野蛮气，叭儿狗的身体固然太小，还比不上一只猫，（小学教科书上却还在说，猫比狗小，狗比猫大！）而鼻子尤其耸得难过。我平常不大喜欢耸鼻子的人，虽然那是人为的、暂时的，把鼻子耸动，并没有永久的将它缩作一堆。

> 人的脸上固然不可没有表情，但我想只要淡淡地表示就好，譬如微微一笑，或者在眼光中露出一种感情——自然，恋爱和死等可以算是例外，无妨有较强烈的表示，但也似乎不必那样掀起鼻子，露出牙齿，仿佛是要咬人的样子。这种嘴脸只好放到影戏里去，反正与我没关系，因为二十年来我不曾看电影。然而金鱼恰好兼有叭儿狗与鹦鹉二者的特点，他只是不用长绳子牵了在贵夫人的裙边跑，所以减等发落，不然这第一名恐怕准定是它了。

不难看出，周作人之所以不喜欢这些小动物，都是因为它们的野蛮、强烈、不自然等动作和习性有违自己的主观好尚和人生理想：平淡、和谐、自然。因而这些作品遂成为作家心灵的真实写照了。周作人的大量作品就是这样：把草木虫鱼、苦茶古玩等等有生命以及无生命的事物看作自己的同类或知音，物我一体，将个人的一些情调、思想和趣味，表现得那么微妙、空灵而又寓于韵味。他能够将个人心灵的空间作深细的体验，自由地进行艺术创造，使杂文在“自我”意识和情趣的抒写上，取得了较高的艺术成就。我们当然不能简单化地否定这类作品。我国源远流长的文学向有“言志”的传统，《毛诗·序》曾作过规律性的概括：“诗者，志之所以也，在心为志，发言为诗。”周作人在杂文创作中对这种“言志”意识的大力倡导和实践，深化了文学作为“人”学的内涵，标志着杂文的文学意识的真正觉醒，对于中国现代杂文艺术的发展是作出了不可抹杀的贡献的。

但是，这里的“自我”却是有着“大”与“小”的分别的：是在整体历史发展进程中把握个人自由发展的巨大可能性，确立“自我”的价值和地位，使杂文中创造的“自我”成为社会的、历史的大写“人”；还是远离人间烟火，仅仅囿于个人的生存，把“自我”完全孤立起来，建造一个自我陶醉、自我欣赏的小天地，二者是不能同日而语的。鲁迅属于前者，周作人则明显属于后者。如果说，周作人在《泽泻集》《永日集》中表现出来的还是他两种“自我”的交战，即一个是出世的、超脱的、对人间持静观态度的，另一个是入世的、积极的、有强烈爱憎情感的；那么在这之后的作品中逐渐体现出的，则是完全出世的、彻底超脱的、对人间持静观态度的“隐士”了。在卢沟桥的隆隆炮声中，在国家和人民面临生死存亡的危难关头，仍然固执地、一味地追求“自我”的空灵与超脱，尽管可以使自己暂时实现某种程度上的精神平衡，在时代的夹缝中享受一点“美与和谐”，然而对社会、对民族却完全丧失了应有的责任心，这样的“自我”便必然丧失其历史的价值。读者会感到，他的空灵近于思想苍白和空虚，他的细腻和玄妙显得琐碎和无聊，他“从血泊里寻出闲适”的无忧无虑的态度，实则是麻木不仁。特别是读了他在卢沟桥事变后不久写下的悠然自得、无一丝烟火气的《野草的俗名》，这种感受最为明显。

受到周作人影响的一些作家，倾向大都与周作人差不多。刘半农在语丝派分化后，不仅成了教授、学者，而且身居要津，但仍在京沪的报刊上发表了不少杂文。这些作品大都是在故纸堆里寻求安身立命的消遣之作。例如，他在《论语》《人间世》上连续发表的《双凤凰砖斋小品文》和自批自注的打油诗《桐花芝豆堂诗集》，都曾因逃避现实斗争的闲适格调而受到批评。鲁迅在《趋时和复古》中说：“自己爬上了一点，也就随和一些，于是终于成为干干净净的名人。”刘半农却声言自己宁愿被人斥为“落伍”“没落”，也不肯“抹煞了自己专门去追逐时代”（《半双杂文·自序》）。孙福熙则于1932年8月在上海发起创办了《文艺茶话》月刊，并经常与周作人、孙伏园、孙春苔等人一起以“文艺沙龙”的形式举办“文艺茶话会”，把杂文同品茶饮茗、清谈消遣完全等同了起来。其他作家或者淡淡地抒发一点玩世不恭的情调，其间也夹杂着丝丝缕缕的伤感（废名的作品这种倾向较明显），或者连玩世不恭的感伤也没有，把人生当成“清眠不熟的时光”和“不关痛痒的梦境”①，心安理得地在象牙之塔里寻求“雅致”，“以科学常识为本，加上明净的感情与清彻的理智”，调和成一种“人生观”。② 总之，这是一些明显具有隐逸意识的杂文作家，他们渗透在作品中的艺术思考和情绪倾向，确实在有意无意地逃避着时代的制约，甘于淡泊和寂寞，追求和谐与舒适的生活情趣，从而在超然的意义上实现“自我”。这种选择尽管也都包含着身处专制时代的文人士子不得已而为之的苦衷，深藏着“既寡遂性欢，恐遭负时累”（王维语）的复杂情绪，但终归是以心造的幻影来排解忧烦的近乎“自欺欺人”的精神方式。如果说，以鲁迅为代表的杂文作家是在剧烈变动的大时代中忧愤不平、战斗抗争的群体，他们承担着对国家、民族、社会、公众的现在及未

① 俞平伯：《杂拌儿·陶然亭的雪》，开明书店1928年版，第51页。

② 周作人对俞平伯的评价，见《杂样儿之二·序》，开明书店1933年版，第4页。

来的责任而显示出旺盛的生命力；那么周作人等人却恰恰相反，他们逃避时代风云，只在个人的咫尺天地里低诉微吟，顾影自怜，其艺术世界里的生活已不再是奔腾不息的长河，而是静静的洄流，甚至是一湾没有出路的止水；思想也不再是常青树，而是一把脱了水的灰暗的干花。作为一个杂文流派，也就只能一步步地走近消亡的边缘。因为艺术美、美的“自我”绝不是与政治和社会无关的抽象物，它的核心恰恰是社会责任和历史使命。静穆悠远、闲适优雅的“言志”之作，自然也是人们生活中不可少的点缀，但这只能是点缀，而绝非主要方面和主要部分，尤其是在风沙扑面、虎狼成群的年代。即使从单纯审美的角度看，包容着深厚历史内涵的美，心系社会风云、奏出时代强音的美，以“挣扎与战斗”来展示对生活的哲学沉思的美，也必然是人们审美需求的主要方面。而杂文的文体特点和历史职责，又先天地被决定了比其他文学形式更加要求具有这种美学品格。因此，周作人派的影响必然是越来越小。抗日战争爆发后，周作人依附敌伪后的作品“比以前要显得更寒伧”（周作人语）①，他固守在那个死气沉沉的“书房的一角”，大量征引古书，抄录典籍，思想和情致越发颓唐和无聊，基至僵化和陈腐，文笔也失去了灵气，显得呆滞。新文学的“弄潮者”和一代杂文宗师，就这样走到了穷途末路。

第四节　林语堂派：从“讽刺”到“幽默”

语丝派分化后，林语堂经过几年的精神漫游，终于找到了自己杂文艺术的最终归宿——幽默，获得了“幽默大师”的雅号。然而林语堂对幽默的探索和倡导，却是从涉足文坛就开始的。1924 年五六月间，《语丝》尚未创刊时，他就在《晨报副刊》发表《征译散文并提倡幽默》《幽默杂话》等文，稍后在《语丝》和其他刊物上断断续续又发表了一系列幽默杂文和提倡幽默的文章。这时他的立足点在于战斗，其幽默还像鲁迅所说的是“倾于对社会的讽刺”，同“语丝文体”保持着一致。他或者将自己胸中的闷气和对社会时政的不满情绪，借着笑的幌子，嘻嘻哈哈地倾吐出

① 周作人在沦陷期有些作品是为日本侵略者服务的，如收在《药堂杂文》第一部分的《汉文学的传统》等 4 篇作品。他或用儒家的“现世主义”来规劝中国人在日伪面前苟且偷生，或以“先贤制礼”定法的一贯之道来趋奉日伪当政，或用“忠恕”之道为日伪统治的“长治久安”开出一套“脉案”和“药方”。这应受到严厉谴责并永被钉在历史的耻辱柱上。

来；或者对论敌进行“笑骂”，使严肃的论战文章显得谐谑而多讽。他的第一个杂文集《剪拂集》中的不少作品，如《祝土匪》《咏名流》等，都不同程度地显示了这种特点。

不过，林语堂早期只是把幽默作为杂文艺术的一种手法来运用，还没有作为艺术追求的主要目标。从1932年9月创办并主编《论语》半月刊起，他终于鲜明地打出了“幽默文学”的旗帜。林语堂认为，人生一舞台，天地大戏场，而“中国社会，政治，教育，时俗，尤其是一场把戏”，其本身就含着“幽默”，因此提出《论语》“以提倡幽默文字为主要目标”。[①] 该刊不仅大量刊载幽默杂文，而且还特辟“幽默文选”栏以刊登中国古代的幽默文字，设“卡吞”栏发表幽默漫画，设“雨花”栏刊发幽默笑话，设“西洋幽默”栏登载外国作品。林语堂开口谈幽默，闭口写幽默，仅1932年年底至1934年年初一年多时间里，他在《论语》上就发表杂文一百余篇，多系幽默体，还发表过一系列倡导幽默的论文。《人间世》《宇宙风》等也同时常有他的这类作品刊出。随后，林语堂便有《大荒集》《我的话》《语堂幽默文选》等杂文集相继问世。那么，林语堂的幽默究竟是什么内涵呢？让我们来看看最集中代表他的观点的《论幽默》一文，他说：

> 中国道统之势力真大，使一般人认为幽默是俏皮讽刺，因为即使说笑话之时，亦必关心世道，讽刺时事，然后可成文章。其实幽默与讽刺极近，却不定以讽刺为目的。讽刺每趋于酸腐，去其酸辣，而达到冲淡心境，便成幽默。欲求幽默，必先有深远之心境，而带一点我佛慈悲之念头，然后文章火气不太盛，读者得淡然之味。幽默只是一位冷静超远的旁观者，常于笑中带泪，泪中带笑。

从这里，至少可以看清两点：第一，他坚决摒弃讽刺，将幽默同“关心世道，讽刺时世”严格区分开来。林语堂在创办《论语》时就开宗明义：“本刊之主旨是幽默，不是讽刺”，要“减少讽刺文学，增加无所谓的幽默小品”。第二，他主张幽默“是心境之一状态，更进一步，即为一种人生观的观点，一种应付人生的方法”（《吾国吾民》），主张不必置

① 林语堂：《我们的态度》，《论语》第3期。

身于火热的社会斗争，不要关心世道时事，只是“冷静超远的旁观者”，要“火气不盛”，“只会笑”，使读者“得淡然之味”，把一切现实的痛苦和人间不平都化为悠然一笑。当时刊登在《论语》第 45 期上的钱仁康的《论幽默的效果》就曾指出：“幽默的人生观即是把世事看得比人超脱，故其心境恬淡，不感到现实的痛苦。”这两点虽有区别，又最终归一：笑洒一掬“我佛慈悲”的怜悯之泪，抛弃积极、严肃的社会思想内容，剩下“为笑笑而笑笑”，使幽默成为纯粹的于社会“不关紧要的玩意儿话”(林语堂语)。这就是林语堂的幽默的核心和实质。《论语》第 50 期封面题词曾以醒目的大字明确写道：“人生在世为何？还不是有时笑笑人家，有时给人家笑笑？”基于这种认识和追求，林语堂留下的为数颇多的幽默作品中，有一些是空虚无聊、矫揉造作、低级庸俗之作，例如《论裸体运动》《让娘儿们来干一下吧》；也有一些讽喻社会现实、包含一定进步思想内容的，例如《论政治病》《民国廿二年吊国庆》《有驴无人骑》等。但就大多数作品的主导倾向来说，则是介乎二者之间的：它们多以轻松、闲适的格调，对人生事态不以为然地撇撇嘴、摊摊手、耸耸肩、眏眏眼，于达观、超然中寻觅乐趣，“为笑笑而笑笑”。例如，在《我的戒烟》中，林语堂曾详细描述了自己戒烟时的感受。连戒了数日，虽说“论‘坚强的意志’与‘毅力’我是胜利者，可心坎里却只觉得怏怏不乐”。终于有些戒不住了：

> 在这种扯谈之时，室内的烟气一层一层的浓厚起来，正是暗香浮动奇思涌发之时。诗人 H 君坐在中间，斜躺椅上，正在学放烟圈，一圈一圈的往上放出，大概诗意也跟着一层一层上升，其态度之自若，若有不足为外人道者。只有我一人不吸烟，觉得如独居化外，被放三危。这时戒烟越看越无意义了。我恍然觉悟，我太昏迷了。我追想搜索当初何以立志戒烟的理由，总搜寻不出一条理由来。
>
> 此后，我的良心便时起不安。因为我想，思想之贵在乎兴会之神感，但不吸烟之魂灵将何以兴感起来？有一下午，我去访一位洋女士。女士坐在桌旁，一手吸烟，一手靠在膝上，身微向外，颇有神致。我觉得醒悟之时到了。她拿烟请我。我慢慢的、镇静的，从烟盒中拿出一枝来，知道从此一举，我又得道了。

我们尽管很难指出哪一句话使人发笑，然而作品所反复渲染的不抽烟的遗憾与抽烟时飘逸淡远、悠然自得的境界，也许会令读者情不自禁地“心灵启悟，胸怀舒适”（林语堂语）为之一悦，特别是有抽烟经历的人，更能从中获得难以言说的乐趣和情致。但是，人们尽管可以欣赏乃至赞扬这种风韵，可不能不承认它并无多少现实意义（更谈不上深义与哲理）：它的真正效用并不在于说明抽烟之价值的有无，也不在于过烟瘾，而实在是一种闲逸生活的消遣与享用，是充满装饰意味的“生活的艺术”。同样，听他谈避暑之乐（《说避暑之益》）、穿西装的讲究（《论西装》）、夏天养生之道（《大暑养生》）、买牙刷的学问（《我怎样买牙刷》），以及坐椅子的哲学（《论坐在椅子上》）、午睡的逸趣（《闲情偶寄》）、秋天的况味（《秋天的况味》）等，都可以获得同样的感受。对此，林语堂直言不讳：“西装亦谈，再启亦谈，甚至牙刷亦谈，颇有走入牛角尖之势，真是微乎其微，去经世文章远矣。”①

林语堂确实有在闲情中自娱自乐的雅兴，难怪他对袁中郎的颇懂“人生五乐”“自适之极”推崇备至。应当承认，“为笑笑而笑笑”的作用、消遣和娱乐的作用，在一定条件下有助于人们内心世界的和谐、明朗，特别是在安定的社会环境中更是如此。即使是在动荡不宁的年代，在反动统治的黑暗现实中，其积极意义也不能一概抹杀。鲁迅说：“人们谁高兴做‘文字狱’中的主角呢？但倘不死绝，肚子里总有半口闷气，要借着笑的幌子，哈哈的吐出来，笑笑既不至于得罪别人，现在在法律上也尚无国民必须哭丧着脸的规定。”② 这既揭示了幽默产生的社会原因，也肯定了林语堂提倡幽默所包含的不满现实的积极因素。此外，从杂文自身的发展来说，加上一点幽默味，也可以使作品“免去板滞的毛病”③。然而这些都是有条件的，有限度的，如果硬要不顾一切地热衷于“玩幽默”，并视幽默为一种至高无上的艺术准则，就大谬不然了。1932 年，日本友人增田涉请鲁迅推荐中国的幽默作品，鲁迅在先后两次回信中都沉痛拒绝，他说：“目前在中国，笑是失掉了的”，“我想是因在不景气时期，

① 林语堂：《我的话・序》，上海时代图书公司 1934 年版，第 1 页。

② 鲁迅：《伪自由书・从讽刺到幽默》，《鲁迅全集》第 5 卷，人民文学出版社 1981 年版，第 42—43 页。

③ 郁达夫：《中国新文学大系・散文二集・导言》，上海良友复兴图书印刷公司 1940 年版，第 214 页。

人们已无暇读幽默的东西了”。[①] 鲁迅后来又说：“榆关失守，热河吃紧”之际，无法再“笑嘻嘻”，否则就会被人叫作“全无心肝”。[②] 当时，中华民族最需要的，是家破国亡的忧患、“天下兴亡，匹夫有责”的社会责任感，如果作家们非要“为笑笑而笑笑”地“幽默”下去，那就只能起“将粗犷的人心，磨得渐渐的平滑”、甚至“将屠户的凶残，使大家化为一笑”[③] 的消极作用。林语堂提倡幽默，实在不合时宜。正如车尔尼雪夫斯基所说：“凡是在生活的土壤中不生根的东西，就会是萎靡的苍白的，不但不能获得历史的意义，而且它的本身，由于对社会没有影响，也将是渺不足道的。”[④]

当时经常给林语堂的刊物《论语》《人间世》等写稿的作家，有的追随林语堂，流露出与他大致相近的倾向，如老舍。“论语社”的第一部作家专集就是1934年4月出版的《老舍幽默诗文集》，在《论语》创刊三年时曾刊登的同人纪念照中，老舍也是居其首的。姚颖也是为林氏刊物写稿最多的作家之一，有名的“京话”曾在《论语》不断刊登到一年以上。这些作品虽不乏讽喻现实之作（如有的涉及国民党达官要人的生活），但由于作者故意以“幽默”出之，反倒使幽默的主题显得轻薄和油滑。[⑤] 类似的作家还有陶亢德、邵洵美、大华烈士、老向、何容、海戈、黄嘉音、徐订等。不过，这些作家的作品有不少是徒有幽默之名而无幽默之实；甚至有一些荒唐无聊、读来令人啼笑皆非的浮浅之作，也都冠以“幽默”之名刊出。难怪钱锺书说：“自从幽默文学提倡以来，卖笑成了文人的职业。幽默当然用笑来发泄，但是笑未必就表示着幽默。刘继庄《广阳杂记》云：‘驴鸣似哭，马嘶如笑。’而马并不以幽默名家，大约因为脸太长的缘故。老实说，一大部分人的笑，也只等于马鸣萧萧，充不得什么幽默。”[⑥]

---

① 鲁迅致增田涉信，编号320718、321219，《鲁迅全集》第13卷，人民文学出版社1982年版，第496、509页。

② 鲁迅：《伪自由书·从幽默到正经》，《鲁迅全集》52卷，人民文学出版社1981年版，第44页。

③ 鲁迅：《南腔北调集·小品文的危机》及同书《“论语一年”》，《鲁迅全集》第4卷，人民文学出版社1981年版，第567、575页。

④ 《车尔尼雪夫斯基论文学》（上），上海译文出版社1978年版，第543页。

⑤ 也有人说这些“京话”是姚颖在南京市当秘书长的丈夫王淑芳替她作的，但王不予承认（参见刘心皇《现代中国文学史话》，正中书局1979年版，第587页）。

⑥ 钱锺书：《写在人生边上·说笑》，海峡文艺出版社1992年版，第16页。

第五节　三水分流的个性演示：鲁迅、周作人、林语堂的主观意向分析

前面已说过，语丝派分化的直接原因，是政治形势的险恶。现在如果把问题再推深一步设问：同一社会、文学环境，为什么这些曾经表现出一致的政治倾向和文学追求的作家，分化后会出现差距这样巨大、色彩这样鲜明的异歧走向呢？时代的、政治的原因固然是重要的，但仅仅局限于此似乎还找不到最终的答案，还必须发掘潜藏着的十分复杂的主观原因。因为人的性格、意志、兴趣、好尚等属于主观精神层次的东西与复杂的心理机制，往往能对人在人生旅途中的行为选择和发展趋向起决定性的作用。这里，我们不妨就鲁迅、周作人、林语堂的情况作些简要分析。

鲁迅出生在一个正在败落的封建士大夫家庭，是这个家庭的长子。在家族成员中，祖父、母亲、姑母等都有刚毅、坚强、执着的性格。[①] 儿时的鲁迅接受他们的遗传或受到他们的影响，已明显流露出了这样的性格特征。不久，祖父入狱，父亲病重，十几岁的鲁迅不仅要在药店与当铺之间奔波，而且饱尝了族人和周围社会的冷眼和欺侮。这些不幸的遭遇，使他最先感受到了家道衰败的重压，也同时开始认识社会："有谁从小康人家而坠入困顿的么，我以为在这途路中，大概可以看见世人的真面目。"[②] 他从小带着怀疑、憎恶的眼光来看待这个世界，决定要走"异路"，寻"别样的人们"。在南京求学期间，他又看到了封建社会的腐败和国家积贫积弱的现实，逐渐地把个人的命运和国家的命运联系在一起。意识到只能"陪着做一世的牺牲"。这些经历都使他的性格越发变得刚强而又内向，执着又略带孤僻。甲午战争、维新变法、辛亥革命等一系列重大政治事件，都激起他强烈的忧国忧民的情绪，抗争意识也与日俱增。这不仅影响着他对文化遗产的摄取永远不肯接受民族文化中的中庸之道和"中和"精神，而喜爱那些"抗争和愤激之谈"，推崇那些不与庸众合流，"立意在反抗，指归在动作"的叛逆诗人；而且直接决定了他的处世态度：永远要"争天拒俗"，"不为顺世和乐之音"（《坟·摩罗诗力说》）。这是一种充溢着阳刚之气的行动哲学。因此，当他要用杂文去反抗社会黑

① 参见彭定安《鲁迅的性格与家族的影响》，刊《锦州师院学报》1986年第1期。

② 鲁迅：《呐喊·自序》，《鲁迅全集》第1卷，人民文学出版社1981年版，第415页。

暗、为民族和国家的命运而战的志向确定之后，就一如既往，决不会因一时的压力而畏惧，也不会因暂时的失败挫折而退却。同时，他的生命意识也对其行为选择起到了重要作用，他曾声明："我的戒酒，吃鱼肝油，以望延长我的生命，倒不尽是为了我的爱人，大半乃是为了我的敌人，要使他的好世界上多留一些缺陷。"（《坟·题记》）鲁迅企望在与敌人的搏斗中，体验爱与憎的极致，达到生命飞扬的极致。因而他神往这样的生活："站在沙漠上，看看飞沙走石，乐则大笑，悲则大叫，愤则大骂，即使被沙砾打得遍身粗糙，头破血流"，也在所不惜，自会感到一种特殊的美与价值，"时时抚摩自己的凝血，觉得若有花纹"（《华盖集·题记》）。有这样的生命意识、坚毅的性格和独特的生活、思想经历为基础，他就会坚定不移地发扬杂文的战斗传统，并自觉地把责任感和独立性融为一体，这是很自然的。

周作人却不同。青少年时代他与鲁迅尽管有差不多的经历：生长在同一家庭环境中，受相同的教育，一起到日本留学，共同翻译、创作；然而在他身上几乎很少见到家族成员中那种刚毅、坚强、执着性格的因子。据周建人回忆，他"自小性情和顺，不固执己见，很好相处，但他似乎既不能明辨是非，又无力摆脱控制和掌握"①。早年同鲁迅在一起时，他很少承受家庭败落的压力，经济上、生活上都缺乏独立能力，倚赖鲁迅的时候居多；其后靠着日本妻子羽太信子，生活亦难自立。在家庭生活中，"周作人只求得有一席之地，可供他安稳地读书写字，对一切都抱着息事宁人的态度，逆来顺受"②。可以说，在周作人的精神结构里，一切浓重、激烈、刚强的东西都没有地位：他对民族文化遗产中的中庸之道特别迷恋；也盛赞希腊的和谐、均衡、宁静之美；更对充满"冲淡"精神的日本文化欣赏备至，尤其喜欢去尽华丽而于"整齐清洁"之中"仍保留着旧日长闲的意趣"的日本住房，说它不像中国和西洋房屋那样因"华丽"而给人一种迫压的疲倦（《苦竹杂记·日本的衣食住》）；甚至对动物的"耸鼻子""露牙齿"等稍稍有些"激烈"、有些"野蛮气"的举动，都从心底反感（《看云集·金鱼》）。在文学上，他极力推崇"公安派"与英国小品文的"闲适"格调，说它们是新散文的"源流"（《陶庵梦忆·序》《杂拌儿·跋》等），不喜欢李白的豪放，觉得他"夸"（《苦竹杂

① 周建人：《鲁迅和周作人》，见《新文学史料》1983年第4期，第6页。

② 周建人：《鲁迅和周作人》，见《新文学史料》1983年第4期，第2页。

记·醉余随笔》）。他曾宣称，“我的理想只是那么平常而真实的人生，凡是狂热的与虚荣的，无论善或是恶，皆为我所不喜欢”（《书房一角·原序》）。显而易见，周作人的性格是温顺的，他信奉的是平和、妥协、顺世、中庸的处世哲学，因而1925年他在检点自己早年那些有“浮躁凌厉之气”的旧作时，便流露出不满情绪，说它“满口柴胡，殊少敦厚温和之气”（《雨天的书·自序》）。后来在激烈的斗争中他跟林语堂一唱一和地提倡洋绅士的“费厄泼赖”精神，就绝不是偶然的。诚然，这时的周作人仍然还有“浮躁凌厉”的一面，但却是有限的、不很自觉的。当形势一旦严峻，特别是残酷的政治压力袭来时，他的主导性格和处世哲学就迅速上升到压倒一切的地位，左右他的行为。周作人曾形象地描述过自己的这种矛盾，他说：在自己的人格结构中住着两个鬼——“绅士鬼”和“流氓鬼”，它们“在那里指挥我的一切的言行”。“有时流氓占了优势，我便跟了他去彷徨，什么大街小巷的一切隐秘无不知悉，酗酒，斗殴，辱骂，都不是做不来的，我简直可以成为一个精神上的‘破脚骨’。但是在我将真正撒野，如流氓之‘开天堂’等的时候，绅士大抵就出来高叫‘带住，著即带住！’说也奇怪，流氓平时不怕绅士，到得他将要撒野，一听绅士的吆喝，不知怎的立刻一溜烟地走了。”（《谈虎集·两个鬼》）可见，这个“绅士鬼”是很难打下去的，在关键时刻常要占据上风。

当然，这里还有一个由于地位的改变而导致的思想、心理的变化问题。“五四”时期的周作人是作为反对封建权威和偶像的斗士而出现的，并曾扮演过“平民”的代言人的角色，提出过“平民的文学”、平民的人生理想和价值观念。但随着时间的推移和名声地位的显赫，他却渐渐自视为权威，自我崇拜，一变而代之以贵族和“高士”的优越、尊严和冷漠，从根本上失却了平民和斗士的求实精神、介入时代旋涡的能力和忍受艰苦生活磨炼的意志。这就终于促使周作人在腥风血雨的年代中找到了归宿：躲进象牙之塔去吟风弄月，赏玩“性灵”，明哲保身，与世无争，在贵族化的精神中超越平民的痛苦，在自我的小天地中陶然自得。发展到后来，甚至置民族气节于不顾。①

林语堂出生在闽南的一个牧师家庭里。他《八十自叙》说，童年时

① 1938年2月9日，周作人在北平出席日本大阪每日新闻社召开的“更生中国文化建设”座谈会，公开附逆投敌。

代对他影响最大的有三：一是“山景”。四面环山的坂仔、风景秀丽的鼓浪屿等都是他经常游玩的地方，这就使他的情操从小受到陶冶，后来他形象地说这促成了自己的一种“山地人生观”。二是“家父”。“父亲是无可救药的乐天派，感觉灵敏，想象力很强，而且十分幽默。”这种特性，对林语堂发生了潜移默化的影响，“父子俩都欣赏幽默和同居不可救药的乐观”。三是“亲情似海的基督教家庭”。这除了指全家人都跟着祖母、父亲信仰基督教外，也指家庭内部的和睦相处。在这样的环境中，林语堂的童年生活是充实而又富于诗意的，他在学习之余可以尽情地消遣、玩耍，养成一种无拘无束、自由憨直、乐天幽默、浑朴天真的习性，“友伴若能使他轻松自如，他便乐于为伍；否则就告辞而去”。后来他留学美、法、德等，受到西方资产阶级民主、自由、个性解放等思潮的影响，使他的个性得到进一步发展，并趋于定型，影响到他的终身。1923 年林语堂学成归国时，五四运动已经退潮，封建军阀统治下的黑暗的政治、思想现状，自然引起了他的不满，于是决心参加抗争，《语丝》就是理想的阵地。他说过，“我们不见得是自由主义者，却将《语丝》看成我们‘心语’的园地”，“我接近语丝，因为喜欢语丝之放逸，乃天性使然”。[①] 但是，当马克思主义广泛传播，中国革命已由资产阶级领导的旧民主主义革命转变为无产阶级领导的新民主主义革命时，林语堂也难以理解和接受，甚至表现出反感，似乎已经把它当成了一种新的约束，依然是“告辞而去”。他要选择一条不左不右、介乎国共两党之间的既自由又安全的道路。于是，他看中了幽默。这原因既由于兴趣和天性，又出于政治选择，因为“笑笑”既不至于“得罪别人”，又是自由的。于是，林语堂很快地完成了由讽刺向幽默的转变。

① 林语堂：《八十自序》，台湾远景出版事业公司 1980 年版，第 55 页。

第四章

1930年代杂文：在冲突中递嬗行进

1925年，鲁迅在写给《猛进》周刊编辑的信中谈到发表杂文的刊物时，不无深情地说：

> 现在的各种小周刊，虽然量少力微，却是小集团或单身的短兵战，在黑暗中，时见匕首的闪光，使同类者知道也还有谁还在袭击古老坚固的堡垒，较之看见浩大而灰色的军容，或者反可以会心一笑。在现在，我倒只希望这类小刊物的增加，只要所向目标小异大同，将来就自然而然的成了联合战线，效力或者也不见得小。①

鲁迅所热切期待的这一“联合战线”，到30年代确实是出现了：不仅有像《申报·自由谈》《太白》《中华日报·动向》《立报·言林》《涛声》《新语林》《芒种》《论语》《人间世》那样的杂文重镇，而且几乎没有一家综合性文学刊物不刊登这类文字，甚至像《小说月报》这样专门的小说刊物，也从第20卷第1期起开设了“随笔”专栏：“我们所谈的，有庄言，有谐语，有愤怒的号呼，有冷隽的清话，有文艺的随笔，有生活的零感。”② 由此，也就产生大了大量的杂文作品。据不完全统计，仅在1930年至抗战爆发几年间，在杂文集的出版十分困难的情况下，仍有近200部杂文集面世，占现代杂文史上全部杂文集的半数之多。这的确是一个“杂”家辈出的时代。如果说鲁迅是30年代杂文创作的泰斗，那么，在他周围还有光辉闪耀的灿烂星群，如瞿秋白、茅盾、郭沫若、冯雪峰、徐懋庸、徐诗荃、唐弢、曹聚仁、郁达夫、廖沫沙、胡风、周木斋、夏

① 鲁迅：《华盖集·通讯》，《鲁迅全集》第3卷，人民文学出版社1981年版，第24页。
② 西谛：《“随笔”前言》，见1929年1月《小说月报》第20卷第1期。

衍、何家槐、阿英、陈子展、邹韬奋、夏丏尊、夏征农、冯乃超、郑伯奇、魏猛克、彭康、李初梨、陈望道、陶行知、柯灵、叶圣陶、郑振铎、胡愈之、杨幸之、谢六逸、张天翼、巴金、彭家煌、欧阳凡海、欧阳山、胡衣凡、穆木天、宋之的、李辉英、柳倩、祝秀侠、李平心、杜重远、潘汉年、王任叔、姚蓬子、张友渔、张香山、吴景崧、任白戈、芦焚、楼适夷、覃晓晴（静子）、马国亮、孔另境、周建人、靳以、周而复、司马文森、林林、聂绀弩、王孟宾、周立波等。他们坚持杂文的抨击时弊、激浊扬清倾向，共同构成了“鲁迅风”的时代大潮。此外，热心于杂文创作的还有周作人、林语堂、废名、俞平伯、老舍、吴稚晖、章太炎、梁实秋、韩侍桁、林微音、岂凡（章克标）、林希、梅雨（梅益）、沈从文、胡适、周楞伽、钱歌川、李儵、徐讦、陶亢德、何容、老向、姚颖、丰子恺、施蛰存、苏汶、胡秋原、章乃器、黄天庐、范祎、李逊梅、黄震遐、王捷三、常乃惠、沈益士、舒新城、柳湜、杨邨人、乌一蝶、翁漫栖、杨晋豪、杨藻章、郑重、倪文穆、陈光垚、金满成、洪为法、郑逸梅、王世颖、李唯建等，他们大都出过杂文集。至此，杂文创作确实进入了一个极为辉煌的时代，它以雄壮的步伐，浩大的声势，为文学艺术领域带来了惊人的奇观。与同时蓬勃发展的小说、戏剧、诗歌等文体相比，杂文不仅毫不逊色，而且大有超过它们跃居文坛霸主之势，以至不少人把它称作新文学的“代表”文体，说它体现出了中国现代文学史的最显著“特点”。

文学史上恐怕很难找出第二个时期，能像30年代这样，作家进行了如此广泛而持久的杂文活动，出现了如此众多的流派，如此多样的风格，如此众说纷纭的“新、奇、怪”的作品，如此如火如荼的百家争鸣的局面。这种现象，给黑暗思想政治势力和传统的审美观念以巨大的冲击、猛烈的震撼。于是，目瞪口呆者有之，摇头鄙夷者有之，恶意攻击者有之，武力讨伐者有之，欢喜雀跃者更有之。人们不禁要问：常常被认为是不能进入文学大雅之堂的杂文，何以能出现如此波澜壮阔的景观？这是今人对前人的反叛？是时代呼唤的结果？还是文学本身合乎逻辑的发展？

文学现象同世界上其他任何事物一样，其生息消长都有它的深刻的历史渊源和现实的动因的。如果我们不是停留在事实的排比和罗列上，不是仅仅注目文学自身的因素，而是透过纷繁的表象，联系社会发展和精神文化生活发展的内在逻辑认真探索，就可发现，支配着30年代杂文现象的原因确实是多方面的，但其中起主导作用的是一种可以称作对抗性冲突的矛盾因素。这既表现在文学与政治之间，也表现在不同类型的作家之间，甚至同类型的作家内部。其性质不同，表现形式也多样。它们交感共振，转化为强大的动力，直接促进了 30 年代杂文创作的发展，同时也规定和制约着杂文创作的风貌。如果说，大海的迷人之处莫过于它的惊涛骇浪，那么，30 年代杂文的最大魅力亦在于它的风雷激荡。

第一节　压制与冲决压制之间

马克思在论述艺术繁荣规律时，曾强调指出："关于艺术，大家知道，它的某些繁荣时代并不是与社会的一般发展相适应的，因而也不是与那好像构成社会组织骨干的社会物质基础相适应的。"① 马克思在这里谈的是艺术发展的不平衡性。从艺术发展史来看，这种"某些繁荣时代"，指的应是两个社会发展的交替时期。因为艺术繁荣的出现有两种可能性，一个是在社会发展的鼎盛时期（这时艺术同社会的一般发展相适应），另一个就只能在两个社会的交替期。30 年代的中国，危机四伏，动荡不安，国民党反动统治正在逐步走向衰败和没落，而新兴的无产阶级力量却迅速成长壮大起来，中华民族正经历着一场巨大的历史变革。因此，30 年代的杂文发展同欧洲文艺复兴、中国春秋战国之交的散文兴盛等等一样，都有近似的新旧社会交替的历史条件，符合马克思所说的艺术规律。

但是，30 年代的中国却同历史上这些新旧交替的大变动时代又不尽相同，由于国民党反动势力实行了残酷的统治，并没有出现处士横议、自由争鸣的有利于文艺繁荣的局面，相反的倒是更多地为文艺设立了种种禁令。因此，30 年代的杂文繁荣又有自己独到的时代特色：像大石底下萌发的植物一样，在夹缝中顽强生长。

"四一二"事变发生以后，中国知识分子在"五四"以来曾有过的那种精神自由感，很快便彻底消失。进入 30 年代以后，国民党反动政府又连续下达了一系列禁止进步文艺活动的密令②，甚至还动用侦探，雇用流

---

① 马克思：《政治经济学批判·导言》，《马克思恩格斯论艺术》第 1 卷，中国社会科学出版社 1982 年版，第 194 页。

② 参见倪墨炎编《三十年代反动派压迫新文学的史料辑录》，载《新文学史料》1985 年第 3 期；张静庐辑《中国现代出版史料》（乙编），中华书局 1955 年版。

氓搞造谣、恐吓甚至打砸、暗杀。这一套完整的文艺上的专制政策，像一张有形无形的大网笼罩着整个文坛。其中受害最深的当推杂文：许多书店被捣毁，大批报刊被查封，鲁迅的《而已集》《三闲集》《二心集》《南腔北调集》《伪自由书》《准风月谈》《花边文学》，邹韬奋的《坦白集》《韬奋漫笔》，郁达夫的《断残集》，阿英编选的《现代十六家小品》，陈子展编定而未付排的文集等杂文集纷纷被禁。被删改的单篇作品更难计其数。更有甚者，许多作家因与杂文结缘而危及生活和生命。鲁迅于1930年3月被国民党浙江省党部通缉的直接原因，就是因为他在《语丝》第4卷第30期上发表过徐诗荃的杂文《谈谈复旦大学》；1933年5月曹聚仁在《自由谈》发表杂文《生背痈的人》后，作者和编者都直接遭到汪精卫的恫吓、威胁；1935年5月4日《新生》周刊因刊登杂文《闲话皇帝》，编者杜重远身陷囹圄，作者易水（艾寒松）也成为通缉的对象，甚至《申报》总经理史量才1934年11月的被暗杀，也与《自由谈》发表的杂文有关……因而鲁迅说这留下了文网史上“极有价值的故实”。

30年代的杂文受到反动统治势力的摧残与压制，绝非偶然。普列汉诺夫曾说：每个时代都有它自己中心的一环，都有这种为时代所规定的特色所在。“五四”时期的杂文是以广泛的社会批评和文化批评为其主要特色的。随着时间的推移，阶级斗争和民族矛盾日趋尖锐激化，国民党统治阶级越来越暴露出它的反动和腐败。强烈的时代责任感、历史使命感和民族忧患意识驱使一代杂文作家迅速调整方向，责无旁贷地直接投身到了现实的政治斗争中去。从《语丝》时期就开始的这种变化，这时已发展得十分明显。正如周扬当时所说：“中国是在生死存亡的关头，每个有民族良知的作家都不能对于政治采取超然态度。”① 特别是国民党统治者日趋加剧的政治压迫，使越来越多的作家变得更加激进，逐渐认识到了杂文的社会价值和政治功能。统观本时期的杂文作品，尽管内容驳杂，但核心和焦点就是执着地机敏地反映政治斗争，其中仍然是鲁迅杂文最有代表性。鲁迅在30年代结集出版的杂文集计有《二心集》《南腔北调集》《伪自由书》《准风月谈》《花边文学》和三本的《且介亭杂文》等八部，作品虽然对三教九流、古今中外、市井琐闻等等人生万象无不涉及，但其中最主

① 《周扬文集》第1卷，人民文学出版社1984年版，第229页。

要的部分，便是对蒋介石集团投降媚外、专制独裁、残酷的“军事围剿”和“文化围剿”等反动统治进行抨击的作品。例如，鲁迅在《自由谈》发表的第一篇作品是《“逃”的合理化》，该文辛辣地嘲讽了国民党当局于大敌当前之际为掩饰其自动放弃山海关等长城要隘的做法，反而操纵舆论责骂学生要求停课是“贪生怕死”的卑劣伎俩。接着，鲁迅又在《自由谈》连续发表了《观斗》《航空救国三愿》《战略关系》《迎头经》《中国人的生命周》《不负责任的坦克车》等一系列批判矛头直指最高统治者的作品。鲁迅这一时期的不少作品仍有意识地在针砭“国民性”中的“陋劣”，但他已不像从前那样笼统地使用“国民性”的概念，也不是单单从文化传统中挖掘造成这些“陋劣”的根源，而是十分注意把国民性的改造同现实的政治斗争紧密结合起来。例如在《准风月谈·新秋杂识（二）》里，鲁迅批评了上海的善男信女热衷于开展的盂兰盛会、从天狗嘴里救月亮等迷信活动，并进而尖锐地指出：国土相继沦陷，灾民不计其数，“不但救不胜救，即使想要救罢，一开口，说不定自己就危险”，所以最稳妥的是救鬼魂，救月亮。通过这种深入的剖析，鲁迅有力地启示人们：反动统治者正是制造并利用这种怪现象的罪魁。他还在《沙》一文中指出：中国人的像沙，“是被统治者‘治’成功的”。可见，鲁迅是以明确的、自觉的政治意识来从事杂文创作的，“一讲无产阶级文学，便不免归结到革命文学，一讲斗争，便只能说是最高的政治斗争的一翼”[①]。茅盾也不例外。他曾于 1933 年上半年在《自由谈》发表杂文 29 篇，除了两篇是欢迎萧伯纳来华的、两篇是讽刺曾今可的“解放词”的，其余的均是“抨时政、砭锢弊”（茅盾语）的作品。鲁迅和茅盾是《自由谈》[②] 的两大“台柱”，也是 30 年代杂文创作的引路人。仅黎烈文编辑《自由谈》的初期，半年之内发表的 600 余篇作品中，紧密关涉现实时政作品就占了一半还多。这些作品针对形形色色的事实——古物搬迁、募捐飞机、“围剿”苏区、杀戮人民、“安内攘外”、有名无实的“救国”理论、刮民脂膏的“义捐”、视爱国学生如“乱民”，以及“贪赃枉法”

---

① 鲁迅：《三闲集·文坛的掌故》，《鲁迅全集》第 4 卷，人民文学出版社 1981 年版，第 122 页。

② 《自由谈》曾被誉为是 30 年代杂文创作的大本营，对推动杂文的发展起了十分重要的作用。陈子展（炳堃）曾说：“如果要写现代文学史，从《新青年》开始提倡的杂感文不能不写；如果论述《新青年》以后杂感文的发展，黎烈文主编的《申报》副刊《自由谈》又不能不写，这样才能说得清历史变化的面貌。”（见唐弢为 1981 年影印本《自由谈》所作《序》）

“侵吞公款”“民不聊生”等等，尖锐抨击了国民党当局的腐朽没落和反动政治统治。难怪有人大声疾呼：“《申报》的《自由谈》，在礼拜六派的周某主编之时，陈腐到太不像样，但现在也在左联手中了。鲁迅与沈雁冰，现在已成了《自由谈》的两大台柱了。”① 这段话的真实用意这里姑且不论，但它的确道出了《自由谈》在杂色并陈的表象之下，具有明确的政治倾向的事实。② 这种倾向，在《生活》《新语林》《中华日报·动向》《芒种》《太白》等刊物那里，表现得也很明显。

这就是30年代杂文创作的主导倾向。处在这样一个风云际会、关系民族存亡的历史关头，杂文作家们自觉站在时代的前列，为中华民族的根本利益奉献着自己的生命才智和创作激情，使自己无条件地服务于革命的政治斗争，无疑是崇高的、神圣的。30年代杂文正是在这里最恰当地找到了自己的战斗位置，谱写了最深沉、最激越、最富于历史内容和思想深度的篇章。这当然不是中国现代杂文史上的特例。如上所述，当“五四”以后的一代作家在继承“五四”杂文思想启蒙的传统的基础上，把目光转向杂文创作时，便抱着须“有补于世”，应当为时政斗争服务的目的和态度。这一传统在中国现代杂文史上表现得十分突出，几乎贯穿于杂文活动的始终，但30年代杂文却发挥得最充分，最淋漓尽致。这与国民党当局的禁令③显然是背道而驰的，当当局者同历史上一切没落阶级一样病入膏肓而又讳疾忌医、穷途末路而又不愿退出历史舞台的时候，必然会大动干戈，扼杀一切正义之声，迫害和压制进步的杂文作家和杂文创作。

那么，30年代的杂文为什么能在反动政治的压迫下迎来一种比较繁荣的局面呢？这有特定历史条件下的特殊原因。

第一，杂文作家队伍自身形成了“排角成城以御强敌”（鲁迅语）的力量。30年代杂文作者阵容之浩大，确实是前所未见的，大批文坛精英汇聚在这里，形成了一个坚强的、具有凝聚力的群体。其基本成员有两类作家：一类是“五四”以来的文豪大家。这些人德高望重，久负盛名，影响深广。他们在“五四”后经历了苦闷彷徨之后，或是重操旧业（如

① 水手：《左翼文化运动的抬头》，见1933年3月3日《社会新闻》第2卷第21期。

② 事实上，编辑黎烈文在1932年12月19日的《编辑室启事》中，已透露了这种意图。他说，本刊希望投寄“描写实际生活之文字”，“含有深意之随笔杂感”。

③ 在国民党的一系列文化禁令中，最重要的是不准批评政府，例如1932年国民党中宣部公布的《宣传品审查标准》规定：凡批评政府者均为“危害民国”，“一律禁止”。

鲁迅、陈望道、茅盾、郑振铎、章太炎等），或是重新作出选择（如巴金、郭沫若、郁达夫、叶圣陶、柳亚子、彭家煌、欧阳山等），纷纷汇集于时代激流中进行杂文创作。他们的这一行为本身就在文学界和读者中产生了广泛影响。他们的政治倾向影响更大。尤其可贵的是，他们在长期的斗争中练就了不屈不挠的顽强意志，像中国历史上许多“特立独行”之士一样，压力越大，反抗越烈。鲁迅说：“只要我还活着，就要拿起笔，去回敬他们的手枪。”[①] 这在相当程度上反映了这些杂文大家的共同意志和决心。鲁迅、郭沫若、邹韬奋、彭家煌、郁达夫、潘汉年、瞿秋白、冯雪峰、杜重远等都是在国民党通缉、追捕的险恶情况下坚持杂文创作的；再则，这批作家个人思想和文化素养厚实、深邃，并在思想文化战线上积累了丰富的斗争经验，因而能赋予作品以克敌制胜的力量。唐弢回忆说：“如果没有那些老作家的引导，不是他们从复杂的生活现象中提出问题，揭示规律，做到条分缕析，一针见血，文章就不可能达到那么熟练的程度，具有那么深刻的水平。”[②]

另一类是青年作家。如徐懋庸、唐弢、廖沫沙、靳以、周而复、芦焚、欧阳山、司马文森、林林、陈荒煤、王任叔、聂绀弩、周立波、柯灵、陈子展等，都是在 30 年代以写杂文开始在文坛崭露头角的。他们虽然稚嫩，但却颇有一股初生牛犊不怕虎的精神。例如，《自由谈》上最早撰文抨击蒋介石对日的“不抵抗”政策的，就是名不见经传的青年作者樊仲云[③]；徐懋庸开手不久，便以一种锐不可当的挑战姿态，向正在倒退、落伍的吴稚晖和刘半农展开了猛烈的批判。[④] 他们在斗争中不断磨砺自己，锐意进取，很快成长、成熟起来，为杂文界注入了新的血液。

经过这两类作者的共同努力，使得 20 年代以来一直在文坛苦苦挣扎的一支小小的杂文队伍，终于走向了壮大，走向了坚实，杂文创作呈现出风起云涌之势。

人手多了，就可以充分发挥团体作战的力量。这支杂文队伍尽管没有结成统一的组织，但由于有清醒的理性和共同的志向为基础，因而面对国

① 1933 年 6 月 25 日鲁迅致山本初枝信，《鲁迅全集》第 13 卷，人民文学出版社 1981 年版，第 524 页。

② 唐弢：影印本《申报・自由谈・序》，载于《新文学史料》1981 年第 3 期，第 36 页。

③ 樊仲云：《将军们的苦心》，见《自由谈》1933 年 1 月 12 日。

④ 徐懋庸：《不同于吴稚晖先生的两点意见》《刘半农的隔膜》，均见《打杂集》，上海生活书店 1935 年版。

内外的政治危机和时弊，便时时出现杂文作家们共同关心的热门话题和敏感问题，他们不约而同，协同作战，经常表现出惊人的一致性。例如，鲁迅曾说当时的思想自由“不过是一句反话”（《伪自由书·前记》），他的《言论自由的界限》《从盛宣怀说到有理的压迫》等，都深刻揭示了专制者钳制言论“自由”的暴行：“一说开去，是连性命都要送掉的。”鲁迅搴旗前引，其他作家也纷纷群起而攻之，仅《自由谈》一家刊物，在同一主题下就出现了大量情文并茂的佳作：郁达夫有《政权与民权》，达伍（廖沫沙）有《从外国回来的悲哀》，静子（覃晓晴）有《疯狂了的世界》，大圣有《再谈秀才的厄运》，马国亮有《不准哭》，等等。同样，针对国民党当局的“航空救国”谬论，鲁迅有《航空救国三愿》，张天翼有《航空救国之一端》，李辉英有《航空救国》，楼适夷有《航空救国》，招勉之有《学乖》，阳秋（茅盾）有《关于“救国”》，这些作品也都表现了同一的主题：中国不是没有飞机，只是没有用于抗日“救国”。

如果我们再系统地翻阅一下当时的主要杂文刊物，就可发现，这种协同作战、联合出击的做法，不只局限于某一家刊物，还经常出现于刊物与刊物之间。例如，当陈子展和陈望道分别在《自由谈》发表《文言——白话——大众语》和《关于大众语文学的建设》，向封建遗老们提出的“文言复兴”① 的口号宣战，并针锋相对地提出建设“大众语”的主张时，立即得到了《太白》《芒种》《新生》周刊、《社会月报》等刊物的响应。它们纷纷以显要位置刊发杂文作品，不仅赞同和深化着“大众语”的理论命题，而且给喧嚣一时的文化复古势力以沉重打击。当《自由谈》集中火力对“航空救国”理论展开抨击的时候，《涛声》也在第 2 卷第 19 期发表了蒲公英的《谈谈重庆的航空救国》，《论语》除在第 11 期发表“凯”的《航空筑路与变法兴学》、第 21 期发表王诵之的《航空捐款处上当》等作品外，还在第 11 期的“月旦精华”栏的头条位置重新发表了鲁迅的《航空救国三愿》，给《自由谈》以有力的支持。

在协同作战的过程中，作家们也十分注意相互切磋，相互补充，使见解更加完善。例如，1933 年年初日军占领山海关后，平津告急，国民党政府却忙于将北平大批古物装箱南运。鲁迅在《“逃”的合理化》和稍后的《崇实》中，已经对此事进行了深入的剖析。但鲁迅还嫌不够，认为

① 汪懋祖：《禁习文言与强令读经》，1934 年 5 月南京《时代公论》周刊第 110 号。

这个题目“还大可做文章”，劝茅盾“不妨也写一篇”。[①] 于是，茅盾就在 2 月 9 日的《自由谈》上发表了《欢迎古物》。鲁迅是从“不准大学生逃难”而古物却能迁运两种事例的鲜明对比中揭示问题的实质的：大学生虽然是“中坚分子”，“然而没有市价”，而古物却“可以随身带着，随时卖出铜钱来”。茅盾则抓住国民党当局的洋奴心理展开分析：“不见洋大人撰述的许多讲到中华古国的书么？他们嘲笑猪一样的中华老百姓，却赞赏世界无比的中华古物呢！”为了不使“洋大人所叹”，当局便决不会“为了不值钱的老百姓而失了值钱的古物”。两者的抨击都是相当有力的，但角度不同，结论也各异，合起来看，问题的实质就更清楚了。至于鲁迅为青年作者纠偏、助阵的例子，如帮助曹聚仁谈“杀人”[②]，支持唐弢谈“堕民”[③]，协助廖沫沙谈“推”[④]，给瞿秋白改稿并与他一起联名写作[⑤]等，更是不胜枚举。这就使得杂文创作能冲破反动当局的文化禁锢，显示出不可遏制的旺盛的生命力。

第二，杂文在斗争中进一步趋向艺术成熟，形成了与犀利质直的“五四”“随感录”文体不同的表现特点。作家们常常借助多种多样的写作技巧，委婉含蓄地进行感情和思想的表达，实现自己的战斗意图。这不仅使它取得了进入文学殿堂的地位，因而引发了越来越多的作家和读者对杂文的钟爱。而且又因艺术表现方式的深化使它在尖锐的政治斗争中获得了“保护色”，使得当局的书报检查官难于直接抓到把柄，从而逃避政治上的迫害。“特殊的时代常常会产生特殊的文体”（茅盾语）。如果说，没有思想启蒙运动与文化革命的激荡就不会有“五四”“随感录”的产生；那么，没有新民主主义革命的深入与国民党残酷的文化统治，也就没有 30 年代杂文艺术的演变和发展。30 年代杂文艺术的深化主要是特定的时代环境影响的结果。当然，作家的主观原因也不能忽视。由于大部分杂文家都是卓有成就的文学家，这种本能的因素也常促使他们在纷纭复杂的政

① 茅盾：《多事而活跃的岁月》，《新文学史料》1982 年第 3 期，第 6 页。

② 1933 年 4 月 10 日曹聚仁在《自由谈》发表《杀错了人》，鲁迅即于 4 月 12 日发表《〈杀错了人〉异议》。

③ 1933 年 6 月 29 日唐弢在《自有谈》发表《谈“堕民”》，鲁迅即于 7 月 6 日发表《我谈“堕民”》。

④ 廖沫沙 1933 年 7 月 24 日在《自由谈》发表《第三种人的“推”》，鲁迅即于 7 月 27 日发表《“推”的余谈》。

⑤ 1933 年鲁迅与瞿秋白在上海联名发表杂文 14 篇，详见本书“附录”。

治斗争中仍然自觉或不自觉地对杂文的文艺性进行着探索。二者相辅相成，相得益彰，最终为冲决压制找到了最巧妙最恰当的艺术形式。

30年代的杂文在艺术表现上具有两个最明显的特点：

一是思想倾向更趋“隐”与“曲”。1933年11月，鲁迅在致陶亢德信中曾极力推崇日本杂文作家长谷川如是闲的作品：“此人观察极深刻，而作文晦涩，至最近为止，作品止被禁一次。”而鲁迅这时的作品也正努力地向这种境界转化。当然，鲁迅的这种追求并非始于30年代，早在《语丝》时期他就强调过“造语须曲折”的道理，反对“锋铓太露”（《两地书·三二》）。所不同的是，《语丝》时期对“曲笔”的初步追求是为了增加杂文的机锋与“诗美”而采取的一种修辞手段，使它向艺术化发展，反映了作家“文体意识”的自觉；而30年代却主要是把它当作战术来运用的，是斗争的需要所引起的艺术技巧的变革。①

所谓“隐”与“曲”。用刘勰《文心雕龙》的话说就是：“深文隐蔚，余味曲包。”正因为这样，当局的检查官们虽然两眼紧盯着鲁迅杂文，而鲁迅杂文却能源源不断地发表出来，《准风月谈》所收的64篇作品，除《归厚》一篇外，全部是在要求“少发牢骚”之后的《自由谈》上刊出的，而“被删去的地方倒很少”（鲁迅语）。《伪自由书》所收1934年的作品中，被删削的也只有三篇。对此，鲁迅曾说过：倘不是写成这样貌似“不痛不痒，痛煞痒煞”的文章，读者是决计看不到的。鲁迅将瞿秋白写的《大观园的人才》《伸冤》等十多篇杂文收入文集时，都用力删去了许多过于直露的言辞和意思。由于鲁迅的身体力行和指导、影响，很多作家都调整和改变了自己的艺术追求。阿英改变了咄咄逼人的风格，努力作着“朦胧”“晦涩”的美学追求（《夜航小引》）；茅盾力避着早期杂文“硬棒棒”说理、不善“妙语谈玄”（郁达夫语）的缺憾；徐懋庸也开始转变一向“泼辣”的风格，将锋芒“‘隐藏’得非常含糊”（徐懋庸语）；唐弢、柯灵、廖沫沙等一代新起的杂文作家则从一开始就将“鲁迅笔法”自觉当作效仿的楷模。这些作家作品“隐”与“曲”的艺术表现形式是多种多样的：有的以比附、暗喻的形式借此说彼，通过评述风花雪月、草木虫鱼等自然界的物象而寄寓政治性的感受、思想，以表

① 关于这一点，鲁迅1933年5月4日在给黎烈文的信中已讲得十分清楚，他说：“近来作文避忌已甚，有时如骨鲠在喉，不得不吐，遂亦不免为人所憎。后当更加婉约其辞”，《鲁迅全集》第12卷，人民文学出版社1981年版，第172页。

达作者对现实存在的某人某事的否定态度。这类作品在刊出“多谈风月”的“启事”后的《自由谈》上，屡见不鲜，如鲁迅的《谈蝙蝠》、唐弢的《两种虫类》；有的把对现实的褒贬臧否寓于对历史和历史人物、历史掌故的描述和评说之中，如陈子展在《自由谈》连续发表的《蘧庐絮语》、鲁迅的《病后杂谈》，特别是熟读文史又精研辩证法的周木斋，其作品多有这种品格。有的故隐其辞，含而不露，通篇的语境和立意几乎都是没有鲜明的确定性的“谜团”，如徐懋庸的《不知其味》（《不惊人集》）、鲁迅的《现代史》。作品将“谜底”深藏于“谜面”的背后，同时又若隐若现地透出某些端倪，读者必须通过咀嚼、揣摩、联想、体味的思维过程才能揭破“谜底”，领悟杂文家的真正用意。这是30年代作家赋予杂文的一种特有的隐蔽性，它确实能有效地钻过反动当局的“文网”，尽其战斗职责，而且又与艺术的那种“作者的见解愈隐蔽，对艺术作品来说就愈好”[①]的美学原则实现了契合，它以其深刻的寓意、暗示等给人们留下了审美感受和思考的广袤空间。

二是增强了“幽默”色彩。中国现代杂文幽默的发轫仍然可以追溯到《语丝》时期，但它的深化成熟同样也是在30年代才实现的。将战斗精神寓于幽默艺术之中，往往会产生特殊效果。美国作家赛珍珠说过，“幽默与俏皮”能使作家在批评执政要人确有危险的时期“免遭所忌”。“优旃之讽漆城，优孟之谏葬马”，如果不是将讽谏与戏谑调侃交揉一体，是不能以“谲辞饰说，抑止昏暴”[②]的。即便是后来发展到“为笑笑而笑笑”的林语堂，他提倡幽默的初衷也是这样，用他在《林语堂自传》中的话说，就是为了冲破当时的文化封锁，既要“暗示我们的思想”，又“不致身受牢狱之灾”，从而使作品具有“眼泪兼微笑”的特征。同时，幽默还能使人在受压抑的情况下将胸中的“闷气”借笑的幌子哈哈地吐出来，正如日本作家鹤见祐辅所说：“睁开了心眼，正视起来，则我们所住的世界乃是不能住的悲惨世界，倘若二六时中，都意识着这悲惨，我们便到底不能生活了。于是我们就寻出了一条活路，而以笑了之。这心中一点的余裕，变愤为笑，化泪为笑……倘无幽默，这世间便是只好愤死的不

① 恩格斯：《致玛格丽特·哈克奈斯》，见《马克思恩格斯全集》第4卷，人民出版社2012年版，第590页。

② 刘勰：《文心雕龙·谐隐》。

合理的悲惨的世界。"[①] 因此，鲁迅充分肯定了"五四"以来一些散文小品的"幽默和雍容"，推崇用幽默"撕断绅士们的假面"的萧伯纳，赞赏"含泪的微笑"的果戈理，等等。在国民党文化高压政策面前，杂文作家们又迅速找到了幽默。鲁迅、郁达夫、瞿秋白、廖沫沙、徐懋庸、柯灵、陈子展、叶圣陶、丰子恺以及陶亢德、老舍、老向、何容等，都有一些作品含着浓郁的幽默意味。

由于现实的黑暗残酷和斗争的需要，使得幽默不能以传统的轻松愉快的形式出现，"免不了改变样子"（鲁迅语），作品常常是在笑与泪、清与涩、热与冷、温和与激烈、平淡与奇警、轻松与辛辣等对立、相悖的情感和意向间觅取统一与谐和，为笑的艺术涂上一层深沉、严肃的色彩，收到亦庄亦谐的艺术效果。这类作品很多，其中鲁迅 1933 年在《论语》第 13 期发表的《由中国女人的脚，推定中国人之非中庸，又由此推定孔夫子有胃病》（"学匪"派考古学之一）堪称范例。作品的题目就造成了引人入胜的谐趣。接着，由"缠足"论者的两大派说起，层层深入地"推论"下去。缠足——中庸与不中庸——胃病，看起来是多么风马牛不相及，但作者却把它们放在一起，那么认真地、那么煞有介事地考证着。两者的不协调造成了极大的妙趣，加之充满机智隽永的幽默语言，真使人忍俊不禁。但是，作品却绝非为幽默而幽默，其字里行间几乎都深藏着严肃的思想内涵和锐利的讽刺。例如，"现代评论派"曾诽谤鲁迅为"学匪"，鲁迅索性把这两个字引入题目，并摆出一副与"正统"的考古学派不同的姿态，给论敌以顺手一击。再如，作品曾不厌其烦地考证中国的缠足，结论是："尖还不够，并且勒令它'小'起来了，最高模范，还竟至于以三寸为度"，这实在是"过火"。鲁迅说："我中华民族虽然常常的自命为爱'中庸'，行'中庸'的人民，其实是颇不免于过激的"：统治者对被统治者要所谓"除恶务尽"，杀掉还不算，还要"食肉寝皮"；但对外敌却非常谦恭非常大度地"让他们进来"，"也许他们会杀了十万中国人。不要紧，中国人有的是，我们再有人上去"。原来，文章的"杀机"就藏在这里。凡对中国现代史略有知晓的人都不难体会到，这不正是对国民党反动派草菅人命、极端残忍的本质的揭露吗？鲁迅杂文在"笑"中蕴藏

① 鹤见祐辅：《说幽默》，鲁迅译，见《鲁迅全集》第 13 卷，人民文学出版社 1973 年版，第 584 页。

的，常是这样尖锐、辛辣、深刻的讽刺锋芒，其幽默是富于批判性、战斗性的，是黑格尔所要求的那种“有深刻而丰富的精神基础……于无足轻重的东西之中见出最高度的深刻意义”[①] 的真正的幽默。同样，叶圣陶以《今天的天气好呵！》为题来揭示当时“自由”的本质，也没有剑拔弩张的威棱，却有绵里藏针的功效，在笑声中完成了对反动派的鞭挞。老舍在《自由谈》发表的《空城记》《励友人书》《打倒近视》，臧克家的《年前年后的忌讳》、元固的《“送去看”与“拿来看”》、徐懋庸的《女主人与小犬》等也都在风趣中透露了严肃的主题，使人作会心的微笑和冷静的沉思。这就是鲜明地打着抗争印记的 30 年代幽默，环境的恶劣使它在“持平于欢乐和悲哀之间”[②] 闪烁着艺术辩证法的光芒。这是一代作家所特有的机智、受压抑的情感、深沉的思想与性格的艺术折射。用“戚而能谐”“婉而多讽”八个字，可以集中概括它们的特点。

第三，30 年代杂文能够冲决压制并繁荣发展起来，还有一个十分重要的因素，就是广大读者的力量和作用。茅盾曾指出：在 30 年代的“百业萧条中”，出版界却“独表示了空前的大活跃”，“这大批的出版物免不了议论庞杂”，这是因为，“看不见出路的一般市民滚油煎心似的焦灼着”，他们人心未死，“有很多人要说话，而另一方面有更多的人要听听人家说的怎样”。[③] 这种普遍的“要说话”和“要听听人家说的怎样”的心愿，正是全社会对杂文的热切企盼。我国自古就有作家与读者之间水乳交融关系的美谈，唐代白居易的诗“妇孺皆能道”，宋代柳永的词“凡有井水处，即能歌”。可以并不夸饰地说，喜爱短、平、快式的议论，在 30 年代也已成为读者的一种普遍需求。就在当局压制最厉害的时候，它的传播仍然十分深广，例如，鲁迅的《南腔北调集》被查禁后，马上就有翻印本。许广平在回忆起当时的杂文传播情形时曾有过如实的描述：《申报·由自谈》因刊登鲁迅的杂文而“销路突加”，读者往往“《申报》到手，先看副刊，副刊打开，先找‘花边’。这时先生的笔名更多，而读者也无须细查了，他们会尝文章的味道，好似易牙调味，而较宽容，所以宁滥毋缺，稍微像先生笔调的，就先剪下来，慢慢揣摩……所以当时买旧东

① 黑格尔：《美学》第 2 卷，商务印书馆 2020 年版，第 374 页。
② 埃德加·斯诺：《鲁迅——白话大师》，见鲁迅博物馆编《鲁迅研究资料》第 4 辑。
③ 茅盾：《最近出版界的大活跃》，见《自由谈》1933 年 1 月 25 日。

西货担上的《申报》，几乎十有八九是剪过的”[①]。《自由谈》是这样，其他刊物也不例外。如果《中流》上哪一期有鲁迅的杂文，老板就决定增加印数。[②] 事实恰如鲁迅所总结的那样：30年代杂文在压制中“作者多起来，读者也多起来”[③]。历史的发展早已反复证明，“人为的取缔是徒劳的”（茅盾语），禁书的真正作用往往无异于做广告“劝”人读书，至比“劝”的效力还大，恩格斯的《反杜林论》和其他一些短篇著作，曾因德意志帝国的查禁而二三倍地畅销。乾隆年间曾发动过全国性的禁书运动，但所竭力“销毁”的书，“不到一百三十年，又从新奉为宝典了”（鲁迅《买〈小学大全〉记》）。这种现象，在古今中外都屡见不鲜。而30年代杂文为什么同恩格斯的著作一样，用不着历史来回答，在当时就以读者的青睐而给查禁者以无情的嘲讽呢？原因是多方面的，其中最重要的，是这些作家所喊出的是整整一代国人的共同心声。他们站在时代的高处，代表着民族的良知，深沉地反思历史、审视现实、针砭时弊，直接面向整个人生与社会，为人民大众而“鼓与呼”。用一些无名氏的话说就是：杂文“替大众说话外”，“几乎每一篇都是真理”[④]，因而读者最能从这里找到知音，引起共鸣，自然也就能畅销。难怪不少杂文作者都遇到过刊物编辑先生约稿“不肯饶恕”的情况。唐弢说，“凡是征文征到我的头上，总是注定了要杂文”[⑤]。甚至还发生过编辑齐涵生（史济生）向鲁迅骗稿的事情。读者的普遍的热烈反应，对于责任感本来就很强烈的一代杂文作家来说，如同一种催发剂，让他们实实在在地感到了读者选择和认可的分量，因而也才甘愿被打得遍体鳞伤，也不愿“跟着中国的文士们去陪莎士比亚吃黄油面包”[⑥]，才宁愿不管一些人的“轻蔑”，“自顾做我的杂文”[⑦]，才不管环境多么恶劣，“没有闲却一直和我患难与共的杂文的笔”[⑧]。鲁迅说过这样的名言：“天才并不是自生自长在深林荒野里的怪物，是由可以

---

① 许广平：《欣慰的纪念·略谈鲁迅先生的笔名》，人民文学出版社1953年版，第21页。

② 王西彦：《我所认识的黎烈文》，载《新文学史料》1981年第4期，第62页。

③ 鲁迅：《且介亭杂文·序言》，《鲁迅全集》第6卷，人民文学出版社1981年版，第3页。

④ 分别见1934年6月30日《东方快报》署名“铁新”的文章和1934年6月3日《北辰报》署名“丙灵”的文章。

⑤ 唐弢：《海天集·前记》，河北教育出版社1994年版，第1页。

⑥ 鲁迅：《华盖集·题记》，《鲁迅全集》第3卷，人民文学出版社1981年版，第4页。

⑦ 徐懋庸：《打杂集·作者自记》，上海生活书店1935年版，第8页。

⑧ 唐弢：《唐弢杂文集·我与杂文》，三联书店1984年版，第2页。

使天才生长的民众产生、长育出来的”，“譬如想有乔木，想有好花，一定要有好土；没有土，便没有花木了，所以土实在较花木还重要”。[①] 鲁迅的这番话是针对有人埋怨中国近代还没有出现伟大的作家而发的，如此阐述“民众”之于“天才”“好土”之于“好花”的重大作用，正可以移来说明 30 年代的广大读者对杂文的繁荣所起的重要作用。

第四，尽管反动当局对杂文和进步文化采取严酷的压迫政策，但始终未能达到全面控制的程度。中国共产党领导的人民革命队伍正在日益发展壮大，在政治、军事、文化等各条战线上展开了顽强的斗争。党领导下的“左联”和其他文化团体，组织、带动着进步文艺工作者在直接进行着反文化统治的斗争，形成了毛泽东同志所说的与革命战争相配合的“文化军队”，而杂文正是这支“文化军队”的重要武器。与此同时，全国抗日救亡运动在“九一八”事变后空前高涨，给国民党当局以巨大压力。他们一方面要应付抗战，一方面要加紧扼杀共产党领导的无产阶级革命力量，尽管他们感受到了这支“文化军队”的巨大威胁[②]，并为扼杀这支“军队”而费尽心机，但终告失败。他们不仅未能从根本上扼制住新文化运动的发展势头，反倒由于自己的倒行逆施而使更多的富于正义感的作家在“左翼”的旗帜下联合起来与之进行斗争，使摧残变成了催生，压力变成了动力，杂文创作也因之更加顽强地发展起来。因此，30 年代杂文的繁荣，不是孤立的文化现象，而是有着深厚的政治和社会基础的。可以说，中国社会革命的深入发展，正是 30 年代杂文屡禁不绝、越禁越多的最重要的原因。

第二节　论争，杂文发展的导向

30 年代对杂文来说，的确是多事之秋。作家与作家间的思想冲突——以论战的形式表现出来，也是十分激烈和复杂的。规模较大的，有“鲁迅风”作家同“新月派”和“民族主义文艺”的论争、同“自由人”

① 鲁迅：《坟 · 未有天才之前》，《鲁迅全集》第 1 卷，人民文学出版社 1981 年版，第 166—167 页。

② 1934 年 1 月 15 日，上海市党部执行委员潘公展一手经营的《汉血月刊》刊发的《文化剿匪》一文称：“共产党为匪的工作，是武力、暴行、政治、文化一齐关连着的”，“我们剿匪数年的经验，就是发现了文化剿匪的重要”。

和“第三种人”的论争，等等。小规模的论争就更多了，《自由谈》仅在黎烈文、张梓生编辑时期展开的论争就有“大众语问题”“儿童教育问题”“旧戏锣鼓问题”“翻译问题”以及“批评与漫骂”“京派与海派”“别字与简字”“女人与说谎”“讽刺与幽默”“三层楼与骨董”“著教生剋”“基本英语”“文人相轻”等，名目繁多，不一而足，构成了杂文创作的特有景观。而事实上，这种现象又非30年代所特有，它在现代杂文发展的进程中几乎是寻常可见的，从“五四”时期与封建势力的斗争到20年代与“现代评论派”的论战，情况莫不如此。这里，值得特别关注的是，有两次论争涉及杂文自身，它们影响并引导了杂文发展的路向，使杂文在一些重大理论问题上由茫然转为明朗、盲目走向自觉。

一次是1934年开展的“说苍蝇”与“谈宇宙”之争，这次论争关涉的是杂文在当时历史条件下的取材与格调问题。

论争是由《人间世》引发的。1934年4月，林语堂在创刊号发刊词中声称：小品文的创作应当是“宇宙之大，苍蝇之微，皆可取材”，并同时刊登了以写草木虫鱼的“闲适”杂文而著称的“京兆布衣”周作人的放大照片和五秩自寿诗。林语堂和周作人等人自20年代末以来在杂文创作中所表现出的崇尚性灵、追求闲适的倾向，早就有目共睹并受到了广泛批评。但他们非但没有迷途知返，反而公开宣布“欲据牛角尖负隅以终身”（林语堂《我的话・序》），把舆论造得更大。《人间世》同期刊发的刘半农的《双凤凰砖斋小品文》、徐訏的《论烟》等，大都是取材“苍蝇之微”的闲适之作。这就不能不进一步引起战斗杂文作者的反感。这期《人间世》遂成为论争的导火线。

最早撰文挑起论争的是埜容（廖沫沙）。他在《人间何世》一文中，严厉指责了《人间世》从一开始就表现出的两种不良倾向：一是取材的“只见苍蝇，不见宇宙”。他说：“按发刊词‘包括一切，宇宙之大，苍蝇之微，皆可取材’的范围，逐篇读下去，却始终只见‘苍蝇’，不见‘宇宙’……压根儿语堂先生要提倡的是‘苍蝇之微’，而不是‘宇宙之大’。”二是格调的“玩物丧志，轻描淡写”，是“俏皮埋煞了正经，肉麻当作有趣”，这是“西方文学有闲的自由的个人主义，和东方文学的筋疲骨软、毫无气力的骚人名士主义”的合一。埜容还进而严肃地指出了《论语》和《人间世》二者之间的联系：“前者的‘一笑’，后者的‘苍蝇’实在是二而一者也。这种东西，倘说它不是吗啡红丸，但也并不是什么清心补脑之物罢。”这是击中了林语堂的要害的，遂使他恼羞成怒，马上著文反击。林语堂在《论以白眼看苍蝇之辈》中，毫不掩饰地说："埜容君是看中‘宇宙’，鄙视‘苍蝇’，我却鄙夷宇宙，好谈苍蝇。若问苍蝇有何可谈，请阅《人间世》第 1 期《金圣叹极微篇》。"[①] 金圣叹的意思也极平常，概括起来就是："世界中间之一切所有，其故无不一一起于极微"，学为作文，当注意观察。对于极小的事情，倘加仔细深刻的观察，必有丰富的意义，否则，若"以粗心处之，则无如何，因遂废然以阁笔耳"。问题的关键在于，金圣叹强调"以闲心谛视"——这正是林语堂所特别看中的，也是埜容所极力攻击的。然而林语堂却对此并未从正面予以答复，对对方批评的实际编刊倾向更是置若罔闻，而只在一些枝节问题上饶舌。后来，林语堂又连续发表了《周作人诗读法》和三篇《方巾气研究》，批评埜容的文章充满"方巾气""道学气"，"埜容君虽写来是白话，其深恶小品文之方巾气，与前反对白话维持道统之文人无别"，"甚足代表新道学之见解思想"。

不难看出，林语堂对"苍蝇之微"是十分钟情、迷恋的。尽管他无力反驳埜容的批评，但仍然强词夺理，处处表现出一种不容侵犯、我行我素的孤傲姿态，甚至在《论以白眼看苍蝇之辈》中公开声称自己不怕受"鄙夷"、遭"白眼"。这完全是一种士大夫式的文学观念，在当时那样的大时代中，不能不使人感到是很不合时宜的。几乎与此同时，当朱光潜把布洛的美感"心理距离说"介绍到中国的时候，巴金质问道："我不知道以青年导师自居的朱先生要把中国青年引到什么样的象牙塔里去。"[②] 林语堂不也起着将杂文引入"象牙之塔"的作用吗？当然，从语丝派分化的时候起，林语堂就意识到自己的思想倾向与社会的政治意识之间的距离，为安全起见，他干脆修身养性，独善其身，寄情于与现实斗争不相干的"苍蝇之微"的闲适意趣中。但林语堂却偏偏要造成一种大声势，非得将自己的主张张扬成一种凌驾一切之上的排他理论，这就使得埜容的批评越发显得及时和必要了。埜容从时代精神要求的高度尖锐地指出了林语堂在杂文（小品文）观念上的错误，有力地捍卫了杂文创作的战斗传统。

埜容也同时向为林语堂助阵的徐懋庸发难。他针对徐懋庸的《金圣叹的极微论》一文，在《"极微论"与"观察"》中强调阐发了这样一

---

① 徐懋庸作，原题应为《金圣叹的极微论》，原载 1934 年 4 月 5 日《人间世》第 1 期。

② 巴金：《向朱光潜先生进一个忠告》，见《中流》第 2 卷第 3 期。

个道理：文学创作“无可疑惑”地需要“观察”，“但还有一个重要的前提，是他对生活，有怎样的态度，用什么方法去观察”。在这里，作者并没有一般地批评“极微论”，而是反复强调切不可“钻入苍蝇的世界中”，“只限于从细微处留意，而不知其他”，像林语堂那样患有思想的“贫乏症”，正确的态度应当是“从大处着眼，从微处着手”。这种批评也是抓住了徐懋庸的要害和倾向的，因为徐懋庸把“闲心谛视”的“极微论”推崇到了不适当的高度，说有了它，作文“便如炼就魔术之指，点石亦能成金”，并不分青红皂白地把“从大处落墨”的“载道”文学一概讥为“廊庙文学”，强调小品文应“力避此种俗套，而特从小处着眼。故不谈大而谈微”。不管是否出于有意，徐懋庸的确起到了为林语堂“推波助澜”的作用，因而受到批评也是在情理之中的。

徐懋庸为此继续申辩。他在《关于“极微论”》中，强调自己介绍“极微论”的本意，“不过说”，作文应当注意“把所要写的题材先从各方面看清楚，而且从细微处多加留意”，这样可以避免写出来的只能是“依稀仿佛的东西”，或者连这类东西也没有。如果真是这样，问题便毫无争论的必要，因为创作当然离不开对生活细节的观察与表现，这道理平平常常，人人皆知。但明眼人一看便明白，徐懋庸是在转移视听，有意掩盖自己的本来倾向，从他在对“极微论”的痴迷中所流露出的对“大处着眼”的极端鄙视的态度里，人们怎么也无法承认原文中只有这“不过说”的含义。也许是自己已意识到这一点，或者感觉到批评者打中了自己的要害，徐懋庸在稍后发表的《各尽所能》一文中便改变调子说：“什么事情都不能一概而论，做大题固然是好的，做小题也未必全是白费气力。泰山不让土壤，河海不择细流，小的事物，对于大的也许不无助益，至少，是可以并存而无碍的。”“我以为今日作事，还以‘各尽所能’为最要。”这较前那种“只此一家，别无分店”的态度已判若两人，客观得多，也辩证得多。由振振有词地“排他”到小心翼翼地怕人“排己”，“攻”与“防”的转换说明作家已经在心中承认错误和接受批评，虽然有时也在用心设防，但却是一步一退了。

此外，还有不少人参加了这场论争，仅《自由谈》发表的文章就有：胡风的《过去的幽灵》、由的《谈小品文和幽默》、古董的《论文坛上的摩登风气》、曹聚仁的《周作人先生的自寿诗》、大野的《关于小孩》、吴容的《论天真》、崇巽（鲁迅）的《小品文的生机》、痰迷的《“请教先生‘两’首诗”并序》等。5 月 9 日张梓生接任黎烈文的《自由谈》的编务后，决心结束这场论争，但又发表了鲁迅的《一思而行》和维敬（茅盾）的《不关宇宙和苍蝇》。另外，《人言周刊》《十日谈》《矛盾月刊》《中华日报》《太白》等报刊也都同时刊发文章参与了论争。综观这些文章，除林语堂、徐懋庸各作为一方为自己辩护外，大都对“玩物丧志，轻描淡写”“只见苍蝇，不见宇宙”的小品文（杂文）理论和创作倾向予以了严肃的批评，并鲜明地阐发了许多建设性的意见。其中茅盾和鲁迅的最值得重视。茅盾认为，小品文应当“自由发展，让它依着环境的需要而演变为各种格调”，“《人间世》不顾时代的变幻一味追踪公安竟陵派‘性灵’、‘闲适’，不免是‘自做枷来自戴了’。”“时代给小品文挣扎出一种最合宜的格调。谈宇宙或谈苍蝇，都可以；但假使以‘自我闲适’的眼光去谈苍蝇不为时代所需要，那么，同样去谈宇宙，也未见其可。”一言以蔽之，“问题应不在宇宙或苍蝇之分”，而在“闲适”的不合时宜。茅盾的过人之处，在于他不是一般地排斥写“苍蝇”，也不盲目地强调写“宇宙”，而是把论争的问题上升到题材与时代的关系，时代意识和历史意识必然对文学创作、文化意识等一切种种精神活动发生制约作用的高度来认识和理解，一下子就抓住了关键和实质，令人信服地解决了论争中的问题。同时，茅盾还清醒地防止着另一种倾斜：有些参加论争的作者曾一度与写“苍蝇”表现出势不两立的姿态，他们简单地以写“宇宙”来衡量一切，排斥异己，这就必然限制了杂文的艺术表现领域。鲁迅也强调了“闲适”的不可取，指出：“世态是这么的纠纷，可见虽是小品，也正有待于分析和攻战的了，这或者倒是《人间世》的一线生机罢。”（《小品文的生机》）有中肯的分析和批评，更有热切的期待。鲁迅是坚决反对将杂文拘囿于写“身边琐事”和“闲适”的，要求它自觉地切入现实生活，与丑恶、黑暗的社会抗争，使杂文具备战斗的、现实主义的美学品格。

尤其值得称道的是，鲁迅还对参加这场论争的几位主要作者投入了极大的关注。他从一开始就热心打听《人间何世？》的作者，并肯定本文“批评得对，批评得好”①。对徐懋庸更是关怀备至，1934 年 6 月，当论争进入尾声、徐懋庸一步步败退并处境尴尬的时候，鲁迅及时给他写信，诚恳劝他对那批评“完全放开，而自己看书，自己作论，不必和那些批评

① 见《新文学史料》1985 年第 2 期，第 207 页。

针锋相对……但这也须自己有正当的主见，如语堂先生，我看他的作品，实在好像因反感而在沉沦下去”。徐懋庸的性格是耿直而又执拗的，耿直难免粗疏，执拗则容易褊狭和走极端。鲁迅正是看到了他的性格特点，才以林语堂为例，施以循循诱导。不久，徐懋庸在为太白社《小品文与漫画》特辑作《大处入手》一文时，就彻底改变了看法：“小品文虽写苍蝇之微，但那不是孤立的苍蝇，那是存在于宇宙的体系中而和整个体系相联系的苍蝇。所以，小品文虽从小处落笔，却是着眼在大处的。”这种认识在他的创作实践中得到了充分的体现，其中 1935 年 6 月出版的《打杂集》便是最好的证明。他甚至很快就从内心里反感《人间世》的“要我做‘闲适’的文章”（《打杂集·作者自记》），而执着于杂文的战斗性探索。在 30 年代崛起的杂文作者群中，徐懋庸终于发展成为一颗令人瞩目的新星。可见，积极正常的争鸣与批评，无论对杂文运动的整体发展还是作家个人的健康成长，都是大有裨益的。

另一次是 1934—1935 年开展的重点在如何认识杂文的“社会价值”与“文艺价值”的争论，为杂文的发展提供了理论和价值依据，并促使包括鲁迅在内的一代杂文作家实现了认识的共同升华。

1934 年 9 月，林希隽在《现代》第 5 卷第 5 期发表《杂文与杂文家》一文，挑起了论争。该文认为，杂文的“蓬勃”是“畸形的发展”，“意义是极端狭窄的”，“如果碰着文学之社会效果之全般问题，则决不能与小说戏剧并日而语。”断言杂文对社会“丝毫无需要之处”，写杂文“是一种恶劣的倾向……浪费的生产”。几乎与此同时，林希隽又在《社会月报》9 月号发表《文章商品化》一文，指责杂文作者是用“粗制滥造”的方法去获取“较多的报酬”，并无人“用苦工认真创作”。应当说，对杂文的攻击，林希隽并不是始作俑者，早在 1919 年 4 月现代杂文刚刚萌芽之际，上海《时事新报》就发表了署名“记者”的《新教训》一文，攻击鲁迅《随感录》谈论偶像的文字是“以五十步笑百步”。以后的攻击虽时隐时现，却也从未间断过。但很少有人像林希隽这样以明显的敌意、激烈的情绪、尖刻的语言肆意攻击和贬损杂文家，抹杀杂文的文学价值和社会价值。当然，如果抛开表面的“不敬”之词，单就涉及的问题而言，林希隽的文章也并非完全没有可取之处。如他要求作家应以严肃的态度“殚精竭虑用苦工”对待创作，反对将文章作为赚钱的工具和沽名钓誉的手段，等等，都是有益的。但是，统观他的几篇文章却不难发现，他对

“杂文现象”的理解以及由此表现出的文学观，离开时代潮流实在太远了。他完全无视杂文与社会现实的联系和人民大众的精神需求，把杂文的繁荣仅仅看作是由于“这一类文章轻便，容易下笔，在材料的据摭上尤是俯拾皆是，用不着挖空心思去搜集采取。比之旁的文学作品如小说，戏曲，各部门，实简易得多。于是聪明的人们遂群趋这捷径了”（《杂文与杂文家》）。这就绝不是一种理智的、实事求是的态度。

林希隽的观点并不是孤立的。30 年代，面对空前繁荣的杂文创作局面，一些崇尚“以纯艺术为中心”的作家感到难以理解和接受，抑或失望和厌烦。他们推崇的是“唯艺术而艺术”，是永垂青史的鸿篇巨制。因而当《春光》创刊号发表郑伯奇的《伟大作品的要求》，提出了“为什么还没有产生出一部伟大作品”的问题时，立即引起了一场讨论。当时除《春光》外，《文学》《自由谈》《文学论坛》《现代》等大型刊物也纷纷刊发这类文章。林希隽的文章即在这场讨论中出现的。他说：

> 在目前，现时代，现社会，围绕于我们作家的周遭的不是随时随地都有着可作成杂文以外的更有意义的诸文学制作之丰富的题材？为什么不把这些材料表现到作品中去？为什么不下点工夫把这些写成小说或戏剧，却偏偏要写那种零碎片断的杂文？
>
> ……
>
> 俄国为什么能够有《和平与战争》这类伟大的作品的产生？美国为什么能够有辛克莱，杰克伦敦等享世界盛誉的伟大的作家？而我们的作家呢，岂就永远写写杂文而引为莫大的满足么？

没有理由怀疑林希隽这番话的真诚性。然而他却没有冷静地分析“伟大作品不产生”的主客观原因，而是极为粗暴地将对文艺现状的不满迁怒于杂文的繁荣，于是便极力地贬斥杂文了。

林希隽的言论理所当然地受到了战斗杂文作者的回击。其中耳耶（聂绀弩）的《谈杂文》最有代表性，他全面分析了林希隽对杂文的社会价值的肆意抹杀和攻击，中肯地说：

> 有这样的事么？杂文“丝毫无需要之处”，却又能“不胫而走”；

> 走了，又“不足怪”。这道理恐怕只有林先生自己才懂得，“倘若以现阶段的文艺眼光来看”，杂文的“不胫而走”，我也说“正是不足怪的事”。历史转动了前进的车轮，使大众迫切地需要理解。正同需要物质的供应一样，他们也需要精神的粮食。“拿粮食来！”他们喊。可不一定限定作家只写小说戏曲或某种特定的体裁。不过，“在目前，这时代”，他们不期然而然地多量地选择了这种最直接、最迅速地反映日常事变，而又最浅显最容易消化的杂文。在这种场合，杂文绝不是什么“丝毫无需要之处”或“浪费的生产”。

显而易见，杂文的繁荣不是任何单凭人为的努力就能实现的，而是时代选择的必然结果。聂绀弩的文章立足于中华民族实际的生存环境，体察特定时代的精神需求，适应人民大众的艺术好尚，并由此出发去理解文学艺术在目前时代的创作问题，形成自己的杂文观念，从而确立了杂文创作的时代和社会基石。回避这一点，使自己仅仅站在“未来”的立场上为文学艺术作出设计，愿望可能也是善良的，但恐怕只能是类似拔着头发便以为可以飞离地球一样的幻想，“因为失掉了现在，也就没有了未来”①。

聂绀弩对林希隽的反驳十分切中肯綮，同时也为杂文正了名。鲁迅连续发表了《商贾的批评》《做杂文也不易》等文，充分阐述了杂文的社会价值和意义，指出这是一种“严肃的工作，和人生有关，并且也不十分容易做”。此外，杜宣和魏蟠也与鲁迅和聂绀弩密切配合，在《杂文》创刊号上分别发表《关于杂文》和《杂文》。杜宣特别注意揭示这些反对杂文论者的失重心态，认为在他们的“惊讶”“妒忌”“轻蔑”的背后所掩饰着的，是自己的“闭门造车”的可怜，“他们只知道终日藏在象牙塔里，造出一些朦胧读者的什么艺术至上主义者的艺术。他们自己也在朦胧中度日，他们不知道决定艺术发展的是社会的经济基础，艺术就是伴随着这社会的经济组织而演进的。”

由于理论上的原则性差异和情绪的对立，双方在论争中都未作出丝毫的妥协和让步，相反倒是使矛盾越来越激化，战斗的杂文作者当然不能等闲视之。30年代杂文虽然繁荣，但对它的贬损、攻击者也不乏其人。杂文在艰难的条件下苦苦挣扎，却始终未能真正站稳脚跟，亟须更多的理解

① 鲁迅：《且介亭杂文·序言》，《鲁迅全集》第6卷，人民文学出版社1981年版，第3页。

与支持。为维护杂文的生存权和杂文家的尊严，他们必定会紧紧抓住林希隽而不放，同他论战到底。林希隽在受到普遍的批驳之后，经过短暂的沉寂和酝酿，先是于 1935 年年初在《文艺画报》的《寒夜随笔》里攻击“杂文家之流”已将杂文变为“骂人快己的绝无价值可言的工具”[①]，后又在 1935 年 7 月号《星火》上发表《杂文问题》，对杂文和杂文家的攻击更加露骨，更加系统化。他从杂文品位的低下说到作家的责任，认为所有站在文坛上的作家都应去“制作杂文以外的作品”，然后又说到杂文家的低能，“即连不三不四的杂文，也应由另一些人去写”，甚至进一步把文坛的荒芜归罪于“文学社操纵文坛”和“鲁迅包办杂文”。显然，意气用事的色彩越来越浓了。林希隽也不是孤立无援的，申去疾发表在 1935 年 8 月号《星火》上的《论“所谓杂文问题”》就极力为林希隽开脱，并认为写杂文是钻“牛角尖”，重视杂文而放弃伟大作品的创造，是像“保陈仓而失街亭”一样失策，杂文纵使“联缀到几十万言几百万言，也不过成为一堆垃圾而已”。杜衡也在《星火》上发表了《文坛的骂风》一文，认为杂文的流行是文坛上“一团糟的混战”的重要原因，“于是短论也，杂文也，差不多成为骂人文章的‘雅称’，于是骂风四起，以致弄到今日这不可收拾的局势”。对此，唐弢发表《谈“杂文”》，先河（何家槐）发表《所谓“杂文问题”》[②]，鲁迅作《且介亭杂文·序言》，纷纷予以严厉批驳。鲁迅说：“现在是多么迫切的时候，作者的任务，是在对于有害的事物，立刻给以反响或抗争，是感应的神经，是攻守的手足。”[③] 这段话集中代表了战斗杂文作者的共同观点，他们都是由强调杂文向社会黑暗抗争的巨大作用和神圣职责出发展开论辩的。双方针锋相对，水火不容，毫无调和的余地。当时，中华民族正处于生死存亡的危急关头，历史使命、时代责任无疑是判断一切人一切事的最重要的价值标准，也是判断文艺现象的最重要的价值标准。这样的价值取向是很正当也很神圣的。在鲁迅等人的义正词严的驳斥下，林希隽、申去疾等人终于销声匿迹，论争也随之结束。

---

① 转引自唐弢《谈“杂文”》，1935 年 2 月 23 日《自由谈》。

② 本文原是针对林希隽的《杂文问题》而发的，由于文章发表后曾受到申去疾的攻击，所以何家槐在将该文收入 1941 年出版的《冒烟集》时，作了补充，又反驳了申去疾的攻击。

③ 鲁迅：《且介亭杂文·序言》，《鲁迅全集》第 6 卷，人民文学出版社 1981 年版，第 3 页。

就在围绕杂文的“社会价值”问题的争论如火如荼地展开的同时，施蛰存与周木斋之间则围绕着杂文的“文艺价值”问题展开了论辩。施蛰存在1935年4月《文饭小品》第3期上发表《伏尔泰》一文，借对电影《伏尔泰》的评价，以一种挑剔者的姿态，影射杂文虽然“有宣传作用”“在当时的读者中，的确还有效力”，但却缺少永久性的“文艺价值”，“如果传给后世人看起来，读者所处的环境既不相同，文字的感应力一定也会得两样了。那时伏尔泰的文章的好处一定没有人能感受到，而其坏处却必然会在异代的读者面前格外分明的”。施蛰存虽然不像林希隽那样对杂文作全盘否定，但他的认识显然是有失偏颇的。杂文的文艺价值（永久性）是显而易见的。就像我们在“五四”杂文特别是30年代杂文中已经看到的，现代杂文的种种艺术特点，都是符合艺术创作规律的，与一般推理论文有着质的区别。在经过了半个多世纪的实践检验之后的今天，回头来再看这个问题，就格外清楚。只要对杂文的艺术特质作出实事求是的科学阐释，施蛰存的观点就会不攻自破。遗憾的是，当时某些作者形成了一种偏执的思维定式，很少有人能对杂文的文艺价值作冷静的思考和阐发。周木斋在《杂文的文艺价值》一文中，只含糊其辞地得出了这样的结论：“倘使杂文因充满时代气息而缺少文艺价值，那还是老老实实不要这样的文艺价值，而这倒是杂文的真正文艺价值。”这确实如实地表达了一代杂文作家所共有的心态。这种心态是坦然的，也很可贵。因为一个落后的苦难民族所面临的社会问题，无疑要比它所面临的文学问题更重要。因此，对于用杂文悲壮地参与推动中国社会变革和人的觉醒解放的一代作家来说，任何人不应对他们积极参与的社会历史价值视而不见而只取艺术表现的效果，不应忽略杂文中所包含的非文学的（或者说是超文学的）意义而加以指责，也不应借“文艺性”大做文章而必欲将其逐出文坛。但单纯的社会价值取向，显然也面临着拥有了社会历史而丢掉了文学价值的危险，某一个历史阶段的文学所承担的社会责任终究是别的门类所无法替代的，“革命之所以于口号，标语，布告，电报，教科书……之外，要用文艺者，就因为它是文艺”①。显然，周木斋对施蛰存的反驳是无力的。

施蛰存从周木斋的答辩中看出了偏颇，更加理直气壮起来。在稍后发

① 鲁迅：《三闲集·文艺与革命》，《鲁迅全集》第4卷，人民文学出版社1981年版，第84页。

表的《“杂文的文艺价值”》中，进一步指出：“如果要把这些文章当作文艺作品看，则它们在其本身的社会价值之外，当然必须具有另外一种文艺价值。至于这种文艺价值，当然要从这些文章的修辞，逻辑，甚至作者的态度等一切文学上的标准上去评量的”，“决不是每一篇杂文都有文艺价值的——纵然它有何大的社会价值”。周木斋又发表《如此这般》，只是笼统地指责施蛰存“落入了一般反对杂文的窠臼”，对他的质疑没能正面作答。至此，直接论争便偃旗息鼓。

平心而论，施蛰存的诘难是值得深长思之的。因为他提出的确实是一个长期存在，而包括鲁迅在内的一代杂文作家都未能认真对待、深入思索的重大原则问题。也许正是由于这个原因，大多数作家尽管暂且不去与之争论，但却从中受到了启发，认识到了旧的思维格局必须打破。当时的文坛随之出现了一种倾向性的变化：有意识地、较大规模地开展了对杂文艺术特质的理论探讨。鲁迅在为徐懋庸杂文集《打杂集》写的《序》中，主要就从美学意义上阐释了杂文的价值。在这里，鲁迅将杂文同一向被人们视为文学正宗的唐诗进行比较，强调指出了杂文“生动，泼剌，有益，而且也能移人情”的特质。“移情”作用正是艺术审美的核心所在，所以鲁迅毫不含糊地断言：“能移人情，对不起得很，就不免要搅乱你们的文苑”，“杂文这东西，我却恐怕要侵入高尚的文学楼台去的”。显然，鲁迅已经不是只求杂文对社会有用，不是单单追求杂文的历史感与战斗效果，同时也倾心于具有普遍性与永恒意义的艺术境界。这是鲁迅对杂文认识的重要深化。几乎与此同时和稍后，从艺术上研究杂文的理论文章开始竞相出现。[①] 不少作者认为，杂文是小说、诗歌、戏剧之外的一种新的“文学形式”，是“对中国文坛的一种有力贡献”，甚至说它在中国现代散文中成就“最丰富最伟大”（郁达夫语）。李长之则重点从结构、逻辑、风格、修辞以及情感态度等文学构成的素质上剖析鲁迅杂文，进而充分肯定了它的崇高文学价值。徐懋庸融汇了诸多杂文家的切身感受和体验，也对杂文的艺术特质进行了全面探讨，他提出的“理论的形象化”和“行文的曲折”等结论，曾给学术界以很

① 这方面的文章主要有：李长之的长篇论文《鲁迅之杂感文》、徐懋庸的《鲁迅的杂文》（《打杂续集》）、周作人和郁达夫分别为《中国新文学大系》两集散文撰写的《导言》、陈望道编的理论特辑《小品文与漫画》、余十的《文学家周树人先生他笔名真多、杂感文最好》、钱公侠和施英的《小品文·小引》等。

大的影响。不少作者（例如李长之）谈论的问题，恰恰是施蛰存在对杂文的诘难中涉及的。这就使我们有理由把这些文章看作是关于杂文文艺价值的论争的一个有机组成部分。

毫无疑义，这场关于杂文的“社会价值”与“文艺价值”的争论，其意义和产生的影响是十分巨大和深远的。首先是批驳了林希隽等人对杂文社会价值的无端攻击，击退了“五四”以来最有代表性的一次否定杂文的思潮。同时，论争唤起了文坛更多的作家对杂文创作的关注，他们不仅积极参与论争，而且以极大的热情把杂文作为创作的重点，形成了杂文创作蔚为大观的繁盛局面。这当然不能完全归功于论争，但论争的效应是显而易见的。然而更重要的还在于：战斗杂文作者自身也在论争对话中完成了一次对杂文的深入反省和认识。“五四”以来，作家们一贯强调杂文的政治和伦理的教化作用，这无疑是必要的。但如果长期拘囿于这种单一的思维模式，无视也不追求杂文的文学价值①，使杂文的社会价值与审美价值永远处于矛盾和失衡状态，杂文也是无法获得长足发展的。这次论争直接体现了社会心理对杂文艺术的需求，推动了杂文理论批评对审美的重视和思考。倘若没有这场论争，就难以及早出现杂文理论的这种重大突破和发展。我们今天能深刻了解杂文的文学价值，并将其作为一种文学现象来研究，也正是这次论争给我们提供了良好的开端。②

---

① 在1932年12月《鲁迅自选集·自序》中，鲁迅说自己“可以勉强称为创作的”，只有《呐喊》《彷徨》《故事新编》《野草》《朝花夕拾》五种，“此后就一无所作，空空如也!”其时鲁迅已有七部杂文集问世。瞿秋白在1933年4月《鲁迅杂感选集·序言》中说：“杂感这种文体……还不能够代替创作，然而它的特点是更直接的更迅速的反映社会上的日常事变。”胡风1935年2月在《关于速写及其他》（《文学》第4卷第2号）中说：在对于瞬息万变的社会现象的警惕性及正确认识、迅速表现上，“不用说‘杂文’和‘速写’，都应该得到积极的评价，它们不能代替创作，然而却负上了创作所不能够完成的任务。”

② 中国现代杂文研究的发端，当然并非自这次论争始，在这之前早就有不少文章从不同侧面对鲁迅杂文进行了研究，其中以瞿秋白的《鲁迅杂感选集·序言》影响为最大，它在文坛第一次科学地分析了鲁迅杂文产生的社会根源和作家个人原因，充分肯定了鲁迅杂文在中国近、现代文化思想斗争史上的巨大价值，并深刻分析了从杂文中所体现出的鲁迅思想发展道路和从进化论到阶级论的世界观转变，全面地概括了鲁迅的战斗精神。但瞿秋白仅仅局限于鲁迅杂感文体的战斗意义和思想价值方面，而且还有意无意间对杂文的艺术特质作出了不甚妥当的结论。这次论争不仅对瞿秋白的观点（前者）有所发挥，而且在艺术特质的研究上有力地弥补了瞿秋白理论的重大缺陷，把杂文研究向前推进了带有实质性的一大步。因此又可以说，这次论争所带来的，是一次真正意义上的“杂文意识”或“杂文概念”的觉醒，是一次新的开端。

第三节　反杂文作家的“塞”与“行”

30年代杂文界还有这样一种奇特现象：有一些作家一方面拼命反对杂文，看上去与杂文有不共戴天的怨恨；另一方面自己却也在努力创作，产生了大量鲁迅所说的“‘散文非散文，小品非小品’，其实也正是‘杂文’”① 的作品。

最引人注目的是梁实秋。他在《论批评的态度》一文中，攻击有些“幽默而讽刺”的杂文，是“粗糙叫嚣”的文字；其后又在《“不满于现状”，便怎样呢?》一文中，更对“有人”的“无穷尽的杂感”十分反感，说作家是在“专事嘲骂只图一时口快笔快”。但梁实秋创作的杂文似乎也是“无穷尽”的，早期的且不论②，1934年出版的《偏见集》，就是一本颇有些影响的杂文集，收集了作者当时谈论文学与人性问题的大量文字。后来越写越多，1963年结集为《秋室杂文》，另有一部分收在1949年出版的《雅舍小品》中。在梁实秋的全部著作中，最受人推崇的，大概也只能是杂文了。

《现代》派作家则是一个既反对杂文又热心杂文创作的群体，其骨干作家中，不仅施蛰存、林希隽和苏汶（杜衡）曾一度极力反对杂文，即连韩侍桁、胡秋原、杨邨人等也都扮演过反杂文的重要角色，他们或者攻击杂文创作只是“放冷箭”（杨邨人），或者说杂文充当了“法西斯蒂的文学”的“最丑陋的警犬”（胡秋原），其言辞之恶毒，较之林希隽和杜衡毫不逊色。然而，《现代》杂志就是一个刊登杂文的重镇，几乎每一期上都有特定的杂文栏目，诸如“杂碎”“随笔”“感想”“漫谈”“评坛”“现代论坛”“文艺独白”等。此外，当时的《文饭小品》《文艺月刊》《自由谈》等也都是他们经常发表作品的阵地。结集出版的杂文集中，施蛰存的《灯下集》和韩侍桁的《小文章》也都颇具特色，产生过一定影响。

---

① 鲁迅：《集外集拾遗补编·做“杂文”也不易》，《鲁迅全集》第8卷，人民文学出版社1981年版，第376—377页。

② 梁实秋从1925年前后就开始在《晨报副镌》发表过为数不少的杂文，1927年5月至8月在《时事新报》发表的则更多。1927年10月这些作品结集为《骂人的艺术》由上海新月书店出版。

类似的情况，还可以举出陈代（林微音）、邵洵美、章克标、王平陵、鸣春等不少作家。

这种理论和行动上的自相矛盾，便构成了一种极为独特又耐人寻味的文学现象。它有特定历史条件下特定的文人心理和复杂动机。

一种情况是，一些人“项庄舞剑，意在沛公”，他们反对杂文是假，反对“鲁迅风”杂文家的政治倾向是真，例如梁实秋。梁实秋“反感”杂文是在这样一种思想背景下开始的20年代末他留美归国时，由于受到白璧德人文主义文学观念的影响，树立了带有浓厚的资产阶级自由派色彩的社会观和人性文学观。他认为当时妨碍“思想自由”的有两种人：“一种是当局者，滥用威权，侵犯人民言论出版自由，不准人民批评，强迫人民信仰某一种主义；还有一种是狂热的宣传家，用谩骂的文字攻击异己，用诬蔑的手段陷害异己，夸大宣传自己的主张”①。这里的所谓“狂热的宣传家”和“谩骂的文字”，主要是指以鲁迅为代表的杂文作家和作品。我们当然不能绝对化地对梁实秋的理论全盘抹杀，他面对中国黑暗、反动的专制体制，公开对政治上的民主和自由作出热情呼吁，其进步意义是显而易见的。但是他把鲁迅等左翼作家看作是和反动专制政府一样的妨碍思想自由的力量，就是十分错误的了。梁实秋还顽固地将资产阶级的“人性论”推崇到极致，以此来排斥人在全部社会关系中必然会带有的阶级性，因而导致了鲁迅与他的公开论战。梁实秋确实是在与鲁迅的论战中露出窘相并声名狼藉的。这就必然会激起他对鲁迅这部分论战杂文的敌视。但在平心静气的情况下，梁实秋却始终给予鲁迅的杂文艺术以很高的评价。早在1927年6月5日，他就在《时事新报·书报春秋》署名“徐丹甫”发表关于《华盖集续编》的书评，最先把鲁迅杂文作为文艺对象来研究，从“灵活巧妙”地引用文言和“喜欢说反语”两个方面论述了鲁迅杂文讽刺艺术的特点，并认为其讽刺的美妙“在中国新文学里是很不多见的”。即便是在与鲁迅论战后出版的《偏见集·现代文学论》中，他仍然作出了这样的结论：鲁迅先生的杂文“用于讽刺是很深刻有力的”，具有和小说一样的“简洁流利”的文笔，“他的六七本杂感是他的最大的收获”。对于鲁迅杂文的这种认识在文坛是第一次，堪称空谷足音。它出自梁实秋之口是十分难能可贵的，不仅表现了作家的真知灼见，而且充分

① 梁实秋：《思想自由》，见《新月》第2卷第11号。

体现出他服膺真理的诚心和勇气。可以断言，梁实秋对杂文本身从来都是喜爱的，他所反对的只是鲁迅某些杂文的思想倾向，“做为真理的辩论看，我并不心服”①。这就不难理解像他一样的一部分作家为什么一面反对杂文却一面又大量写作杂文了。

《现代》派代表的是另一种情形。他们尽管也不满于以鲁迅为代表的杂文作家的思想倾向，其攻击言辞甚至包含着“和生存不能两立”的“死之说教”（鲁迅语），但矛头也多半指向杂文文体本身，特别是他们因呼唤“伟大作品”的出现而对杂文采取的鄙视态度，表明了他们的真实想法。抱有这样的偏见而又进行杂文创作，乍看颇感奇怪，细究又不足为怪。由于杂文的短小精悍又可以直抒胸臆的议论性特点，十分适于论战，因而他们要与以鲁迅为代表的作家对垒，找不到比杂文更有利的武器，于是便不得不“窃取光荣的杂文形式来做反对杂文的杂文”②。事实上，这是杂文选择了他们，而不是他们选择了杂文，用马克斯·韦伯关于“理性行为，情感行为，传统行为”的划分看，这完全是情感行为：“我们自己对于像忧虑、愤怒、野心、嫉妒……和各种各样的欲望的情感反映越是敏感……则我们就越易于移情于它们。即使这种情感被发现其紧张的程度完全不是观察者本人可以企及的，他也仍然能够对其意义获得相当程度的情感理解，并且可以合理地解释它们对行动过程的影响。”③ 这样，《现代》派的杂文与梁实秋的就明显不同：梁实秋多是在自己的独特视野与独立思维之内出现的社会批评与文化批评的文字，是创作激情与谙熟的艺术形式相对应的必然产物，是主动的、富于理性的；《现代》派的则主要是因不吐不快的冲动而在论战中产生的，是“释愤抒情”的内在要求与艺术形式的不自觉的契合，是理性与情感巨大冲突的尴尬举动。关于杂文问题之争自不待言（如上所述），其他诸如“《庄子》与《文选》”之争，自称“自由人”“第三种人”的苏汶和杨邨人同左翼文学阵营的论争，等等，大都是以杂文为武器的。

这些反杂文作家于杂文创作的有“塞”又有“行”，就使得他们与鲁迅为首的杂文作家之间的斗争，不是原有两极的固定僵持，既有相互

---

① 梁实秋：《鲁迅与我》，见 1941 年 11 月 27 日重庆《中央周刊》第 4 卷第 16 期。

② 聂绀弩：《谈杂文》，见《聂绀弩杂文集》，生活·读书·新知三联书店 1981 年版，第 2 页。

③ 马克斯·韦伯：《经济与社会》，商务印书馆 1997 年版，第 6 页。

排斥的一面，又有相互联系的一面，斗争的结果并非单纯的胜与败、“你死我活”，而是“相反相成”。这主要表现为两种形态：一是双方都有意无意地从对立面身上摄取营养来补充、校正和丰富自己。《现代》派作家对杂文的战斗性内容的接受，就是最明显的例证。本来，《现代》派作家是最崇尚“文艺自由”和“为艺术而艺术”的，曾对战斗性杂文表现出极度的冷漠甚至反感。但随着论争的展开，施蛰存不得不站出来肯定杂文在当时的读者中的“宣传作用”。后来，当具有很强的“文艺性”的周作人式的“闲适”杂文一度充溢文坛时，他们也变得不满起来。杨邨人在《小品文与大品文》中说：“现在小品文之趋势之一落千丈，已经大有重上象牙之塔钻入牛角尖的危机，小品文作家也大有山林隐士烟茶自娱的神气，这对于文化运动已经是漠不相关的堕落现象了。”可见，至少在这里，他们已不再一味要求“为艺术而艺术”，不再与战斗杂文势不两立。如果不是正面接受了战斗杂文作家的影响并经过了实践的体验，是很难获得这样的认识的。而且，他们一开始创作就对杂文艺术这样谙熟，较好地避免了草创时期杂文的那种粗疏状态，大约是对“五四”以来杂文传统和以鲁迅为代表的30年代杂文认真研究总结的结果。同样，左翼作家对杂文艺术理论的重视和自觉，也不能不与论争中受到的启发有关；另一种形态是，双方都在与对立面的针锋相对的斗争中拓展、丰富和深化了自己。反杂文作家由“塞”到“行”本身，就是一种由于需要而产生的自我调整。鲁迅的继续给《自由谈》写稿，已不是别的原因，而大半是专为“和攻击者赌气”，也属这种情形。越是有人反对杂文的“社会价值”，便越是有人不顾一切地去爱惜它，强化它。30年代的杂文现象就是这样错综复杂，正所谓“耦之中又有耦焉，而万物之变遂至于无穷”（王安石语）。

由反杂文作家的“塞”与“行”所引起的自身矛盾和不同杂文现象之间的矛盾，在杂文发展中究竟起着什么作用呢？一般说，它并不像前两种冲突那样直接制约着杂文的兴衰和发展的方向、实质，但却能给巨大影响于杂文所形成的风貌。假若没有这些矛盾纠葛，它肯定要比现在平和得多，作品难以被赋予这样强烈的论辩色彩，难以形成这种百家争鸣、如火如荼的局面；假若不是对立的双方都有意无意地各自接受对方的影响，杂文的演进和深化也肯定缓慢得多。此外，还有一点也不容忽视：由于这些作家的创作追求和艺术个性不同，矛盾纠葛驱使杂文创作呈现更加多样化的风貌。例如施蛰存，由于他抱着“要把这些文章当作文艺作品看”的坚定信念，他始终注意运用委婉的笔致强化着杂文的艺术感染力，无论是大量论争的文字，还是少量关于社会问题的小杂感，大都表现出生动耐读、妙趣横生的特点。再如梁实秋，虽然当他去解剖社会历史的发展规律、阐释重大政治理论问题时显得有些力不从心，功力不足，但当他表现和传达思想感情的微妙变化，针砭民族文化精神的种种弊端时，却显得得心应手，游刃有余，具有大家风度。这集中体现在他的所谓“骂人艺术”中。按照梁实秋的说法，骂人最忌浮躁和浅露，“善骂人者必须态度镇静，行若无事”，“骂人必须先明虚实掩映之法，须要烘托旁衬，旁敲侧击，于紧要处只要一语便得。”骂人还要骂得微妙含蓄，“你骂他一句要使他不甚觉得是骂，等到想过一遍才慢慢觉悟这句话不是好话，让他笑着的面孔由白而红，由红而紫，由紫而灰，这才是骂人的上乘”（《骂人的艺术》）。他的很多文章如《医生》，都很好地运用了这种艺术方法。其他作家也各有特色：著有《散文七辑》的林徽音，一直是 30 年代十分活跃的杂文作者，其作品以桀骜不驯的“野气”为基调，有时精雕细镂，讲究析理，有时信马由缰，咄咄逼人，创造出一种刚柔相济的杂文风格。韩侍桁的一系列小“文章”乍看貌似拙笨、敦厚，骨子里却深藏着幽默与机警；而林希隽则以一种快言快语和淋漓尽致的文风，传达出他的一些思考，尽管这些思考常表现出浅陋和偏激。这些作家的作品的确有不能抹杀的审美价值，它们同“鲁迅风”作品相比较而存在，相竞争而发展，使杂文创作出现了风格多样、格调不同、色彩丰富的艺术格局。

现在，我们可以对作为 30 年代杂文发展动因的三对矛盾及其相互关系，进一步作一个综合性归纳了。第一对矛盾，即反动政治势力的压制和冲决压制之间形成的对抗冲突，可以看作杂文发展的基本动因，起主导作用。以下两对矛盾则是第一对矛盾的衍生和补充，但并非可有可无，它们也有独立的意义。第二对矛盾，即论争中的冲突，廓清并引导了杂文发展的正确方向，特别是引发了对杂文艺术特质的理论思考，造成了整整一个时代“杂文意识”的变化。至于反杂文作家的“塞”与“行”本身以及由此引起的不同杂文现象之间的纠葛，则进一步深化和丰富了杂文的创作形态。这三对矛盾大致已将 30 年代杂文发展的总体联系和复杂性概括地揭示出来，正如马克思所说“历史的事实是由矛盾的陈述中清理出来的”[①]。在这里，每位作家和每种类型的势力在不同矛盾冲突中所表现出的个人意志或群体意志，都不是孤立的，它们“融合为一个总的平均数，一个总的合力，然而从这一事实中决不应当作出结论说，这些意志等于零。相反地，每个意志都对合力有所贡献，因而是包括在这个合力里面的”[②]，杂文的繁荣局面即由此推动出现。

① 马克思：《马克思恩格斯通信集》第 1 卷，生活 · 读书 · 新知三联书店 1957 年版，第 567 页。

② 马克思：《马克思恩格斯选集》第 4 卷，人民出版社 1995 年版，第 478—479 页。

第五章

“形象化”系统
——鲁迅杂文的三个艺术世界

马克思曾说过这样的名言：“人体解剖对于猴体解剖是一把钥匙，反过来说，低等动物身上表露的高等动物的征兆，只有在高等动物本身已被认识之后才能理解。”① 20世纪30年代中期，在鲁迅以毕生大部分生命和心血铸造的杂文以其雄伟的气魄和规模屹立在文坛之后，研究者纷至沓来，以期正确地阐释它的巨大价值，进而取得对整个中国现代杂文史和杂文文体研究的钥匙。

但是，尽管这些研究可以给人以许多有益的启示，然而围绕着对鲁迅杂文肯定与否定的争论却从未休止过，基至已经跨越了时代和国度的界限，在今天的国内和大洋彼岸的学术界都引起了强烈的关注和争鸣，其中问题的焦点就集中在承认不承认它是文学作品上。海外的学者如英国的大卫·普拉德、美国的李欧梵等都是将鲁迅杂文作为文学对象来研究的，把它看作是鲁迅“对现代中国文学所作出的艺术贡献的主要样式”（李欧梵语）②；而美国的夏志清、香港的司马长风、美国的夏济安等都明确断定它不能算作文学，是作家的创作力衰竭和创作生命终结的表现。③ 国内学术界虽然以肯定性的言论居多，但否定性的意见也不是极个别的，其中以1985年8月6日《杂文报》发表的李不识的《何必言必称鲁迅》和同月

① 马克思：《政治经济学批判·导言》，《马克思恩格斯选集》第2卷，人民出版社1995年版，第23页。

② 分别见《文学研究动态》1981年第20期第3页和《鲁迅研究动态》1989年第8期第18页。

③ 分别参见夏志清《中国现代小说史》，复旦大学出版社2005年版，第81页；司马长风《中国新文学史》中卷，昭明出版社1978年版，第111页；夏济安《黑暗的闸门》，香港中文大学出版社2015年版，第128页。

《青海湖》发表的邢孔荣的《论鲁迅的创作生涯》为代表。

鲁迅1935年反驳国内有人攻击杂文“既非诗歌小说，又非戏剧，所以不入于文艺之林”的论调时，曾明确指出：“杂文这东西，我却恐怕要侵入高尚的文学楼台去的。”事实正是这样，今天国内的大学教科书以及各类文学刊物，都早已将杂文作为文学家族中的重要成员来对待了。然而为什么否定鲁迅杂文是文学的言论仍不绝于耳呢？这当中，确实有人是被严重的政治偏见挡住了视线，他们由于不喜欢鲁迅后期的政治倾向便一概否定鲁迅的杂文（如夏志清），仅凭主观好恶就轻易作出不科学的结论。另一个原因应归咎于我们对鲁迅杂文认识的不足。鲁迅杂文研究虽然也是鲁迅研究中的一个十分有成就的领域，但对它的艺术特质的研究长期以来明显存在着一些简单的和僵化的模式。一是重复解释着一些既成的概念，诸如“文艺性的论文”“诗与政论的结合”等。“文艺性的论文”是一个十分笼统的、缺乏具体的规定性的模糊概念，在“论文”的前面冠以“文艺性的”的定语，只把杂文同非文艺性的论文作了原则上的区分（这是瞿秋白的贡献），而没有进一步深入研究它的内涵、特质。“诗与政论的结合”只是说明鲁迅杂文是介乎文学与政论之间的两栖体裁。二是将鲁迅杂文机械地割裂开，抓住那些足以表现文学属性的部分深入研究，由此得出的结论似乎深刻有力，然而却有以偏概全之嫌。三是不少研究者满足于从“独创性”上来探讨鲁迅杂文的文艺价值，似乎它可以不必受一般的文学的本质和规律的制约，这实在是一个很大的误解。尽管任何一种艺术都有自己的特殊性、独创性，但“符号功能在各类艺术表现之中是相同的……各类艺术的逻辑是一致的”，如果透过“各种艺术之间的区别”表象而向它们的内核和深层开掘，“到了那里以后，就没有更多的区别可寻，谈论某个别艺术的课题可以用来说明一切艺术，所有的艺术都有了统一性，所有的划分都在这个层次上终结，这个层次，便是艺术理论的哲学基础”。[①] 失掉了这个基础，杂文研究必然会陷入困境，必然要导致在它的“文学”归属问题上争执不休。因此，如何在跳出成见、防止以偏概全的基础上，既重视创作个性又尊重艺术规律，实事求是地阐明鲁迅杂文的文学价值，不能不是鲁迅杂文研究中有待继续深化的重大课题。

那么，鲁迅杂文的文学价值究竟表现在哪里呢？众所周知，马克思曾

① ［美］苏珊·朗格：《情感与形式》，中国社会科学出版社1986年版，第121页。

经将以“艺术的方式”把握世界看作文学的本质。所谓“艺术的方式”，用马克思在评论希腊神话时的话说就是“形象化”[①]。近年来，有的研究者也曾依据这一原则，来揭示鲁迅杂文的文学本质属性，然而在涉及它的表现特征时，人们的看法并不一致，还有待进一步讨论、研究。可以说，鲁迅杂文作为一个整体系统来考察，有三个反映本质属性的既各自独立又相互联系的“形象化”艺术世界，这就是：“杂文形象”（即“类型”形象）的创造、赤裸裸地“自我”表现和“曲笔”议论形式，它主要由这三者筑起了文学价值的大厦。

第一节 “杂文形象”的艺术本质蕴含

杂文是一种以议论为主的说理文体，由于理论本身的灰色形态，使它最容易陷入干巴巴的抽象说教。鲁迅尽管表示不愿和中国的“文士”们一道去“陪莎士比亚吃黄油面包”，但却始终以文学的水准营造他的杂文文体，苦心孤诣，锲而不舍。“取类型”即是他找到的变抽象说理为形象化表达的重要方式之一。鲁迅说：“我的坏处，是在论时事不留面子，砭锢弊常取类型，而后者尤与时宜不合。”（《伪自由书·前记》）“它格局虽小，不也描绘了或一形象了吗？”（《准风月谈·后记》）杂文在中国尽管“古已有之”，但在杂文中刻画“类型”形象，显然是鲁迅的创造。由于这些形象不同程度地保持着生活现象的具体可感性，使杂文所表达的社会思想，所开展的社会批评，往往借助它们直接诉诸读者。杂文首先因此而同一切非艺术形态的东西（例如政论和科学论文）区别开来，显示出自己的艺术特质。在众多的杂文作家为杂文不能彻底打破“非艺术”格局而苦恼的时候，鲁迅率先开拓出了这方艺术天地。鲁迅从中表现出的那种信手拈来、涉笔成趣的娴熟笔法，所赋予它的那种富于直感理性和理性直感的力量，都令人叹为观止。然而这些生动丰富的内涵所集中体现出来的，即在于鲁迅对杂文创造类型与文学关系的深刻认知和认知基础上的创造性。

鲁迅笔下的杂文形象，从宏观上可分为两大类：一类是客观写实的，如章士钊、陈西滢、杨邨人、梁实秋以及西崽、巡捕、隐士、二丑等；另

---

① 马克思：《政治经济学批判·导言》，《马克思恩格斯全集》第13卷，人民出版社1995年版，第524页。

一类是象征的意会性的，如细腰蜂、叭儿狗、媚态的猫、苍蝇、蚊子、跳蚤等，它们是动物，然而又被描绘的颇具“人性”，自然便成为某种社会相的象征。这些形象虽然都不能与小说、戏剧等叙事文学中的人物形象等量齐观，但鲁迅根据杂文文体形式的特点，采用特殊表现方式把它们写成了富有直感和蕴含理性的解剖图式的“类型形象”，其美学价值同样不可低估。有的研究者曾着重分析鲁迅杂文的“思想性”“现实性”和“新鲜”的特点[①]，固然不能说脱离了作品的实际，但却并未真正把握鲁迅杂文重要的、根本性的东西。如果按照艺术的规律来探讨，其美学价值主要应表现在：

一是真实性。文艺必须真实地反映和表现生活，这是人所皆知的常识。鲁迅把真实性提高到了“艺术的生命”的高度，并把它解释为两层意思，一为“真情”，一为“真相”。前者指作家真挚的情感，属于主观、“自我”的范畴；后者则指作品反映生活的客观实在性，恰恰可以移来概括鲁迅创造杂文形象的首要美学价值。

读鲁迅的杂文，总会使人感到他笔下的形象是那样真实可信，“只要见过被画者的人，一看就知道这是谁”[②]，像“叭儿狗”“媚态的猫”之于奴才，“二丑”之于帮闲者，都已成为后者难以摆脱的“隐形伴侣”。这既与对生活原型深刻的观察有关，也在于作者采取了恰当的独特的表现方式。鲁迅在谈到某些“传神”的写意画时指出，它们“并不细画须眉，并不写上名字，不过寥寥几笔，而神情毕肖”，进而强调文学作品写人时，哪怕“给人起一个称号或诨名”，“必须切帖”，“全跟了他跑到天涯海角”。[③] 所谓“切帖”，用鲁迅的话说就是“要确切的显示”人物的姿态，也就是“精神”。[④] 杂文的侧重抒发主观感受、针砭时弊的职能和议论的形式特点，决定了它无法（也无须）对客体形象“细画须眉”，使其达到与生活原型“形神相似”的艺术水准，它突出表现的是能反映客体精神世界的“神态”部分。例如《准风月谈·“揩油”》对“揩油者”

① 唐弢：《鲁迅杂文一解》，1981 年 11 月 11 日《人民日报》。

② 鲁迅：《且介亭杂文二集·五论“文人相轻”——明术》，《鲁迅全集》第 6 卷，人民文学出版社 1981 年版，第 382 页。

③ 鲁迅：《且介亭杂文二集·五论“文人相轻”——明术》，《鲁迅全集》第 6 卷，人民文学出版社 1981 年版，第 383 页。

④ 鲁迅：《且介亭杂文二集·漫谈“漫画”》，《鲁迅全集》第 6 卷，人民文学出版社 1981 年版，第 233 页。

的刻画：

> 一面留心着可揩的客人，一面留心着突来的查票，眼光都练得像老鼠和老鹰的混合物一样。

作者的笔墨极为简练，但却生动而准确地揭示了“揩油者”狡猾、凶狠而又怯弱的精神特性。和这相似的“抄靶子”者（《准风月谈·抄靶子》），上海滩上的“洋大人”和“同胞”两种横冲直撞的人物（《准风月谈·推》），以及“叭儿狗”（《坟·论“费厄泼赖”应该缓行》）、“胡羊”（《华盖集续编·一点比喻》）等一大批形象，也都是这样刻画而成的。

为了更真实更深刻地揭示“杂文形象”的精神世界和心理状态，鲁迅还广泛地采用了直接的心理解剖的方式，赤裸裸地拉开人物心灵的帷幕，“褫其华衮，示人本相”（鲁迅语）。例如《且介亭杂文·病后杂谈》这样剖析那些“大愿”的怀有者：“他们中最特别的有两位：一位是愿天下的人都死掉，只剩下他自己和一个好看的姑娘，还有一个卖大饼的；另一位愿秋天薄暮，吐半口血，两个侍儿扶着，恹恹的到阶前去看秋海棠。这种志向，一看好像离奇，其实却照顾得很周到。第一位姑且不谈他罢。第二位的‘吐半口血’，就有很大的道理。才子本来多病，但要‘多’就不能重，假使一吐就是一碗或几升，一个人的血能有几回好吐呢？过不几天，就雅不下去了。”这些隐藏人物内心底层、秘而不宣的潜意识，一经作者用剥笋的方法层层剥离、剖析出来，读者就像借助了 X 光一样，马上就透视到了人物的五脏六腑，把握了这些腐朽文人私欲熏心、害人利己和故作风雅、自作多情的个性特征。它虽缺乏小说那样对人物“做什么和怎样做”的详细而具体的描写，但也同样生动传神。在这里，议论已变为有效的发酵素，引起了形象内部的变化，使它自己活动起来，直接展示于读者，成为某种思想、理念的真实生动的图像。换言之，作者是以思辨说理为前提，融汇了人的情绪、心境、思虑、感觉及欲望等各种基于人格因素之上的心理现象，创造出了一个巨大的心灵空间，从而构成了一种舍“形”取“神”（中国传统美学多强调“形神俱似”）的新的丰富而又复杂的文学现象。

二是典型性。关于鲁迅杂文是否创造典型的问题，曾引起过不同意见的争论。[①] 肯定论者曾一度把杂文中的类型同叙事文学中的典型等同起来，这显然是不妥的，因为这些形象不仅是不完整的，被肢解成一鼻一毛式的各种不同的类型，而且其思想性格是凝固的、不变的，并不是在典型环境中有性格发展史的特定的“这一个”，缺乏典型形象所必须具备的基本条件。但否定杂文形象有很大的典型性，也是不确的。鲁迅曾说：“盖写‘类型’者，于坏处，恰如病理学上的图。假如是疮疽，则这图便是一切某疮某疽的标本。或和某甲的疮有些相像，或和某乙的疽有点相同。”[②] 这和鲁迅要求小说中的人物要达到“像是写自己，又像是写一切人”的典型化原则是一致的。由于鲁迅十分强调杂文形象的概括力，使之尽可能成为某类社会病症的“标本”，这就使它的典型性达到了很高的水准。梁实秋、陈西滢、西崽、叭儿狗等都早已不单单是某人的实指，而是像别林斯基在《论人民的诗》中指出的“是一整类人的代表，是很多对象的普通名词”。要而言之，它们已升华为对整个民族文化心理、民族精神劣根性的审视和反省。

鲁迅杂文实现形象典型化的途径有两种：一是实写一人，却代表了某一类人，像梁实秋、陈西滢等诸多冠以真实姓名的都是这样；二是“泛无实指”，亦即泛指，例如叭儿狗，“原也泛无实指，都是自觉其有叭儿性的人自来承认的”[③]。这类形象多介于生活原型的“似与不似”之间，它们足以能“据大多数立言”（鲁迅语）。前者比较容易把握，作者只要对现实生活中的真实材料加以提炼、概括，抓住那些足以表现对象本质特征的部分深掘下去，就可以达到典型化的目的。较为复杂的是后者，鲁迅刻画的这类泛无实指的杂文形象，都不是现实生活中确实发生的“事实”，这就离不开艺术虚构。而杂文是一种现实针对性很强的议论文体，这又决定了它必须以真实诚信为指归，否则，哪怕是稍有作假，也会引起人们的厌弃，正如鲁迅所说：“幻灭之来，多不在假中见真，而在真中见假。”[④] 如此说来，鲁迅以艺术虚构实现形象的典型化的做法，同杂文所要求的真实性原则岂不是矛盾的吗？殊不尽然。乍一看，二者确实是对峙

---

① 参见姜振昌《对鲁迅杂文是否创造典型的两种意见》，载《文学研究动态》1984 年第 8 期。

② 鲁迅：《伪自由书·前记》，《鲁迅全集》第 5 卷，人民文学出版社 1981 年版，第 4 页。

③ 鲁迅：《伪自由书·前记》，《鲁迅全集》第 5 卷，人民文学出版社 1981 年版，第 4 页。

④ 鲁迅：《三闲集·怎么写》，《鲁迅全集》第 4 卷，人民文学出版社 1981 年版，第 24 页。

和相悖的，然而高明的艺术家往往能在对峙中觅得谐和，在相悖中实现统一。例如，前面提到的那两位“大愿”的怀有者，他们显然都是作者想象虚构的“泛无实指”的假定性社会类型形象，不是真人真事。但这种虚构又不是完全无凭借的、天马行空式的，而是依据生活中的“实情”，从形象的精神内涵出发，经过对生活本质的发现和提炼而进行的，对生活起隐喻、诠释或象征的作用。人们决不会因这类虚构的形象不是生活中的真人真事而去指责杂文的假定性是虚伪的，相反倒更乐于依据自己的生活积累和审美经验去理解和接受这种艺术处理。因为只有通过这样的虚构，形象的思想内涵才打破了完全泥实所带有的局限，具备了“似与不似”中的更大的概括性和典型性。

三是独立性。有不少论者否定鲁迅创造的杂文形象“具有独立的性质”，说它们在作品中只是“为了给评论提供活生生的、具有表现特征的对象，为逻辑论证服务的”，或者只起“比喻”的作用。[①] 倘若这个结论成立，这些形象将黯然失色，甚至从根本上失却了美学价值。因为它们充当的角色，充其量只能是逻辑论证的一个例子，一个附庸。逻辑论证绝不是艺术，正如普列汉诺夫所说：“如果一位作家不运用形象而运用逻辑的推论，或者他虚构出形象来论证某一论题，那末他已经不是艺术家而是政论家了，即使他所写的不是著述和论文，而是长篇小说、中篇小说或剧本。”[②] 皮之不存，毛将焉附？且不论这种以“逻辑论证”概括鲁迅杂文的结论的根本性失误，如此理解“形象”与“评论”间的关系，实际上也与鲁迅杂文创作的整体状况不符，不免有以点代面、以偏概全的不足。

不错，鲁迅的杂文确有些是借助形象进行立论说理，或者以形象作比而“明经见道”，使抽象的议论形象化，形象终究是为论证服务的。但其中的大部分杂文，特别是中、后期的，常常又以刻画形象为目的，形象本身具有完全的独立性质，并不是为逻辑论证服务的，更不是仅仅起“比喻”的作用。如《准风月谈·我谈“堕民”》，通篇所有的笔墨都是为了刻画“堕民”的形象，作品先对“堕民”作了一系列纵横交错的交代和描述，最后评论说：“就是为了一点点犒赏，不但安于做奴才，而且还要做更广泛的奴才，还得出钱去买做奴才的权利，这是堕民以外的自由人所

---

① 闫庆生：《鲁迅杂文创造典型形象吗?》，见《西北大学学报》1980年第3期。

② ［俄］普列汉诺夫：《没有地址的信·艺术与社会生活》，人民文学出版社1962年版，第224页。

万想不到的罢。”这并不是通过“堕民”推理，而是恰恰相反，这里的议论作为一种“相识”，是刻画“堕民”的有机构成部分，是为形象服务的。这样，它就绝不是推理的例证，也无须乎再借助任何推理，本身即足以独立地表达一种思想，一种人生哲学——为了一点点犒赏而安于世世代代寄人篱下的奴才思想和哲学。鲁迅有不少杂文，如《“丧家的”“资本家的乏走狗”》《战士和苍蝇》《夏三虫》《二丑艺术》《“揩油”》《“抄靶子”》《“商定”文豪》《爬和撞》等，都是这样以刻画“类型”形象为目的，形象本身无可否认地具有独立的社会思想意义。如果说，这类通篇为刻画一个或几个形象的篇章在鲁迅杂文中并不占多数的话，那么，那些“寥寥几笔，而神情毕肖”的“一鼻”“一毛”式的形象在鲁迅不少杂文中却是大量存在的，它们同样具有独立性的意义。就拿人们最为熟知并常常提起的“叭儿狗”来说吧，《论“费厄泼赖”应该缓行》《答 KS 君》等涉及“叭儿狗”的篇章人们可能会逐渐忘却或印象淡薄，但“叭儿狗”那驯顺、奴从和“悠悠然摆出别个无不偏激，惟独自己得了‘中庸之道’似的脸来”的形象，却异常鲜明深刻地留在人们的记忆里，其艺术生命力之大，不仅可以超越国度的界限，在同时代的不同阶级、阶层的人身上找到它的影子，而且可以跨越时代的堤岸，在今天甚至明天的人群中找到相类似的情况。原因就在于形象是有思想的图画，其“本身就是一个世界”（黑格尔语），它能独立地高度概括地揭示出社会生活本质的某一方面。同样，至今仍然活在读者心中的“西崽”“隐士”“豪猪”“二丑”“吃白相饭者”等一大批类型形象，也是首先以其自身具有独立的思想意蕴而显示出不朽的艺术价值。

鲁迅“杂文形象”的独立性还表现在：它们在作品中还常常具有一种内聚力，有力地影响着杂文的结构方式和议论角度，因此它们的独立性又具备了另外一种艺术内涵。其具体表现形式是：运用某一具体感性形象作为立论的基础或支点，通过剖析它与题旨相关联的特征、意向，以及微妙、曲折地联想、类比，指向某种不脱离形象本体的而又不完全拘泥形象本体的具有超越性的思想与情绪，从而使抽象的议论变得生动形象，具体可感。这种特点在鲁迅的许多作品中都可以看到，如《准风月谈》中的《二丑艺术》《谈蝙蝠》《推》《踢》等，形成了一种特定的艺术表达方式。在这里，形象又是作为严格的形式范畴而参与议论分析的。这是鲁迅杂文所独创的一种“取类型立论”的模式。

四是系列性。这首先是指鲁迅杂文对同一形象的刻画，常常不断地出现在若干篇章里，但却不是简单的重复，而是多侧面的、多类型的，可以用排列组合的办法放在一起，把它们组成一个个的形象系列。例如，同样是“狗”，就有“叭儿狗”“落水狗”“丧家的资本家的乏走狗”等种种不同，把它们放在一起，就是一个“狗”的形象系列，读者不仅可以从比较中认识各类不同“狗”的不同特征，而且可以从中看到这种形象的“全体”，形成较为全面的印象和认识。如果说，小说主要靠情节结构在纵向上写出形象的思想性格发展史而体现了自己的完整性，那么，杂文便主要是通过横向地展开对诸多具有内在联系的形象系列的剖析，体现了作家对类型形象的整体把握。正如鲁迅自己所说，他“所写的常是一鼻，一嘴，一毛，但合起来，已几乎是或一形象的全体”①。从这个意义上说，鲁迅的杂文又是一个有机的不可分割的整体。

鲁迅杂文创造的这种形式的形象系列，如果一一列举，是十分众多的：“西崽”“巡捕”“门丁”“电车上的售票人”（分别见《准风月谈·“揩油”》《且介亭杂文二集·“题未定”草（二）（三）》）组成了“揩油者”的系列，“二花脸”（《准风月谈·二丑艺术》）、“小丑”（《准风月谈·帮闲法发隐》）、“隐士”（《且介亭杂文二集·隐士》）、吹牛皮的“扯淡家”（《且介亭杂文二集·从帮忙到扯淡》）组成了“帮闲者”的系列，“登龙”文人（《准风月谈·登龙术拾遗》）、“捐班”文人（《准风月谈·各种捐班》）、“化名”文人（《花边文学·化名新法》）、“商定”文人（《准风月谈·“商定”文豪》）、“商的帮忙”的文人（《花边文学·“京派”与“海派”》）又组成“海派文人”的系列……而在这众多的形象系列中，最庞大最出色的当推带有阿Q式“精神胜利”法特征的形象系列，它从1919年鲁迅写《随感录》开始出现，直到1936年的《立此存照》为止，跨过了十七个年头，伴随了鲁迅杂文写作的始终，也几乎是鲁迅从事文学创作的全部生涯，大约可有十多种类型组合而成，例如，自己已经败家，看见别家兴旺，就“多说大话，摆出大架子；或寻求人家一点破绽，聊以自己解嘲”的“衰败人家的子弟”（《热风·三十八》）；自己“掉了鼻子，还说是祖传老病，夸示于众”的人（《热风·三十九》）；“脸上长了一个瘤，额上肿出一颗疱，的确是

① 鲁迅：《准风月谈·后记》，《鲁迅全集》第5卷，人民文学出版社1981年版，第382页。

与众不同，显出他特别的样子”，“红肿之处，艳若桃花；溃烂之时，美如乳酪”的“国粹家”（《热风·三十五、三十九》）；在自己的作品中明明对现实不满，可“一到快要显露缺陷的危机一发之际”，却总要连声说“并无其事”，于是闭上眼睛把一切看得圆满，“聊以自欺，而且欺人”的文人（《坟·论睁了眼看》）；用“瞒和骗”造出奇妙的逃路来，而自以为正路，一天天的满足着，即一天天的堕落着，但却又觉得日见其光荣的“中国人”（同上）；以自己的天足平服了比利时女人以为中国女人都是小脚的质疑，引“自欺欺人”为自豪的杨女士（《二心集·以脚报国》）；被外国巡捕踢了一脚，却滑稽地向人表白是“吃了一只外国火腿”的人（《准风月谈·踢》）；以中国有臭虫，外国也有，中国有贪官，外国也有，即使中国亡了国，外国也有为满足的“外国也有”论者（《准风月谈·外国也有》）；在洋人到总理衙门要求利益时吓得满口答应，但洋人临走时，不给走正门，就认为是洋人没面子，而中国便有了面子，也就是占了上风的“大官们”（《且介亭杂文·说面子》）；明明自己无能，而却认为“乃是自己不屑有能，所以这无能的高尚，倒远在有能之上”的“破落文人”（《且介亭杂文二集·文坛三户》）；自己先躺在垃圾堆里，然后来拖敌人，就是“我是畜生，但是我叫你爹爹，你既是畜生的爹爹，可见你也是畜生了”的文人（《且介亭杂文二集·五论“文人相轻”——明术》）；明明患着浮肿，而却讳疾忌医，但愿别人胡涂，误认为他肥胖，于是得到安慰，高高兴兴、放心地浮肿着的“浮肿病人”（《且介亭杂文末编·立此存照（三）》），等等。在这个长长的形象系列里，形象与形象之间既有着类型的不同，是各自独立的艺术制作，又有着质的相同，把它们排列组合在一处，足以反映出半殖民地、半封建社会条件下的中国国民所具有的一种文化心态，深广地揭示出民族精神结构中的最大缺陷和创伤，是非常丰富而生动的形象画面，简直又是别具一格的“阿 Q”。

系列性的另一种形式，是在同一篇杂文中把各种不同或相近的形象直接进行排列剖析。例如，《华盖集续编·一点比喻》中的“山羊”“胡羊”和“豪猪”，《且介亭杂文末编·半夏小集》中的“汉奸”“痛骂汉奸的逸民”“应试的儿子”和“默默抗战的烈士”，《准风月谈·二丑艺术》中的“二丑”“义仆”和“恶仆”，等等，都是含有不同思想内涵的类型形象。鲁迅把它们有机地组合在同一的画面里，在类比中形成反差，使各自的特质分外突出，给人留下十分深刻的印象。关于各种相近形象类比的作品则更多，如《华盖集·夏三虫》中有“苍蝇”“蚊子”“跳蚤”，《且介亭杂文二集·文坛三户》中有“暴发户”“破落户”“破落暴发户”，《花边文学·考场三丑》中有“缴白卷者”“钞刊文者”“瞎写者”，《华盖集·评心雕龙》则用人物语言的形式，一口气排列了当时文坛上二十几种稀奇古怪的论者，活画了在新文化运动面前的各种人物的心态，其中包括主张读经尊孔的复古主义者，膜拜西方文化的奴颜婢膝者和新文化阵营中的落伍者、过激者，像一张“人像展览图”。在这里，作者或者平分笔墨，“多管齐下”式地让各个形象都得到充分刻画，如《文坛三户》；或者厚此薄彼，烘云捧月般将主要形象刻画得更加突出，如《二丑艺术》重点在“二丑”。总之，这是鲁迅杂文艺术地刻画类型形象的十分独特别致的方法，既像许多电影镜头的排列“组合”，也很类似意象派作品的“意象叠加”，然而又不是简单的“组合”和“叠加”。这种艺术表现方式，使作品的思想和艺术内涵显得十分丰富、开阔与深邃，给人以平中见奇、面目为之一新的感觉。

但是，类型形象在鲁迅笔下充其量却只是“常取”而已，并非皆有。他的作品在不少情况下是缺乏具体形象的，只是娓娓道来，议论风生，但也同样像磁石一样吸引着读者。因此，我们对鲁迅杂文文学价值的探讨，更应注意那些带有普遍性意义的特征。

第二节 赤裸裸的自己

郁达夫曾指出：“现在散文之最大特征，是每一个作家每一篇散文里所表现的个性，比从前的任何散文都来得强。古人说，小说都带些自叙传的色彩，因为从小说的作风里人物里可以见到作者自己的写照；但现在的散文，却更带有自叙传的色彩了，我们只消把现代作家的散文集一翻，则这作家的世系，性格，嗜好，思想，信仰，以及生活习惯等等，无不活泼泼地显现在我们的眼前。这一种画叙传的色彩是什么呢，就是文学里所最可贵的个性的表现。”① 简言之，这个“个性”，就是作者的“个人性和人格”（郁达夫语）的组合，亦即“自我”。鲁迅杂文在这方面有着很深

---

① 郁达夫：《中国新文学大系·散文二集·导言》，上海良友图书印刷公司1935年版，第5页。

刻、很精到的表现。

鲁迅在谈到自己的杂文创作时曾说："我早有点知道：我是大概以自己为主的。所谈的道理是'我以为'的道理，所记的情状是我所见的情状。"[①] 这样，作品便直接或间接地写出了作家个人对于生活的切身体验、感受，写出了自己的思想、愿望以及喜怒哀乐等种种情感，因而透过作品，我们可以清晰地看到屹立在反抗黑暗势力为光明而战的最前线的无畏战士的身影。他的"横眉冷对千夫指，俯首甘为孺子牛"的鲜明爱憎立场，他的硬骨头的、韧性的战斗精神，他的诚实、无私的高尚人格，他的独特的气质和卓越的禀赋……几乎在每一篇杂文中都不同程度地、不同侧面地含蕴着或显露着，虽是零碎的片断的，分开看各有各的独立价值，但合起来全盘看去，却有一个一贯的生命，构成了鲁迅的异常鲜明的个性，成为鲁迅杂文所创造的众多的形象中最完整、最感人的形象。黑格尔说："人一旦要从事于表达他自己，诗就开始出现了。"[②] 鲁迅说："作品大抵是作者借别人以叙自己，或以自己推测别人的东西。"[③] 曾在杂文创作上给鲁迅以很大理论影响的厨川白村则强调指出：倘不是将作者所有的生命的内容，即生命力的东西，移附在所描写的东西里，就不成为其艺术的表现，文艺是"表现出个性来的唯一的世界"。[④] 可见，文学作品表现作者的人格和个性，乃是一个十分重要的创作规律。

从形式上看，鲁迅杂文对自己的表现，可分为三大类型：

第一类，作者直接以"我"的名义进入作品。这时，"我"或者是占据作品的中心，甚至是全部篇幅，成为拿来解剖、表现的对象；或者退居次要位置，成为所描述的客体的见证者或解剖者。《集外集·关于杨君袭来事件的辩正》属于前一种情形。"我"由于对神经病患者的初发状态"没有实见和注意研究过"，所以把处于神经错乱状态登门的杨树达误以为"假装"，发表了《记"杨树达"君的袭来》一文，这本来是可以谅解的，但"我"却是"很觉得惨然"，思想上引起了极大的不安，"当时，我确是不舒服，自己想，倘使他并非假装，我即不至于如此恶心。现在知

① 鲁迅：《华盖集续编·新的蔷薇》，《鲁迅全集》第 3 卷，人民文学出版社 1981 年版，第 391 页。

② 黑格尔：《各门艺术的体系》，《美学》第 3 卷下册，商务印书馆 1986 年版，第 21 页。

③ 鲁迅：《三闲集·怎么写》，《鲁迅全集》第 4 卷，人民文学出版社 1981 年版，第 23 页。

④ ［日］厨川白村：《苦闷的象征》，《鲁迅译文集》第 3 卷，人民文学出版社 1959 年版，第 14 页。

道是真的了，却又觉得这牺牲实在太大，还不如假装的好”。没有一腔对人民负责、替别人受苦的高度责任感，是决不会有如是般的强烈感受的。类似这样不体面的事情又本可不加流传，一抹了之，然而“我”却偏认为，“那记事却还可以存在”，因为它“意外地发露了人对人——至少是他对我和我对他——互相猜疑的真面目”。“我”十分痛苦、反复自责的就是自己“太易于猜疑，太易于愤怒”。在这里，“我”不虚饰，不做作，勇于自我解剖，直接披露自己的真情实感甚至灵魂深处的阴暗和“潜意识”，淋漓尽致地表现了鲁迅坦诚真挚的个性和对他人高度负责的精神。鲁迅的不少杂文，诸如《答有恒先生》《三闲集·通信》《在钟楼上》等，都是这样在披肝沥胆地倾吐心曲，将自己的内心世界袒露给读者，十分真诚地表露着自己的个性。

关于后者，可以《华盖集·我观北大》为例。作品的主旨虽不是表现自己，但“有我之境，以我观物，故物皆著我之色彩”（王国维语）。文中的“我”既是北大历史和现状的见证人和解剖者，又是一位坚定地主张进步、反对倒退的文化战士。《我谈“堕民”》《我来说“持中”的真相》等，都属这种情形。当然，两种情形并非截然分开的，在鲁迅杂文中常常是结合在一起的。《且介亭杂文二集·陀思妥夫斯基的事》在谈论但丁的作品时就插上一笔说“我”，“那《神曲》的《炼狱》里，就有我所爱的异端在；有些鬼魂还在把很重的石头，推上峻峭的岩壁去。这是极吃力的工作，但一松手，可就立刻压烂了自己。不知怎地，自己也好像很是疲乏了。”显然，主体与客体已完全融为一体了，从中我们同样看到了鲁迅一往无前、勇于牺牲的大无畏的气概和精神。

第二类，作者不直接以“我”的名义进入作品。看上去，这类作品的全部篇幅都是在描摹或解剖客体，没有一点直接写作者自己的地方，但却处处表现着自我，作者的主体情绪和意志并没有被客体所湮没，相反，倒是客体在主体面前失掉了很大程度上的客观自在性。如《准风月谈·帮闲法发隐》对“帮闲者”的刻画：

> 假如有一个人，认真的在告警，于凶手当然是有害的，只要大家还没有僵死。但这时他就又以丑角身份而出现了，仍用打诨，从旁装着鬼脸，使告警者在大家的眼里也化为丑角，使他的警告在大家的耳边都化为笑话。耸肩装穷，以表现对方之阔，卑躬叹气，以暗示对方

之傲；使大家心里想：这告警者原来都是虚伪的。幸而帮闲们还多是男人，否则它简直会说告警者曾经怎样调戏它，当众罗列淫辞，然后作自杀以明耻之状也说不定。周围捣着鬼，无论如何严肃的说法也要减少力量的，而不利于凶手的事情却就在这疑心和笑声中完结了。它呢？这回它倒是道德家。

这里，体现主体作者的形式至少有两点：其一，作者不是隔岸观火，也不是机械式的复制，而是身临其境，带着憎恶与否定的情感态度来描述"帮闲者"，并将自己的主观情感和意志有力地左右着对描述对象的概括，使客体"化为主体的血肉般的所有物，浸透到他的感觉中，不是跟他的某一方面，而是跟他的整个存在结合起来"①；这样，"帮闲者"的背后就屹立着作者的身影。其二，作者站在比描述对象更高的位置上，以解剖者和审判者的姿态，高屋建瓴，通过吐露主观感受和识见，将自己的立场、态度、气质等等，清楚地显现出来。这实际上都是作家把昔日积淀的体验和理解加到客观物象中去，"是他自己心智的果实，或者说，是一种丰产的精神灌注生气的结果"②。这样，在无"我"之境，而物也皆著"我"之色彩了。

第三类，作者类似抒情诗中的主人公一样，直接以抒情的方式进入作品，这时的"自我"被表现得最为自由、充分。鲁迅曾说，他写杂文常常"如悲喜时节的歌哭一般"，"无非借此来释愤抒情"。③ 事实上，在前两类形式中都已包含着情感的成分，其差别只在于追求目标与主要合成内容的不同。前两者可以是特定的情感，但更多的是思考，是对客观事象的剖析和生活哲理的揭示，作家情感只能在这个过程中被间接地表现出来；后者则始终把情感的释放直接作为艺术表现的重点。例如，鲁迅在"三一八"惨案和"左联"五位青年战友被杀害后写下的《黑暗中国的文艺界的现状》《为了忘却的记念》《记念刘和珍君》《无花的蔷薇之二》等，都直接抒发了自己的爱憎情感，关于"中国失掉了很好的青年"的深沉慨叹，对便是在兽类中也"极少有"的屠杀行为的愤懑，在精神摧残与压力下不畏强暴、

---

① ［匈］卢卡契：《卢卡契文学论文集》（1），中国社会科学出版社1980年版，第262页。

② ［德］爱克曼：《歌德谈话录》，人民文学出版社1978年版，第137页。

③ 鲁迅：《华盖集续编·小引》，《鲁迅全集》第3卷，人民文学出版社1981年版，第183页。

对北洋军阀和国民党反动政府的愤怒诅咒，那种在血色中看到希望、决意“奋然前行”的战斗豪情，都写得真诚率直，感人至深。

这些作品显然不仅仅是作者对某一事件偶有所感才发愤为文的。他为此而抒发的种种情感态度，是与自己长期经世选择而形成的那种扶正祛邪、崇尚光明、憎恶黑暗等人生态度联系在一起的。从这种态度中，我们不仅可以窥测到抒情主人公所处的社会地位和社会关系，而且可以直接看到作家的性格、好尚、气质等精神禀赋。这就足以说明抒情杂文中的形象就其根本性质来说，就是鲁迅“灵魂的肖像”，作家在这里对社会人生的情感态度揭示得越充分，其思想性格就表现得越鲜明，作品中的“自我”也就显得越确定、越容易把握。

当然，杂文中的抒情毕竟不同于抒情诗、抒情散文中的抒情，杂文的议论性决定了它必须同时具备抒情与思辨说理的双重性，否则，杂文文体就要发生艺术倾斜了。事实上，鲁迅杂文的抒情是从来不排斥理性的渗透和介入的，它是情感和理性相融合、相统一的结晶：你说作品表现了作者的情感，可它分明是一种深刻理性的表现；你说它艺术地表现了理性，可又分明是真情实感的流露。既是凝结着理性的情感，又是充溢着情感的理性。先哲们常说：情感愈和理性结合，就愈高贵，到了极境，就出现了诗，出现了哲学。鲁迅这些杂文之所以显得博大精深，长期震撼着千千万万读者的心灵，根本原因就是由于其中凝聚着作家在长期生活中形成的、建立在一定理性原则基础上的对于社会人生的这种深厚的情感体验。晓之以理，动之以情，以情寓理，情理渗透，这是鲁迅杂文抒情的基本特点。当作家把这种与自己对于社会生活的本质态度、理性思考有着密切联系的情感反映在作品中的时候，这作品自然也就成为“自我”个性心理特点的表现和思想性格的映照了。

这样，鲁迅杂文尽管在内容和形式上每篇各不相同，但仍有着一种共同的面貌，即镂刻着只有鲁迅才有的那种特殊的性格。从一定意义上说，这些作品都是鲁迅伟大人格的真实写照，是性格的力量把全部鲁迅杂文贯串成一个完整的艺术统一体。歌德曾强调说：“能一般地感动大众的东西，是作家的性格，而不是他的作为艺术家的才能。”① 托尔斯泰也在1853年10月24日的日记中说过同样的意思：“读文章的时候，尤其是读

---

① ［德］爱克曼：《歌德谈话录》，人民文学出版社1978年版，第58页。

纯文学的东西的时候，最大的兴味是表现在那作品里的作者的性格。”鲁迅的杂文又正是在这一点上，显示了它的不朽的艺术价值。

鲁迅杂文对“自我”的表现，与小说、戏剧等叙事类文体具有相同点，也有不同点。相同点就是主体通过对客体的情感态度得以表现。不同点则在作家自我的直接进入作品方面。古今中外不少作家都十分强调小说的“自叙”色彩，出现了不少以写“我”而著称的优秀篇章，如卢梭的《忏悔录》、高尔基的“自叙体”三部曲、郁达夫的“自叙传”小说。由于小说不仅直接展示自我的内心世界，也具体刻画自我的外部行为动作，并通过行为动作与外界建立广泛的联系，所以，这些自我是从多种关系和联系中刻画出的多侧面的、富于立体感的人物形象。而在任何一篇杂文中，都不可能具体展开对于自我的外部行为动作以及由此而产生的社会联系的描写，因而其自我表现主要反映出主体性格、思想情感的某一方面，尽管在他的全部作品中能看到全面的展示。然而小说中的“我”究竟有多少真实成分，却很值得商榷。例如真正的郁达夫，奋发向上，稳健平和，为人正直，曾深得鲁迅赞许。而郁氏小说中的“我”却多系颓废变态者：有的烧书、剪衣服、摔镜子（《一封信》），有的翻窗偷女人的鞋（《还乡记》），甚至狎妓、偷看女人洗澡（《沉沦》）；真正的郁达夫出身豪门，且作品浩如烟海，三十几岁就出了全集，稿酬极可观，大概也不至于穷得囊中空空（《春风沉醉的晚上》）、无颜回乡（《烟影》）、白日昏厥于街头（《血泪》）。其实，关于这些，郁达夫早就申明，他说自己是“头朝着天花板，脑里想出了许多可怜的光景来”（《胃病》），只不过因为感情太浓烈，又写得太逼真，才使人感到似是作者的真身（当然不排除有自己的身影）。假里藏真“我”，“我”中有虚境，才是郁达夫小说的真谛。看来，“自叙传”并非自传，“我”并非像有人说的“恰恰就是作者自己”①，而是经过艺术加工的文学形象了。实际上，只有这样才是合乎常理的，因为小说历来就是“庄严的谎话”（巴尔扎克语）。戏剧也如此，尽管郭沫若曾说自己的历史剧《蔡文姬》中的主人公“就是我！是照着我写的”②，然而我们却看到，不仅蔡文姬的许多生活细节、基本经历不完全等同于郭老，就是个性、气质、爱好等等也与郭老不尽相同。也还是郭沫若说得好：《蔡文姬》中“有不少关于我的感情的东西，也有

① 董易：《郁达夫的小说创作初探》，《文学评论》1980年第6期。

② 郭沫若：《蔡文姬·序》，见1959年5月16日《人民日报》。

不少关于我的生活的东西”[①]。只是“不少”而已，并不完全等同。因此，要到小说、戏剧里寻觅作者自己，必须对“我”进行谨慎地筛选验证。

然而鲁迅杂文中的“我”，却是赤裸裸的作者自己，几乎没有任何虚构的成分，作品不仅真实地记录了作者“转辗而生活于风沙中的瘢痕”(《华盖集·题记》)，而且在对现实的观察，事件的描述，哲理的阐发以及形象（包括自己）的刻画、解剖中，真诚地反映了自己思想感情变化的历程，向读者奉献出一颗赤子之心。可以说，在投入全部赤诚的创作过程里，他把自己的整个人格袒露在了读者面前。这种“自我”表现的真实性和深刻性，正是杂文高出一切叙事类文学的地方。概而言之，这不只因为杂文创作总是直接抒情或浓郁地伴随着情感——情感是主体态度最真实、诚挚的表现，言辞可以修饰，而情感不能装扮；而且还由于杂文创作总是与主体的其他心理过程直接而又真实地联系在一起。可以说，杂文创作就是直接抒发作者的主观感受、以主体的思想情感为主要表现对象的，作者的真实人格无疑就要这样那样地裸露在字里行间，它无须乎、也不允许通过艺术虚构给“自我”戴上一层假面。这就决定了其他任何以客体为主要表现对象的叙事性文学都不可能像杂文那样使主体的整个个性面貌得到如此全面、深刻而又是真实的表现；同抒情诗相比，它既有抒情诗通过情感表现自我的特点，又有抒情诗所不及的表现自我的具体实在性。可以说，杂文是一切文学体裁中表现“自我”的最理想的形式。难怪厨川白村先生不厌其烦地再三指出：要实行爽利的直接简明的自己表现，要表现不伪不饰的真的自己，用这体裁“最为顺手”，“最为便当”。[②] 他还强调说：“在 Essay 比什么都要紧的要件，就是作者将自己的个人的人格的色彩，浓厚地表现出来。”[③] 鲁迅杂文的创作，正是努力遵循了这样一条原则。

鲁迅杂文鲜明地突出自我、表现个性，这是无可争议的事实。既然如此，为什么他又一贯强调文艺是社会生活的反映呢？二者岂不矛盾吗？问题在于，这里的“我”，并不完全等同于西方不少资产阶级艺术家称之为

① 郭沫若：《蔡文姬·序》，见 1959 年 5 月 16 日《人民日报》。

② ［日］厨川白村：《出了象牙之塔》，转引自《鲁迅译文集》第 3 卷，人民文学出版社 1959 年版，第 114 页。

③ ［日］厨川白村：《出了象芽之塔》，转引自《鲁迅译文集》第 3 卷，人民文学出版社 1959 年版，第 113 页。

艺术创作基础的那种纯粹的创作个人主义。曾经产生过很大影响至今仍在风行的弗洛伊德的理论就认为，艺术作品是人类理智的下意识范围的产物，并是在“性心理”的影响下产生的，因此，文学的职能不是描绘生活，而是表现“我”的内容和伟大意义，以及这个“我”同社会的争论。弗洛伊德把人类心理学、精神病学引进文艺领域，的确给文学现象的解释以很大启发。但他把“我”同社会的关系完全割裂甚至根本对立起来的做法，却是不可取的。马赫的“赤裸裸的抽象的自我”表现说，同样完全排除了客观世界对作家主体的作用和影响。中国现代文学史上周作人、林语堂等所提倡的“以自我为中心，以闲适为格调”的小品文，与弗洛伊德、马赫的理论虽不尽相同，但在与社会割裂这一点上，却有着明显的相似之处，他们“无关社会意识形态鸟事，亦不关兴国亡国鸟事”（林语堂语），只是躲进个人的天地里，咀嚼着鼻子底下的一点“小小的悲欢”。遗憾的是：当作者“只能表达他自己的那一点主观情绪，他还算不上什么”,[①] 因为“对于这个世界的关系一旦到了把自己的‘自我’看作‘唯一的现实’的地步，他在思想方面必然成为不折不扣的穷光蛋”[②]。只有当“我”能够投身社会、掌握社会、结合社会并为之表现的时候，才能产生真正的“诗”，真正的文学。鲁迅在《看书琐记（三）》中指出：“诗人究竟不是一株草，还是社会里的一个人”。鲁迅在《文艺与政治的歧途》中又说，“文艺家的话其实还是社会的话”。他始终把自己看作是社会的一分子，大海里的一滴水，其喜怒哀乐，无不与人民大众息息相通。因此，反映在他的杂文里，表现自我与表现社会人生是一致的：当国民党反动当局置干旱给人民带来的灾难于不顾、大搞什么“孔诞纪念”的时候，他心头翻卷着激愤的情绪（《且介亭杂文·不知肉味和不知水味》）；当上海工人武装起义成功，北伐革命军力克南京，人民陶醉于凯歌声中的时候，他清醒地看到了潜在的危机，深为革命的前途担忧（《集外集拾遗补编·庆祝沪宁克复的那一边》）；他还忧愤于人民群众的愚昧落后状态，并为剔除阻碍他们走向解放的精神毒瘤而不懈地战斗，也时时地对社会黑暗势力和反动势力进行抗争、诅咒……作者就是这样深深地感受着时代的脉搏，以己身来承担着人间的苦乐。这样，使杂文里的“我”，一方面“始终是他自己，一个鲜明的、独特的个性，但同时，他

① 歌德语，见［德］爱克曼《歌德谈话录》，人民文学出版社1978年版，第89页。
② ［俄］普列汉诺夫：《没有地址的信》，人民文学出版社1962年版，第274页。

却反映出深刻的社会过程”①。与那些只会咏叹个人休戚哀乐、把杂文变成抒写“性灵”的书斋之语的作家相比，完全是另一路子。这样的个性发展得愈鲜明，表现得愈充分，便愈能代表人民的利益，愈能喊出时代的强音，愈能发挥文艺的社会功能。米·赫拉普钦科说：“任何一个艺术家的创作总是这样或那样地跟他的生平事迹联系在一起的，可是，作为一种社会现象和美学现象的创作，却是由各种更为广阔的社会过程所决定的。”② 鲁迅杂文中的“我”，说到底，是一代民心的归趣、思想文化斗争的风云、过去与未来交汇的历史光环所投下的折影，具有深刻的社会意义的崇高的美学价值。因此，“我”已成为崇高的历史存在，就不仅仅属于鲁迅自己，更属于孕育他的那个风起云涌、急遽变幻的时代，属于因“我”而增辉的现代文学艺术宝库，属于人民所共有的社会财富和精神珍品了。如果说，“认识你自己”这句镌刻在戴尔菲城神庙上的格言在古希腊时代可以称之为是代表了人类的最高智慧，那么，它在现代的社会条件下又被鲁迅杂文在新的意义上作出了最生动的体现。

第三节 “曲张力”：议论文体的根本艺术特征

当短篇小说作为一种新兴的文体在西方刚刚出现的时候，爱伦·坡就在一篇题为《评霍桑的〈故事新编〉》的文章中指出，它的重大审美特征，即在其表面的故事之下，往往“持续地奔腾着一股暗示的潜流”。在鲁迅杂文中，也何尝不是“持续地奔腾着一股暗示的潜流”。所不同的是，后者的“暗示”不是靠表面的故事而是靠曲折的议论而获得。

杂文是以议论为主的。由于议论的灰色和论辩形态，使它最容易落入抽象论理和干巴告白的境地，因而巴尔扎克在寄语青年作者时特别提醒：你可以记事、抒情，但不要发议论。鲁迅却一贯对议论情有独钟。但鲁迅杂文的议论虽然也直接阐发某种深刻的道理，却不推理，不是揭示主题思想的结论性文字，而是帮助人们从局部理解通向主题把握的艺术成分，它靠着委婉曲折、微妙精巧的笔致，所给予读者的大都是暗示

① ［苏］米·赫拉普钦科：《作家的创作个性和文学的发展》，上海译文出版社 1982 年版，第 103 页。

② ［苏］米·赫拉普钦科：《作家的创作个性和文学的发展》，上海译文出版社 1982 年版，第 88 页。

性的启发或影响，读者必须经过仔细的推敲、琢磨抑或联想、想象等，才能对作品有所感悟，有所破译。鲁迅曾形象地将这概括为是“弯弯曲曲”，而攻击者则冠以“隐晦曲折”的恶谥，甚至断言这是鲁迅的“死症”。

鲁迅自觉这样做首先是时代因素所使然。在专制者明明暗暗钳制舆论的情况下，作家的心声是不能直白地表达的，借用一句通俗的话说就是：植物压在石下，只好弯曲地生长。1933 年，当国民党当局实行文化统治最森严的时候，鲁迅曾极力推崇过日本杂文作家长谷川如是闲的作品：“此人观察极深刻，而作文晦涩，至最近为止，作品止被禁一次。”① 由于“曲笔”能赋予作品“深文隐蔚，余味曲包”（刘勰语）的意蕴，在外观上带有不确定性，使作家的真实面目和目的得以隐蔽，同时又能在读者那里心照不宣地实现其政治功能，所以特别为 30 年代的鲁迅所看中。显然，鲁迅虽非胆小怕事的懦夫，却也不是许褚、李逵式的莽汉。顽强、执着的“入世”情结使杂文创作直接卷入政治文化纷争且不怕带来厄运是鲁迅的自觉选择，但以直来直去的方式对抗专制独裁的黑暗统治，虽然或许可以被奉为“道义英雄”，却肯定会造成无谓的轻率的廉价的牺牲，这是鲁迅所不取的。这就是说，在辞令成了生死穷达的关键的非常时期，鲁迅对“曲笔”的苦心钻研和自觉追求无疑首先缘于一种“避免正面对抗”的生存、斗争智慧和策略，他是以奇策异智的“壕堑战”方式来保护自我和挑战国运民瘼的。这是“曲笔”赖以产生的现实生活土壤，它满足的是特定时代条件下思想文化方面最为迫切和重要的需求。然而它所产生的积极效应却是双重的：一方面，它确实成为那些在权势上处于劣势而又积极参与现实斗争的作家们逃避政治责难的有效保护手段；另一方面，“曲笔”提供的契机玉成了作品的“艺术”地把握世界的最佳方式。历来文人总是有“常恨言语浅，不如人意深”“物理易尽，人情难尽”之感，“曲笔”正长于表达人们内心的深曲之意、难言之情。同时，由于这种表达是委婉的、惟妙惟肖的，因而使作品产生了浓郁的含蓄效果和文学色彩，增加了读者的兴味，与艺术规律达到了完好的契合。经典作家们曾反复强调艺术形式的非“推理”性、理念的非“直接”性，苏珊·朗格在阐述各类

① 鲁迅致陶亢德信，编号 331102，《鲁迅全集》第 12 卷，人民文学出版社 1981 年版，第 252 页。

艺术的一致性逻辑时指出，它们“都是非推理形式的逻辑（与支配着其他形式一样地支配着文学创作形式）”[①]；黑格尔则提出了著名的“美是理念的感性显现”说；李泽厚也详尽阐释过同样的道理：直接性（感性）引导间接性（理念），间接性不脱离直接性，使读者的想象符合、趋向于非既定的某种概念，所给予读者的是欣赏而不是推理，是领悟而不是说教，这是艺术的审美意识同非艺术的概念认识的重要分水岭[②]；杂文家孔另境则以自己的切身体验直接对杂文进行揭示：“暗示本为文艺构成的一种要素，暗示愈多，文艺性也愈浓，结果就形成了借文艺的手法达到了政治和社会的讽刺了。”[③] 这些，都与恩格斯提出的“作者的见解愈隐蔽，对艺术作品来说就愈好”的美学观点是一致的。

正因为又如此，鲁迅宁愿冒着稍一不慎便流于晦涩的危险，也不肯丝毫削弱“曲笔”的运用。他反复强调过杂文创作造语“须曲折”“锋芒太露，能将诗美杀掉”（《两地书·三二》）的道理，批评过内山完造那些“漫论”的好下结论：“往往颇有令人觉得‘原来如此’的处所”（《且介亭杂文二集·内山完造作〈活中国的姿态〉序》），也不满于许广平杂文的“太直白”、瞿秋白杂文的“少含蓄”和“一览无余”，他在给瞿秋白修改《大观园的人才》《伸冤》等杂文时，用力删却了许多过露的言辞和意思。显然，鲁迅对杂文已不是只求对社会有用，不是单单向往史诗的历史感与战斗气势，同时也倾心于通过“曲笔”的运用而赋予杂文一种普遍性与永恒意义的艺术境界。事实上，把握了这种不推理、不作结论的“曲笔”，就准确地把握了杂文艺术形式的根本。我们在阅读鲁迅杂文的过程中都会有这样的经验：因为“曲”，产生了不小的阻力，也便产生了引发欣赏者去探求“迷宫”的谜底的吸引力，欣赏者不得不时常停住，去思索、去琢磨、去品味，用力捕捉隐匿在文字背后的东西。也就在这蹙紧眉头苦苦思索而有所感触或领悟之时，一股不可言说的审美快感便油然产生：当我们受“变戏法”的启示而领悟到大地主大资产阶级专政的现象和实质（像“变戏法”一样更迭执权，也像“变戏法”一样向人民索钱）时，不能不为对中国现代史能产生这样的精辟的认识而满足（《伪自由书·现代史》）；当我们通过戏台上的“二花脸”而认识到社会上趋炎

① ［美］苏珊·朗格：《情感与形式》，中国社会科学出版社 1986 年版，第 121 页。

② 李泽厚：《虚实隐现之间》，《人民日报》1962 年 7 月 22 日。

③ 孔另境：《横眉集·论文艺杂感》，世界书局 1939 年版，第 8 页。

附势、阿谀逢迎的一类势利小人的共同灵魂时，会发出会心的鄙夷的微笑（《准风月谈·二丑艺术》）；当我们通过“活该”的一声长叹感受到鲁迅既谴责“放下经卷，横来招是非”的法海一类封建势力、又为白蛇娘娘因雷峰塔的倒掉而获释而庆幸的心情时，也会形成鲜明的爱憎立场和是非观念，赞成什么，否定什么，没有多少犹豫的余地（《坟·论雷峰塔的倒掉》）……由此可以这样推断：“曲笔”等于阻力，阻力刺激诱发作为审美快感必备条件的接受者解读中的主动性，只有主动探幽索微，接受者才能获取大量的、良好的审美信息。最终的结论便是：“曲笔”等于杂文艺术形式，是鲁迅杂文文体的根本艺术特征。

当然，同任何形式的文学作品一样，鲁迅杂文是有含蓄和率直之分的，它不但因人而异，而且因事而异，因时而异。大体上说，“五四”时期的《坟》和《热风》，对封建主义旧文化、旧道德的批判无所顾忌，文字简短，态度质直，词锋犀利；《华盖集》《华盖集续编》及《而已集》在广泛进行文化批评的同时又多涉政治斗争，因而鲁迅开始有意在一些作品中有话“不肯直说”，常常指桑骂槐，搞迂回战术；《三闲集》《二心集》《南腔北调集》则既有悲愤情感的抒写，又多热烈的争辩，虽然也常故意“吞吞吐吐”，但积愤愈深而顾忌反少，风格趋于清峻通脱；《伪自由书》《准风月谈》《花边文学》因产生于白色恐怖的30年代，这也是鲁迅对“曲笔”苦心追求的时期，因而最为委婉含蓄，其大量审美信息的传达几乎都是在浓厚、深密的遮蔽性语言符号中完成的；而《且介亭杂文》及二集、末编，看上去多从容不迫地娓娓道来，但朴素中却含着劲遒和深意，舒缓中透出洗练、峭拔和诙谐，是化为绕指柔的百炼钢。但无论哪个时期，哪种风格，都不是对“曲笔”的根本取消，它是在“曲笔”范围内的含蓄和率直，是“曲笔”的不同程度而已，至多不过是五十步与一百步的差别。在言论自由的情况下，在自己阵营里的是非之争中，或者在真理的阐发以及对民族文化痼疾和思想时弊进行批评、针砭时，鲁迅运用“曲笔”的例子同样比比皆是。例如，20年代思想文化界还是一个相对自由、宽容的时代，有话可以直说，甚至像“三一八”惨案那样最敏感的“政治”事件，不少作家都写下过直接揭露和抨击的作品，但鲁迅的《牺牲谟》（《华盖集》）所揭示的那个贪财者在甜言蜜语背后的卑劣用心，《小杂感》（《而已集》）所揭示的那些深邃的人生哲理，也都不是明明白白、平平实实告诉读者的，而是深匿在字里行间，从而造成读者对作品底蕴的反复回味，引起对于社会人生的沉思。这说明，鲁迅杂文的“曲笔”虽然是在30年代受环境的影响而浓化的，但鲁迅的追求是一贯的并越来越自觉的，他确实是将此作为不能扬弃的规律来对待的。

然而遗憾的是，学术界和文学界长期以来一直对“曲笔”存在着偏颇认识。一些肆意贬损鲁迅的人自不待言，他们往往首先从这里入手对杂文大加讨伐①；即使是在拥护鲁迅杂文的人那里，“曲笔”也常遭到误解。冯雪峰以“杂文应当随着时代的跃进而发展”为由，十分确切地断定：这种笔法在新中国成立后人民当家作主的历史条件下，只能作为研究、欣赏的对象，不能再用②；另有人强调“曲笔”在新的历史时期还有用，则是拿着敌人还存在为理由，认为对那些“蜕化变质、作恶多端”、已经不属于同志的人“使用某种‘曲笔’，又有何不可呢？”③ 这两种意见都是只片面地看到了“曲笔”的对敌斗争的意义，没有认识到它所具有的普遍的艺术价值。由于冯雪峰在学术界具有相当大的权威性，加之杂文作家也确实因“曲笔”而屡受责难，因而长期以来人们一直对“曲笔”讳莫如深，甚至连林志浩先生主编的大学教科书《中国现代文学史》，也否定它是一种“有成规可循的艺术手法”。试想，如果真的消解了“曲笔”，将杂文的内蕴变得像白水一样清澈无余，或者大声疾呼，直来直去地说理，虽然可以免除接受者深钻细揣的麻烦，但也同时失却了阅读的兴致，其文艺价值势必受到削弱，因为“诗人的道德箴言和训诫只能减弱他的感染力”（别林斯基语），发展之至，杂文文体就要发生质的变化了。在这一点上，我们的认识尚不如古人。清人刘熙载在《艺概》里谈到中国古代议论散文时曾说：“文有本位，《孟子》于本位毅然不避，至昌黎则渐避本位矣。永叔则避之更甚矣。凡避本位易窈眇，亦易选懦。至永叔以后，方以避本位为独得之传，盖亦颇矣。”所谓“避本位”，就是对自己的观点和主张不从正面直说清楚、彻底，而专就旁敲侧击来生成波澜，亦即今天所说的“曲笔”。这的确道出了古代

① 早在20世纪30年代，王平陵就在《“最通的”文艺》（1933年2月20日《武汉日报》）一文里十分痛恨鲁迅的有话不“痛快地直说”，“吞吞吐吐，打这么许多弯”，他说鲁迅“除了那些恭颂苏联德政的献词以外，便没有更通的文艺”。

② 冯雪峰：《谈谈杂文》，见《文艺报》1950年第2卷第9期。

③ 《对“刍议”的小议》，见《杂文报》1985年1月1日。

议论散文在形式上带有规律性的东西，即便是刘熙载所说的“不避”“本位”的《孟子》，有人不是也曾概括过它有“直而不倨，曲而不屈”的特点吗？刘勰论文，一向倡导“深文隐蔚，余味曲包”，其后唐人提出的“远调”“用晦”“重意”“含蓄”“味外之味”，宋人提出的“不落言筌”“无迹可寻”，直至清人小说理论中的“注彼写此”“真事隐去”等，先后都继承与发挥了刘勰的这一文艺思想。可见，崇尚婉转与隐蔽，不仅是古代文论家、散文家的一贯主张，也是中国古典文学的普遍追求。所以，古往今来的优秀文学作品才会使人感叹知音其难又百读不厌。这完全可以给我们认识鲁迅杂文以有益的启示。

鲁迅杂文中“曲笔”的运用尽管花样繁多，但可用“内在机制”和“外在表象”概其大略：

所谓“内在机制”，是指思路营构的脉络。鲁迅所有杂文的主题表达几乎都不安于平铺直叙，一般也不明明白白地解释与点破论点与论据之间相契相合的关系，而是让读者在事实与事实、议论与议论、事实与议论的相互关系中，自己得出结论。具体的方式则多种多样：或者借古喻今，暗中契合历史进程中古与今、始与末的许多相似之处，皮里阳秋，对现实痛下针砭（《而已集·魏晋风度及文章与药及酒之关系》）；或者像闲聊一样从容不迫地说开去，虽是将话搭话随说漫说，但却“草蛇灰线”，于不经意中传达出作者的喜怒哀乐和价值判断（《伪自由书·观斗》）；或者托物言志、以此说彼，通过评述草木虫鱼、风花雪月以及大量的“社会相”类型形象等有生命和无生命的物相而寄寓政治性的感受、思想，表达作者对现实存在的某些人情事理的否定态度（这在《准风月谈》和《花边文学》中出现得最多）；或者故隐其词，真格的东西偏不说破，通篇的语境和议锋几乎都是没有确定性的谜团，同时又隐约地透出一点真实的信息，在欲说还休、故弄破绽中引导人们探询谜底（《伪自由书·现代史》）；或者正襟危坐、一本正经地说假话，在拿腔拿调和反向的情感倾向中让人更感到假话的虚假性（《南腔北调集·“非所计也”》）……凡此等等，都使作品有效地避免了“直”与“露”，获得一种“文势之曲”的化境，借用林纾的话说就是：“犹之构园亭者，数亩之地，而廊榭树石，能位置错迕，缭曲往复，若不知所穷，方称善于营构。”[①] 小小园

① 林纾：《春觉斋论文》。

林，营构得法，可曲径通幽，别有天地；而方寸文章，曲笔婉转，则有变幻无穷的境界。鲁迅杂文就正是如此。

在这里，思路营构的脉络实际上就是为“曲径通幽”创造的契机，也可以说是为使作品中直接出现的含有潜能意蕴的“文本语象”能声入心通地过渡到被批判、被鞭挞、被表现的对象上去而采取的“联系方式”（媒介），以唤起鉴赏过程中的联想、想象、感悟等。例如，《华盖集·夏三虫》直接议论的对象是苍蝇、蚊子、跳蚤，作品曾就蚊子的吸血行径展开评说：“一针叮进皮肤，自然还可以算得有点彻底的，但当未叮之前，要哼哼地发一篇大议论，却使人觉得讨厌。如果所哼的是在说明人血应该给他充饥的理由，那可更其讨厌了。”表面上谈的是蚊子，但骨子里却指向了作为反动派的帮凶的官场学者、御用文人如陈西滢之流，因为陈西滢等人在“三一八”惨案前后曾极力制造舆论，攻击无产阶级领导的进步学生运动，为北洋军阀血腥镇压学生运动的行径寻找理由，开脱罪责。在这里，蚊子的哼哼着吸血的禀性和陈西滢之流的“议论”着咬人的好恶，蚊子的混淆视听的鼓噪和陈西滢之流的颠倒黑白的胡说，在结构形式上都是近似的。由于两者的“异质同构”突破了本体与喻体的类属边界而握手言和归为一样，因而能引发联想。鲁迅是按照生活本身的逻辑和事物的本质特征为纽带来构思布路、从而打通了两者的联系的。转移了的感觉意象（陈西滢）是原感觉意象（蚊子）的延伸和发展，是顺向性的借题发挥。由于作品着力捕捉和渲染了它（他）们在内涵上的层递关系，因而脉络贯通，水到渠成，毫无扭结强合之意，一个兴象、一个喻体就这样巧妙地置换成一个政治客体、政治意念；而《华盖集·战士和苍蝇》则把战士与苍蝇两个既风马牛不相及又有质的不同的“社会相”类型形象置于特定情感的维系之中，通过矛盾抗衡的方式，在二者的对立统一中开掘意义，从而获得相反相成的艺术效果。无论前者还是后者，鲁迅遵循的都是“异质同构”原理，即：转移了的感觉意象（意蕴或情理）与原来的感觉意象（意蕴或情理）之间互相联系和依存、互相制约和影响对方，从而交织成、引发出种种新的关系。作者正是在种种关系辐射的弧面上如鱼得水，追踪蹑迹，尽情地张开联觉、评说的翅膀。由此造成的寓庄于谐、以少胜多的艺术效果倒在其次，最叫绝的即是那种极尽腾挪揶揄之能事的跌宕和寄托遥远巧喻服人的理性气韵，抽象的议论文字由此变得曲味不尽，峰回路转，妙趣横生。这是鲁迅杂文思路营构的基本特色。

这里也涉及大家常常关注的杂文创造“形象”的规律性问题。在这类作品中，鲁迅确实以极大的热情刻画了“叭儿狗”“媚态的猫”“细腰蜂”等一系列“社会相”类型形象，这些形象“于坏处，恰如病理学上的图，假如是疮疽，则这图便是一切某疮某疽的标本，或和某甲的疮有些相象，或和某乙的疽有些相同”。[①] 但从文体的视角看，其强大的内聚力和散发性在作品中所影响和制约的，主要是杂文的结构方式、立论角度和议论风格。其具体表现形式就如上所示：运用某一类比形象作为立论的基础或支点，通过剖析它们与题旨相关联的特点、意向，指向某种不脱离形象本体的而又不完全拘泥于形象本体的具有超越性的思想和情致。中国画的构图有个规律，叫作“易取难舍”“易实难虚”，议论文的写作更是如此。鲁迅是深谙此中三昧并在艺术表现上知难而进的，他以类型形象为联系、为媒介，既为说理创造了由头和机锋，使理论“虚”起来，又舍去了说理的某些繁缛的推断、论证的过程，得到一种理念的“经营空白”、靠取意和启发制胜的艺术效果。但形象最终是作为形式范畴参与议论分析的。这就是说，具体形象的介入杂文，主要是为了婉转地、形象化地说理的需要，以形成一种特定的艺术表达方式。也只有在这意义上，“类型相”才获得了杂文的文体价值。

如果要到鲁迅杂文中寻找具有“独立”存在意义的形象的话，这个形象就是鲁迅自己。如上所述，鲁迅写杂文由于处处是以“自我”为轴心去展开对外在世界的表现，在对现实的针砭、事件的描述、哲理的阐发中，也即真诚地反映了作者自己思想感情变化的历程，向读者奉献出一颗赤子之心。可以说，在投入全部赤诚的创作过程中，鲁迅把自己的全部人格都异常鲜明地袒露了出来，他有着“横眉冷对千夫指，俯首甘为孺子牛”的爱憎立场，硬骨头的、韧性的抗争和奋斗意志，诚实的、无私的操守，知其不可为而为之、独立不倚奋然前行的殉道精神，抗击强暴和黑暗的胆识、洞彻人情物理的智慧……这些人格素质的精神“生气”每每都灌注、融化在作品的字里行间，合为一体便成为鲁迅杂文中最具艺术生命的“这一个”。当然，作家人格在作品中留下投影并非鲁迅杂文所独有，按照歌德的说法，“在艺术和诗里，人格确实就是一切”[②]。鲁迅杂文

① 鲁迅：《鲁迅全集》第5卷，人民文学出版社1981年版，第4页。

② ［德］爱克曼：《歌德谈话录》，朱光潜译，人民文学出版社1978年版，第174页。

之所以在这方面特别值得重视，绝不仅仅因为作品也因此划开了与一切非艺术形态的区别，也不仅仅因为它在显示人格方面表现得最充分最得心应手，重要的在于作家人格与文体的艺术形式之间形成了一种深层的契合关系。鲁迅虽然处处以“看者”的身份去打量周围的人情事理，却也同时把自己赤裸裸地袒露开来被作者和读者看，这“看”与“被看”所形成的，是心对心的交流。在这种语境中，读者绝不会被沦为“我”的客体，去单方面接受“我”的训导，而是始终保持着自己作为独立存在的另一个主体，或者与“我”同为主体存在而一起去思考去感知。这与先秦议论散文的辩难体不同。在辩难体中，尽管存在着鲜明的对话关系，但对话者（常常即是听教训的读者）是居于低下或与“我”相对立的位置的，辩难本身即意味着两种不同身份不同思想的撞击。而鲁迅杂文泯灭了这种对抗性，“我”与读者是在心灵相契的前提下一同去体验和感知这个世界的。从中我们可以看到作品的一个基本出发点：读者与作者同时共存的交流与交流的双方是地位平等的。在这样的语境中，任何直接训导或说教的成分就都显得既生硬又蹩脚，它会直接造成对读者的不亲近不信赖不尊重，进而使读者产生厌烦和排拒感。而一切建立在巨大的人格魅力基础上的循循的诱导、婉转的启发、情绪的感染、甚至一举手一叹息的暗示……就无不充分显示出撞击读者心灵的力量。鲁迅杂文文本的世界，是一个由作者与读者双重主体存在着的、相互作用的心理机制与相互作用的话语机制所构成的开放的艺术世界，在这种相辅相成的关系中，每一方都是自由的，在自己的地位上都是主角，但又无不受到对方的制约。这里隐藏着一个古老、永恒的人类心理症结：渴望沟通与交流，只有得到他人认同的东西才具有真理的可靠性。鲁迅杂文的生动、巨大的艺术张力，几乎都是在此基础上生发开的。

所谓“外在表象”，是指语言的模糊特性。鲁迅杂文由于大量地采用了反语、比喻、形容、夸张、象征、借代、关联、隐喻、衬托等手法，在审美信息的传达上有一个可供仔细品尝的遮蔽性的外观、庞杂繁芜的“暗码”系统，这就使它对自身所含的意思没有十分明确的严格的规定和限制，大大超越了语言准确性的含义，因而具有极大的模糊性，但模糊性中却有丰富的暗示性。它的一段话，一句话，抑或几个字，甚至于空白之处的“没有写出”，都常常值得读者反复咀嚼玩味，具有钻石一般的双重以至多重折射性能。例如，把中国人的命运概括为“生命0”，既形象地揭示了中国人在异族侵略面前随着大片国土的沦陷而由“生命圈”到“生命线”到“生命0”的演变过程，更入木三分地暗示出中国人的生活和生命保障其实是等于“0”（零）（《伪自由书·中国人的生命圈》）；明明要爱国志士不相信国民党当局的欺骗宣传，却偏偏鼓励他们像欺骗宣传一样发表宣言：“不幸‘自行失足落水淹死’，非所计也！”作品结尾还特别告诫这些爱国志士：“要觉悟这说的是真话”（《南腔北调集·“非所计也”》），似反似正，亦反亦正，反倒更使人感到了欺骗宣传的欺骗性；而《南腔北调集·为了忘却的记念》在悼念被惨杀的左联烈士时一再表示“要写下去”，但笔锋一转说：“在中国的现在，还是没有写出的。青年时代读向子期的《思旧赋》，很怪他为什么只有寥寥的几行，刚开头却又煞了尾。然而，现在我懂得了。”懂得了什么呢？行文没说即打住了。《思旧赋》是向子期在密友嵇康、吕安被诬陷为司马昭杀害后，正日暮天寒并悲愤不已时的产物。鲁迅在“三一八”惨案后对向子期的心灵感应，所表达的不仅仅是对死难烈士情到深处无话说的悲痛，更以反常的语言“空白”方式暗示出政治避讳的存在，并向惨烈的专制压迫发出强烈的抗议。

一语双关、一笔多味是模糊；庄谐杂出、含沙射影是模糊；隐而不书是模糊；而有意创造一些只能意会、难以一言蔽之的意念或情理瞬间更是模糊，例如《而已集·“意表之外”》在回答有恒先生的“诧异我为什么不说话”时写道：

> 天下以我为可恶者多，所以有一个被我所骂的人要去运动一个以我为可恶的人，只要摊出我的杂感来，便可以做他们的“兰谱”，“相视而笑，莫逆于心”了。“咱们一伙儿。”

作者以自己的衷肠传达给我们的，是对“一伙儿”臭味相投的揭露和批判？是对自己的杂感“对于被骂者是大抵有利”——增进了他们的结合——的遗憾？还是为杂感能有如此之大的典型性、概括性而自慰？总之不是一两句话可以完全说清楚的，真有“睹一事于句中，及三隔于字外”① 的丰富含蕴。这就有力地开发了一般准确性语言的单一感官平面的

① 刘知几：《史通·叙事》。

触角所难以涉及的精神“空白区”，在这“空白区”造成“短路”，接通不同感觉平面，产生张力，从而建构起多面一体的辐射状的审美空间。这空间乍看似乎空疏恍惚、复杂迷离，但却不像天书一样神秘莫测，其多义性的语言符号中给接受者的审美感受留有既是开放的、又具一定旨归的意义域，读者完全可以根据自己的理解和体验，从作品语言所包孕的暗示替代的可能性和对类似性的发现中，意会到合用的东西：有人可以从整体上来把握，有人可以在某一点上获得启示，有人可以体验为一种情感的宣泄，有人则可以理解为一种意念的释放……每一个接受者与传讯者审美感受冥合的范围大小、程度深浅虽千差万别，但只要在某一点上冥合了，就肯定有所获得，就能生出快感。别林斯基把这种现象称为“艺术家的魔术”，看作“大作家艺术才华的标志”。它固然基于作家在其深层情绪结构和思维意识中所具备的那种高级的、深刻的、发达的感觉能力，同时也有一个如何妥善处理语言“悖论”中“不可言说”与“非说不可”之间的矛盾统一问题，涉及不可知论和可知论中语言的功能作用问题。倘是彻底的不可知论，模糊的永远不能破译，语言就变得毫无用处，自然也就失掉了审美意义；但倘若着力运用一种准确可靠、直来直去的语言，那就又落入了科学论文和推理论文的窠臼，其艺术魅力会荡然无存。只有这种能够让读者经过审美再创造，通过直接感受而间接获得理性启示的语言，才是文学语言的本质所在。有人说：“在文学作品中，语言符号带有自指性，能指可以在不同程度内与所指疏远、脱节，独立地炫耀自己，它不是尽快把读者的注意力认知力引向所指、引向客体，而是迫使读者的目光在能指上面停留。”① 停留即意味着鉴赏，意味着审美再创造，意味着语言功能（能指）的尽情发挥，所谓“韵外之致”，所谓“诗”性空间的开发，都只能在停留中才能完成。鲁迅杂文无疑是这方面的一个范例，它之所以在语言的“模糊性”技巧上殚精竭虑，乐而不疲，无疑正是对能指本身的极度关注。这也是它能唤起读者的永恒的向往的语言秘密所在。

可以断言，模糊性是杂文形式上实现“曲笔”的唯一语言途径，也堪称杂文语言的高级属性，它与思路营构的内在血脉相辅相成，相得益彰，最终把杂文推向“形象化”“诗”“文艺性”的归途。而一般科学论文和推理论文何以必须以语言的准确作为安身立命的支点呢？关键在于，

① 王先霈：《中国文学批评的解码方式》，《文学评论》1993 年第 1 期。

它不具备“曲径通幽”的思路营构，不具备能够引发读者联想、想象、感悟的内在暗示力量，若同样使语言模糊起来，只能使人摸不着头脑，无所适从，必然丧失了理性，丧失了逻辑，丧失了科学。可见，虽系表象，却合化着本质，杂文与非文学的界限，这也是一个明显的分野。

第六章

“鲁迅风”的活力与“活鲁迅”的风范
——“孤岛”杂文概观

20世纪30年代前期的上海，曾是中国文坛最繁荣的地带，更是杂文创作的大本营。但是，自1937年11月上海沦陷为“孤岛”以后，本来生机勃勃的文坛，就变得冷落萧条，沉寂无声：书店关门，报刊停刊，作家纷纷随军西撤，留下来的，也不敢轻易露面。

事物的转机常常与偶然性有关。1938年1月，租界当局允许英、美等国及日本人主办的报刊在“孤岛”发行。利用这一机会，留下来的一部分作家在地下党组织的支持下，打着洋商的招牌迅速恢复了《译报》，创办了《文汇报》，接着，《大美报》《正言报》《申报》《鲁迅风》《杂文丛刊》等也先后复刊或创刊。于是，蛰居的作家纷纷复出，“孤岛”文坛渐渐死而复生。

在众多的文学体裁中，捷足先登的是“鲁迅风”杂文。自从柯灵主编的《文汇报·世纪风》和王任叔主编的《译报·大家谈》重点刊登杂文以后，杂文像寒春的野草一样迅速蔓延开来，以至于出现了专载杂文的刊物《鲁迅风》和《杂文丛刊》。从1938年至1941年12月太平洋战争爆发的几年间，“孤岛”文坛最辉煌的收获无疑是杂文。文载道、周木斋、周黎庵、屈轶（王任叔）、柯灵、风子（唐弢）六人合著的《边鼓集》和《横眉集》（作者又加孔另境）[①]，王任叔的《生活、思索与学习》《窄门集》《边风录》，周木斋的《消长集》，柯灵的《市楼独唱》，唐弢的《投影集》《短长书》《劳薪集》，周黎庵的《吴钩集》《华发集》《葑门集》，列车（陆象贤）的《浪淘沙》《两极集》，王统照的《繁群集》

① 《边鼓集》和《横眉集》集孤岛优秀作家之大成，是孤岛杂文的代表作。本章中引用的作品，凡未注明出处的，均见这两部书。

等等，都是产生在这一时期并发生较大影响的作品。

第一节 民族的命运和战士的箭镞

“孤岛”杂文作家是产生于动乱救亡的大时代中的创作群体、勇敢无畏的弄潮儿，几乎每个人都带着自身的特点，然而所有人都表现出历史上很少有过的同一倾向性：民族的情感和大义、救国兴邦的政治要求高于一切。如果说，在这之前杂文的锋芒是较为宽泛地指向反对统治者、社会腐朽势力以及封建文化传统和人民群众的不觉悟状态，那么“孤岛”杂文的矛头则主要指向了民族的敌人以及民族内部阻碍抗战的思想和行动，并且努力发掘传统积淀中那些与抗战相悖的劣质和相适的优质。在这里，“孤岛”杂文所表现出的不只是落后民族此类文学中常有的那种民族屈辱感和危机感，更多的是义不容辞的责任感和不可侵犯的正义感。不少作品几乎是在一种不加装扮的情况下，急促而又直露地表达着自己种种忧心如焚的情感和思考，古典的“中和”之美被骚动不安的焦灼所冲击，鲜明地表现出“孤岛”杂文作家对积贫积弱的古老民族的觉醒和解放的热切期待。

对异族侵略者，作品不仅处处以人道主义的义愤予以谴责和挞伐，更注重从关键环节和深层意义上揭露其罪恶与阴谋，揭示其本质和命运。侵略者对付中国人民的手段无非是文武两手：暴力屠杀、镇压和谎言欺骗、麻醉，孔另境称之为“铁蹄下实行‘王道’”（《谈恩惠的赠与》）。作品对侵略者这两种手段的揭露是一针见血、入木三分的。从周黎庵的《悬缚示众》、王任叔的《眼前事实》《不会有的事》、唐弢的《血写的历史》等作品中，我们清楚地看到了侵略者灭绝人性的法西斯强盗嘴脸。而王任叔的《论私交之类》、周木斋的《差一点儿》、柯灵的《奴隶的错觉》、唐弢的《时代的悲哀》、文载道的《怀孔》等则深入揭露了侵略者欺骗、麻醉中国人民的各种战术，他们或者利用个人之间的“私交”来拉拢、网罗中国的文化分子，或者利用宗教“征心”，或者装作“客气”迷惑视听，或者利用孔教“维持风化”敦睦“邦交”……名目繁多，不一而足。作家们洞若观火地及时识破、戳穿了敌人的阴谋伎俩，帮助人民擦亮了眼睛。更多的文字则深入揭示了侵略者外强中干、凶狠怯弱、狡诈愚蠢的本质，预示其必然失败的命运，激励人民作长期的反抗斗争，争取最后的胜利。这里仅以对日本军心、民心的剖析为例，就可看到作家们的揭示是切中肯綮、极富感召力的。譬如，就在抗战爆发的第二年，日军内竟出现了士兵集体自杀的事，透过这一现象，作家们敏锐地看到了问题的实质。王任叔的《不必自杀》指出：“能自杀的人，他已经从兽性的领域接近人性的王国了。换句话说，只有‘人’的觉醒来到侵略者的心里的时候，他感到幻灭——自杀了。”周黎庵的《从剖腹到上吊之路》认为，这件事“更见得法西斯军人所驱策的士兵，正是卑怯的集团”，“是法西斯军人从胜利到溃灭之途。”日本军队是这样，日本人民则更常常与侵略者的意愿背道而驰。从柯灵的《慰郭沫若夫人》、文载道的《初寒随笔》等作品中，我们清楚地看到了日本人民所流露出的反战情绪和表现出的勇敢的反战行为。人心的向背是决定战争胜败的重要因素，因此，作家们毫不含糊地断言，日本侵略者的未来“就是循着‘集团自杀’的路”进入“坟墓”，而“中日两国的人民，将必有紧紧握手之一日”。（王任叔：《不会有的事》《不必自杀》）

印度著名诗人泰戈尔曾经把“外国征服者的傲慢”与“国民的愚昧和懒散”看作一切弱小民族的共同“不幸”。中国虽然是个泱泱大国，但其“不幸”仍具有这样的双重性。从抗战的意义上来说，后者是比前者更严峻的现实，因为外国“征服者”绝不会自行宣告失败，必须靠国民自己的力量去战胜它，正如胡风所说：“战争的最后胜利不能不从抖去阻害民族活动的死的渣滓，启发蕴藏在民众里面的伟大力量而得到。”① “孤岛”杂文作家对此也有着深切的感受和认识。因而就这些作品的主导倾向而言，不侧重于对帝国主义侵略的强烈抗议、谴责和对抗战的热烈赞美，而表现为对民族劣根性的痛切针砭和对传统文化中的封建糟粕的决绝抛弃。在这方面，“孤岛”杂文主要在两条战线上作战：

一是坚决抨击屈膝投降的汉奸行为。日本侵略者的基本策略之一是“以华制华”，对此，作家们始终保持着高度的警惕。一次带有“麻醉”性的电影宣传，一句挑拨国共合作的话语，一次无原则的“私交”行为，抑或任何情形下的“落水”举动，都会深深触动作家们的创作情愫。其中最集中的，便是对头号汉奸汪精卫的揭露和批判。早在“九一八”事变后，汪精卫就曾主张对日妥协，抗战爆发不久，又流露出“求和”的

① 胡风：《愿和读者一同生长》，见《胡风评论集》（中），人民文学出版社 1984 年版，第 7 页。

迹象，王任叔在《略论刺激性》中及时写道：

> 有人以预断欧战必不至爆发，张伯伦力谋“和平”挽回欧局为可佩。固无论其用意何如，然今天希特勒对民主制的攻击，已掴了此项论客一个耳光。
>
> 庄子曰：“大言炎炎，小言詹詹。”大言固炎炎而有刺激性者。况复今天是动员民众的抗战时期。若无激昂慷慨之语文，何来磅礴云天之热情。作此语者，无非要我们“白刃加颈”，犹须“少安毋躁”也。

那时，汪精卫还没公开暴露出汉奸嘴脸，作者只是含蓄地敲起警钟，提醒他不要忘记自己的旦旦誓言。然而不久，汪精卫的“和平之门未闭”的论调便公开出现了，后来以至于叛国投敌，成为中华民族的千古罪人。对于汪精卫及其追随者的态度，作家们给予了极大的憎恨与愤怒，旗帜鲜明地进行了斗争，写下了不少内容严肃又具有嬉笑怒骂风格的文章，像周木斋的《凌迟》、孔另境的《年记（六）》、柯灵的《哀调》、王任叔的《抽思·哀和平》《汉奸略考》《略论叫化之类》等都是。这些作品不仅对以汪精卫为首的汉奸行为和言论作了无情的鞭挞和严正的裁判，而且揭示了他们从内部破坏抗日、比侵略者具有更大的欺骗性和危险性的特质，“汉奸之罪，深于敌人”（周木斋《逢恶》），提醒人们提高警惕，与之进行不懈的斗争。

二是把笔端指向人民群众的麻木不仁和昏睡不醒状态。在旧中国，上海是典型的殖民地化了的封建社会，沦陷后更充满了奇形怪状的社会现象。有不少人虽然不像汉奸那样公开投敌，但在关乎国家和民族生死存亡的历史关头依然超然度外地爱“看热闹”，热衷于“发财”，盲目地作“顺民”，甚至阿谀吹捧、迷信守旧、自吹自擂、欺骗敲诈。对此，柯灵发表了《看热闹》《凑热闹》，王任叔发表了《生命的思索》，周黎庵发表了《两种看热闹的群众》《遗民今昔》，危涕发表了《上海滩的“家”们》等文，一方面把这些病态的精神解剖开来，以引起人们的严重注意和警惕；另一方面着重分析它们的危害，敦促人们迅速惊醒起来，行动起来，同心同德地进行抗日救国的斗争。以《生命的思索》为例：作品在对这类市民与陆放翁的爱国热忱和为国捐躯的民众的鲜明对比中，映衬出其行为和灵魂的渺小低下，然后深沉而又热切地写道：“自己活得得意的另一方面，便是别人死得伤心。以此而责难敌人与汉奸，不是我们的企望，因为野兽不懂得思索。我们只希望全上海市民，懂得这个道理，节约生活上的奢侈，也就救了这个国家。不要为一己的幸福，而牺牲大多数人幸福，宁可牺牲自己的幸福，而争取大多数人幸福。”在这里，作者克制着自己的愤怒，进行苦口婆心的劝导，耐心地拭擦着同胞们的精神创伤。鲁迅在谈到“煽起国民的敌忾心来”抗御外敌时，不主张“一味在中国人的愤火上，再添新炭”，因为中国人是“怯弱的人民”，极度的愤火容易寻找不恰当的对象进行“发泄”，这就是“比他们更弱的人民，无论是同胞或是异族”。正确的方法应当是，“对于群众，在引起他们的公愤之余，还须注入深沉的勇气，当鼓舞他们的感情的时候，还须竭力启发明白的理性”。[①]“孤岛”杂文竭力所做的，正是这种启发民智和鼓舞士气的艰巨工作。

但是，中华民族封建传统的历史负荷毕竟太沉重了，因此，作家们在批判上述现象时，往往都不约而同地由现实的观照进入历史的追溯，或者说，是将现实和历史融为一体，在现实的批判中深入开掘历史的沉积，剖析造成种种精神弊端的“根”，并从中获得“历史的启示”。当人们从作家们的笔下看到历史上的“遗民”竟是如此之多的时候，就不难理解今天的“顺民”现象了（周黎庵：《遗民今昔》），汪精卫也不是汉奸的始作俑者，秦桧、吴三桂之流早已为他作出了“表率”（文载道：《今与昔》），同样，那种愚昧麻木、自私卑怯、敷衍苟活的“死相”，也是一种延绵不绝的历史现象。作者们得出的结论几乎是一致的：民众的病态是封建主义长期统治的结果，是长期的封建传统文化在社会心理中的历史积淀所造成的精神创伤。也正是由于这个原因，入侵者历来都把在中国建立封建文化统治下的社会秩序作为自己的目标：“在元朝的时候，虽然中国人民一律做了蒙古族的奴隶”，但统治者们却都极力倡导“学习汉文，修孔子的教条”，以便培植“顺民”，“便于它的统治”。（王任叔《为侵略者铺好道路》）可以说，这些作家是在民族生死存亡的紧要关头焦思苦虑地进行了一次历史的反思，他们从封建传统中深入思索中华民族落后挨打的自身文化原因，从历史与现实的联系中揭露封建主义的罪恶，其意义

① 鲁迅：《坟·杂忆》，《鲁迅全集》第1卷，人民文学出版社1981年版，第225页。

是十分深远的。它不仅可以使人获得历史的借鉴，从中认清必须彻底扬弃的封建主义的文化糟粕，而且明晰地揭示出了异族侵略者和封建文化所特有的不可分离的关系，从根本上提出了抗战的任务：反帝救国和以反对封建传统为主要内容的思想启蒙必须紧密结合，不可分割。这是一个十分艰巨却又是迫在眉睫的工作，“孤岛”杂文作家为此作出的努力，显示了文学战线上反帝救国的正确方向。

但是，由于时代的原因和自身的局限，他们在追溯历史文化传统、针砭这些精神病态的时候，时常给人以“表象化”的感觉，特别是“五四”一代作家那种清晰而又透辟的心理追踪和刻画，常常被简单的外部行为的剖析和类比所替代，归根结底，他们还缺乏“五四”一代作家那样的历史洞察力，缺乏对民族“灵魂”的真正透彻了解。不过，需要指出的是，他们也不再像一些先驱者那样对民族传统作偏于一端的悲观理解，以为我们的文化只能产生“因循苟且的家伙，不能产生壮怀激烈的好汉!”（老舍《四世同堂》中祁瑞宣语）透过轰轰烈烈的抗战现实，他们也欣喜地发现了民族传统中那些优秀的、崇高的素质，包括淳朴、善良、自强不息、舍己为人和爱国主义精神等等，它们也久远地影响着历来以及今天的民族文化和民族情感的滋长发育，这似乎是中华民族为什么“历史上满是血痕，却竟支撑以至今日”（鲁迅语）的原因所在。发掘这些素质，描绘民众的热情和力量，激励民族自豪感和自信心，对于抗战来说，无疑也是十分重要的。因此，反映在作家笔下，对民族痼疾的针砭和对民族“脊梁”的礼赞，常常胶结在一起进行。陆放翁、岳飞等民族英雄是作家所常常赞叹的对象；鲁迅的崇高和伟大，特别是他为争取中华民族的解放事业所作的奋斗和牺牲，更被作家们（尤其是王任叔和唐弢）用大量笔墨作了阐发，使“民族魂”的精神在抗战期间更加光彩照人。特别值得称道的是，作家们身居“孤岛”，却放眼全国，对于亿万同胞在敌占区和大后方同敌人斗争中的英雄业绩和伟大气概，作了浓墨重彩的描绘和热情洋溢的礼赞：“台儿庄大胜的消息，仿佛在煤气熏人的房间里，忽然扑进了一阵新风，使所有快要窒息的人得了一点苏醒的机会，那意义的重大，不仅是国家和民族的，对于遗留在孤岛上的人们，更是一件起死回生的兴奋剂。”（孔另境《年记（三）》）下层劳动群众自动节约捐款支持抗战，也触动了作家的情愫：“数目是极其微小的，廿三元六角，还不够阔人的一餐饭，豪户的一张牌。但烫手的，却是火热的一颗心!”“中国的得救，将是在这墨黑的粗劣的巨手，奔走的赤脚、呼号的叫卖声吧！”（王任叔《我感激着，我兴奋着》）正是看到了这些，认清了黏附着根深蒂固的“不长进根性”的中华民族也有“根深蒂固的战斗力”，作家们才对祖国的未来充满了信心，才在抗战的最困难时期能以高昂的情绪和积极进取的精神投身于抗敌救国的行列中。需要指出的是，他们对民族精神美德的发掘与张扬，绝不是对传统文化的迷恋，也绝没有像冯雪峰批评的有些人那样把“民族的旧生活旧文化力量”看作“支持战争的力量”，把民族英雄的英勇战斗“记在古文化和古道德”的功劳簿上[①]，或者在赞美民族精神时夹杂着陈腐的封建伦理道德观念。恰恰相反，他们对民族文化传统中的封建专制主义，以及人民大众的愚昧落后状况，始终作了彻底的否定，决绝的扬弃。然而除此之外，民族文化传统中也还有许多健康、合理的因素，对此，作家们积极地择取，并将其融入崭新的文化机制中间，是符合时代发展的需求的，也体现了唯物主义的历史观。鲁迅在批判“古文化”“束缚着后来”的同时，也还认为它“裨助着后来”[②]，因此他竭力主张“择取中国的遗产，融合新机”[③]。孤岛杂文作家正是这样做的。这种扬弃和择取的完整统一，不仅对正在苦斗中的中华民族能起到教育、鼓舞和鞭策作用，而且对在中国的思想土壤上随着民族解放的进程而建起适应现代生活秩序的新文化，也是大有“裨助”的。

第二节 “各师成心，其异如面”

时代，不仅制约着杂文思想内容的嬗变，而且直接影响着艺术风格的演迁。“五四”时期的杂文，大都文字简短，词锋犀利，作家们完全可以放笔直书，自由驰骋，决不用左顾右盼，吞吞吐吐，这恰与那种勇猛破坏，积极创造，大呼激进的时代精神相合拍。随着政治形势的变幻，发展到30年代初期的杂文，是在“戴着枷锁跳舞”，作者的倾向和见解常常不能明白而又直接地传达出来，读者必须在字里行间仔细推敲才能把握真

① 冯雪峰：《雪峰文集》第3卷，人民文学出版社1983年版，第52、93页。

② 鲁迅：《且介亭杂文二集·〈全国木刻联合展览会专辑〉序》，《鲁迅全集》第6卷，人民文学出版社1981年版，第339页。

③ 鲁迅：《且介亭杂文·〈木刻纪程〉小引》，《鲁迅全集》第6卷，人民文学出版社1981年版，第48页。

谛。若用艺术的标尺来衡量，这自然是更高意义上的杂文。抗战爆发后，国民党反动派暂时收起了“文网”，轰轰烈烈的抗战形势使生活的节奏和人们的情绪变得急促和高昂，杂文又复趋于明白晓畅，犀利质直，然而这却绝不是简单的重复，而是表明杂文在经过了近20年之久的创作积累之后步入了新的历史阶段，尽管尚不能与30年代前期杂文相比，但较之“五四”时期是有了新的发展和新的变化的，这从“孤岛”杂文中完全可以看清楚。当然，由于形势的紧迫和作者个人的原因，“孤岛”杂文个别篇什缺乏锤炼，不够成熟，显出“急就章”的特点，也有一些作品缺乏力度，在思想和艺术上都有待深化。但从总体上说，这些作品写得明白而不单调，质朴而又雄浑，简短而又深厚，在“血与火”的淬炼与考验中，呈现出一种一往无前的战斗风采。具体到每家作品，却又春兰秋菊各有特色，如同胡应麟《诗薮》评价杜甫的艺术风格那样“正而能变，大而能化，化而不失本调，不失本调而兼众调”，在大体一致性中显示出多样化的艺术风格。

王任叔①杂文以气骋辞，泼辣犀利。刘勰在谈到建安风骨时，曾概括其具有“雅好慷慨”“志深笔长”“慷慨而多气”的特点。王任叔杂文恰与之相似或相通。在这个感情强烈、气质聪颖、才华横溢的“血性男儿”笔下，“谈鬼说狐的‘冲淡’得要命的杂文是写不出来的”（王任叔《关于〈边鼓集〉》），不论是忧思民族前途的《我呼喊不出来》，还是礼赞抗战的《我感激着，我兴奋着》；不论是揭示国人的昏聩状态的《却说逃难》，还是感叹世事的《抽思》，抑或讨伐论敌的大量作品，忧则激愤，喜则大笑，怒则拍案，写情无不至真，有的是不顾个人利害关系而直抒胸臆、敢作敢为的真诚和勇气。但这绝不是抽象的说教和空泛的呼号，他以政论式的快言快语，畅达而又率真地抒发自己的思想和激情，赋予杂文一种内在的所向披靡的气势和力量。赞成什么，反对什么，使人一目了然，给人以痛快淋漓之感。当然，对于优秀杂文、特别是抗战杂文来说，仅仅这样还是不够的，对前文引述的鲁迅的有关造语须节制的论述，王任叔似乎有着深深的理解，在他的笔下，一方面是浓烈的情感，另一方面则是深沉的思索和明白的理性。自然，无论是谈论时弊、攻击敌人还是与同道论

---

① 王任叔是“孤岛”影响最大的杂文作家，他从20世纪20年代末到40年代发表的六百余篇作品（多数未结集出版）中，有四分之三左右产生于“孤岛”。由于他积极创作杂文并宣传杂文，当时曾被上海青年视为“活鲁迅”。

战，他又决不犹豫，每每都像利剑出手，击在痛处，十分泼辣犀利。从前面举出的《略论刺激性》《生命的思索》等篇中，可以清楚地看到这些特点。

唐弢杂文内热外冷，含蓄劲遒。大体上说，唐弢杂文也有王任叔杂文犀利的一面，不同之处是，唐弢更多了些含蓄色彩，在犀利中包孕着曲折，泼悍中透露出劲遒。唐弢也是一个感情浓烈的人，读他的杂文，总感到字里行间涌动着一股热流，一腔愤血。但他却很少赤裸裸地表露出来，任其一泻无余，而大都以较有节制的冷峻字句含蓄地加以表现。用内热外冷、含蓄劲道八个字，大体可以概括唐弢杂文的风格。例如在《丑》这篇杂文中，作者从“当代丑角大王”叶盛章到上海写起，不紧不慢地叙写了戏台上和“戏台以外”的各种丑角，他们既不像叭儿一样一味摇尾乞怜，也不干偷偷摸摸、傻头傻脑的行当，他们接受主子的豢养，却并不全听驱使，虽是打诨，也还装得十分正经，而做起这些来则是不动声色，不留痕迹，又让人们一看就明白。南京政府打着“互相尊重其主权及领土”的旗号，在报刊上公开承认伪满洲国的“自主权”；有些人明明主张投降，却也来称颂抗战英雄，哀悼阵亡将士。这些都是一些出色的“丑角”的表演。从作品的冷言冷语的讥刺中，可以看出作者对这些“丑角”是怀着极大的鄙视和愤慨态度的，然而却没有直接谴责的词句，只将他们与果戈理小说中失落鼻子的八等文官可伐罗夫进行比较：为掩饰丢鼻子，可伐罗夫用白帕遮住脸，装作伤风，咕咕哝哝；而中国的政治丑角是并不“伤风”的，虽在咕哝，意思却是十分明白，“只是多了一摊白粉，以鼻子为记而已”。这样的讽刺和抨击，鞭辟入里，令人读后品味不尽。唐弢是从 30 年代开始写杂文的，也是“孤岛”时期最为多产的杂文作家之一。由于他刻意学习鲁迅，从一开始就追求这种内热外冷、含蓄劲遒的艺术风格，致使读者多次误将他的杂文与鲁迅作品相混淆，传为文坛佳话。但唐弢杂文的艺术风格是在“孤岛”时期才趋于定型并变得成熟老练的。

周木斋杂文缜密细腻，精微辩理。如同周木斋写杂文常用“辨微”的笔名一样，他的杂文思辨性是很强的。他曾说：“辩证癖和憨脾气的反映于文学，便是喜欢说理……在写作的时候，总是想只要因有所感而把理说出来，便算于愿已足，重质，而不计文，实在有点野气。有时为了工文，结果转又刻意，正如所谓‘刻舟求剑’。但倾于说理，由感而来，却非纯粹的感，这点，在我也自觉得。”[①] 这些话集中道出了周木斋杂文的特点。读他的作品，很少感受到那种发扬踔厉、咄咄逼人的气势，而大都以说理的缜密细腻、精微辩理见长。对于论敌和思辨对象，或举一反三、旁敲侧击地鞭笞、揶揄，或左右逢源、广征博引地剖析、论证，看似不动声色，却有着一种内在的不可撼动的逻辑力量。杂文作家们都在对人生进行哲学思考，如果说，鲁迅、唐弢等是采用寓意式的，是在精心建构的艺术世界中蕴含哲理，那么周木斋更多的则是在直接辨析中提炼哲理。理性大于感性，确系周木斋杂文独特的地方，但我们却不能因此就像有些人那样将其排斥在文艺性杂文之外。主要原因是：其一，他的说理仍然是“因有所感”而发，“实在有点野气”。这里的“感”“野气”，其实就是我们称之为文艺之根本的情感，正如唐弢所说：“难得的是这点‘野气’，使文章和‘政论’区分开来。”[②] 其二，同20世纪30年代作家们在特殊形势下运用的“曲笔”形式一样，说理而非直白地作结论，让读者经过体味、感悟、思考和联想，自己去得出结论，这也是艺术的审美认识同非艺术的概念认识的重要区别。例如《影痕》（《消长集》）中的文句：

> “与虎谋皮”，虎与人谋什么？
>
> 希望“放弃侵略”，侵略希望放弃什么？
>
> 契诃夫说：“她的脸上肌肤不够：为了睁开眼睛她得把嘴先闭上，张开嘴得先把眼睛闭上。”——有人睁开眼睛闭着嘴，有人张开嘴闭着眼睛。

前者靠两个简单的问句告诫人们：跟侵略者没有什么可商量的，希望他们自动放下武器，更是不可能的。唯一的出路便是起来与之进行坚决的斗争。后者则借契诃夫的一句话，鞭挞了那些张着嘴说瞎话和面对现实不敢说话苟且偷生的人。他的不少作品就是这样，在亦反亦正、似反似正的“说媒”中闪烁着辩证思维的光芒和启人心智的意蕴。在《阿Q相》《算命看相者流》《凌迟》等优秀篇章中，上述特点更加鲜明。

文载道杂文清丽幽玄，亦庄亦谐。有人曾说文载道杂文模拟周作人散

① 周木斋：《消长集·前记》，上海北社1940年版，第1页。

② 唐弢、卢豫冬：《周木斋遗著〈消长新集〉序跋》，载《福建师范大学学报》1984年第1期。

文的风格，其实并不尽然。虽然二者在某些方面有一致性，但由于时代激流的冲击，较之周作人那种“湛然和蔼”的飘逸作风，文载道已激烈了许多。文载道杂文在对自己的所见所闻、所感所思的抒写中，包含着上下古今、海阔天空等多方面的知识，但却不是自炫渊博，也不像周作人后期的某些杂文那样患有思想的贫血症，而是将其和谐地融化在作品之中，有效地服务于现实的抗日斗争，赋予死知识以全新的艺术生命。同时，作者在借助这些知识进行议论说理的时候，显示出单纯明净和质朴简约的语言风格。侯方域说：“当其闲漫纤碎处，反宜动色而陈，凿凿娓娓，使读者见其关系，寻绎不倦。至大议论人人能解者，不过数语发挥，便须控驭，归于含蓄。”① 文载道杂文就正是这样。他一般不追求“意不在言中”的境界，而大都半藏半露，似藏又露，有一股清丽幽玄的味道。再说庄重和诙谐。一般说来，文载道在涉及重大政治问题，特别是在鞭笞侵略者和汉奸走狗的时候，采取的是庄重严肃的态度，情浓意切，笔力千钧，如《无题》《战士和奴才》等。而当批评某些不良社会现象、针砭时弊或阐发某一道理的时候，又往往掺杂着恢谐和幽默，娓娓道来，看似漫不经心，实则寄意深远，启人心智，像《怀孔》《笑匠与笑料》等都是这样。当然，这二者在更多的地方并不是这样截然分开的，有时是庄谐杂出，有时则又是寓庄于谐或寓谐于庄。

柯灵杂文潇洒绮丽，尖刻警策。潇洒，不仅表现在内容上的想到什么就说什么，十分散漫与自由；也表现在形式上的不拘一格，它或设喻，或想象，或直指，或暗示，或“取类型”，舒卷自如，毫无做作和落套之感，具有大手笔那种“信手拈来，涉笔成趣”的特点，加之文笔的富于文采，并融进了一些叙事、抒情散文的表现手法，这就构成了潇洒绮丽的特色。同时，柯灵杂文还是尖刻警策的：对问题看得深，抓得准，谈得尖锐，见解精辟，新意迭出，十分耐人寻味。譬如，当有人一时被侵略者的“客气”所迷惑时，作者立刻感到了问题的严重性，一语道破说：“这是奴隶的错觉”（《奴隶的错觉》），并从历史和现实的广泛联系中阐发出精辟的见解：“生的执着，可以使人们勇敢，但也可以使人们变得瘟头瘟脑，毫无志气”；“在上海的租界里，中国人总算生活得很太平，但这是因为我们还有国籍，而且别处都还在战争，侵略者还未能必胜的缘故”。

① 侯方域：《与任王谷论文书》。

这些话平淡中见深刻，警策动人，闪现着思想智慧的光辉。

周黎庵和孔另境的杂文都有明丽畅达、朴素质直的特点。“孤岛”有不少杂文作者（如列车、王统照、石灵等）像唐弢一样力戒作品“明白如话”，而周黎庵、孔另境等人却努力去追求这样的境界。他们尽管也常有冲动，常有愤懑，常有种种复杂情感与思想的交织，但却很少剑拔弩张，也不故作深奥，常常追求文气的畅达自然，情调的质朴淳厚和语言的明朗简约。他们几乎很少运用生僻的典故（尽管周黎庵自称是“有历史癖的人”）和过于深奥的文句，也不堆砌辞藻，只尽量地把要讲的意思老实讲出来即可。这给作品带来了许多好处，如一部分作品就获得了“不求工巧，而工巧自在”的艺术效果，于畅达明白、朴实无华中缩小了同读者的距离，更符合广大普通民众的审美需求。在以吴绍彦（吴弘远）、王兴华、李澍恩为代表的《杂文丛刊》作者群体中，多数作品与这种风格相近，特别是连续发表一系列《半将楼短长杂文》的吴绍彦，曾以“思想把握紧密、文体直接明快”① 受到王任叔的赞许。而事实上，在全部“孤岛”杂文作者群中，这种风格也是最有代表性的，但这类作品有的显得过于简单清浅（如孔另境收在《横眉集》中的一部分）。鲁迅在《汉文学史纲要》一书中谈到古诗十九首时曾赞扬其“蓄神奇于温厚，寓感怆于和平，意愈浅愈深，词愈近愈远”。从根本上说，不少作品还缺乏这种由浅近到深远的风韵，加之艺术技巧比较粗疏，因而读起来尚有乏味之感。

第三节 承继观念的执着与超越意识的跃动

不难看出，“孤岛”杂文是一个在政治方向一致下的绚烂多姿、争妍斗丽的艺术世界，但它在得到不少读者的肯定和喜爱的同时，也引起一些人——首先是革命作家内部的——的大为不满。1938 年 10 月，正当“孤岛”作家纪念鲁迅逝世两周年，将杂文创作扎扎实实复兴起来的时候，鹰隼（阿英）在 10 月 19 日《译报・大家谈》发表《守成与发展》一文，对当时“甚盛”的“鲁迅风”杂文公开表示异议。他认为，以迂回曲折和悲凉气概为风格特征的鲁迅杂文，是过去时代的产物，已经不能适应抗

① 王任叔：《四年来上海文艺》，见《上海周报》第 4 卷第 7 期。

战的新形势，而“孤岛”杂文作者却机械地“只会守成，不求发展，只知模仿，忘却创造”。阿英为此而感到忧虑不安，不能容忍。

当然，阿英文章的出现不是偶然的。1938 年 10 月 19 日，屈轶（王任叔）曾在《译报周刊》发表杂文《鲁迅先生的眼力》，说“鲁迅先生有一个笔名叫旅隼，一般人以为这是鲁迅两字的谐音。其实，据猜测，那有更深的寓意在。照动物学上说，隼是种极猛鸷的鸟类，连鹰也为它所追逐。而隼的眼力比鹰更尖锐。《埤雅》：隼之博噬，每发必中，中国的‘準’字，就从隼字化了出来。可是隼却有一个特性：它虽猛鸷，但有义性，遇到怀胎的鸟儿，却放过了。因之，我可以说，鲁迅先生这个笔名，象征了鲁迅先生的人格的一面”。作品在与“鹰”的比较中，极力推崇“隼”的高风亮节，不免有影射阿英之嫌。[1] 阿英与王任叔的作品虽发表于同一天，但《译报周刊》是杂志，其定稿与发稿时间一般要比日报（《大家谈》即为《译报》的日报）早，阿英当时身为《大家谈》的主编，而《大家谈》和《译报周刊》同属译报社，阿英对王任叔的文章很有可能在付印前就已读到，因而便同步发表《守成与发展》。从阿英文章的火气看，这种可能性几乎可以断定是无疑的。

照此说来，阿英撰文回击是在情理之中的。然而遗憾的是，阿英并不就事论事，并不把问题限定在他与王任叔的个人之争上，而是极不妥当地将矛头直接指向了鲁迅和所有“鲁迅风”杂文，并且不分青红皂白地一概加以抹杀。“鲁迅风”杂文当然不是完美无缺、不可批评的，但阿英的基本看法却令人难以苟同。因为这些看法离开了作品的客观实际，离开了对“鲁迅风”杂文的全面了解，离开了人民群众的审美需求，特别是对时代特征和杂文的创作规律作了极其错误的理解，因而激起了“鲁迅风”杂文作者的坚决反驳，发生了影响颇大的关乎“鲁迅风”的论争。对于这场论争的过程以及其中的是非曲直，近年来出现的一些文章已作了较为细致的综述和分析[2]，这里不再赘述。

但是，有一个至关重要的问题却被人们普遍忽略了：像阿英这样一位大名鼎鼎、造诣颇深的理论家，对这样一些连常人看来都不那么复杂的问题，难道真的是认识上的一时模糊不清吗？绝不是。在这之前他谈到自己

① “鹰隼”是阿英的笔名，“鹰”与“英”又系同音，阿英与鲁迅在 30 年代有笔墨相讥。

② 主要参见王欣荣《试论关于“鲁迅风”的论争》（《鲁迅研究》1983 年第 4 期）和陈青生《“孤岛”文坛的“鲁迅风”论争》（《抗战文艺研究》1985 年第 4 期）。

的杂文集《夜航集》时，曾从美学意义上明确肯定了它的“朦胧”“晦涩”。（《夜航小引》）而对“鲁迅风”杂文的“迂回曲折”却为什么就那样不能容忍呢？这就绝不是公允的理智态度。问题的关键在于，阿英对鲁迅和“鲁迅风”杂文很早就怀有偏见。早在20年代末，阿英就积极参与过对鲁迅的围攻，写下了题为《死去了的阿Q时代》的文章，将鲁迅的小说和杂文统统加以抹杀。当他的不少论断遭到人们（特别是鲁迅）的严厉批驳之后，阿英虽暂时缄默，但认识并未真正转变，一有机会，便又以同样的方式提出了类似的问题。归根结底，阿英在“鲁迅风”杂文问题上所持的偏见，是由情感上的巨大倾斜造成的。

了解“孤岛”杂文作家的人都不难看到，他们是在一个十分严峻的时代，为自己在思想和心灵中开辟了一块不可侵犯的精神园地，这就是“鲁迅风”式的杂文，对于它，他们或者“像叫化子爱着他的烂疮肉”（唐弢语），或者像珍惜“艰辛人生探险中”的“向导”（柯灵语），甚至像爱着自己最宝贵的“生命”（王任叔语）……因此，阿英的言论就不能不激起他们（主要是王任叔）的极大反感。几乎是在刻不容缓的情况下，他们与阿英展开了论战，看上去虽然也显得有些感性和意气用事，但却是据理抗争，义正言切。在这里，“鲁迅风”杂文作者表现出了最值得注意和肯定的积极倾向：承继观念的执着与超越意识的跃动。

对于阿英作出的“模仿”鲁迅的结论，作家们直认不讳：“模仿本是创作的必要过程。在今天，对于鲁迅的学习，还不够深入，还不够扩大！没有守成，即想发展，那是取消鲁迅的企图。”① 事实上，在论争之前，这些作者之于鲁迅杂文，“有时却也并非是作者有意的模仿。但一经指责之后，作者从为‘无意’到‘有意’，进一步的‘学习’起来，我以为，这并非坏现象。”② 的确，只要不是笨拙地照搬照抄，借鉴与模仿确实是值得肯定的，因为他们面对的是一个内涵十分丰富的思想和艺术的宝库。普希金说：“模仿可能说明作家对自己的力量有充分的自信，说明他希望沿着某个天才的脚迹去发现一个新的世界，说明他希望以谦恭的态度掌握自己尊崇的范例，从而赋予他新的生命。”③ 文学发展的历史早已反复证明，承继的最初、最直接的形式就是借鉴与模仿，舍此是难以达到刘勰所

① 王任叔：《题内的话》，见1938年10月22日《申报·自由谈》。

② 王任叔：《“工作”与“批评”》，见1938年11月28日《文汇报·世纪风》。

③ 转引自《比较文学研究资料》，北京师范大学出版社1980年版，第117页。

说的“骋无穷之路，饮不竭之泉”的境地的。老实说，对于名师之作，真正模仿得好也是极不易的，它不仅需要普希金所说的“谦恭”“尊崇”“自信”等态度，而且需要对对象本质的洞察力——“先博览以精阅，总纲纪而摄取”（刘勰语），需要努力化他为我，化人为己。正因为这样，他们才那么执着地顶“风”而上，毫无顾忌地创办《鲁迅风》杂志，把论敌对他们的攻击，作为一面旗帜公开打出来。他们还掀起了研究鲁迅杂文的热潮，出现了王任叔的专著《论鲁迅的杂文》、唐弢的论文《从杂文得到遗教》和《鲁迅的杂文》、孔另境的论文《论文艺杂感》等鲁迅杂文研究史上的重要篇章。特别是王任叔的专著，在比前人更广阔的社会和文学视野中，深入探讨了鲁迅杂文产生的社会意义以及它所包容的巨大思想和艺术内涵。他们是如此执着地将鲁迅精神、鲁迅笔法甚至鲁迅的思想化为自己作品的灵魂和血肉，他们的杂文与鲁迅杂文之间确实具有前后相承的精神血脉。

然而“鲁迅风”杂文却又并不仅仅以“模仿”为满足，阿英的绝对化结论和指责显然有些与事实不符。且不论他们表现出的各种特色迥异的艺术风格，本身已经说明是在借鉴与模仿的基础上，进行了自己生动有力的艺术创造，甚至出现了在总体上与“鲁迅风格”相去甚远的作家（如周木斋、孔另境等）；就是在杂文理论和观念上，也明确萌发、跃动起一种较为自觉的创造和超越意识。还在这场论争尚未展开之际，王任叔就在《超越鲁迅——为鲁迅逝世二周年纪念作》① 一文中，为鲁迅的杂文艺术没有真正“活在后一代人的笔端”而遗憾，呼吁应当“毫无顾忌地将鲁迅作了踏台，超过了他，进到高的远的地方去。”随着与阿英论战的全面展开和创作实践的深入，这种意识表现得越来越明显和强烈。然而，大师是一座高山，绝不是轻而易举就能逾越的。在这里，“鲁迅风”杂文作者表现出了最可贵的自知之明和冷静的理智：他们决不仓促举步、匆匆赶路，去追求那种肤浅的、表象的花样翻新，一味求异求快求内容和形式的简单突破，而是十分注重素质的培养和创作基本功的训练。所谓素质的培养，按照王任叔和唐弢的说法，就是学习鲁迅“丰富的阅历和深邃的修养”，一步步实现包括战斗的精神、高尚的人格、丰富的学识、坚忍的意志、深刻的思想等等一切属于鲁迅的、而又是一切文学大家所普遍具备的

① 《申报·自由谈》1938 年 10 月 19 日。

多元素质的“自我”融合，否则，不仅谈不上超越，恐怕连皮毛也学不到。创作基本功则既指鲁迅创造的种种杂文艺术表现形式，又指一切文学表现手法的训练和吸收。比如，唐弢和柯灵便是着力将散文的一些笔法引进杂文而获得了成功的。“鲁迅风”杂文作者为此作出的努力是扎实而有力的。因此，他们赢得了杂文创作的自由，赢得了“活鲁迅”的崇高声誉。尽管由于种种原因和局限，杂文创作实际上至今还未出现一个作家能够赶上或接近鲁迅（更谈不上超越），但“鲁迅风”杂文作者却有了一个良好的开端，构成了最初的、最有力的“超越”走向与态势。

第七章

解放区作家的窘迫和尴尬

——抗日战争时期的延安杂文运动

第一节 与鲁迅精神的契合：消不掉的杂文情结

从 20 世纪 30 年代末到 40 年代初，杂文能在革命圣地延安开花、结果，特别是能成为革命队伍内部批评的武器，是几经徘徊、步履蹒跚的。

随着 30 年代阶级矛盾和民族矛盾的激化，大批作家纷纷奔向了延安。他们虽然身居光明之地，却始终以极大的热情关注着整个民族生死存亡的严峻现实。日本帝国主义的铁蹄蹂躏着中华国土，国民党腐败政权致使民不聊生，这使得作家们极度愤懑、痛苦、焦灼。在这种情况下，杂文仍然是不少作家表达自己对国家、民族多难命运的关切之情的恰当的形式。

这类作家的批判锋芒首先对准了国统区的种种腐败、黑暗现象。田家英的《从侯方域说起》借明末“清议不存，混淆黑白的言论充斥不堪”的史实，辛辣地影射抨击了国民党实行文化专制的现实：“不准写、不准看的明法暗规很多很多，坚持抗战的文学被删削到不知所云，人民的喉舌在重压下面，萎缩干枯以至于死”，而“艳史”“秘史”“反共”“鬼话”等却充溢于市场，使民族文化大堕落，青年学生无书可读。在这类作品中，取材于明末的特别多，这是因为：明末是一个内忧外患纷起、统治者日益专制腐败的年代，和当时的国民党统治特别容易对上号。丁玲的《窃国者诛》是抨击国民党政府庇护战犯、豢养走狗行为的。法国卖国贼贝当在被判处死刑时哀叹：“我很不幸不是一个中国人，假若我和吉斯林都是中国人的话，是不会遭到这种命运的。”贝当的话对中国人带有嘲弄、羞辱的意味，是显而易见的，丁玲也在作品中以晋察冀边区人民政府处决战犯于品卿的事实予以回击；然而贝当的话也不无几分真实，由于几千年封建专制统治对人民的精神摧残，奴性心理已成为中国国民性中根深蒂固的部分，而这又被国民党的专制统治发展到投降媚外。丁玲不无沉痛地写道："不幸得很，贝当所指出的中国还在很多地方存在……战争首犯，则优游上都，加官晋爵，款为上宾，与于品卿同为蒙古儿皇帝的德穆楚克，李守信，不正是高居重庆，弹冠相贺么?！他们听到于逆的命运时，战栗之余，或许会学着贝当的语调：'幸而我们住在重庆中国，在国民党当局庇护之下。'"这既让人感受到了中国人精神结构中极其可悲的一部分，更看清了国民党政府的无耻行径，他们给中华民族造成了莫大的屈辱！

不消说，这些作品通过暴露腐败、黑暗的现实，着力抨击的大都是国民党的反动统治。它们给人的一个突出感觉，就是都显示出一种开阔、自信的境界，无论是旗帜鲜明的挞伐，还是顺手牵羊的讥刺，都有所向披靡的力度和深度。与"五四"时期的作品相比，洗却了一些铅华，减少了一些热情稚气和片面性，多了一些质朴、凝重和坚韧；与30年代的作品相比，少了那份委婉和谨慎、曲折和周延，多了几分冷峭辛辣的锋芒。这自然和时代环境有关，延安作家对国民党反动派的批判已经不用像当年的鲁迅和同时期身处国统区的作家那样要"戴着枷锁跳舞"，可以"任意而谈，无所顾忌"，这种自由开阔的心境使他们笔酣墨饱，气韵流畅，真正达到了嬉笑怒骂皆成文章的程度。

然而，从创作主流上来说，延安时期的杂文创作却不在对敌斗争而在革命队伍内部的批评。大批作家奔向延安以后，切实感受到了延安是一块光明的土地，呼吸到了在国民党统治区里所没有的新鲜空气，但也同时看到了抗日民主根据地里确实存在的消极面。他们认为，"我们是依靠自我批评而进步的"（周扬语），在延安的革命队伍内部，同样也需要拿起批评的武器，歌颂与暴露应该而且完全可以统一在作家的革命立场上。最早、最有力地作出这种倡导的是丁玲的《大度、宽容与〈文艺月报〉》[①] 和周扬的《文学与生活漫谈》[②] 两文，丁玲说："今天是谁也明白，谁也说着要掌握革命武器——自我批评，然而一些腐朽的士大夫的'高尚情绪'和小市民的趋炎附势在妨碍着这一武器的获得，因而我以为

① 见1941年1月《文艺月报》创刊号。

② 见1941年7月17日至19日《解放日报》。

《文艺月报》要以一个崭新的面目出现，把握着斗争的原则性，展开泼辣的自我批评的作风。”于是，有人便自觉或不自觉地写起了杂文。然而，最早发表杂文的阵地却不是正式报刊而是大砭沟（文化沟）里的墙报“轻骑队”。大部分作家对于利用杂文公开进行内部批评、特别是揭露和批评延安的阴暗面，一度是犹犹豫豫、躲躲闪闪、不敢放胆直面，生怕惹出麻烦。[①] 面对这种情况，率先明确倡导写杂文的仍然是丁玲，她一面改革了自己主编的《解放日报》副刊，“把小说所占成分减少很多”（丁玲语），尽量为杂文增加版面，一面于1941年10月为纪念鲁迅逝世五周年在《解放日报》公开发表了《我们需要杂文》一文。接着，罗烽的《还是杂文的时代》、萧军的《杂文还废不得说》也纷纷问世。一时间，杂文成为延安文艺界关注的热点。丁玲说：

> 即使在进步的地方，有了初步的民主，然而这里更须要督促，监视。中国所有的几千年的根深蒂固的恶习，是不容易铲除的，而所谓进步的地方，又非从天而降，它与中国的旧社会是相连结的。而我们却只说在这里不宜写杂文的，这里只应反应民主的生活，伟大的建设。
>
> 陶醉于小的成功，讳疾忌医，虽也可以说是人之常情，但却只是懒惰和怯弱……我们这时代还需要杂文，我们不要放弃这一武器。举起它，杂文是不会死的。

中国的封建制度延存了几千年，其遗留下来的思想残余必然会侵入到我们革命队伍的肌体中，它不仅会毒化某些个人的思想品质，更重要的是会妨碍马克思主义普遍真理同中国革命具体实践的结合，妨碍党的路线、方针、政策的正确制定和贯彻，给革命事业造成损失。我党历史上的陈独秀、李立三、王明、张国焘等所犯的错误尽管不同，但在党内搞封建家长制和一言堂这一点上，是一致的。这就需要杂文家以健康积极的精神参与调理、整治。丁玲从这里入手来强调写杂文的紧迫感和现实意义，是颇有见地的。

① 这种担心并非没有缘由，“轻骑队”上的杂文就一直有不同的意见，有人认为它对同志采取了“暗箭式的冷嘲”，是不负责任的“发牢骚”。迫使编辑公开作出检讨（详见1942年4月6日、4月10日和4月23日《解放日报》）。

然而，把杂文当作革命队伍内部批评的武器，“五四”以来还从未有人这样明确提过，是一条没有航标的河流。鲁迅从卷起“热风”的时候起，尽管也把杂文当成唤起民众、改造民族僵朽的“硬”化精神的思想利器，但鲁迅身处的是豺狼当道、反动政权肆虐的黑暗年代，毕竟没有亲身经历无产阶级夺取政权之后在人民民主专政的历史条件下的创作实践。因之，延安作家所作出的是十分艰难的选择，注定了这将是一个繁复的任务，要经历曲折的过程。对此，丁玲是充分估计到了，她说：“凡是一桩事一个意见在未被许多人明了以前，假如有人去做了，首先得着的一定是非难。只有不怕非难，坚持下去才会胜利。”（《我们需要杂文》）为此，丁玲特别强调要学习鲁迅为着革命的需要而写杂文的精神。萧军则认为，鲁迅所开创的现代杂文文体，不仅能“斩击敌人”，而且也能帮助我们“割离自己的疮瘤”，在新的历史条件下决计“废不得”（《杂文还废不得说》）。这确实都是作家对鲁迅精神和鲁迅杂文有了透辟的理解之后的真知灼见。鲁迅杂文尽管是旧时代的产物，但鲁迅从救国救民的基本立场出发，“像热烈地主张着所是一样，热烈地攻击着所非，像热烈地拥抱着所爱一样，更热烈地拥抱着所憎”[①]，对于有害的事物，立即给予反响和抗争，用丁玲的话说就是“为真理而敢说，不怕一切”，这种精神确实是一切进步的杂文作者都应当学习的典范；同时，鲁迅杂文在开展“文明批评”和“社会批评”时，并不仅仅局限在阶级的和党派的斗争上，更不浅尝辄止，它是从传统文化对现实的中国人的精神之养成的历史底蕴上来批评中国固有的“文明”，是从社会现象、社会问题中深深隐藏着的中国人的劣根性来批评人生的病苦，并在否定过去的强烈批判中交织着眺望未来的热情追求，用罗烽的话说就是“划破黑暗，指示一路去”（《还是杂文的时代》）。因之，鲁迅杂文包含着中国实现社会的进步，文化的文明，人的思想、道德、灵魂、风习的现代化等博大深邃的历史意识。它是“与传统决裂和通往未来理想的一种独特文体”（林非语）。这种文体在中国人民“割离自己的疮瘤”，实现觉醒解放以及走向现代化的漫长过程中是永远不会过时的，永远值得学习、继承、发扬光大。作家们正是从这样的高度提出自己的见解的。

在理论的启发、引导和一大批知名作家身体力行的带动下，杂文创作

① 鲁迅：《且介亭杂文二集·再论“文人相轻”》，《鲁迅全集》第6卷，人民文学出版社1981年版，第336页。

终于在延安解放区广泛地开展了起来，当时的《解放日报》《文艺月报》《大众文艺》《谷雨》《中国文化》《中国青年》等都大量刊登杂文。这无疑为中国现代杂文的发展作出了新的贡献，但也同时引出了一系列矛盾纠葛，成为中国现代史上最复杂的文学话题。

第二节　循循善诱的思想文化批评

延安作家创作的最多的是广泛的思想文化批评的作品，主要作家有谢觉哉、艾思奇、胡乔木、林默涵、何其芳、茅盾、成仿吾、欧阳山、杨永直、许立群、田家英、陈企霞、陈荒煤、冯雪峰、周文、严秀（曾彦修）等人。其中谢觉哉最为多产，仅 1942 年 3 月至 11 月他在《解放日报》的“炉边闲话”和“一得书”栏以“焕南”为笔名发表的，就有 80 多篇，另外还有一些散见在其他报刊上，部分收入后来出版的《不惑集》中。毛泽东同志对“一得书”特别推崇，他在 1942 年 8 月 17 日致谢觉哉信中说：“我对一得书感到兴趣，是有益的；虽间有一二点觉说得不甚恰当，但不要紧。”[①] 而事实上，由于这些作者几乎都是当时思想文化工作的实际参加者，并有着深邃的思想和丰赡的艺术修养，因而大部分作品都有的放矢，都能从较高的思想水平上观察分析问题，且态度诚恳，内容充实，文笔朴素生动，读来饶有兴味，启人心智。

这些作品涉及工作作风、工作方法、政策观念、思想修养、文学欣赏、文化传统等方方面面，乍看颇为驳杂，细细考究，却有着较为缜密的内在系统。

这些作品大都是以纠正或防止解放区内部工作中、思想意识上的缺点和偏差为出发点的。因之，对于已经存在的缺陷，作家们并不回避，而是实事求是又很有分寸地进行了批评。例如，在根据地的党、政、军、学人员常常有“藐视”延安市市府法令的举动，致使在市府工作的一些同志深为自己的“职权低微”而懊丧，公开“要求政府提高市府职权”。谢觉哉专门为此写了一篇《把颈骨硬起来》，他没有一般地责怪不守法度的公务人员，也不随声附和地为“提高市府职权”而呼吁，而是不无道理地批评了市府自身的软弱无力。作者讲述了汉朝的一位京兆尹“强项”的

① 转引自《新闻研究资料》第 26 辑，第 161 页。

故事：刚正不阿的京兆尹依法将皇帝姐姐的姘头打了一顿屁股，当皇帝召来京兆尹予以谴责时，他决不肯磕头认罪，几个人压也压不下去，皇帝无奈，只好以自欺欺人的方式——硬说京兆尹有“颈骨硬”病——作罢。谢老说：“皇帝时代，尚可‘强项’，何况乎民主的延安？”只要市府官员有原则地“硬”起来，“给他些钉子碰”，就会“养成习惯”，使问题得到妥善解决。看似娓娓道来，温文尔雅地探询，却意味深长，骨力遒劲。再如，艾思奇的《再谈面子》是批评虚荣爱面子的不良作风的。对于中国人的“面子”观念，鲁迅早就加以研究、剖析，认为这是中国人“精神的纲领”。鲁迅特别批评了一些“今之君子”的要面子：已不像古时那样质直真率，而是只做表面文章，仅仅保留一层“虚饰”的外衣，结果这要“面子”就变成了圆机活法，善于变化，“于是就和‘不要脸’混起来”。[①] 这种源远流长的国民性反映在革命队伍内部，便是艾思奇所指出的“怕批评，怕丢脸，喜欢把缺点当宝贝一样深藏起来”，这虽然与中外反动派“五分钟的英雄美人，一辈子的禽兽”那样的戴假面具式的“爱面子”不同，也与鲁迅批评的“今之君子”不尽一样，但在“虚饰”一点上是有相似之处的。不克服这种积习，“就难于保持我们的血液完全健康，难于发扬我们脸上真正的光彩”，因而艾思奇特别告诫革命者应当有勇气正视自己的缺点，不怕“天天洗脸”，这样，“既没有装上去的面子，也就没有丢脸的问题”。从同一角度提出问题的还有谢觉哉的《拂拭与蒸煮》《“此心光光地”》等，他们共同希望革命队伍内部能切实克服虚荣爱面子的陈规陋习，真正建立起批评与自我批评的作风，以便永远保持肌体的健康。

不难看出，这些作品大都以无产阶级的党性原则为立论的支点，或者说，作家们是站在党性原则的立场上来审视和批评革命队伍内部的缺陷以及整个解放区大文化环境中的林林总总的。因之，一面是对错误的批评，一面是对党性原则的张扬，常常成为这些作品相辅相成的两个方面。例如，在边区，曾一度因农民负担过重而出现缺粮少草、居民流动严重等现象，谢觉哉专门为此写下了《探卖粮》《大问题》《为什么搬？搬那里去？》等作品，及时地指出了问题的严重性，并建议政府“必须很快地调查土地，制定农业累进税法，负担有定额”，这样才可以使农民“不致恐

① 鲁迅：《且介亭杂文·说“面子”》，《鲁迅全集》第6卷，人民文学出版社1981年版，第128页。

慌”。无产阶级党性原则中最重要的一条就是关心人民的疾苦，同人民群众的利益保持一致。谢觉哉在这里强调的不是别的，正是无产阶级革命事业取得胜利所必须要解决好的根本问题。谢觉哉还写过不少作品批评一些领导干部脱离群众的现象，呼唤着一种深入实际，不尚空谈，为群众做实事、解决实际困难的扎实作风，并建议决策者把此作为鉴别干部的“首要条件”，这样才能使我们“不丧失力量而成为永不可战胜者”（《笔记摘要》）。其他的作品诸如：续范亭的《漫谈》一面批评主观主义的毛病，一面提倡大兴调查研究之风；荒煤的《打倒书呆子》一面批评读死书、死读书的不良倾向，一面倡导“为了要实际去做些什么事情”而读书的理论联系实际的良好学风；王子野的《学做蜜蜂的工作》一面批评工作中的“教条主义”和“狭隘的经验论”，一面启示人们要像蜜蜂酿蜜那样在调查的基础上下些分析研究的功夫，进而获得真知，对问题得出正确的结论……当然，作品的理性或思想的火花绝非这样生硬地兜出，也不是由严密的、精确的逻辑推理获得的，而是由敏锐的感悟和情感投入而触发的艺术的炼语。例如，谢觉哉反映农民负担过重的几篇作品，首先触发作者创作情愫的不是别的，正是一种在基层的实地考察中被群众的呼声所唤起的心灵的强烈不安和骚动。“二月卖新丝，五月粜新谷，医得眼前疮，剜却心头肉”，这首农谣无疑是催发《探卖粮》产生的原动力。吴伯箫的《书》通过古今中外读书现象的比较，特别看中了普通劳动者的读书精神，“在革命队伍里，看见一个老伙夫皱了眉头学划阿拉伯字码，或一个十一岁的小鬼在琅琅上口地读《边区群众报》的时候，便每每令人起一番敬意一番鼓励”。这种深入的感情投入，不仅促使作家超越了年龄和身份的隔膜，达到与这些普通劳动者的心灵的沟通与契合，而且促使他（们）从强烈的感受中及时地发现问题，准确地认识事物的本质，然后由此生发开去，辅以思想的洞察力，从而产生独特的见解。

这些作家还创作了一批作品专门揭示社会、人生的哲理。它们多半不是人云亦云的常理，而是从一些日常的琐事、平凡的生活动态和普通的文化现象中，凭借着作家丰厚的阅历而悟出的独特的发现。这无疑也是革命队伍内部加强自身修养、提高思想文化觉悟、避免或减少失误所必不可少的。例如，拿破仑有句名言：“难”之一字，“只在愚人的字典里才有的”。胡乔木的《谈难》则针锋相对地说：“在真正愚人的字典里，怕只有一个易字”，拿破仑“之所以一败于莫斯科，再败于滑铁卢，终致身败名裂者，或者也就是吃了聪明人的字典的亏”。胡乔木认为：“知难并不是怕难。不知难而见难，所以怕难，见难而不难，则因为知难。空想家的拿破仑不怕难，但是怕承认难，结果与怕难就只隔了一层纸。我们必须不怕难也不怕承认难，故我们必须知难。”因为知难而不怕难，使难变易，不知难而使难变成真难，充满了活生生的辩证法，确实比拿破仑的见解要深刻得多。胡乔木的另一篇作品《小品三题》用固体、气体、液体三态作比阐释了“思想”的内涵：“气体的思想是风”，它在人脑中来去匆匆，飘忽不定；“固体的思想是石块”，它固执，守旧，顽固不化；“液体的思想”是智慧的“河流”，唯有它能“运转不息万古常新”，具有无穷的生命力。作品用形象化的比喻阐释了人的思想应该不断更新、变化以适应发展着的客观世界的道理，令人耳目一新。艾思奇的《光明》一文也没有按照常理对光明、黑暗之类作一般性的解释，他认为，“光明并不是纯粹的进步，不是至善至美，而只表示进步的、较善较美的东西的经常优势”，“光明是发源于对世界的缺陷的斗争”。因之，他告诫青年朋友们：“不要凭自己的幻梦来估量光明的内容，不要把它看成宗教迷信里的那种绝对和平的天堂世界，在光明里包含着永久的战斗。这里面有冲突的，有扎砾，有痛苦。”这对广大青年丢掉幻想，正确地理解光明、认识延安，无疑是深刻的启迪。有时候，像这样的一些富于启迪性的哲理在作品中还以格言的形式大量出现，例如：“最好的名词，常是被最坏的人反复地利用着”，“最热闹的地方，也最容易损害人的健康。虽然如此，有的人偏不爱在宁静与淡泊中修养”，“你在自称‘坦白’的人物之前，必须谨防‘黑幕’”，“貌似忠良的，而他的心未必耿耿”……（罗烽《嚣张录》）。显然，这些作品都力图概括作者对人生感悟的精辟见解，它们尽管不足以与鲁迅杂文那些令人惊醒而会心的警言绝句相媲美，但也见微知著，摇人心旌，显示着人的智性和感情的通融与练达。

在中国现代杂文史上，不应过分强调和突出延安这些作家的创作成就，因为事实是，在他们的作品中，既有让读者诵读不厌的精品，也夹杂着一些因行文匆促而相对显得浮泛的急就章，其艺术质量是参差不齐的。但是，只要讲到杂文批评对象的转换，就不会忘记这些作家的辛勤耕耘和积极探索。他们也是怀着强烈的社会责任感和忧患意识来从事杂文创作的，但却不是一般地针砭时弊、激浊扬清，而是对无产阶级革命事业的感同身受的关切，对同志的尊重、血肉相依的亲近。这种情感基调使他们对批评对象身上的落后观念、习惯势力的烙痕，总是不肯把话说重，而是温存地去敷熨，小心翼翼地拭擦、消毒，甚至以革命作家所特有的那种自尊、自制、自我批评的气度，把自己也摆进去，与读者和批评对象之间进行几乎是亲密无间的心与心的交流（如续范亭的《漫谈》和谢觉哉的《炉边闲话》）。晓之以理，动之以情，在循循诱导中显示出思想的力度，这或许就是这些作品的一个最显著的特色吧。它们开创了革命队伍内部思想批评的先河，并有着文学史演进的历史价值。

第三节 行为失范和意识误区里的谏诤警示

延安时期另一类作家创作了一些较为严厉地揭露批评解放区的阴暗面或直接干预政治的作品。这是杂文家对政治家敞开心扉的一次苦心孤诣的直谏，是对其行为失范与意识误区里的诤言警示，例如丁玲的《三八节有感》、艾青的《了解作家，尊重作家》、萧军的《论同志之“爱”与“耐”》、王实味的《政治家·艺术家》和《野百合花》。这类作品远远没有前一类作品多，但产生的影响却是深远巨大的，延安时期围绕着杂文问题的一系列纠葛和冲突，就是由它们引发的。这些作品涉及的问题虽然不尽相同，但流露出一种共同的情调：忧郁、深思，甚至愤激、不平。并且，语多坦率犀利，决不掩饰自己或忖度政治家、领导者的心理而婉转地表达意见，读来确实有些“逆耳”。在浩瀚的表现解放区生活的作品里，这实在是首先出现的一种陌生的、异样的声调，显得独树一帜，不大协调。

面对这种不协调，人们可能会发出这样的质问：在春光明媚、人心所向的解放区，作品是否把阴暗的一面夸大了？作者们的焦思苦虑是否有些杞人忧天？是否带有愤世嫉俗、悲天悯人的偏激情绪？这是否只与杂文家的特殊兴趣、气质、选材有关？还是什么别有用心？等到我们真正理解了这些作者和作品，特别是在历史走过了半个世纪的今天重新回头思索，不得不承认当年被杂文家批评的现象日后不仅仍然存在，而且有所发展并盘根错节地侵蚀着我们的肌体的时候，我们受到强烈震动的心可能会和当年的丁玲、艾青等人一样提出同样的问题：解放区的妇女是否仍然受到封建幽灵的侵害，一些男子、特别是有地位的男子是否负有一定责任（《三八节有感》）？残酷斗争、无情打击的党内惩办主义和“左”的、简单化的思维方式是否淡漠甚至失却了同志间的“爱”与“耐”（《论同志之“爱”与“耐”》）？封建的小农意识和长官意志的残余是否有意无意间影响了对作家（知识分子）的理解和尊重，作家与政治家的关系是否发生了倾斜（《了解作家，尊重作家》《政治家·艺术家》）？革命队伍内部是否存在特权思想、官僚作风和自私自利行为，是否有以“必然性”为由而讳疾忌医、掩盖缺点和错误的苗头（《野百合花》）？正是在这一系列一经提出就会引起人们共鸣的问题上，我们重新发现和认识到了这些杂文的极为不寻常的价值和意义。当一个新生的政权在获得了群众的普遍拥护和爱戴而其内部悄悄滋生的某些错误的东西没有得到清醒的省察和及时的匡正的时候，正是这些杂文敲响了第一声强有力的警钟，其针对性、及时性、深刻性是显而易见的。

例如，艾青的《了解作家，尊重作家》和王实味的《政治家·艺术家》提出的是革命队伍内部应当如何正确对待作家的问题，他们以自己的感性体验和理性认识告诉人们，作家的职责是极为神圣和崇高的。如果说，艾青主要是从社会批评家的角度，充分阐释了作家是从精神上守卫他所属的民族或阶级的兵士，那么王实味则在与政治家的比较中，将作家的特点和价值作为全面的阐发，但强调的仍然是其“偏重于改造人的灵魂”、在革命中“主要是革命的精神力量的激发者”的特殊使命。这两篇文章的内涵是十分丰富深邃的，但集中到一点就是：强调作家在保持“独立性”的意义上同政治家共存互补。这显然是有所指的。延安时期强调“文艺服从于政治”、作家服从于政治家的事实是众所周知的，作家和知识分子还不妥当地被当作“改造”的对象。艾青针锋相对地说：作家“用生命去拥护民主政治的理由之一，就是因为民主政治能保障他们的艺术创作的独立精神。因为只有给艺术创作以自由独立的精神，艺术才能对社会改革的事业起推进的作用”。在这里，作家实际上提出了艺术与政治的职能差异和艺术家与政治家的不同作用的问题。从人类社会发展的历史表明，艺术与政治既同一也存在着矛盾。在反动政治势力肆虐的年代，因为政治自身的腐败和政治从根本上颠倒了社会的是非观、审美观，一切健康、进步的文艺必然成为破坏现行政治的力量，政治则是进步文艺发展的桎梏，二者处于尖锐的矛盾对立中。在进步政治势力统治的时期，政治与艺术大体上是统一的，因为“真正伟大的政治家，一定具有真正伟大的灵魂”（王实味语），他们既是社会正义的化身，也维护现存的审美价值，必然为进步艺术的发展开辟广阔的道路。然而，即使是在后一种情形下，艺术与政治也并不是在一切方面都是一致的。由于社会职能的差异，政治尽管也着眼于未来，但更注重目前现状的稳定，而艺术要满足人类的审美需求，就不能仅仅立足于反映社会现实和已经存在的美，必然更注重表达审美理想，开掘尚未达到的美和有可能达到的美，比现实更理想，更伟大，以便打破现状，促进社会改革。这与政治在一定范围内就会发生冲突。正是在这个意义上，鲁迅说："我每每觉到文艺和政治时时在冲突之中；文艺和革命原不是相反的，两者之间，倒有不安于现状的同一。惟政治要维持现状，自然和不安于现状的文艺处在不同的方向。"① 文艺的这种探索只要不是有目的的破坏进步的政治结构，就会成为照亮人类理想和智慧的灯塔。如果把这视为大逆不道，要求文艺只能"服从"政治，只能作为现行政治的"工具"，就必然限制文艺自身功能的发挥，社会平衡就会遭到破坏。正是基于这种原因，恩格斯不赞成以党派的、政治的、道德的观点评判作家，他说："我们决不是从道德的、党派的观点来责备歌德，而只是从美学和历史的观点来责备他；我们并不是用道德的、政治的或'人的'尺度来衡量他"；恩格斯并且把"美学和历史的观点"视为评判作家的"最高的标准"。② 艾青与王实味从推进社会改革的历史角度强调作家的独立精神，强调文艺与政治、文艺家与政治家相互补充、相互监督、相互制约与促进的原则，强调二者的异中之同和同中之异，是两种不同的社会因素，显然是符合艺术规律的，也是对某些错误理论的及时反拨。

丁玲的《三八节有感》既揭示了延安的妇女在恋爱、结婚、生育、离婚等问题上所表现出的常见毛病和弱点，鼓励她们自强不息，也为妇女们受到的不公平的责难提出了强有力的挑战。丁玲认为，妇女的过错和妇女的不幸遭遇不仅仅是"妇女本身"的问题，更有社会的原因，特别是与"男子们尤其是有地位的男子"密切相关。丁玲举例说："不是听说法律上还在争论着离婚只须一方提出，或者必须双方同意的问题么？离婚大约多半都是男子提出的，假如是女人，那一定有更不道德的事，那完全该女人受诅咒。"丁玲为这些愤愤不平，她呼吁说："在每

① 鲁迅：《集外集·文艺与政治的歧途》，《鲁迅全集》第7卷，人民文学出版社1981年版，第113页。

② 恩格斯：《马克思恩格斯选集》第4卷，人民出版社2012年版，第257、347页。

个共产党员的修身上都对自己负责些就好了。”妇女问题曾一度成为延安舆论界关注的热点，1942 年 2 月，华君武创作过一幅漫画《路线问题》，讽刺某些女同志的“专走上层路线”。林默涵就华君武和这幅漫画评论说：“中国的女性挨了几千年的骂，仿佛一切不好，都是女子造成的，其实真是冤枉……他却不知道，实际上正是一些人利用了自己的某些方便来吸引女同志，我倒觉得这样的人物才更加卑劣，更加值得讽刺，因为很明显的，没有这个原因，就不会有那个结果。”① 延安还有一些“大男子”随意“扔掉‘土包子’老婆另找年轻、漂亮老婆”（丁玲语）。延安在妇女问题上反映出的这些大男子主义、特权思想等封建意识的残余，被丁玲敏锐而又准确地体察到了，因而其批评也同样显得切中肯綮，发人深省。

其他的作品无须乎这样一一例解，只要我们承认延安确实存在着阴暗面，革命队伍内部确实有值得警惕和纠正的不良倾向，就应当无可非议地承认这些作品是有感而发、有鲜明的针对性和强烈的现实意义的。譬如，马加的短篇小说《间隔》，就如实地描写了一个革命老干部粗鲁地迫使一个女学生与其结合的故事。丁玲的短篇小说《在医院中》则描写一个知识分子出身的女共产党员陆萍在充满蒙昧和平庸氛围的医院中的境遇，通过她与周围的一些人和环境的矛盾冲突，触及了官僚主义的弊害以及某些领导干部和医务人员不懂业务、不尊重科学给工作造成的障碍和失误。此外，在一些诗作中，如何其芳的《夜歌》（三）、《多少次呵我离开了我日常的生活》，艾青的《火把》，也因作者对周围环境的独特感受和认识，传达出苦闷、迷惘、困惑的情绪。1942 年 5 月，陈云同志在党的七大的讲话中，曾尖锐而中肯地批评了干部、特别是高级干部中那种只能说好、不能说坏，只能升官、不能降级以及有功必居、有过必避的不良作风。这都说明革命队伍内部的弊端已绝不是非常个别的现象。鲁迅说：“文艺家的话其实还是社会的话，他不过感觉灵敏，早感到早说出来（有时，他说得太早，连社会也反对他，也排轧他）。”② 延安时期的这些杂文家对某些不正常现象的批评，确实是“早感到早说出来”，他们像长空中的风旗一样敏感和富于警示性，树立了一种不朽的风范。

---

① 林默涵：《讽刺要击中要害》，1942 年 2 月 25 日《解放日报》。

② 鲁迅：《集外集·文艺与政治的歧途》，《鲁迅全集》第 7 卷，人民文学出版社 1981 年版，第 116 页。

第四节　历史不了情：批判杂文运动的精神备忘

勃兰兑斯曾经把批评比作“人类心灵路程上的指路牌”，正是为了这块“指路牌”，王实味、丁玲、艾青、萧军等作家才积极地面对现实，不回避生活中的尖锐矛盾，把杂文的注意力和批评锋芒及时引入我们还没真正省察到的意识误区和工作中的弊端，表现了一个正直杂文家的宝贵的良知和胆识。他们的作品是榛枯弗剪的深山大泽，而不是人工修饰的盆景；这是站着的文学，有生命的文学。然而，令人遗憾的是，他们在当时却受到了不应有的压制和打击，经历了一场“生死攸关”的大劫难。

1942 年 5 月，中央研究院以纠正极端民主化的偏向为由，召开“党的民主与纪律”座谈会，集中对王实味及其作品展开了批判。随着批判活动的步步升级，王实味被戴上了“反革命托派奸细分子”“暗藏的国民党探子、特务”“反党五人集团成员”三顶大帽子，同年 10 月被开除党籍，1947 年 3 月在胡宗南进攻延安时，被押送他转移的晋绥公安局的看守员受命处决。其他的作家虽然在受到批评并作出自我批评后被保护过关，暂时没有咎罪，但是到 1958 年进行“再批判”时，却无一例外地成为批判的对象。

这确实是一起震撼人心的大冤案。冤案的平反可以在历史过后一蹴而就①，然而其中的复杂内涵以及留给我们的诸多经验教训，却值得细细考究并深长思之。

王实味的一切罪状几乎都是由《政治家・艺术家》和《野百合花》这两篇杂文引发的。从一般道理上讲，革命队伍内部应当允许和欢迎揭露阴暗面、批评错误的作品存在。但是，这个并不复杂的问题，在中国遇到

---

① 中共中央组织部 1982 年 2 月作出决定，否定了所谓“反党五人集团”的存在；1986 年 8 月出版的《毛泽东著作选读》在有关王实味的一个注释中说：“关于他是暗藏的国民党探子、特务一事，据查，不能成立。”公安部在 1991 年 2 月 7 日作出的《关于王实味同志托派问题的复查决定》中说：“经复查，王实味同志 1930 年在沪期间与原北大同学王凡西、陈清晨（均系托派分子）的来往中，接受和同情他们的某些托派观点，帮助翻译过托派的文章。在现有王实味的交待材料中，王对参加托派组织一事反反复复。在复查中没有查出王实味同志参加托派组织的材料。因此，1946 年定为‘反革命托派奸细分子’的结论予以纠正，王在战争环境中被错误处决给予平反昭雪。”（按：王实味被定为“反革命托派”的结论，是范文澜写文章最早提及、1942 年 10 月 23 日中央研究院常委会正式作出的。公安部决定中所说的“1946 年定为‘反革命托派奸细分子’”的结论，是指中央社会部在拘押审讯王实味期间再次作出的。）

了实际障碍却变得难以理解和接受了。40年代初，正是中国革命处在一个特殊困难的关头，国民党消极抗战，积极反共，连续掀起了几次反共高潮，“一个非常重大的事实，就是抗日民主根据地的存在，以及革命的大众的文艺运动必须依靠这个根据地来开展”①。在这样的情况下，文学应当如何反映解放区的阴暗面，如何批评革命队伍内部的缺点，就成为一个非常敏感、非常棘手的问题。敌人随时都在寻找缝隙进行恶意的攻击，难道会不利用我们自己对阴暗面的批评来进行他们的宣传活动？国民党特务机关就曾把王实味、丁玲等的文章编印成《关于〈野百合花〉及其他》的小册子四处散发，并在编者按语中大段引用《野百合花》中的材料对中国共产党领导的陕甘宁边区进行恶毒攻击，说延安已经“使为了抗日号召跑向陕北的青年大失所望，更使许多老共产党员感到前途没落的悲愁”。这就引起了延安一些人的忧虑，甚至反感，其中包括军、政领导和文艺界的同志。从这个意义上说，王实味受到批评是有某种合理的因素的。因为在当时的历史条件下，应当尽可能地避免或缩小可资敌人利用的东西。然而，仅仅根据敌人的反应，来确定作家的立场、倾向，断定王实味已与敌人“胶漆同化，一样顽固，一样黑暗”（范文澜语），则是极端错误的，正像我们不能因为《白皮书》对我们有用就得出艾奇逊倒向革命的结论、《华威先生》被日本利用就得出张天翼站在侵略者一边的结论一样。对于这些杂文来说，这似乎是一个纠缠不清、褒贬两难的难题。

在恩格斯看来，诸如此类的问题可以这样认识、对待：“恶意的诽谤当然是借任何理由都可以散布的。但是大体上说来，给敌人造成的印象是对这种无情的自我批评的异常惊愕和这样一种感觉：一个能自己给自己奉送这种东西的党该具有什么样的内在力量啊！”② 从这段论述中我们可以看到：第一，恩格斯显然不赞成以被敌人所利用为由而讳避自身的缺陷、讳避自我批评；第二，恩格斯把“自己给自己奉送”批评看作党的伟大之所在。这不只因为这种做法本身就是有“内在力量”的体现，更重要的在于：我们能从“无情的自我批评”中汲取教训，修正错误，改进工作，使自己变得更强大起来。这样，敌人的幸灾乐祸和利用攻击，就只能是暂时的，我们“以这个代价可以取得真正的成就”（恩格斯语）。

恩格斯的论断是富于深刻的启迪性的。如果我们不如此而硬要将消极

① 周扬：《王实味的文艺观和我们的文艺观》，1942年7月28日《解放日报》。

② 恩格斯：《马克思恩格斯书信选集》，人民出版社1962年版，第476页。

面和错误的东西掩盖起来，明明看到了潜在的危险却大唱赞歌，虽然可能暂时不被敌人所利用，但“物必自腐而后虫生”，我们将会为此而付出更大的代价，蒙受更大的损失，那无疑是敌人更为希望和称庆的。正是从这个意义上，恩格斯坚决反对以任何借口压制党内批评的做法，把批评看作是“工人运动生命的要素”①。

正因为如此，列宁当年才充分肯定和高度评价了马雅可夫斯基“体无完肤地嘲笑了那些会议”的讽刺诗《开会迷》以及他的其他一些批评官僚主义、拍马屁、文牍主义、形式主义等的诗作，才在晚年以终生的经验发出谆谆告诫：无产阶级夺取政权之后唯一能“摧毁”我们的东西是“我们自己的错误”。即使在苏联卫国战争十分艰苦的时期，大多数政治家对公开暴露和批评内部缺点的作品也是热诚欢迎的，例如，《真理报》曾连载过考涅楚克的剧本《前线》，尖锐地批评那些思想僵化保守、在战争中以骑兵作战方式对付现代坦克的苏联高级将领。当剧本遭到个别将军的反对要求停止连载时，总参谋部却认为：“此剧对于红军及其指挥人员有很大教育意义。剧本正确地指出了红军的缺点，闭眼不看这些缺点是不正确的。应该有勇气承认这些缺点并采取措施加以克服。这是改善红军使之趋于完善的唯一道路。”② 我们又完全可以从这件史实中获得教益。两相比较，我们的失误是明显的。

毋庸置疑，“被敌人所利用”的问题是导致王实味等人受到责难的十分重要的缘由，但这远不是问题的全部。据不少批评者说，最重要的原因还在于王实味对无产阶级革命事业采取了“指为全面黑暗”、恶意“中伤”（范文澜语）的态度，完全站在了敌人的立场上，包藏着“反革命的”（陈伯达语）险恶用心。这实在是曲解了作品，冤枉了作家，是一个更大的谬误。乍一看，王实味的作品确实带有某种火气，且在个别地方使用了冷讽热嘲的语言，这就十分容易惹起口实并授人以柄。然而，这些仅仅是枝节的、次要的。在王实味的笔下，有两点是非常明显的：第一，绝没有把自己批评的某些现象看作是“普遍性”的，只强调它“有镜子作用”（《野百合花》）；第二，他虽然感情比较浓烈，但却是十分善意的，他历来承认延安比“外面”好得多，但他认为，“延安可能而且必须更好的一点”（《野百合花》），他是从“亡国亡党亡头的危险”出发，呼吁

---

① 恩格斯：《马克思恩格斯全集》第 37 卷，人民出版社 1971 年版，第 324 页。

② 《新华文摘》1979 年第 4 期，第 168 页。

"必须辨正邪。党内的正气必须发挥起来，邪气必须消灭"（《零感两则》）。同样，丁玲在《三八节有感》中也"贯注了血泪"，"安置了我多年的痛苦和寄予了热切的希望"（《文艺界对王实味应有的态度及反省》）。这就恰如鲁迅先生所说："讽刺作者虽然大抵为被讽刺者所憎恨，但他却常常是善意的，他的讽刺，在希望他们改善，并非要捺这一群到水底里。"[①] 王实味和这些杂文作家对政治家的行为失范和意识误区里的谏诤警示，对革命队伍内部某些弊端进行不留情面的沉痛揭示和严肃解剖，确实是出于对党和革命事业的真诚热爱，是希望革命队伍革除弊端，更加纯洁。对此，周扬早就感受到并由衷地向人们发出忠告："不要因为哪个作家说了一两句延安不好的话（而且并不是说整个延安），就以为是他在反对着我们了……在延安的作家几乎都和革命结有血缘的，他们可以说都是革命的亲骨肉。这里大概不会出纪德，也更不至有布宁罢。"[②] 正是由于与革命的血缘关系和强烈的向善的情怀，作家们才有强烈的参与意识和历史责任感，他们不仅会在黑暗的政治现实中猛烈地抨击邪恶势力，也会在光明和进步的地方，在一般人沾沾自喜甚至心满意足的状态中，感知到某种潜在的危险，尤其敏感地为国家民族的"危机存亡"而担忧，从而显示出深沉的忧患意识和独立的批评精神。正因为如此，这些作品一经发表便迅速触动了许多具有良知的人们，他们已经开始在惊心动魄的感受中进行深沉的省察。就在延安已经开始对这些杂文进行批判的时候，有人仍然认为，王实味是"同志"，其作品是"自我批评"的文章，"动机是好的"。[③] 也有人对批判王实味公开说些"不满的话"，并在两千多人参加的大会上与批判者"在讲台上展开了激烈的辩论，从晚上八点到深夜两点约六个小时还没有收场"。[④] 即使在批判活动最轰轰烈烈的时候，丁玲还收到署名"同感者"的来信，问《三八节有感》"缺点究竟在哪里"，"表示对某些批评认为不适当"。[⑤] 这是群众的呼声，也是最公正、最权威的裁判。事实上，王实味和这些作家从中表现出的那种忧国忧民的自觉意识、"知其不可为而为之"（王实味一开始写《野百合花》就明确宣布

① 鲁迅：《且介亭杂文二集·什么是讽刺》，《鲁迅全集》第6卷，人民文学出版社1981年版，第329页。

② 周扬：《文学与生活漫谈》，1941年7月17日—19日《解放日报》。

③ 转引自周文《从鲁迅杂文谈到实味》，1942年6月16日《解放日报》。

④ 王德芳：《萧军在延安》，《新文学史料》1987年第4期，第110页。

⑤ 丁玲：《文艺界对王实味应有的态度及反省》，1942年6月16日《解放日报》。

“听候批判”）的悲壮情怀、以天下为己任的广阔胸襟，正是一个进步作家对革命事业赤胆忠心的最集中体现。他们继承和发扬了真正的鲁迅精神，为整个民族走向光明和幸福而无畏地从事杂文创作以至于献身，理所当然地应当受到人们的理解和尊重。

延安这场批判杂文运动的失误是显而易见的。究其原因，固然有客观的一面：当时正值战乱，生存和斗争的需要往往容易导致处理问题的不慎、粗率和急功近利。但这决不能成为为错误开脱的理由。事实上，这场失误恰恰反映了我们在思想意识和工作作风上的诸多不足。这除了又一次暴露出我们不能把马克思主义一贯倡导的谦虚谨慎、不怕批评的作风很好地付诸实践外，也与工作中习惯于搞一言堂、一刀切，根据少数人的意志主观武断的“家长制”作风有关；反映在文学上，我们十分注意强调文学的社会功能，然而认为“一言兴邦”“一言毁国”，几篇文学作品或几句不敬之词就会造成“天下大乱”，这无疑是过分夸大了文学的作用，也因此导致了对这些作品的大惊小怪……从问题的主要方面讲，则是把本来属于思想意识范畴的问题硬性地提到政治斗争的高度，并且采取了简单、粗暴的压制方式。王实味的问题在 1942 年 5 月 27 日中央研究院召开的座谈会上正式提出之后，至 6 月 11 日就宣告斗争基本结束（其时王实味并未明确认罪），一共历时 16 天，开了 14 次大会。其间王实味虽然没有完全被剥夺讲话的权利，但已经变成了“大批判”的对象。范文澜在《论王实味同志的思想意识》的发言中给王实味扣上了十几种反动帽子，说他是“资产阶级一切劣根性之大成”者，“所有散漫、动摇、不能坚忍、不能团结、不能整齐动作、个人自私自利主义、个人英雄主义、风头主义、平均主义、自由主义、极端民主主义……”王实味“应有尽有”。范文澜并根据刘少奇的《论共产党员的修养》和《联共（布）党史》中有关“托派”的论述①对号入座，将王实味与“托派”画上了等号。接着，陈伯达就明确断定“这个人不只是保存托派思想的人，而且还是在进行托派活动的人”（《关于王实味》），罗迈则说王实味不仅有“政治目的”，也有“组织企图”（《论中央研究院的思想论战》）。这就很难再进

① 刘少奇同志在《论共产党员的修养》中说：“想一切方法利用扩大我们党内一些错误、缺点及不好的东西，来达到破坏我们党的目的，这是党外敌对我们党的人及党内暗藏的奸细与托派分子所采取的”；《联共（布）党史简明教程》（人民出版社 1975 年版）说：托洛茨基首先用攻击党“陷入蜕化的叫喊”，“来扑攻党的机关”。

行实事求是的讨论，王实味只能被广泛地罗织罪状并绳之以法。如果我们能够冷静地细心地对实情加以体察，允许真正民主意义上的争鸣和讨论，特别注意倾听不同的意见和当事人的争辩，就绝不会得出与事实的真相相去甚远的结论。毛泽东同志曾强调指出："思想斗争同其他斗争不同"，"只能用细致的讲理的方法"来进行，"对于思想问题采取粗暴的办法，压制的办法，那是有害无益的"，"压服的结果是压而不服"，"以力服人是不行的"。[①] 这种具有真知灼见的谆谆告诫，也正是我们从延安这场批判杂文运动中最应该吸取的宝贵教训。

① 毛泽东：《在中国共产党全国宣传工作会议上的讲话》，见《毛泽东文集》第7卷，人民出版社1999年版，第231页。

第八章

战争激流和作家之舟
——从抗战到解放战争时期的国统区杂文

1937 年 7 月抗日战争的全面爆发，不仅是国家政治生活变动的界标，也是文学发展变化的界标，其间杂文的变化同样是显而易见的：杂文自从以战斗的风姿出现在“五四”文坛之后，迅速发展起来，到 30 年代初已极为繁荣，达到高峰。但尔后却曾因政治形势的变幻和鲁迅的逝世出现过短暂的消沉。抗战爆发后，许多作家又继续拿起杂文的武器为中华民族的命运而抗争不止，使杂文创作又一次掀起了热潮——国统区和“孤岛”上海便是其主要发祥地。

战争的狂飙席卷、涤荡着中华大地上的一切，杂文也无例外地接受着它的洗礼。因此，抗战开始的杂文创作尽管继承了“五四”以来的传统，但由于是降生在关乎中华民族存亡的战火的襁褓中，明显带着空前的广泛性和同一性、深沉的忧患情绪和历史逆转期的歌哭，有着属于它自己的思想、艺术流向。

第一节　战时杂文的“共时态”旋律

抗战爆发后国统区逐渐形成的杂文作家队伍是极为壮观的，大体上可分为三种类型：一类是革命作家，同时又是无产阶级文艺事业的中坚力量，以桂林《野草》作家群中的夏衍、聂绀弩、秦似和重庆《新华日报》周围的郭沫若、茅盾、胡风，冯雪峰、孔罗荪、林默涵等为代表；另一类作家多系昆明西南联大的知名学者和教授，如闻一多、朱自清、老舍、钱钟书、王力、胡绳、吴晗、王季思等，他们具有爱国思想和正义感，对祖国和人民始终怀有一颗赤子之心，在极其艰苦和复杂的情况下，仍能表现出可贵的民族气节；还有一类如张恨水、味橄（钱歌川）、施蛰存、陈载、梁实秋等，他们对中国共产党所领导的革命事业往往有某种程度的隔阂和戒心，甚至有的还有敌意，但仍能以民族大义为重，在关键时刻有所为，也有所不为。这三股力量合一，形成了现代杂文发展史上前所未有过的景象，他们彼此间虽也偶有笔墨相讥，但其主要目标则比较集中。当梁实秋在强调文学"与抗战有关"的同时，谈到"与抗战无关"① 的主张时，立刻受到了作家们的共同批评。当时，杂文与时代、与政治的拥抱是最紧密的，杂文的"感应的神经、攻守的手足"的职责，得到了较为普遍性的认同和赞许。即使是偶有于此淡漠者，也绝不打横炮，唱反调。很明显，从抗战开始的杂文作家队伍的重新组合和创作倾向的基本一致，主要不是杂文自身发展的结果，而是依仗强大的时代的、政治的力量。

但是，当杂文被时代、政治推进到新阶段之后它却并不是一下子就找到了自己的位置的。

抗战杂文是从宣传抗战开始的。由于这场战争既是有史以来最大限度的、最深广的发挥人民革命力量的民族解放战争，也是中华民族经由血与火的洗礼而达到民族改造和更生的民主革命运动，因而杂文作家也同其他作家一样，在抗战爆发之后大都显示出强烈的亢奋和激越，而较少平和冷静，深沉的理性被激动的情绪所冲淡，因而大部分作品表现出"直观的、抒情的、性急的、鼓动的"（郭沫若：《新文艺的使命》）特点。其中以靳以的《我们的血》、巴金的《控诉》《感想》和郭沫若的《羽书集》等杂文集为代表。这些作品或者从上海的被围困中看到失掉的"只是奴隶的镣铐"，而筑起的却是"血肉长城"（郭沫若《我们所失掉的只是奴隶的镣铐》），或者赞美那使中国人扬眉吐气的"神圣的"炮声（巴金《第一次听见那炮声》），或者对抗战的士兵予以崇高的礼赞（靳以《愿是士兵中的一个》），或者批评看不见抗战力量的"悲观"情绪（巴金《失败主义者》），甚至向那些对抗战冷漠的绅士淑女们发出诚挚的请求（靳以《我们的血》）……内容大都是宣传抗战的极富鼓动性的文字，用郭沫若的话说就是"有点近于'鸣锣奉告'"（《羽书集·序》）。他们

① 梁实秋的原话是："现在抗战高于一切，所以有人一下笔就忘不了抗战。我的意见稍为不同。于抗战有关的材料，我们最为欢迎，但是与抗战无关的材料，只要真实流畅，也是好的，不必勉强把抗战截搭上去。"见 1938 年 12 月 1 日《中央日报》副刊《平明》发表的《编者的话》。

凭借着凛然不可侵犯的民族气节和浩然正气，凭借着强烈的爱国意识和乐观激情，慷慨激昂，大呼猛进，赋予了作品一种所向披靡的气势和强大的鼓动力，无疑构成了一种新的杂文现象。这是对万众一心、全民抗战的呼唤和礼赞，是那个如火如荼的大时代的精神投影。但是，从总体上说，这些作品热情有余而技巧的斟酌、思想的蕴藉深沉则相对不足。这一方面是那个火热的时代使然，另一方面是因为杂文自身的特点不大适合正面宣传和热情鼓动。因此，在抗战初期，对大多数作家来说，杂文创作远不如诗歌、短剧、报告文学等来得得心应手。

抗战杂文的真正兴起，是在抗战进行到相持阶段，特别是 1941 年年初皖南事变发生后。这时，严酷的抗战局势和国民党掀起的新的反共高潮，像寒流一样促使作家从过度的亢奋中冷却下来，他们发现社会现实并没有因为抗战而净化得“像大海一样澄清”。由于国民党政权的腐烂，整个社会疮痍满目，人民大众陷入了民族敌人和阶级敌人造成的双重迫害之中，其灾难程度较之战前有增无减。这时，杂文作家所特有的忧患意识日益强化，用茅盾的话说就是：“闭目歌颂罢，良心不许，搁笔装死罢，良心又不安。”（《时间的记录·后记》）于是，作家们又一次不约而同地纷纷拿起杂文的武器，老杂文作家如茅盾、老舍、宋云彬、林默涵等自不待言，一大批本来与杂文很少缘分的作家和学者如高寒（楚图南）、王季思、胡绳、舒芜、欧阳予倩、蹇先艾、冯友兰、石村、何其芳、闻一多、柳亚子、钱锺书、费孝通、谢狱、张禹、陈康白、伍隼（夏钦瀚）、张恨水等，也“从此要叽叽喳喳发议论”（何其芳语）。明显地标志着国统区抗战杂文的勃兴的，是 1940 年 8 月《野草》杂志在桂林的创刊。《野草》的主要撰稿人有夏衍、聂绀弩、宋云彬、孟超、秦似等，秦似负责具体编辑工作。该刊 1943 年 5 月出至第 5 卷第 5 期停刊后，1946 年 10 月又出复刊号，一直坚持到 1949 年，前后共出 42 期，是中国现代文学史上出刊时间最长的杂文期刊。“野草社”还出版“野草丛书”（杂文集）初辑 10 种、二辑 3 种。与此同时，重庆的《新华日报》副刊、《新蜀报·蜀道》《时事新报·青光》，成都的《新民晚报·出师表》《华西日报》副刊，桂林的《救亡日报·文化岗位》《大公报·文艺》等报纸，以及《呐喊》《烽火》《人世间》《笔阵》《群众》《文风》《抗战文艺》等杂志也都以显要的位置开辟了杂文栏目。各地还陆续出版了《乡风与市风》（冯雪峰）、《中鱼集》（沈钧儒）、《刁斗集》（高寒）、《夜间相》（田仲济）等杂文集百余种。这就使杂文创作形成了鲁迅逝世后的一次新的高潮。标志着这一高潮到来的，还不只是杂文数量的剧增，更在于作家们开始认识到杂文创作中那种过度的兴奋情绪和浮浅的浪漫笔调的苍白无力，从而将创作根基深植于中国历史和现实生活的土壤之中，以深沉的情感和理性对民族的命运作切实的感受、思索和剖析，深入扎实地探讨战时的中国所面临的一系列重大社会和文化问题。于是，杂文又一次真正地找到了“自我”，并很快对诗歌、小说、报告文学等实现了大幅度的超越。

当时大部分作家的杂文创作都是针对国民党反动统治下的黑暗社会现状而发的，“与其说是要抗拒了前方的敌人，毋宁说是要警惕了后方的黑夜”①，这是本时期杂文创作的最重要内容。它涉及的领域虽广泛，但主要是围绕着与民族抗战息息相关的重大问题而展开的。譬如，当抗战进行到极为艰苦的关头，不少达官贵人趁机进行商业投机活动，大发国难财，出现了“前方吃紧，后方紧吃”的现象，加深了经济的混乱和困难，削弱了抗日力量。秦似的《急事闲谈》（《时恋集》）是较早出现的对这类现象进行猛烈抨击的作品。作者以米价像“恶魔”一样猛涨的现象为引线，满腔忧愤地批判了“紧吃”和“吃紧”的种种不合理、不正常现象。作者当时虽然只有二十几岁，然而文字却显得沉稳而老辣。孟超的《从米老鼠谈起》（《长夜集》）将“米老鼠”的可爱形象作了根本性的改造，看到它“活泼、灵动、跳脱”的另一面是“变幻莫测，伎俩多端”，进而抨击了靠囤粮发财的“市长”“局长”等大大小小的“米老鼠”们。对汉奸行为的鞭笞也是这些杂文的重要内容之一，在《丁易杂文》、孟超的《长夜集》、冯雪峰的《乡风与市风》和《跨的日子》、楼栖的《反刍集》、宋云彬的《破戒草》和《骨鲠集》、王季思的《新物语及其他》、胡风的《棘源草》等杂文集中，这类文字都占了相当大的比重。其中，宋云彬对此投入了最大的关注。这位曾经“立誓”不再写杂文的30年代杂文作家的重新“破戒”，就是因为“偶尔得到某人变节或某公消极等消息，总是愤恨与感慨交并，想写些短文来发泄一下”②，仅《破戒草》和《骨鲠集》所收的40余篇作品中，针对汉奸及汉奸行为而发的就有三分之一之多。他的作品文字凝重，广征博引，把辛辣的嘲讽寓于指桑骂槐、以古证今的“曲”论之中，给人以深刻的启示。冯雪峰也始终注视着这

① 高寒：《刁斗集 ·题记》，文通书局1948年版，第1页。

② 宋云彬：《破戒草·序》，桂林创作出版社1940年版，第1页。

一精神现象，但他的不少作品却不只是鞭笞现象，而是透过现象着力剖示社会思想本质。仅以《汉奸或叛国者》为例，就可以看到这种剖示达到了怎样的深度：汉奸本来是应当严惩的，但现在的统治者“却不愿把汉奸们反国家即反人民的实质加以深究，正如他们不愿把汉奸交给人民去公审同样。因为这是不用说的：倘若在反人民的一点上深究下去，那就无疑去深究统治者的同样的罪恶了”。但在人民的压力之下，统治者又不得不把部分汉奸加以审判，于是就竭力将那和统治者纠缠在一起的许多政治关系和问题避开和隐藏起来，“然而汉奸们却相反，要竭力说出他们反人民的一层来，以求统治者减轻他们的罪状；他们不仅竭力把和统治者公开的关系罗列起来以自辩解，甚至把种种暗中勾结的秘密也暴露出来了，以示他们的所有行为都是为了现在的‘党国’，而且这一切也的确都是事实。只要看一看陈公博的‘自白书’，就什么事情都明白了，虽然那‘自白书’还有许多更不可告人的事情未曾公开。”真是一语道破天机，把隐藏在汉奸和统治者灵魂深处的秘而不宣的肮脏心理，淋漓尽致地揭示了出来，这不仅使人们看清了二者“反人民”的共同本质，而且似乎明白了战时何以汉奸如此之多的真正奥秘，正所谓“大梁不正，小梁歪歪”。

当然，国统区杂文的批判锋芒，最主要的还是直接指向蒋介石政权所推行的法西斯专制政策、扼杀民主活动的罪行。由于这是在国民党的鼻子底下进行，现实是如此恐怖，统治者是如此残忍，因而较之其他任何批判活动都复杂、艰难、危险。在这里，作家们表现出两种明显的层次：一是有张有弛，掌握分寸。他们在大是大非的原则问题上并不含糊，但却委婉“曲”辨，欲说还休。这是正直而又明智的知识分子在复杂恶劣的环境中所形成的“外圆内方”的政治品格的直接投影。譬如老舍，他对国民党专制统治下知识分子“半死不活”、一筹莫展的危艰境遇极为不满，但却不得不把这种情绪深藏在戒烟、戒酒、戒茶等戒这戒那的种种无可奈何的微妙心理的变幻之中（《戒茶》）[①]；写作不自由，心情不痛快，也不能直接发愤为文，而只能到出嫁的姑娘、幼时玩的“笼中鸟”等现象中寻求寄托（《昨天》），锋芒已消磨得十分模糊，不细心体察就很难把握其中的意蕴。其他诸如王季思的《新物语及其他》、叶圣陶的《西川集》、丁易的《丁易杂文》、高寒的《刁斗集》、田仲济的《情虚集》、靳以的

① 此处和后面涉及的老舍的作品，均见1941年9月至12月重庆《新民报晚刊》的“多鼠斋杂谈”栏，老舍为该栏写杂文12篇，均未重印过。

《人世百图》等在触及这一尖锐问题时，也大都有这样的特色，不少学者甚至还以“学术”的外衣作为“挡箭牌”。他们可以因此避免不少麻烦和流血牺牲，但良心上的失落感却又常使他们心神不宁，人格主体为把握正义和生存的平衡艰难地度量着，正如老舍所说：“下笔之时，左顾右盼，犹如生怕被捉住的小偷一般。”（《病》）这是知识分子的独立人格在专制条件下可喜而又可悲的变形；二是义无反顾，锋芒显露。他们在带血腥味的沉闷、高压条件下能像鲁迅所说的那样，“大胆地说话，勇敢地进行，忘掉了一切利害，推开了古人，将自己的真心的话发表出来”[①]，将一个无声的中国变为“有声的中国”。其中闻一多先生是杰出的代表。这位曾经是超然物外的知名学者，在黑暗的现实面前挣脱了书斋的羁绊，完成了由隐士到战士的精神升华，决心承担起鲁迅的未竟事业。他认定：中国是生着病！“病势的严重，病象的昭著也许超过了任何历史记录。”（《关于儒·道·土匪》）他的《愈战愈强》《画展》《白日梦》《可怕的冷静》等杂文都是深入发掘病象和病因的杰作，其核心是抨击国民党反动派的法西斯统治。闻一多的这些作品在文学史上的价值是极为崇高的，这不只因为它有深刻、精辟的特点，而且最集中地体现出了作者非凡的胆识、强烈的殉道意识和追求真理的大无畏精神。他说：“此身别无长处，既然有一颗心，有一张嘴，讲话定要讲个痛快。”[②] 他敬重杜甫，赞赏屈原，更推崇鲁迅。而支持他这样做的，正是这些先驱者们的爱国济世的激情、愤世嫉俗的刚肠和“安能摧眉折腰事权贵”的铮铮傲骨。同时在国统区的杂文作者中，只有聂绀弩、何其芳、楼栖等少数人才有这种品格。抗战胜利后，由于国共两党之间重燃战火，阶级斗争变成了你死我活的拼搏，大批党员作家被迫离开国统区。这时，无党无派的民主人士闻一多变成为独立支撑的大树。国家兵连祸结、残破衰朽的局面已使他几乎陷入痛苦欲绝的境地，决心背负起苦难的十字架。他置生死于度外，因而无所畏惧，在极为险恶的情形下也不假雕饰，凡有所说，都是直抒胸臆，快倾积愫，或像章太炎当年敢于“临总统府之门，大诟袁世凯的包藏祸心”一样。《谨防汉奸合法化》公开断言“把汉奸合法化”的国民党反动派“自己就是汉

---

① 鲁迅：《三闲集·无声的中国》，《鲁迅全集》第4卷，人民文学出版社1981年版，第15页。

② 闻一多：《致臧克家》（1944年9月），见《闻一多书信选集》，人民文学出版社1986年版，第320页。

奸”；《关于儒·道·土匪》一文公开反对国内外的反共行为，并称“剿匪”者为“偷儿”“骗子”；《“一二·一”运动始末》详细披露并谴责了反动警特对昆明学生的屠杀罪行；《兽·人·鬼》进一步称这次惨案为“刽子手们”的杰作，“只好名之曰兽行，或超兽行”；甚至在《八年的回忆与感想》中，面对蒋介石的黑暗统治公开发出质问：“如果领袖不向平安的方向靠，而是向黑暗的深渊里冲，整个国家民族是否也就跟着他那样做呢？”真是问得大义凛然，掷地有声。这当然并非闻一多个人的发现，只要是头脑清醒而又直面现实的人，大概都不难达到这样的认识，但是能在白色恐怖下公开发表出来却不是一般人所能做到的[①]，这是“用生命的一部分或全部换来的东西”（鲁迅语）。

在本时期，杂文作家们还将其视野投向世界反法西斯斗争。秦似在杂文《不能缄默》（《时恋集》）中指出：“只有全世界人民团结起来，才可以叫法西斯野兽淹死在无边的血泊里。”在郭沫若、夏衍、秦似等一些无产阶级革命作家的作品中，有两个最基本的主题：一是动员国际舆论，争取国际反法西斯斗争的相互支持，坚决反对对法西斯姑息纵容的政策，维护全人类的共同利益。从中国抗战爆发到太平洋战争前夕，美、英等国对德、意、日实行了步步妥协让步的所谓“绥靖政策”，企图借法西斯力量达到反苏反共、坐收渔利的目的，国际上也随之出现了许多不利于抗战的舆论，致使德意日气焰十分嚣张。面对这种严峻形势，郭沫若的《告国际友人书》（《羽书集》）不仅真实地揭露了日寇在中国以破坏和枪杀为“快意”的罪行，指出对此倘不加制裁，不久也会当作礼物“赠给全世界”，以唤起全世界的人道主义同情和共同对敌，而且以铁的事实驳斥了那种认为中国抗战是“不度德，不量力”的错误观点。夏衍的《送绥靖公之辞》（《夏衍杂文随笔集》）以欧洲地图上一大批独立国家被吞噬的严峻现实为依据，警告奉行“绥靖”政策者如张伯伦之流，倘不改弦易辙，最终必然是搬起石头砸自己的脚。秦似的《国际随笔——吊张伯伦先生》（《秦似杂文集》）、孟超的《不寂寞的坟场上一个寂寞的灵魂》（《长夜集》）等与夏文都有异曲同工之妙。夏衍的《掌声与哀声》（《夏衍杂文随笔集》）还对英国保守党议员欢迎下台后出席议会的张伯伦表示了极大的义愤和谴责；另一个主题是帮助国内军民及时了解德、意、日

① 闻一多是在参加了李公朴的追悼会之后被国民党特务暗杀的，实际上与此不无关系。

法西斯的动向和世界反法西斯斗争的态势。苏联人民的反法西斯战争的胜利是杂文经常反映的内容，英美等国的参战也为作家们所密切关注。中华民族在这场斗争中所担负的伟大历史使命，更被作家们作了深入的揭示和强调……对于优秀杂文作家来说，一般地做到这些也许并不困难，困难的是能够审时度势，高瞻远瞩，明察秋毫，对时局及其趋向有清醒的省察和发现。这类作品在“野草社”的作家群的创作中，是相当多的。例如，40 年代初，当希特勒在欧洲战场上频频得手、气焰嚣张的时候，一些反动论客们表面上谴责希特勒，骨子里却希望德军进攻苏联，暗示他不要像威廉那样“走错了步子”。秦似一眼看穿了这个阴谋，写道：“希特勒能否‘平心静气地考虑一下’，换一个方向进攻，这是某些人所日夜‘希望’着的吧；然而即使恰如尊意吧，那结果是否真的能餍足现在‘无限感慨’于威廉事业的人们，我还存疑。”（《时恋集·多余的感慨》）半月以后德军进攻苏联。然而结果会怎样呢？作者早就宣布：“历史还在向前走，一切法西斯的欲望和希冀世界向中世纪倒退的暗流，终于要没落，一切真正反法西斯的斗士，中国，苏联，英国的人民，终于要胜利的。”（《时恋集·不同的利弊》）历史的发展充分证明了作者的远见。

在打击邪恶与黑暗、为抗战鼓与呼的同时，杂文作家们也不忘针砭民族痼疾。这方面的作品大都旨在对在异族侵略和长期封建专制统治下被扭曲了的社会心理进行透视。扭曲了的社会心理是可怕的，人们一旦习惯于生活在非正常的社会环境中，就会把一些非正常的事情、观念等看作是正常的。这是民族觉醒和解放的一大障碍。冯雪峰在《乡风与市风》和《有进无退》两本杂文集中，对此投入了极大关注，他对生活中习见的“市侩主义”（《简论市侩主义》）、“平庸主义”（《论平庸》）、“还好主义”（《还好主义》）、“自甘低下”的苟活思想（《比较》）等的表现和危害，进行了深入的解剖和评析。宋云彬对民族道德的堕落“无限痛心”，他指出，自从国民党实行特务统治以来，世风日下，“甘心做特殊分子的不必说，颓废放荡的不必说，那些习惯了种种躲避的方法的，也渐渐变为圆滑中庸，言不必信，行不必果”，尤其可叹的是“造谣说谎”盛行，久而久之，谎言便被当作真理，“进而以事实为谣言，以真话为谎话，因而是非颠倒，真伪不分”。（宋云彬：《民族道德之堕落》）在这里，作家们最警惕的还是封建传统文化在新的历史条件下对民族精神的侵蚀。“皖南事变”后，国统区推行“新儒学”的活动曾一度搞得火热。这固然归咎于国民党反动政府的倡导①，他们妄图借儒家“序尊卑，明上下”的伦理思想，在中国建立封建专制主义的君主统治制度；但也与广大民众中普遍存在的畸形文化心理密切相关，正是“家庭中父权式的以上临下的强制性的秩序”（闻一多语）和长期的“尊孔读经”传统，为国民党政府宣扬儒学的糟粕提供了最适宜的社会温床。闻一多的《什么是儒家》和《关于儒·道·土匪》、舒芜的《“迷途之羔羊”返矣!》和《“致身”法钩沉》（《挂剑桑》）、柳亚子的《关于读经问题及其他》（《怀旧集》）等，都深刻揭示了畸形的崇儒心理所造成的严重危害，指出它培育“强权”思想和“奴性”意识，是扼杀民族生机和活力的最大精神病患。

战时杂文的主要思想旨趣已如上述，但其全部内涵又不限于此，它几乎涉及社会问题的各个方面如妇女问题、物价问题、文艺问题、学生运动问题……都被提出来进行了不同程度的讨论，但这一切都是由正在进行的抗战引发的，仍然凝聚着特定时代的审美经验。例如，妇女问题从“五四”时期就是杂文关注的热点之一，鲁迅有不少作品深入揭露和抨击过封建宗法制度以及礼教对中国妇女的沉重而残酷的迫害，为妇女所遭受的种种污蔑进行辩护，并努力探索中国妇女解放的道路。冯雪峰的《乡风与市风》和聂绀弩的《蛇与塔》（这是本时期谈论妇女问题最多的两本杂文集）继续深含着这种意义，但读了类似为南京一家船户的妇女被日寇奸污后冷眼无助地默默投江而死的遭遇而抗争（冯雪峰《战斗的自觉》）的大量文字后，使人的心情不能不更加沉重，真有心痛欲裂之感，异族的兽性摧残竟不能唤起国人的同情心，封建伦理道德的弊端已到了何等令人发指的程度。这绝不是说他们的笔触比鲁迅的还要深刻、还要有力，而是意在说明，由于作家们紧紧地拥抱着时代，与战争激流“共时态”，从而有效地获得了打动读者的时代发酵素。借用恩格斯的话说就是：“他们的特征是他们几乎全处在时代运动中，在实际斗争中生活着和活动着。”②

---

① 最能说明问题的是由陶希圣执笔、以蒋介石的名义由正中书局于 1943 年 3 月出版的《中国之命运》一书。

② 恩格斯：《自然辩证法·导言》，见《马克思恩格斯选集》第 3 卷，人民出版社 1961 年版，第 446 页。

第二节 历史：杂文的对象和契机

抗战时期的杂文创作存在着一种比较普遍的现象：作家们在以杂文为武器投身于民族解放事业的时候，常常不约而同地把笔触伸向了历史，带着从历史深处走来的沉重足音。聂绀弩、宋云彬、闻一多、丁易、舒芜、吴晗、秦牧、孟超、郭沫若等人就像有“历史癖”一样执着，他们中甚至有人创作了几乎完全容纳历史题材的杂文集，如聂绀弩的《历史的奥秘》、吴晗的《历史的镜子》、郭沫若的《今昔蒲剑》等。有些原来并不怎么关注历史的作家（如秦似），也在努力补课，“写文章也颇爱谈到历史”。从帝王到平民，从个人到国家，从精神到行为，从经济到政治，从文化到伦理……杂文的取材历史从来没有这样深广过，好像离开历史，一切都说不清楚似的。

这种现象的出现绝不仅仅是由于杂文表现生活的特殊方式，也不仅仅因为历史能给人以深刻的启示，可以“据过去以推知未来”（鲁迅语），而是在于作家们在民族战争的苦难和阵痛中产生的强烈的图存意识和变革意识，在强敌蹂躏的严峻生存条件下，人们很自然地希望从久远的民族历史和传统中寻找抗击异族侵略的强大精神力量。这就不难理解，为什么抗战杂文不像“五四”杂文那样专就文化传统中的陋劣进行清理、批判，民族历史和文化传统中的“独异之光彩”（鲁迅语）——自强不息、舍己为人、英雄主义、爱国主义等，第一次被他们全面而突出地进行了发掘和阐释。① 另一方面，作家们在回顾历史时不能不看到：从鸦片战争以来，中华民族多次遭到外国列强的入侵，每次战争的结果，几乎都以中国的失败而告终，我们这个东方的古老民族一再濒临亡国灭种的边缘。这就促使他们在咀嚼历史的苦果时，重新以极大的努力去寻找中华民族落后挨打的自身历史和文化原因，探寻“历史缝隙里教人伤心的秘密”（《秦牧杂文·人肉》），抨击仍在极大地侵蚀和削弱着人民的生机与活力的传统文化的种种弊害，寻求整个民族变革与超越的道路。在这一点上，他们与“五四”一代作家的选择又是一致的。另外，由于国民党推行文化专制政策，作家们的言论自由受到了很大限制，因而古为今用、借古喻今，就成

① 收这类文字较多的要数高寒的《刁斗集》第四辑（交通书局 1948 年版）和宋云彬的《骨鲠集》文献出版社 1942 年版等。

了作家表达思想的重要方式。这样，历史就成为杂文创作的重要对象和契机。

本时期的这类杂文有以下几个特点：

第一，作家们对历史的叙写，无论是颂扬还是鞭笞，其目的不在于梳理、核实、匡正历史的现象和本质，不在于充当历史学家，而是为了经由历史而获得一种体验，一种富于启迪性的哲理，一种能够沟通过去、现在与未来，因而完全可以与战时精神产生共鸣的大彻大悟。说白了就是“不在于纪实而在于说教”①，使历史成为“追求着自己目的”的人的活动。这就不只取决于作家“历史”这块领地的肥沃与贫瘠，更重要的在于作家敏锐而又深刻的现在眼光——对现实的感受、理解、判断。因此，其中比较优秀的杂文，恰恰不是出自那些专门从事历史研究的历史学家，也不是出自那些对历史一知半解、捉襟见肘的杂文作家，而是出自既精通历史又关注现实的战士型的杂文家，如宋云彬、聂绀弩、吴晗等。宋云彬一般不大注重对重大历史现象的审视，他常常在对历史进程中具体人和事的叙写中，夹藏着大量生动具体的新的启迪与发现，如“和平楼谈屑”② 总题下的《杨皙子晚盖》一文，于清末学者杨度晚节受到人们赞许的事实中，发现了“彼将恶始而美终，以晚盖者也”的社会心理。聂绀弩则善于从大量的历史现象中从宏观上概括出新的意蕴，如收在《二鸦杂文》中谈论《封神榜》《封神演义》的数篇，运用“天命”“气数”等旧时江湖术语，预示了中国共产党所领导的无产阶级革命事业必然胜利、蒋介石反动集团注定要失败的历史趋势。可以这么说，在以历史为描述对象的杂文中，宋云彬与聂绀弩代表了两种最基本的形态，而吴晗的作品则是二者兼而有之，表现了这位历史学家的非凡才智。但无论何者，所给予读者的都是深刻的现实的启迪，读者完全能够从历史的教训里产生种种“联想”，“悟已往之不谏”，完成现在以至未来行为的设计。显然，他们在发掘历史时早已剔除了与现实精神和意识所不相干的诸种因素，创造出一个崭新的寄情寓意的世界，历史的一切事象似乎都蕴含着作者的世道人心之论。

第二，作家主体意志的渗透和介入。杂文叙写历史必须依据真实史料，这是毋庸置疑的，任何虚构的成分都会令人产生幻灭感。但如果仅仅

① 参见聂绀弩《历史的奥秘·从陶潜说到蔡邕》，桂林文献出版社 1941 年版。

② 均收入《宋云彬杂文集》，三联书店 1985 年版。

拘泥于客观真实，对历史作被动反映，它又必然会成为泥人土马，没有生气。因为任何鲜活、新颖、深刻的历史意识，绝不会只是来自书本，来自间接经验，必然是建立在作家个人经验基础上对历史的独特理解。正因为这样，本时期不少作家不仅仅只是一般地“借题发挥”“以古喻今”，而是在对历史内容的深入体察的基础上，更注重个人精神的“生气灌注”。换言之，他们处处像是从历史深处走来，但并不沉于自己的历史对象中，而是站在足够的时代高度，在欣赏中透视、发现，在共鸣里抉剔瑕瑜。这是一种“入后之出”“入极之出”，是杂文家在对千姿百态的历史迷宫的沉醉中，渗入某种思想和美学的批判尺度。于是就出现了如下现象：对同一历史事件、历史现象的表现，不同的作家却有很大的不同，历史的本来面目很可能是相像的，但被赋予的内涵、旨趣、意向却有明显的区别，甚至大相径庭。譬如，同样是对古今奴才行为的剖析和谴责，默涵看到的是一种可耻的活命哲学，“只要保留着吃饭的家伙，阳世也就够有趣了”（《狮与龙·奴才哲学》）；而靳以和秦似却认为“奴才原是介于狼和羊之间”的丑类（靳以《人世百图·奴才的笑》），他们安于“做牛马”却又“不断作用于奴隶”（秦似《感觉的音响·这便是憎恶》）。同样是对中国封建社会病根的剖析，闻一多找到的是以衰朽的儒家思想为代表的传统文化（《关于儒·道·土匪》《什么是儒家》）；而秦牧看到的则是“各自为政的封建传统”和“毫无法制的野蛮作风”（《私刑·入市·血的赏玩》《人肉》）。同样是对“历史功过”的阐释，冯雪峰感到所谓“历史的罪人”和“历史的功人”常常扑朔迷离，“我们要追历史的责任，就不但无从追起，而且还要将责任放在自己的肩上”（《乡风与市风·责任》），告诫人们不要轻信过去的某些历史结论；而聂绀弩却清楚地看到了一个“奥秘”：在历史的关口上，“一个人演了神圣的角色，他的一切缺点，一切过失，甚至一切罪行，都被他所尽的任务遮住，洗清了。不但这样歹还有许多实际上与他毫不相干，而在当时是可能的神圣的传说，都全被加到他头上，使他更为神圣……如果演的相反的角色，不言而喻，他的一切美德，会被一齐抹煞，一切丑恶都和他脱不了关系”，会被永远钉在历史的耻辱柱上（《二鸦杂文·历史的奥秘》）。这无疑都是被作者的性灵激活了的“历史”，其中充溢着恢宏的历史气度和“概括倾向的哲学精神”（勃兰兑斯语）。用科学历史的眼光来评判，它们“既不是不真实，也不是真实的”（科林伍德语），但骨子里是比历史的真实更真实，其笔触已深入到了历史的深层，挖掘出了带有本质意义的内涵。归根结底，作家们所表现的是自己所感悟、所理解与所发现的，是诗化和哲理化了的个人历史体验。

第三，自我反省意识的自觉。历史，归根结底是无数集合起来的个体命运的历史，人们认识历史，首先是从一个个具体人物的命运开始的。因之，一般叙事性文学作品表现历史，总是离不开对具体人物命运的展示和剖析，但是，杂文却根本无法做到这一点，因而，作家的自我反省和解剖就显得十分重要。闻一多、夏衍、巴金、何其芳、聂绀弩、李广田等对此都有自觉的追求。夏衍在《一木一石的精神》中，为发现自己灵魂深处有着一些“摆脱不开”的古老鬼魂而“打一个寒噤!”他的《旧家的火葬》《谈自己》《糊裱及其他》[①] 等杂文都把历史的解剖刀对准了自己的灵魂深处，作者并不装扮，甚至不衫不履，径自走出来，写得声泪俱下，坦诚感人，“像法官一样对自己作裁判”（易·卜生语）。即使是那些重在思辨说理的作品中，夏衍也常常把自己摆进去。李广田写《日边随笔》的目的，首先就是想“见出自己的变化”（《日边随笔·序》）。闻一多的杂文表面上并没有把解剖刀对准自己，但它对历史现象的理解和认识，常常是从自己的命运开始的，或者是把自己作为重要历史参照物，例如《什么是儒家》在分析历史上儒家的阶级地位时说，“寄食于贵族的智识分子”，是“缓冲阶层”，实际上“还是做了帮凶”。而在另一处谈到“当年”隐士的自己时，他说：“我们自命清高，实际上是做了帮闲帮凶。”[②] 由自我，到时代，到整个中华民族的历史，这样，“自我”解剖与历史解剖就直接融为一体。巴金、何其芳的不少作品也将“旧我”坦诚地裸露在字里行间，并在解剖中不断进行“新我”与“旧我”的交战，其否定“旧我”、反思与忏悔的色彩更加浓烈。事实上，作为历史的人，每一个都沉积着人类和民族几千年、几百年、几十年所凝聚的思想、文化、伦理等种种精神特征的东西，作者刻意开掘了尽可能多的“自我”沉积，也便是对社会历史沉积的开掘，开掘越深，携带的历史容量就越大，其作品的历史价值也就越高。

诚然，作家无情地解剖、自觉地克服自身的弱点，是难能可贵的。但若是基于歧视、改造知识分子的外在压力而不得不来苛责自己，对自我作

① 均见《夏衍杂文随笔集》，三联书店 1980 年版。

② 王康：《闻一多传》，湖北人民出版社 1979 年版，第 327 页。

不切实际的彻底否定，则是不足取的，它往往造成作家自由精神的压抑和个性的扭曲。何其芳写下的一些序跋类的杂文就有这种倾向，在《〈还乡杂记〉附记二》中，他对自己的一些明显有“个人”特色的散文作品（包括杂文），采取了基本否定的态度；在《星火集·后记》中，他还给自己戴上了“小资产阶级”的帽子，并全面系统地清理批判它的种种表现。他时时过低地贬损自己，语调中充满了罪感意识。这样，这些作品在激动人心的道德激情的背后，也隐约地流露出了中国文人的一大弱点——虚幻的“自我”意识和感伤、自虐的脆弱心理。当然，大多数作家的情况并非如此。在他们那里，不是仅仅对自我作简单的机械的评价或责难、辩护或定罪，卡西尔《人论》中所要求的那种“对诗人个人生活的再解释”和“更深刻的理解”，已成为不期然而然的自觉追求，因而他们的解剖并没有让人觉得有残酷的自我压抑感。他们更多强调的是一种内心的真诚表现，一种力图摆脱历史因袭而谋求新生的自觉超越意识。这样，就使作品所包容的历史意识，通过对“自我”的解剖与反省而深入到了人的灵魂和精神的底蕴。但是，本时期杂文作家这种自我反省意识的自觉，严格说来还不能算作是一种普遍的现象。这说明，一个杂文作家能够像鲁迅那样真正做到在解剖别人和历史的同时更严于解剖自己，是多么不容易。然而，只有做到这一点，才能真正告别昨天，获得个人和民族的新生，昂然走向未来。

第三节　艺术格调的承继与变异

经历了战火的洗礼后重新掀起的杂文创作热潮，从根本上说是继承了鲁迅杂文传统的，但却没有出现一个像鲁迅那样众望所归的伟大作家。从这一点来看，它似乎不能与30年代杂文比肩。但是，有一点是不容忽视的：正因为谁也没有成为“群龙之首”，便形成了一种自由探索和多元选择的局面，因而在艺术风格上与以往相比既有承继也有变异，显得更加摇曳多姿。

抗战开始后围绕着还要不要写“鲁迅风”杂文的问题，“孤岛”上海曾发生过一场规模较大的争论，存在着肯定与否定的两种意见。国统区的作家对此也极为关注，其中宋云彬集中代表了大部分作家的观点，他在专为评判“鲁迅风”论争的文章中说：

> 我们不必盛气争辩，也不必放而高论，只要问：现在的抗战营垒里面，有没有如鲁迅所说的“有背于中国人现在为人的道德”的匪类隐藏着？许多摆在眼前的挑拨离间，破坏团结的行动言论，是否应该熟视无睹，而不加以指摘或抨击？许多落后的反动的思想和言论，是否应该任其发展，而不加以揭破或纠正？只要承认一个“有”或“否”，那么，像鲁迅那种辛辣的笔调，讽刺的文章，在目前还是需要的，而且还“很”需要的。①

这就把“鲁迅风”杂文的现实意义，作了十分精辟的阐述、强调。大体上说，除了《野草》社的骨干作家外，胡风、秦牧、林林、何家槐、欧阳凡海、何其芳、林默涵、靳以、胡绳、郭沫若、吴晗、闻一多、田仲济、孔罗荪、茅盾、巴金、以群、蔡夷白、李长之、黄炎培等都可以归于“鲁迅风”杂文作者之列。他们的“鲁迅风”杂文的特征，概括起来主要体现在两大方面：一是自觉继承和发扬鲁迅杂文的战斗传统，努力使杂文创作在广泛的社会批评和文明批评中更有力地为民族民主革命服务，为人民大众的争自由求解放服务，把主要斗争矛头直接指向国民党反动派的种种腐败现象和文化专制主义政策，指向世界法西斯；二是像鲁迅那样既敢于斗争，冒着生命危险用自己的笔反抗法西斯主义统治，又善于斗争，在文禁森严的条件下“戴着枷锁跳舞”，巧妙地运用鲁迅 30 年代惯用的“曲笔”“讽喻”等钻网术，其作品仍然有鲁迅杂文那样的既委婉含蓄又冷峭辛辣的风骨。这是本时期杂文创作的主流，是作家的选择，也是时代的选择。

但是，任何一种形式都不应是一成不变的，如果把杂文风格搞成“只此一家，别无分店”，于杂文艺术的发展也是不利的。因之，我们的注意力也应转向那些善于开掘、探索的作者，尽管他们开采来的不一定都是金子。下面，让我们具体分析一下“鲁迅风”杂文风格的不同程度的变异。

冯雪峰是一位具有思想家品格的杂文家，他思维缜密，对历史、对现实有着深入的观察和透辟的认识，这就使他的杂文具有一种精微析理的特点。冯雪峰在杂文创作中，一是善于选择那些呈现复杂形态的社会风习和

① 宋云彬：《谈“鲁迅风”》，载 1940 年 3 月 1 日《抗战文艺》（桂刊）第 1 卷第 1 期。

社会心理作为剖析对象，在对这些对象的具体解剖和分析中形成作品的细部构件；二是凭借深刻的哲理和广征博引，对问题进行多角度、多侧面的透视；三是运用缜密的、循序渐进的逻辑结构，尽量减少大跨度的转折和跳跃式的影射。例如，《谈“根底”》一文在分析战时的形势和社会矛盾时说：

> 假如要明白抗战所集聚着的革命势力及其趋于胜利的秘密，只要将现在的抗战和甲午中日战争一比就够了。这将不仅明白我们的抗战并非国家与国家的普通战争，却是民族革命发展的结果，那最高的目标和意义是反对帝国主义，而同时又非实行着反封建的任务不可；并且还可明白我们现在和甲午战争时候是为什么不同了。如果说我们抗战的最大力量出自农民是对的，那么我们在抗战的动员上面就分明可以看到农民是将改善自己的地位的要求放在抗战的实行里的。即如知识分子，在中国革命和抗战里尽着巨大的革命作用，那社会的根源也非在社会矛盾里——即在人民的改善自己地位的要求里去找不可。这是从社会的主要矛盾而说，当然还有相关的别的重要矛盾。但这些力量集中在抗战中，这就使抗战——虽然是一个全体被压迫的民族反抗着一个压迫的民族，而那意义并不是单纯的反抗外族，却是在反对日本帝国主义的行动里面也同时反映着民族内部的革命，实行着人民的革命的任务，而实行于抗战的最基本的力量也不能不同时是革命的人民的力量了。而抗战中所表现的矛盾也正是社会的矛盾。

这是十分典型的冯雪峰式的议论。在这里，作者的社会观是在经历了反复的比较和步步深入的推论之后，逐步显示出来的农民是抗战的基本力量，他们在抗战中反映出的要求改变自己的地位的愿望，也是人民革命（即新民主主义革命）的任务和目标。这正是社会的基本矛盾之所在。冯雪峰杂文的这种特色，在《乡风与市风》《有进无退》《跨的日子》等杂文集中都得到了充分的体现。与冯雪峰最相近的是高寒。朱自清的作品虽然明白如话，但在精微析理一点上与冯雪峰也有不少相似之处。朱自清曾称赞以冯雪峰为代表的杂文在文学史上展示了“新作风”和“新机能”。的确，将精微析理引入杂文创作，拓展了杂文的思维空间，无疑有助于增强人们对问题的认识能力和思辨能力。但是，这类杂文难以有效避免政论式的“推理”，有人就曾认为冯雪峰是“把具体现象提到原则上去推论”。[①] 对于以议论为主的杂文来说，这样“析理”毕竟是易事，努力拓展艺术思维的空间，将作家对社会现实的种种哲理性思考融入艺术的形式中才是艰难的。由这一点来衡量，就可看出冯雪峰杂文有创新也有艺术上的不足。

还有一类杂文多产生在学者教授的书斋里，或可称作“书斋杂文”。它们的共同特点是，大都从文化的角度切入，在大量看似庸常无奇的生活现象里随说漫说，说衣说食说住说行，说诗说文说书说画，说狗说猫说鼠说鸟，说富说穷说闲说忙，说老说少说尊说卑，说为人说治学说嗜好，说骑马说看戏说薪水，说宗教说道德说信仰……如老友相对，娓娓道来，温文尔雅，雍容潇洒。这是在书斋中吟诵出的韵味悠长的知识者的心灵之歌，它们虽然不具备“鲁迅风”杂文的那种黄钟大吕般的气势，但却以潜移默化的力量陶冶着人的情操，并维系着对世界的哲学渴望。这些作者仅出过杂文集的就有王力、老舍、王季思、梁实秋、施蛰存、欧阳予倩、叶圣陶、味橄、陈载、平心、黄裳、秋翁、马彦祥、丰子恺、华林、予且等人。如果说，“鲁迅风”杂文属于“阳刚”一类，那么这些作家的杂文显然有“阴柔”之美。不过，这些作家作品在思想旨趣上却有着明显的分野。一类是“隐逸”的，与现实斗争保持着某种距离，如梁实秋（《雅舍小品》）、味橄（《偷闲絮语》）、陈载（《畸零集》）等。他们写世态人情，写耳闻目睹，写社会一角，往往都是抱着自我欣赏和自我陶醉的态度，他们也偶尔流露出对社会现实的隐忧和愤懑之情，偶尔抨击到现实的黑暗，如陈载的《输血》触及到了人际间的贫富不均，梁实秋在《雅舍小品》中多处刺到过国民党推行的“新生活”运动和人人关心的“物价”问题，但他们侧重表现的还是闲情逸致，带有明显的“唯艺术”的趣味。味橄的《偷闲絮语题辞》这样写道：“国难年艰分外忙，开门七事费周章，闲人哪识忙中趣，偏有余情话短长。”这与周作人、林语堂提倡的“闲适”小品有着血脉联系。这类作品也曾拥有大量读者，仅梁实秋的《雅舍小品》先后就出过30多版。这表明，即使是在战火纷飞的环境中，那些为人们提供休息、调剂、娱乐的精神空间的杂文艺术作品，也还是需要的。还有一类作品是“隐讽”的，与现实斗争貌离神合，以王力的

① 辛未艾：《雪峰的杂文》，见1947年《文艺春秋》第1卷第3期。

《龙虫并雕斋琐语》、老舍的《多鼠斋杂谈》、平心的《人间事》、王季思的《新物语及其他》为代表。激烈的时代潮流冲击着他们的书斋生活，使他们常常有关注世态人生、为人间不平而鸣的冲动，但他们又不愿放胆直言，这就促成了他们在书斋的城堡里“隐讽”的独特品格。老舍的《戒茶》《昨天》等几篇作品都可以作为例证。而最能体现这种特点的则是王了一（王力）收在《龙虫并雕斋琐语》中的作品。例如《清苦》一文在用具体数字说明大学教授的薪金每况愈下、生活变得十分“清苦”的情况后写道：

> 达官贵人说你太清苦，是可怜你一月的收入还赶不上侍候一夜麻将的女佣的赏钱；大腹贾说你太清苦，是可怜你上谙天文，下通地理，三教九流无所不晓的大学者，在谋生的计划上还远不及他的帐目和算盘。啸猬之裘既鬻，长门之赋难沽，空余歌凤之辞，始乏换鹅之帜。清固然矣，苦殊甚焉！“清苦”这两字，表面上虽是同情的话，实际上却充分表现着说话人的优越之感。“清”有什么稀罕，“苦”则实在可怜。读书破万卷的人不如一个小工，令人觉得“万般皆上品，唯有读书低”，而今而后，门前的春联该换上一向“要好儿孙不读书”了。

尽管中国的“士子”有“不谋食”的传统，但物质待遇到了如此微薄的程度，则实在是令人感到酸楚的，然而作者却并不悔，还不嫌其“苦”：“他们在平时并不自命清高，在困时也不自怜清苦。不自怜的人自然不受人怜；‘清’字拜嘉，‘苦’字敬请移赠沿门托钵的叫化子。”这种傲然相对的姿态，实在非有一股巨大的精神力量不可。在这里，作者除了向人们表明知识者虽然物质生活条件差，但精神并不贫乏、人格也不卑下之外，恐怕还表现了对达官显贵和富商大贾大发国难财的愤懑，对国民党上层社会奢侈、腐败之风的抗议，以及对不劳而食、知识贬值的不平。作者曾说，在《龙虫并雕斋琐语》里，许多话都是“无稽之谈”。其实，正是在这许多“无稽之谈”中，包含着对不合理的社会现实的控诉和批判。这些“隐讽”作品表面上温文尔雅，骨子里却充溢着“剑与火”，是化为绕指柔的百炼钢。在这一点上，他们有些近似30年代的鲁迅。然而又不像鲁迅作品那样辛辣、简练，能以一击制敌于死命。它有它自己的议论特点，这就是：重理、贵实、讲巧。重理就是讲究逻辑严谨，说理透彻。贵实即扎扎实实地调查研究，认认真真地研究学问，不哗众取宠，不凭一时感情冲动下结论。讲巧就是讲究谋略与技巧，例如，尖锐的问题却偏要淡而出之，“真格”的东西却偏不说破，只让读者在谈古道今中去“悟”，或者以小见大，化理入喻，等等。这使得作品能折服人，能攻守有据，立于不败之地。唯此才真正体现了书斋作者介入现实斗争的特点。但是，他们更多的作品并不影射“政治”，而是面向人民大众的不觉悟状态和文化传统中的陈规陋习。在这里，他们也不像鲁迅那样满含着“哀其不幸、怒其不争”的情绪去攻刺，但也不是一般地悲天悯人、和善惩恶，而是感同身受地关切，血肉相依地亲近，谨慎温存地敷熨，小心翼翼地去拭擦他们精神上的创伤，例如李健吾的《文明戏》（《希伯先生》）对民族审美心理的剖析，王力的《小气》（《龙虫并雕斋琐语》）对吝啬和妒忌的社会心理的批评，都体现了上述特点。

奇警与怪诞是西方现代派文学中常见的品格，把它引入杂文创作的是钱锺书。钱锺书发表的杂文不多，只有一本薄薄的《写在人生边上》，收作品十篇，然而它却以自己独特的个性在杂文史上闪现着光彩，透露出某种耐人寻味的杂文美学嬗变的信息。

和多数着力于继承和发扬“五四”杂文艺术传统的青年作家不同，这位学贯中西、饱经沧桑的作家，无意在杂文的写法上墨守成规。他不动声色，冷眼观世，看似漫不经心，但写出的往往是老到而新奇的文字。例如，《写在人生边上》的《序》就极不寻常：钱锺书说自己属于这样一种人，这种人在读人生这部大书时，“有一种文明人的懒惰，那就是从容，使他们不慌不忙的浏览。每到有什么意见，他们随时在书边的空白上注几个字，或者写一个问号……中间也许先后矛盾，说话过火，他们也懒得去理会，反正是消遣，不像书评家负有领导读者教训作者的大使命。谁耐烦做那些事呢?”这些看似自解自嘲的奇谈怪论，实则是庄言谐出，其思想内涵值得人们反复玩味。凡读过钱锺书作品的人都不难感到，钱锺书绝不是那种只是为了“消遣”的作家，他的作品（从小说到杂文）无不蕴藏着启人心智、警世匡世的深刻哲理。特别是长篇小说《围城》，使人彻悟到在人生的征途上追求与希望的无止境而义无反顾。原来，这里的自解自嘲是种调侃式的谐语，一个佯谬，一种反讽。他有意隐藏了自己的褒贬，甚至故意造成一种暧昧、模糊的语境，读者必须在广泛的联系中，通过对情绪倾向与语境之间的对比感受与思考，才能把握其中的真谛。第一篇《魔鬼夜访钱锺书先生》更是怪而又奇，阴间的魔鬼与阳世的作者对话，本身就是对生活的变形构思。这个老到精顽的魔鬼表面上是邪恶势力的代表，其实是“否定精神”的化身，他极善思辨，出语歪歪斜斜且常不大合乎逻辑，但却处处歪打正着，说出了一连串令人震惊的话语：“我是做灵魂生意的。人类的灵魂一部分由上帝挑去，此外全归我。谁料这几十年来，生意清淡的只好喝阴风。一向人类灵魂有好坏之分，好的归上帝存，坏的由我卖买。到了 19 世纪中叶，忽然来了个大变动。除了极少数外，人类几乎全无灵魂。”他还说他是有声望的人，有声望就有应酬，有应酬即有人请吃饭，“只是人不让你用本领换饭吃”。这是一种以实为梦和以幻出真的笔法，他以怪诞的形式，对光怪陆离、颠倒错位的社会现实，给予深刻的揭露和鞭挞。其艺术构思采用的是一种列宁所说的可称作“逆论”的“理性倒转”的形式：“对通常的事物抱某种讽刺或怀疑的态度，竭力把它翻转过来，多少带点歪曲，表明通常的东西的不合逻辑。”①

钱锺书杂文更多的是对生活哲理的揭示，其表现方式同样有点“歪歪斜斜”，思路奇特，表现出“理性倒转”的特征，但也同样蕴藏着对生活真理的发现。例如写“快活”：“嫌人生短促的人，真是最快活的人；反过来说，真快活的人，不管活到多少岁死，只能算是短命的夭折。”（《论快乐》）写学问的“捷径”：“学问的捷径，在乎书背后的引得，若从前面正文看起，反见得迂远了。”（《窗》）写“偏见”：“偏见可以说是思想的放假。它是没有思想的人的家常日用，而是有思想的人的星期日娱乐。假使我们不得怀挟偏见，随时随地都要讲公道正理，那就像造屋只有客厅，没有卧室，又好比在浴室里照镜子还要做出摄影机头前的动人姿态”，“所谓正道公理压根儿也是偏见”。（《一个偏见》）当然，结论在多数情况下并不是这样直白地兜出，它常常伴随着一连串的巧喻，千回百折的联想和丰富的知识蕴含。钱锺书杂文的审美特征，打个蹩脚比方，可以说是从哈哈镜中看世界，能从曲折多变、怪诞反常的形式中，折射出生活的哲理和某些现象的本质，恰如古人之所谓“反常合道”（苏东坡）、“文奇理正”（刘熙载）。对这类作品来说，怪奇是表象的，容易被读者把握，哲理的“透”和生活的“真”则是潜藏的。它的精辟的格言，深刻

① 转引自萧飒《幽默心理学》，上海人民出版社 1989 年版，第 203 页。

的感喟，种种象征或含而不露的寓意，一些富于思辨气息的词句后面所闪动的种种思想成分：智慧的、激进的、感伤的、神秘的……要经过深入的思考才能有所领悟，有所破译。然而一旦悟破，就会像刀痕一样深深地镂刻在人们的记忆里。因之，作品能使人常读常新、百读不厌。在同时期的其他作家的杂文中，除了聂绀弩和秦牧的极少数篇章外，是很难体味到这种意蕴的。

第九章

现代杂文家聂绀弩：大器晚成，透发新声

聂绀弩杂文创作的丰收期和成熟期并不在那个群星灿烂、精彩纷呈、气势恢宏的30年代。但他以晚熟为代价，换取了40年代创作的开阔与深邃，他失去的是先声夺人的机缘，却养就了坚实发展的底气，成为鲁迅逝世后杂文创作的一面光辉旗帜。

第一节　深情与思想

聂绀弩的自觉的杂文活动是由一次偶然的机遇引发的：1934年9月，聂绀弩任《中华日报》副刊《动向》主编不久，收到一份用白纸毛笔写成的杂文稿，字迹一丝不苟，文笔老辣精练，但落款却没有作者的姓名和地址。聂绀弩猜想可能是鲁迅之作，便找叶紫得到了证实。这件事对聂绀弩产生了十分重大的影响，他由此得到了同鲁迅多次见面的机会，直接受到鲁迅的教诲。① 结识鲁迅先生后，他的思想和写作都达到了一个新的境界，“我处处学习他，乃至仿效他的杂文”（聂绀弩语）。聂绀弩杂文的大量产生并开始产生广泛影响，正是在他结识了鲁迅以后、特别是鲁迅逝世后抗日战争和解放战争的烽火硝烟中。如果说鲁迅是中国现代杂文之父，由他开山并将现代杂文推向思想和艺术的峰巅，那么聂绀弩则是鲁迅杂文的最得力传人，由他结束了一个中外文学史上实属罕见的“杂文时代”。

当然，如同大量的偶然都有必然作基础、为条件一样，聂绀弩杂文创作激情的神奇般勃发，是客观原因与主体意向的巧妙的联姻、有机的契

---

① 参见季强《聂绀弩谈〈动向〉和〈海燕〉》，《新文学史料》1981年第4期。

合，也可以说是一个“感于外而动于中”的过程。归根结底，是出自作家对杂文的一脉深情。

聂绀弩的命运是很坎坷、不幸的。从幼年起，他就失掉了家庭应有的温馨，没有享受到父母之爱，母亲生下他后不久即辞世，收养他的叔父与叔母常常以拳脚相加来管束他，给他的心灵从小就造成了极大的创伤。后来，生父与养父又在他 12 岁和 17 岁时先后去世，家庭失去了经济支柱，生活也变得艰难起来。这样造成的心理创伤尤为深痛，一种自卑感、孤立无助感常常困扰着他，使得性情本来聪颖敏感的聂绀弩，越发变得沉默、冷漠、孤僻，他的衣着、言谈、行为等统统不趋时，不合流。他从小是带着冷眼来看待这个世界、观察着周围的一切的，大量积累的是对这个不公平的人世的否定性和反抗性情绪。其中特别值得重视的，是他作为孤儿和破落户子弟在东奔西走寻找出路的过程中对社会问题的特别敏感和执着关注的禀性。身处愁惨苦痛之中，对下层社会的不幸、上流社会的腐败就入心入耳，对时局的动荡和趋向就感受得深切。这些既是他成为思想家、文学家的重要前因，更对他杂文家气质的形成与发展具有酵母作用。所以，他一开始接触文艺就对《吴虞文录》和鲁迅杂文特别迷恋，在自己步入文坛后也很快就由写诗和小说过渡到写杂文。尽管此间曾因写杂文“气闷”的事多而下过无数次“不写杂文”的决心（《历史的奥秘·题记》），但都无济于事。在整个 40 年代，他几乎一刻也没有放弃杂文创作，甚至常常把寓言、童话等都“当作杂文来写”（聂绀弩语）。究其原因，就在于聂绀弩欣赏杂文家的那种社会“挑剔者”和“批判者”的眼光和态度，从中真正找到了和自己心态相符的观察视角、寄情寓意的艺术世界。这种否定性和反抗性情绪无疑是杂文家重要的创作情愫，正因为感到人生有缺陷，有阴影，有需抉剔、需补救、需抗争、需使其向进步、向完美境界演化的必要，所以才凝结、爆发出创作的热情。当然，聂绀弩绝不是冰冷冷的玩世者，他在挣脱了家庭的羁绊之后对社会生活的重新认识和对马克思主义的接受，以及他怀抱的民族忧患意识和“定为迎春来世间”（聂绀弩自励诗句）的崇高社会责任感，使他对社会的“挑剔和批判”已明显超越了中国传统文学中的那种“悲士不遇、忧生之嗟”的狭小天地，升华为对真理的不倦追求，闪耀着理想主义的熠熠光辉。这是支持他钟情杂文创作的最重要力量源泉。但这一切又无不融合着他从儿时起就积淀的大量否定性和反抗性情绪。聂绀弩的经历也许是特殊的，带着毕竟属于他自己的烙印，但由感受到社会的黑暗与压迫然后才萌发出杂文创作的强烈愿望的，在杂文史上绝不是个别的现象。鲁迅就一贯主张“像热烈地主张着所是一样，热烈地攻击着所非，像热烈地拥抱着所爱一样，更热烈地拥抱着所憎”，这是催发一个优秀杂文家产生的最重要的基因，而聂绀弩就正是这样。

的确，体裁的选择往往体现着作家感情世界的深层旨趣和好尚。但它本身终究还不能决定作者的真正价值，写杂文同写小说、诗歌一样，并不是衡量作家优劣高低的依据，重要的在于是什么样的问题激动、牵掣着作家的心灵，以及由此体现出了怎样的思想和感情，怎样的艺术力度。

聂绀弩的杂文大都产生在鲁迅逝世后的抗日战争和解放战争年代，先后结集出版的有《关于知识分子》[①]《历史的奥秘》《蛇与塔》《早醒记》《二雅杂文》《血书》以及散文杂文合编的《婵娟》[②]。从“面”上看，作品涉及的内容并不宽泛，除了早期曾谈论过语言问题和知识分子问题外，大体说来，他始终牢牢抓住的是两个“点”：

一是把批判矛头直接指向国民党反动统治者及其附庸势力。抗战初期，国共两党曾结成抗日民族统一战线，但到了抗战中后期、特别是“皖南事变”后，国民党内的顽固派越来越暴露出反共反人民的本质，他们对敌屈膝妥协，对内加紧法西斯统治，镇压进步力量；同时不顾人民的死活和战争的急需，巧取豪夺，大发国难财。对中华民族来说，这些都是命运攸关的大是大非问题，聂绀弩在杂文中均给予揭露和鞭挞。关于前者，可以举出《历史的奥秘》。这篇作品以历史上的岳飞和秦桧为例，“揭示了这样一个历史的”奥秘：谁在历史的关键时刻扮演了“神圣的角色”，捍卫了民族的利益，谁就会像圣人一样受到后人的爱戴，即使他并非十全十美；相反，如果扮演的是背叛民族利益的角色，人民就会忘掉他曾有过的荣耀，把一切劣迹都看得与他有关，永远憎恶与唾弃他。作品在亘古至今的历史长河里随说漫说，娓娓道来，看似“兴致所至”的漫论，骨子里却向那些双手沾满了人民的鲜血、给民族带来了巨大耻辱的国民党

① 该书最初于1948年9月由上海潮锋出版社重排初版，所收作品均作于抗战前（作者曾有三本即将付印的书毁于“八·一三”炮火中，其中有一本《瘸子的散步》收辑了杂文）。因重排时出版社未征得作者同意，所以作者在《血书·序》中说：“我不能负责，那不算我的书。希望书店能自动毁版。”

② 1981年，三联书店将这些文集中的大部分作品结集为《聂坩弩杂文集》出版，以下引用的作品凡未注明出处的，均见该书。

顽固分子以及汪精卫之流提出了公正的裁判和严厉的警告，其中充溢着一种恢宏的历史气度，一种具有生动意趣的历史哲学意识——在反思历史时强调“个人”对历史的责任。关于后者，可以举出《失掉南京得到无穷》《阔人礼赞》《莎士比亚应该后悔》《乡下的风趣》诸篇。这些作品以无数铁一般的事实为依据，对那些国难之际吸吮民脂民膏、骄奢淫逸、寻欢作乐的国民党达官贵人们进行了辛辣的揭露和嘲讽。作者有时大量运用“戏拟”的表现手法：“他的公馆足足可以驻扎一个集团军，纵然那里面没有一个吃空额的军官。他每顿可以吞下够一万个人吃而有余的大菜。”（《阔人礼赞》）“官都胖得很，重得很，越大的就越胖，胖得走都走不动，要人抬，顶大的官要上百的人抬”，“是以人血为酒，人肉为肴，靠吃人过日子”（《乡下人的风趣》），貌似荒诞不经，实却鞭辟入里，体现了聂绀弩对国民党上流社会的罪恶有着长期的观察和切实的痛恨。抨击国民党法西斯专制政策的篇章同样很多，其中《颂中国古代的选举》于嬉笑怒骂中嘲讽鞭挞了中国古代的皇帝独断专行、主宰一切的专制作风，在这种制度下的民众，只能是奴才，而统治者唯一能代表人民的是“代表人民选举”，所谓“民主政治”不过如此而已。作品以古喻今，矛头直指蒋介石集团。《韩康的药店》则把汉朝的韩康和《金瓶梅》里的西门庆捏在一起，以韩康的药店因货真价实、童叟无欺而门庭若市，和西门庆的药店因欺行霸市、哄骗百姓而无人问津的事实相对照，皮里阳秋，其中的微言大义不难领悟：民意是不可辱的，专制者妄想以欺世盗名和专横跋扈的手段来钳制舆论、扼杀正义之声，必然遭到人民和历史的唾弃。

抗战胜利后，聂绀弩对国民党反动统治者的批判有增无减。尽管他曾因不加分析地一味反对“内战”而受到过批评，但对国民党反动派他从不抱任何幻想。因为他对国民党反动派的本质具有清醒而透彻的认识。他的最大贡献，就在于艺术地将这些本质的东西揭示出来，启发人们同心同德地与之进行斗争。其中产生在抗战取得全面胜利、解放战争尚未全面爆发之际的谈论《封神榜》和《封神演义》的数篇①，最生动地传达出了这种意蕴。作者写道：“若想借‘天命’‘气数’等江湖术语的滥调来惑众，则吾岂敢？”从几篇作品那种似正似反、亦庄亦谐的格调中，明眼人不难看出，这是一个佯谬，作者的真实意图就正在这里。他认为，“成汤

① 均见《二鸦杂文》，香港求实书店 1949 年版。

气数已尽，周室天命所归”，是《封神榜》上最雄辩的两句话，“作恶多端、残害人民的是‘气数已尽’的旧势力，为那旧势力效力的是‘邪教’。代表人民、反对独夫的是‘天命所归’的新势力，效忠于新势力的是‘正’教。”（《论〈封神榜〉》）《论通天教主》《论申公豹》进一步揭示了邪教信奉者们无恶不作的反动行径和可悲下场。《从〈击壤歌〉扯到〈封神演义〉》则拨开神秘荒诞的迷雾，干脆为《封神演义》的叛逆思想大唱赞歌：“它直接诲逆，叫人别在什么水泊梁山替天行道：干脆把整个江山夺过来！……谁敢说当今皇帝是‘无道昏君多’？《封神演义》上的比干商容骂了不知多少次……谁敢说替皇帝出力报效的忠臣义士是禽兽？《封神演义》却只消一只‘翻天印’就打出他们的原形来。”这多么痛快淋漓地表达了对反对统治者及其帮凶的愤恨和诅咒，多么准确地预见了两派政治势力相消长的走向和国家的前途命运。

聂绀弩还有不少作品把矛头指向了国民党政权的“帮闲”们。中国政治舞台上历来不乏“二花脸”式的帮闲文人，他们自命清高，却惯于对主子“小骂大帮忙”，割舍不了阿谀权贵、趋炎附势的劣根性。例如，1946年年底伪“国大”开幕时，就有那么一些平时以“独立”“气节”为标榜的“社会贤达”和民、青两党，挤进去凑热闹，充当专制舞台上粉饰、点缀民主的花瓶摆设。其中民社党主席张君劢就经不起“中国宪法之父”的名誉诱惑而自毁人格。甚至有人在蒋介石已凶相毕露的情况下还表示：“支持他，替他说公平话，给他做面子。”① 对于他们，聂绀弩也常常怀着痛心疾首的义愤和与之势不两立的冲动，但却极巧妙地采取了“劝谕”的批评方式。例如，写于1940年的《从陶潜说到蔡邕》和写于1947年的《德充符》（作者自称是“花气力较多的”篇章），从形形色色的历史现象谈起，反复张扬了一种“狷介”思想：“狷者有所不为”，在不能进取的时候，有所不为（“消极地做好人”），比无所不为（“胁肩谄笑，同流合污”或“放僻邪侈”）要好得多。这是表现聂绀弩作为杂文家睿智思想的极为精彩的文字。中国传统文化历来讲究“穷则独善其身，达则兼善天下”②，就其本质而言，“狷介”也是一种“独善其身”的方式，但这种“独善”不完全等同于孟子所要求的那种“不失其义”

① 胡适1947年2月8日致傅斯年函，见《胡适来往书信选》下册，中华书局1979年版，第173页。

② 《孟子·尽心上》。

的道德上的自我完善，倒有些接近于道家的归隐遁世。然而这也是一种淑世的方式，因为在当时的历史条件下，对于那些已经攀附权势、乐为庙廊宾师的“帮闲”们来说，只要能够做到“有所不为”，已属难能可贵的了（聂绀弩说：振振有词地要求他们有为，振奋，“近于纸上空谈”），对反动统治者来说，就是一种不支持或反抗了。黄炎培先生不接受教育部长的委任，他所领导的“民盟”也不参与国事活动，就深为蒋介石所不悦，最后被迫解散。聂绀弩所采取的，无疑是一种十分高明的“说谋”策略。这自然不能够替代声讨挞伐，然而在当时，却能起到讨伐所起不到的作用。

二是奋力抨击封建传统礼教。在强敌欺凌的情况下，不少作家纷纷到传统文化中去寻找抗击侵略的民族精神支柱，传统文化中的爱国主义、英雄主义、牺牲精神等等，自“五四”以来第一次得到了充分的发掘和阐释，这是十分必要的。然而有人却因此对传统文化重新表现出过分迷恋和肯定的倾向，以至于把支持抗战的民族精神力量都“记在古文化和古道德的帐下”（冯雪峰：《乡风与市风·谈“根底”》）。与这些作家不同，聂绀弩对此始终保持着清醒的认识，一方面他对传统文化不采取绝对化的否定态度，另一方面，又清醒地认识到传统文化中的糟粕的危害。胡风说，“战争的最后胜利不能不从抖去阻碍民族活动的死的渣滓，启发蕴藏在民众里面的伟大力量而得到”①。聂绀弩所做的，正是从封建传统中清理“渣滓”的工作。中国传统的“孝”道（《读鲁迅先生的〈二十四孝图〉》《伦理三见》）、“儿童虐待”（《童匪，女儿国，裸体的人们》）、“忠君”思想和“专制”制度（《我若为王》《颂中国古代的选举》）等等，都被他一一剥去了虚伪的面纱，露出了扼杀中华民族生机和活力的丑恶本质。在这里，聂绀弩最为关注的还是妇女问题，在他的全部一百二十余篇杂文作品中，关于妇女问题的文字竟占三分之一之多，这在现代杂文作家中是独一无二的。不仅如此，他对妇女问题的探讨还有着独特的切入点和侧重点。30年代聂绀弩在南京听清唱时，发现被有钱人为所欲为地凌辱取乐的，竟是那么“聪明伶俐，风格高邈”的青春女子，“而她们也就欢迎他们，巴结他们，俯首贴耳地侍奉他们”。由此他受到了极大的刺激，一种既感伤又激烈的复杂情绪一直在困扰着他，“我实在有点觉得这

① 胡风：《愿和读者一同生长》，《胡风评论集》（中），人民文学出版社1984年版，第7页。

社会不大像社会，我们人也不大像人”①。这是聂绀弩关注妇女问题的最初契机，而这个契机恰恰确立了聂绀弩后来反映妇女问题的杂文的全部特点：从切身的感受出发，既批评妇女自身，更鞭挞“不大像社会”的社会。例如，抗战时期在桂林，他看到一位姨太太经常无缘无故地乱打孩子，心灵深受触动，于是陆续写下了《怎样做母亲》《早醒记》等饱含着自己童年的辛酸经历和情感体验的杂文名篇，告诫天下的母亲们应当切记两个字：“不打!”母亲对自己的虐待情结的确是终生都不能消解掉的，也正是从这个情结中，他广泛地体察到了中国妇女自身所存在的“趋炎附势”“唯利是图”“欺软怕硬”等种种不文明的陈规陋习。然而作者的解剖刀并不停留在这个层面上，他认为，造成妇女这些病态的心理和现象，是有着深广的社会历史根源的，例如他们残酷地欺凌弱小者，其实是自己的感情生活得不到正常发展、长期受压抑的必然结果，这尽管是“卑贱”的，然而“卑贱的灵魂产生于有卑贱者和虐待卑贱者的世界”（《早醒记》）。于是，鞭挞这个“虐待卑贱者的世界”的工作，便在十分广阔的范围内展开了，《西饼论》坚决反对转移女性对学业的正当兴趣和人为地造成妇女“回厨房”的风气；《确系处女小学亦可》对那些以女性为玩弄对象者进行了猛烈的抨击；《妇女·家庭·政治》等文对主张妇女只能当贤妻良母、反对把妇女从家庭中解放出来的陈腐观念作了有力的诘难；《论怕老婆》则看到了民间俚语“怕老婆”背后存在着的男女不平等的社会现象。这些作品沉重、深邃，情真意切，有一股强烈的抗争力量。

不仅如此，作家对什么才算是妇女解放的一系列具体问题，已不再像大部分“五四”作家那样模糊不清了，因而他对一种观念的否定往往伴随着对另一种观念的肯定，这是作家对妇女问题苦苦思索的心智记录。例如，他反对妇女们怯懦，则启示她们对无理的丈夫以牙还牙（《妻》），并热情歌颂了新时代的反抗典型——白薇，尽管她的反抗仍嫌消极一些，但却带来了积极的结果（《谈娜拉》）；他反对妇女“回厨房”“回家庭”的怪论，则鼓励妇女理直气壮地投身社会活动，去获取职业，获取“女权”，成为政治家、教育家、思想家、学术家、企业家（《贤妻良母论》《母性与女权》）。这就从根本上找到了解决妇女受欺凌问题的方式，不

① 聂绀弩：《蛇与塔·题记》，桂林文献出版社 1941 年版，第 1 页。

仅在当时堪称空谷足音，甚至时至今日，仍能给我们以启示，并使我们谛听到真切的历史回声，体味到妇女解放的艰难历程。随着时间的推移，作者的这种愿望越来越强烈，并表示要为之斗争到“男女真正平等的时候”（《女权论辨・题记》）。

聂绀弩将“妇女问题”作为反对封建礼教的核心和焦点，是颇具匠心的。记得一位哲人曾说，一国文野，看其妇女所处地位如何。这是因为，女性无论在家庭中、在社会上、在生理上、在心理上以及整个精神世界里，都是备受歧视并负担很重的人，他们的地位联系着社会生活的广泛领域，反映着深层的文化心态，蒙昧与开明、强权与平等、人道与非人道等都能从妇女地位中得到印证。经过了五四运动的中国妇女的地位，不是仍然像作者借喻的“塔”底下的“蛇”一样吗？特别是传统的封建礼教伴随着异族侵略对她们的双重摧残：悲剧不断发生，但却少有人同情，甚至连受害者自身也只有委屈，没有觉醒，“中国的妇女，成千成万，成十万成百万地无声无息、不生不死地活着，上天无路、入地门地死掉”（《蛇与塔・题记》）。将妇女从世界上最畸形、最惨烈的封建桎梏中解救出来，无疑需要许多人、几代人乃至全社会的共同努力，绝非一蹴而就。这同“五四”时期妇女问题也曾一度被广泛注目一样，实际上已不单单限于妇女自身的范畴，而和彻底反抗封建传统的束缚联系了起来，关系着整个中华民族的觉醒、解放。这就不难理解聂绀弩的杂文何以常常“与妇女问题有关”了。其实，聂绀弩对妇女问题的关注还远不止在杂文中，他的短篇小说《姐姐》《两条路》《旁听》《酒船》等，也无不以“自我”的所见所闻、所感所思而文情并茂地传达出妇女解放的心声。

不言而喻，聂绀弩抓住的两个点是极富重大意义的。但这并非自聂绀弩始，“五四”以来的不少杂文家都曾不辞劳苦地在这块领地里耕耘过。然而聂绀弩的杂文仍能使人爱不释手。这当然不只因为他在这两点上倾注了比别的作家更大的精力和心血，关键就在于，这是一片充满生命活力的艺术绿洲：在烈火一般的感情的驱使下，对问题不惮其艰苦执着的哲理思考，使作品处处闪烁着与艺术情感化合的思想火花，确系聂绀弩杂文最突出的品格，这就十分容易使读者产生共鸣。特别是充溢作品始终的正义感和同情心、扶弱抗顽敌的精神，进一步加大了撞击读者心灵的力量。同时，他的情感与思考又无不与时代精神息息相关。而这些，又绝不是简单地、表面地体现在造词用语上，而是渗透融合于深剖细镂，化作了作品的血肉，因而赋予了古旧的主题以新的艺术生命。

第二节 勇气与才气

清人叶燮说：“文章千古事，苟无胆，何能千古乎？吾故曰：无胆则笔墨畏缩。胆既诎矣，才何由而得伸乎？”[①] 真正的艺术家不但要有艺术良知，而且要具备艺术勇气。对于优秀的杂文作家来说更是如此。这是由杂文直接干预现实、参与政治、抨击邪恶的特性所决定的。在这方面，聂绀弩的表现非同一般。

前面已说过，对国民党反动统治者及其帮闲帮凶的批判，是聂绀弩杂文的重要内容。他曾提醒、告诫自己时时注意“用各种各样的方法打击旧世界的统治者”（《天亮了·序》）。可以说这是聂绀弩全部杂文中最有价值、最富生气的部分。这种倾向还直接影响着他对其他问题的涉及：他抨击过的形形色色的封建礼教，大都是反动统治者用来维护其统治的工具，例如，他指出“孝”道的实质，就是要儿女长大后成为“惯于向强权屈膝的柔顺的奴才”，这“于皇帝阔人之流是有利的”。（《读鲁迅先生的〈二十四孝图〉》）聂绀弩像鲁迅那样，敢于用自己的笔对付反动当局的手枪，除了在作品中运用大量隐喻、讽喻之外，被他指名道姓抨击的国民党要员就有汪精卫、潘公展、萧毅肃、孙兀良、张笃伦，基至蒋介石。中国原本是“官本位”的国家，权力意味着一切。因之，封建君臣们历来都有像神龛一样的庄严相，处处要金妆彩绘，掉一块皮露出麻布泥胎便是不敬，更何况被赤裸裸地点名批判呢？这无疑比泛泛的社会批评要危险、艰难得多。在桂林的时候，国民党中央图书杂志审查机关审查的第一个对象就是聂绀弩。重庆的军政当局也把他视作眼中钉、肉中刺。他常常受到各种各样的迫害。然而，聂绀弩对此毫无惧色，甚至公开为自己的作品能让“统治者感到我打在他们身上的拳头的分量”而骄傲和自豪，他在《天亮了·序》中说：“这是比批评我的人更公平的批评，是比赞美我的人更切实的赞美，这光荣是属于我的！”从桂林到重庆再到香港，他抨击反动统治者的杂文越写越多[②]，这就实在非有一种伟大的勇敢精神支撑不可。如果说，一般作者能做到这样就已属十分难能可贵的话，那么聂

① 《原诗·内篇下》。

② 在聂绀弩后期代表作《血书》所收的18篇作品中，这类作品占三分之二以上。

绀弩则更有其非同寻常的地方：聂绀弩原是国民党军官和国民党党员，从1928年起曾兼任过国民党中央通讯社副主任的要职，按说是有所归依并受到器重的。但他却不因此而“愚忠”，也不像有些身居官场的知识者那样将自己陷入一种渴望人格独立而又有所恐惧的矛盾之中，在心灵深处挑起极不和谐的紧张冲突。他决不放弃批判的权利，并依据内心准则而自由行动，因此便常常遭受“背后的枪击”。1931年“九一八”事变后，他因反对国民党打内战，主张停止“剿共”联合抗日，并亲自到请愿学生中散发反日传单，受到反动当局通缉，从此便彻底脱离了国民党。由此产生的“逆反”情绪无疑加重了他对反动政权的敌意，但这首先离不开他自身所具有的那种“特立独行”的气节和勇敢精神。而支持这种精神的，是马克思主义的识见，是一个正直的、具有良知的作家所不能推卸的历史责任感。祖国的命运是那么坎坷多难，当权者们是那样昏庸腐败，而国人们又大多像“猪羊”一样地任人宰割、任“监斩官”们“泰然自若”（《怀〈柚子〉》），像母亲拷问自己的儿子一样，聂绀弩不能不作出勇敢的抉择。归根结底，聂绀弩对真理和事业有着绝对属于自己的理解和追求，一旦认准就义无反顾，穷追到底，有的是不受别人的命令、不顾个人利害的诚心和勇气，甚至“劝以爵禄不肯移，惧以斧钺不肯止”（清·魏禧语）。这是半封建半殖民地土壤上因特殊际遇才产生出的像鲁迅所推崇的极有韧性、绝无媚骨、超凡脱俗的“摩罗”战士一样的优异之士，“五四”以后除鲁迅、闻一多之外还不多见。

勇气和才气是杂文家不可或缺的一对翅膀。有才无勇固然不可，大彻大悟必须靠大无畏精神来支持，靠“殉道”精神来补充；而有勇无才也绝不是好的杂文家，因为失却后者，其作品只能变得干巴巴，味同嚼蜡，或者只有骨力而缺乏灵气。因而谙熟杂文创作规律的日本作家厨川白村曾指出：“作者这一面，既须很富于诗才学殖，而对于人生的各种现象，又有奇警的锐敏的透察力才对，否则，要做Essayist，到底不成功。”① 聂绀弩无疑属于那种才气横溢、天分极高的作家。有人说他“几乎是下笔千言，倚耳可待，不会让人久盼，确是一位七步成章的才子”②。这固然是基于他的先天素质，当他还在刚刚启蒙读《三字经》的时候，就曾因

① ［日］厨川白村：《出了象牙之塔》，《鲁迅译文集》第3卷，人民文学出版社1959年版，第116页。

② 楼适夷：《说绀弩》，《新文学史料》1987年第2期，第33页。

“对句”的奇特而将授课先生惊得激动不已；但更重要的在于他的后天修养，因为人归根结底是社会实践活动的产物，任何先天素质的深化和提高，只能有赖于作家在实践活动中博学、冶炼才能完成，《文心雕龙·体性篇》所说的“才有庸俊，气有刚柔，学有浅深，习有雅郑，并情性所铄，陶染所凝”，就不但阐明了作家个性的形成包括先天禀赋、气质等因素，更强调了后天的学识、实践的重要性。聂绀弩的文化层次较高，他虽然没有受过非常系统的高等教育，但知识积累却相当丰厚，学贯中西，对新事物、新思潮更是如饥似渴地接受。同时他参过军，从过政，作过编辑，写过诗歌和小说，到过不少国家，见多识广，加之肯动脑筋，勤于思索，这就使他的天资得以充分的发展，有条件成为才华型的杂文作家。聂绀弩在杂文创作中体现出的才气主要有三个方面：敏锐的思维、不拘一格的形式和极富文采的语言。

随便翻开他的一篇作品，都可以感受到思维敏感而又锐利的特点。聂绀弩观察生活、捕捉素材的能力特别强，确有巴尔扎克所要求的“蜗牛般的眼观四方的目力、狗一般的嗅觉、田鼠般的耳朵”。他能够从一些看似平常的事件中，发现或预测阶级力量的消长、社会的变化和时代发展的趋向。而尤能体现其杂文敏锐特点的，是在他与论敌论战中善于发现论敌的言行不一、自相矛盾之处展开论析，从而战胜对手。例如，鲁迅逝世后，向培良多次发表文章攻击鲁迅，说鲁迅“性情狷急，睚眦不忘，又不肯下人”，“琐屑争斗，猜疑自苦，胸襟日益褊狭”。聂绀弩在《鲁迅的褊狭与向培良的大度》一文中，以无数的事例解释了鲁迅的“褊狭”与“不褊狭”之处后，写道：和鲁迅对于别人的不“褊狭”相反，向培良对于鲁迅却常常是“褊狭”的，“据我所知，他是像伍子胥鞭打楚平王的尸骸一样鞭打过两次了。我不知道和‘褊狭’相对立的，是不是就是大度，也不知道说别人‘褊狭’，是不是因为自己大度，如果是，向培良先生一次两次地鞭尸，莫非倒是大度的真正表现吗？”聂绀弩采用以子之矛攻子之盾的方法，有力地回击了向培良对鲁迅的攻击。其他诸如《老子的全集》《伦理三见》《谈杂文》《女权论辨·题记》《颂中国古代的选举》等文与《鲁迅的褊狭与向培良的大度》相比，也都有异曲同工之妙。也正因为聂绀弩具有深邃的思想洞察力和敏锐的眼光，他才能在形形色色的社会和文化现象中，发现表层后面掩藏着的矛盾、荒谬、虚伪的东西，例如，“孝道讲得太过，或反为离间恩谊，戕害性情之蟊贼。大舜号泣于旻天，其失也矫；文王为世子，其失也伪，郭巨埋儿，其失也狠；曹娥救父，其失也愚；而一切孝行故事，皆非本有，而为说教者‘创作’，其失也诬”（《诸夏有君论》）。虽系只言片语，却同样洞幽烛微，令人回味无穷。

这种敏锐的思维能力还常常促使聂绀弩能超凡拔俗，在真理的认同上显示出独立的价值判断意识。例如，“知识分子问题”是中国现代史上较为敏感的话题，聂绀弩能在对知识者的片面责难声中更多地看到了他们所固有的许多宝贵之处，力擦着被人为地涂在他们身上的种种污垢，并且强调指出：“被奴役被蒙混了几千年的无智大众，在把知识夺回以前，在争取自身解放的运动中，正迫切地需要着知识分子的助力。”（《关于知识分子》）对西方资本主义国家的选举制度，他没有盲目地视为洪水猛兽，也不作绝对化的肯定或否定，而是在与封建“皇帝老子”“代表人民选举”的对比中，将其作为鞭挞国民党政府所谓“民主政治”的参照物（《颂中国古代的选举》）。最值得重视的是那篇以“推己及人”的方式写成的《我若为王》，在文中作者没有一般地批判皇权思想，而是说，“我若为王”之后，肯定有至高无上的权威，没有任何过错，听不到任何反对的声音。然而“我”却幡然醒悟到：“我生活在这些奴才们中间”，“而我自己也不过是一个奴才的首领”而已。王权和奴才是一对孪生子，后者甚至比前者更可怕，它是王权思想赖以生存的温床。因而作者以满腔悲愤的心情写道：“我将变成一个暴君，或者反而正是明君：我将把我的臣民一齐杀死，连同尊长和师友，不准一个奴种留在人间。我将没有一个臣民，我将不再是奴才们的君主。”作品由对皇权思想的形象化揭示而转入的对奴性的针砭，正是从一般作者和读者思考止步的地方、从浅尝辄止者容易满足的地方起步的，因而显得新颖、深邃，不同凡响。

聂绀弩反对将杂文形式固定在一个僵化的模式里，他说：“杂文还没有定型在一种特定的格式里，只要觉得有战斗性、讽刺性，特别是有寓言性便行了。”① 在杂文创作中，聂绀弩实现了他自己的这一主张。他的杂文常常根据内容表现的需要和不同时地、不同审美趣味，巧妙地变幻着各种各样的形式，显示出多彩多姿的艺术风貌。他的大量的以立论或驳论为主的作品自不待言，其曲折率性、婉而多讽的漫议，都是典范的杂文艺术

① 聂绀弩：《关于杂文文体的通信》，《创作》1982 年第 1 期。

形式。其他的诸如：《阔人礼赞》被他赋予了散文诗般的题目和意境；他把揭露国民党反动派的黑暗专制制度的《韩康的药店》，写成了一个富于喜剧性的“新编故事”；《怎样做母亲》在他的笔下，充满了短篇小说和叙事散文一样的情趣和波澜，等等。文学创作常容易被体裁的机械性所束缚，这就是恩格斯所说的“成为分工的奴隶，分工所具有的限制人的、使人片面化的影响”①。鲁迅逝世后，不少杂文作家逐渐习惯于将自己框定在单一的、狭窄的、封闭的议论圈子里，与其他文学体裁互不侵犯。这样做固然容易突出杂文的议论特性，但却妨碍了杂文汲取其他文学体裁的丰富营养，因而也势必影响其艺术表现力和思想震撼力。聂绀弩的上述做法，不是有意抹杀杂文与其他文体的区别，而是以一种“拿来主义”的眼光和气魄，兼收并蓄，打破了文学体裁的狭隘局限，使杂文获得更加丰富的表现力，甚至具有诗的风采和魅力。聂绀弩在创作中挥洒自如地融合多种文学因素，为中国现代杂文创作提供了成功的艺术经验。

聂绀弩的杂文语言很富有文采。杂文说到底是一种议论文体。由于议论本身的抽象性，如果不是有意打破文体形式上狭隘的格局，可供凭借的技巧毕竟是有限的，这时，语言本身的是否富有文采就显得十分重要。大概是受鲁迅的影响，聂绀弩极少使用枯燥呆板、拖泥带水、佶屈聱牙的文字。他用笔“曲”却不蔓，精练含蓄，生动传神。一些平常的生活现象，普通的人情事理，一经他点化，就妙趣横生，显示出神奇的艺术力量。例如《明术》对“鞭尸”现象的抨击：

> 楚平王是伟大的，因为他的尸体也可以使英雄们建功立业。
>
> 伍子胥也是伟大的，因为当他鞭打楚平王的尸体的时候，那尸体连哼也不敢哼一声。
>
> 然而伍子胥却是无法可想，兴师动众地赶来，楚平王已经死了，就只好鞭尸泄愤。伍子胥的徒孙们则不然，楚平王活着的时候，一个个销声匿迹，不知躲在何处；刚一死，他们就从各个角落里伸出头来。楚平王的尸体莞尔笑曰。山人早已算就了。

短短一百余字，入木三分地刻画出鞭尸者们的丑行恶德。这段文字以

① 恩格斯：《自然辩证法·导言》，《马克思恩格斯选集》第4卷，人民出版社1995年版，第262页。

一种谐谑和嘲讽的格调，通过夸张、变形、隐喻等表现方式，对鞭尸者作了尽情的嘲弄和鞭挞。合起来看，通篇都是“形象化的议论”；分开看，一句话抑或几个字，也大都形象可感，包含着丰富的内涵：“那尸体连哼也不敢哼一声”，一句话就精到地揭示、同时也嘲讽了鞭尸者们的嚣张气焰；而一个“伸”字，则把伍子胥的徒孙们（自然使人们联想到鲁迅身后的攻击者们）只能死后鞭尸的卑鄙丑态写活了，他们比伍子胥还不如；而最后一句，既是对这一现象的规律性概括又以楚平王的大度对这些鞭尸者们的渺小作了生动的映衬。于是，聂绀弩的杂文语言给人造成这样一种印象：既隽永幽默，也机敏便捷、辛辣深刻。这种艺术效果的产生当然不只是作者对遣词造句的考究，关键的还在于：其语言是饱含着思想与激情的有生命力的活语言，是独特的思想与强烈的激情赋予了作品的语言以内在的血脉。他们在作品中的涌动宛如一条生生不息的大河，载动着遣词造句一泻千里或慢慢流淌，有时澄静如练，有时则浪花翻卷，最终使抽象的议论变得生动、形象，斐然成章。

第三节　“乱真”与新变

在鲁迅之后众多的学习“鲁迅笔法”的杂文作者队伍中，从 30 年代号称“杂坛双璧”的唐弢和徐懋庸到 40 年代的秦似、夏衍等，都是颇得要领的，但最“神似”的却推聂绀弩，“绀弩的‘鲁迅笔法’几乎可以乱真”，以至于像夏衍这样的知名作者也赞叹不已，像学鲁迅一样学起聂绀弩来。①

所谓笔法，是一个简直可以包罗万象的艺术万花筒，既应包括文笔、文风、语法、章法等细部构造，也是作家思维方式和表现方式的宏观体现，甚至与作家的内在精神、气质、性格等息息相关。事实上，我们在以上的分析中已多处涉及与笔法有关的问题，例如聂绀弩杂文所表现出的那种敏锐的思维，随机应变的格式，富于文采的语言，冷与热交织的情感，等等，与鲁迅的都颇多相似之处。但是，我们对二者的把握还不应只是停留在这种表层的泛泛类比上。既然是笔法，终归系“方法论”的范畴，必然有制约它们的地方。胡风说：“鲁迅的战斗还有一个大的特点，那就

① 参见夏衍《杂文复兴首先要学鲁迅》，《新观察》1982 年第 24 期。

是把‘心’‘力’完全结合在一起，别人当战斗的时候只能运用脑子，即所谓理智，或者只能凭一股热血，但他则不然，就是在冷酷的分析里面，也燃烧着爱憎的火焰。——不，应当说，唯其能爱能憎，所以他的分析才能够冷酷，才能够深刻。”① 这是切中肯綮的识见，也是理解鲁聂二人笔法酷似的关键所在。一般地说，怎样实现“心”与“力”的结合，涉及的是诸多表现技巧的问题，例如“好用反语，每遇辩论，动辄不管三七二十一，就迎头一击”（鲁迅语），最典型的是鲁迅的《逃的辩护》和聂绀弩的《飞机的用途及其他》，作者因国民党掩盖杀戮学生的真相（前者）和不把飞机用于抗战（后者）而激起的一腔愤火以及善于透过现象看本质的睿智，都是在一连串的“反语”中委婉地表现出来的。而两篇作品的“反语”格调所具备的那种寓庄于谐、内热外冷、力透纸背、寒光闪闪的风骨，则如出一人之手。其他诸如“借古讽今”法、“推己及人”法、“旁敲侧击”法等等，都有异曲同工之妙；而“心”与“力”本身则就属于作家性格、气质、思想、修养等等深层素质的东西了。如果说，技巧的运用还可以凭着艺术灵感短期内领略到，那么“心”与“力”的学习就绝非一朝一夕所能奏效的，因为作家的性格、气质之类严格说来是无法模拟的，即便是像生活、经历等完全属于后天的东西，也是可遇而不可求的。这正是一些热衷于“鲁迅笔法”的作者只能学到皮毛而未能得其真谛的根本原因所在。而聂绀弩学习鲁迅的条件却得天独厚。从前面我们对聂绀弩的分析中已不难看到，聂绀弩在许多方面都酷似鲁迅：他们都先天地带有聪颖、敏感而又刚阳的气质，都在降到这个世上不久即因家庭的变故而遭受到了人间的冷遇。在他们都作为破落户子弟独自闯荡世界寻找出路的过程中，命运又每每捉弄他们，使他们屡遭磨难，也常把他们推到时局的风口浪尖上经受摔打。他们更多感受到的是人间的阴冷和不平，积累的是“抗世违世情”（鲁迅语）的情绪，练就的是独立不倚、奋然前行的傲骨和疾恶如仇的禀性。当他们都把这些人格素质和丰赡的文化积累融为一体而“灌注”到杂文中的时候，就很容易一拍即合。这就使得聂绀弩创作“鲁迅风”杂文能获得巨大的成功，赢得“几乎可以乱真”的赞誉。尽管东去的大江（聂绀弩）比之汪洋大海（鲁迅）仍嫌不够博大精深（鲁迅杂文实质上是一个不可重复的存在），但比之湖泊河流却

① 胡风：《关于鲁迅精神的二三基点》，《胡风评论集》（中），人民文学出版社 1984 年版，第 10 页。

深广得多了。聂绀弩的名字，是应当和鲁迅紧紧地联系在一起的。

以上的分析有可能给人造成一种错觉，似乎聂绀弩杂文只是模仿鲁迅的，实则不然。虽说模仿是创作的必由之路，但只能是创作的初级阶段，高明的作家往往都是借模仿之名自铸伟词，进行活生生的充满个性的创造。文学史上很难找出单靠拾人牙慧的作家，能够创造出属于自己的艺术珍品来。罗丹有一句名言：只满足于形似到乱真，永远不能成为大师。罗丹讲的是艺术与生活的关系，同样也适用于作家间的相互关系。有道是：太像别人，就意味着自己的死亡。聂绀弩是深谙此中三昧的，他积极地借他山之石攻玉，在充分借鉴、消化、吸收鲁迅杂文所提供的艺术营养的基础上，逐渐建构起了属于自己的艺术世界。因而就既像鲁迅的又与鲁迅的有着并非是表象的区别：聂绀弩杂文不完全具备鲁迅杂文的那种冷峭、老辣、尖刻、简练的风骨，但却对鲁迅将诙谐、幽默和讽刺相调和的一面心领神会，甚至有过之而无不及。这样，同样是嬉笑怒骂，却给人造成两种整体上的大体印象：鲁迅的是杂糅着淡淡诙谐与揶揄色彩的“辣”与“冷”（他的“热”大部分处于潜流状态），它凝练、峭拔，“像一把匕首，能以寸铁杀人，一刀见血”（郁达夫语）；聂绀弩的是“冷”“热”相间，遒劲与隽永结合，行文舒徐自如，信笔所至，在侃侃而谈中反复揶揄、笑骂，举一反三，一步步制论敌于死地。当然，如同任何结论都难以穷尽一切现象一样，如上的概括也许是很不周全的，对二者进行比较无疑需要更严格更细致的工作，但不是已经可以证实二者之间的异中之同和同中之异了吗？既受人润泽，又不亦步亦趋地步人后尘，归根结底，聂绀弩创造了一个鲜活的、属于自己的杂文艺术世界，其艺术成就是不可低估的。

第十章

新中国杂文17年：潮起潮落，燕赵壮歌

第一节　风乍起，吹皱一池春水

中国现代杂文从“五四”诞生起就命运多舛。当代杂文也仍然是这样。

1949年中华人民共和国的成立，使经过了战乱和大规模阶级斗争、民族斗争的中华民族从历史废墟上站立起来，社会主义制度带来社会万象更新、人民欢欣鼓舞。在这种情况下，作家们大都认定这已“不是杂文的时代”。公刘说：“解放了，我和许多同志一样，万分虔诚地奉《在延安文艺座谈会上的讲话》为圭臬，确信‘杂文时代’、‘鲁迅笔法’和旧中国一道，从此一去不复返了。于是，我的精力集中于诗。”① 杂文是批判的，鲁迅说它也照秽水、也刨脓疮。诗是歌颂的，莺歌燕舞才有诗。新中国文学确实一度发生了这种潮汐的变化。杂文作家们几乎都在改弦易辙。

面对这种状况，率先感到不满的是黄裳。1950年4月4日，黄裳在《文汇报》上发表《杂文复兴》一文，开门见山地说：“为了争取革命的胜利，巩固胜利的成果，批评和自我批评都是重要而有效的武器。这样，在文艺工作者当中，自然会记起他们过去运用过很久、向鲁迅先生学习得来的那种武器——杂文来。”黄裳尽管也主张杂文艺术形式应“跟着时代的发展”而发展，变“冷嘲”为“热讽”，但发扬鲁迅传统复兴杂文的热望是显而易见的。这是新中国杂文的第一声雁鸣。

---

① 公刘：《孽缘——谈谈我和杂文的一段亲情》，见《杂文创作百家谈》，河北教育出版社1989年版，第121页。

一池春水风吹皱。黄裳的文章一出，立刻把沉默的杂文界激起了波澜。一时间，《文汇报》《解放日报》《新民晚报》等纷纷发表文章①，展开了一场“要不要复兴杂文”和“怎样复兴杂文”的大讨论。如果说，黄裳就“复兴杂文”的必要性的阐释是笼统和简单的话，夏衍则是有力地深化了。夏衍认为：说“杂文的时代已经过去”或“现在不需要杂文”未见得妥当。他借用《三国演义》里两个故事来说明杂文仍然是需要的：其一是曹操讳疾忌医杀了华佗，结果是自己的毛病成了不治之症；其二是关羽刮骨疗毒神色自若，结果是药到病除霍然而愈。

中国曾经是封建社会的王国，封建制度和意识形态延存了几千年，其遗留下来的封建思想残余绝不会随着新的社会主义制度的建立而自动消失，尤其是在小生产者的农业国中建设社会主义，是必然要在不断探索实践中、不断克服挫折和腐败的过程中前进。对此，夏衍已经洞若观火了。如果只是好意地简单化地把新社会的经济文化建设当作一帆风顺的过程，把新体制和新政权当作“光明、纯净无杂质”的实体，由此得出“不需要杂文”的结论，这只是天真的幻想。因之，激浊扬清、除旧布新仍然应是新中国文学的题中应有之义，更是杂文的义不容辞的责任。夏衍以“讳疾忌医”和“刮骨疗毒”作喻从正反两方面强调写杂文的必要性和现实意义，是颇有见地的。

但是，黄裳和夏衍的倡导却没有得到普遍的认同。讨论中，袁鹰、喻晓、金戈、杜高等都公开表示反对，认为“鲁迅先生的杂文是尽到了它的时代任务了的”（喻晓语），“杂文时代是完全过去了”（金戈语）。即是在拥护支持“复兴杂文”的作家那里，也大都主张杂文艺术形式和内容都应作脱胎换骨的改变。冯雪峰的《谈谈杂文》②大段引用了毛泽东同志《在延安文艺座谈会上的讲话》有关杂文的论述：

> “还是杂文时代，还要鲁迅笔法。”鲁迅处在黑暗势力统治下面，

---

① 这些文章分别是：金戈的《杂文的道路》、辛禾的《杂文小论》、喻晓的《关于“复兴杂文”》（《文汇报》1950年4月11日）；夏衍的《谈杂文》（《新民晚报》1950年4月14日）；袁鹰的《对“杂文复兴”的一些意见》（《解放日报》1950年4月16日）；萧曼若的《略论“杂文复兴”兼及讽刺问题》（《解放日报》1950年4月30日）；张淇的《关于杂文的写作》（《文汇报》1950年4月21日）；杜高的《杂文应该属于谁》（《文汇报》1950年5月16日）；庄真的《我对“讽刺”的认识》（《文汇报》1950年6月5日）。

② 《文汇报》1950年6月30日。

> 没有言论自由，所以用冷嘲热讽的杂文形式作战，鲁迅是完全正确的。我们也需要尖锐地嘲笑法西斯主义、中国的反动派和一切危害人民的事物，但在给革命文艺家以充分民主自由、仅仅不给反革命分子以民主自由的陕甘宁边区和敌后的各抗日根据地，杂文形式就不应该简单地和鲁迅的一样。我们可以大声疾呼，而不要隐晦曲折，使人民大众不易看懂。如果不是对于人民的敌人，而是对于人民自己，那末，“杂文时代”的鲁迅，也不曾嘲笑和攻击革命人民和革命政党，杂文的写法也和对于敌人的完全两样。对于人民的缺点是需要批评的，我们在前面已经说过了，但必须是真正站在人民的立场上，用保护人民、教育人民的满腔热情来说话。如果把同志当作敌人来对待，就是使自己站在敌人的立场上去了。我们是否废除讽刺？不是的，讽刺是永远需要的。但是有几种讽刺：有对付敌人的，有对付同盟者的，有对付自己队伍的，态度各有不同。我们并不一般地反对讽刺，但是必须废除讽刺的乱用。

冯雪峰对此作了全面的阐释并强调说：“这些话，说得最明白了，这是正确的根本原则，不但是关于我们现在对于杂文应取的态度，而且是关于杂文在今天应有的形式、内容和精神。”冯雪峰尽管肯定在“充分的言论自由的时代”“最有利于写杂文”，但告诫杂文作者必须有所规忌，必须废除对于讽刺的“乱用”，说白了就是要带着枷锁跳舞。

冯雪峰的权威性和警示作用是不言而喻的。于是，新中国的杂文创作在战战兢兢、如履薄冰中艰难起步了。带头打破沉寂的是一些具有“鲁迅风”遗传基因的老杂文家。夏衍立说立行，率先在《新民晚报》的“灯下闲话”（1949 年 8 月至 1950 年 9 月）发表杂文数十篇。夏衍说：“当时上海刚解放，市民思想混乱，黑市盛行，潜伏的特务又不断散布谣言，因此那时写的文章主要从民间报纸的立场，想匡正一些当时的时弊。”①《论恭维》针对逐渐滋生的骄傲自满情绪，告诫执政者应“闻忧则忧”，防止“被捧垮”。《报喜与报忧》则对官僚主义、本位主义、铺张浪费等不良苗头表示了深深的忧虑，并呼吁有良知的新闻工作者应勇敢地担负起神圣的职责：“报喜鼓舞人民的信心，报忧唤起干部的警惕”，“只

① 夏衍：《懒寻旧梦录》，《夏衍全集》第 15 卷，浙江文艺出版社 2005 年版，第 328 页。

有这样才能上下沟通，实现真正的人民民主”。《朋友与同志》针对党员干部的不能与群众“真正”打成一片，不无深情地告诫说：“不要让人老是丢不掉‘他们共产党员’这样一个不亲切的界限。”

把杂文当作革命队伍内部、特别是新的政权建立后批评与自我批评的武器，1942 年延安时期的王实味、丁玲、萧军、艾青等已经实践过，但当时就遭到了严厉的批判。夏衍不顾前嫌，勇敢地担当了新中国杂文创作的第一人。但夏衍的作品与鲁迅的相比，其艺术形式已发生了较大变化：它短小精悍，生动婉转，如老友相对满腔热情，少了些火气却多了些耐心，娓娓而谈中透出思想的力度。这是对冯雪峰一再倡导的“新杂文”形式的有力实践。不久，陆续出现了唐弢的《纠正粗暴的偏向》（1953 年 1 月）、《“意见箱”的意见》（1953 年 5 月）、《骗子》（1953 年 5 月）、《“特殊人物”一例》（1953 年 8 月）①，严秀的《论“数蚊子”》（1953 年 5 月 28 日《人民日报》）、林淡秋的《“石头旅行”》（1953 年 12 月 10 日《人民日报》）、黄秋耘的《六芳斋之类》（1954 年 10 月）等，其思想倾向与艺术风格同夏衍的都有异曲同工之妙。

聂绀弩则另当别论。由于新中国成立初期他仍滞留香港，并于 1950 年出任香港《文汇报》总主笔，面对的是复杂社会条件下的特殊的社会事相，因而不仅依然笔耕不辍②，更是一如既往地承传着“鲁迅风”杂文的“文明批评”和“社会批评”传统。新中国的建立是令聂绀弩欢欣鼓舞的，但他身居海外反观祖国，也清醒地感到了“隐患”依然存在，《论“中国之大患”》就形象地揭示了封建主义、帝国主义、官僚资本主义的危害，呼吁新中国必须把这些“大患”连根拔起。聂绀弩更多作品是抨击“反动分子”对新中国的舆论诋毁和军事攻击，《傅斯年与阶级斗争》《关于伍修权将军》《论黄色文化》《华尔街的失策》《麦克阿瑟晚景凄凉》《茫然》等都是。例如，《关于伍修权将军》通过伍修权备受关注的美国之行，特别是被西方新闻记者大肆渲染的将帅行踪的一些细节，入木三分地揭示了得道多助失道寡助的客观真理，人心的向背已经宣告了“被压迫民族全体解放的信号”。聂绀弩杂文汪洋恣肆，笔意纵横，于婉转讽喻、嬉笑怒骂中激浊扬清，在新中国成立初期又名重一时。

---

① 均见《唐弢杂文集》，生活·读书·新知三联书店 1984 年版。

② 这些作品分别收入香港求实出版社 1950 年和 1951 年出版的杂文集《海外奇谈》和《寸磔纸老虎》中。

一批新的杂文作者魏克明、刘仆、朱家壁、林遐、蒋文杰等也在新中国成立初期崭露头角。例如，魏克明（韦明）在《解放日报》（1955 年 3 月 22 日）发表的《“四等”干部》，针对上海一些机关干部“一等吃饭，二等下班，三等星期六，四等发薪金”的现象，尖锐地批评国家机关各部门机构臃肿、人浮于事、效率低下的弊端，实际上已触到了管理体制问题。朱家壁（于铁）在《辽宁日报》发表的《谈冷心肠》（1956 年 4 月 18 日）、《最好看的样式》（4 月 20 日）、《敢于说真话》（4 月 30 日）也都是批评政治生活中的弊端的力作。更发人深省的是刘仆以“马后炮”的笔名发表在《新华日报》（1956 年 4 月 7 日）的一组几篇“读史杂感”。作品以史为鉴，借古喻今：《弭谤》以周厉王实行虐政终被推翻的史实，警示以简单、粗暴态度对待民意的官僚主义作风不可取；《忠于事实》在对记录“崔抒弑其君”的史官的如实描述中，不动声色地倡导敢于揭丑的优良作风。《不毁乡校》和《鸡鸣狗盗》显然也不是对春秋时代“倾听群众呼声”的郑国政治家子产、对靠“一技之长”帮助孟尝君逃难的门客的简单肯定和述说，其锋芒所向仍然是社会生活、特别是政治生活中的现实。

但是，在新中国成立后创作“鲁迅风”杂文，确系新的探索，是一条没有航标的河流。新起的青年作者可以“初生牛犊不怕虎”小试锋芒，但多数老作家还是心有余悸的。冯雪峰尽管写下了《谈谈杂文》的长文倡导杂文，1951 年 4 月又在他主编的《文艺报》开设了“新语丝”杂文专栏，但其他报刊应者寥寥。冯雪峰自己除了写下一篇歌颂性杂文《杂感》外，就再没有作品面世。这位曾以《乡风与市风》《跨的日子》名重一时的优秀杂文家，在登上文坛高位后就此结束了自己的创作生涯。秦似则一度以写《法源寺内》《北京之今昔》等歌颂性杂文见长，很快又把创作兴趣转到戏剧方面。最典型的是夏衍。这位短短几年内写下百余篇作品的老杂文家，正当文思泉涌、笔意纵横时，却突然感到了有形无形的压力，“有的说我贪稿费，有的说党的‘高干’在民报上写文章，是无组织无纪律的自由主义”[①]。于是，夏衍于 1956 年年初就主动停笔了。其他作家唐弢、徐懋庸、巴人、严秀、秦牧、黄裳等也同夏衍一样，知趣而又是无奈地避开了这种敏感的文体。

① 夏衍：《懒寻旧梦录》，《夏衍全集》第 15 卷，浙江文艺出版社 2005 年版，第 328 页。

代之而起的是“马铁丁”式的“思想杂谈”。马铁丁是陈笑雨、张铁夫、郭小川共用的笔名，新中国成立初期即在《长江日报》的“思想杂谈”专栏发表杂文①，这些作品主要围绕人们在思想意识、文艺观念、生活好尚等认识上的不同从正面随说漫说，婉转地表达对世界的哲学渴望，绝少讽喻批判性和辛辣尖锐。但在当时却影响很大，引来了《中国青年》《学习》《人民日报》《中南农民》《新青年》等报刊和柯夫、夏浩、邹雨辰、柳倩、若虚等大批作者的学习效仿，一度蔚成大观。这是新时代催生出的新的“杂文现象”，因不涉时弊就避之妒忌问责，作者完全可以信马由缰率性而为。从文体上说，不把这类作品当作“杂文”看②是不妥的，但它们骨子里确实已与真正的杂文传统相去甚远。

第二节　“百花”年代的繁兴

经过五六年的艰难跋涉迂回曲折，1956年下半年至1957年上半年，新中国杂文出现了又一次繁兴。因为这是源于毛泽东同志关于文学艺术“百花齐放、百家争鸣”的双百方针的提出，所以又称之为是杂文的“百花”年代。

1956年年初，我国的社会主义革命和建设事业出现了新的转折。由于所有制方面的社会主义改造基本完成后国内的主要矛盾已不再是工人阶级和资产阶级的矛盾，而是人民对于建立先进的工业国的要求同落后的农业国的矛盾，是经济文化发展的需求同落后的生产力之间的矛盾。所以，党和国家作出了工作重点转移到经济文化建设上来的战略决策。与之相适应的是，党中央1956年年初召开知识分子工作会议，不仅肯定知识分子在社会主义革命和建设事业中的重大作用，而且宣告了“知识分子已经是工人阶级的一部分”。与此同时，苏共20大猛烈抨击了斯大林独断专行、个人崇拜以及肃反扩大化等带来的恶果，加剧了中国高层领导“以苏为鉴”的警觉。经中央政治局讨论的《关于无产阶级专政的历史经验》③ 就在充分肯定斯大林历史功绩的同时，也指出了他所存在的这些严重错误。这对于我国当时正在进行的以反对思想上的主观主义、工作上的

① 作品部分收入1984年人民日报出版社出版的《马铁丁杂文选》。

② 蓝翎：《有感于杂文的兴废》，《当代》1979年第3期。

③ 《人民日报》1956年4月5日。

官僚主义、理论上的教条主义、组织上的宗派主义等“四风”为主要内容的思想解放运动——整风运动，无疑是有力的推动。在这种情况下，“双百方针”的提出，为杂文解除禁忌自由发展既提供了重要政治前提又明确了创作方向。于是，与积极干预生活、大胆对社会上的消极阴暗面进行针砭的一批小说和话剧相呼应，杂文创作出现热潮。

起带动作用的是《人民日报》。1956年7月，《人民日报》扩版后恢复了“文艺副刊”，并明确了舆论自由和“杂文是副刊的灵魂”[①]的办刊方针。作为党中央的机关报，《人民日报》的权威性和影响力是巨大的，立刻引来了《文汇报》《解放日报》《新华日报》《中国青年》《文艺报》《新观察》《新港》《山花》《文艺月报》等全国报纸杂志的纷纷响应和效仿。作家队伍中尽管也有鲍昌、蓝翎、严秀、邵燕祥、王子野、陈泽群、林放、宋振庭、王中等新人的崛起，但其主体仍然是大批老杂文家，他们继续着“鲁迅风”传统又紧紧拥抱时代，创作了一大批声情并茂的力作，例如唐弢的《另一种“有啥吃啥”》、茅盾的《盲从和“起哄”》、叶圣陶的《“老爷”说的准没错》、巴金的《“独立思考”》、施蛰存的《才与德》、黄秋耘的《从契科夫劝人坐三等火车说起》、秦似的《比大和比小》、谢觉哉的《关于相猪》、秦牧的《真理不害怕论争》、臧克家的《以耳代目之类》等等，这些作品的可贵之处在于：并不仅仅停留在对“四风”等时弊的一般揭示和泛论，而是抓住要害鞭辟入里，直逼事物的本质，并在淡淡的讽喻和婉转中中肯地表达自己的真情实感。例如巴金的《独立思考》[②]面对当时文艺界已明显存在的压制艺术民主、提着棍子到处打人的极“左”现象，痛心地说：“有些人自己不习惯‘独立思考’，也不习惯别人独立思考。他们把自己装在套子里面，也喜欢硬把别人装在套子里面。他们拿起教条的棍子到处巡逻，要是看见有人从套子里钻出来，他们就给他一闷棍，他们听见到处都在唱他们听惯了的那种没有感情的单调的曲子，他们就满意地在套子里睡着了。”多么辛辣尖锐又充满真诚的悲伤，一个正直作家饱蘸着自己30多年的创作经验所发的铮铮谏言，可以掷地作金石声。真所谓“庾信文章老更成，凌云健笔意纵横”了。

本时期作品数量最多、影响最大的还是徐懋庸和王任叔。

徐懋庸写杂文成名于20世纪30年代，特别是因鲁迅为其杂文集《打

① 袁鹰：《风云侧记》，中国档案出版社2006年版，第43页。

② 《人民日报》1956年7月28日。

杂集》作“序”而蜚声文坛。但新中国成立后他对写杂文却长期“噤若寒蝉”（徐懋庸语），直到 1957 年 7 月他才在时代感召和《人民日报》改版的启发下试探着重操旧业，因受到鼓励而一发不可收，在一年多的时间里发表了一百多篇。徐懋庸自己说：“偶然之中有必然，这必然性在于：一、社会是需要杂文这东西的；二、我是只能写杂文的。因此，我发生了一种复杂的心情，对于我的杂文尚能适应社会的某种需要一节，我感到酸辛的快乐；但对于我只能写杂文这一节，又感到快乐的酸辛！”[①] 因对杂文情有独钟，不得不欲罢不能而又知其不可为而为之，其骨子里潮涌发酵的，是一个正直作家的忧患意识和社会良知，一个“鲁迅风”作家的社会责任感和胆识。所以，其杂文的批判锋芒所向，都是教条主义、宗派主义、反民主等这些思想和意识形态领域的尖锐问题，其中最疾恶如仇的是官僚主义。在《两个领导者》《对于百家争鸣的逆风》等作品里，他为官僚主义者绘出了形形色色的画像：或者我就是真理、老虎屁股摸不得，或者“装腔作势、冷酷刻薄”，或者心肠好又“勤勤恳恳”却不会办事办不成事……官僚主义与封建专制传统是相伴而生的，其要害就是排斥民主。在《不要怕民主》一文中，徐懋庸一针见血地指出：“现在的比较高级的干部，都是吃过国民党的不民主的苦头，曾为争取民主而奋斗多年的；他们也深知国民党的压制民主的‘工作方法’之复杂。现在是社会主义民主的时代了，而有的高级干部，却嫌‘群众民主太多’了，这是什么原因呢？也许，因为他自己已经是‘干部’，从‘群众’身份中解放出来了；也许，他过去的争民主，仅仅是为了他自己，并非为了群众——但我不敢武断。”在野时争民主，执了权就害怕民主，在反对国民党的政治文化专制中诞生的无产阶级新政权，按说不该落入这样的魔圈，但在封建传统的王国里，反映在某些干部身上却似乎成了“不敢武断”但却已是不争的事实，而这都源于一个“私”字。其艺术锋芒多么敏锐又入木三分！作品的深刻的谏诤和警示作用，显然是不言而喻的。

与 30 年代的作品相比，徐懋庸的这些作品于深刻犀利中更多了些辩证和婉转，激愤中又透出平实和朴素。正如《论刮风》对有官僚主义、宗派主义等“汗酸气”的批评对象所期待的：“解开衣襟，让自己的汗酸气先散发出来，再让风吹跑它。”这就绝不是隔岸观火，也不是“在野布

① 徐懋庸：《我的杂文的过去和现在》，见《徐懋庸杂文集》，生活・读书・新知三联书店 1983 年版，第 571 页。

衣”非议朝政式的冷讽热嘲，而是血肉相依的亲近，感同身受的关切，骨子里则是情动于衷的循循诱导。这是新中国杂文艺术风格的代表性变化。

王任叔（巴人）也是“鲁迅风”的真正传人。早在40年代上海“孤岛”时期，他就因写杂文而被誉为“活鲁迅”。新中国成立后，他仍然执着地认为，“杂文的作者必须是个坚强的战士。战士勇于杀敌，但也敢于挖掉自己身上的疮毒，然后更显出战士的光辉。”① 正是抱着这样的信念，王任叔从维护社会主义事业的良好愿望出发，在杂文中对革命队伍“肌体”中存在的官僚主义、教条主义、主观主义、残酷斗争无情打击等“疮毒”进行了大胆的揭示、深入的针砭。《况钟的笔》由况钟重新审判“十五贯”冤案娓娓道来，让况钟那支朱砂笔在三落三起中所表现出的对人民负责、对靠拍脑袋办事的官僚主义和主观主义的抗争精神，活脱脱跃然纸上。作品借古喻今，举一反三，言近旨远。其他作品诸如《“敲草榔头”之类》对滥用权力、简单粗暴行为的揭示，《“反其道而行之”》对违背艺术规律的武断文艺批评的批评，也都切中肯綮并有艺术上的异曲同工之妙。

王任叔也有不少作品泼辣犀利、率真率直，例如《上得下不得》《“多”与“拖”》等。这是新中国杂文较早触及管理体制和干部队伍作风弊端的作品。单看题目，作品的指向已一目了然。干部能上不能下是一大弊端；国家机关的“多”与“拖”是又一弊端：“说‘多’是：头多，层次多，人手多。说‘拖’是：今天拖，明天拖，后天还是拖。”如此必定是官多为患，人浮于事。作者开出的药方是：“降职相就，减少层次。”应当说，作品抨击的现象是党政机关和管理体制的顽疾，它发声在50多年前，至今仍发人深省。

第三节　得而复失和失而复得：“三家村札记”及其他

“百花”年代杂文的繁兴是勃发的，大有“忽如一夜春风来，千树万树梨花开”之相，但其命运又是短暂的。1957年下半年，伴随着“反右”斗争扩大化和“共产风”的疾驶，“左”倾思想严重泛滥起来。非正常的

① 巴人：《遵命集·〈鲁迅风〉话旧》，北京出版社1957年版，第149页。

政治运动，影响到中国社会生活和意识形态的各个方面，首先给杂文带来了覆盆的厄运。

思想文化界的“反右”斗争即从批判“小品文”（杂文）开始的。1957 年 11 月 26 日，《人民日报》发表的关锋的《徐懋庸的“小品文的新危机”是反党的号角》和该报“编者按”，把徐懋庸的杂文定性为“反党反社会主义的毒草”。由批判徐懋庸入手，批判杂文运动的烈火迅速蔓延至《人民日报》副刊及整个杂文界，一年多来公开发表的带有思想锋芒的杂文大都被打成“反党黑文”，说它们“或者事实不确，或者立场不对，或者动机不纯，或者批评效果不利于社会主义、不利于人民”。[①] 与此同时，《文艺报》1958 年第 2 期开辟“再批判”专栏，重新批判王实味的《野百合花》、丁玲的《三八节有感》、萧军的《论同志之“爱”与“耐”》、罗峰的《还是杂文的时代》、艾青的《了解作家、尊重作家》等几篇 40 年代写于延安的杂文。“编者按”说这些人是“以革命的姿态写反革命的文章”。这种“新账”和“旧账”一起清算的方式，一方面是为现行被打击的作家找出“思想反动”的历史根源，另一方面，“借当年延安因为‘暴露黑暗’受到批判的历史，来说明今天那些敢于揭露社会阴暗面的作家和作品被当作敌人和毒草来批判是理所当然的”[②]。这于残酷打击围剿杂文是颇具策略和“艺术”匠心的。于是，一大批杂文家如徐懋庸、宋云彬、秦似、曾彦修、平心、陈梦家、吴祖光、李长路、唐达成、文怀沙、鲍昌、蓝翎、邵燕祥、邓友梅、焦勇夫、沈同衡、费孝通、黄万里、罗竹风等纷纷被打成右派。一时繁兴的杂文创作迅速归于沉寂。作家于杂文已是谈虎色变、噤若寒蝉。

哀莫大于心死。如果偌大的国家思想僵化言路死封，沉如止水任其错误的东西泛滥积淀，那么这样的国家也就离腐败甚至毁灭不远了。正因为如此，在经历了三年自然灾害、“共产风”的折腾、“整风反右”等一系列挫折教训之后，1960 年 9 月，随着中共中央关于经济上“调整、巩固、充实、提高”的“八字方针”的提出，文学艺术领域也作了重大政策调整，周恩来同志关于纠正日益滋长和蔓延的文艺工作中“左”的错误的

① 《徐懋庸煽动小品文反党》，《人民日报》1957 年 12 月 6 日。

② 戴知贤：《山雨欲来风满楼——60 年代前期的“大批判”》，转引自《20 世纪中国杂文史》（下册），福建教育出版社 1997 年版，第 615 页。

多次讲话[①]，又重新燃起了作家的创作热情。于是，杂文又得以复苏，形成新中国成立后的第三次创作浪潮。但这次复苏带有明显的被压制后扭曲生长的特点。

由于心有余悸，新老作家都不敢再直抒胸臆率性而为了；但于杂文确又情有独钟文体“积习”难除。于是，胡乔木的倡导就与杂文家的选择一拍即合了：“八字”方针提出后，中央分管宣传工作的胡乔木给《人民日报》写信，要求副刊多发表一些读书杂记之类的稿件，让读者从古今中外的好书中获得思想的教益，也增加知识，提高文化修养。[②] 这就为杂文家新开言路既作了规定又提供了有益的启发。就像鲁迅当年的《准风月谈》能从“风花雪月”中谈出时代的风云一样，从历史文化中寻找现实的启迪也大有作为。于是，以“三家村札记”为代表的杂文就应运而生了。

“三家村”是指60年代初期在《北京晚报》和《前线》上开辟的专栏杂文，包括“燕山夜话”时期（1961年3月至1962年9月）和“三家村札记”时期（1961年10月至1964年7月）三位作者邓拓、吴晗、廖沫沙的创作。

“三家村”杂文确实有大量的首先是以文化、历史的知识性见长。它们在读书、绘画、历史故事、科学知识、艺术趣味等知识的海洋里随说漫说，乍看似乎不涉时政，更不直接与“时弊”短兵相接，实则不然。例如，《生命的三分之一》《杨大眼的耳读法》《不要空喊读书》《共通的门径》《谈读书》《不叩亦不鸣》《“半部论语”》《一把小钥匙》《南陈与北崔》等都是谈论读书的，作品不仅介绍了各种读书方法，而且杂议不同的读书态度、不同的书籍意义、不同的文化趣味等。在《南陈与北崔》中，邓拓介绍了明代画坛与陈洪绶（陈老莲）齐名的名画家崔子忠，他说崔子忠的“孤傲”和“幽燕豪侠”气质十分高贵，其精品画作《葛洪移居图》则在“移家避俗学烧丹”的配诗中，“人物的衣褶和姿态刻画，充满着一家骨肉亲切动人的生活实感。这比起陈老莲笔下的和尚、道士之流，不食人间烟火，拉着一副长脸的那种怪样子，显然要高明得多了”。

① 包括1959年5月3日所作的《文艺工作也要“两条腿走路”》的讲话、1961年6月19日《在文艺工作座谈会和故事片创作会上的讲话》和1962年2月17日在《对在京的话剧、歌剧、儿童剧作家的讲话》。

② 袁鹰：《我所认识的胡乔木》，《上海滩》1995年第2期。

在把人格操守与诗情画意融为一体的评价中，显示出邓拓独特的价值尺度和艺术鉴赏力。他总是推崇那些坚贞不屈、傲视俗佞而又真诚朴素的艺术家和艺术品，而这又何尝不是邓拓自身人格追求和精神禀赋的真实折射呢？“邓拓在温文尔雅、彬彬有礼的书生外表下，内心始终保持着‘白眼何妨看俗伧’的孤傲与刚烈。”[①] 在读者，这都是由书中所得的精义。作者说：“无论读的是哪一部经典书籍，只要真的读的烂熟了，能够深刻地全面地掌握其精神实质，在这个基础上，再看其他的参考书，就一定会做到多多益善，开卷有益。”（《“半部论语”》）“开卷有益”，这些知识性杂文不仅在“救正”着主观、愚昧的“农民意识”，而且浓浓地表现出尊重知识、尊重科学、崇尚文明的价值取向。中国的封建专制文化中始终有一种反智主义的逆流，且不说秦始皇焚书坑儒、民间笑话不乏对“秀才”等读书人的大量嘲弄，单就20世纪以来“左倾”意识形态对知识分子的长期改造甚至专政（以“整风反右”为代表），就令人触目惊心。否定了知识分子也就否定了知识、否定了人类的文明和智慧。“三家村”杂文不动声色地漫谈读书，实在是既切中时弊又警音辽远。

对现实的针砭几乎都是从以书籍为载体的历史文化中寻找启迪，这正是“三家村”杂文的共同特色。例如，明明要揭示“大跃进”中各种“跑步进入共产主义”计划的荒谬，邓拓却引用明代江盈科《雪涛小说》中一个人捡到一个鸡蛋就幻想迅速发家致富的“财迷”故事，对脱离实际的“用空想代替假设”极尽讽喻之能事（《一个鸡蛋的家当》）；明明是对新政权腐败苗头和错误积习作警示，廖沫沙却要在孩子的早期教育上反复周旋：“如果我们对自己的儿女，不在童蒙的时候施以新的正确的教育，等到他们‘恶习’已成，再去教育，那就晚了。”（《“蒙以养正”说》）明明是对现实中“说大话、不务实”的作风作针砭，邓拓却围绕事前吹大牛、事中哭泣没办法的“带汁的诸葛亮”反复展开评说（《三种诸葛亮》），甚至还以孩子们的诗句的荒谬来批评“假、大、空”（《伟大的空话》）……“三家村”杂文抓住“左”倾错误导致的种种时弊所展开的反思与批评，其锋芒所向是全社会也是领导层甚至最高领导层。如果把《伟大的空话》《废弃“庸人政治”》等的反思意识提高到反对“愚忠”、否定盲目领袖崇拜的高度也不为过。这种批评尽管仅仅限于思

---

① 李玲：《燕山夜话：可贵的纠“左”之声》，《社会科学论坛》2006年第4期。

想方法而没触及路线方针和政治体制本身，更绝对是以真诚地维护爱戴领袖为出发点的。这就决定了其创作的审慎态度和含蓄文风：他们以古喻今、触类旁通，多从历史典籍和文化杂相中生发出对思想意识和现实问题的思考，从而“曲折”地施以针砭、给当代人以有益的启事。这既是缘于对艺术规律的尊重和杂文文体的稔熟，也是邓拓、吴晗和廖沫沙作为党的高级干部和体制中人①的无奈选择。一批批新中国杂文家的罹难刚刚发生历历在目，他们不会意识不到自己依然会有风险，但依然知难而上、知其不可为而为之。这里固然有一个执政党的高层作出自我反省的政治语境为前提，也与“大跃进”后党的知识分子政策一度改善密切相关，但根本上促使他们这样做的，是深入研究历史之后获得的深刻认识和对现实问题的切肤之痛，更是对新社会、对人民热爱的赤子之心和正直杂文家追求历史正义的“勇敢”的种子。

“三家村”的影响是巨大的。一时间，全国报纸杂志竞相效仿，“杂文成了文艺副刊的旗帜”，《云南日报》的“滇云漫谭”、《大众日报》的“历下漫话”、《新民晚报》的“未晚谈”、《合肥日报》的“肥边谈屑”、《重庆日报》的“巴山夜谈”、《西安晚报》的“秦中随笔”等都是类似的杂文专栏。《人民日报》也于1962年5月4日设立“长短录”栏，明确了“表彰先进，匡正时弊、活跃思想、增加知识”的宗旨，联络了唐弢、夏衍、吴晗、孟超、廖沫沙等全国知名杂文家为其撰稿。纵观“长短录”先后发表的37篇作品，与“三家村”杂文相比虽各美其美，但在“匡正时弊”上却异曲同工比翼齐飞。他们共同引领了一个新的杂文时代。

然而好景又不长。1962年年底随着“千万不要忘记阶级斗争”口号的提出，思想文化界的残酷斗争无情打击之风又迅速蔓延开来，杂文创作随之急剧退场。不久，以江青、姚文元率领的围剿批判“三家村”杂文的运动迅速席卷全国并导致“文化大革命”。以邓拓受迫害致死为标志，杂文家几乎全被横加定罪陷入万劫不复。这不仅让“十七年”起伏不定的杂文创作彻底终结，而且使得后十年的杂文园地也一片荒芜。杂文家们以殉道精神所谱就的这些“心智”硕果，将永远成为中华民族的宝贵精神遗产和文学史的瑰丽篇章。

---

① 邓拓时任北京市委书记处书记，吴晗为北京市副市长并受聘为中科院哲学社会科学部委员，廖沫沙为北京市委宣传部副部长。

第十一章

中国新时期杂文：最是潮头“唱大风”

第一节 又是杂文的时代

“文化大革命”结束、中国进入新时期后，随着改革开放和现代化建设的全面推进、深入发展，商品经济大潮铺天盖地地湮没了社会生活和每个角落，使各行各业都不得不在这个大潮的波峰浪谷中漂泊、沉浮。在文学领域，经济大潮一方面促使凶杀、打斗、性爱、警探等通俗文学作品倾销街头巷尾、千家万户，另一方面又为各种精美的“纯”文学创作设置了很大的经济障碍，使其生存和发展不时地受到断粮停炊的威胁。在这种情况下，尽管一些对精美的“纯”文学怀有虔诚之爱的作家们在艰难地辛勤耕耘着，但毕竟已失去了往日那种繁花似锦的盛景，只是涓涓细流不绝如缕。因之，文坛常有人发出“风骚如线不胜悲”的感叹。

然而杂文却是个例外。伴随着现代化建设的步伐，杂文创作以新中国成立以来从未有过的势头迅速崛起，超越了自“五四”诞生后的任何时期。且不论各类专门的杂文刊物如《杂文界》《杂文报》《杂文选刊》《新观察》等大量出现、各类综合性报纸杂志几乎都无例外地为杂文设立专栏，单就出版说，在各类严肃书籍遭遇窘境的情况下，杂文集却很容易出版销售。例如，老作家柯灵在20世纪90年代初主编的《当代中国作家随笔丛书》，很快就售罄首版的一万套；吉林省1988年创刊至今的《杂文选刊》（最初为《杂文家》，1993更名《杂文选刊》），每年发行量都数以几十万计，但每每都被订购一空，汇款单常常“如雪片般从天南海北飞来”；为了适应受众的需求，也为了检阅和总结包括新时期在内的当代杂文的创作成就，中国文联出版公司出版了《中国新文艺大系

（1949—1966）·杂文集》和《中国新文艺大系（1976—1982）·杂文集》，湖南文艺出版社出版了4辑40本《当代杂文选粹》，百花文艺出版社出版了四卷本《中国杂文大观》。此外，从1980年开始陆续出版的还有三联书店的杂文丛书，广州出版社的“思想者丛书”，成都出版社的“当代名家杂文系列”，湖南文艺出版社的“中国当代著名杂文家漫画家幽默小品”丛书，四川人民出版社的“稻草人杂文随笔丛书”……至于作家个人出版的杂文集，真如汗牛充栋，难计其数；全国及各地省级杂文学会普遍建立；作者队伍新老辈出，群星灿烂，蔚为大观。① 更难能可贵的是创作质量普遍提升，佳作连连，精品迭出，正如唐弢先生指出的：“新时期的散文和杂文确实达到了非常高的水准。可以这样说：比起鲁迅时代，比起建国后至1978年这一时期，新时期的散文和杂文都有突破。我个人认为杂文又比散文突破得更多一些。”② 把杂文视作中国新时期的代表性文体（或之一），应当是受之无愧的。

这可称之为杂文革命性的崛起，其前卫是20世纪80年代末开始升温的散文热，这一代成熟的作家不再把散文创作局限于一轮明月，一湾湖水，几处楼阁，浅草乱花，悲欢离合，也不再热衷于环绕着假山假水或虚拟的东西中作卿卿我我的浅吟低唱——大量作家已羞于作这一类纤巧、娇媚的编排了，他们执着的越来越是对果戈理所说的“今天社会围绕着转动的那些问题”的关注和内心深处忧患意识的抒发，尤其是对国运民瘼的忧思，最是潮头唱“大风”。于是，散文演进到了新时期的杂文时代。

从自然经济向商品经济过渡，是人类发展史上不可抗拒的潮流，任何国家、民族，它可以有独特的政治制度和文化意识形态，但在发展上却不可避免地要走商品经济的道路。然而，当中国经过巨大的历史阵痛而催生出商品经济的胎儿时，却并不是一下子就能够适应的。全面而又深刻的经济大革命，是在有着几千年封建文化传统的历史废墟而又是走过一段社会主义建设弯路的年轻的共和国的国土上进行的，这自然要对我们原有的许

① 如老杂文家夏衍、巴金、廖沫沙、林放、严秀、秦牧、黄裳、牧惠、蓝翎、舒展、陈四益、章明、老烈，新秀鄢烈山、朱铁志、王向东、司徒伟智、陈小川、米博华，女杂文家邹人煜、袁成兰、陈飞、汪义群，客串写杂文而在杂文界享有盛誉的作家如诗人邵燕祥、公刘、流沙河、刘征、叶延滨，小说家王蒙、马识途、李国文、蒋子龙，剧作家陈白尘、吴祖光、魏明伦、沙叶新，画家黄永玉、方成、韩羽、高马得，学者施蛰存、张中行、金克木、王元化、何满子、邓伟志、王春瑜等。

② 唐弢：《我观新时期的散文和杂文》，《散文世界》1989年第7期。

多既成的思想意识形态构成强有力的挑战。虽然我们很难用一句话或一个定义对新时期的文学意识作一览无余的确切概括，但透过纷纷攘攘、千态纷呈的表面现象，有一点是清楚的，这就是：相对共和国文学的过去时，新时期的文学十分注重忧患意识主导下的社会责任感和审美的“理性”色彩。商品经济的冲击给中国社会带来的变化的确是巨大的，各种新现象、新变化、新发展、新矛盾所形成的新冲撞层出不穷，生活的繁复与多元多向思维所增加的选择的困惑无疑要带来整个社会对认识判断的渴求；同时，商品意识的强化和大大地膨胀了的物质欲，也使得精神家园越来越显得荒芜。然而灯红酒绿的热闹过后，人们终于发现除了钱的法则之外，这个世界还需要伦理的、道德的、文化的、良知的等等精神法则，否则，商品经济难以健康发展，社会群体也难以和谐共存。这样，反映在文学上，作品能否深入地感知与剖析纷至沓来的社会现象，能否对当前的经济大变革、世态人心的升降沉浮，以及现代人的形而上与形而下的双向生存困惑等等，同步进行广泛的切实的咀嚼与思考，成为被审美关注的焦点。可以说，新时期杂文的勃兴，正是它自身的特点从根本上适应了时代需求的结果。因为杂文的议论性特质，使它不仅能够率真率直地抒发内心情感，而且最能阐发事理，在沟通作者与读者、生活与艺术的联系中，可以省却若干形象感知的中介环节，迅即对社会问题作出反映，特别是在商品经济的时代，是作家面对国运民瘼的忧思、担当针砭时弊和引领生活的职责的最佳写作方式。反过来，时代本身也为杂文提供了充足的条件：由于杂文的这种秉性，其生存和发展最需要宽容、民主、自由的社会氛围，以利于作家激情的喷涌、构思的驰骋、哲理的感悟，进入“随心所欲，无所顾忌”的艺术境界。党的十一届三中全会以来，特别是随着“实践是检验真理”的讨论和商品经济大潮的涌动，我国的政治、文化、意识形态诸方面也都进一步开放、开明，使过去那种钳制舆论“一言堂”的局面成为历史，这给杂文的繁荣发展提供了最重要的条件，因为历史已经反复说明，这种文体的兴盛“必须在王纲解纽的时代”（周作人语），从“五四”文学革命中杂文的出现到新中国成立后杂文的几起几落，都可以作为例证。新时期的这种“杂文基本环境”是得天独厚的。同时，由高度发达的现代传媒所传递的大量信息“现实”和文艺接受方便条件、受众因生活节奏的加快和文学审美的“短平快”“近距离”要求，也都成为促使杂文繁兴的合力。可以断言，杂文之所以能成为新时代大众的宠儿、成为严肃文学中的佼佼者，正是商品经济大潮所带来的社会变化、特别是精神需求和社会心理变化对文学选择的结果。正如茅盾所说：“特殊的时代常常会产生特殊的文体。”①

第二节　现代化建设的护驾天使

杂文能成为新时期的“时代文体”，更在于它发出的是时代的强音，是现代化建设的护驾天使。

商品经济是以促进我国的工业、农业、国防、科学技术等的现代化（简称“四化”）建设为宗旨的，它在给现代化建设注入强大活力的同时，确也给思想、文化、时尚以及现代化建设本身等带来了不少负面影响。我们自然不能因噎废食，计较商品经济本身，或者只是牢骚满腹，恐慌怨恨，但也绝不能为这些负面影响推波助澜。正确的态度应当是，像鲁迅那样举起社会的解剖刀，以积极的态度迎接这些负面影响的挑战，使杂文的批判锋芒成为庸俗时尚和惰性文化圈的消解因素。这应当成为我们这个时代杂文创作的主旋律。因为任何一个国家和民族，在进行其高速经济发展时，如果没有健康的社会心理加以平衡，过分膨胀的物质欲势必会导致人性的异化和社会道德的沦丧，从而危害民族和整个人类本身，商品经济也会走弯路或误入歧途。中国当时正处在社会转型期，商品经济已使社会出现不同程度的价值迷茫、观念畸变、道德失范、精神颓废（包括贪污、受贿、环污、泛黄以及公款吃喝、治安混乱、人际关系紧张、无信仰无特操、瞒和骗、缺乏同情心等社会腐败的全面内容）等状况。这就尤其需要杂文家用健康积极的精神加以调理、整治。事实上，新时代的不少作家如韩少功、舒展、邵燕祥、牧惠、巴金、曾彦修、陈丹晨、丛维熙、蒋子龙、李国文，陆文夫、陈四益、李庚辰、国乎有、张金岭等，都是从这里入手来展开自己的“文明批评”和“社会批评”的。

我国的现代化建设是在“文化大革命”和封建思想文化残余仍然肆虐的意识形态的废墟上起步的，必须以人的觉悟和思想观念的除旧布新为先导。因之，清除“文化大革命”流弊、批判封建意识残余、促进思想觉醒解放，是新时期杂文的第一个主题。从最初秦牧的《鬣狗的风格》、

① 茅盾：《茅盾散文集·自序》，天马书店 1933 年版，第 1 页。

林放的《江东子弟今犹在》、刘征的《帮“式”上纲法》、岑桑的《太阳的故事》、道新的《“风派”人物脸谱初析》、虞丹的《奇特的问候》等作品中我们看到，“十年浩劫”对民族的摧残不仅是生活的、肌体的，更是精神的、灵魂的，以至于投机钻营、见机使舵的“风派”人物有之，两面三刀、阳奉阴违者有之，“见了羊显凶兽相、见了凶兽显羊相”的“鬣狗”式的人物更有之，不一而足。这既是政治的悲剧，更是文化的悲剧。因之，更多的作品由“文化大革命”悲剧导入了对封建文化传统的深层反思。例如，田仲济的《〈司马迁算老几〉读后》是由陕西省博物馆的干部对司马迁的评价引发的，陕西省没有司马迁的塑像，当游客询问时，这干部回答说：“司马迁算老几，比照现在的干部体制，太史公司马迁充其量相当于副厅级。”可谓一语道破天机，这无疑是官本位、权本位社会心理的集中体现，田仲济对此作了深入的发掘，并进而揭示了官本位思想指导下出现的种种滑稽的、不合理的现实；当“新权威主义”以唐太宗、魏征为楷模赞美“开明的专制”时，邵燕祥的《切不宜巴望“好皇帝”》和《为新权威主义补充几句》、舒展的《论土皇帝》、李从浩的《惊望“飞天”》等都与之针锋相对，李从浩写道：“有幸观看电视剧‘飞天奖’的颁奖仪式，《雍正王朝》和《走进柳原》双双夺魁。一个歌颂明君，一个赞扬清官。难道是告诉人们要享太平，老百姓还得指望皇帝和青天大老爷？”邵燕祥则更入木三分地说：“倘若真有百分之百的‘唐太宗’再世，恐怕随之而来的就是百分之百的封建主义，什么终身职，世袭制，等级特权，人身依附，分封割据，山头行帮，以致‘家有千口，主事一人’的家长制，‘一人得道，鸡犬升天’的裙带风，难免就要顺理成章地合法化了。”这些作品揭示的都是这股思潮以“新面貌”贩卖旧的封建专制主义和封建皇权思想的实质。邵燕祥的另一篇作品《“娘打儿子论”》不只是抨击现实生活中冒充“娘”的“打人有理”的招数，更在于揭示其由专制主义演化而成的深层实质是：当被打的某些儿子熬成“娘”后，同样挥鞭去打别的“儿子”。《觉慧会不会变成高老太爷》也同样表现出对这种文化痼疾的忧思。其根源和危害就正如鲁迅对封建等级特权社会制下的人与人关系的揭示：“自己被人凌虐，但也可以凌虐别人；自己被人吃，但也可以吃别人。一级一级地制驭着，不能动弹，也不想动弹了。”（《坟·灯下漫笔》）

不消说，这些作品还包括蓝翎的《拉祖配》、舒展的《处级和尚》、巴金的《一颗桃核的悲剧》、秦似的《漫谈左右》、冯英子的《触一触封建的神经》、瓜田的《我深深地爱上封建王朝》等，都是在对“文化大革命”和“文化大革命”遗风的批判中反思封建文化传统的佳作，他们对封建主义幽灵（包括自己灵魂中的毒气和鬼气）的无情解剖、决绝清算，既是新文化建设的需要，更是清除精神障碍促使现代化健康发展的题中应有之意，因为在思想陈腐僵化和堕落的文化废墟上，是绝难实现社会主义建设的现代化的。

关心国计民生，敢于在以经济建设为中心的现代化建设年代提出为广大民众关心和寻求回答的问题，是新时期杂文的又一主题。我国的现代化建设，从党的十一届三中全会开始，由农村而城市，由经济而政治而文化领域，无论从广度上还是在深度上，都是我国历史上所从来没有过的。这一变革关系着我国的振兴，民族的未来，亿万人民的前途。杂文家大多投身于时代的洪流，感同身受，加之他们思想敏锐，胆识非凡，因此时常以关注国计民生为使命不时在杂文中提出广大人民群众关心和寻求回答的问题，这也是新时期杂文所以赢得众多读者的根本原因。例如，告别了荒蛮和专制的年代，人民大众普遍渴求开明、民主，“实现人民真正当家作主”（曹宪文《一事三感》），但应当实行怎样的民主和怎样实行民主？冯英子的《“大民主”和民主》认为，以“大鸣、大放、大字报、大辩论”为标志的“文化大革命”“大民主”是极其有害的，必须摈弃，但绝不能以此为由扼杀社会主义民主。国孚有的《“人微言轻”当废》《民主监督之我见》认为，“人微言轻”论是长期制约民主生活的较普遍的社会心理，执权者应首先克服此心理而广开言路，诚心接受民主监督并采取措施健全民主监督制度。邵燕祥的《民主与“官主”》则强调：“民主要求和民主精神”不仅应成为制度，而且应当是“我们理想和道德的重要组成部分”。再如，牧惠在《警钟？空炮？》中提出了不少单位（如天津市园林管理局）并未把读者的来信批评真心地当作“警钟”，而他们自己对读者来信的答复则不过是放了一发“空炮”的问题。这一问题看起来只是针对某个单位，其实却有普遍意义。人民群众出于对事业的热忱对某一单位的某些做法提出批评，但他们得到的答复常常是一发“空炮”，不着边际，根本不解决问题。所以这篇杂文结实地向人们敲响了“警钟”：当心不负责的某些领导人在改革中放“空炮”。

韩少功身处开放城市海南，对现代化都市的发展、商品经济以及带来的种种不可避免的矛盾和困惑最早感知，这更是关涉国计民生的深层问题，因而他率先创造了一批很有分量的佳构。其中《夜行者梦语》以“随感录”的形式，为我们勾勒了一幅现代人的生活图画：物欲极大的膨胀了，然而精神和文化却显得空前的苍白，特别是新时期以降在中国兴起的后现代主义价值观，其理论的异化和“怎么都行”的物质狂欢追求，是其精神的迷思和迷失。现实的状况就是：当一切上帝的、宗教的、尼采的、萨特的、达达主义的、解构主义的，以及现代的与后现代的种种精神主张统统被提出并且试行了一遍之后，人们仍然未能找到自己的精神支点。人类到底应当怎样面对世界？面对生存？作品启示我们：在物欲获得满足之后，必须为寻找精神家园作出不懈的努力。充溢作品始终的是一种博大、精深的人文主义精神。《性而上的迷失》对近几年花样翻新却粗鄙庸俗的“性文化”进行了辛辣的解剖嘲讽。

其他还应当提到的作品诸如：陈四益的《菩萨》，把现代人笃信菩萨却又根本背离菩萨精神的物质欲、金钱欲、权力欲等进行了辛辣的嘲讽，其中既有对现代人精神晦暗愚昧的深切忧虑，骨子里也寄寓了对现代人跳出物欲的迷津、让传统文化与现代文明迅速接轨的热切呼唤。陆文夫的《探路行》揭示了一个实实在在的真理：会赚钱的不一定是英雄，清贫者也不是窝囊废，一个具有良知的作家“不能把高品位的文学艺术完全抛售给市场经济”，以免出现口袋膨胀而头脑空空文化毁灭的悲剧。余心言的《同进城农民子女“手拉手”》《让留守儿童感受亲情关爱》《关于房价的议论》等，单看题目，就已经感知到作者的情感所系和锋芒所向了。不少作家还切肤之痛般关注“三农”问题，如徐恒足的《农民想什么》《“白条”兑现之后》《莫让农民再生“丰收”之忧》《“减负担”也是“讲政治”》等，都表现出对农民利益、农村前途的忧心和思虑。

反腐倡廉和倡导新的社会风尚，是新时期杂文的第三个重要主题。由于民主意识的淡漠和法治制度不健全，长期以来形成的人治大于法治的思想在“文化大革命”十年恶性膨胀造成了种种官僚主义毒瘤。伴随着改革开放而来的现代化建设，官僚主义、封建特权思想又同资本主义的唯利是图沆瀣一气，迅速演化为以经济犯罪为核心的腐败，并如同瘟疫一般腐蚀着人们的思想，给民族和国家、给现代化建设带来了巨大的灾难。因而，批判官僚腐败成为了新时期杂文尽其批判职责的响鼓重槌。

官僚腐败是多方位的，杂文批判也就涉及方方面面。如舒展的《粮票——股票——世态——心态》对中国商品经济中出现的以权经商、权钱交易的怪胎揭示得入木三分。他认为，一些不法分子的所作所为，“几乎可以与身绑炸弹去刺杀要人的恐怖分子、亡命之徒的狡诈和牺牲精神相媲美”。从同一角度提出问题的还有邵燕祥的《钱与权与法》、张金岭的《权力和资本结盟也是紫金矿业的“污染源”》和《官商勾结是“孟连事件”的祸根》、李戈的《“权力股”不能吃!》等。其他的作品诸如：一剑的《“蛸蝂”戒》和崔永生的《为了公章的尊严》对“高其位”的领导干部以权谋私亵渎人民给予的权利的批判，陈思与夏伏的《书记打酒》、丹赤的《笔下留神》、崔永生的《多欲为“鬼”悔》、张宿宗的《“气象”日记半则》对领导干部假公济私的批判，李庚辰的《管住自己的嘴巴》、袁应龙的《唐僧的〈紧急声明〉》对领导干部公款吃喝、公费旅游、吃拿卡要的批判；焦勇夫的《话说怎样对付拍马屁》、木森的《阿巧奉迎与“大锅饭”》、文抄的《“包围新论”这篇文章还应该做》中对阿谀奉承、拍马溜屁和“吹喇叭、抬轿子”的官场恶习的批判；蒋元明的《取消不成文的办案程序》、刘征的《想不通一例》、邵燕祥的《办公，还是办私?》对领导干部玩忽职守、不讲实效，铺张浪费的批判；舒展的《嫉贤症》对领导干部嫉妒贤能、打压人才、公报私仇现象的批判；李庚辰的《浅析“清静官”》中对明哲保身、官官相护、不作为的“清净官”的批判；等等，都掷地有声，警音辽远。

更难能可贵的是，在针砭批判的同时，杂文家们十分注意揭示官僚腐败的原因，并积极探寻消除官僚腐败的路径与方法。官僚腐败无疑与市场经济息息相关，但这只是表象的原因，舒展说：“对监督者缺乏监督、疏于监督、人治大于法治，是这种现象屡禁不绝的根本原因。”可谓入木三分，一针见血。元三在《副市长勇救落水儿童随想》中强调：要官风廉洁就必须要求领导干部“言行一致、身先士卒、履行共产主义的道德义务，继承和发扬共产党干部的传统美德”。谷长春在《说“绩”》中指出：在干部管理中，“已经创造出领导干部作述职报告、民意测验、投信任票等好的经验。更为迫切的是制订出科学化、经常化的考绩制度，对干部表现不仅有定性评价，也有定量分析”。甲乙的《一样与不一样》认为，一些人一旦当官就会发生腐败的原因，在于等级制度：“不一样就是不平等，不平等就出现了社会各色人等之间的千差万别。”王闻在《对谁负责》中指出：对于那些不顾民众利益而唯权、唯上是从的人，“光靠舆论是不行的”，必须要“由国家立个行政法规：对于那些不为人民服务，不对人民负责，玩忽职守者，也当罚！”毛书征、蒋元明等也从干部体制的源头寻找根治腐败的措施：“精官简政”（毛书征《精官简政》、蒋元明《走出“骂汉堂”》）。

腐败的重灾区固然是官场，但由于传统的国民性中的“痼疾”和官场腐败的影响，腐败也演化成一种较普遍的社会时弊。犀利地针砭这些时弊，引起人们的普遍自省，也是新时期反腐倡廉杂文的深广领域。作品揭示针砭的时弊也是形形色色的：人与人之间无原则的结党营私和“裙带关系”（国孚有《续“拔萝卜带泥”》）；市场神授哲学（有些人认为他们的市场将永远是他们的）在某些国营企业中流行（牧惠《市场神授哲学理当破灭》）；败俗庸下的“意思意思”办事规则（陈正宽《“意思”反正》）；“吃女人”的市侩文化（于永军《“吃女人”可以休矣！》）；不敢正视现实的“瞒和骗”（邵燕祥《还是不要闭上眼睛》）；独生子女教育的误区（张雨生《虎皮鹦鹉之死》、康乐群《可怜天下父母钱》）；缺乏责任心和担当精神（国孚有《毛怕老鼠、狗拿耗子》、张峰《黑猫纵鼠》）；“只能听好，不能听坏”（安立志《“怪脾气”难改》）；欺行欺世盗名盗利（牧惠《冒名·争名·让名》）；资源分配不公平不合理（若水《重提“猫论”》）；书呆子也做官（林放《书呆子不宜做官》）；陈腐的“封建礼数”多多（林希《礼多有人怪》）；“流言蜚语”伤人（牧惠《今天的张静斋》）；利用“假冒伪劣”坑蒙拐骗（蔡桂林《究竟谁骗谁》）；趋炎附势（邵燕祥《说胁肩谄笑》）；文过饰非（邵燕祥《风从何处来》）；“打肿脸充胖子”的新“面子”行为（章明《论“赔本赚吆喝”》）；用现代的物质文明搞封建迷信（牧惠《在两起埋葬电视机的后面》）；浮夸和吹牛习气（国孚有《广告病》、陈小川《吹牛皮该罚》）……之所以列出杂文家中所揭示的这么多的时弊，是用以表明：第一，作家对这些时弊是广泛关注并深恶痛绝的，并多系如鲠在喉，不吐不快；第二，对这些时弊的针砭实际上也是对生活的发现，其中很多时弊，是在司空见惯习焉不察中由于作家发现和揭露以后才为人们所警觉的；第三，针砭这些时弊，是为了清除现代化建设途中的障碍，使现代化建设得以顺利地进行。如果说，鲁迅当年的针砭时弊，是为了引起人们疗救的注意以唤醒民众，那么作家在新时期的针砭时弊除了这一用心外，更多的是立足于为现代化建设保驾护航，这使新时期这些针砭时弊的杂文有了鲜明的时代特色！

第三节 巴金、邵燕祥、林放和蒋子龙：“各还命脉各精神”

新时期最有代表性、最有成就的杂文作家是巴金、邵燕祥、林放和蒋子龙，他们“各还命脉各精神”：

巴金：“讲真话”和新启蒙。

以“激流三部曲”（《家》《春》《秋》）、《憩园》、《寒夜》等小说而蜚声文坛的巴金，同时也是热心的杂文作者，早在1939年他就在抗日战争的烽火中出版过杂文集《感想》。进入新时期以后，他把创作的热情几乎全部投入到杂文创作中，以人民文学出版社2018年出版的《随想录》为代表。《随想录》连续写成于1978年至1986年间，正是“文化大革命”后国家拨乱反正、肃清极“左”思想和路线的流毒、实现改革开放建设现代化的重大历史转变的关键时期。与之相伴而生的《随想录》，实际是20世纪80年代思想文化领域的精神先导，反映了改革开放“新启蒙”的丰富的思想状况。

1979年巴金说：原以为《家》所提出的反封建的任务已经完成，“后来觉得话说错了。在我们国家，封建的余毒还深得很，农村里还有不自由的婚姻，甚至城市还有买卖婚姻，其他方面封建的东西也还很严重。我们要搞四化，封建的余毒就拖后腿，这个余毒不铲除，现代化就实现不了。要实现四个现代化首先就要实现思想现代化，封建的东西必须改变，官僚主义等坏作风要去掉，真正实现社会主义民主。”① 在封建文化的废墟上绝难建设现代化的国家，这是巴金认定的精神症结。因之，《随想录》始终紧紧围绕“反封建”这个主题，展开文化痼疾和现实思想问题的思考，而且越来越深入，越来越尖锐。1979年写的《一颗核桃的喜剧》由赫尔芩《往事与随想》记叙的官员和贵妇人分抢皇太子吃剩的核桃核儿的“喜剧性”故事引发，沉痛地诉说我们现实中拿“首长”恩赐的小果、草帽当圣物的“把肉麻当有趣”，充溢其中的愚昧和奴性，远远超出19世纪30年代小城官员和太太们的表演，是令人沉思的精神悲剧。在《长官

① 巴金：《巴金全集》第19卷，人民文学出版社1993年版，第507页。

意志》《小人 · 大人 · 长官》等作品中，从“小孩相信大人，大人相信长官，长官当然正确”的社会心理中，针砭“官本位”“长官意志”这些封建意识残余的广泛性。同样的例子，《小骗子》《再谈小骗子》《三谈小骗子》《四谈小骗子》和《衙内》等，则由冒充高干子弟的小骗子屡屡得手屡屡让社会群体上当受骗的现象中，看到了封建“特权”思想的深广流毒：小骗子固然可恨，但许多人的“甘愿”上当更令人发指，这些封建意识是多么深入人心！还有那些大大小小的“高老太爷”们，“穿着各式各样的新旧服装”，以革命的辞藻“装饰起来”，比原生的封建主义更可怕（《买卖婚姻》）。《随感录》几乎都是这样，不仅不断地有所发现，而且站在新的时代高度鸟瞰思想文化的深层问题，警音辽远。

《随想录》的“反封建”是从反思“文化大革命”悲剧为起点的。巴金认为：“文化大革命”暴露的最严酷的事实是封建主义阴魂不散，而“封建毒素并不是林彪‘四人帮’带来的”，而是民主法纪荡然无存的结果，这才使许多人“由人变为兽”（《三说端端》《我的噩梦》）。因之，与巴金反封建相辅相成的，是对五四新文化运动的深情眷恋和礼赞。令巴金由衷感念的是：青年时代“我没有走邪路，正是靠了鲁迅先生的《狂人日记》为首的新文学作品的教育”（《为〈新文学大系〉作序》）；“六十多年前多少青年高举着两面大旗：科学与民主，喊着口号前进”，“今天，我仍然像六十年前那样怀着强烈的感情反对封建专制的流毒，希望看到社会主义民主的实现”（《五四运动六十周年》）；科学、民主、人道一直是巴金向往和张扬的，“从根本上说，和他一贯的‘人民本位’思想密切相关”。[①] 经过“文化大革命”的历练他越发于此笃情笃志。但这种向往和张扬，在《随想录》里却是从对愚昧、专制、非人道和非科学的现象的抨击中实现的。这既与杂文的文体特点相关，也与启蒙理性的本质有关。巴金的启蒙理性实则是一种批判理性。

《随想录》是一本“我心写我口”的说真话的大书。真话昂贵。昂贵的真话借以朴素无华的“无技巧”形式率性写出，看似平实和枝蔓，却情理渗透深入浅出，使读者没有“隔”的感觉，很容易声气相通进入作品，从中获得情感的历练和思想的启迪。正如鲁迅所说“一切所谓圆熟

① 贾玉民：《巴金赴朝心态辨析》，《东方论坛》2013 年第 2 期。

简练，静穆幽远之作，都无须来作比方，因为这诗属于别一世界”①。

邵燕祥："诗"心遣论辨国运民瘼

邵燕祥最初是以诗作在文坛成名的，其诗集《在远方》《迟开的花》曾在新时期之初分获第一、二届全国优秀新诗奖。但他也很早就热心杂文创作，1946 年十几岁时就曾在《新民报》发表作品 40 多篇。新中国成立后邵燕祥认为"杂文的时代"已经结束，于是就不写杂文专写诗了。但当发现以封建主义为代表的旧思想旧文化的幽灵并没有随着新中国的建立而"速朽"后，痛感"只想作诗人而不愿作清道夫"是作家的失职，就算是把诗当杂文写也"还是不痛快，索性发而为杂文"②，于是不惧挫折，深深移情杂文并越写越多。自 20 世纪 80 年代初十一届三中全会以来，他共创作了《蜜与刺》（1986 年）、《忧乐百篇》（1986 年）、《自己的酒杯》（1993 年）、《超越痛苦》（1996 年）、《红尘小品》（1996 年）等 20 多本杂文集。邵燕祥是中国新时期最多产、也是影响最大的杂文家。

邵燕祥认为，新时期杂文"最可贵的是批判精神的复活和提高"。而他的作品在这方面则尤其有代表性。大至天下大事国家要务，小至街头巷尾民风俚俗身边琐事，举凡文化传统、国民精神、生态环境、民主进程、吃喝拉撒等等无不在他的审视针砭之列。邵燕祥杂文实际上是 20 世纪八九十年代思想文化领域的百科全书。其中聚焦的是两个点：一是现实重大政治、思想问题，包括官风腐败。例如，1980 年他在开篇伊始就写下了《切不可巴望好皇帝》《土皇帝也不能要》《为新权威主义补充几条论据》等，对人们普遍残存的"皇权"意识、特别是理论界不断喧嚣的"开明的专制"和"新权威主义"论，施以严重的警告、深入的辨析，启示人们：中国改革开放和现代化建设，最需要的是民主和法制，什么终身制、世袭制、等级特权、人身依附、裙带关系、山头行帮、家长制等统统应在清算之列。《吴江老矣，犹著新书》更对以"极权主义"曲解马克思主义基本原理的"歪理"揭示得入木三分。在作者看来，官民关系的平等和谐历来是马克思主义所倡导的，也是社会主义政治开明的重要标志，但由于我们仍然"拖着一条长长的封建主义、官僚主义的尾巴（《人是有尾巴的吗?》）"，以至于"娘打儿子有理"论（《"娘打儿子"论》）、"臣

① 鲁迅：《且介亭杂文末编・白莽作〈孩儿塔〉序》，《鲁迅全集》第 6 卷，人民文学出版社 1981 年版，第 494 页。

② 邵燕祥：《沉船・罪与罚》，上海远东出版社 1996 年版，第 85 页。

性”肆虐（《臣性》）、“以权压法”（《笑谈之余》）、党慧变成“高老太爷”（《党慧会不会变成高老太爷》）等仍然司空见惯，对此，邵燕祥都一一给予清算、针砭，不留情面。对于商品经济时代演化成的新的官风腐败，邵燕祥也始终保持着高度的警惕，《堕落辨》《清官贪官优劣论》《打打苍蝇也好》《靠党吃党》《吃政治酒》《写于反腐败声中》《说隐瞒》等都是这方面的佳作。2002 年，邵燕祥曾把新时期以来十年间写的反腐杂文 80 篇结集为《你这个坏东西》出版，并痛言“不再写反腐文章”。但疾恶如仇的秉性使他欲罢不能。他不仅系统地揭示“以权谋私”“贪得无厌”“受贿”“瞒和骗”“享乐”等官风腐败的全面内容，而且尤其注重从思想文化传统和政治体制上揭示造成腐败的深层原因：最根本的是“法无定法”“法不责众”（《写于反腐败声中》）。他断言：“树立法律的权威是反腐成败的关键！”这类作品由于拖着历史的长影又包含着现实的苦痛和辛酸，让人感到特别沉重、深邃，是邵燕祥杂文受众最广、最惊世的部分。

邵燕祥杂文的另一个聚焦点是社会和民族的病态文化心理，由此展开升华民族精神的“国民性”批判。例如，鲁迅曾痛感于中国人的“爱看热闹”当“看客”，邵燕祥也写过《说“看客心理”予以呼应》，但邵燕祥认为：“那杀掉阿 Q 者用不着杀掉看客，只须利用他们的麻木，他们的看客心理，各个击破即可。所以，真正的得益者绝非看客，看客到底不过是看客罢了。”邵燕祥的《元宵话起哄》进一步发现，“看热闹”在新时代已演化成“起哄”，因为“看热闹和参与起哄之间，没有不可逾越的鸿沟。”但这远比单纯的看客更有害。百货大楼买东西起哄，汽车站排队起哄，抬物价起哄，甚至思想文化领域也时有起哄。为起哄而起哄的，不过骨子里仍然是看客，虽有害但不足大虑，但聪明人会在起哄中浑水摸鱼，以乱裹乱，甚至塞进“反理性”的黑货扰乱文学，那就是“起哄之害大矣！”作品由远而近，由点到面，由浅而深，层层剥笋，写尽了一种病态的文化心理，发人深省。其他诸如《论“看眼色”》对奴性的批判、《论“比爷爷”》对攀比风气的批判、《凑趣儿》对“巧滑”的“清客意识”的批判，等等，也都有异曲同工之妙。在邵燕祥笔下，这些病态的文化心理是入人很深、为害甚巨的，但他却没有怒形于色，也不作诛心之论，而是婉转地引导，推心置腹地劝世，常常也把自己摆进去，像鲁迅那样“无情地解剖自己”（《气势》就曾反思自己“伤害过带我上路的人”）。

这就使作者有了一个必要的处于优势的道义高度，在此基础上无论深查病源还是细分肌理，都令人首肯。

诗人的激情、真诚和杂文家的机智、胆识融邵燕祥于一身，就使作品形成了理性清明但不失深邃、感情炽烈却又节制委婉的艺术风格，虽然不像鲁迅杂文那样辛辣，但明亮如火透彻人情物理的隽永也不乏叩击读者心灵的力量。

林放："一索引千钧"，老成意纵横

在从现代延续到新时期的老杂文作家中，林放（赵超构）最多产、最有代表性。这位起步于20世纪30年代、成名于新中国成立后17年的跨世纪杂文家，进入新时期后更凌云健笔，连续出版了《世相杂谈》（1984年）、《未晚谈》（1986年）、《未晚谈二编》（1990年）、《未晚谈三编》（1994年）和《林放杂文选》（1988年）5部杂文集。

夏衍说："尽管道路坎坷，鲁迅杂文的传统，还是由许多勇敢的杂文作者继承下来了，林放同志就是这支队伍中的一员宿将。"① 但林放写杂文最初是从学习报人邹韬奋的"小言论"开始的，后来便越来越推崇鲁迅杂文。他把鲁迅杂文"论时事不留面子"的"纵意而谈无所顾忌"的辛辣作风同媒体"小言论"的快捷平实融为一体，便形成了自己独特的创作特色：说论时事从大处着眼、从"一鼻、一嘴、一毛"的具象小处着手，"一索引千钧"，纵横捭阖，成为独特的"文明批评"和"社会批评"的时代林中响箭。例如，他关心青年工人的试题"答卷"（《命题作文》），念念不忘几杯残茶（《三杯茶》），甚至下层民众的一个登记（《临表涕泣》）、一次脸红（《小仙姑不必脸红》）、自然界的"鹊巢鸠占"（《鹊巢鸠占》）等都会引起他的共鸣。但他绝非简单地就事论事、浅尝辄止，而是像鲁迅那样从"风月"和具象中揭示时代的大相、谈出时代的风云。例如，《狗年抓耗子》在速写鼠的猖獗为害中提出了"抓耗子"的命题：狗抓耗子固然可敬，但猫儿呢？猫的职责本来就是抓耗子，但却不乏失职、渎职，"有的猫儿养尊处优，专打呼噜，变成懒猫；有的猫儿自甘堕落，变成耗子的'关系户'，睁一眼闭一眼任你耗子横行，以至猫鼠同眠；有的猫只能抓死老鼠"；更有的猫儿"竟见鼠就逃，在耗子面前发抖！"说的是鼠和猫，但又不完全是说鼠猫，当他把对"狗抓耗

① 夏衍：《未晚谈·代序》，上海人民出版社1986年版，第2页。

子”的礼赞付诸笔端后，不能不悟到他鞭挞的猫鼠现象实际是警风、官风腐败甚至“大社会”的邪风了。引发《临表涕泣》的仅仅是幼儿园的一个“招生登记表”，中国已经拉开改革开放建设现代化的序幕了，但有幼儿园表格在“父母情况”一栏下竟赫然印着“有无重大的政治问题、结论否”。林放敏锐地感到这是十年动乱中极“左”的“罪及妻孥”的阴魂未散，“那时是流行过所谓‘黑六类’的株连法的。家属也好，儿女也好，‘老子反动儿混蛋’，如果你父母被指为有所谓‘政历’问题，那就到处受歧视，‘永世不得翻身’。”而现在又在小公民的幼儿时代就“先抓出一台辫子来，损害儿童心灵”，又比大人们遭受“左”的戕害可怕多了。林放的大部分作品都由远而近，由小见大，举一反三，层层剥进，深揭了合化着历史文化深意的畸形社会心理。清人刘熙载在谈论古代优秀散文时说：“人多事多，难偏论，借一论之，一索引千钧，是何关系。”[①] 林放杂文就正是如此。

有时候，面对“社会前沿”的急遽的、剧烈的思想交锋，林放也并非处处婉转，时常也把自己的愤火和忧患意识直接化为锋利的辞章。例如，1982年当他发现“文化大革命”中作恶多端的造反派分子伪装进步仍然登上领导岗位时，立即写了《江东子弟今犹在》，从“文化大革命”迫害彭德怀的惨烈到江东子弟的“登龙术”，一一解剖开来提醒人们对这种人要严重警惕。据悉作品在《未晚报》发表当天，报社即接到了恐吓电话，《人民日报》则全文转载该文对作品和作者予以支持，《解放日报》《新观察》等也纷纷作出呼应，一时成为文坛热点。[②] 作品之所以有如此之大的影响，并非仅仅因为事有切肤之痛或牵连到一己的祸福，而是因为他揭示的是为害甚烈的“玩弄手段、伪装进步”社会相，一种相当顽固、颇为典型的“左”倾遗风。当作者把它摆在解剖台上，以霜锋逼人的解剖刀临之时，就不能不使“麒麟皮下露出马脚”，也引起广大读者的强烈共鸣。

蒋子龙：情理练达说时风

新时期以来小说家写杂文的，也有一个长长的作者队伍：王蒙、蒋子龙、李国文、陆文夫、韩少功、孙犁、吴祖光等。其中蒋子龙是格外引人注目的。这位以改革开放题材小说蜚声文坛的小说名家，进入20世纪90年代以来一度几乎成了专门的杂文家，他先后在《文汇报》《城市人》

---

① 刘熙载：《艺概·文概》，上海古籍出版社1978年版，第43页。

② 严秀：《林放文章老更成》，见《未晚谈》，上海文艺出版社1986年版，第363页。

《知识与生活》等多家报刊开设过杂文专栏，不少报刊以能约到蒋子龙的作品为自豪。他先后出版的《秋窗三语》（1992年）、《净火》（1994年）、《市场·情场·官场》（1994年）、《世间闲话》（2006年）以及多种杂文选本，都曾引起受众的广泛关注和好评。

蒋子龙是在不满于“虚构”的小说与生活的那种“纯文学关系”的情况下移情写杂文的。他说：“作家表现的是他的时代，文学不可能长时间地拒绝时代意识，时代也不可能长时间地不要文学意识，倘若小说不能够为它提供选择，那么他就选择了随笔和散文。”他看中的是杂文（随笔）的时代意识，看中的是对现实生活“有真情，有实感。即便是谈天说地，话人述情，讲神论怪，最后还得拉回到尘世中来，有那么一点现实启事性，给生活提一点建议”[①]，正是这样的责任感和情感寄托，遂使蒋子龙拿起生活的解剖刀，置身改革开放的激流中“细看斜日隙中尘”（蒋子龙语），为国运民瘼和民族精神激浊扬清。他看世人世相也看自己，痛苦地揭示着欺诈、蛮横、琐屑、瞒和骗、虚伪等国民性中的“痼疾”，也耐心咀嚼幽默、多恋症、运气、宠物、吃喝拉撒、生生死死等人生的况味。名为给生活提“建议”，实则每每都是一剂良药，给人以精神和心灵的净化、提升。例如，《享受会议》从自己“厌会”“恐会”到“享受会议”的心态变化中，揭示出了上上下下会风的可怕，其可怕既在于空谈误国劳民伤财，更在于演化而成积重难返的官场文化：“人的级别往往取决于会议级别，官场得意的人大都善于享受会议”，连自己也都“享受会议”了，这不使会议像臭豆腐那样闻着臭吃起来香吗？其讽喻性溢于言表。《中国有多少“办”》揭示的官风是：政府机构越改越多，越多浪费越大、效能越低，且成了滋生腐败的温床。官风腐败令人沉思，世道民心的堕落也不可小觑。《中国狗热》从大江南北一窝蜂地养狗、说狗、赛狗、炒狗说到自己处于无奈也“同流合污”养狗，针砭了养狗人以狗为荣、以狗显摆、以狗欺人的可笑、可鄙心态。《想当别人》和《寻找悍妇》都发现，如果一个人对自己失去信心，精神颓废或落入沮丧，“野心反倒成了失败者的最后的一个避难所”，或者想当强者的“别人”成全自己，或者寻找悍妇为妻去报复社会，这是鲁迅所刻画的“专制性”与“奴性”的统一的国民精神痼疾在新时代的变种。这些都是可恶、可恨、

① 蒋子龙：《秋窗三语·后记》，百花文艺出版社1992年版，第388—389页。

有害的，但作者却总是不肯把话说重，也不是隔岸观火指手画脚，而是婉转地引导，举一反三地启发，甚至温存的敷熨，小心翼翼地拭擦精神的创伤。以启人心智、摇人心旌显示着思想感情的通融与练达。

生活与哲学是紧密相连的。蒋子龙有不少作品在“随笔、随心、随缘”的人生体验中漫谈生活中的哲理，思辨的韵味很浓，类似于鲁迅当年的“随感录”或“小杂感”。例如，《善良的罪过》《方便和不方便》《残缺的强大》《活埋和埋活》《心穷》《网和被网》《累的幸运》等，单看题目，就已显示着对生活的哲学思辨味了。《时间》说“时间”：“时间对青年人和老年人从来没有公正过。人对时间的感觉取决于生命的长度，生命的长度是分母，时间是分子，年纪越大，时间的值越小，如‘白驹过隙’，年纪越轻，时间的值就越大，‘来日方长’。”《速成的时代》说“速成”与“速朽”：“‘速成’并不等于真正的长久的成功，‘速成’的东西也往往容易‘速朽’。而且‘速成’法会给现代人本已经相当浮躁的心态发酵，蔓延成一种风气，‘速成’不行，就会‘速坏’——这就是速成出其他一些少年‘天才’”，如黑帮团伙的“小老大”之类。《老态》对养生的最终结论是：“防老—催老。防死—找死。”其他的诸如，《秋窗三语》说：“酒是最聪明的哲学家，能使你明白，也能使你糊涂；凡生命都是脆弱的，真正强大的是无生命”；“社会实践最能严酷地粉碎人们的梦想。梦是没有用的，但人类不可以无梦”；“理想是生活的黄金，而只有具备像淘金工人在沙里淘金的毅力，才能找到这生活的黄金”……这绝不是不痛不痒的说教，而是作者从生活的酸甜苦辣体验中历练出的心智的果实，是对人生况味的哲学沉思。

中国新时期的杂文作家以巴金、邵燕祥、林放、蒋子龙为代表是当之无愧的。与这些作家不同，余秋雨和刘心武就十分注意将自己深邃的思想与渊博的学识融进一个特定的视角——民族传统文化的视角，从人们司空见惯的日常生活现象中捕捉人们忽视的问题，从传统文化习俗中积极进行民族文化深层结构——民族心理与人格的解剖与重建，使作品散发着一种带着深沉的历史文化意蕴的哲理；而张中行、金克木、季羡林、王元化、周汝昌、徐宏力等一代学人，则写出了一批宁静意远的杂感，他们以书斋为城府，独善其身随说漫说，说历史说文化，说交友说艺术，说天文说地理，多以一种潜移默化的力量维护着对世界的哲学渴望，其表面上的同社会焦点问题疏离和超功利，正意味着在更深的层面上拓展着人的精神世界，自由自在地发展着人的品格和情操（以张中行的《负暄琐话》为代表）；同时，有些作家如牧惠、余心言（徐惟诚）等，还着力把批判与歌颂统一起来，对现代化建设中出现的新风尚新事物用杂文作深情的倡导和礼赞。例如，牧惠的《农民买信息》热情歌颂了农民买信息这一改革开放年代中的新事物，“农民买信息，说明改革使农民精神变了”，他们有了经济的自主权，也就有了观念和生活策略的新的飞跃，《欢迎“核对”》称赞了四医大的教育工作者经得起学生们的“核对”，《杨在葆不愧是好汉》充分肯定了杨在葆在外国人面前维护中国人的尊严和人格的行为，《十把雨伞的启示》赞美了三明市待业青年开办的四海回味饮食店的动人事迹；余心言的《春节进城的“川妹子”》充满了对下层劳动者朴素而又坚实的创业精神的礼赞，《拾金不昧的机会》则由衷地为出租车标兵的高尚的服务理念点赞，等等。这些现代化建设年代里的新事物，一经杂文家的肯定，常常获得了新的意义。例如，拾金不昧在我们这个时代已经是常常发生的平凡事，但余心言却透过凡事发现了出租车司机的非凡：靠周到细致的服务不使乘客丢金、不给自己留下拾金不昧的机会，其心系乘客和淡泊名利的品格，已远远超越了拾金不昧的意义。于是，“于凯车队”被誉为服务行业的楷模。针砭时弊，固然需要对生活的发现；肯定和歌颂新生事物，同样需要对生活的发现。在这方面，牧惠和余心言虽然不是始作俑者，但却作了最好的实践。

但是，就主导倾向而言，新时期的杂文作家确实像巴金、邵燕祥、林放、蒋子龙那样，是以一种深邃的富于历史感的目光、急迫的心情和理性批判精神去注视整个商品经济大文化环境中的林林总总的，作家们执着地面对现实，评说着人间沧桑，特别不留情面地揭示和针砭与商品经济大潮同时俱来的不尽如人意抑或丑陋、污浊的精神缺憾，构成了新时期杂文的最精彩、最高昂、最积极、最有生气的部分。这与正力图摆脱旧传统和落后思想的樊篱、艰难地向现代化迈进的中华民族的精神需求，达到了完好的契合。这是杂文作家作为社会的良知、民族的智慧、人类精神文明的建设者的又一次生动体现。

第四节 “鲁迅风”与“新基调”：世纪理论话题的当代终结

新时期杂文的强烈的批判精神和针砭时弊的深度广度在杂文史上是空

前的，但仍然是以继承和发扬“鲁迅风”杂文传统为基点的，是“五四”以后百年杂文传统的“一脉天风”。但鲁迅的杂文从诞生的时候起，命运就是坎坷的，鲁迅生前的社会非议几乎与杂文在同一条道路上并行，有的反对论者甚至给杂文定了“种种罪状”，咒它速朽。鲁迅去世后，其杂文的巨大的社会价值和美学价值越来越被广大读者所认识、所爱戴，然而反对论者仍然不绝如缕，其中最复杂、最容易产生误导的不在于敌人的恶意攻击，而在于新文学阵营内部对它的曲解。从 1938 年产生于“孤岛”上海的“鲁迅风”论争、1942 年发生于延安的批判杂文作家的运动到新中国成立初期发生在上海的“复兴杂文”争论、再到“十七年”中杂文的几起几落，都有人以“过时论”为由反对提倡“鲁迅风”杂文。即是在“鲁迅风”杂文的拥护者那里，其倡导的理由也仅仅因为是“敌人”还存在，孔另境、唐弢、巴人等在“孤岛”上海的“鲁迅风”论争后发表的《我们对于“鲁迅风”杂文的意见》① 就说：“鲁迅的杂文的幽默讽刺风格，在现在，甚至于将来，只要社会的革命斗争继续存在，仍然有伟大的价值。在抗战的现阶段中，如果我们真有鲁迅的幽默讽刺风格来揭发敌人或汉奸的阴谋丑态，或打击那些对抗战幻灭动摇的分子，都是有益的，正确的。”

进入 20 世纪 80 年代以来，以刘甲同志为代表的“新基调”杂文论者更把反对“鲁迅风”杂文的主张成体系地理论化，他在 80 代中后期连续出版的《新时期杂文漫谈》《新基调杂文创作谈》和《新基调杂文浅探》三本书中，都强调要在“警惕和克服了”鲁迅杂文的“积习”和“消极影响”的基础上，创造一种适应时代需求的“新基调”杂文。这显然是面对新时期杂文的创作现状精心阐发的。这种理论一经面世，立即引起了杂文界和学术界的广泛关注，展开了深入的研讨。与以往不同的是，这些研讨②虽也有争议，但大都与刘甲背道而驰，其主导性的认识表现出惊人的一致：不仅完全否定了“新基调”对鲁迅杂文的偏见和误读，而

① 原载 1938 年 12 月 28 日《文汇报》（上海）。

② 先后发表的代表性的研究论文有：陈泽群《“鲁迅笔法”仍有用场》（《杂文界》1987 年第 1 期）；谢云《谈所谓杂文的“官民一致”原则》（《瞭望》1988 年第 44 期）；高起祥：《“新基调杂文”理论的失误》（《文论报》1988 年 11 月 5 日）；章明、老烈《新的〈桃花源记〉——读〈新基调杂文创作谈〉有感》（《羊城晚报》1989 年 1 月 26 日）；彭定安《评“新基调杂文”的基调》（《文艺争鸣》1989 年第 3 期）；姜振昌《“鲁迅风”与“新基调”——一个长期困扰杂文界的话题》（《文艺报》1996 年 11 月 29 日）。

且对鲁迅杂文的现实意义作了透辟的理解和阐释，使这一困扰了几乎整整一个世纪的理论话题从根本上得以解决并被全社会广泛认同。这些理论共识是：

第一，“新基调”论者是以全面否定鲁迅杂文的现实意义为支点的。刘甲同志说：“鲁迅式杂文是人民夺取民主权力的一种舆论手段，是争取民主的一种重要的战斗武器。而当夺得这种权力之后，鲁迅式杂文就完成了自己的历史使命，捍卫和发展这种权力的使命，就让位给同自己一脉相承的新一代的杂文——我们时代新基调的杂文了。”① 按照刘甲同志的说法，鲁迅的杂文仅仅是黑暗年代（1919—1949 年）中反对专制政府的作品，是对敌斗争的产物，当全国解放人民当家作主之后，它就不免橘生于淮北，水土不服了。事实果真是这样吗？众所周知，鲁迅从卷起《热风》的时候起，就把杂文当成了唤起民众、改造国民“劣根性”的思想利器。在豺狼当道、反动政权肆虐的情况下，鲁迅尽管一刻也没有忘记以杂文作“投枪”“匕首”与之展开斗争，但对民族精神状态的关注、对国民性的改造却无疑倾注了终身大部分精力和心血，正是因为这样，鲁迅说自己的杂文反映了“中国的大众的灵魂”。如果把鲁迅杂文作一个定量分析，就可发现，那些专为对敌斗争而写的篇什总共不到五分之一，就是在这些篇什中，鲁迅也不是用贴阶级标签的方式作出简单化的评判。例如《忽然想到（七）》在抨击封建校长杨荫榆之流“见了羊显凶兽相，见了凶兽显羊相”的卑劣特性时，不无沉痛地写道：“在黄金世界还未到来之前，人们恐怕总不免同时含有这两种性质……即使显着凶兽相，也还是卑怯的国民。”这就告诉我们，杨荫榆与大众之间既有一个文化体系下两个阶级的差异，更有文化心理上的内在统一性，鲁迅揭示的是整个民族所共有的一种精神现象。因此，简单地说鲁迅杂文是对敌斗争的产物，不免是依据它所产生的时代而轻率作出的主观臆断，是不符合实际的；同时，鲁迅杂文在开展“文明批评”和“社会批评”时，决不孤立地表象化地就事论事、浅尝辄止，它是带着从历史深处走来的沉重足音来关注人生中的林林总总的，或者说，它是从传统文化对现实的中国人的精神之养成的历史底蕴上来批评中国固有的“文明”，是从社会现象、政治现象、社会问题中深深隐藏着的中国人的劣根性来揭示和批评人生的病苦，并在否定过去的

① 刘甲：《新基调杂文创作谈》，长征出版社 1985 年版，第 111 页。

强烈批判中交织着眺望未来的热情追求。因之，鲁迅杂文包含着中国实现社会的进步，精神的文明，人的思想、道德、灵魂、风习的现代化等博大深邃的历史文化意识。它是与传统决裂和通向未来理想的一种独特文体。这怎么能是刘甲同志一句“夺取民主权力的一种舆论手段”所能概括得了的呢？在这个过程中，鲁迅从救国救民的基本立场出发，“像热烈地主张着所是一样，热烈地攻击着所非，像热烈地拥抱着所爱一样，更热烈地拥抱着所憎”，对于有害的事物，立即给予反响和抗争，为杂文作家树立了一种不朽的风范。可以断言，鲁迅杂文本身以及鲁迅的“杂文精神”，是中华民族不可多得的宝贵精神遗产，它在中华民族割离自己的精神疮瘤、实现觉醒解放以及走向现代化的漫长过程中是永远不会过时的，永远值得学习、继承、发扬光大。断定其艺术生命随国民党反动政治统治的结束而结束，这不是恶意的攻击，也是一种极为狭隘的偏见。可见，“新基调”杂文是在错误的支点上建立起自己的理论坐标的。

第二，由于认定了鲁迅杂文是专事抨击敌人、攻击敌人的武器，是旧时代“从官民绝对对立的立场出发，站在‘民’的一方反对官方”的作品。因而刘甲同志在对其现实意义作了勇敢的否定、大胆的扬弃的基础上，几乎是完全针锋相对地为杂文的发展确立了一系列关乎“方向”“道路”问题的原则。例如，强调“新基调”杂文必须在“歌颂性”方面下大气力。他认为，由于时代的变化所带来的“新事物的不断出现”，歌颂性杂文“必将日益扩展，其使命必将日见重要”。杂文可以而且应当歌颂，这是任何人都不会怀疑和否定的，鲁迅当年写下的《这样的战士》《最先与最后》《记念刘和珍君》等，都是以其热情歌颂而成为不朽的名篇的。然后由于杂文的因“感”而发、因“不平”而鸣的议论特质，批评性、批判性就必然成为其美学特征的主导方面，它用于歌颂远不如诗歌、小说、抒情散文、报告文学等来的得心应手，因而鲁迅历来主张杂文应该“对于中国的社会，文明，都毫无忌惮地加以批评”①，对于有害于新的旧物“则竭力加以排击”②；鲁迅又说，杂文“也照秽水，也看脓汁，

① 鲁迅：《华盖集·题记》，《鲁迅全集》第3卷，人民文学出版社1981年版，第4页。

② 鲁迅：《三闲集·我和〈语丝〉的始终》，《鲁迅全集》第4卷，人民文学出版社1981年版，第167页。

有时研究淋菌，有时解剖苍蝇”①，所做的大都是排解痼疾、针砭时弊的工作。这一传统在今天显得尤为重要，因为中国正处在历史的转型期，商品经济在给这个千年古国注入了强大活力的同时，也确实给文化、时尚、精神等带来了不少负面影响，整个社会已出现不同程度的观念畸变、道德失范、信仰迷茫、精神颓废等状况。这就迫切需要杂文家以健康积极的态度参与调理、整治，使杂文成为庸俗时尚和惰性文化圈的消解因素。邓小平同志曾大力号召要在意识形态领域“同各种妨碍四个现代化的思想习惯进行长期的、有效的斗争”②，这才是杂文的真正用场之所在。刘甲同志的主张未免不是削足适履。

“新基调”杂文的一条更重要（也是最主要）原则，是必须坚持“官民一致”。刘甲同志说：“持了单一的‘官’的立场，遇事都打顺风旗，为‘官’前驱的杂文，作起来自然容易，但却会失去广大读者；持了单一‘民’的立场，言‘官’必嬉笑怒骂，如十年内乱中的‘造反脾气’那样的杂文，也是容易作的，但却与实不符，于事无补，同样得不到广大读者的赞同。唯有坚持了官民一致的立场而又痛快淋漓、一针见血的杂文最受欢迎。”③ 这段结论是以这样一种推断为前提的：旧社会官民的关系是压迫与被压迫的关系，新社会人民当家作主，官是产生于民、服务于民的，同人民大众的根本利益相一致，因而杂文创作应当强调“官民一致”。这大致是不错的。既然如此，为什么又一再强调不能单一地站在“官”或“民”的立场上呢？难道二者又是对立、矛盾的吗？这种貌似混乱的逻辑，实际上掩藏着刘甲同志的一个十分良苦的用心，这就是：不能乱批评领导，而要尽可能地维护、服从甚至歌颂领导，同“官”保持一致，不是吗？他反复强调“对领导干部要加分析”，我们的领导，大多是“廉洁奉公的‘清官’”，是“勤勤恳恳为人民服务的‘忠仆’”，“我们的杂文，应该坚持同大多数的‘清官’、‘忠仆’完全一致的立场”。为此，他对持了单一的“民”的立场的杂文坚决不能容忍（虽然也轻描淡写地批评持了单一的“官”的立场的杂文）。例如，50 年代出现的一些给领导提意见的作品，就曾被他反复抨击，他说它们带有“鲁迅式杂文

① 鲁迅：《集外集拾遗补篇 · 做“杂文”也不易》，《鲁迅全集》第 8 卷，人民文学出版社 1981 年版，第 376 页。

② 《邓小平文选（1975—1982）》，人民出版社 1983 年版，第 181 页。

③ 刘甲：《新基调杂文浅探》，文化艺术出版社 1987 年版，第 21—22 页。

的基调的积习”，“产生了不良影响”，其中点名批评了徐懋庸。甚至断定这类作品是“造反派脾气”的产物。而对50年代末在浮夸风中一度兴起的带有极“左”倾向的歌颂性杂文却情有独钟，称这些作品已由鲁迅式杂文“完全过渡到了新基调杂文”，“显露了它的崭新的风貌”。刘甲同志还更严厉地批评了杂文创作中的“争取民主”，说这是错误的“糊涂观念”。凡此等等，不一而足，刘甲同志为“官”护驾、坚持“官本位”的意向，已经十分清楚了。众所周知，马克思主义历来强调相信群众，依靠群众，为世界上大多数人民谋利益，人民的利益是高于一切的，用毛泽东同志的话说就是“站在无产阶级和人民大众的立场”。这是唯一正确的立场，不应该、也不允许在此之外确立任何什么别的立场。正因为如此，我们确立的文学艺术的基本方针，就是“为人民服务，为社会主义服务”，这无疑也同样适用于杂文。事实上，鲁迅和鲁迅杂文精神的一种生动体现，就是做无产阶级和人民大众的忠实代言人。实践证明，凡是坚持了“民”的立场的杂文，不仅不会像刘甲同志所说会“遇到一切有觉悟的读者的应有的抵制”，而且一定会得到人民大众的竭诚欢迎，也一定会得到真正作为人民公仆的“官”的欢迎。如果二者发生冲突，错误的只能是后者。连孟子都说：“民为贵，社稷次之，君为轻。”在刘甲同志那里，又是“民”的立场，又是“官”的立场，又是“官民一致”的立场，所造成的不仅是逻辑上的混乱，而且是对二者关系的错位和颠倒。这就难怪广大杂文作者和读者对这种理论的不接受了，刘甲同志曾不无遗憾地断言：“多少年来”，能够坚持“官民一致”原则的杂文“极少”，而“鲁迅杂文和鲁迅式杂文结果确实进入了文苑，大放异彩”，刘甲为此而愤愤不平。然而这绝不是单凭任何个人的主观意志所能左右的，这是杂文发展的必然结果。

第三，“新基调”杂文虽然也承认“鲁迅笔法”在不少方面仍然可以再用，但更主张变化，形式上“不能简单地和鲁迅的一样”，怎样变呢？刘甲同志在主要方面作了规定：其一，要大声疾呼，而不应“隐晦曲折”。这种主张已由来已久，早在1938年阿英在“孤岛”上海开展的“鲁迅风杂文论争”中就坚持认为：以“迂回曲折”和悲凉气概为主要特征的“鲁迅风”杂文，是过去时代的产物，已经不能适应抗战的新形势，新的杂文应当“明快直接”；40年代初延安舆论界也有人持这样的观点。的确，在30年代发展成熟的鲁迅风杂文由于是特定历史条件下的产物，不少作品确实带有幽暗不明晦涩暧昧的特点。从这个意义上讲，主张“变”是有道理的。在中外文学史上，随着每个重大历史时期的嬗递，都常常伴随着艺术形式的演化或变革，尽管莎士比亚在今天的人们心目中仍然是无与伦比的伟大作家，但哪个剧作者还会热衷于他那种繁缛的、充满隐喻和双关的语言呢？同样，鲁迅杂文的某些格调，也难以完全适应已经变化了的生活气息、节奏、氛围等。但是，“隐晦”与“曲折”决不应是同一的概念。隐晦者，藏匿艰涩之谓也，而曲折则是指议论的不推理、不直呼其理和赤裸裸作结论，而是强调暗示、影响、启发。如果说，隐晦是指杂文风格而言，通常情况下是不足取的，那么曲折则是杂文形式的规律和特点了，后者尽管也多半是30年代政治压迫的产物，但它提供的契机无疑大大增强了议论文体的艺术表现力。历来文人总有“常恨言语浅，不如人意深”“物理易尽、人情难尽”之感，曲笔正长于表达人们内心的深曲之意和难言之情。同时，由于这种表达是委婉的、巧妙的，因而使作品产生了浓郁的含蓄效果，增加了读者的兴味，正好与恩格斯所说的“作者的见解愈隐蔽，对艺术作品来说就愈好”的艺术规律相契合。正因为如此，鲁迅当年不管是否为避过“文网”而故意将作品写得晦涩一些，都强调杂文造语“须曲折”，自己执拗地坚持“偏有爱说半截话的毛病”[①]，他给瞿秋白修改过的十几篇杂文，删去的都是过露的意思和言辞。当“孤岛”的“鲁迅风”杂文在遭到“不能明白如话”的责难的时候，作者采取的都是“只得由他去了”（周黎庵语）的我行我素的态度。可以断言，以“迂回曲折”为主要特征的“鲁迅风”杂文笔法，尽管可以在新时代有所变化，但至多也应当不过是五十步与一百步的差别。如果完全摈弃了它，要求杂文“大声疾呼”，处处直来直去、明白如话，无疑是对杂文艺术的根本性取消。其二，废除对于讽刺的“乱用”。刘甲同志断定：鲁迅杂文的讽刺“对于不同的对象是采用了不同的态度”的，然而又说：“鲁迅有没有用错了讽刺的地方呢？或者说有没有‘乱用’了讽刺呢？用不着讳言，那是有的”，这就是：“对同盟者和自己人，其讽刺也往往流于过于尖刻”，这样，作品就肯定会产生不良的社会效果。其原因除了斗争的“错综复杂”、环境的“异常黑暗”外，往往与作者的心态、动机有关，“那时正确处理人民内部矛盾的问题，尚未提到杂文创作的日

① 鲁迅：《两地书·二二》，《鲁迅全集》第11卷，人民文学出版社1981年版，第74页。

程上来，‘与人为善’的精神也尚未得到普遍提倡”。[①] 然而鲁迅却说：“讽刺作者虽然大抵为被讽刺者所憎恨，但他却常常是善意的，他的讽刺，在希望他们改善，并非要捺这一群到水底里。”[②] 鲁迅就正是这样，他讽刺以瞒和骗为主要精神特征的“浮肿病人”的《立此存照（三）》，讥弹为一点点犒赏，不但安于做奴才，而且还出钱去买做奴才权力的“堕民”的《我谈“堕民”》，讽喻一面尊孔，一面拜佛，今天信甲，明天信丁的“无特操”者的《运命》，有哪一篇不是为了改造落后陋劣的国民精神、提高国民的素质呢？难道鲁迅仅仅如刘甲所说只是囿于个人的“忧愤疾恨”才这样呕心沥血、不惮其艰苦执着地追求的吗？绝不是。他的“忧愤疾恨”完全是源于作家对我们民族的“哀其不幸、怒其不争”的激情，源于把个人的爱推向整个人间的博大的人道主义精神和强烈的向善的情怀。由此催发的讽刺通过对喜剧性事象的否定所表达的对批评对象的“丑”的蔑视，正是艺术家对美的热爱、追求的一种逆向表现形式，所谓“爱之愈深，恨之愈切”。刘甲同志对鲁迅的指责南辕北辙，与事实相去甚远。这并不能成为他反对“乱用”讽刺的依据。同时，讽刺也是鲁迅为增加杂文的机锋与“诗美”而采取的一种艺术手法。早在1924年“语丝派”组成时，鲁迅与周作人就已意识到：杂文由于面对的大都是生活中的“否定性”事象，属于喜剧类型，其审美功能主要应是讽刺和幽默。于是，在任意而谈、无所顾忌的基础上寓庄于谐、婉而多讽，便成为鲁迅及该派作家所共同追求的境界。这不仅能使作品在夸张中凸现“否定性”事象的本质特征，揭示其荒谬之处，在“笑”声中体现“美压倒丑的优势”，产生事半功倍的艺术效果，而且也可以让读者自己的精神境界在审美愉悦中获得升华。这确实如周作人所说能使“教训文字也富于诗的分子”。然而刘甲同志却对它处处设防，百般挑剔，显然也是怀有偏见的。当然，刘甲同志也声称自己并非一概反对讽刺，他更多强调的是“对于讽刺要慎用”、要废除“乱用”，因而主张一定要明确区别“几种不同的讽刺”。这想法是用心良苦的，但谁能为对“敌人”“同盟人”“自己人”的几种不同的讽刺设计出一个客观的标准、一个精微的分寸、一个确切的“度”呢？具体实行的结果，总是难免带有动辄得咎的危险。

① 刘甲：《新基调杂文浅探》，文化艺术出版社1987年版，第51—52页。

② 鲁迅：《且介亭杂文二集·什么是“讽刺”？》，《鲁迅全集》第6卷，人民文学出版社1981年版，第329页。

这实际上是为杂文的讽刺艺术平添了一道紧箍，增设了一道无法逾越的屏障，起到“废除”讽刺的真正作用。

第四，诚如刘甲同志所说：“鲁迅风”与“新基调”杂文确实“在许多重大原则问题上存在着思想分歧”，鲁迅所开创的抨击时弊、以人民的利益为出发点的传统被改变，而代之以“歌颂光明为主”“官民一致”等，这大概就是刘甲同志再三强调的两者在“基调”上的根本不同之处吧。同时，“鲁迅风”杂文的一些带有艺术规律的形式，也一层层像水滴一般被甩得干干净净，使杂文失却深刻的思想性、锐利的批判性所赖以支撑的丰富的艺术表现力。刘甲同志明确宣布：杂文虽有“接近文学”的地方，但根本上它还是属于一般议论文的。原来，鲁迅当年为使杂文摆脱一般论文的窠臼“侵入高尚的文学楼台”进行的辛勤探索，已被刘甲同志根本否定，刘甲是在完全相反的方向上作出自己的努力的，这就不难理解“新基调”杂文为什么连并不关乎“政治”方向的艺术形式也都不能容忍鲁迅的、必欲彻底洗净“鲁调”的“残痕”而后快了。照此说来，刘甲同志的全部努力，都是在否定鲁迅，千方百计地要将“鲁迅风”杂文逐出当今的文坛，进而由“新基调”杂文取而代之。这对杂文的复兴和发展以及中华民族的现代化建设有害而无益，显然是不言而喻的，新时期杂文的创作实践，也作了最好的回答。

附录

中国现当代杂文史事编年

（1918—2010）

1918年

4月15日　《新青年》第4卷第4期发表关于社会批评和文化批评的杂感，总题为《随感录》，刊有陈独秀3篇、陶孟和3篇、刘半农1篇。这是中国现代杂文创作的发端。至1921年10月1日第9卷第6期止，先后共发表陈独秀、鲁迅、刘半农、钱玄同、周作人、陶孟和、周佛海、陈望道等人所著杂文133篇，其中陈独秀最多（58篇），鲁迅次之（27篇）。

12月21日　李大钊、陈独秀创办的《每周评论》在北京创刊，1919年8月30日被北洋政府查封，共出37期。该刊从创刊号起就设立了"随感录"栏，主要撰稿人李大钊、鲁迅、陈独秀等。

1919年

4月27日　上海《时事新报》发表署名"记者"的《新教训》一文，攻击鲁迅在《新青年》发表的《随感录四十三》和《随感录四十六》。

5月1日　《新潮》第1卷第5号发表傅斯年的《随感录四》一文，对4月27日《时事新报》发表的《新教训》一文进行反驳。

6月11日　陈独秀在北平因散发传单（《北京市民宣言》）被军警逮捕，至9月获释。《新青年》因此而遭审查。

本月　《民国日报》（1916 年 1 月创刊于上海）综合性副刊《觉悟》创刊，从 1926 年元旦起，增设了“随感录”栏。该刊 1925 年年底为西山会议派把持，成为国民党右派的刊物。在这之前发表的杂文约 2000 篇，主要作者邵力子、施存统、陈望道、刘大白等。

10 月 5 日　《新青年》编委在胡适寓所举行会议，决定该刊自第 7 期起改轮流编辑制为陈独秀一人编辑。

10 月 25 日　《国民公报》（1909 年创刊于北京）因刊登揭露段祺瑞政府的文字被禁停刊。该报“五四”前后曾辟有专登杂文的“寸铁”栏。主编徐佛苏。

1920 年

1 月 1 日　陈独秀在《新青年》第 7 卷第 2 期一次发表“随感录”10 篇（七十四——八十三）。

6 月 1 日　《新潮》月刊第 2 卷第 5 期刊登鲁迅翻译的德国哲学家尼采的杂文《察拉图斯忒拉的序言》。

1921 年

2 月　《新青年》第 8 卷第 6 期发排的稿件被法租界巡捕房全部没收，后（4 月 1 日）改在广州出版，本期刊发陈望道“随感录”3 篇。

5 月　文学研究会机关刊物《文学旬刊》在上海创刊，郑振铎主编。后曾一度改名为《文学》（周刊）、《文学周报》。1929 年 6 月停刊，前后约出 400 期。该刊长期辟有专登杂文的“感想”“杂感”“小品”“冥想文”等栏目，主要作者大都系文学研究会成员。

6 月 8 日　周作人在《晨报》发表论文《美文》。

10 月 12 日　北京《晨报副镌》出刊，孙伏园编辑，辟有专登杂文的“杂感”“杂谈”“开心话”“浪漫谈”等栏目。1925 年 10 月起由现代评论派成员徐志摩编辑。1928 年停刊。

10 月 22 日　《晨报副镌》刊登鲁迅译日本作家中根弘的杂文《盲诗人最近的踪迹》及《译者识》。

1922 年

5 月 14 日　《晨报副镌》刊登鲁迅译日本作家江口涣的杂文《忆爱罗先珂华希理君》和鲁迅为此而写的“附记”。

11 月　《独秀文存》由上海亚东图书馆出版，其中收“随感录”160 篇。

1923 年

1 月 16 日　《晨报副镌》刊登鲁迅译俄罗斯盲诗人爱罗先珂的杂文《观北京大学学生演剧和燕京女校学生演剧的记》。

4 月 5 日　《晨报副镌》发表孙伏园的文章《杂感第一集》，肯定杂文是该副刊上“入人最深”的文字，有“永久保存的价值”。

7 月 15 日　周作人在《晨报副镌》发表评介日本与谢野晶子的随感集的文章《〈爱的创作〉》。

9 月　周作人杂文小品集《自己的园地》由上海北新书局出版，收 1922 年 1 月至 1926 年 8 月作品 46 篇。

10 月 9 日　《晨报副镌》发表汤钟瑶的文章《读了“自己的园地”》。

本月　中国共青团机关刊物《中国青年》在上海创刊。该刊经常刊登谈论青年关心的恋爱、家庭、思想、文化、文学等问题的杂文，主要作者邓中夏、萧楚女、恽代英等。1927 年至 1932 年因形势险恶曾先后改用《无产青年》《列宁青年》等名在上海秘密出版。

1924 年

2 月 21 日　王统照长篇论文《散文的分类》开始在《晨报副镌》连载，至 3 月 1 日载完。

11 月 17 日　语丝社在北京成立，并创办《语丝》周刊。该刊是以发表杂文为主的文艺刊物。1927 年被奉系军阀张作霖查禁。随后移至上海续刊。1930 年 3 月出至第 5 卷第 52 期停刊（共 260 期）。

本月　叶绍钧、俞平伯合著散文杂文集《剑鞘》（霜枫之四）由上海霜枫社出版，共收作品21篇，其中叶绍钧12篇，俞平伯9篇。

12月5日　孙伏园编辑的《京报》副刊创刊，经常刊登杂文。1926年4月24日被奉系军阀张作霖查封。

本月　鲁迅翻译荷兰Multatuli的杂文两篇：《高尚生活》（载12月7日《京报副刊》）和《无礼与非礼》（载12月16日《京报副刊》）；《现代评论》周刊在北京创刊，1927年7月移至上海出版，至1928年12月停刊。该刊主要发表评论和杂文，其中杂文专栏“闲话”曾产生过较大影响，主要作者陈西滢、高一涵等。

1925年

1月21日　《京报副刊》发表周振禹的文章《读鲁迅先生的〈忽然想到〉》。

2月9日　《语丝》第13期发表周作人译《蔼理斯感想录抄》。

3月6日　《猛进》周刊在北京创刊，徐炳昶主编，次年3月19日出至第53期停刊。该刊以刊登政论和杂文为主。

本月　北新书局在北京成立，李小峰任经理。1927年4月因受到军阀政府迫害移至上海。该社曾出版《语丝》《北新》等以刊登杂文为主的刊物以及鲁迅、周作人、刘半农等人的多种杂文集。

4月24日　鲁迅与文学青年韦素园等人发起组织文学团体“莽原社”，并出版文艺刊物《莽原》。该刊以刊登“文明批评和社会批评”的杂文为主。1927年12月出至第4卷第48期停刊。主要撰稿人鲁迅、韦素园、高长虹、向培良、李霁野、台静农等；向培良在《莽原》第1期开始发表总题为《槟榔集》的杂文，后又分别在第5期、第29期和第30期连载，共6则；徐炳昶在《猛进》第8期发表《通讯》一文，说鲁迅杂文“把我们国民的丑德都暴露出来了”。

6月1日　《旭光》旬刊第4期刊登鲁迅译日本作家长谷川如是闲的杂文《圣野猪》。

6月4日　《热血日报》在上海创刊，本月27日终刊，瞿秋白主编。该刊辟有专登杂文的“小言”栏。

本月　谭正璧编《中国文学史大纲》一书由上海光明书局出版，书中高度评价了“五四”以来的杂文。

8月31日　《语丝》第42期发表岂明（周作人）译英国作家哈利孙的杂文《论鬼脸》。

9月　周作人译杂文诗歌集《陀螺》由北京新潮社出版，共收译文280篇。其中希腊34篇，日本176篇，其他各国70篇。

10月11日　《生活周刊》在上海创刊，中华职业教育社主办。1926年10月起改由邹韬奋主编，1933年脱离该社独立出版，同年12月出满8卷后被国民党查禁。该刊大量刊登杂文，其中邹韬奋在“小言论”栏发表的杂文影响尤大。

11月3日　鲁迅杂文集《热风》由北新书局出版，收作品41篇。

11月18日　伏园在《京报副刊》发表《读〈热风〉》，称鲁迅杂文“斤两太重，感人太深”。

12月　鲁迅译日本作家厨川白村谈文艺问题的杂文随笔集《出了象牙之塔》由北新书局出版，收作品10题40篇；周作人杂文小品集《雨天的书》由上海北新书局出版，收作品50篇，附录1篇。

本年内　《语丝》曾发表一系列文章讨论《语丝》杂文“文体”。此外，《京报副刊》（1月12日）也刊登了尚情凡《〈语丝〉的作风》一文，评论了《语丝》文体的风格。

1926年

1月30日　陈源（西滢）在《晨报副刊》发表《闲话的闲话之闲话引出来的几封信》，说鲁迅没有一篇杂文里不放“几支冷箭儿”。

3月　《小说月报》第17卷第3期发表胡梦华的论文《絮语散文》；“三一八”惨案后，鲁迅被北洋军阀通缉。为避难，鲁迅辗转于山本医院、德国医院、法国医院等，至5月回寓。

4月17日　陈西滢在《现代评论》第3卷第71期发表《闲话》，说鲁迅杂文“实在没有一读之价值”。

6月　鲁迅杂文集《华盖集》由北京北新书局出版，收1925年作品31篇。

本月徐志摩杂文散文集《落叶》由上海北新书局出版，收作品8篇。

7月1日　《世界日报·副刊》创刊，至1927年1月刘半农任主编的这一时期内，曾发表大量杂文。

本月　综合性杂志《北新》由上海北新书局出版，1930 年 12 月出至第 4 卷第 24 期停刊。该刊始终以一定篇幅刊登杂文。

8 月 21 日　涵庐（高一涵）在《现代评论》第 4 卷第 89 期发表《闲话》，攻击杂文是带着“流氓气”的“揭黑幕攻阴私的文字”。鲁迅在《华盖集·厦门通信（二）》中曾予以讥评。

10 月 7 日　天津《庸报》开始刊登未署名书评《热风》，8 日登完。

本月　林培庐杂文随笔集《耒臿集》自刊出版（北京海音书局代为发行），收作品 19 篇。

11 月 5 日　《一般》第 1 卷第 3 号发表明石的书评《雨天的书》。

本年内　鲁迅翻译杂文 3 篇：日本作家长谷川如是闲的《岁首》（载 1 月 7 日《国民新报副刊》）、日本作家有岛武郎的《小儿的睡相》（载 6 月 25 日《莽原》第 12 期）、俄国作家阿尔志跋绥夫的《巴什庚之死》（载 9 月 10 日《莽原》第 17 期）。

1927 年

2 月　高长虹杂文集《光与热》由上海开明书店出版，收作品 90 篇。

3 月　鲁迅杂文集《坟》由北京未名社出版，收 1907 年至 1925 年间作品 23 篇。

4 月 6 日　李大钊在北京被奉系军阀张作霖逮捕，28 日遇害。

5 月　鲁迅杂文集《华盖集续编》由北京北新书局出版，收作品 32 篇。

6 月　孙福熙杂文小品集《北京乎!》由上海开明书店出版，收作品 36 篇。

7 月　《语丝》第 141 期发表荣甫、世明的杂文《吴公如何?》，指斥吴稚晖的提议清党。《语丝》因此在南方曾一度被扣留。

9 月　周作人杂文小品集《泽泻集》由上海北新书局出版，收作品 21 篇。

10 月　奉系军阀张作霖查封北京北新书局，查禁《语丝》，该刊自 155 期移至上海出版；秋郎（梁实秋）杂文集《骂人的艺术》由上海新月书店出版，收作品 47 篇。

11 月 10 日　《小说月报》第 18 卷第 11 期发表方璧（茅盾）的《鲁迅论》一文，其中指出了鲁迅小说和杂文相互补充的关系。

12 月 24 日　《语丝》第 4 卷第 2 期刊登鲁迅译苏联作家毕勒涅克的杂文《信州杂记》。

本月　周作人杂文小品集《谈龙集》由上海北新书局出版，收作品 42 篇，译文 2 篇。

本年内　梁得所杂文集《若草》由上海良友图书印刷公司出版，收作品 35 篇。

1928 年

1 月　徐志摩杂文散文集《自剖》由上海新月书店出版，收作品 24 篇；周作人杂文小品集《谈虎集》（上）由上海北新书局出版，收作品 76 篇；《语丝》第 4 卷第 7 期发表冬芬的文章《读〈谈虎集〉》。

2 月　周作人杂文小品集《谈虎集》（下）由上海北新书局出版，收 1919 年至 1927 年间作品 56 篇。

3 月 1 日　《太阳月刊》3 月号发表钱杏邨的《死去了的阿 Q 时代》，否定鲁迅杂文的价值。

本月　陈西滢杂文集《西滢闲话》由新月书店出版，收作品 78 篇；刘冠悟编杂文集《碎锦》由上海革新书店出版，收妩聊、厥农等 10 家作品 104 篇；江绍原杂文杂著集《发须爪》由上海开明书店出版，收作品 10 篇。周作人作“序”；新月社主办的综合性月刊《新月》在上海创刊，1933 年 6 月停刊。该刊以一定篇幅（如《零星》栏，梁实秋为主笔）刊登杂文。

4 月 2 日　《语丝》第 4 卷第 14 期发表侍桁译日本作家北村透谷的杂文《厌世诗人与女性》。

4 月 10 日　鲁迅在一天之内写了《扁》《路》《头》《通信》《太平歌诀》《铲共大观》6 篇杂文。

本月　傅彦长杂文集《十六年之杂碎》由上海金屋书店出版，收作品 14 篇。

5 月 14 日　《南开双周》第 5 期发表王聿修的文章《读了〈论“费厄泼赖”应该缓行〉以后》。

5月15日 《戈壁》半月刊（上海）第2期刊登黑木的文章《鲁迅骂人的策略》，攻击鲁迅杂文。

本月 日本作家鹤见祐辅的杂文集《思想·山水·人物》由上海北新书局出版，鲁迅翻译并作《题记》，共收作品20篇，其中12篇在结集前曾分别发表于《北新》周刊、《北新》半月刊、《语丝》周刊等。

6月1日 厉厂樵杂文集《拉矢吃饭及其他》由上海现代书局出版，收作品40篇。

7月23日 《语丝》第4卷第30期发表冯珧（徐诗荃）的杂文《谈谈复旦大学》。该文是通过鲁迅发表的，引起该校出身的国民党浙江省党部委员许绍棣不满，是为该党部1930年呈请通缉鲁迅的原因之一。

本月 高长虹杂文集《走到出版界》由上海泰东书局出版，收作品140多篇。

8月 俞平伯杂文杂著集《杂拌儿》由上海开明书店出版，收作品32篇。

9月20日 夫凡（王世颖）杂文集《化外的文学》由上海现代书局出版，收作品57篇。

本月 《创造月刊》第2卷第2期刊登克兴《驳甘人的"拉杂一篇"》，对杂文大加攻击；芳草杂文集《苦酒集》由上海北新书局出版，收作品32篇。

10月10日 《新月》第1卷第8期发表梁实秋《论散文》一文，其中攻击杂文的"嬉笑怒骂"。

本月 金满成杂文集《鬼的谈话》由上海民众日报民间丛书出版部出版，收作品75篇；鲁迅杂文集《而已集》由上海北新书局出版，收1927年作品29篇。

11月 阿英杂文杂著集《麦穗集》由上海落叶书店出版，收1928年作品20篇。

12月20日 高长虹杂文诗歌集《从荒岛到莽原》由上海光华书局出版，收作品57篇。

本月 林语堂杂文集《翦拂集》由上海北新书局出版，收1924年至1926年间作品28篇。

本年内 鲁迅翻译杂文3篇：苏联作家尼可莱·叶夫里耶夫的《生活的演剧化》（载7月20日《奔流》第1卷第2期）、日本作家藏原惟人的《访革命后的托尔斯泰故乡记》（载 12 月 30 日《奔流》第 1 卷第 7 期）、法国作家让·科克多的《〈雄鸡和杂馔〉抄》（载 12 月 27 日及 1929 年 1 月 10 日《朝花》第 4、6 期）。

《文学周报》第 345 期发表朱自清的长篇论文《论现代中国的小品散文》；第 349 期发表钟敬文的论文《谈谈小品文》。

1929 年

1 月 19 日　梁启超在北京病故。

3 月　唐钺杂文集《中国史的一页》由上海商务印书馆出版，收作品 21 篇。

4 月　陈大慈杂文集《古玩》由上海良友图书印刷公司出版，收作品 29 题 33 篇；谢六逸杂文集《水沫集》由上海世界书局出版。

5 月　卢剑波杂文随笔集《有刺的蔷薇》由上海光华书局出版，收作品 34 篇；谢六逸译《近代日本小品文选》由上海大江书铺刊行；周作人杂文小品集《永日集》由北京北新书局出版，收 1924 年至 1928 年间作品 40 篇。

6 月　衣萍语录体杂文集《枕上随笔》由上海北新书局出版，各篇无标题；衣萍杂文集《古庙集》由上海北新书局出版，收作品 29 篇；章衣萍、朱溪译《契诃夫随笔》由上海北新书局出版。

7 月　梁实秋在《新月》月刊第 2 卷第 5 号发表《论批评的态度》一文，提倡写“‘严正’的批评”文字，贬损“幽默而讽刺”的杂文。

8 月　刘大白杂文集《白屋文话》由上海世界书局出版，收作品 18 篇，附录 4 篇；章克标杂文集《风凉话》由上海开明书店出版，收作品 27 篇。

9 月 30 日　谭正璧著《中国文学进化史》由上海光明书局出版，高度评价了鲁迅和周作人的杂文。

10 月　梁实秋在《新月》第 2 卷第 8 期发表攻击杂文的《“不满于现状”，便怎样呢?》一文。鲁迅在《“好政府主义”》《论俗人应避雅人》等文中予以反驳；刘薰宇杂文集《苦笑》由上海开明书店出版，收作品 117 篇。

11 月　梁得所杂文随笔集《得所随笔》由上海良友图书印刷公司出

版，收作品 40 篇。

12 月　章衣萍杂文随笔集《窗下随笔》由上海北新书局出版，收作品 100 篇。

本年内　鲁迅翻译杂文 3 篇：西班牙作家巴罗哈的《面包店时代》（载 4 月 25 日《朝花》第 17 期）和《VI · G 理定自传》（载 12 月 20 日《奔流》第 2 卷第 5 期）、俄国作家确木努易的《青湖记游》（同上）。

谢六逸选译的《近代日本小品文选》由上海大江书铺出版。

1930 年

1 月 1 日　鲁迅主编的《萌芽》月刊在上海创刊，专辟“社会杂观”栏登载杂文。1930 年 5 月出至第 5 期被国民党政府查禁。后出 1 期《新地月刊》。

2 月　《萌芽》月刊发表鲁迅的文章《我和〈语丝〉的始终》。

3 月　国民党浙江省党部呈请南京政府下达通缉“堕落文人鲁迅等”的密令，鲁迅于 19 日避居内山完造家，至 4 月 19 日才回寓。

4 月　沈玄庐杂文杂著集《玄庐文存》由上海民知书局出版，收作品 87 篇；《小品文选》由北新书局出版，梁遇春作“序”，其中论述了小品文同刊物之间“相依为命”的关系。

5 月 1 日　成文英（冯雪峰）在《萌芽》月刊第 1 卷第 5 期发表论文《讽刺文学与社会改革》。

5 月 12 日　文艺周刊《骆驼草》在北京创刊，本年 10 月出至第 26 期停刊。周作人主持，废名负责实际编务，主要发表散文、杂文。主要作者周作人、俞平伯、徐祖正、冯文炳、梁遇春、徐玉诺等。

5 月 15 日　《民言日报》发表次丰的文章《鲁迅周作人之文艺的时代价值》（上），22 日续登（下）。

本月　朋其（黄鹏基）杂文集《刺的文学》由上海光华书局出版，收作品 18 篇；日本学者儿岛献吉郎著、胡行之译《中国文学概论》一书由北新书局出版，其中“散文小品”一节详述了当时“盛行”的杂文。

7 月　安世杂文集《海上闲话》由上海北新书局出版，收作品 31 篇，章衣萍作“序”；杜格灵杂文集《秋之草纸》由广州金鹊书店出版，收作品 17 篇。

12月　黄白虹编杂文集《虹集》由上海求知社出版，收作品103篇。

1931年

1月　丰子恺散文杂文集《缘缘堂随笔》由上海开明书店出版，收作品20篇。

2月1日　韩起杂文集《沉痛的曝露》由南京提拔书店出版，收作品22篇。

本月　周作人论文杂文集《艺术与生活》由上海群益出版社出版，收1918年至1925年间作品21篇。

4月　贸祖璋杂文集《鸟与文学》由开明书店出版，收作品20篇。夏丏尊作“序”。

6月　郭沫若杂文小说集《桌子的跳舞》由上海仙岛书店出版，收作品10篇。

7月　张申府（崧年）杂文随笔集《所思》由神州国光社出版，收作品16题180篇。

8月5日　《文学导报》第1卷第2期刊登鲁迅译德国作家路特威锡·棱的杂文《世界无产阶级革命作家对于中国白色恐怖及帝国主义的抗议》。

本月　曹聚仁编辑的文艺周刊《涛声》在上海创刊，1933年11月停刊，共出82期。该刊主要刊登杂文。主要作者曹聚仁、陈子展、李䲠以及鲁迅、陶行知等。

9月1日　张若谷在《新时代》第2号发表论文《鲁迅的〈华盖集〉》。

9月20日　左联机关刊物《北斗》文艺月刊在上海创刊，姚蓬子、沈起予协助丁玲编辑，1932年7月出至第2卷第3、4期合刊停刊，共出8期7本。该刊以一定篇幅发表杂文，瞿秋白和鲁迅是主要作者。

本月　国民党反动当局以“宣传共产主义”“言论反动”等为由查禁书刊（包括杂文书刊）228种。被禁书目刊于同年国民党长沙市党务整理委员会编印的《工作报告书》；叶绍钧杂文小说集《脚步集》由新中国书局出版，共收作品12篇，其中杂文10篇。

10月　韬奋杂文集《小言论第一集》由上海生活周刊社出版，收

1928 年至 1931 年间作品 132 篇；谢六逸杂文随笔集《茶话集》由新中国书局出版，收作品 21 篇。

12 月 11 日　以发表杂文为主的“左联”机关报《十字街头》创刊于上海，鲁迅、冯雪峰等编辑，初为半月刊，第 3 期（1932 年 1 月 5 日）改为十日刊，改版后即被国民党政府当局查禁。

本月　马国亮杂文集《生活之味精》由上海良友图书印刷公司出版，收作品 5 篇。

1932 年

1 月　李素伯著《小品文研究》由上海新中国书局出版。

3 月　《青年界》第 2 卷第 2 期发表陈子展的文章《丰子恺的〈缘缘堂随笔〉》。

4 月 30 日　陶行知杂文集《斋夫自由谈》由上海申报馆出版，收 1931 年至 1932 年间作品 104 篇。

本月　胡云翼作《新著中国文学史》由北新书局出版，其中第 28 章高度评价了“小品散文”（包括杂文）的创作成就。

5 月　陈学昭杂文论文集《败絮集》由上海大东书局出版，收作品 13 篇；《现代》文艺月刊在上海创刊，施蛰存、杜衡等编辑，1935 年 5 月出至第 6 卷第 4 期停刊。该刊长期辟有杂文专栏。

8 月　天庐杂文集《逍遥阁随笔》由上海开明书店出版。卷一为语录体，各篇无标题；卷二和卷三共收 58 篇；《周作人散文钞》（章锡琛编）由上海开明书店出版，共收散文、杂文 30 篇。

9 月　鲁迅杂文集《三闲集》由上海北新书局出版，收 1927 年至 1929 年间作品 35 篇。不久即被国民党政府查禁；小品文半月刊《论语》在上海创刊，林语堂主编，1937 年 8 月停刊，共出 117 期。主要作者林语堂、周作人、邵洵美、章克标等。

10 月　鲁迅杂文集《二心集》由上海合众书店出版，收 1930 年至 1931 年间作品 38 篇。不久即被国民党政府查禁；王捷三杂文集《瑟歌集》由上海南京书店出版，收作品 25 题 33 篇；周作人杂文集《看云集》由上海开明书店出版，收 1929 年至 1931 年间作品 22 题 39 篇。

11 月 1 日　《心声》第 2 卷第 2 期发表厉厂樵的文章《鲁迅的〈三闲

集〉》。

12月1日　黎烈文从鸳鸯蝴蝶派手中接编《申报》副刊《自由谈》。1934年5月9日黎烈文辞职，由张梓生接编。1935年1月31日停刊，1938年10月10日复刊，由王任叔、朝山源、黄嘉音先后任主编。1949年5月上海解放时停刊。从1932年12月至1941年12月间，《自由谈》以主要篇幅刊登杂文，主要作者鲁迅、茅盾、瞿秋白、唐弢、徐懋庸、陶行知、徐诗荃、周木斋、陈子展、曹聚仁、柯灵、王任叔等。

12月3日　天津《益世报》刊登梁实秋的文章《鲁迅的新著》。

12月10日　《读书月刊》第2卷第3期发表国立北平图书馆的书评《看云集》。

1933年

1月25日　《申报·自由谈》刊登黎烈文缅怀亡妻的文章《写给一个在另一世界的人》，记叙了自己因忙于《自由谈》编务耽误了照料亡妻。

本月　韬奋杂文集《小言论第二集》由上海生活书店出版，收1931年至1932年间作品139篇。

2月2日　上海《现代文化》月刊第1卷第2期刊登荷甲、方萌、郭冰、丘东平合写的文章《对鲁迅先生的〈辱骂和恐吓决不是战斗〉有言》，批评鲁迅。

2月20日　王平陵在《武汉日报》的《文艺周刊》发表《“最通的”文艺》，贬斥鲁迅杂文的“曲笔”。鲁迅于7月19日写下《官话而已》，予以反驳。

2月25日　《涛声》第2卷第7期发表傅奕的文章《〈语丝〉与〈现代评论〉》。

本月　韬奋杂文集《小言论第三集》由上海生活书店出版，收1932年年底至1933年年初发表于《生活周刊》的作品56篇；俞平伯杂文杂著集《杂拌儿之二》由上海开明书店出版，收作品46篇；章衣萍语录体杂文集《随笔三种》由上海神州国光社出版，内收《枕上随笔》《窗下随笔》《风中随笔》。

3月3日　张若谷在《大晚报》发表《拥护》一文，说鲁迅杂文是“不敢负言论责任的文体”。

本月　冯三昧著《小品文研究》一书由上海世界书局出版；周作人杂文杂著集《知堂文集》由天马书店出版，收作者早期作品 44 篇；鲁迅在日本《改造》杂志 4 月号用日文发表杂文《看萧和“看萧的人们”记》；叶灵凤杂文随笔集《灵风小品集》由上海现代书局出版，收作品 63 篇。

5 月 15 日　曹聚仁在《自由谈》发表杂文《生背痈的人》。汪精卫认为此文讽刺自己，电令上海市市长撤销《自由谈》编者的职务。后经曹聚仁自己出面调停，才不了了之；予且（潘序祖）杂文集《饭后谈话》由上海良友图书印刷公司出版，收作品 11 篇。

5 月 25 日　《自由谈》刊出《编辑室启事》，吁请海内文豪“多谈风月，少发牢骚”。从此《自由谈》杂文进入“谈风月”时期。

本月　应修人在上海租界遭国民党当局杀害；章克标杂文集《文坛登龙术》由绿杨堂出版，收作品 60 余篇；杂文集《辣椒与橄榄》由上海四社出版部出版，收黄震遐、张若谷等 12 作者作品 28 篇。

6 月 10 日　《北国月刊》第 2 卷第 9 期刊登署名“凡”的书评《二心集》。

6 月 11 日　《大晚报 · 火炬》发表法鲁的《到底要不要自由》一文，对用“弯弯曲曲”笔法的杂文作者进行攻击。

6 月 18 日　杨杏佛被国民党蓝衣社暗杀。

本月　王孟宾等著杂文集《悬想》由上海生活书店出版，收作品 71 篇。

7 月　《鲁迅杂感选集》由上海青光书局出版，收 1918 年至 1932 年间作品 74 篇，瞿秋白编选并作“序言”；《茅盾散文集》由上海天马书店出版，共收杂文、杂记 45 篇；梅僧在天津《益世报 · 文学周刊》第 31 期发表《鲁迅与 H. L. Mencken》，比较论析鲁迅与曼肯（即门肯）的杂文创作；综合性文学月刊《文学》在上海创刊，1937 年 11 月停刊，先后由郑振铎、傅东华、王统照编辑。该刊辟有专登杂文的“社谈”“散文随笔”“杂记杂文”等栏。

8 月 1 日　许啸天杂文集《呢喃集》由群学社出版，收作品 111 篇。

8 月 14 日　《华北日报》（北平）开始刊登叶宜的书评《鲁如杂感选集》，至 15 日登完。

本月　鲁迅先后作《论语一年》（23 日）、《小品文的危机》（27

日）、《帮闲法发隐》（28日）等文，分析了小品文发展的历史和现状，批评了林语堂等提倡的幽默、闲适格调的小品文；郁达夫杂文集《断残集》（《达夫全集》第7卷）由上海北新书局出版，收作品42篇。后被国民党当局以“欠妥”为名查禁。

9月1日 邵冠华在《新时代》第5卷第3期发表《鲁迅的狂吠》，攻击鲁迅杂文。

本月 陈光垚杂文集《放言集》由上海启明学社出版，收作品35篇，刘半农作“序”。他的另两部杂文集《独行集》（收作品31篇）、《灯蛾集》（收作品44篇）亦由上海启明学社出版；王哲甫著《中国新文学运动史》在北京自印出版，其中高度评价了“五四”以来以鲁迅和周作人为代表的杂文创作成就；《子恺小品集》由上海开华书局出版，收作品8篇。

10月16日 姚克致鲁迅信，误将徐懋庸杂文《南行》当作鲁迅的作品。

本月 鲁迅杂文集《伪自由书》由上海北新书局以青光书局名义出版，收本年1月至5月作品43篇。

11月16日 《中央日报》的《中央公园》发表鸣春的文章《文坛与擂台》，攻击鲁迅杂文。

11月22日 陈代（林徽音）在上海《时事新报·青光》发表《略论放暗箭》一文，把唐弢的杂文《新脸谱》当作鲁迅的作品加以讨伐。

本月 黄天庐杂文集《黄粱集》由上海光华书局出版，收作品57篇；马彦祥杂文集《彦祥漫谈》（甲集）由天津语林丛书出版部出版，收作品90篇；邹韬奋杂文集《韬奋漫笔》由上海生活书店出版，收1928年至1933年间作品51篇。后被国民党当局以“诋毁政府”名义查禁。

12月 冷观（故政之）、徒然（陶亢德）合著杂文集《望远镜与显微镜》由上海生活书店出版，共收作品83篇。

本年内 各报刊发表评《伪自由书》的文章：及辰《〈伪自由书〉读后感》（10月27日《益世报》），李儵《读〈伪自由书〉》（《涛声》2卷41期），莘《读〈伪自由书〉书后》（《社会新闻》5卷13期），罗曼《关于鲁迅的〈伪自由书〉》（《新垒》1卷7期），需人《读〈伪自由书〉》（《河南民国日报》11月17日至18日），曾今可《“鲁迅的狂吠”与〈伪自由书〉》（《新时代月刊》5卷6期）。

瞿秋白在上海与鲁迅合写杂文 14 篇，分别是：《王道诗话》（3 月 5 日）、《伸冤》（3 月 7 日）、《曲的解放》（3 月 9 日）、《迎头经》（3 月 14 日）、《出卖灵魂的秘诀》（3 月 22 日）、《最艺术的国家》（3 月 30 日）、《关于女人》（4 月 11 日）、《真假堂·吉诃德》（4 月 11 日）、《内外》（4 月 11 日）、《透底》（4 月 11 日）、《大观园的人才》（4 月 24 日）、《中国文与中国人》（10 月 25 日）以及《〈子夜〉和国货年》《儿时》。这些杂文大都是二人交换意见后，由瞿秋白执笔写成、鲁迅修改后以鲁迅使用过的笔名分寄刊物发表，后又将这些作品（除去最后两篇）分别收入鲁迅的杂文集《南腔北调集》《伪自由书》和《准风月谈》。

1934 年

1 月 1 日　鲁迅用日文在日本《朝日新闻》发表杂文《上海所感》。

本月　范祎杂文集《老学蜕语》由青年协会书局出版，收作品 60 题 65 篇。

2 月 1 日　上海市公安局派警察至太和坊合众书局，当场查抄鲁迅的《二心集》千余册。

本月　国民党上海市党部奉中央党部电令，查禁书籍 149 种，其中包括鲁迅杂文集《而已集》《三闲集》《伪自由书》《二心集》。后经“中国出版人联合会”请愿，《而已集》和《三闲集》方被作为“暂缓执行查禁之书目即仍得继续发售者”；茅盾杂文集《话匣子》由上海良友图书印刷公司出版，收作品 44 篇。

3 月 23 日　杨邨人在《时事新报·学灯》发表杂文《海派罪状的揭发》，将徐诗荃以“古明”为笔名发表的杂文《再论京派、海派及其他》当作鲁迅的作品进行讨伐。

本月　鲁迅应约在日本《改造》月刊用日文发表杂文《火》《王道》《监狱》。《人言》杂志随即擅自改译发表了《谈监狱》，并加“编者注”（章克标作），以鲁迅“逃避军事裁判”暗示当局；鲁迅杂文集《南腔北调集》由上海同文书店出版，收作品 50 篇。本年 5 月被国民党当局以“攻击党政当局”为名查禁；俞子夷杂文集《园丁野话》由上海儿童书局出版，收作品 47 篇。

4 月 5 日　小品文半月刊《人间世》在上海创刊，林语堂主编，1935

年12月20日出至42期停刊。主要作者林语堂、陶亢德、徐訏、周作人等。

4月11日　《中华日报》副刊之一《动向》在上海创刊，聂绀弩主编，所登作品多系杂文，本年12月18日停刊。

本月　《老舍幽默诗文集》由上海时代图书公司出版，收杂文25篇，诗10篇；《矛盾月刊》第4期发表章克标的文章《论随笔小品之类》。

5月5日　经鲁迅推荐，徐诗荃在《人间世》第3期开始发表总题为《泥沙杂拾》的杂文，后分别在4、5、6期连载，共19则。

本月　杜衡（苏汶）在《现代》第5卷第1期发表《谈文人的假名》；顾震白杂文集《革心论集》由上海生活书店出版，收作品36题39篇；张资平杂文集《不同集》由上海乐华图书公司出版，收作品24篇。

6月4日　石原在《文艺战线》第3卷11期发表《检讨鲁迅》，攻击杂文。

本月　《半农杂文第一册》由北平星云堂书店出版，收作品45篇；梁遇春散文杂文集《泪与笑》由开明书店出版，收作品22篇；林语堂杂文集《大荒集》由上海生活书店出版，收作品28篇；《人间世》第6期发表林语堂的论文《论小品文笔调》。

7月3日　《大晚报·火炬》刊登林默（廖沫沙）的文章《论"花边文学"》，批评鲁迅署名"公汗"在6月28日《自由谈》发表的杂文《倒提》。

7月5日　徐懋庸、庄启东主编的综合性文艺半月刊《新语林》在上海创刊。该刊主要刊登杂文。本年10月出至第6期停刊。

本月　梁实秋杂文论文集《偏见集》由正中书局出版，收作品31篇，其中《现代文学论》一面对鲁迅进行人身攻击，一面又推崇鲁迅杂文；刘半农在北京病逝，年仅43岁；《文学》第3卷第1期发表茅盾的文章《关于小品文》。

8月　丰子恺散文杂文集《随笔二十篇》由上海天马书店出版，收作品20题36篇；林语堂杂文集《我的话》（上、下集）由上海时代图书公司出版，收作品101篇；露存杂文集《心文》由上海商务印书馆出版，收作品20篇。

9月20日　《太白》半月刊在上海创刊，上海生活书店发行，陈望道主编，以刊登杂文为主。1935年9月5日出至第24期停刊；《太白》创刊号发表周木斋的文章《对于梁实秋〈偏见集〉的偏见》。

9 月 30 日　韩侍桁杂文集《小文章》由上海良友图书印刷公司出版，收作品 50 篇。

本月　刘大杰编《明人小品集》由上海北新书局出版，收作品 100 篇；《文学评论》发表季羡林的文章《救救小品文》；专门刊载漫画和杂文的《漫画生活》月刊在上海创刊，吴郎西、黄士英编辑。1935 年 9 月停刊；周作人杂文小品集《夜读抄》由上海北新书局出版，收作品 37 题 45 篇。

10 月 16 日　《译文》第 1 卷第 2 期刊登鲁迅翻译杂文 2 篇：法国作家纪德的《描写自己》和日本作家石川涌的《说述自己的纪德》。

本月　鲁迅杂文集《二心集》中被国民党当局审查删削后剩余的 16 篇杂文由上海合众书店结集出版，名为《拾零集》。

11 月 13 日　《申报》总经理史量才被国民党军统特务暗杀。

11 月 21 日　鲁迅作杂文《中国文坛上的鬼魅》，被纽约的英文刊物《现代中国》第 1 卷第 5 期译载，后又由英文转译，载德文和法文版的《国际文学》。

本月　国民党当局又查禁书刊（包括杂文书刊）167 种。

12 月 17 日　《国文周报》第 11 卷第 50 期发表李长之的文章《梁实秋著〈偏见集〉》。

本月　鲁迅杂文集《准风月谈》由上海联华书局以兴中书局名义出版，收 1933 年 6 月至 11 月作品 64 篇；茅盾杂文集《话匣子》由上海良友图书印刷公司出版，收作品 44 篇；陶明志编《周作人论》由北新书局出版；郑振铎杂文论文集《佝偻集》由上海生活书店出版，收作品 21 篇。

本年内　病佛杂文集《乌鸦集》由侨民书报社出版，收作品 23 篇。

各报刊先后发表评介《南腔北调集》的文章：侦《关于〈南腔北调集〉》（《社会新闻》7 卷 16 期），丙灵《介绍鲁迅先生的〈南腔北调集〉》（《北辰报》5 月 31 日，6 月 3 日），铁新《〈南腔北调集〉——这非读不可的杂感集!》（《东方快报》6 月 30 日至 7 月 1 日），素痴《读〈南腔北调集〉》（天津《大公报》9 月 15 日）。

《文学》社出版周年纪念特辑《我与文学》，收辑了包括杂文家在内的 59 人的文章。

1935 年

1 月 1 日　《论语》第 56 期出“西洋幽默专号”，刊出西洋幽默作品(包括杂文、杂记）和介绍、论述西洋幽默的文章 20 余篇。

1 月 5 日　马国亮杂文集《偷闲小品》由上海良友图书印刷公司出版，收作品 35 篇。

1 月 20 日　《太白》第 1 卷第 9 期发表不齐的文章《“随感录”的兴废》。

1 月 30 日　大华烈士杂文集《西北东南风》由上海良友图书印刷公司出版，收作品 298 篇。

本月　曹聚仁杂文集《笔端》由上海天马书店出版，收作品 22 题 106 篇；《读书顾问季刊》第 4 期发表高山的文章《评梁实秋的偏见集》。

2 月 1 日　《论语》半月刊第 58 期出“中国幽默专号”，发表杂文、杂著等 20 余篇；《文学》第 4 卷第 2 号发表周木斋的文章《周作人的〈夜读抄〉》。

本月　傅东华杂文集《山胡桃集》由生活书店出版，收作品 28 篇；《文饭小品》月刊在上海创刊，康嗣群编辑，实际主持人为施蛰存。出至第 6 期停刊。

3 月 5 日　小品文半月刊《芒种》在上海创刊，徐懋庸、曹聚仁主编，同年 10 月停刊。

本月　阿英编选《现代十六家小品》由光明书局出版，收鲁迅、周作人等 16 家小品文 120 篇。不久即被国民党当局查禁；阿英杂文集《夜航集》由上海良友图书印刷公司出版，收 1933 年至 1935 年作品 59 篇；陈望道编辑的《小品文和漫画》由生活书店出版，收研究文章 58 篇；黄炎培诗文集《五六境》由上海生活书店出版，其中收杂文 12 篇；周作人杂文小品集《苦茶随笔》由北新书局出版，收作品 29 题 47 篇。

4 月　施蛰存选辑的《晚明二十家小品》由上海光明书局出版，收作品 300 篇。

5 月 4 日　上海《新生》周刊第 2 卷第 15 期发表易水（艾寒松）的杂文《闲话皇帝》，泛论古今中外的君主制度，其中涉及日本天皇。日本驻上海总领事即以“侮辱天皇，妨害邦交”为名向国民党政府提出抗议，同时要求：一，必须封闭“新生周刊社”，没收这一期《新生》周刊；二，必须惩办主编杜重远及作者易水；三，惩办中央图书杂志审查委员会，并撤换上海市市长吴铁城。国民党当局恐日媚外，7月9日将主编杜重远判处14个月的徒刑，7月18日查禁《新生》，并将图书杂志审查委员会的7名审查官全部撤职。这件“《闲话皇帝》事件”也称为“《新生》事件”，当时轰动全国。

5月15日　“左联”东京分盟主办的文学月刊《杂文》在日本东京创刊。出至第3号被国民党查禁。从第4号起改名《质文》。1936年11月停刊，共出8期。主要杂文作者郭沫若、魏猛克、任白戈、欧阳凡海、鲁迅等。

本月　鲁迅杂文杂著集《集外集》由上海群众图书公司出版，收作品45篇；《云南日报》文艺副刊《南风》在昆明创刊，长期辟有“讽刺小品”栏。1938年西南联大迁至昆明后，钱锺书、王力、闻一多等在该刊发表了大量杂文。

6月18日　瞿秋白被国民党当局杀害于福建汀州，年仅36岁。

6月24日　《晨报·学园》发表华之平的论文《小品文与论文》。

本月　鲁迅用日文在日本《改造》月刊发表杂文《在现代中国的孔夫子》；《文饭小品》第5期发表施蛰存的文章《杂文的文艺价值》；徐懋庸杂文集《打杂集》由上海生活书店出版，收1933年至1934年间作品48篇。鲁迅作“序”；杂文选集《“没字的书”》由开明书店出版，收几十家作品50篇。

7月28日　《时事新报·青光》发表力博的文章《评徐懋庸的〈打杂集〉》。

本月　《半农杂文二集》由上海良友图书印刷公司出版，收作品49篇；丰子恺散文杂文集《车厢社会》由上海良友图书印刷公司出版，收作品30篇；徐懋庸杂文集《懋庸小品文选》由上海天马书店出版，收作品17篇；郑逸梅杂文集《逸梅丛谈》由上海校经山房书局出版，收作品180篇。

8月27日　天津《大公报·小公园》发表张庚作的书评《打杂集》。

8月30日　由赵家璧主编、周作人和郁达夫分别编选的《中国新文学大系·散文一集》和《中国新文学大系·散文二集》由上海良友图书印刷公司出版，收1917年至1927年间33家散文、杂文201篇。

本月 科学杂文集《越想越糊涂》由生活书店出版，收艾思奇、顾均正、贸祖璋等 12 人的作品 40 篇，均选自《太白》。

9 月 小品文半月刊《宇宙风》在上海创刊，林语堂、陶亢德编辑。1947 年 8 月出至第 152 期停刊。

10 月 杂文集《幽默的叫卖声》由上海生活书店出版，收夏丏尊、曹聚仁等作品 60 篇；周作人杂文集《苦茶随笔》由北新书局出版。

11 月 16 日 《大众生活》周刊在上海创刊，邹韬奋主编。1936 年 2 月出至第 16 期被国民党当局查封。1941 年 5 月在香港复刊，同年 12 月出至第 30 期停刊。该刊大量刊登杂文。

本月 味橄杂文集《詹詹集》由中华书局出版，收作品 20 篇。

12 月 20 日 北平《晨报》发表余十的文章《文学家周树人先生他的笔名真多、杂感文最好》。

本月 胡秋原在莫斯科《救亡时报》开辟总题为“文艺零感”的杂文专栏，至 1936 年 1 月共发表 8 篇；茅盾散文杂文集《速写与随笔》由开明书店出版，收作品 40 篇；夏丏尊杂文杂著集《平屋杂文》由开明书店出版，收 1931 年至 1935 年间作品 33 篇；人间世社编《人间随笔》由上海良友图书印刷公司出版，收杂文、随笔 57 篇，均选自《人间世》。

1936 年

1 月 1 日 《宇宙风》第 8 期发表《二十四年我的爱读书》，周作人在该项下填“一、永井荷风《冬天的蝇》；二、谷崎润一郎《摄影随笔》；三、《闲散礼赞》”。

1 月 7 日 《天地间》发表朱光潜的公开信《论小品文》。

本月 洪为法杂文集《为法小品集》由上海北新书局出版，收作品 27 题 42 篇；李长之著《鲁迅批判》由北新书局出版，第 4 章为“鲁之杂感文”；庐隐杂文小说散文合集《东京小品》由上海北新书局出版，收作品 24 篇；俞平伯杂文集《古槐梦遇》由上海世界书篇局出版，收作品 101 篇；郑振铎论文杂文集《短剑集》由上海文化生活出版社出版，收作品 12 篇。

2 月 20 日 马相伯杂文集《一日一谈》由上海新城书局出版，收作品 78 篇。

本月　柳湜杂文集《如何生活》由上海读书生活社出版，收作品 17 篇；鲁迅用日文在日本《文艺》杂志发表杂文《陀思妥夫斯基的事》；周作人杂文小品集《苦竹杂记》由上海良友图书印刷公司出版，收作品 49 篇。

3 月　唐弢杂文集《推背集》由上海天马书店出版，收作品 85 篇；穆木天杂文论文集《平凡集》由上海新钟书局出版，收作品 46 篇。

4 月 25 日　王独清杂文集《如此》由上海新钟书局出版，收作品 21 篇。

本月　柳湜杂文集《街头讲话》由上海生活书店出版，收作品 50 篇；杂文集《社会相》由上海读书生活社出版，收作品 79 篇；鲁迅用日文在日本《改造》杂志发表杂文《我要骗人》。

5 月 3 日　《北平新报·绒线软语》发表罗荪的文章《读〈推背集〉》。

本月　行杂文集《行幽默集》由长沙沧浪书屋出版，收作品 43 篇；孔罗荪杂文集《野火集》由汉口一般文化出版社出版，收作品 74 篇；鲁迅在接受美国记者埃德加·斯诺采访时说，“五四”以来“最优秀的杂文作家”是“周作人、林语堂、周树人（鲁迅）、陈独秀、梁启超”；唐弢杂文集《海天集》由上海新钟书店出版，收作品 45 篇；徐懋庸杂文集《街头文谈》由上海光明书局出版，收作品 32 篇；郁达夫杂文集《闲书》由上海良友图书印刷公司出版，收作品 40 篇。

6 月 1 日　鲁迅杂文《写于深夜里》第一部分《珂勒惠支教授的版画之入中国》被译成英文刊登于上海出版的《中国呼声》《Voice of China》第 1 卷第 6 期。

6 月 14 日　天津《益世报》刊登澎岛评鲁迅杂文的文章《关于〈出关〉的“关”》。

本月　陈望道杂文杂著集《望道文辑》由上海读者书屋出版，收作品 30 篇；鲁迅杂文集《花边文学》由上海联华书局出版，收 1934 年作品 61 篇。本年年底被国民党当局查禁；味橄杂文集《流外集》由上海中华书局出版，收作品 20 篇；祝秀侠杂文集《灰馀集》由上海读书书房出版，收作品 43 篇。

7 月 13 日　上海《立报》发表署名“震”的文章《唐弢·鲁迅》，主要介绍了他们最初给《自由谈》写杂文的情况。

本月　舒新城杂文杂著集《狂顾录》由上海中华书局出版，收作品33篇。

8月　曹聚仁杂文集《文笔散策》由上海商务印书馆出版，收作品33篇；霍衣仙著《最近二十年中国文学史纲》由广州北新书局出版，其中第10章高度评价了小品文的创作成就；俞平伯杂文散文集《燕郊集》由上海良友图书印刷公司出版，收作品33篇。

9月　碧遥杂文集《长舌两年》由上海向明社出版，收作品27篇；蒋廷黼杂文集《人间随笔》由浙江省图书馆印行所出版，收作品35篇；孔另境杂文集《斧声集》由上海泰山出版社出版，收作品31篇；黎烈文主编《中流》半月刊在上海创刊，着重刊登“杂文随笔”。1937年8月出至第2卷第10期停刊；李逊梅杂文集《小块文章》由上海仿古书店出版，收作品68篇；姚颖杂文集《京话》由人间书屋出版，收作品216篇；邹韬奋论文杂文集《大众集》自刊发行，收作品42篇；邹韬奋论文杂文集《坦白集》由生活书店出版，收作品46篇，本年年底被禁。

10月5日　新加坡《星洲日报》发表陈子展评鲁迅杂文的文章《“立此存照”解》。

10月19日　鲁迅病逝于上海，终年56岁。

10月23日　《东南日报》（杭州）发表何德明的文章《鲁迅的杂感文》。

10月24日　《人人周报》（北平）发表署名庵的文章《鲁迅杂文集》。

10月30日　南京《新民报》发表白蓉的书评《花边文学》。

10月31日　《青岛民报》发表署名“轩”的文章《从读杂感见到的鲁迅先生》。

本月　丰子恺杂文集《丰子恺创作选》由上海仿古书店出版，收作品23篇；丰子恺杂文集《艺术漫谈》由上海人间书屋出版，收作品18篇；《郭沫若杂文集》由上海永生书店出版，收作品26篇；乌一蝶杂文散文集《鸱吻集》由上海大光书局出版，收作品55篇；征农杂文论文集《野火集》由读者书房出版，收作品38篇；周作人杂文小品集《风雨谈》由上海北新书局出版，收作品35篇，附录2篇。

11月1日　《清华周刊》第45卷第1期发表李可宗的评介文章《鲁迅杂文集》。

11 月 4 日　《港报》开始刊登评介文章《鲁迅杂文之一》，至 7 日登完。

11 月 9 日　《立报》开始发表孔另境谈鲁迅杂文的札记文章，至 12 月 13 日共发表 20 篇。

11 月 15 日　《燕然》半月刊第 1 卷第 11、12 期合刊发表尘影的文章《读〈花边文学〉》。

本月　杜重远杂文集《狱中杂感》由上海生活书店出版，收作品 75 篇。后被禁；翁漫栖杂文集《推窗集》由上海群英书社出版，收作品 34 篇。

12 月 1 日　《宇宙风》第 30 期发表刘大杰的文章《鲁迅与写实主义》，认为杂文“在鲁迅笔下，成就了一种精美的文体”。

12 月 18 日　北平《东方快报》发表高希金的文章《〈花边文学〉漫谈》。

12 月 20 日　上海《逸经》半月刊第 18 期发表宋云彬的书评《鲁迅的〈集外集〉》。

本年内　埃德加·斯诺编译《活的中国》一书由伦敦乔治·C. 哈拉普公司出版，其中收入鲁迅杂文《论“他妈的!”》。

胡依凡杂文集《烟圈下》由上海新钟书局出版。

杨晋豪编《现代杂文选》由上海北新书局出版，收杨晋豪、鲁迅、茅盾等作品共 44 篇。

叶灵凤杂文集《读书随笔》由上海杂志公司出版，收作品 46 篇。

1937 年

1 月 10 日　郑伯奇论文杂文集《两栖集》由上海良友图书公司出版，收作品 55 篇。

1 月 19 日　《华北日报》发表文史的文章《从〈热风〉说到杂文的渊源》。

1 月 25 日　《北平晨报》发表叶公超的《鲁迅》一文。为此，李何林发表《叶公超教授对鲁迅的谩骂》（3 月 20 日《文化动向》1 卷 2 期）。

本月　靳以杂文集《猫与书简》由上海开明书店出版，收作品 21 篇；李唯建杂文集《唯建的漫谈》由成都统一评论社出版，收作品 16

篇；林徽音杂文散文集《散文七辑》（四册）由上海绿社出版部出版，共收作品 232 篇；施蛰存散文杂文集《灯下集》由上海开明书店出版，收作品 26 篇。

2 月　林语堂杂文集《语堂幽默文选》由上海万象书屋出版，收作品 25 篇。

3 月 10 日　罗芳州选注《现代中国小品散文选》由中国文化服务社出版，其中收入罗芳州作《现代小品文概论》。

3 月 15 日　《文艺》月刊（武昌）第 4 卷第 3 期发表苏雪林的文章《论鲁迅的杂感文——四年前的一篇残稿》。为此，李何林发表《谈谈苏雪林女士论鲁迅》（4 月 9 日《北平新报》），洪星发表《苏雪林的鲁迅论》（4 月 11 日《北平新报》）。

3 月 20 日　杨骚杂文集《急就篇》由上海引擎出版社出版，收作品 17 篇。

3 月 25 日　武定河（冯雪峰）在《原野》（《工作与学习》丛刊之二）发表《关于鲁迅在文学上的地位》，称鲁迅杂文是中国和世界文学中“宝贵的奇花”。

3 月 29 日　《国闻周报》（上海）发表宗珏（卢豫东）的书评《花边文学》。

本月　张均编《周作人代表作选》由上海全球书店出版，收作品 70 篇；周作人杂文小品集《瓜豆集》由上海宇宙风社出版，收作品 35 篇。

4 月　翁漫栖杂文集《闭户闲谭》由上海群英书社出版，收作品 24 篇；邹韬奋杂文论文集《展望》由上海生活书店出版，收作品 50 篇。

6 月　东方曦（孔另境）杂文集《秋窗集》由上海泰山出版社出版，收作品 13 篇，附录论争文章 9 篇；《韬奋言论集》由大华书店出版，收杂文 44 篇；夏征农编《鲁迅研究》由上海生活书店出版，其中收徐懋庸作《鲁迅的杂文》。

7 月　鲁迅杂文集《且介亭杂文》《且介亭杂文二集》《且介亭杂文末编》由上海三闲书屋出版。分别收 1934 年作品 37 篇，1935 年作品 49 篇，1936 年作品 35 篇；缪崇群译《日本小品文》由中华书局出版；徐懋庸杂文集《不惊人集》由上海千秋出版社出版，收作品 52 篇。

8 月 10 日　上海《生活学校》第 1 卷第 7 期发表唐弢的文章《从〈且介亭杂文〉论鲁迅》。

8月22日　文艺周刊《呐喊》在上海创刊，茅盾、巴金主编，自9月5日起改名《烽火》。该刊以较重要篇幅刊登杂文。1938年10月在广州停刊。

本月　曹聚仁杂文集《文思》由上海北新书局出版，收作品85篇。

10月　巴金杂文集《控诉》由重庆烽火社出版，收作品11篇。

11月10日　《文学》第9卷第4号发表美国作家史沫特莱的文章《追悼鲁迅》，称鲁迅杂文是“显示着天才迹象的作品”。

本月　夏衍杂文集《日本的悲剧》由上海大时代出版社出版，收作品6篇。

12月　郭沫若杂文集《忠告日本政治家》由上海文艺研究社出版，收作品12篇；章乃器杂文集《出狱前后》由上海杂志公司出版，收作品23篇；常乃惠杂文集《蛮人之出现》由上海中华书局出版，收作品18篇；沈益士著《段砚斋杂文》由北平东厂胡同协合印书局出版，收作品36篇。

1938年

1月11日　中国共产党机关报《新华日报》在汉口创刊，10月迁重庆，1948年2月停刊。该报从1939年起设立的副刊以重要篇幅刊登杂文，主要作者郭沫若、茅盾、林默涵、石灵、司马牛等。

2月9日　周作人在北京出席日本《大每日新闻》社召开的“更生中国文化建设座谈会”。这是周作人附逆投敌的起始。

2月11日　综合性文艺副刊《文汇报·世纪风》在上海创刊，柯灵主编，侧重刊登杂文和散文小品。主要杂文作者柯灵、唐弢、周木斋、巴人等。1939年5月停刊。

3月　《七月》第3期发表毛泽东的《鲁迅论——在“陕公”纪念大会上演辞》。

5月1日　上海《译报》的第一个文艺副刊《爝火》创刊，王任叔主编，专登杂文，主要作者王任叔、王统照、谷斯范、丁西林、鹰隼(阿英)、文载道、钟望阳等。本年6月27日终刊。

5月4日　中华全国文艺界抗敌协会总会会刊《抗战文艺》在武汉创刊，1946年5月终刊于重庆，共出正、特刊77期。该刊系综合性文艺刊物，经常刊登杂文。

5月5日　瞿秋白杂文集《乱弹及其他》由上海霞社出版，收作品51篇。

5月29日　《文汇报·世纪风》发表美闻的文章《〈瓜豆集〉及其他》。

本月　靳以杂文杂著集《我们的血》在广州印行。

6月15日　二十卷本《鲁迅全集》由上海复社开始出版，至8月出齐。其中收入了从《坟》到《集外集拾遗》共16本杂文集。

6月28日　《译报》的第二个文艺副刊《大家谈》创刊，王任叔、阿英、于伶先后任主编。该刊主要刊登杂文，作者王任叔、阿英、白丁（范泉）等。1939年5月终刊。

7月　苏雪林杂文集《蠹鱼集》由商务印书馆出版，收作品29篇。

8月　曼虹杂文集《东西南北》由中国文化协社出版，收作品26篇。

9月　卢剑波杂文集《路》由重庆今日出版合作社出版，收作品9篇；许锡五杂文集《零念筒集》由榆林松涛斋出版，收作品8篇。

10月19日　上海《文汇报》发表唐弢的文章《从杂文得到遗教》，周黎庵的文章《生命的艺术——鲁迅先生的“杂感”》。

本月　陈汝惠杂文集《断章取义集》由新流书店出版，收作品59篇；古丁（徐汲平）杂文集《一知半解集》由抚顺满州社出版，收作品19篇。

11月　杂文集《边鼓集》由上海文汇有限公司出版，收文载道、周木斋、周黎庵、屈轶（王任叔）、柯灵、风子（唐弢）等人作品181篇。

12月21日　《文汇报·世纪风》开始发表孔另境的论文《论文艺杂感》，至23日登完。

本月　邹韬奋杂文论文集《再厉集》由汉口生活书店出版，收作品百余篇。

本年内　上海发生关于“鲁迅风”杂文的争论。10月19日阿英以鹰隼为笔名在《译报·大家谈》上发表文章《守成与发展——为鲁迅先生逝世二周年忌作》，挑起论争。巴人在20日的《自由谈》上发表《“有人”在这里》，对阿英进行反驳；阿英在20日的《大家谈》上又发表《题外的文章》，巴人则针锋相对地在22日的《自由谈》上发表《题内的话》。巨川、莫思、杨桦、叶蒂等合写的文章（《大晚报·剪影》，11月

28日）和马非的文章（《华美晨报·镀金城》，12月3日）与阿英的看法相近，唐弢《帮手与帮口》（11月28日《文汇报·世纪风》）则与巴人相同。在论争中，汉奸文人曾迭、庞朴、张若谷、丁三等趁机在《华美晨报·镀金城》《中华日报·集纳》等刊物上发表文章，对鲁迅和“鲁迅风”杂文作者恶意攻击。申报馆内则不同意把《自由谈》作为内争的“战场”，劝巴人于10月30日辞去《自由谈》编务，并于11月25日发表赤槐的《笔锋紧随枪口》，强调要一致“对付外敌和内奸”。12月7日上海地下党文委负责人孙冶方在《译报周刊》发表《向上海文艺界呼吁》的文章，评介了鲁迅杂文及其现实意义和论争双方的观点，劝阻文艺界自己的战友“勿作无谓的精力浪费”。不久，由《译报》钱纳水出面，邀请巴人、阿英及文艺界40多位人士召开座谈会。12月28日《世纪风》发表了由王元化、郑振铎、唐弢、巴人等37人署名的《我们对于鲁迅风杂文问题的意见》，双方论争结束。这次论争先后发表的文章约有几十篇。

云南文坛发生了一场关于“牛”的风波。李长之在《宇宙风》半月刊第67期南迁特大号上发表杂文《昆明杂记》，借谈云南的“牛”，批评云南人的迟钝与落后，激起了当地舆论界的不满，先后发表了一系列文章进行反驳。这些文章主要是：《云南国民日报》5月19日载《李长之隽语警人》、20日载《闲话昆明的牛》、22日载《代表滇牛向李长之致谢》；《南风》741期载唐潮的《由血的教训中产生团结》、高寒的《学术辩难应有的态度》，72期载江湖的《云南文化人团结起来》；《云南日报》6月2日社论《文化人团结起来》、天虚的《血肉筑成的长城》等。李长之不得不又写了《一点诚坦的自剖》，并离开云南大学。

1939年

1月2日　《文汇报·世纪风》发表宗珏的文章《“孤岛”文学的轻骑——一年来上海创作活动的回顾》，其中认为杂文是“前哨”。

1月11日　《鲁迅风》周刊在上海创刊，第15期起改为半月刊，9月5日出至第19期停刊。由王任叔、唐弢、柯灵、文载道、周木斋、石灵、列车、许广平等入股集资创办，以刊登“鲁迅风”杂文为主。文载道、王任叔先后任主编。撰稿者除入股者外还有巴金、郑振铎、陈望道、王统照、孔另境等；唐弢在《鲁迅风》第1期发表《论鲁迅的杂文》。

1月17日　钱玄同病逝于北京，终年52岁。

本月　宗珏在《鲁迅风》第3期发表《文学的战术论》的上篇《从“孤岛”杂文所看到的“鲁迅风”》。下篇《从“鲁迅风”所看到“孤岛”杂文》发表于第4期。

2月1日　《救亡日报》文艺副刊《文化岗位》在桂林创刊，以刊登小说、诗歌、杂文等为主。主要杂文作者夏衍、秦似、林林、何家槐、孟超等。1941年1月终刊。

2月8日　《鲁迅风》第5期发表吉力的文章《杂感家的见解》。

2月15日　《鲁迅风》第6期发表巴人的文章《杂家、打杂、无事忙、文坛上的华威先生》。

3月1日　专登杂文和小品文的《宇宙风乙刊》在上海创刊，林憾庐、林语堂、陶亢德、周黎庵等编辑。1941年12月出至第56期停刊。主要杂文作者林语堂、周作人、徐讦、文载道、唐弢、周木斋、列车等。

本月　鹰隼（阿英）杂文集《剑腥集》由上海风雨书屋出版，收作品16篇。

4月13日　《民国日报》（昆明）发表秋帆的文章《说杂文》。

5月27日　《云南日报》发表金华的文章《关于杂文》。

本月　吴涵真杂文集《苦口集》由香港网讯港社出版，收作品19篇。

6月5日　《鲁迅风》第15期发表萧军的文章《鲁迅杂文中的“典型人物”》。

本月　王任叔杂文杂著集《文艺短论》由上海珠林书店出版，收作品15篇。

7月16日　《改进》半月刊（福建永安）发表杜埃的文章《鲁迅式杂文之再建》。

本月　巴金杂文集《感想》由重庆烽火社出版，收作品10篇。杂文集《横眉集》由世界书局出版，收孔另境、王任叔、文载道、周木斋、周黎庵、风子、柯灵等人作品112篇。

8月　《新中国文艺丛刊》第2辑刊出翻译苏联杂文两篇《“敬爱的儿童”》（S. Marsnak作，什之译）；《第一次会见高尔基》（格拉特珂夫作，萧岱译）。

10月20日 《文化月刊》（安徽）第3期发表史沫特莱的文章《鲁迅是一把宝剑》（凡容译），充分肯定了鲁迅“创立”的杂文这种“政治短评”形式。

11月1日 《读书月报》（重庆）第1卷第9期发表绳（胡绳）的文章《学习鲁迅的文体》。

本月 鲁迅辑译《译丛补》由上海鲁迅全集出版社出版，收鲁迅翻译外国作家的论文、杂文、小说共30篇。

1940年

1月20日 《大风》半月刊（香港）第60期刊登何鹏的文章《鲁迅笔下的中国国民性——〈鲁迅全集〉读后记》。

2月 周黎庵杂文集《吴钩集》由上海宇宙风社出版，收作品17题27篇；周作人杂文小品集《秉烛谈》由上海北新书局出版，收1936年至1937年间作品29篇。

3月1日 《抗战文艺》创刊号发表宋云彬的文章《谈“鲁迅风”》。

3月25日 《民国日报》（昆明）发表余干的文章《读〈华盖集〉偶记》。

本月 靳以杂文集《雾及其他》由上海文化生活出版社出版，收作品16篇；《中国文艺》第2卷第1期发表贸智的文章《读徐懋庸及其作品》。

4月25日 《现代文艺》月刊在福建永安创刊，王西彦、靳以等编辑，1942年12月出至第6卷第3期停刊。该刊长期辟有杂文栏，主要作者靳以、司马文森、唐弢等。

本月 何容等著杂文集《姑妄言之》由上海宇宙风社出版；唐弢杂文集《投影集》由上海文化生活出版社出版，收1936年至1939年间作品24篇。

5月 冯友兰杂文集《新事论》由商务印书馆出版，收作品12篇；周黎庵杂文集《华发集》由葑溪书屋出版，收作品45篇。

6月1日 《宇宙风乙刊》第25期刊登周木斋的文章《鲁迅杂文集解题记》。

本月 洪波杂文集《抒愤集》由上海新地书店出版，收作品54篇；

张慧剑杂文集《慧剑杂文》由战地图书出版社出版，收作品50篇。

8月1日　《学习半月刊》（上海）第2卷第9期发表静哉的文章《读鲁迅的杂感》。

8月20日　杂文月刊《野草》创刊于桂林，主要作者夏衍、聂绀弩、秦似等。

8月31日　王独清逝世，终年42岁。

本月　巴人杂文集《生活、思索与学习》由香港高山书店出版，收作品59篇；柳存仁杂文杂著集《西星集》由上海宇宙风社出版，收作品8篇；宋云彬杂文集《破戒草》由桂林创作出版社出版，收1937年至1940年间作品14题21篇；袁牧之杂文集《牧之随笔》由微明出版社出版，收作品40篇。

10月20日　重庆《新华日报》发表袁础的文章《我们应着重阅读鲁迅的杂文》。

本月　艾芜散文杂文集《杂草集》由福建永安改进出版社出版，收作品33篇；巴人著《论鲁迅的杂文》一书由上海远东书店出版；列车杂文集《浪淘沙》由上海北社出版，收1938年至1940年间作品28篇；陶菊隐杂文集《闲话》由中华书局出版，收作品33篇；宋云彬选辑的《鲁迅语录》由桂林文化供应社出版，收语录366条；夏丏尊杂文集《平屋随笔》由上海三通书局出版，收作品18篇；周木斋杂文集《消长集》由上海北社印行，收作品24篇，《前记》呼吁“重振杂文”。

11月　柯灵杂文集《市楼独唱》由上海北社出版，收作品30篇；叶圣陶杂文集《圣陶随笔》由上海三通书局出版，收作品22篇。

本年内　唐弢的《投影集》出版后，围绕着此书展开了关于“杂文散文化”的争议。发表的文章主要有宗珏《唐弢的“投影集”》（6月30日香港《大公报》），新矛《投影集》（7月25日福建《现代文艺》第1卷第4期），唐弢《短长书·序言》及《暗夜棘路上的里程碑——“孤岛”一年的杂文和散文》（1941年1月20日《正言报·草原》）。

季疯（季风）杂文集《杂感之感》由长春益智书店出版，收作品62篇。

梁实秋在《星期评论》《世纪评论》等开辟杂文栏“雅舍小品”，共发表作品34篇。

1941年

1月1日　延安“文艺月会”月刊《文艺月报》创刊，舒群、萧军、丁玲等编辑，大量刊登杂文。1942年9月出至第17期停刊。主要杂文作者萧军、丁玲、罗烽、陈企霞等，

1月15日　《奔流文艺丛刊》第1辑《决》发表辨微（周木斋）的文章《重振杂文的关键》；延安成立鲁迅研究会，第一批基本研究人员有艾思奇、萧军、周扬等12人。

本月　周作人杂文小品集《自己的文章》由上海三通书局出版，收作品16篇。

2月　林语堂杂文集《语堂随笔》由人间书屋出版，收作品45篇。

3月　唐弢杂文集《劳薪辑》由福建永安改进出版社出版，收作品72篇；王季思杂文集《击鬼集》由浙江青年读书通讯社出版，收作品22篇。

4月8日　《华商报》在香港创刊，1949年10月终刊。其中《灯塔》栏主要发表诗歌、杂文、小说等。

4月15日　由暨南大学学生创办的《杂文丛刊》在上海创刊，吴弘远、王兴华等编辑。共出9辑，前6辑为：《鱼藏》（4月15日）、《干将》（5月6日）、《莫邪》（5月28日）、《湛卢》（6月28日）、《钝钧》（8月8日）、《巨阙》（9月23日）。后合集发行，题《游刃集》。第7期至第9期《杂文丛刊》改名为《棘林蔓草》，3个分册为《紫荆》（10月）、《菖蒲》（11月1日）、《水莽》（11月16日）。后因太平洋战争爆发停刊。主要作者吴弘远、李澍恩、王兴华、陈次园等都是暨大青年学生。唐弢、柯灵、孔另境、金性尧、陆象贤、王任叔等也在此发表过作品；《杂文丛刊》第1辑《鱼藏》发表穆子沁（李澍恩）的文章《杂文的本质及其他》。

4月16日　《宇宙风乙刊》第43期发表阿茨的评介文章《西星集》。

4月25日　《知识与生活》第1卷第4期发表书评《〈鱼藏〉是一把短剑》。

5月28日　《杂文丛刊》第3辑《莫邪》发表穆子沁的文章《论杂文的语言》。

本月　上海租界当局查禁《杂文丛刊》，第 1 辑《鱼藏》被全部抄封；夏衍杂文集《此时此地集》（野草丛书之一）由桂林文献出版社出版，收作品 24 篇；周黎庵杂文散文集《葑门集》由上海庸林书屋出版，收作品 40 篇。

6 月 1 日　大型综合性文学月刊《时代文学》在香港创刊，周鲸文、端木蕻良主编。1941 年 9 月出至第 4 期停刊。该刊以大量篇幅发表杂文，主要作者巴人、茅盾、聂绀弩、东方亮等，

6 月 28 日　《杂文丛刊》第 4 辑《湛卢》发表穆子沁的文章《写在杂文重振声中》、黄远的文章《杂文的大众化》。

本月　巴金杂文杂著集《无题》由桂林文化生活出版社出版，收作品 19 篇；《北斗》（上海）第 1 期发表朱善钧的文章《论杂文的产生和形式及任务》；聂绀弩杂文集《历史的奥秘》（野草丛书之二）由桂林文献出版社出版，收作品 15 篇；林语堂杂文集《进行集》由上海风雨社出版，收作品 39 篇；《语堂文存》第 1 册由林氏出版社出版，收《语丝》至《论语》时期作品 35 篇。

7 月 23 日　周木斋病逝于上海，终年 32 岁。

本月　陈虞孙杂文集《卑官散记及其他》由青年读书通讯社出版，收作品 6 篇；秦似杂文集《感觉的音响》（野草丛书之三）由桂林文献出版社出版，收作品 24 题 32 篇。

林林杂文集《崇高的忧郁》（野草丛书之四）由桂林文献出版社出版，收作品 17 篇。

8 月 4 日　许地山病逝于香港，终年 48 岁。

8 月 9 日　《上海周报》第 4 卷第 7 期发表巴人的文章《四年来的上海文艺》，其中评述了“鲁迅风”杂文论争和杂文的“重振”活动。

本月　胡山源杂文集《打鬼》由世界书局出版，收作品 16 篇；聂绀弩杂文集《蛇与塔》（野草丛书之五）由桂林文献出版社出版，收作品 15 篇。

9 月 1 日　茅盾主编综合性文艺半月刊《笔谈》在香港创刊，12 月出至 7 期终刊。该刊以主要篇幅刊登杂文，主要作者为胡风和茅盾。

9 月 15 日　大型文学综合性月刊《文艺生活》由桂林文献出版社出刊，司马文森编辑，长期辟有杂文专栏。1943 年 7 月出至 3 卷 6 期停刊。1946 年 1 月在广州复刊，1948 年 1 月出至光复版第 18 期停刊。

9月16日　延安《解放日报》副刊《文艺》创刊，每月出20期左右，丁玲主编。1942年3月出至百期后改由舒群主编，出至111期停刊。该刊曾积极倡导杂文和发表杂文，主要作者田家英、林默涵、并耳、谢觉哉、王实味、萧军等。

本月　何家槐杂文集《冒烟集》（野草丛书之七）由桂林文献出版社出版，收作品38篇；蹇先艾杂文、散文集《离散集》由桂林今日文艺社出版，收作品20篇；司马文森杂文散文集《过客》（野草丛书之六）由桂林文献出版社出版，收作品26篇。

10月23日　丁玲在《解放日报·文艺》26期发表《我们需要杂文》，倡导作家写鲁迅式杂文。

10月28日　《华商报·灯塔》发表下里（巴人）的文章《关于杂文的几句话》。

本月　丰子恺杂文散文集《子恺近作散文集》由普益图书馆印行，收作品17篇；列车杂文集《两极集》由上海北社出版，收1938年至1941年间作品30篇；林语堂杂文集《雅人雅事》由上海一流书店出版，收作品30篇。

11月1日　文艺半月刊《萧萧》在上海创刊，金性尧（文载道）主编。设杂文栏“半月鸡虫”，12月1日出至第3期停刊。

11月19日　蒋锡金编《奔流新集》创刊于上海，共出两辑，登杂文10篇。

本月　郭沫若杂文集《羽书集》由香港孟夏书店出版，收1937年至1940年间作品75篇；林语堂杂文集《爱与刺》由桂林明日出版社出版，收作品37篇

12月1日　《萧萧》第3期刊登《高尔基杂文钞之一》，黄峰译。

本月　钱锺书杂文集《写在人生边上》由开明书店出版，收作品10篇。

本年内　胡风于6月抵达香港，至年底撰写杂文约六七万字，第二年年初逃离香港时丢失。

1942年

2月　蹇先艾杂文集《乡谈集》由贵州文通书局出版，收作品27篇。

3月10日　谢觉哉以“焕南”为笔名在延安《解放日报》第4版开辟杂文专栏“炉边闲话”，至本月24日共发表作品14篇。

3月13日　《解放日报》副刊《文艺》第100期“编者话”，要求作者多写“对社会、对文艺本身加以批判”的杂文。

3月15日　《野草》第3卷第6期发表宋云彬的文章《我怎样写起杂文来的》、黄英瑞评秦似杂文的文章《读〈不能缄默〉之后》。

本月　孟超杂文集《长夜集》（野草丛书之八）由桂林文献出版社出版，收作品22篇；文起衰杂文集《同心集》由金华人生编译社出版，收作品31篇；周作人杂文小品集《药味集》由新民印书馆出版，收1937年至1941年间作品22篇。

4月5日　《文坛》第2期发表孔嘉的文章《读知堂老人的〈瓜豆集〉》。

4月9日　谢觉哉以“焕南”的笔名在延安《解放日报》第2版开辟杂文专栏“一得书”，至11月23日，共发表71篇。

5月20日　延安《解放日报》刊登张仃的《漫画与杂文》（上），25日登（下）。

5月27日　陈独秀在四川江津县服用发酵的蚕豆花中毒逝世，终年63岁。

本月　黄炎培杂文集《抗战以来》由上海国讯书店出版，收作品31篇；欧阳凡海杂文集《长年短辑》（野草丛书之九）由桂林文献出版社出版，收作品24篇；欧阳凡海著《鲁迅的书》亦由桂林文献出版社出版，该书比较全面地分析了形成鲁迅杂文特点的诸种因素。

6月15日　延安《谷雨》第5期刊登萧军的文章《杂文还废不得说》。

本月　蒋鉴章、刘大杰、贺扬灵等合著杂文集《秋雁集》由上海一流书店出版，收作品19篇；老舍杂文集《登厢集》由山西榆林塞风社出版，收作品28篇；王实味杂文《野百合花》在重庆出单行本，附录邹正之《介绍〈野百合花〉》1篇。

7月25日　延安《解放日报》发表金灿然的文章《论杂文》。

本月　李素心杂文集《放论集》由江西群力出版社出版，收作品22篇。

8月17日　毛泽东致谢觉哉信，赞赏其“一得书”杂文。

9月　宋云彬杂文集《骨鲠集》（野草丛书之十）由桂林文献出版社出版，收作品24题29篇。

10月10日　国民党官办文艺半月刊《文艺先锋》创刊于重庆，1948年出至第13卷第4期停刊。该刊长期辟有“杂文”栏。

10月23日　《云南日报》发表东方曙明的文章《鲁迅式杂文的时代意义》。

本月　李长之杂文杂著集《苦筹集》由重庆商务印书馆出版，收作品27篇。

11月　聂绀弩杂文集《早醒记》由桂林远方书店出版，收作品15篇。

12月　夏衍杂文集《长途》（野草丛书二辑之一）由桂林集美书店印行，收作品17篇。

本年内　林语堂杂文集《讽颂集》由上海国华编译社出版，收作品46篇。

柳絮杂文集《中国人》由西安大东书局出版，收作品46篇。

欧阳予倩杂文集《闲事闲谈》由中国文化服务社广西分社出版，收作品32篇。

延安文艺界大规模开展批判以王实味为代表的杂文家的运动。先后发表的批判文章有：齐肃《读〈野百合花〉有感》（《解放日报》4月7日），杨维哲《从〈政治家、艺术家〉说到文艺》（《解放日报》5月19日），金灿然《读实味同志的〈政治家、艺术家〉后》（《解放日报》5月26日），范文澜《论王实味同志的思想意识》、陈道《“艺术家”的〈野百合花〉》和李伯钊《继〈读《野百合花》有感〉之后》（均载《解放日报》6月9日），蔡天心《政治家与艺术家——对于王实味同志〈政治家、艺术家〉一文之意见》（《解放日报》6月10日），艾思奇《谈延安文艺工作者立场、态度和任务》、刘白羽《对于当前文艺上诸问题的意见》（均载《谷雨》第5期，6月15日），陈伯达《关于王实味》（《解放日报》6月15日），周文《从鲁迅的杂文谈到实味》、丁玲《文艺界对王实味应有的态度及反省》（均载《解放日报》6月16日），张如心《彻底粉碎王实味的托派理论及其反党活动》（《解放日报》6月17日），艾青《现实不容许歪曲》（《解放日报》6月24日），罗迈《论中央研究院的思想论战》（《解放日报》6月28日），周扬《王实味的文艺观与我们的文艺观》（《解放日报》7月28日、29日）。其间毛泽东同志在杨家岭中共中央办公厅召集的关于《解放日报》改版的座谈会上（3月31日）讲话，批评了绝对平均的观点和冷嘲暗箭的做法（见《新闻研究资料》26辑）。“延安文艺座谈会”前后毛泽东曾三次召见罗烽，谈了对罗烽到延安后发表的全部短文（主要是杂文和宣传杂文的文章）的看法，认为罗烽评价“高尔基论文艺”的读书札记是篇好文章，其他的则缺乏马列主义观点（见《东北现代文学史料》第2辑第113页）。在延安的一次高干会议上，毛泽东同志指出：“《‘三八节’有感》和《野百合花》不一样。《‘三八节’有感》对我们党、对我们的干部有批评，但也有积极的建议，我们要不同地看待它们（见《北京文学》1979年第10期）。”此外，中央研究院从5月27日至9月11日召开“党的民主与纪律”座谈会，集中批判王实味的两篇杂文。会上，艾思奇宣读了王实味的《关于〈野百合花〉》，先后发言者有范文澜、李宇超、罗迈、李言、李又常、潘方、刘雪苇、艾思奇、艾青、张如心、丁玲等。延安文艺界40余人于6月15日至18日在文抗作家俱乐部举行座谈会，集中批判王实味。文抗理事会决定开除王实味会籍。

1943年

1月　聂绀弩杂文杂著集《婵娟》由桂林文化供应社出版，收作品19篇。

2月　巴人杂文集《边风录》由重庆读书出版社出版，收作品25篇；孟超杂文集《未偃草》（野草丛书二辑之三）由桂林集美书店出版，收作品30篇；田仲济杂文集《情虚集》由重庆东方书社出版，收作品53篇，郭沫若作“序”；萧风杂文集《萧风杂文》由福建南平天行杂志社出版，收作品20篇。

4月1日　《人世间》（桂林）第1卷第4期刊登何家槐的文章《我看杂文》。

本月　重庆《新华日报》发表卢蕻的文章《心的豪堑——读巴人著：“边风录”》；文艺月刊《风雨谈》创刊于上海，1945年8月出至第21期停刊。该刊主要刊登杂文、小品散文，主要作者周作人、沈启无、陶亢德等。

6月　秦似杂文集《时恋集》由桂林春草书店出版，收1941年至1943年间作品32篇。

7月1日　柯灵接编《万象》（1941年7月创刊），侧重刊登杂文，主要作者讷丁、吴伯箫、李健吾等。1945年6月出至第4年第7期停刊。

本月　孔罗荪杂文集《小雨点》由桂林集美书店出版，收作品39篇；孔罗荪杂文集《最后的旗帜》由重庆当今出版社出版，收作品14篇。

8月23日　桂林《大公报·文艺》第287期开始刊登赵萝蕤作《杂文零集》，至第288期登完。

本月　田仲济著《杂文的艺术与修养》由重庆东方书社出版，收论文5篇；味橄（钱歌川）杂文集《偷闲絮语》由中华书局出版，收作品25篇。

9月　重庆《中学生》67期刊登夏丏尊译日本作家谷崎润一郎《读〈缘缘堂随笔〉》。

10月　郭沫若杂文论文集《今昔集》由重庆东方书社出版，收作品23篇。

11月　曹孚杂文集《人生兴趣》由重庆光亭出版社出版，收作品13篇。

12月　沈钧儒杂文集《中鱼集》由峨眉山出版社出版，收作品21篇。

1944年

1月1日　综合性文艺月刊《当代文艺》在桂林创刊，熊佛西主编。主要杂文作者胡风、王力、宋云彬、朱光潜等。同年6月出至第6期停刊。

1月20日　周作人《药堂杂文》由北京新民印书馆出版，收1940年至1943年作品27篇。

本月　张先智杂文集《谈天说地集》由贵阳中央日报总社出版，收作品22篇。

2月　田仲济杂文集《发微集》由重庆建中出版社出版，收1941年至1943年作品27篇。

4 月　陈白尘杂文集《习剧随笔》由重庆当今出版社出版，收作品 9 篇；纪果庵杂文集《两都集》由上海太平书局出版，收作品 29 篇。

5 月 15 日　《时与潮文艺》第 3 卷第 3 期刊登方稜的书评《杂文的艺术与修养》。

5 月 30 日　《昆明周报》第 80 期刊载陈论的文章《读〈夏三虫〉辨》。

本月　周越杂文集《书书书》由上海中华日报社出版，收作品 41 篇；周作人杂文杂著集《书房一角》由北京新民印书馆出版，收作品 191 篇。

6 月　田仲济杂文集《夜间相》由重庆明天出版社出版，收 1940 年至 1943 年作品 31 篇。

7 月 24 日　邹韬奋病逝于上海，终年 49 岁。

8 月　予且（潘序祖）杂文集《霜华集》由上海中国图书印刷公司出版，收作品 70 篇。

9 月 1 日　老舍在《新民报晚刊》开辟杂文栏“多鼠斋杂谈”，至 12 月 24 日共发表作品 12 篇。

本月　《老舍幽默集》由大连满大书店出版，收杂文 35 篇；周作人杂文小品集《秉烛后谈》由北京新民印书馆出版，收作品 23 题 24 篇。

10 月　夏衍散文杂文集《边鼓集》由重庆美学出版社出版，收作品 29 篇。

《中苏文化》月刊（重庆）第 15 卷第 8、9 期合刊刊载田仲济的文章《鲁迅杂文试论》。

11 月 1 日　《高原》（西安）创刊号刊登野风的文章《〈发微集〉读后感》。

11 月 20 日　文载道杂文集《文抄》由北京新民印书馆出版，收作品 21 篇。

本月　冯雪峰杂文集《乡风与市风》由重庆作家书屋出版，收 1943 年作品 41 篇；胡风杂文集《棘源草》由重庆南天出版社出版，收作品 21 篇；马彦祥杂文集《彦祥漫谈》（甲集）由天津语林丛书出版部出版，收作品 90 题 103 篇；徐一士杂文集《一士类稿》由古今出版社出版，收作品 27 篇；周作人杂文小品集《苦口甘口》由上海太平书局出版，收作品 21 篇。

12 月 14 日 《中华日报》（上海）开始刊载朱肇洛的文章《鲁迅先生的杂文》，至 21 日登完。

12 月 19 日 《云南晚报》刊载李子则的文章《由〈花边文学〉所想起的》。

本月 周作人在《读书》第 I 卷第 1 期发表文章《杂文的路》。

本年内 徐昌霖杂文集《红烧清炖集》由重庆联益出版社出版，收作品 24 篇。

徐迟杂女集《美文集》由重庆美学出版社出版，收作品 14 篇。

1945 年

1 月 费孝通杂文集《人情与邦交》由自由论谈出版社出版，收作品 13 篇；王季思杂文集《新物语及其他》由福建南平国民出版社出版；叶圣陶杂文散文集《西川集》由重庆文光书店出版，收作品 20 题 26 篇。

3 月 万异编杂文集《心浴》由重庆国民图书出版社出版，收作品 15 篇。

4 月 何若杂文集《杂文》（甲集）由上海太平书局出版，收 1942 年至 1944 年作品 30 篇；石村杂文集《我的偏爱》由浙江今文出版社出版，收作品 30 篇。

5 月 废名《招隐集》由汉口大楚报社出版，收作品 23 篇。其中杂文 8 篇；冯雪峰在《文艺杂志》新 1 卷第 1 期发表评张恨水杂文的文章《“高洁”与“低劣”》（自抗战以来张恨水在重庆《新民报》副刊《最后关头》、成都《新民报·未晚谈》等报刊发表杂文上千篇）；苏青杂文集《浣锦集》由上海天地出版社出版，收作品 26 篇；茅盾杂文散文集《时间的记录》由重庆良友复兴图书印刷公司出版，收作品 28 篇。

8 月 29 日 郁达夫在新加坡被日本宪兵秘密绑架，后被杀害。

本月 周越然杂文集《版本与书籍》由上海知行出版社出版，收作品 27 篇；周作人杂文小品集《立春以前》由上海太平书局出版，收 1944 年至 1945 年作品 23 篇。

9 月 8 日 《周报》在上海创刊，柯灵主编，以刊登杂文和其他议论性作品为主。1946 年 8 月出至第 50 期被查禁。

本月 华林杂文集《巴山闲话》由华林书屋出版，收作品 22 篇；何其芳杂文散文集《星火集》由重庆群益出版社出版，收作品22篇。

10月19日　《中华民报》（北平）发表徐懋庸的文章《鲁迅的杂文》。

本月　陈畸杂文集《菜油灯下》由广东新中国杂志社出版，收作品31篇。

11月　吴晗杂文集《历史的镜子》由上海生活书店出版，收作品17篇，附录2题30篇；钟子芒杂文集《芒刺》由上海国际书报社出版，收作品71篇。

12月　冯雪峰杂文集《有进无退》由国际文化服务社出版，收1944年至1945年作品30篇；胡风主编文艺半月刊《希望》出刊，以刊登诗歌和杂文为主，1946年10月出至第2集第4期停刊；张恨水杂文小品集《山窗小品》由上海杂志公司出版，收文言体作品56篇。

本年内　离石杂文集《自供》由上海光华出版社出版，收作品45篇。

罗常培杂文集《中国人与中国文》由开明书店出版，收作品12篇。

1946年

1月1日　《青年生活》半月刊（北平）第1卷第7期发表李拓的文章《论杂文之路》。

本月　胡绳杂文集《在重庆雾中》由重庆生生出版社出版，收1942年至1945年作品65篇。

2月　陶菊隐杂文集《六君子传》由中华书局出版，收作品43篇。

3月　平心杂文集《人间事》由当代印书社出版，收作品6篇。

4月10日　《文艺生活》光复版第4期刊出“印度尼西亚杂文选译”，M. 亚米尔作，金丁译。

4月23日　夏丏尊病逝，终年60岁。

本月　王任叔杂文集《学习与战斗》由上海杂志公司出版，收作品16篇。

6月1日　综合性文化半月刊《热潮》在承德创刊，徐懋庸、方纪主编。同年7月1日出至第1卷第3期停刊。文艺创作方面以杂文为主。

本月　李红蒲杂文集《尔尔集》由热河在野作者出版社出版，收作品 45 篇。

7 月 15 日　闻一多被国民党特务暗杀，终年 47 岁。

7 月 25 日　陶行知病逝。

7 月 26 日　冯雪峰在《文汇报 · 笔会》开辟杂文栏“大题小感”，至 1947 年 5 月共发表作品 50 多篇。

9 月　冯雪峰杂文集《跨的日子》由上海国际文化服务社出版，收作品 49 篇。不久即遭禁；石兆棠杂文集《大时代之梦》由香港蕴山出版社出版，收作品 17 篇。

10 月　丰子恺杂文随笔集《率真集》由上海万叶书店出版，收作品 26 题 35 篇；为纪念鲁迅逝世 10 周年，各报纷纷发表文章，涉及杂文的主要有：李广田《鲁迅的杂文》(《文艺复兴》2 卷 3 期)、林海《鲁迅杂文试论》(上海《联合日报晚刊》11 日、18 日、25 日)、沈之予《谈谈杂文》和林英《中国民族革命的镜子——从鲁迅先生的杂文说起》(均载 19 日《全民报》)、寒《鲁迅与杂文》(上海《学生日报》L9 日)、若鹏《鲁迅先生的杂文与小说》(21 日《观察报》)、丁冬《鲁迅的杂文》(31 日《新蜀报》)。

11 月 20 日　《野草》新 2 号刊登思慕（刘燧元）的文章《杂文上的一些问题——纪念鲁迅先生十年忌而作》。

本月　许地山著《杂感集》由上海商务印书馆出版，收作品 15 篇。

12 月　老舍幽默文集《不夜集》由上海毅力书局出版，收作品 33 篇；楼栖杂文集《反刍集》由文生出版社出版，收 1939 年至 1946 年作品 26 篇；《文艺丛刊》(香港) 第 2 辑发表楼栖的文章《论杂文》；张镜秋杂文集《边荒》由正中书局出版，收作品 14 篇。

本年内　周索非杂文集《龙套集》由上海万叶书店出版，收作品 39 篇。

1947 年

1 月　杨风杂文散文集《投枪集》由台北民峰出版社出版，收作品 20 篇。

2 月 1 日　《大众文艺》新 5 号刊登欧阳凡海的文章《鲁迅杂文的三个决定因素》。

2 月 19 日　《新华日报》发表的默涵的文章说：国民党宣传部长张道藩下令要全国作家不写黑暗，专写光明；只准歌颂，不准讽刺。

本月　陶菊隐杂文散文集《天亮前的孤岛》由上海中华书局出版，收作品 24 篇。

3 月 15 日　《文艺春秋》第 1 卷第 3 期发表辛未艾的文章《雪峰的杂文》。

4 月　洪为法杂文集《谈文人》由上海永祥印书馆出版，收作品 17 篇；唐弢杂文集《短长书》由上海南国出版社出版，收作品 37 篇，大都写于抗战期间。

5 月 4 日　综合性文化报纸《文化报》周刊在哈尔滨创刊，萧军主编，出至第 7 期休刊。1948 年复刊，改为五日刊。同年 11 月 2 日被迫停刊，共出正刊 72 期、半月增刊 8 期。其中杂文占报重要位置。

5 月 15 日　《文艺知识连丛》之二《抚棺录》发表魏金枝的文章《我看雪峰的杂文和语言》。

本月　施蛰存杂文散文集《待旦录》由上海怀正文化社出版，收作品 23 篇；舒芜杂文集《挂剑集》由上海海燕书店出版，收作品 47 题 50 篇。

6 月　郭沫若散文杂文集《盲肠炎》由上海群益出版社出版，收作品 9 篇；《秦牧杂文》由上海开明书店出版，收作品 25 篇；郑逸梅杂文集《淞云闲话》由日新出版社出版，收作品 98 篇。

7 月 5 日　林默涵在《野草》新 4 号发表评聂绀弩杂文《往星中》的文章《天上与人间》。

本月　方与严杂文集《创造风》（一）由上海文建出版社出版，收作品 20 篇。

8 月　夏衍以“汪老吉”笔名在《群众》周刊开辟“茶亭杂话”杂文专栏，至 1948 年 6 月初共发表作品 119 篇。同月 17 日起专栏更名“蜗楼随笔”，至同年 11 月夏衍发表作品 52 篇。

9 月 15 日　综合性文艺半月刊《胶东文艺》创刊，马少波主编，1948 年 1 月出至第 1 卷第 8 期停刊。该刊几乎每期都辟有杂文栏。

本月　高寒杂文集《刁斗集》由贵阳文通书局出版，收作品 34 篇，共分 7 辑；杂文集《春天的信号》由上海文汇报馆出版，收郭沫若、夏康农、何贤春等著杂文 36 篇。

12 月　郭沫若杂文集《天地玄黄》由上海大孚出版公司出版，收抗战胜利后作品 75 篇；韩侍桁杂文小品集《海的诱惑》由上海博文书店出版，收作品 20 篇；唐弢杂文集《识小录》由上海出版公司出版，收作品 44 篇。

本年春　王实味在山西兴县蔡家窑被处决。

1948

1 月　《雪峰文集》由上海春明书店出版，共收作品 60 篇，其中杂文 34 篇。

2 月　靳以杂文散文集《人世百图》由上海文化生活出版社出版，收作品 47 篇；《文艺生活》海外版第 1 期刊登周达的文章《杂文应走普及的道路》。

3 月　夏衍杂文集《劫余随笔》由香港海洋书屋印行，收作品 10 篇。

4 月　朱自清杂文杂著集《标准与尺度》由上海文光书店出版，收作品 22 篇；《语文拾零》由名山书屋出版，其中收有《历史在战斗中——评冯雪峰〈乡风与市风〉》一文。

5 月 16 日　《知识与生活》第 27 期刊登朱自清的文章《鲁迅先生的杂感》。

本月　李广田散文杂文集《日边随笔》由上海文化生活出版社出版，收作品 16 篇；朱自清杂文论文集《论雅俗共赏》由上海新观察社出版，收作品 14 篇。

6 月 20 日　《野草文丛》第 10 期刊登秦似的文章《关于杂文和鲁迅杂文》。

8 月 12 日　朱自清在北平病逝，终年 50 岁。

8 月 15 日　《北方日报》发表乔梁的文章《读〈论雅俗共赏〉》；《文讯月刊》第 9 卷第 2 期发表徐中玉的文章《评朱自清著〈标准与尺度〉》。

8 月 20 日　《中央日报》（昆明版）发表小海的文章《匕首与蜡枪头——略谈杂文》。

本月　黄裳杂文集《旧戏新谈》由上海开明书店出版，收作品 56 篇；《闻一多全集》由上海开明书店出版，其中第 3 册收杂文 29 篇。

9 月　陈载杂文集《畸零集》由春风社出版，收作品 54 篇；《丁易杂文》由上海华夏书店出版，收作品 58 篇；聂绀弩杂文集《关于知识分子》由上海潮锋出版社出版，收作品 20 篇。

10 月 19 日　各报同时刊登评鲁迅杂文的文章：周立波《谈谈鲁迅先生的杂文》（《东北日报》），丁布《从鲁迅先生的杂文想起》（《吉林日报》），天蔚《谈杂文》（《文艺月报》）。

10 月 22 日　《新潍坊报》（山东）刊登林森的文章《鲁迅先生的语言——读〈华盖集〉小记》。

本月　风人杂文集《风人辛言集》由南洋报社出版，收作品 7 篇。

11 月　秋翁杂文集《秋翁笔谭》由上海万象图书馆出版，收作品 90 篇。

石江杂文集《宋江论》由上海文哨出版社出版，收作品 44 篇。

12 月　海戈杂文集《蒙尘集》由上海时代书局出版，收作品 50 篇；商务印书馆出版的大型综合性刊物《东方杂志》（1904 年 3 月创刊于上海）停刊。"五四"后经常刊登杂文，后期设有杂文专栏；蔡夷白杂文集《夷白杂文》由上海中央书店出版，收作品 155 篇。

本年内　至 1949 年，东北《生活报》发表社论《斥"文化报"的谬论》（8 月 26 日），批评萧军在《文化报》发表的杂文（在《文化报》前后出版的 72 期和 8 期半月增刊中，几乎每期都有萧军的作品）。《生活报》发表批判萧军的文章还有：社论《分歧在哪里》（9 月 6 日），社论《"剥开皮来看"》（9 月 16 日）、《论萧军的求"真"》《本社重要声明》（署名宋之的、金人、沙英、王坪）、草明《鲁迅的旗帜》、江宁《鲁迅与广告》、沈轲《萧军所倡导的"真实"是什么?》（均 9 月 21 日），社论《论萧军的"九点九"》、闻奇《糖衣包着的毒粉》、洛寒《评最初几期"文化报"》（均 9 月 26 日），社论《论"言论自由"》、洛寒《伟大与渺小》（均 10 月 6 日），社论《有过勿惮改》、塞上《"来而不往非礼也"的作者剖白》（均 10 月 11 日）。萧军在《文化报》发表文章与《生活报》展开论争的有：《文艺上的批评与自我批评》（9 月 1 日第 56 期）、《古潭里的声音——驳"生活报"的胡说》（1—4，分别载 9 月 1 日第 56 期、9 月 5 日第 57 期、9 月 10 第 58 期、9 月 15 日第 59 期）、《谈萧军的"九点九"与生活报的"零点一"——秋夜抄之一》（10 月 5 日第 63 期）。当时和稍后其他报刊发表的批评萧军的文章还有：周立波的《萧军思想分析》、马加的《从“萁豆悲”来看萧军的原则》、胥树人的《就教于萧军先生》、安危的《我们要有明确的是非》（均载哈尔滨《文学战线》9月第1卷第3期），陈沂的《鲁迅不能替萧军打仗——关于萧军和他的〈文化报〉》（1949年1月15日《群众文艺》），丁玲的《批判萧军错误思想——东北文艺座谈会发言摘要》（1949年3月16日《东北日报》）。另外，刘芝明著《萧军批判》一书于1949年3月由天津知识书店出版。1949年4月1日，《东北日报》刊出《东北文艺协会关于萧军及其“文化报”所犯错误的结论》。不久，中共中央东北局作出《关于萧军问题的决定》。萧军于1949年春被下放到抚顺煤矿。

洪炎秋杂文集《闲人闲话》由台中中央书局出版，收作品17篇。

苏雪林著《当代中国小说戏剧一千五百种提要》由北平怀仁学会出版，其中《导论》称彭芳草是杂文作家，“摹仿鲁迅，几可乱真”。

朱光潜作长篇论文《随感录》，探讨这种文体产生的心理依据、思维依据以及历史渊源和艺术规律等。

1949年

1月　王了一（王力）杂文集《龙虫并雕斋琐语》由观察社出版，收作品63篇。

3月　应悱村杂文散文集《石下草》由海天出版社出版，收作品55篇。

4月　裴裴（黎丁）杂文集《怒向集》由香港微微书屋出版，收作品44篇；马叙伦杂文集《石屋叙沈》由上海建文书店出版，收作品96篇。

5月　夏衍杂文集《蜗楼随笔》由香港人间书屋出版，收作品13篇；林默涵杂文集《师和龙》由人间书屋出版，收作品43篇；周建人杂文集《田野的杂草》由生活·读书·新知上海联合发行所出版，收作品29篇。

8月　聂绀弩杂文集《二鸦杂文》由香港求实出版社出版，收作品33篇；聂绀弩杂文集《血书》由上海群艺出版社出版，收作品40篇。

9月　廖某杂文集《廖某杂文》在重庆出版，收作品32篇。

10月　萧下杂文散文集《龙蛇》由上海潮锋出版社出版，收作品33篇；周而复杂文集《北望楼杂文》由上海文化工作社出版，收1935年至

1949 年作品 51 篇。

11 月　何其芳杂文集《星火集续编》由上海群益出版社出版，收作品 41 篇；梁实秋杂文小品集《雅舍小品》由正中书局出版，收作品 34 篇。

本年内　夏衍在《新民晚报》开辟“灯下闲话”杂文专栏。

1950 年

4 月 4 日　黄裳在《文汇报》发表文章《杂文复兴》，主张复兴杂文，抨击时弊。夏衍读后立即电告唐弢并让唐弢转告黄裳，“此文不妥”，“不合时宜”。

7 月 1 日　《新观察》在北京创刊，该刊大量刊载杂文。

7 月 25 日　《文艺报》发表“上海通讯”《关于杂文问题的讨论》。

11 月　马铁丁（陈笑雨、张铁夫、郭小川）杂文集《思想杂谈》（第 1 辑）由武汉通俗出版社出版。

12 月 27 日　《人民文学》第 12 期发表臧克家的文章《我们迫切的需要杂文》

本年内　上海各报刊开展关于杂文问题的讨论：一、关于“杂文复兴”；二、“杂文时代”到底有没有过去；三、今天的杂文应该是怎样的一种杂文。先后发表的文章分别是：金戈的《杂文的道路》、辛禾的《杂文小论》、喻晓的《关于“复兴杂文”》（《文汇报》4 月 11 日）；夏衍的《谈杂文》（《新民晚报》4 月 14 日）；袁鹰的《对“杂文复兴”的一些意见》（《解放日报》4 月 16 日）；萧曼若的《略论“杂文复兴”兼及讽刺问题》（《解放日报》4 月 30 日）；张淇的《关于杂文的写作》（《文汇报》4 月 21 日）；杜高的《杂文应该属于谁》（《文汇报》5 月 16 日）；庄真的《我对“讽刺”的认识》（《文汇报》6 月 5 日）。冯雪峰就这次讨论发表《谈谈杂文》（6 月 30 日《文汇报》）。

1951 年

1 月　马铁丁杂文集《思想杂谈》（第 2 辑）由武汉通俗出版社出版。

3月　马铁丁杂文集《思想杂谈》（第3辑）由武汉通俗出版社出版。

6月　马铁丁杂文集《思想杂谈》（第4辑）由武汉通俗出版社出版。

8月　马铁丁杂文集《思想杂谈》（第5辑）由武汉通俗出版社出版。

本月　肖洛霍夫等的杂文集《刽子手难逃人民法网》（梅林译）由东北人民出版社出版。

9月　法斯特杂文集《知识分子为争取和平而斗争》（方应旸译）由新文艺出版社出版。

10月　马铁丁杂文集《思想杂谈》（第6辑）由武汉通俗出版社出版。

本年内　聂绀弩杂文、杂著集《寸磔纸老虎》由求实出版社出版。

1952年

3月　马铁丁杂文集《思想杂谈》（第7辑）由武汉通俗出版社出版。

4月　马铁丁杂文集《思想杂谈》（第8辑）由武汉通俗出版社出版。

5月　马铁丁杂文集《思想杂谈》（第9辑）由武汉通俗出版社出版。

6月16日　《新观察》发表编后语，提倡写小品文，由此引起一股杂文热。

7月　马铁丁杂文集《思想杂谈》（第10辑）由武汉通俗出版社出版；马铁丁杂文集《思想杂谈》（集外集）由武汉通俗出版社出版。

1953年

5月31日　《文史哲》第5期发表刘泮溪的文章《鲁迅杂文的政治意义和艺术价值》。

本年内　配合群众学习新思想的需要，类似"思想杂谈"的杂文成批涌现。华南人民出版社出版《思想小品》（四辑）。重庆人民出版社出版《思想与生活》（共六辑）。

1954 年

1 月　马铁丁《杂文集》（第一本）由通俗读物出版社出版。

4 月 18 日　陈绪宗在《人民日报》发表文章《小品文——进行思想斗争最灵活的武器》，详细介绍基本限于真人真事批评的“苏联式小品文”（杂文）并倡导撰写。

10 月　苏联《真理报》总编谢皮洛夫率代表团访问中国，两次作报告《报纸上的小品文》和《笑的意义和可笑的东西的意义》，周扬、刘白羽、沙汀、李季等参加报告会并与代表团举行座谈。此后，“苏式小品文”就在《人民日报》《中国青年报》和其他报刊同读者见面。主要作者晓园、韩川、庄农、呼加诺、祖禹、郭梅民等。

1955 年

1 月　高参等著杂文集《乾隆遗风》由北京大众出版社出版。

2 月　《唐弢杂文选》由人民文学出版社出版。

4 月　马铁丁《杂文集》（第二本）由通俗读物出版社出版；聂绀弩杂文集《绀弩杂文选》由人民文学出版社出版。

7 月　新观察丛书编委会编《小品文选集》由作家出版社出版。

8 月　《不让反革命分子“滑过去”杂文汇编》由中国青年出版社出版。

9 月　杂文集《逃不过群众的眼睛——安徽日报杂谈》由安徽人民出版社出版。

10 月　唐弢杂文集《学习与战斗》由新文艺出版社出版。

11 月　马铁丁《杂文集》（第三本）由通俗读物出版社出版。

12 月 29 日　《中国青年报》创设“辣椒”副刊，重点刊登杂文、随笔等。

本月　《小品文写作学习资料》由人民出版社出版。

1956 年

1 月 19 日　《语文学习》第 1 期发表刘衍文的文章《从〈我们不再受骗了〉看鲁迅杂文的战斗性》。

2 月　吴晗杂文集《读史劄记》由三联书店出版，收作品 11 篇。

3 月 1 日　《四川大学学报（社会科学版）》第 1 期发表林如稷的文章《鲁迅杂文的思想与艺术特点》。

本月　严文井杂文集《关于鞭子的杂感》由作家出版社出版，收作品 16 篇。

4 月　王风鸣等著杂文集《这不是私人的事情》由北京大众出版社出版。

5 月　马铁丁《杂文集》（第四本）由通俗读物出版社出版，收作品 13 篇。

6 月　杂文集《夸耀自己的人——“中国青年报”小品文选编》由中国青年出版社出版。

7 月　《新港》创刊，设有“自由谈”“无花的蔷薇”等杂文专栏。主要杂文作者巴人、蓝翎、樊骏、徐懋庸、茅盾等。

8 月　马铁丁杂文集《思想杂谈选集》由作家出版社出版。

10 月 27 日　《厦门大学学报（社会科学版）》第 5 期发表郑朝宗的文章《伟大的人格——读鲁迅杂文》。

12 月　敬三在《文艺报》第 23 期发表《谈严秀的杂文》。

12 月　柯夫杂文集《我喜欢这样的人》由广东人民出版社出版，收作品 21 篇。

本年内　毛泽东提出“百花齐放，百家争鸣”的文艺方针，《人民日报》《文艺报》《解放日报》《新华日报》《文汇报》《新观察》等各大报刊的副刊纷纷改版扩大杂文栏篇幅。《人民日报》强调杂文是“副刊的灵魂”，“副刊的任务之一是继承和发扬五四以来的杂文传统，在双百方针的号召下，繁荣当代杂文创作”（《人民日报》7 月 1 日　第八版）。

1957 年

1 月　唐弢著《鲁迅杂文的艺术特征》由新文艺出版社出版；罗曼·

罗兰的杂文集《约翰. 克利斯杂文》（傅雷译）由人民文学出版社出版。

3月　林默涵杂文集《浪花》由作家出版社出版，收作品29篇；长工杂文集《“凡人”意见》由福建人民出版社出版。

4月11日　徐懋庸在《人民日报》发表《小品文的新危机》。

4月15日　《文艺报》编辑部围绕“小品文的新危机”召开杂文创作座谈会，林淡秋、徐懋庸、陈笑雨、张光年、袁水拍、舒芜、王景山等参加座谈。

4月　李南力杂文集《镜子集》由重庆人民出版社出版，收作品8篇。

5月　田仲济杂文集《微痕集》由新文艺出版社出版。

6月4日　方环在《文汇报》发表《杂文的遭遇及其命运》。

6月　姚文元杂文集《细流集》由上海新文艺出版社出版，收作品29篇；徐中玉著《关于鲁迅的小说、杂文及其他》由新文艺出版社出版。

7月2日　《福建师范学院学报》第2期发表陈本华的文章《鲁迅杂文中的典型问题的初步探讨》。

7月23日　《人民文学》第7期发表徐懋庸的文章《我的杂文的过去和现在》。

9月　北京高校诗歌、杂文集《向右派开火》由中国青年出版社出版；谢觉哉、马铁丁等著《短剑集——反右派斗争杂文选》由湖南人民出版社出版，收作品44篇。

10月　龙石雄等的《号角集（反右杂文诗歌集）》由广东人民出版社出版；辽宁人民出版社编杂文集《为保卫社会主义文艺路线而斗争》由辽宁人民出版社出版。

11月21日　《文汇报》发表姚文元批判徐懋庸的文章《“真理归于谁家”？——批判徐懋庸杂文之一》（批判徐懋庸杂文《真理归于谁家》）。

11月26日　《文汇报》发表姚文元批判徐懋庸的文章《“联系实际”的魔术——批判徐懋庸杂文之二》（批判徐懋庸杂文《理论联系实际的一例》）。

11月29日　《文汇报》发表姚文元批判徐懋庸的文章《术语、花巧、杀气——批判徐懋庸杂文之三》（批判徐懋庸杂文《武器、刑具和道具》）。

本月　巴人杂文集《遵命集》由北京出版社出版；反右派斗争杂文集《刺恶集》由吉林人民出版社出版。

12月6日　《人民日报》发表文章《徐懋庸煽动小品文反党》；《文汇报》发表姚文元批判徐懋庸的文章《“独一无二”的逻辑——批判徐懋庸杂文之四》（批判徐懋庸杂文《第三种人的体会》）。

12月17日　《文汇报》发表姚文元批判徐懋庸的文章《无产阶级人性最合情理——批判徐懋庸杂文之五》（批判徐懋庸杂文《过了时的纪念》）。

12月23日　《文汇报》发表姚文元批判徐懋庸的文章《从黑格尔到假洋鬼子——批判徐懋庸杂文之六》（批判徐懋庸杂文《同与异》）。

12月27日　《文汇报》发表姚文元批判徐懋庸的文章《徐懋庸提倡的是什么“小品文”？——批判徐懋庸杂文之七》（批判徐懋庸杂文《小品文的新危机》《关于杂文的通信》《我的杂文的过去和现在》）。

12月30日　《文汇报》发表姚文元批判徐懋庸的文章《几句结束的话——批判徐懋庸杂文之八》（批判徐懋庸《（打杂新集）序言》）。

本月　龚同文杂文集《什么思想在作怪》由湖北人民出版社出版，收作品30篇。

本年内　徐懋庸杂文集《打杂新集》由北京出版社出版。

因徐懋庸的《小品文的新危机》，《人民日报》开展关于杂文“危机”说的讨论，从4月17日到5月3日，共发表文章11篇：焦勇夫的《读“小品文的新危机”》（4月17日）、高植的《强身和治病》（4月18日）、胡祖宇的《我看小品文》（4月19日）、侯命的《“病”在何处》（4月23日）、严秀的《“危机”问题试论》（4月24日）、马前卒的《消亡中的“哀鸣”》（4月25日）、雁序的《锋利，正是为了治病救人》（4月26日）、铁航的《谈副作用》（4月26日）、彭伯通的《杂文是否定不了的》（4月27日）、范舟的《我说小品文要消亡》（4月29日）、李跃的《“讽刺”的危机》（5月3日）。

1958年

1月26日　《文艺报》设“再批判”专栏并加编者按语，对丁玲、王实味、艾青、萧军、罗烽等人1942年在延安写的杂文《三八节有感》

《论同志之“爱”与“耐”》《野百合花》《还是杂文的时代》《了解作家，尊重作家》进行“再批判”。

本月　福建人民出版社编杂文集《“鬼相”初描》由福建人民出版社出版。

3月　臧克家杂文集《杂花集》由北京出版社出版。

4月16日　《新闻战线》第7期发表姚文元的文章《漫谈杂文》。

本月　姚文元杂文集《在革命的烈火中》由作家出版社出版，收作品55篇。

5月1日　《新闻战线》第8期发表葛德的文章《我们时代的杂文》。

6月15日　梁实秋杂文集《秋室杂文》由大林书局出版，收作品35篇。

6月30日　《读书》第12期发表苏执评李南力杂文的文章《有害的倾向》。

本月　山西日报社编《战鼓集（大跃进杂文）》由山西人民出版社出版，收作品26篇。

7月　湖北人民出版社编杂文集《发扬共产主义风格》由湖北人民出版社出版；作家出版社编《破除迷信——大跃进杂文选第一集》由作家出版社出版；作家出版社编《人民的颂歌——大跃进杂文选第二集》由作家出版社出版；作家出版社编《智慧的海洋——大跃进杂文选第三集》由作家出版社出版。

8月　新文艺出版社编《正义的短剑——反对美、英帝国主义侵略中东杂文集》由新文艺出版社出版；北京日报编辑部编杂文集《要敢于插红旗》由北京出版社出版。

9月　北京出版社编杂文集《发扬共产主义风格》由北京出版社出版。

10月19日　《语文学习》第10期发表何家槐的文章《鲁迅的杂文（上）》。

本月　上海文艺出版社编《炮舰·绞索·毁灭》（反对美帝军事挑衅杂文选集）由上海文艺出版社出版；张友济杂文集《冷嘲和热爱》由上海文艺出版社出版。

11月9日　《语文学习》第11期发表何家槐的文章《鲁迅的杂文（下）》。

本月　湖南人民出版社编《共产主义教育杂文集》由湖南人民出版社出版。

12 月　林平杂文集《摇旗集》由上海文艺出版社出版。

1959 年

3 月　姚文元杂文集《兴灭集》由上海文艺出版社出版，收作品 46 篇；夏衍杂文集《杂文与政论》由北京出版社出版，收作品 25 篇。

4 月 1 日　《新闻战线》第 6 期发表中国人民大学新闻系湖北日报实习组的文章《谈谈龚同文的杂文》。

本月　龚同文杂文集《大江东去》由湖北人民出版社出版，收作品 33 篇；中国人民大学新闻系评论教研室编《杂文写作讲义（初稿）》由中国人民大学出版社出版。

5 月 1 日　《文学评论》第 2 期发表唐弢的文章《论鲁迅思想的发展——从鲁迅杂文谈他的思想演变》。

5 月 19 日　《语文学习》第 5 期发表王文的文章《关于杂文的写法》。

5 月 31 日　《学术月刊》第 5 期发表唐弢的文章《“五四”时期的鲁迅——鲁迅杂文所反映的五四的历史意义与时代精神》；《教学与研究》第 5 期发表秦晓光的文章《“五四”时期鲁迅的杂文》。

9 月　托尔斯泰［苏］的《托尔斯泰科学杂文集》由科学技术出版社出版；龚同文杂文集《龚同文短论选》由湖北人民出版社出版；吴晗杂文集《投枪集》由作家出版社出版。

11 月 12 日　《新闻战线》第 21 期发表安徽日报文艺组的文章《杂文永远有旺盛的生命力》。

本月　江苏人民出版社编杂文集《除掉魏延的反骨》由江苏人民出版社出版。

本年内　湖南人民出版社编《短兵集：批判右倾机会主义杂文选》由湖南人民出版社出版。

1960 年

1 月 31 日　《新闻战线》第 2 期发表林志浩的文章《学习鲁迅杂文的

表现方法》。

本月　杂文集《闯将风格》由东海文艺出版社编辑出版；张春桥杂文集《龙华集》由上海文艺出版社出版，收1958—1959年间作品40篇。

3月16日　《读书》第5期发表武杰华的文章《我爱〈龚同文短论选〉》。

3月31日　《读书》第6期发表周晓的文章《从〈兴灭集〉看姚文元杂文的特色》。

4月30日　《新闻战线》第8期发表马铁丁的文章《对敌斗争的匕首，共产主义思想的赞歌——新时代的新杂文》。

5月15日　《新闻战线》第9期发表龚同文的文章《集体写作五年》。

本月　上海十年文学选集编辑委员会编《散文杂文选》由上海文艺出版社出版，收1949—1959年间的作品58篇；高尔德著《高尔德杂文选读》由商务印书馆出版。

6月　吴晗杂文集《灯下集》由三联书店出版，收作品37篇；四川十年文学艺术选集编辑委员会编《四川十年杂文选（1949—1959）》由四川人民出版社出版。

7月　魏世英杂文集《起步集》由福建人民出版社出版，收作品26篇；陈涓杂文集《锣鼓集》由福建人民出版社出版，收作品35篇。

1961年

3月19日　邓拓在《北京晚报》开设“燕山夜话”专栏，至次年9月共发表杂文153篇。

4月1日　《新闻业务》第6期发表林志浩的文章《瞿秋白杂文的艺术特色》。

6月　中共长春市委宣传部编《有关调查研究的杂文选编》（均选自《人民日报》）由长春市新华书店发行。

10月10日　邓拓、吴晗、廖沫沙以“吴南星”为笔名在《前线》杂志开辟“三家村札记”杂文专栏。

10月28日　《文学评论》第5期发表刘绥松的文章《鲁迅杂文的艺术特色》。

本月　宋振庭杂文集《星公短论集》由吉林人民出版社出版；吴晗

杂文集《春天集》由作家出版社出版，收作品40篇；朱彤在《雨花》第10期发表《鲁迅杂文独创的艺术》。

12月　丹丁杂文集《瓜豆篇》由山东人民出版社出版，收作品37篇。

1962年

5月4日　《人民日报》开辟“长短录”杂文专栏，作者夏衍、吴晗、廖沫沙、孟超、唐弢等。

6月15日　《新闻业务》第11期发表家铮的文章《〈笔会〉杂文评点录》。

本月　罗荪散文、杂文集《火花集》由上海文艺出版社出版。

6月　马铁丁杂文集《不登堂集》由上海文艺出版社出版。

12月　繁星（廖沫沙）杂文集《分阴集》由北京出版社出版，收作品32篇；史常真（李孟北）杂文集《滇云漫谭》由云南日报编辑部以“内部使用”印刷发行。

本年内　在《人民日报》“长短录”的影响下，各地报刊纷纷开辟的杂文专栏计有《大众日报》“历下漫话”、《云南日报》“滇云漫谭”、《重庆日报》“巴山漫话”、《中国青年报》“青春寄语”等。

1963年

2月　吴晗杂文集《学习集》由北京出版社出版，收60年代初作品49篇。

3月2日　《新闻业务》第4期发表道迟的文章《青年读者的知心朋友——读〈青春寄语〉杂文有感》。

3月　马南邨（邓拓）杂文集《燕山夜话》由北京出版社出版。

本年内　《杂文（质文）》月刊第一号（影印本）由上海文艺出版社出版。

1964年

3月31日　《新闻业务》第6期发表于嘉的文章《一批抓活思想的好

杂文》。

本月　李欣杂文集《老生常谈》由内蒙古人民出版社出版。

5月　《人民日报杂文选集（1959—1963）》由人民日报出版社出版，收作品45篇。

6月29日　《文学评论》第三期发表瞿光熙的文章《夏衍的杂文集》。

1965年

2月　天津人民出版社编杂文集《老俗话里的是与非》由天津人民出版社出版，收作品21篇。

4月1日　《新闻战线》第6期发表越飞的文章《需要更多更好的国际杂文》。

6月30日　《新闻业务》第12期发表高志英的文章《怎样给农民写杂文》。

9月　范康杂文集《锐气集——学习与修养》由天津人民出版社出版，收作品27篇。

12月　《学习王杰杂文选》由上海人民出版社出版。

（1966—1975年，十年“文化大革命”）

1976年

1月31日　杂文家冯雪峰逝世，终年73岁。

4月　聂瑾等著杂文集《幼芽·斗争·明天》（新生事物赞）由天津人民出版社出版。

7月　《鲁迅杂文选》由天津人民出版社出版。

10月24日　《人民日报》发表戈尘的《红帽子藏不住黑心肝》，《光明日报》发表舒心的《蚍蜉撼树谈何易》；10月25日《北京日报》发表燕枫的《斥“四人帮”的鬼蜮伎俩》、刘宗明的《捣鬼者必败》。这是粉碎“四人帮”后最早出现的杂文。

8月4日 《人民日报》发表乐秀良的杂文《日记何罪》，稍后又发表了《再谈日记何罪》。两篇作品激起强烈反响，先后收到20多个省、市区600多封来信。

11月25日 鲁迅研究会在北京成立。

1977年

1月 《和少年朋友谈谈学点鲁迅杂文》由上海人民出版社出版；桂良、毓凯在《河北大学学报》第1期发表《一篇饱和了毒汁的奇文——评张春桥的〈关于杂文〉》。

5月 人民出版社编《除"四害"杂文集》由人民出版社出版。

7月 王宗仁编《"中山狼"的本性及其它——批判"四人帮"反党集团杂文集》由人民文学出版社出版。

8月 长春市钢厂、吉林大学中文系编《鲁迅杂文选讲》（三）由吉林人民出版社出版。

1978年

4月5日 中共中央批准统战部和公安部关于摘掉右派帽子的请示报告，决定全部摘掉右派帽子（其中对552877人全部摘帽，但章伯钧、罗隆基、彭文应、储安平、陈仁炳等96人"不予改正"）。包括冯雪峰、蓝翎、徐懋庸等在内的大批杂文家"右派"被恢复名誉。

9月 杨昌济杂文随笔集《达化斋日记》由湖南人民出版社出版。

1979年

1月 唐弢杂文集《春涛集》由四川人民出版社出版。

2月 李孟北杂文集《滇云漫谭》由云南人民出版社出版。该著最初由《云南日报》编辑部于1962年印刷发行，姚文元在《评"三家村"》中说《滇云漫谭》是"三家村分店"，李孟北是分店"大老板"。

3月 胡青坡杂文集《草子集》由湖南人民出版社出版。

4月 马南邨（邓拓）杂文集《燕山夜话》由北京出版社重印出版。

5 月　北京市杂文学会编《北京杂文选》（1979—1992）由北京出版社出版；邵传烈著《漫话杂文》由浙江人民出版社出版；《新闻战线》第 5 期发表袁鹰、姜德明的《〈长短录〉的始末与功“罪”》。

6 月 29 日　中共中央同意中共北京市委《关于“三家村”冤案的平反决定》。决定还宣布，1966 年 4 月 16 日《前线》《北京日报》的《关于“三家村”和〈燕山夜话〉的批判》一文的“编者按”和材料是不实事求是的，应予撤销。

7 月　宋振庭杂文集《星公杂文集》由吉林人民出版社出版。

9 月 5 日　首都各界人士在北京八宝山公墓，为 13 年前受迫害致死的杂文家邓拓举行追悼会。李苦禅送的挽联是：燕山磊落，夜话千秋！

9 月　吴南星（邓拓、吴晗、廖沫沙）杂文集《三家村札记》由人民文学出版社出版，林默涵作《序》。另收入廖沫沙《哭邓拓吴晗同志》和《后记》、任文屏《一桩触目惊心的文字狱——为〈三家村札记〉〈燕山夜话〉恢复名誉》。

14 日　吴晗追悼会在北京八宝山公墓举行。吴晗因写杂文受批斗，于 1969 年 10 月 11 日自杀身亡。

10 月 4 日　《文汇报》发表黄秋耘的文章《杂文应当复活》。

11 月　卡缪著、温一凡译《卡缪杂文集》由志文出版社出版。

12 月　《当代》第 3 期发表蓝翎的文章《有感于杂文的兴废》；《吴晗杂文选》由人民文学出版社出版。

本年内　乐秀良 8 月 4 日在《人民日报》发表杂文的《日记何罪!》、11 月 21 日在《人民日报》发表的《再谈日记何罪》引起广泛社会反响，先后收到 600 多封读者来信。《新观察》1983 年第 12 期发表《一石激起千层浪——杂文〈日记何罪!〉引起反响》。

1980 年

1 月　《人民日报》开辟“今日谈”杂文专栏；《文汇报》社主办的《文汇增刊》（月刊）创刊，设有“杂文”“自由谈”“仙人掌”“文艺对话录”等栏目，1981 年 1 月更名为《文汇月刊》。

2 月　《北京晚报》开辟“百家言”杂文专栏；吴晗、廖沫沙、唐弢等合著杂文选集《长短录》由人民日报出版社出版。

3月 《文艺报》第3期在“如何繁荣杂文创作”的总题下，发表了廖沫沙、王子野、陶白、曾彦修等人写的一组文章。

4月 《谢觉哉杂文选》由人民文学出版社出版。

5月14日 章明在《羊城晚报》发表杂文《吃运动饭》，引发对被批评现象“吃政治运动饭”的争议，6月出版的《宣传动态》第26期发表《对〈吃运动饭〉一文的批评》。

本月 邓拓杂文集《燕山夜话》由北京出版社再版，收录《燕山夜话》1—5集全部作品，书前有丁一岚的《不单是为了纪念——写在〈燕山夜话〉再版的时候》。

6月 巴金杂文集《随想录》由人民文学出版社出版。

7月10日 《新观察》在北京复刊，设有“杂文”“随笔”“漫话”等栏目。

7月23日 《广西日报》发表秦似的《为杂文说几句话》认为：如果杂文算不得文学，那么从柳宗元、韩愈、唐宋八大家数上去，中国文学便是一个零。

7月 余心言杂文集《说修养》由四川人民出版社出版。

8月 《夏衍杂文随笔集》由北京三联书店出版。

9月 黄秋耘杂文集《锈损了灵魂的悲剧》由人民文学出版社出版。

10月 巴人杂文集《遵命集》由北京出版社出版。

11月 秦牧杂文集《花蜜和蜂刺》由人民文学出版社出版。

12月 宋振庭杂文集《讴歌与挥斥》由天津人民出版社出版。

1981年

3月 《聂绀弩杂文集》由北京三联书店出版。

4月22日 《南方日报》刊登本报举行的发展杂文创作座谈会的文章：秦牧《探索和发展杂文艺术》、岑桑《杂文杂议》、杨群《杂文与时代》、柳嘉《杂文的杂与不杂》等。

本月 巴金《随想录》第2集《探索集》由香港三联书店出版；新华社主办的《瞭望》杂志创刊，初为月刊，1984年1月改为周刊。该刊长期设“杂文”专栏。

5月3日 林放在《文汇报》发表《杂文之春》，披露了毛泽东在

1957年夏天关于杂文的谈话："我爱读杂文，假如让我选择职业的话，我想做个杂文家，为《人民日报》写点杂文。可惜，我现在没有这个自由。""杂文家难得，因此，我要保护一些杂文家。"

本月 《秦似杂文集》由北京三联书店出版。

6月 人民日报文艺部编杂文集《八方集》由人民日报出版社出版，作者冯亦代、周汝昌、黄苗子、黄裳、潘际坰、吴泰昌、吴德铎、峻骧。

7月 《丁玲杂文集》由湖南人民出版社出版；《文艺报》第14期发表任白戈的《徐懋庸及其作品》。

8月7日 丁玲在吉林省纪念鲁迅诞辰一百周年学术讨论会闭幕式上作《关于杂文》的讲话，倡导继承鲁迅传统、学习发展鲁迅杂文的文风，使杂文更"多种多样"。

9月15日 刘再复在《文学评论》第5期发表《鲁迅杂感文学中的"社会相"类型形象》。

9月25日 鲁迅诞辰100周年纪念大会在北京举行，胡耀邦讲话；《人民日报》发表社论《鲁迅精神永存》。

11月11日 唐弢在《人民日报》发表《鲁迅杂文一解》。

12月 蓝翎杂文集《断续集》由花城出版社出版；孙淡宁杂文集《犁耙集》由明窗出版社出版；袁良骏在《鲁迅研究》（5）发表《鲁迅杂文的艺术技巧》。

本年内 《随笔》丛刊第8集发表追忆《燕山夜话》传播影响的《燕山磊落夜话千秋——邓拓夫人丁一岚给读者的信和读者给她的八封信》。

1982年

1月1日 《新民晚报》复刊，其副刊"夜光杯"设"未晚谈"杂文专栏，林放主笔。

1月18日 《新观察》编辑部召开杂文、漫画创作研讨会，在京杂文家就杂文的地位和命运、杂文的特点和风格等进行讨论。发表的论文计有：谢云的《杂文的地位和命运》、李庚辰的《杂文应以批评为主》、孙士杰的《杂文的风格要多样化》、胡靖的《借鉴鲁迅的笔法》、刘甲的《我们时代杂文的特征》、方成的《出个主意》（见《新观察》第4期）。

1月 《创作》第一期发表刘雪苇、聂绀弩《关于杂文"文体的通信”》；黄裳在《人民日报》开设“人间说戏”杂文专栏。

2 月　黄裳杂文集《榆下说书》由三联书店出版。

3 月　曾敏之杂文集《望云海》由人民文学出版社出版。

4 月 1 日　《人民日报》发表评论员的文章《坚定不移地同腐败现象作斗争》。

6 月 21 日　中共广西壮族自治区委员会作出为杂文家秦似 1957 年受到错误处分平反的决定。

本月　章明杂文集《剑花小集》由湖南人民出版社出版。

7 月　李庚辰著《杂文写作琐谈》由长征出版社出版；张黎群杂文集《巴山漫话》由四川人民出版社出版。

9 月　吕剑杂文集《一剑集》由上海文艺出版社出版；《文艺报》第 9 期发表林泽生的《秦牧谈杂文写作》。

10 月　公之于杂文集《易风琐语》由广西人民出版社出版。

11 月 22 日　《新观察》编辑部召集杂文研讨会，在京作家就繁荣和发展杂文创作、提高杂文的质量等问题展开讨论。研讨会发表的文章有：夏衍的《杂文复兴首先要学鲁迅》、唐弢的《对杂文的几点意见》、廖沫沙的《要培养新的杂文作家》、袁鹰的《杂文也难也不难》、宋振庭的《杂文的好处、难处和对它的希望》、蓝翎的《消除偏见，繁荣杂文》（见《新观察》1982 年第 24 期、1983 年第 1 期）。

12 月　《郭风杂文集》由福建人民出版社出版；《高尔基政论杂文集》由北京三联书店出版；蓝翎杂文集《断续集》由花城出版社出版；《学习与研究》第 12 期发表高起祥的文章《建国以来杂文发展历史的回顾》。

1983 年

1 月　程中原在《鲁迅研究》(7) 发表《〈自由谈〉的革新与鲁迅杂感的发展》；蓝翎杂文集《了了录》由四川人民出版社出版；邹人煜杂文集《紫千集》由安徽人民出版社出版。

2 月　《徐懋庸杂文集》由北京三联书店出版；蒋元明杂文集《嫩姜集》由山西人民出版社出版；公今度《魂兮归来——公今度杂文选》由福建人民出版社出版。

3月 梁实秋《雅舍杂文》由正中书局出版；金戈杂文集《琢玉篇》由山西人民出版社出版。

4月 闫庆生著《鲁迅杂文的艺术特质》由陕西人民出版社出版。

6月 《浙江学刊》第3期发表魏桥的文章《建国以来杂文的“三起三落”》。

8月28日 河南省成立杂文学会。

本月 《半农杂文》由上海书店出版。

10月 钱歌川杂文集《浪迹烟波录》由友谊出版社出版。

11月4日 河北省成立杂文学会。

本月 丹丁杂文集《历下漫话》由山东人民出版社出版。

12月 《半农杂文二集》由上海书店出版；陶雄杂文集《黄花集》由花城出版社出版。

1984年

3月 柳萌、丁正良编《新观察杂文选》（1980—1982）由福建人民出版社出版；《北京晚报》编辑部编杂文集《百家言》由陕西人民出版社出版。

4月 陈鸣树著《鲁迅杂文札记》由江苏人民出版社出版；潘毓成杂文集《逆流集》由中国友谊出版公司出版。

5月 《廖沫沙杂文集》由三联书店出版；《唐弢杂文集》由三联书店出版。

8月 《丁易杂文》由三联书店出版；《马铁丁杂文选》由人民日报出版社出版。

9月16日 山西省成立杂文学会。

10月2日 以“革故鼎新，激浊扬清”为宗旨的《杂文报》在石家庄创刊，四开四版，每周1期。这是新中国成立后我国第一家专门的杂文报纸。

11月10日 徐震（公今度）应国际笔会暨聂华苓女士之邀，前往美国作《杂文——中国的特殊文体》的专题讲座。

11月30日 美国旧金山《时代报》用半个版介绍《杂文报》。

12月 《柯灵杂文集》由三联书店出版；刘甲著《新时代杂文漫谈》

由唐山市杂文学会印刷发行；人民日报编辑部编杂文集《不惑集》由中国对外翻译出版公司出版。

1985年

1月19日　甘肃省成立杂文学会。

本月　河北省杂文学会主办的季刊《杂文界》创刊，以杂文研究和创作并重。从1986年3月起，该刊由河北省杂文学会同北京杂文学会合办，改为双月刊。

3月　《巴人杂文选》由人民文学出版社出版；余心言杂文集《酸甜苦辣话人生》由中国青年出版社出版；江苏省作协成立杂文创作委员会。

4月20日　《杂文界》第2期发表师华伟的文章《吴昊和他的杂谈》。

本月　《严秀杂文选》由人民文学出版社出版。

5月　《中国新文学大系·杂文集》(1927——1937)由上海文艺出版社出版。

6月　高扬、高占祥等著《新杂文集》由花山文艺出版社出版；武汉市成立青年杂文协会。

7月1日　《人民日报·海外版》创刊，相继开设“望海楼随笔”“百家论坛”“自由谈”等杂文专栏。

本月　舒展杂文集《辣味集》由重庆出版社出版。

8月3日　青海省成立杂文研究会。

8月6日　李不识在《杂文报》发表谈杂文的文章《何必言必称鲁迅》，贬损鲁迅杂文。

8月27日　由《杂文报》社主办的全国杂文理论、创作研讨会在北戴河举行。

本月　冯英子《相照集》由三联书店出版；《江西大学学报》第四期发表江冰的文章《中国当代杂文发展概说》；《青海湖》发表邢孔荣的《论鲁迅的创作生涯》，认为“随着时间的推移与环境的改变，他的绝大多数杂文将会失去存在的价值”。

10月1日　杂文创作函授学院在石家庄开学，设10门课程，首批学员4100余名。

本月　刘甲著《新基调杂文创作谈》由长征出版社出版；于浩成杂

文集《鸣春集》由群众出版社出版。

11月30日　北京市成立杂文学会。

本月　《陆台生杂文选》（美国）由中国友谊出版公司出版；李庚辰杂文集《待人处世之道》由山西人民出版社出版。

12月　《宋云彬杂文集》由三联书店出版。

1986年

1月20日　江冰在《杂文界》第1期发表《名闻一时的马铁丁》。

本月　牧惠杂文集《湖边拾翠》由人民日报出版社出版；《潘汉年杂文选》由百花文艺出版社出版。

2月1日　针对1985年李不识和邢孔荣的文章，陈漱渝在《文艺报》发表《不要恣意贬损鲁迅》。

3月　李继曾著《杂文笔法例谈》由山东教育出版社出版；《曾白融杂文集》由中国文联出版公司出版。

4月27日　福建省成立杂文学会。

本月　《邓拓文集》由北京出版社出版。

5月　罗竹风主编《上海杂文选》由上海文艺出版社出版，选录1979—1983年的杂文。

6月14日　中国作家协会四届四次主席团作出决议，决定增设杂文奖，两年颁发一次。

本月　陈福民在《河北师院学报》第3期发表论文《危机与兴盛——关于杂文创作的艺术思考》；谷长春杂文集《知曙集》由吉林人民出版社出版。

7月　夏丏尊著《平屋杂文》由上海书店出版；薛绥之主编《鲁迅杂文辞典》由山东教育出版社出版。

8月12日　吉林省成立杂文学会。

8月20日　河南省成立杂文学会。

9月20日　《杂文界》第5期发表朱亚夫的《评说世象五十载——访杂文家林放》。

10月4日　北京市成立杂文学会；北京市杂文学会、《北京日报》《北京晚报》《今晚报》《杂文界》联合邀集首都学界和杂文界人士举行研讨会，纪念鲁迅逝世 50 周年，李何林、林非、王得厚、袁良骏、舒展等发言倡导学习鲁迅杂文和鲁迅精神。

10 月 25 日　上海市成立杂文学会。

本月　张梦阳著《鲁迅杂文研究六十年》由浙江文艺出版社出版；《郑州晚报》杂文选《晚话》（1980—1984）由河南人民出版社出版，收作品 154 篇。

11 月　曾彦修主编《全国青年杂文选》（1977—1984）由中国青年出版社出版；严秀、牧惠主编《当代杂文选粹》（第一辑）由湖南文艺出版社出版，该辑共包含十人卷：《舒展之卷》《章明之卷》《曾敏之之卷》《刘征之卷》《谢云之卷》《老烈之卷》《陶白之卷》《邵燕祥之卷》《巴金之卷》《于浩然之卷》；曾彦修主编《全国青年杂文选》由中国青年出版社出版。

12 月 11 日　辽宁省成立杂文学会。

本月　《柯灵杂文集》由三联书店出版；邹人煜杂文集《世态百感》由安徽文艺出版社出版。

本年内　“全国杂文学会联谊会”在天津大邱庄成立。该会的主要目的和任务是：“通过召开一年一次的年会，加强各地杂文学会之间的沟通与交流，增进各地杂文学会组织和杂文作者的协作和友谊，推动杂文创作的健康发展与持续繁荣，更好地服务社会主义物质文明、精神文明、政治文明建设”。首届“全国杂文学会联谊会”会员名单是：胡昭衡（国家经委经济管理研究中心常务副主任）、刘甲（《人民日报》高级编辑）、江达飞（北京文化艺术出版社副编审）、薛培敏（人民文学出版社一级编辑）、王一心（《北京日报》编辑）、杜文远（河北杂文学会会长）、冯孟春（《杂文报》副总编）、李恩柱（《杂文报》编辑）、张雨生（石家庄陆军学院教官）、王建家（《黑龙江日报》编辑）、孟令哉（《吉林日报》副主任）、王功熹（《辽宁日报》主任编辑）、李登科（《郑州晚报》编辑）、王大海（河南文联离休干部）、顾志兴（浙江社科院室副主任）、赵力田（《新华日报》主任编辑）、程仲英（《合肥晚报》编委）、邓黔生（华中师范大学副教授）、张烽（湖北省人民政府副处长）、苏景义（河南《新乡晚报》编辑）、郭振亚（河南《新乡晚报》编辑）、毛锜（陕西省作家协会作家）、祝文善（福建省杂文学会办公室主任）、刘广通（《天津支部生活》编辑）、国乎有（山东省委副秘书长研究室主任）、赵锦良（山东社科院副院长)、李芳木（《大众日报》部主任)、李桂荣（高密化纤厂厂长)、徐炳熹（济宁市委宣传部部长)、朱本芸（济宁市委宣传部副部长)、张玉春（《济宁日报》副总编)、刘宝富（《潍坊日报》总编)、王祯（《潍坊日报》政文部主任)、于学顺（东营市委组织部部长)、王永福（《烟台日报》总编)、步长存（曲阜市委办公室主任)、孔祥会（曲阜市委宣传部副部长)、邢殿桂（曲阜市委接待办副主任)、夏元堂（阙里宾舍总经理)、徐晶济（济宁市委宣传部干事)、万宝钰（《青岛日报》编辑)、孙继才（《济宁日报》副主任)、孙鸿泰（《济宁日报》主任)、孙士全（《济宁日报》记者)、纪言德（济宁武警支队通讯员)、王进（曲阜旅游局接待员)、孟庆立（山东《支部生活》副总编)、钟海燕（山东《支部生活》室主任)、张继辉（山东《支部生活》编辑)、纪群（山东《支部生活》会计)。

全国杂文学会联谊会第1届年会在湖北武汉举行（9月)。

《杂文界》开展关于杂文“淡化政治的观点”的讨论。发表的文章包括：周全胜的《一点怪论》、洛木的《论“怪论”》(第2期)，金鸥的《也谈浓淡》、李明天的《杂文与政治》、边哲的《“淡化政治”值得深思》(第4期)，袁诹的《杂文多为风云谈》、千帆的《想起列宁一段话》、东进的《一点史料》、陈八辉的《全胜同志并非要淡化“四化建设”》(第5期)。

1987年

2月　曾彦修、秦牧、陶白主编《中国新文学大系·杂文集》(1976—1982）由中国文联出版公司出版。

3月　唐弢主编《〈申报·自由谈〉杂文选》(1932—1935）由上海文艺出版社出版。

4月　刘心武主编杂文集《斜坡文谈》由上海文艺出版社出版。

5月11日　《北京杂文》(《北京日报》专刊，每月一期）创刊，北京市杂文学会和《北京日报》联合主办。

5月15日　石飞在杂文报发表《〈现代作家〉的“杂文热”》；中国杂文史编写研讨会在河北张家口召开，参加人员张华、姚春树、姜振昌、李继曾、刘绍本、杜文远、江冰、曹天喜等。

7月3日 杂文报举办首届“鲁迅风”杂文有奖征文。

本月 刘甲著《新基调杂文初探》由文化艺术出版社出版。

8月 赵成玉、黄甫姜杂文集《扇子趣话》由山西人民出版社出版。

9月23日 山东省成立杂文学会。

9月25日 全国杂文学会联谊会第2届年会在山东曲阜举行，同时举行有关新时期杂文的研讨。

本月 张华主编《中国现代杂文史》由西北大学出版社出版。

10月30日 《杂文界》第5期发表艾方白的文章《王力与杂文》、曹志培的文章《锐气与智慧的统一体——邹人煜杂文集〈世态百感〉读后》。

11月 严秀、牧惠主编《当代杂文选粹》由湖南文艺出版社出版。

12月 《胡风杂文集》由三联书店出版；叶延滨杂文集《生活启示录》由华岳文艺出版社出版。

本年内 《杂文届》继续开展关于杂文“淡化政治的观点”的讨论。发表的文章包括：王荆的《杂文和“淡化政治”问题》、江冰的《“淡化政治”与逆反心理》（第1期），知谏的《杂文远离政治是不可取的》、乐秀良的《浓化淡化总不宜》（第2期），丁卯的《有益的一课》（第3期），孙士杰的《“淡化政治”争论三题》、姚春树的《坚持杂文社会功能和审美特质的统一》（第4期）。对此，姜振昌在《文学评论家》（第6期）发表《杂文于强弱浓淡之间》，主张“浓化淡化各由之”。

1988年

3月22日 四川省成立杂文学会。

4月 李庚辰杂文集《探世集》由北岳文艺出版社出版；胡绩伟主编《杂文研究资料选辑》由花城出版社出版；牧惠著《杂文杂谈》由湖南人民出版社出版；“青春宝振兴杂文基金会”成立，杭州第二中药厂提供10万元赞助，专门用于奖励杂文创作及杂文研究优秀成果。

5月23日 《杂文报》举办的“鲁迅风”有奖征文和杂文基础知识竞赛两项活动在北京举行。

5月25日 鄢烈山在《新闻出版报》发表论文《春秋笔法、鲁迅笔法及其他》。

本月　赵秀枫、刑文国、刘成信杂文集《蓝天下的思索》由吉林人民出版社出版；《人民日报》《新观察》杂志和《贵州日报》邀请三十余位杂文作家在贵阳举行杂文笔会。

6月11日　广西壮族自治区成立杂文研究会。

6月25日　陕西省成立杂文学会。

本月　公今度杂文集《冷板凳上的话》由武汉出版社出版。

7月8日　国内首家杂文广播协会在湖北成立。

本月　舒展杂文集《牛不驯集》由花城出版社出版。

8月　陶白杂文集《秣陵拾草集》由江苏文艺出版社出版。

10月27日　山东杂文学会邀集北京、福建、湖北等30余位杂文界人士在潍坊召开关于刘甲的"新基调"杂文理论研讨会，刘甲、吕祖荫、宋志坚、卢得志、远征、刘保富等作大会发言（《杂文界》1989年第四期）。

11月1日　《人民日报·海外版》举办"望海楼随笔"杂文征文。

本月　彭定安著《鲁迅杂文学概论》由辽宁教育出版社出版。

12月13日　湖南省成立杂文学会。

12月15日　《人民日报》"风华杂文征文"评奖揭晓，征文7000多篇，获奖作品25篇，其中邵燕祥的《大题小作》、孙越生的《蚯蚓现象》、刘征的《庄周买水》、公刘的《正题歪做》、胡平的《美食家自白》获一等奖。

本年内　《北京日报》《团结报》《杂文界》等首都17家报刊于5月联合举办"青春宝杂文征文"，12月评奖揭晓，65篇作品获奖，其中3项一等奖是：冯英子的《天行健，君子以自强不息》，张聿温的《"出口转内销"》，于兆璒的《刹住"人口快车"》。

刘甲的"新基调"杂文理论引起批评：谢云发表《谈所谓杂文的"官民一致"原则》（《瞭望》第44期），高起祥发表《"新基调"杂文理论的失误》（《文论报》11月5日）。

1989年

2月　中国作家协会评选"新时期优秀散文集杂文集奖"揭晓，获奖的十部杂文集是：《忧乐百篇》（邵燕祥）、《湖滨拾翠》（牧惠）、《辣味集》（舒展）、《当代杂文选粹. 冯英子之卷》《各领风骚没几年》（陈小川)、《观海录》(曾敏之)、《金台集》(蓝翎)、《当代杂文选粹. 章明之卷》《未晚谈》(林放)、《当代杂文选粹. 吴有恒之卷》;《宋振庭杂文集》由山西人民出版社出版。

3 月 8 日　全国杂文学会联谊会第 4 届年会在天津大邱庄召开。

3 月 30 日　江苏省成立杂文学会。

本月　《四川百人杂文集》由四川人民出版社出版。

4 月　人民日报文艺部编“风华杂文征文选”《阿 Q 真地阔了起来》由人民日报出版社出版;石飞杂文集《夜垦集》由文化艺术出版社出版。

5 月 15 日　何西来在《文学评论》第 3 期发表《文格和人格——邵燕祥杂文论片》。

本月　韩羽《闲话闲画集》由学苑出版社出版;赵元惠编《杂文创作百家谈》由河南教育出版社出版;朱建国杂文集《早叫的公鸡》由光明日报出版社出版。

6 月 15 日　江冰在《杂文界》第 3 期发表《徐懋庸当代杂文论略》。

本月　《湖北百人杂文集》由花山文艺出版社出版。

7 月　唐弢、唐达成在《散文世界》第七期分别发表《我观新时期散文和杂文》《散文杂文繁荣的时代必将到来》;汪金友杂文集《赴忧集》由文化教育出版社出版;赵元惠编《杂文创作百家谈》由河南教育出版社出版。

9 月　毛锜杂文集《北窗散笔》由陕西人民出版社出版。

10 月　杜文远、刘绍本、楼沪光主编《杂文百家专访》由学苑出版社出版;杨迎新杂文集《别思录》由文化艺术出版社出版。

11 月　李庚辰杂文集《直言集》由解放军出版社出版;宋志坚著《杂文学初探》由漓江出版社出版。

本年内　刘甲的“新基调”杂文理论继续引起批评:章明和老烈发表《新的〈桃花源记〉——读〈新基调杂文创作谈〉有感》(《羊城晚报》1 月 26 日),李一萍发表《当代杂文走向辨——驳杂文要有新基调》(《杂文报》3 月 24 日)、彭定安发表《评“新基调杂文”的基调》(《文艺争鸣》第 3 期)。

1990 年

1 月　刘征杂文集《清水白石集》由文心出版社出版。

2月22日 《求实》杂志社、《东北之窗》杂志社和大连电视机厂联合举办的“星海杯”杂文征文评奖在大连揭晓，关玉生等九位作者的作品获得优胜奖。

本月 毛书征杂文集《清风集》由山东人民出版社出版。

8月 杜裕青杂文集《细流集》由蓝天出版社出版。

9月 刘诚信编著《杂文创作十二讲》由吉林文史出版社出版。

10月15日 全国杂文学会联谊会第5届年会在福州举行。

本月 陈有才著《诗艺与杂文》由解放军文艺出版社出版；姚春树著《中国现代杂文史纲》由河北教育出版社出版。

12月8日 河南省杂文学会在新郑县举办“杂文创作的现状和前景”研讨会。

1991年

1月 楼沪光主编《中国杂文鉴赏辞典》由山西人民出版社出版。

3月 中国作家协会广东分会杂文创作委员会编《岭南杂文选》由花城出版社出版。

5月 邵传烈著《中国杂文史》由上海文艺出版社出版；杨子才杂文集《萤窗杂文集》由长征出版社出版。

6月 《钟怀短论杂文集》由人民日报出版社出版。

7月 《人民日报》文艺部编《同志颂·小姐辨——〈人民日报〉1990年杂文选》由北京出版社出版；曾彦修主编《中国新文艺大系（1949—1966）·杂文卷》由中国文联出版公司出版。

10月19日 全国杂文学会联谊会第6届年会在陕西西安举行。

11月 《田仲济杂文集》由山东文艺出版社出版；陈学中杂文集《整体美》由沈阳出版社出版。

12月 薛涛杂文集《世象微言》由黑龙江人民出版社出版。

1992年

6月 蒋子龙杂文集《秋窗三语》由百花文艺出版社出版。

8月 吴隐林在《广西师院学报》第4期发表论文《建国以来的杂文

创作》。

10月 《魏猛克散文杂文集》由湖南文艺出版社出版。

11月15日 全国杂文学会联谊会第7届年会在江西南昌举行。

12月 柏杨杂文集《柏杨随笔》由群言出版社出版；邓云乡杂文集《水流云在杂稿》由北岳文艺出版社出版；唐弢在《新观察》第24期发表《对杂文的几点意见》；《学习与研究》第12期发表高启祥、俞长江的论文《建国以来杂文发展历史的回顾》。

1993年

3月1日 袁成兰以朱元正的笔名在《上海法制报》发表杂文《“梅花奖”舞弊案随感》，抨击第九届“梅花奖”评审中的舞弊行为。后引发徐州市文化局局长吴敢与作者之间的名誉官司。

本月 《吴昊杂文集》由黄河出版社出版。

4月 浦江清杂文集《浦江清文史杂文集》由清华大学出版社出版。

9月16日 全国杂文学会联谊会第8届年会在湖南长沙举行。

本月 蓝翎杂文集《乱侃白说》由中国华侨出版社出版。

11月 李国文杂文集《骂人的艺术》由群众出版社出版。

12月 宋遂良、王万森编《百家论杂文》由山东教育出版社出版。

1994年

1月 严宝康杂文集《快活三里路》由学林出版社出版。

2月 蒋子龙杂文集《市场·情场·官场》由中共中央党校出版社出版。

4月 《魏巍杂文集》由当代中国出版社出版。

5月 姚春树主编《外国杂文大观》由百花文艺出版社出版。

6月 罗竹风主编《上海杂文选》(1990—1992)由上海文艺出版社出版。

8月 流沙河杂文集《Y先生语录》由四川人民出版社出版。

9月20日 全国杂文学会联谊会第9届年会暨“新时期杂文研讨会”在山东泰安举行。

10 月　《曹聚仁杂文集》由三联书店出版；《李庚辰杂文选》由华艺出版社出版；郭庆晨杂文集《“擦名字”絮语》由中国工人出版社出版；郦国义杂文集《文坛风铃》由上海文艺出版社出版；马识途杂文集《盛世微言》由成都出版社出版。

11 月　廖沫沙杂文集《瓮中杂俎》由中国社会科学出版社出版。

12 月　于平天杂文集《方志杂论集》由中州古籍出版社出版。

1995 年

1 月　叶鹏杂文随笔集《文坛掠影》由百花文艺出版社出版。

3 月　蓝翎杂文集《龙卷风》由上海远东出版社出版。

5 月 16 日　《福建日报》、宁德杂文学会、福州市杂文学会等在宁德联合举行“热风”杂文笔会。

本月　李成森杂文集《雕虫集》由贵州人民出版社出版；《流沙河随笔》由四川文艺出版社出版。

6 月　姜振昌在《新华文摘》第 6 期发表论文《时代的杂文意识和杂文的时代意识》。

7 月　北京市杂文学会编《北京杂文选集》（1979—1992）由北京出版社出版；谷长春杂文集《杂识拾零》由现代出版社出版。

10 月 9 日　全国杂文学会联谊会第 10 届年会在天津蓟县举行。

本月　公刘杂文集《不能缺钙》由宁夏人民出版社出版；夏丏尊杂文集《平屋杂文》由开明书店出版。

12 月　贵州省杂文学会编《贵州杂文集》由贵州人民出版社出版；忆明珠杂文集《白下晴窗闲笔》由上海人民出版社出版。

本年内　江西省杂文学会、《杂文报》《江西日报》等联合举办“健力宝”杂文征文，默予的《女人的脸，男人的腰》、省三的《兄弟来迟一步》、暮远的《腐败现象起因别解》获得一等奖。

1996 年

1 月　湖南省杂文学会编《湖南杂文百家》由湖南文艺出版社出版；叶延滨杂文集《听风数雁》由四川人民出版社出版。

2月　张承甫杂文集《细辛草》由湖南文艺出版社出版。

3月　王长宗杂文集《三教楼札记》由河北人民出版社出版。

6月　朱兆龙杂文集《信仰与信任》由河海大学出版社出版。

8月14日　全国杂文学会联谊会第11届年会在内蒙古呼和浩特举行；李固阳杂文集《杂考续集》由中央民族大学出版社出版；全国杂文组织联谊会选编杂文集《杂花生树》由北京出版社出版。

本月　姜振昌编著《民国杂文大系》（凡10卷）由文化艺术出版社出版。

11月29日　姜振昌在《文艺报》发表论文《“鲁迅风”与“新基调”——一个长期困扰杂文界的话题》。

本月　《刘心武杂文自选集》由百花文艺出版社出版。

1997年

1月　甘肃省杂文学会、《兰州日报》等联合举办的甘肃省优秀杂文评选揭晓，58篇作品获奖，其中田之章的《勿为金钱所溺》、王忠奎的《假如鬼子又来了》、尚德璞的《嘴巴的品质是耳朵培养的》获得一等奖。

2月　《鲁迅杂文选》由春风文艺出版社出版；《黄道奇杂文集》由湖南文艺出版社出版。

5月　董祥起杂文集《筱青杂文集》由黄河出版社出版；柏杨杂文集《西窗随笔》由中国友谊出版公司出版；柏杨杂文集《柏杨专栏》由中国友谊出版公司出版；柏杨杂文集《倚梦闲话》由中国友谊出版公司出版。

7月　王纪刚杂文集《足迹》由北京出版社出版；张宇燕杂文集《说服自我》由三联书店出版。

8月1日　《杂文界》第4期发表姜振昌的《面对国运民瘼的忧思——读国孚有杂文集〈闲言集〉》、张德才的《震撼心灵深受补益——读王长宗〈三教楼札记〉之后》。

本月　李庚辰杂文集《忧喜集》由华艺出版社出版；《王任叔杂文集》由三联书店出版。

10月19日　全国杂文学会联谊会第12届年会在湖南衡阳举行。

11月　姚春树、袁勇麟著《20世纪中国杂文史》由福建教育出版社出版。

12 月　《侯志川杂文集》由四川人民出版社出版；宋毓培杂文集《文史杂笔》由黄山书社出版；羽之野杂文集《等待情结》由内蒙古人民出版社出版；徐鹏绪在《东方论坛》第 4 期发表论文《杂文概念的历史考察与现代杂文的主要特征》。

1998 年

1 月 8 日　甘肃省第 11 届优秀杂文评选揭晓，60 篇作品获奖，其中一等奖 5 篇，二等奖 12 篇，三等奖 21 篇，群言奖 22 篇。

2 月 8 日　中国作家协会主办的第 1 届“鲁迅文学奖”揭晓，林祖基的《微言集》、何满子的《何满子杂文自选集》、邵燕祥的《邵燕祥随笔》、韩羽的《韩羽杂文自选集》、唐达成的《世象杂拾》获优秀杂文奖。

本月　河南省杂文学会选编《中原杂文选》由大象出版社出版。

9 月　赖建诚杂文集《绿野仙踪与中国》由三民书局股份有限公司出版。

10 月　魏彦才杂文集《闲情记旧》由文史哲出版社出版。

11 月　鲁枢元杂文集《精神守望》由东方出版中心出版。

12 月　柏杨杂文集《红尘静思》由云南人民出版社出版；柏杨杂文集《暗夜慧灯》由云南人民出版社出版。

1999 年

1 月　朱健国在《杂文界》第 1 期发表论文《二十世纪中国杂文真相随想》；朱铁志编《1998 中国最佳杂文》由辽宁人民出版社出版。

2 月　沈栖杂文集《实话直说》由中国工人出版社出版。

3 月　云南省杂文学会编《云南杂文选》（1979—1997）由云南教育出版社出版。

4 月　徐达杂文集《大千百味》由湖北人民出版社出版。

9 月　钱竞杂文集《近思集》由学苑出版社出版。

12 月 15 日　姜振昌在《新华文摘》第 12 期发表论文《鲁迅与中国二十世纪杂文》。

本月　韩立群在《东方论坛》第 4 期发表论文《鲁迅杂文文体理论

及其实践》。

2000 年

1 月　郑少龙杂文集《杂植圃》由中国文联出版社出版；刘振华杂文集《山老杂稿》由山西古籍出版社出版；沈永社杂文集《衙斋听竹》由金城出版社出版。

4 月　朱铁志编《1999 最佳杂文》由辽宁人民出版社出版。

5 月　李渔杂文集《闲情偶寄》由上海古籍出版社出版；叶鹏杂文随笔集《灵台叩问录》由上海古籍出版社出版。

6 月　国孚有杂文集《草田居夜吟》由北京出版社出版。

8 月　章明杂文集《上帝与傻子》由时代文艺出版社出版。

9 月 16 日　全国杂文学会联谊会第 15 届年会在天津衡阳举行。

本月　刘衍文杂文集《寄庐杂笔》由上海书店出版社出版。

2001 年

1 月　王则柯杂文集《岭南笔记》由福建人民出版社出版；黄永年杂文集《学苑零拾》由华东师范大学出版社出版。

2 月　刘甲、孙士杰在《杂文月刊》第 2 期发表《把杂文当作事业来做——略记胡昭衡对新时期杂文的贡献》；朱铁志编《2000 中国最佳杂文》由辽宁人民出版社出版。

4 月　符号杂文集《思海撷浪》由湖北人民出版社出版。

7 月 18 日　全国杂文学会联谊会第 16 届年会在河北承德举行。

10 月　骆明杂文集《文化传承》由新加坡文艺协会出版。

11 月　周大新杂文集《摸进人性之洞》由安徽文艺出版社出版。

2002 年

1 月　郭定功杂文集《人迹》由青岛出版社出版；刘成信、李君编《2001 中国年度最佳杂文》由漓江出版社出版；黄展鹏杂文集《谷雨杂笔》由民族出版社出版。

4月 《当代文坛》第4期发表鄢烈山的文章《杂文新概念：公民写作》。

5月10日 全国杂文学会联谊会第17届年会在江西南昌举行。

本月 陈寅恪杂文集《讲义及杂稿》由三联书店出版。

7月 《邓伟志杂文集》由文汇出版社出版。

9月 张林祥杂文集《五月牛吟》由中国文联出版社出版；郑溢涛杂文集《何处突围》由中国文联出版社出版。

10月25日 于光远在《金华日报》发表《杂文时代》说：“有时弊，就需要鲁迅式的杂文。”

2003年

1月 刘成信、李君主编《2002中国最佳杂文》由辽宁人民出版社出版；王建平杂文集《同与不同之间》由学林出版社出版；鄢烈山杂文集《一个人的经典》由长江文艺出版社出版。

2月 谭虎杂文集《教苑杂谭》由江西高校出版社出版。

3月 《中国斗鸡和杂文集——武大椿文集》由远方出版社出版。

4月 巴特尔杂文集《巴特尔自选集》（随想卷）由内蒙古人民出版社出版；刘石杂文集《有高楼杂稿》由商务印书馆出版。

8月 《杂文选刊》第8期发表朱健国的文章《“公民写作”扼杀杂文》。

11月17日 全国杂文学会联谊会第18届年会在广东佛山举行。

本年内 《杂文月刊》与《今晚报》联合举办的“猫不闻杯”全国杂文大赛（2002—2003）揭晓，艾君的《从报道罹难人数变化看“新闻更正”》、刘荣升的《“扯淡”琐谈》、谢云的《哪一家的“组织性、纪律性”?》、张心阳的《做人的另一种成本》获得一等奖。

2004年

1月13日 魏德胜在《杂文报》发表文章《杂文的现状》。

本月 《梁实秋杂文集》由中国社会出版社出版。

2月 刘成信、王芳主编《2003中国年度最佳杂文》由漓江出版社出版；赵健雄杂文集《姑妄言之》由大众文艺出版社出版。

3月 裴溥言杂文集《溥言杂忆》由三民书局股份有限公司出版。

5月 刘洪波主编《百年百篇经典杂文（1901—2000）》由长江文艺出版社出版；《杂文月刊》第5期发表迅雷的文章《取时评之素材写杂文之华章》；同期发表闵良臣的文章《生命不息杂感不止——哭李六青先生》。

8月 王溱杂文集《原色生活》由青岛出版社出版。

9月11日 全国杂文学会联谊会第19届年会在云南昆明举行。

9月15日 姜振昌在《文学评论》第5期发表论文《议论的"曲张力"与鲁迅杂感文体的艺术特征》。

10月8日 杂文家牧惠病逝，终年76岁。

12月 "齐鲁杂文选"由海南出版社出版，包括九位作者的文集：国孚有的《齐东野语》、于冠深的《草色入帘》、陈正宽的《昨非斋习稿》、张金岭的《探究常理》、孙建清的《不忍一时忿》、杨仕智的《听海观澜》、王相杰的《屐迹集》、潇洛的《鳖精不是真经》、李红军的《柳下走笔》。

2005年

1月 刘成信、王芳、李君主编《2004中国年度杂文》由漓江出版社出版；《经典杂文》由法制博览编辑部出版；刘洪波编《2004年中国杂文精选》由长江文艺出版社出版。

5月 夏丏尊杂文集《平屋杂文》由百花文艺出版社出版。

6月 赛妮亚编《沧海遗珠——牧惠遗作及悼念文章》由兰州大学出版社出版。

9月14日 全国杂文学会联谊会第20届年会暨"西部大开发与繁荣杂文创作研讨会"在甘肃兰州举行。

10月 《忆明珠文集》由江苏文艺出版社出版。

2006年

1月 刘洪波编《2005年中国杂文精选》由长江文艺出版社出版；

王蒙主编《2005 中国最佳杂文》由辽宁人民出版社出版；鄢烈山编《2005 中国杂文年选》由花城出版社出版。

3 月　李林荣在《文艺争鸣》第 3 期发表《委屈的经典——鲁迅杂文在 1960—1990 年代》。

5 月 18 日　《当代杂文》发表彭友茂的文章《向杂文学会的会长们致敬》。

8 月　王溱杂文集《冷暖生活》由华艺出版社出版；王溱杂文集《直面生活》由华艺出版社出版。

9 月 16 日　全国杂文学会联谊会第 21 届年会在浙江杭州举行。

11 月　李汝琳杂文集《消夜集》由青年书局出版。

12 月　吴秋文杂文集《听风拾秋》由五洲传播出版社出版。

2007 年

1 月　洪晃杂文集《无目的美好生活》由中国友谊出版公司出版；蒋元明编《2006 中国杂文排行榜》由北京工业大学出版社出版；刘洪波编《2006 年中国杂文精选》由长江文艺出版社出版；王乾荣编《2006 中国最佳杂文》由辽宁人民出版社出版。

2 月　郝庆军著《诗学与政治：鲁迅晚期杂文研究》由文化艺术出版社出版。

7 月　河南省杂文学会选编《中原杂文选续编》由河南人民出版社出版。

9 月　鄢烈山杂文集《一个人的经典》获第三届鲁迅文学奖；张晓风杂文集《张晓风经典作品》由当代世界出版社出版。

11 月 15 日　全国杂文学会联谊会第 22 届年会在广东深圳举行。

2008 年

1 月　王蒙主编《2007 中国最佳杂文——太阳鸟文学年选（十周年版 1998—2007）》由辽宁人民出版社出版；王乾荣编《2007 中国最佳杂文》由辽宁人民出版社出版；向继东编《2007 年中国杂文精选》由长江文艺出版社出版；《杂文选刊》杂志社编《2007 中国年度杂文》由漓江

出版社出版。

2月　朱天文杂文集《黄金盟誓之书》由INK印刻出版有限公司出版；朱天文杂文集《有所思，乃在大海南》由INK印刻出版有限公司出版。

4月　叶嘉莹杂文集《迦陵杂文集》由北京大学出版社出版；柏杨杂文集《丑陋的中国人》由人民文学出版社出版；柏杨杂文集《我们要活得有尊严》由人民文学出版社出版；柏杨杂文集《柏杨观点》由人民文学出版社出版；柏杨杂文集《酱缸震荡》由人民文学出版社出版。

5月　《邹承鲁杂文集》由学苑出版社出版。

8月　武振平杂文集《苍蝇和老虎》由上海文艺出版社出版。

2009年

1月　王乾荣编《2008中国最佳杂文》由辽宁人民出版社出版；王溱杂文集《往事在目》由青岛出版社出版；王溱杂文集《品味生活》由青岛出版社出版；向继东编《2008年中国杂文精选》由长江文艺出版社出版；鄢烈山编《2008中国杂文年选》由花城出版社出版；《杂文选刊》杂志社编《2008中国年度杂文》由漓江出版社出版；

2月　《张雅盈文集》由陕西人民出版社出版。

5月8日　杂文家何满子在上海病逝，享年91岁。

本月　宋建忠杂文集《最优美的杂文》由内蒙古人民出版社出版；王万然杂文集《拍砖集》由群言出版社出版。

9月　徐勇杂文集《田野与政治》由中国社会科学出版社出版。

10月16日　全国杂文学会联谊会第23届年会暨“杂文与社会和谐研讨会”在福建莆田举行。

本月　刘成信、李君、王芳编《中国当代杂文二百家（1949—2009）》（上、下卷）由吉林人民出版社出版。

2010年

1月　王乾荣编《2009中国最佳杂文》由辽宁人民出版社出版；向继东编《2009年中国杂文精选》由长江文艺出版社出版；鄢烈山编

《2009 中国杂文年选》由花城出版社出版。

3 月　刘成信、王芳编《2009 中国年度杂文》由漓江出版社出版；张中载杂文集《文苑散步》由外语教学与研究出版社出版。

4 月　柏杨杂文集《柏杨全集》由人民文学出版社出版；杜卫东杂文集《岁月深处》由作家出版社出版。

5 月　蒋勋杂文集《生活十讲》由广西师范大学出版社出版。

6 月　李海鹏杂文集《佛祖在一号线》由文化艺术出版社出版；张鸿翼杂文集《春感秋悟集》由作家出版社出版；王洪武杂文集《喷发激情》由江苏文艺出版社出版。

7 月　包作军杂文集《杯中窥人》由宁夏人民出版社出版；刘民杂文集《谁不想活五百年》由宁夏人民出版社出版；刘福明杂文集《搁浅的箴言》由宁夏人民出版社出版；路雅琴杂文集《享受苦难》由宁夏人民出版社出版；马自军杂文集《是谁在唱歌》由宁夏人民出版社出版；牛愚杂文集《扬清集》由宁夏人民出版社出版；《唐乐群杂文集》由齐鲁书社出版；张不狂杂文集《马后炮》由宁夏人民出版社出版；周旋杂文集《见黑见白》由宁夏人民出版社出版；王涂鸦杂文集《痒痒肉》由宁夏人民出版社出版；晓阳杂文集《思想杂碎》由宁夏人民出版社出版；薛野杂文集《钝感的力量》由吉林大学出版社出版。

8 月　曹聚仁杂文集《笔端》由生活·读书·新知三联书店出版；贾新城杂文集《不会说话》由北方文艺出版社出版；李智红杂文集《杂感微言》由云南民族出版社出版；邱闵杂文集《杂粮》由西北大学出版社出版；王馨杂文集《秋在室杂记》由太白文艺出版社出版；张家骏杂文集《春华秋实》由甘肃文化出版社出版。

9 月　方成杂文集《方成的一本新书》由中国商业出版社出版；高人杂文集《姑妄言之》由武汉出版社出版；刘彦杂文集《人生走笔》由天地出版社出版；牛撇捺杂文集《倒提笏板》由宁夏人民教育出版社出版。王家甫杂文集《浪花留痕》由浙江人民出版社出版；王洺杂文集《人生鼓点》由上海社会科学院出版社出版。

11 月　韩寒杂文集《杂的文》由万卷出版公司出版；沈玉成杂文集《江海杂文选》由陕西人民出版社出版；王国灿杂文集《南方有沉香》由作家出版社出版；俞富章杂文集《见思录》由上海古籍出版社出版。

12 月 12 日　全国杂文学会联谊会第 24 届年会暨“弘扬鲁迅杂文文

风研讨会”在浙江绍兴举行；全国杂文学会联谊会、浙江省杂文学会和《杂文报》共同举办的“全国第1届鲁迅杂文‘万强农庄杯’大奖赛”征文评奖活动揭晓，共有14篇作品获奖。

本月 李欧梵杂文集《狐狸洞话语》由人民文学出版社出版；张金岭杂文集《无非是常识》由山东画报社出版；贾弘杂文集《唤醒》由华夏出版社出版；林语堂杂文集《我行我素》由群言出版社出版；林语堂杂文集《有所不为》由群言出版社出版；柳萌杂文集《老柳村言》由作家出版社出版；刘润为杂文集《潮流之外》由安徽师范大学出版社出版；孙宪武杂文集《纵苇集年二年散文杂文随笔卷》由甘肃民族出版社出版。

后　记

虽然从青少年时代起就朦朦胧胧地读过鲁迅杂文并受到心灵的启发和感染，但对中国现代杂文和鲁迅杂文的真正关注，是从 1979 年攻读研究生开始的，三年中系统拜读的第一套大书就是《鲁迅全集》，本书第五章《“形象化”系统——鲁迅杂文的三个艺术世界》即是硕士论文的原稿。论文的三个部分分别在中国社科院的《鲁迅研究》、鲁迅博物馆的《鲁迅研究资料》和《山东师大学报》发表后，使我第一次尝到了治学的喜悦，越发激起了对杂文研读的兴致，但却不敢有撰写杂文史的奢望。不敢归不敢，此后有关鲁迅杂文和杂文史的资料，就一直像磁石一样吸引着我，见到的和见不到的都用心费力地作了收集，以至于书房的大半都被它占据了。有一次我背着一大捆关于中国现代杂文的“史事编年”材料去北京，偶尔遇到了素不相识的出版界泰斗李文兵先生，他仔细看了大半天后虽肯定有加，但却不肯帮我发表也建议我不要匆匆发表，而是鼓励我用这些资料写杂文史。我当时初出茅庐乳臭未干，确被李先生的信任和鼓励所感动。但又很是愕然和犹豫，能不能胜任的疑虑浓浓地萦绕心头。然而分手后李先生又多次书信予以鼓励和指导，密密麻麻的“瘦金体”小楷俊字所给予的热望和对杂文的真知灼见，真使我受益匪浅。我终于下定了决心，蛰居一隅认认真真地做了起来。这期间真切地感到了学力不足的困惑，同时又跃动着探索的兴奋。

我写作一向很慢。抛开集中收集资料不算，单就从系统规划动笔写作开始算起，这个课题已历时 20 年有余（此间曾因编著《民国杂文大系》和完成国家社科规划课题《鲁迅与中国新文学》、尤其是任职文学院院长三届九年误了不少时光）。我惭愧于自己的疏懒，但有一点可以告慰于心的，是我没有因各种诱惑或干扰而放弃自己的学术坚守和文学好尚。如果说一个人一辈子只能选择做一件事，那我是甘愿选择研读杂文的。我发现，自己是被杂文牢牢地“绑架”了：杂文不仅是我长期矢志不移的研究对象，而且是我人生的向导，以至于使我常常本能地到鲁迅杂文中寻找生活的智慧和把握行为的方式。即连自己的性格、性情和文学好尚，也受到杂文的影响。我对杂文感触最深的是：它不畏强权和黑暗，不回避尖锐的社会矛盾，勇敢地面对严酷的生活现实，在长达百年的曲折坎坷的历史风浪中，始终未曾放弃作为人类精神文明的卫士和社会清道夫的工作，就如同但丁《神曲》中那些不计成败得失而硬要同顽石作对的“异端”一样。这是站着的文学，有生命的文学。这是我喜欢以鲁迅为代表的中国现当代杂文并与之生命互动的根本原因，也是我对杂文艺术精神的概括认识。但在成书的过程中，却尽量以冷静的、客观的、实事求是的态度对待研究对象，即使情动于中也竭力加以克制，以避免用赞美取代科学评价，力求全面地反映出建立在史料基础上的历史真实。然而这毕竟是我选择的事实和我感悟到的杂文史脉及创作规律，这就必然地打上个人的主观烙印。因此，如果书中某些观点不当或有与事实相违之处，应由我个人负责。

写完本书我本想与杂文研究作别，但根性难除，我又于2021年申请到了国家社科规划项目“鲁迅杂文艺术研究”。这也是多年的夙愿。在研读杂文史的过程中我由衷地感到，鲁迅杂文确系文学中的“奇葩”，其艺术内涵是异常丰富、深刻而又独特的，以至于聂绀弩先生说它前无古人后无来者，用一个“绝”字进行了史的概括。《中国现当代杂文史通论》对此虽设专章关涉，但未能深入也因史著的限制不能全面展开，我不揣浅陋决计要回头再作研读。前军作后军，但愿不是后退之相，也但愿能弥补史著的某些缺憾。

感谢中国社会科学出版社编辑、校对为本书出版的精心劳作。

作者

辛丑年岁末于“实义”书屋